Ein Kontrabass reist um die Welt

Erlebte Geschichte(n) eines Musikers

With all my best wishes and greetings to one of my best Double Bass friends Gary Karr with real great esteem!
Yours sincerely

Potsdam, 25.3.2015

Klaus Trumpf

Ein Kontrabass reist um die Welt

Erlebte Geschichte(n) eines Musikers

Satz und Gestaltung: Frank Naumann, AGD, Erfurt

Redaktion: Bettine Reichelt

Skulptur auf dem Titelfoto:
„Symbiose" vom Münchener Bildhauer Josef Fromm
Foto Rücktitel: Anne-Sophie Mutter und Klaus Trumpf
Frontispiz-Zeichnung: Frank Naumann

Fotos alle privat, außer:
S. 361-363 - Slavica Ziener, S. 364 - Holger Schibilsky

Schrift:
Adobe Garamond Pro, Modaerne

© 2015 Klaus Trumpf
2. überarbeitete Auflage

Herstellung und Verlag:
BoD – Books on Demand, Norderstedt

ISBN: 978-3-7386-8738-5

Das Werk einschließlich aller seiner Teile ist urheberrechtlich geschützt. Jede Verwertung außerhalb der engen Grenzen des Urheberrechts ist ohne schriftliche Zustimmung des Verlages unzulässig und strafbar. Dies gilt insbesondere für Vervielfältigungen, Übersetzungen, Mikroverfilmungen und die digitale Speicherung und Verarbeitung.

Dieses Buch widme ich meiner lieben Frau Liane, die viele Stunden und Tage zugunsten des hier so ausführlich beschriebenen Instrumentes auf ihren Mann verzichten musste – trotzdem immer mit Rat und Tat zur Seite stand. Es soll auch eine kleine Wiedergutmachung an unseren Töchtern Angelika, Kristin, Bettina und Alexandra sein, die bei diesem Verzicht ebenfalls betroffen waren.

Geschrieben ist es auch für die vielen Kontrabass-Studenten, die mir mit ihrem Fleiß und Interesse viel Freude und Ansporn gegeben haben. Aber auch für alle, die sich für das älteste aller Orchester-Streichinstrumente interessieren.
Meine Absicht war es, einen Einblick in die Vielfältigkeit eines Instrumentes zu geben, welches zwar wahrgenommen, aber nur am Rande beachtet wird. Für die, die in die Historie der letzten 60 Jahre tiefer eintauchen wollen, sind im Anhang genauere Fakten benannt.

Ein ausgefülltes Musikerleben verdanke ich den wunderbaren vielen Jahren in der Staatskapelle Berlin/Deutsche Staatsoper und meinen Lehrtätigkeiten an den Musikhochschulen in Berlin, Saarbrücken, München und in einer Vielzahl von Ländern.

Ein besonderes Dankeschön möchte ich für die Hilfe bei Erstellung des Buches an Bettine Reichelt und Frank Naumann aussprechen.

Klaus Trumpf   Potsdam, 19. Februar 2015

Die Namen aller Kontrabassisten sind in kursiver Schrift gesetzt.
Alle Namen des Hauptteiles erscheinen im Personenregister. Die vielen Namen von Kontrabassisten im statistischen ANHANG erscheinen nur beim jeweiligen Kurs oder Wettbewerb, nicht im Personenregister.

Weitere Fotos zur Thematik des Buches: http://www.klaus-trumpf-sperger.de

Inhaltsverzeichnis

Einleitung 13

Anfangsunterricht 15

Auf dem Weg zum Musiker 21

Zwei Probespiele in Einem: Erstes und Letztes. ... 25

Dienstbeginn mit Paukenschlag 29

Zeit des Erwachsens 33

Geschichte in Geschichten 35

Bildung durch Bildung 39

Erste Unterrichtstätigkeiten 41
    Ideologische Erziehung durch den Kontrabasslehrer ... 42

Privatleben in der DDR 45
    Versorgung im Mangel 45
    Leben und leben lassen 46
    Treue Staatsbürger 49

Erste internationale Gastspiele mit der Staatsoper Berlin ... 53

Erster Besuch bei den Autographen Spergers 59
    Der Fürst schickt Sperger nach Wien 61
    Berlin entscheidet über Spergers Lebensweg ... 66

Die Internationale Johann-Matthias-Sperger-Gesellschaft ... 69
    Das Mozart-Requiem für einen Kontrabassisten ... 71
    Späte Anerkennungen 74

Internationale Kontrabasskurse in Weimar ab 1970 ... 79

Nationale Kontrabassistentreffen 89
   Kammermusik für Kontrabass 1971 89
   Konzertante Musik des 20. Jh.s für Kontrabass 1972 90

Das Erste Internationale Treffen der Kontrabassisten in Berlin 93

Konzert im Pyjama 101

Die „Ständige Jury für Violoncello und Kontrabass" 107

Das Jahr der großen Reisen – 1977 113
   Japan – immer eine Reise wert 113
   Südamerika – sieben Wochen im Fluge 125

Isle of Man – zwei Kontrabass-Welttreffen 135
   J. M. Sperger zum ersten Male vor internationaler Kulisse 141
   1982 – Wiederholung „Isle of Man" 143

Vom Wochenendseminar zur Internationalen Kontrabasswoche .. 149

Mit dem Kontrabass im sozialistischen Kuba 167

Kontrabass im Visier der Stasi 179
   Staatsfeiertag – und keine beflaggte Wohnung! 180
   Das Briefgeheimnis 182
   Streng geheim! 184

Bayreuther Festspiele 1989 und ein gravierender Entschluss 189
   Deutsch-deutscher Grenzübergang Hirschberg 196

Neuanfang 1989 – Lebensabschnitt West beginnt 199
   Auf Heimatsuche 200
   Wendezeit 202
   Neubeginn 207
   Bayern – Grüß Gott 209

Internationale Meisterklassen 213
   International Summer Music Festival and Academy
   Kusatsu, Japan 1980 213
   Die „Jahre der Meisterklassen" 217

Schweden - Helsingborg, Göteborg, Arvika ab 1983 218
Australien und Neuseeland 1986 – masterclasses 220
Debrecen/Ungarn, Brünn, Breslau, Kroměříž
in den 1980ern bis heute – Symposien/Meisterklassen 221
Südkorea, Taiwan, China im Kontrabass-Fieber 222
Taiwan 224
Juilliard School in New York - Meisterklasse 2010 225
China - 2010, 2012, 2014 im stetigen Fortschritt 226
2014 – Nanning und wieder Peking 227

Internationale Kontrabass-Wettbewerbe seit 1969 229

Der erste internationale Wettbewerb für Kontrabass 235
   Aufbruch in eine andere Welt 235
   Der Aufenthalt 237
   Der Wettbewerb 240

Intern. Wettbewerbe Markneukirchen - auch für Kontrabass 243
   Der erste Wettbewerb 1975 243
   Die Kontrabass-Wettbewerbe beginnen 248

Die Internationalen Johann-Matthias-Sperger-Wettbewerbe 265
   Resümee nach den bisherigen Sperger-Wettbewerben
   bis 2014 278

Vom Faschingskonzert in die Carnegie Hall 279
   Die Folgen eines Faschingsscherzes 279
   Die Anne-Sophie-Mutter-Stiftung 287
   Klassenvorspiel in der Berliner Philharmonie 295
   Patrick Süskind und sein „Kontrabass" 297
   Das Jahr 2004 300
   Csárdás von Monti für eine Million 300
   Das Jahr 2005 302
   Eröffnung „Ludwig-Streicher-Saal" 302
   FINAL-Konzert 2005 303
   LOS ANGELES ist eine sehr große Stadt 306
   HOLLYWOOD ist ein Stadtteil von Los Angeles 310
   WROCŁAW – „Weltkongress der Kontrabassisten" 313
   SÜDKOREA – Seoul 2007 314
   SERBIEN und MONTENEGRO 2005, 2007 und 2009 317

NORWEGEN, Trondheim Chamber Music Festival 2007 318
Interludium 320
ÖSTERREICH, Wien 2008 323
SCHWEIZ – Davos 2008 324
NORWEGEN – Stavanger 2009 325
SCHWEIZ – St. Gallen/Heerbrugg 2009 326
FRANKREICH – Saint-Yrieux 2009 326
RUSSLAND – St. Petersburg – Moskau 2010 327
NEW YORK – ein Musikertraum wird wahr 327
JUILLIARD SCHOOL: masterclass 331
Auf dem Weg zur berühmtem Halle 332
SÜDKOREA – Seoul, Deajeon, 2010 337
CHINA – Peking 2010 341
PEKING Double Bass Festival 2012 347
ITALIEN – Südtirol – Meran 2011 349
LIECHTENSTEIN – Vaduz 2011 350
TSCHECHIEN – Schloss Jicinéves 2011 352
SCHWEIZ – Schaffhausen 2012 354
FRANKREICH – Menton –Festival 2012 355
DEUTSCHLAND – Konzerte hier 356
Das ganz normale Organisationschaos 357
Nun sind wir inzwischen im Jahr 2014 358
EIN HOHER PREIS 361

Anhang

I Internationale Kontrabass-Wettbewerbe

Internationale Kontrabass-Wettbewerbe in Genf/Schweiz ab 1969 367
Internationale Wettbewerbe für Kontrabass in Markneukirchen, ab 1975 369
Isle of Man, Intern.Double Bass Competition and Workshop 1978+1982 378
ARD-Wettbewerbe in München ab 1979 380
Intern. Kontrabass-Wettbewerbe „Franz Gregora" in Kroměříž von 1982-2002... 383
Wettbewerb Reims/Frankreich 1988 384
Avignon 1994, Festival International de Contrebasse 385
Internationale Kontrabass-Wettbewerbe „Sergej Koussewitzky" ab 1995 386
Brünn/Brno Wettbewerbe und Kurse ab 1998 389
Iowa-City, Iowa-USA, Double Bass Convention, 1999 392
Convention in Indianapolis/USA, 2001 392

Convention Richmond/Virginia-USA, 2003 393
Inationale Johann-Matthias-Sperger-Wettbewerbe ab 2000 394
„Franz-Simandl-Wettbewerb für Kontrabass" 403
Wettbewerb Lviv/Ukraine 6.-12.11.2013 406
Breslau/Wrocław Symposium/Festival/Wettbewerb 1974-2014 407
Debrecen-Symposien 411
Mittenwald 1991, Internationale Kontrabasswoche 412

II Internationale Symposien/Meisterklassen
Kontrabass-Kurse im Kloster Michaelstein 1982-2007 414
Meisterkurse in Weimar 420
„Erstes Internationales Treffen der Kontrabassisten" Berlin 1973 421
Sperger-Sympos. anl. des 175. Todestages und Nat. Sperger-Wettbew., 1987 422

III Wettbewerbe/Symposien in der ehemaligen DDR
Nationaler „Carl-Maria-von Weber-Wettbewerb" in Dresden 1963 423
Die nationalen Treffen der Kontrabassisten 1971-1972 424
Ständige Jury Violoncello/Kontrabass 1974-1989 425

IV Instrumentenbau
Liste der Markneukirchener Bogenmacher und Bassbauer 426

V Rezensionen/Artikel/Kontrabass-Nachwuchs
Sperger-Artikel aus der USA-BASS WORLD-Zeitung (engl.) 427
Sperger-Artikel aus „DAS ORCHESTER" 1975 (deutsch) 432
Aus: ISB-USA-zeitung: Neue Dittersdorf-Ausgabe 1994 (S.1-4) in engl. 437
Aus: DAS ORCHESTER: Neue Dittersdorf-Ausgabe in dt. 441
Genf-Wettbewerb 1969 446
Aus „ORCHESTER" DresdenTreffen 1972 447
Erstes Internationales Treffen der Kontrabassisten in Berlin 1973 448
Markneukirchen Wettbewerb 1975 449
Genf-Wettbewerbe 1978 450
In Zeitschrift der ISB 1979:
Bericht über den Kontrabass-Wettbewerb in Genf 1978 451
ARDWettbewerb 1979 452
Koussewitzky-Wett 1995 454
In DAS ORCHESTER 1999:
Bericht über die Kontrabasswoche in Michaelstein 1999 456
Aus „ORCHESTER" Interlochen-Bericht 1993 457
Kontrabassisten und Nachwuchs in Deutschland 459

VI Persönliche Schreiben

Einladungsbrief von Wolfgang Wagner zu den Bayreuther Festspielen 1989 464
Abschiedsbrief an die Deutsche Staatsoper, September 1989 465
Gary Karr – Begrüßungskarte 466
Anne-Sophie Mutter, Schreiben an KT, März 1999 467
Anne-Sophie Mutter, Grußwort zum Sperger-Wettbewerb 2004 468
Schreiben von Anneliese Rothenberger, ... 469
Placido Domingo im Gästebuch von BASSIONA AMOROSA 470
Placido Domingo im Gästebuch von BASSIONA AMOROSA 471
Schreiben von Zubin Mehta, ... 472
Schreiben von Nikolaus Harnoncourt 473
Schreiben von Fürst Hans Adam II. von und zu Liechtenstein 474
Wolfgang Wagner im Gästebuch von BASSIONA AMOROSA 476
Scholarship-Award von der International Society of Bassists 1993 477
Urkunde Europäischer Quartettpreis 2003 in Luzern
an BASSIONA AMOROSA 478
Studenten von Klaus Trumpf 479
Vorträge über Leben und Werk „Johann Matthias Sperger" 481
Bernhard Alt: Erstes Kontrabass-Quartett 1932 482

VII Personenregister

Personenregister 483

Einleitung

Ein Musiker-Leben erzählen. Mein Musiker-Leben erzählen. Von Anfang an? Oder irgendwo von der Mitte her? Die guten und schönen Erfahrungen? Die schweren? Allenthalben hört man: „… ein so schöner Beruf!", sagt man mir immer wieder. Ja, ein schöner Beruf! Man sollte meinen, in einem Musikerleben passieren nur angenehme Dinge – oder wenigstens hauptsächlich. Ist es das, was interessiert? Die außergewöhnlichen Erfahrungen?

„… und dann auch noch immer gut angezogen im Frack oder Anzug mit weißem Hemd, wenn es zur ‚Arbeit' geht!" In diesem Moment gerät das Gespräch ins Stocken. Das Wort ‚Arbeit' klingt etwas gepresst. Man spricht es nachhaltig gedehnt und betont aus. Der Künstler hört zwischen den Zeilen: „Aha, Sie sind Musiker und gehen abends spielen …" – Musiker, natürlich, auf der zweiten Silbe betont. Und man geht abends „spielen"! – „Ja", so scheint der Blick des Redners fortzufahren, „was machen Sie denn am Tage? Und wie verdienen Sie Ihren Lebensunterhalt?"

Ja, so ist es: Der Musiker spielt am Abend, noch nicht einmal jeden Abend, und ist an den Tagen nicht auf der Bühne – jedenfalls nicht für die Öffentlichkeit. Denn die Leistung des Abends wächst nicht aus dem Nichts empor. Sie ist Teil seines Lebens, seiner Leistung – während des restlichen Tages. Und mindestens dann, tagsüber, artet das Spiel des Abends verdächtig in Arbeit aus. Diesen Teil des Lebens, den Tag, verbringt der Musiker vor allem unter Kollegen. Oder einsam am Instrument, übend. Diese Spannung trennt den Künstler von den sogenannten normalen Menschen. Alles, was das profane Leben ausmacht, erlebt er im menschlichen Miteinander unter Musikerkollegen.

Das normale Leben eines Musikers – und doch so gar kein durchschnittliches Leben. Sollte man dieses erzählen?

Wie oft erlebte ich Situationen, die über das Normale hinausgehen! Sie ließen mich auf Flügeln schwebend dahintaumeln oder in mir absolutes Unverständnis aufkommen. Davon berichtet man hin und wieder Freunden, näher stehenden Kollegen, Bekannten, Studenten. „Schreib darüber! Erzähl, was du erlebt hast", legten mir einige von ihnen nahe, denn „es gibt viel zu wenige Berichte über das Leben mit dem unhandlichsten aller Instrumente, dem Kontrabass". So begann ich also meine tausende von Begegnungen in diesem Berufsleben zu sichten und niederzuschreiben.

Anfangsunterricht

Niemals werde ich verstehen, warum ich als 13/14-Jähriger immer wieder nach meinem Berufswunsch gefragt wurde. Mein Vater war Musiker, Kontrabassist! Wieso sollte ich etwas anderes werden wollen? Es war aus meiner Sicht unsinnig, auch nur einen Gedanken an einen anderen, alternativen Berufswunsch zu verschwenden.

Noch bis in die 70er Jahre des 20. Jahrhunderts hinein begann man mit dem Unterricht des Instruments Kontrabass nicht vor dem 14. Lebensjahr. So war es auch bei mir. Das war im Jahr 1954.

Zu dieser Zeit war mein Vater bereits seit einigen Jahren wieder zu Hause. Bei seiner Rückkehr aus der Kriegsgefangenschaft 1947 fand er eine beinahe unzerstörte Stadt vor. Görlitz hatte das einmalige Glück, zum Kriegsende hin einen mutigen Bürgermeister zu haben, der jede Verteidigungshandlung unterbinden konnte. Die anrückenden russisch-sowjetischen Truppen nahmen die Stadt kampflos ein, und so blieb wie durch ein Wunder die herrliche bürgerlich-geprägte alte Renaissance-Barock-Klassizismus-Gründerzeit-Stadt ohne jede Verwüstung erhalten.

Beinahe unmittelbar nach dem Krieg hatte meine Mutter für mich einen ersten Geigenunterricht organisiert. Der Vater entschied kurz nach seiner Rückkehr aus der Gefangenschaft, den Unterricht abzubrechen. Die Versorgungslage war schlecht und meine Konstitution erschien ihm zu schwächlich.

Aber ich erhielt Klavierunterricht. Im Gegensatz zu vielen Schülern absolvierte ich meine täglichen Übungsstunden am Klavier nicht nur mit äußerem Druck. Es ist aus heutiger Sicht schwer zu sagen, warum es so war. Lag es an der schwierigen und doch von Gefahren des Krieges entlasteten Zeit? Wollte ich meinem Vater zeigen, wie froh ich über seine glückliche Heimkehr war? Ich bewunderte ihn, daran besteht kein Zweifel. Und es ging mir um vieles besser als anderen: Im Gegensatz zu vielen Schulfreunden war mein Vater zwei Jahre nach Kriegsende gesund aus französischer Kriegsgefangenschaft nach Hause zurückgekehrt. In Frankreich und noch dazu als Musiker hatte er es relativ gut getroffen: Er arbeitete im Garten eines Grafen und musizierte am Abend für die Gesellschaften.

Dennoch war die Zeit nach der Rückkehr für ihn und für uns nicht einfach. Ein ganzes Jahr lang musste er auf die behördliche Genehmigung zur Wiedereinstellung im Theaterorchester warten. Dann sah ich ihn allabendlich im schwarzen Anzug, mit dem Kontrabassbogen in einem selbstgefertigten Stoff-Futteral unter dem Arm – stabile Etuis gab es damals noch nicht – in das Theater zum Dienst gehen. Es hatte etwas Seriöses, Gravitätisches an sich, wenn er seinen Hut aufsetzte, wie damals alle Männer, und zum Stadttheater schritt. Nur mühsam hielt ich mich mit der Antwort auf die Frage meiner Klavierlehrerin zurück, als sie von mir Namen großer Musiker genannt haben wollte. Aber wäre es nicht peinlich gewesen, den eigenen Vater zu nennen? Ich war zutiefst davon überzeugt, dass er dazu gehörte!

1949 gründete man die beiden deutschen Staaten. Aus der Sowjetischen Besatzungszone (SBZ), zu der auch Görlitz gehörte, wurde die Deutsche Demokratische Republik. Mein Leben änderte sich nur wenig.

Ein paar Tage nach meinem 13. Geburtstag, am 17. Juni 1953 winkte uns der damalige Klassenleiter während des Schulunterrichtes plötzlich aufgeregt ans Fenster. Wir wurden Zeugen von Vorgängen, die für uns bis zu diesem Zeitpunkt als unvorstellbar gegolten hatten: Arbeiter der nahen Görlitzer Waggonwerke demonstrierten mit Transparenten gegen die Staatspartei Sozialistische Einheitspartei Deutschlands (SED) und rissen von den Gebäuden sozialistische Losungen und Plakate herunter. Es war unfassbar.

Wir Jungen wollten natürlich sofort auf die Straße und an der Demonstration teilnehmen. Der verständnisvolle Lehrer gab uns frei, und wir folgten den Demonstranten. Von allen Seiten schlossen sich immer mehr Menschen dem Protestzug an. Sie liefen zum Rathaus, warfen Akten und Papiere zum Fenster hinaus.

Dann ging es zum Frauengefängnis am Postplatz. Auch dort passierte Unerhörtes. Für uns Jungen damals war dies alles vor allem wahnsinnig spannend und aufregender als jeder Film. Man erzwang sich den Zugang ins Gefängnisgebäude und zerschlug mit Spitzhacken und Werkzeugen die Zellentüren. Man befreite die Frauen, die hier wegen politischer „Delikte" einsaßen. Ich sah mit eigenen Augen, wie eine etwa 40-jährige Frau, gestützt von Männern, aus dem Gebäude wankte. Sie erzählte, dass sie mehrere Stunden täglich in warmem Wasser hatte stehen müssen. Auch heute überwältigt es mich, wenn ich daran denke. Es ist nicht zu fassen! 1953 in der DDR! Vielleicht bestand ihre einzige „Schuld" darin, dass sie berechtigte Kritik am Staat geübt hatte. Schneller als man es ahnen konnte, herrschte aber wieder Ruhe in der Stadt. Auffahrende sowjetische Panzer sorgten dafür. Der erste Aufstand der Arbeiter in der DDR wurde innerhalb eines Tages von der Regierung des „Arbeiter- und Bauernstaates" niedergeschlagen.

Man erfuhr weder, was aus den festgenommenen Protestierenden, noch was aus den Frauen aus dem Gefängnis geworden war.

Erst nach dem Mauerfall im Jahre 1989 erfuhr ich Authentisches über den mutigen Lehrer Günter Assmann, der als Demonstrant 7 (sieben!) Jahre in dem berüchtigten Zuchthaus Bautzen bis zum letzten Tage absitzen musste und mit auferlegtem Berufsverbot nie mehr unterrichten durfte. Als Buchhalter in einem kleinen Handwerksbetrieb konnte er seinen Lebensunterhalt verdienen. Wie viele werden dieses Schicksal mit ihm geteilt haben?

Ein Jahr später hatte ich endlich das 14. Lebensjahr erreicht und konnte das erlernen, was ich wirklich erlernen wollte: Kontrabass spielen.

Das Jahr 1954: Der Zweite Weltkrieg lag gerade einmal neun Jahre zurück. Im Westteil Deutschlands wurde das sogenannte Wirtschaftswunder mehr und mehr spürbar. Auch wenn es noch an vielem fehlte, so waren ein bescheidener Wohlstand mit ausreichendem Essen, einem Auto und Urlaubsreisen möglich geworden. Im Osten war die Lage um vieles schlechter. Der Aufbau ging schleppend voran. Zwar waren die Preise für Lebensmittel und sogar für Briefmarken gesenkt. Aber ansonsten konnte man nur mit Neid aber auch mit Bewunderung den Neuanfang in der Bundesrepublik verfolgen.

Zugleich verschärfte sich die Lage nach den Aufständen von 1953: Am 1. Mai 1954 nahmen zum ersten Mal die paramilitärischen „Kampftruppen der Arbeiterklasse" an den Maidemonstrationen teil. Der sogenannte Kalte Krieg verschärfte sich.

Ich hatte die Grundschule beendet. Große politische Entwicklungen waren mir in diesem Alter weniger bewusst, obwohl ich viele aufgeregte Diskussionen im Familienkreis von Eltern und Großeltern miterlebte. Meine Eltern sorgten mit unermüdlichem Einsatz dafür, immer etwas Essbares auf den Tisch zu bringen. Und sie sorgten für meine musikalische Bildung.

Ich wollte Musiker werden. Das zählte für mich. Ich stellte mich also der Aufnahmeprüfung an der „Fachgrundschule für Musik" in Görlitz mit einer Mozart-Klaviersonate und spielte auf dem Akkordeon ein paar volkstümliche Melodien. Ich bestand die Prüfung. Meine Eltern gaben daraufhin bei der bekannten Markneukirchner Kontrabasswerkstatt Rubner ein Instrument in Auftrag. Wenige Wochen später kauften sie es zum für damalige Zeiten unerhörten Preis von

700 DM. Als Vergleich hier die originale Rechnung des Otto-Rubner-Kontrabasses von 1932, den mein Vater Jahrzehnte im Görlitzer Theaterorchester spielte.

Otto-Rubner-Kontrabass 1932, vermittelt durch Albin Findeisen

In meinem Vater erwachte nun plötzlich der pädagogische Ehrgeiz. Immerhin war er bis 1935 Schüler von *Albin Findeisen* in Leipzig, dem Solokontrabassisten des Gewandhausorchesters und berühmten Kontrabass-Pädagogen gewesen. Damit durfte er als einer der ersten aus dessen sehr durchdachter, systematisch-verfassten Kontrabass-Schule lernen. Und so sollte auch sein Sohn von Anfang an außergewöhnliche Fortschritte machen. Zum Ende der ersten Unterrichtsstunde musste ich die B-Dur-Tonleiter über eine Oktave spielen können. Wäre ich sein Schüler geblieben, er hätte es sicher geschafft, mir innerhalb eines Jahres die gesamte damalige Konzertliteratur beizubringen. Ob dies der künstlerischen Entwicklung wirklich dienlich gewesen wäre, muss offenbleiben. Zu seiner Entlastung und zu meinem Glück gab es an der Musikschule einen auf Honorarbasis angestellten Pädagogen, der gleichzeitig im Görlitzer Theater der 1. Solokontrabassist und die Autorität dieser Instrumentengattung in der Stadt war. Mein Vater als stellvertretender Solokontrabassist und er bildeten gemeinsam mit dem Kontrabassisten, der auch noch die Tuba bei Bedarf zu bedienen hatte, die Bassgruppe des Theaterorchesters. *Walter Flegel* brachte methodische Ordnung in meine Spielweise. Seine Anweisungen trug er immer mit gütiger Strenge vor. Auch heute, über ein halbes Jahrhundert später, bin ich noch immer dankbar dafür.

Man kann heute über die „Theater in der Provinz" lächeln, aber vermittelten doch diese, als es noch keine Fernsehüberflutung gab, echte kulturelle Bildung. Die Theatervielfalt war ein Kennzeichen des deutschen Bildungsbürgers. Das Görlitzer Theater, übrigens bis heute, war ein Drei-Sparten-Theater: Schauspiel, Oper/Operette, Ballett mit einem eigenen Orchester. Die nächstgelegenen Theater spielten im Umkreis von 35km: Zittau, 50km: Bautzen, 90km: Cottbus und so ging es durch ganz Deutschland. Eine Stadt wie Chemnitz z.B. mit ca. 250.000 Einwohner hatte um 1970 drei Orchester! Zum großen Bedauern wurden viele Theater und Orchester zusammengelegt oder geschlossen, leider bis heute!

Auf dem Weg zum Musiker
1954-1958, Fachgrundschule für Musik Görlitz

Ich hatte es geschafft. Ich konnte Musiker werden. Ähnlich wie heute in den Spezialschulen wurden zu dieser Zeit in der „Fachgrundschule für Musik" 14- bis 18-Jährige sehr professionell auf den Musikerberuf vorbereitet. Viele Lehrer der „alten" Schule sorgten mit Strenge und Disziplin für ein ordentliches Lernpensum.

Unser Unterricht begann morgens um 8.00 Uhr. Für den „normalen" Unterrichtsbeginn in der DDR war dies vergleichsweise spät. Aber einige von uns hatten vor dem Beginn des Klassenunterrichts bereits eine Stunde auf dem Instrument geübt! Ich gehörte dazu. Sehnlichst erwarteten wir die große Pause um 10.30 Uhr. Dann holten wir uns im Geschäft um die Ecke auf unsere personengebundenen Lebensmittelkarten etwas Magermilch, eine verdünnte Milch von bläulicher Farbe, der jeder Fettgehalt entzogen worden war, ein Brötchen und Fleischsalat. Noch immer gab es Essenszuteilung nur auf Versorgungsbons. Sie wurden monatlich jedem Bürger im Osten Deutschlands zugeteilt: Soundsoviel Gramm Fett, soviel Brot, soundsoviel Gramm Fleischwaren usw. Auch Textilien gab es noch einige Jahre auf Zuteilung. Bezugsberechtigungsscheine für Speisekartoffeln erhielt man noch bis 1964/65.

Bezugsschein für Kartoffeln 1964 in der DDR

Im vierten Jahr meiner Ausbildung an der Musikschule durfte ich bereits bei den Sinfoniekonzerten im Theaterorchester als Aushilfe mitspielen. Ich saß mit Vater an einem Pult! Das waren große Ereignisse für mich. Die ersten Schlüsselerlebnisse für den Musikerberuf!

Im letzten Jahr meiner Ausbildung an der Musikschule hatte ich im ‚Hauptfach Kontrabass' Unterricht bei *Otto Scharf,* einem Mitglied der Dresdner Staatskapelle. Ich genoss diesen fundierten Unterricht und empfand ihn als Privileg.

Das sinfonische Orchester der Musikschule umrahmte häufiger auch staatliche Feiern. Besonders erinnere ich mich an einen Staatsfeiertag. Ein junger Funktionär fühlte sich verpflichtet, das Hohelied auf den Sozialismus anzustimmen. Er war immer stärker von seiner eigenen Rede begeistert. Schließlich gipfelten seine Aussagen in einer optimistisch und prophetisch dargebotenen Rechnung als einem Beweis für den zu erwartenden Sieg des Sozialismus: „Das sozialistische Lager umfasst doch jetzt schon ein Sechstel der Erde! Bald werden es ein Sechzehntel und in absehbarer Zeit ein Sechzigstel sein!" Im Saal herrschte eisiges Schweigen. Die Köpfe des gesamten Orchesters verschwanden hinter den Notenpulten. Ob ihm wohl später aufgegangen ist, welch prophetische Rechnung er auf diese Weise aufgestellt hat?

Die technischen Möglichkeiten im Phonobereich erweiterten sich beinahe täglich. Die Aufnahmetechnik wurde verfeinert. Ende der 50er Jahre gab es die ersten Tonbandgeräte für den Privatmann zu kaufen. Auch für mich war dies ein unglaubliches Ereignis! Ich konnte zuhause, ohne in ein Tonstudio zu gehen, meine selbst produzierte Musik über ein Mikrofon auf einen braunen Magnetstreifen übertragen und mich über einen Lautsprecher hören. Ich konnte tatsächlich *mein* eigenes Spiel aufnehmen und sofort anhören! Was war das für eine Sensation!

Die Jahre der Grundausbildung vergingen, wie mir heute scheint, wie im Flug. 1958 bewarb ich mich an der Musikhochschule in Dresden um ein Studium im Fach Kontrabass. Diese Entscheidung sollte meinen weiteren Lebensweg nachhaltig beeinflussen. Die Aufnahmeprüfung verlief gut. Mit Spannung erwartete ich das Ergebnis. Zunächst teilte mir *Heinz Herrmann,* der Lehrer im Fach Kontrabass und Solokontrabassist der Dresdner Staatskapelle, mit, dass ich bestanden habe. Als ich dann aber den offiziellen Bescheid las, war ich geschockt. Man teilte mir mit, dass das Studium nicht möglich sei. Mir fehle entscheidendes Grundwissen im Fach „Gegenwartskunde". Dieses Fach behandelte die Wissenschaft des Marxismus-Leninismus und da waren meine Kenntnisse wirklich nicht berauschend, um nicht zu sagen kontraproduktiv.

Was nun? Es blieben mir zwei Möglichkeiten: Ich hätte am Konservatorium in Zwickau studieren können. In Sachen „Lehrer" ein

Rückschritt. Wir suchten nach einer Alternative. Diese hat sich mit einer Stelle in einem Ensembleorchester ergeben. Gleichzeitig könnte ich meine Wehrpflicht, die zu dieser Zeit auch in der DDR eingeführt wurde, absolvieren. Die Entscheidung für diese Variante lag in folgender besonderen Attraktivität des Angebotes: kostenloser Unterricht, den dieses Ensemble zahlen wollte. Und zwar beim Solokontrabassisten der Deutschen Staatsoper Berlin *Horst Butter*. Dieses großzügige Angebot gab den Ausschlag. Ich konnte mit einem Unterricht in außergewöhnlicher Qualität rechnen. Alle anderen Vorbehalte erschienen mir daneben völlig unbedeutend.

Sollte es die richtige Entscheidung für die Zukunft sein?

Zwei Probespiele in Einem: Erstes und Letztes

Etwa nach einem Jahr Unterricht in Berlin teilte mir mein Lehrer mit, dass bei der Staatskapelle Berlin, dem Orchester der Deutschen Staatsoper, eine Kontrabassistenstelle frei sei. Ich solle dort vorspielen. Zunächst fasste ich das als eine verdeckte Provokation auf und gab nichts darauf. Ich war 19 Jahre alt. Dann aber nahmen die schwierigen Orchesterpassagen einen immer breiteren Raum im Unterrichtsablauf ein, mein Lehrer zeichnete mir den Weg zum Probenraum der Staatsoper auf einem Zettel auf und nannte den Vorspieltermin. Er meinte es also ernst. Es gab wohl kein Entrinnen mehr.

Ich beruhigte mich mit dem Gedanken, dass ja ein Vorspiel vor ein paar Leuten keinen allzu großen Schaden anrichten könne. Und dann sei die Sache ausgestanden. Das gab mir den Rückhalt, meinem Lehrer den Gefallen zu tun.

Aber alles kam anders als gedacht: Als ich den Probenraum der Staatskapelle betrat, spielten sich dort bereits ca. 20 Kontrabass-Bewerber ein. Meiner Meinung nach vollbrachten sie wahre Kunststücke. Die Spannung stieg. Jetzt sollte es ernst werden!

Probespiel im Jahre 1960 an der Staatsoper Berlin: Wir Probanden saßen alle gemeinsam im gleichen Raum und hörten beim Vorspiel zu. Einer nach dem anderen spielte vor den anwesenden Mitgliedern des Orchesters sein Konzert. Die Auswahl der Stücke unterschied sich von der heute, im Jahr 2014 üblichen, sehr deutlich. Die meisten der heute dargebotenen Stücke waren entweder noch nicht im normalen Probespiel-Repertoire oder noch gar nicht bekannt, ‚wiederentdeckt' oder herausgegeben. Etwa die Hälfte der Bewerber spielte das Konzert von Georg Friedrich Händel, das von *Franz Simandl* transkribierte Oboenkonzert. Einige wenige der Kandidaten trugen das Dittersdorf-E-Dur-Konzert vor. Es war gerade erst vor 20 Jahren in der Schweriner Bibliothek entdeckt und vom Kontrabassisten *Tischer-Zeitz* 1938 erstmalig herausgegeben worden (leider nicht in der historisch korrekten Tonart, in der es heute immer noch gespielt wird – aber wer wusste zu jener Zeit von der sogenannten „Wiener Stimmung" in A-D-Fis-A?)! Einige stellten sich mit dem Konzert von *Eduard Stein* oder dem Konzertstück Op. 34 von *Franz Simandl* vor. Noch seltener hörte man das Konzert von *Sergej Koussewitzky* oder das von *Dragonetti/Nanny*. Sogar mit einer Etüde, der „großen Es-Dur" von *Simandl* oder einer Barocksonate versuchten manche ihr Glück. Das Konzert von *Koussewitzky* galt als das absolute Artisten- und Paradestück. Vor einem Spieler, der *Bottesini* gespielt hätte, hätte man stramm zu stehen gehabt und den Hut zu ziehen. Man spielte noch ausschließlich mit Darmsaiten. Ein Kollege der Staatskapelle Berlin tat das übrigens bis zu seiner Pensionierung im Jahre 1989.

Das Vanhal-Konzert beim Probespiel? Fehlanzeige! *Bottesini*? Fehlanzeige! Modernes Konzert? Fehlanzeige! Vanhal, Hoffmeister, *Sperger* – wer kannte diese Komponisten? Die gesamte Virtuosen-Literatur von *Bottesini*, Gliere, *Misek* und anderen Komponisten blieb einigen wenigen Kontrabass-Solisten vorbehalten. So war es auch bei diesem Probespiel. So war es weltweit um 1960.

Mit Spannung verfolgte ich den Verlauf. Ich gab mein Bestes beim Spiel des Händel-Konzertes. Was würde sich wohl für mich daraus ergeben? Nach und nach schickte man einen nach dem anderen nach Hause. Ich blieb. Schließlich waren wir noch drei Kandidaten, die sich Hoffnungen auf die Stelle machen durften. Für die letzte Runde brachte der Orchesterwart einen 5-Saiter-Pöllmann-Orchesterbass in den Raum. Ich hatte noch nie auf einem 5-Saiter gespielt und sollte nun die Gewitter-Passagen des Vorspiels zur „Walküre" darbieten. Ich war 19 Jahre jung und hatte keine Erfahrung im Vorspiel. Wie sollte ich ahnen, was auf mich zukam? Frohen Mutes nahm ich den Kontrabass in die Hände und legte los. Das Blut schoss mir in den Kopf, als mich der Solokontrabassist *Hans Richter*, der das Probespiel leitete, ermahnte, doch die Passagen auf der E-, der vierten Saite, nicht immer wieder auf der fünften Saite zu greifen! Ausgerechnet in der entscheidenden Runde musste mir das passieren. Es war mir unsagbar peinlich.

Wir warteten auf das Ergebnis der Beratung der „Orchestergemeinde". Es schien eine sehr schwierige Entscheidung zu sein, denn wir mussten lange warten. Schließlich wurden die Namen bekanntgegeben: *Walter Klier*, ein Kollege vom Rundfunkorchester Leipzig, bekam die Stelle zugesprochen. Aber damit war die Verkündung der Entscheidung noch nicht beendet. Man fragte mich, ob ich sehr traurig sei, wenn man mir „nur" eine Volontärstelle anbieten würde. Ich wusste nicht, was das bedeutete. Aber es war mir klar, dass es ein besonderes Angebot war, und sagte sofort zu. Ich fühlte mich wie auf Wolken getragen. Was für eine wunderbare Chance!

Zwei Wochen später erhielt ich einen Anruf des Orchesterdirektors: Wäre ich auch bereit, die volle Stelle anzunehmen? Der Leipziger Kollege könne sie nicht antreten. Natürlich sagte ich zu, ohne mich auch nur eine einzige Sekunde zu besinnen.

Und genau damit bereitete ich meinem Vater die größte Enttäuschung seines Lebens: „Da habe ich mich nun jahrelang um dein Fortkommen bemüht, damit wir einmal gemeinsam am Pult des Görlitzer Stadttheaterorchesters musizieren können, und nun gehst du an die Staatsoper nach Berlin! Was ist das für ein Dank?" Aber ich glaube, mit dieser Enttäuschung konnte er ganz gut leben.

Die Kontrabassgruppe der Staatsoper/Staatskapelle Berlin von 1956, die Gruppe, wie sie besetzt war, 5 Jahre vor meiner Anstellung

Dienstvertrag

Zwischen der

DEUTSCHEN STAATSOPER BERLIN

vertreten durch den Intendanten

und

Herrn/~~Frau/Fräulein~~ Klaus Trumpf

wird folgender Dienstvertrag abgeschlossen:

§ 1

Das Mitglied wird für die Kunstgattung als Kontrabassist

und für das Kunstfach als ./.

an die Deutsche Staatsoper in Berlin verpflichtet.

§ 2

Der Vertrag beginnt am 1. August 1961 und endet am 31. Juli 1962

§ 3

Das Mitglied hat zu beanspruchen:

1. eine Gage von monatlich 800.-- DM (brutto)

   (in Worten: achthundert-------------------------------DM)

Die Zahlung von Instrumentengeld richtet sich nach dem Lohn- und Gehaltsabkommen.

2. für die Mitwirkung in einer zweiten oder dritten am gleichen Tage stattfindenden Vorstellung eine Vergütung von 50% der Tagesgage (ein 26-stel der Monatsgage)

3. für die Mitwirkung in einer durch Rundfunk, Fernsehfunk usw. übertragenen Vorstellung eine Vergütung auf der Grundlage der tariflichen Bedingungen.

1. Dienstvertrag

Dienstbeginn mit Paukenschlag

Nach dem bestandenen Probespiel wurde ich zunächst für Aushilfen eingeladen. Noch vor Beginn meiner Anstellung an der Oper heiratete ich die Geigerin Ingrid Horst. Meine Lebensumstände veränderten sich rapide. Bis zum offiziellen Dienstbeginn im August 1961 musste ich mich noch über ein Jahr gedulden.

Es war faszinierend, in einem der ältesten Opernhäuser der Welt ein- und auszugehen. Man spürte seine Geschichte hautnah. Das Opernhaus „Unter den Linden", so die Bezeichnung für die Oper, da sie an der mit Linden bepflanzten Prachtstraße mitten in Berlin steht, wurde im Juli 1741 als erstes großes Bauwerk von dem seit 1740 in Preußen residierenden König Friedrich II., ‚Friedrich der Große', in Auftrag gegeben. Und man höre und staune: einundeinhalbes Jahr später, im Dezember 1742, mit der Oper „Cleopatra e Cesare" von Carl Heinrich Graun eröffnet. Es war damals das größte Opernhaus in Europa. Mit nachfolgender großer Geschichte, großer Tradition! Viele bedeutende Werke wurden hier uraufgeführt, wie beispielsweise 1821 „Der Freischütz" von Carl Maria von Weber – zwar im neuerbauten benachbarten großen Schinkel-Schauspielhaus, aber mit dem Hofopernensemble. Am Pult standen in den Jahrhunderten Dirigenten wie Gasparo Spontini (1774-1851), Giacomo Meyerbeer (1791-1864), Felix Mendelssohn-Bartholdy (1809-1847), Felix von Weingartner (in Berlin:1891-1898), Richard Strauß (in Berlin: 1898-1919), Bruno Walter (1867-1962), Leo Blech (1871-1958), Erich Kleiber (in Berlin: 1923-1935, 1952), Georg Szell (1897-1970), Wilhelm Furtwängler (1886-1954), Hermann Abendroth (1883-1956), Fritz Busch (1890-1951), Otto Klemperer (1885-1973), Werner Egk (1901-1983); Herbert von Karajan (1908-1989) begann hier seine Karriere, Georg Solti (1912-1997), Joseph Keilberth (1908-1968), Franz Konwitschny (1901-1962), Otmar Suitner (1922-2010).

Es traten Sänger wie Enrico Caruso (1873-1921), Benjamin Gigli (1890-1957), Heinrich Schlusnus (1888-1952), Richard Tauber (1891-1948), Peter Anders (1908-1954), Helge Rosvaenge (1897-1972, Erna Berger (1900-1990), Maria Cebotari (1910-1949), Margarete Klose (1899/1902-1968) auf, immer die bedeutendsten ihrer Zeit.

1945, während des 2. Weltkrieges, wurde das Haus wie so vieles in Berlin zerstört; 1955 begann man mit dem Wiederaufbau. Nun erstrahlte die Oper in neuem Glanz, im Stile des Rokoko, und atmete, überall spürbar, den alten, von Tradition geprägten Geist! Wir lasen aus noch vorhandenen Notenbeständen und spielten – das war eine Besonderheit – auf glücklicherweise sehr gut erhaltenen, alten Kontrabässen!

Meinen ersten Dienst trug ich mir für den 13. August 1961 in meinen Kalender ein. Es sollte ein markantes Datum werden! Der Tag, an dem man begann, mitten in Berlin eine Mauer zu errichten, um den Ost- vom Westteil abzutrennen, war ein warmer sommerlicher Sonntag. Auf dem Programm standen „Cavalleria rusticana" und „Bajazzo" unter dem Dirigat von Horst Stein. Lange vor Vorstellungsbeginn spielte ich mich im Orchestergraben ein. Ich beobachtete, wie die anderen ankamen. Es war, nach den Ereignissen des Tages, ein Abend voller Spannung. Horst Stein betrat sehr pünktlich den Orchestergraben. Mit der Partitur unter dem Arm schritt er zum Dirigentenpult, um seine Noten abzulegen. Als er am Schlagzeug vorbei ging, nahm er den größten Schlegel, schlug plötzlich mit voller Wut auf die Große Trommel und rief: „Sch... Mauer!" Mit diesem Donnerschlag begann mein offizieller Dienst in der Staatsoper Berlin.

Noch stand die Mauer nicht, aber die Teilung der Stadt war vollzogen. Man hatte an diesem Tag bekanntgegeben, nicht nur einen Zaun zu ziehen, sondern einen „Antifaschistischen Schutzwall" zu errichten. Berlin war nach Kriegsende durch das „Potsdamer Abkommen" in vier Zonen geteilt worden: Der amerikanische, der englische und der französische Sektor bildeten den „Westteil", der sowjetische den „Ostteil". An der Linie, die den sowjetischen von den übrigen Sektoren trennte, standen seit den frühen Morgenstunden des 13. August Bewaffnete, der Zaun wurde gerade errichtet, man begann eine Mauer zu bauen. Noch konnte niemand ahnen, was in nächster Zukunft genau passieren würde. Aber dass sich das Leben in der Stadt änderte, war allen mehr als bewusst. Eine emotional aufwühlende Vorstellung für alle Beteiligten stand uns bevor!

Unser Vermieter, der gute Herr Stolle, kam als alleinstehender Rentner an diesem berüchtigten Tage von einem Besuch bei seiner Westberliner Bekannten zurück. Die Grenzer versprachen ihm, dass er zu jeder Zeit wieder besuchsweise in den Westteil darf. Natürlich durfte er nicht. Sein gebrochenes Herz versagte vier Wochen später und wir trugen ihn zum Friedhof. Tausende solcher trauriger Einzelschicksale waren in den folgenden Jahren zu beklagen. Das kommunistische System hatte sich eigentlich das Motto „Alles zum Wohle des Menschen" auf die Fahne geschrieben, aber das Gegenteil war der Fall.

Mit diesen politischen Entwicklungen hielt der Tag meiner Anstellung für mich einen echten ‚Paukenschlag' bereit. Eigentlich hatte ich mir nach dem bestandenen Probespiel vorgenommen, in Ruhe den Westteil der Stadt zu erkunden. Plötzlich waren diese Träume und Pläne null und nichtig. Nun, durch den Zaun, später die Mauer getrennt, war es nicht mehr möglich, vom sowjetisch besetzten Ostteil die Stadthälfte Westberlin zu besuchen. Selbst wenn ich Verwandte in den anderen Sektoren gehabt hätte. Auch dann nicht. Nie, niemals, nicht. So blieb es bis zum Mauerfall im November 1989.

Theoretisch umschloss die Mauer Westberlin. Die Stadt bildete gewissermaßen eine Insel im Gebiet der DDR. Tatsächlich aber fühlten sich die Ostberliner eingesperrt. Das zeigte sich sogar in Aufführungen der Staatsoper. In dieser Zeit stand unter anderem auch die Oper ‚Fidelio' von Ludwig van Beethoven auf dem Programm. In mehreren Vorstellungen der Freiheitsoper erlebte ich folgende Szene: Nach dem Gefangenenchor begann das Publikum zu applaudieren und hörte nicht auf, Beifall zu spenden. Die Menschen trampelten und klatschten so stark, dass ein Weiterspielen unmöglich war. Ein Protest, für den niemand zur Verantwortung gezogen werden konnte. Den Musikern im Orchestergraben wurde immer ganz unheimlich zumute. Wie würde die Staatsmacht reagieren?

Eine zeitlang geschah nichts. Schließlich erhielt der Dirigent der Fidelio-Aufführungen, Franz Konwitschny, der durch seine genialen Interpretationen beim Publikum und den Musikern oft für Gänsehaut sorgte, von oberster Stelle die Anweisung, dem Publikum keine Gelegenheit zu Beifalls- und Gesinnungskundgebungen zu geben. Er solle sofort weiterspielen lassen. Trotzdem gab das Publikum, als wäre es vorher abgesprochen, nicht auf. Die Besucher zeigten noch lange durch Beifall ihre wahre politische Meinung über den verheerenden Mauerbau.

Von den Musikern, die im Westteil der Stadt wohnten, zog nach dem 13. August nicht einer nach Ostberlin. Sie gingen fast geschlossen an die Stuttgarter Oper, an der gerade das Orchester stark vergrößert wurde. Drei kurz vor der Pensionierung stehende Kollegen erhielten die Sondergenehmigung, ihren Dienst weiterhin bei der Staatskapelle – nun von Berlin-West kommend - zu absolvieren. Von einem Tag auf den anderen verlor das Orchester ein Drittel der Mitglieder. Den herben Verlust versuchte man durch erfahrene Kollegen aus dem Rundfunksinfonieorchester Berlin und durch Absolventen der Musikhochschulen zu ersetzen.

Zeit des Erwachsens

Die Wochen und Monate, die ersten Jahre meiner Anstellung waren eine unglaubliche Zeit. Ich fühlte mich, als ob ich zum Leben erwachen würde. Die musikalische Welt öffnete sich mir in vielerlei Hinsicht, in Oper und Konzert, in den Proben mit erfahrenen Kollegen in allen Instrumentengruppen. Der Dienst war umfangreich und vielfältig. Zu meinen Aufgaben gehörten täglich Vorstellungen - außer montags. Das Repertoire umfasste etwa 60 Opern, wechselnd aufgeführt wurden. Eintönigkeit konnte also niemals aufkommen! Darüber hinaus gab es mehrere Konzertreihen: Acht Sinfoniekonzerte im Jahr, aufgeführt im zum Konzertsaal umfunktionierten Opernhaus, und verschiedene Kammermusikreihen und Liederabende im wunderschönen, im Rokokostil wiederhergestellten Apollosaal.

Das Orchester konnte auf eine 400-jährige Geschichte zurückblicken: Die Anfänge reichen bis ins Jahr 1570 zurück. Das besagt eine erste Kapellordnung für die Hofkapelle. Das Opernhaus schrieb seit 220 Jahren Operngeschichte. Und ich war ein Teil davon. Diese ersten Jahre waren für mich eine großartige Zeit! Jede Vorstellung, jedes Konzert, jede Probe – ein Erlebnis!

Zur Kontrabassgruppe gehörten 1961/62: *Hans Richter, Horst Butter, Heinz Zimmer, Werner Schwarz, Hans Dolinski, Hans Kreß, Bernhard Giemsa, Klaus Trumpf,* ab 1962: *Walter Klier, Manfred Pernutz, Hartmut Schmitz,* einige Jahre später *Sheljasko Sheljasov, Dieter Uhlmann* und *Wolfram Stengel*.

1962 kam von der Dresdner Hochschule *Werner Zeibig* als Praktikant zu uns. Wir saßen am selben Pult und hatten enormen Spaß und Freude beim Erschließen der Opernliteratur. Oft mussten uns die anderen Kollegen wegen überschäumender Spiellust, animiert durch *Werner*, einen Dämpfer aufsetzen. Unser gemeinsames erstes Opernjahr ist für mich unvergesslich.

Der Kontakt zu den Kollegen war ziemlich eng. Man fuhr in Ostberlin 1961/62 zum Dienst noch größtenteils mit der S- oder U-Bahn, ein Auto hatten die wenigsten Kollegen. So saßen wir im Anschluss an die Vorstellungen häufig zusammen im Casino, so heißt die Staatsopern-Kantine bis heute, tranken noch ein Bier und tauschten uns aus. Wenn ich nicht, wie in den ersten Jahren, mit meiner 175-er „Jawa", eine beliebte Motorradmarke aus der Tschechoslowakei, zur Oper gefahren war.

Ich kann es nur wiederholen: Diese ersten Jahre waren für mich eine großartige Zeit!

Geschichte in Geschichten

Im Jahr 1740 war Friedrich II. als König in dass Berliner Schloss eingezogen. Wie bereits erwähnt, gab er als einen seiner ersten großen Bauten die Errichtung eines Opernhauses an zentraler Stelle in Auftrag. Welcher Regierungschef kann das von sich behaupten? Bereits vor dieser Zeit hatte der intelligente, hochgebildete und kunstsinnige Friedrich an seinem Kronprinzensitz auf Schloss Rheinsberg, ca. 90 km nördlich von Berlin, eine Hofkapelle unterhalten. Schon hier gab es namhafte Musiker wie die Gebrüder Graun, die Gebrüder Benda und den Kontrabassisten und Komponisten *Johann Gottlieb Janitsch* (1708-1763). Am Ende seines Lebens konnte dieser als Komponist auf ein beachtliches Oeuvre zurückblicken.1740 übersiedelten die Musiker gemeinsam mit Friedrich II. nach Berlin und wurden Mitglieder des Opernorchesters, der heutigen Staatskapelle.

Der „Lautenviolon-Spieler" *Johann Gottlieb Janitsch* trat neben seinem Kontrabassspiel auch als Komponist der „Berliner Schule des galanten und empfindsamen Stils der ersten Hälfte des 18. Jahrhunderts" hervor. Im Jahr 1736 rief er in Rheinsberg die sogenannte „Freitagsacademie" ins Leben, die er dann in Berlin fortsetzte. Er entwickelte damit eine der ersten Konzertreihen, zu der auch Bürgerliche Zugang hatten. In den wöchentlichen Konzerten in Berlin ab 1740 spielten nicht mehr nur Mitglieder der Hofkapelle vor Gästen, sondern es musizierten „Königliche, Prinzliche, Markräfliche Kammer- und andere geschickte Privatmusicis und Liebhaber" öffentlich. Die Abende genossen einen sehr guten Ruf und zogen namhafte Musiker an. Viele der Werke von *Janitsch* wurden bereits zu Lebzeiten bei dem schon damals existierenden Verlag Breitkopf gedruckt. Man könnte meinen, dass der Kontrabassist auch für das eigene Instrument komponiert hätte. Aber unter seinen Werken findet sich leider keines für Solokontrabass.

Friedrich II., der große Preußenkönig aus dem Hohenzollerngeschlecht, war ein Fürst, dem neben der Politik die Kunst am Herzen lag. Er wirkte unermüdlich im Sinne seiner Ideale, entwickelte neue Ideen für die Organisation des Staates, war offen für Philosophie, Kunst und Musik, tolerant gegenüber den verschiedenen religiösen Strömungen seiner Zeit. Neben seinen Pflichten nahm er täglich bei seinem Hofkapellmitglied Johann Joachim Quantz (1697-1773) Unterricht im Flötenspiel. Quantz war seit 1741 Mitglied der Hofkapelle.

1752 schrieb Quantz in Potsdam das berühmte, in die Musikhistorie eingegangene Flöten-Lehrbuch „Versuch einer Anweisung die Flöte traversière zu spielen". Er blieb damit nicht der einzige Musiker im Umfeld des musikliebenden Preußenkönigs, der ein fundamentales musiktheoretisches Werk hinterließ. Johann Joachim Quantz lernte ebenfalls, neben einigen anderen Instrumenten, den Kontrabass zu spielen. Kompositionsunterricht nahm Quantz bei *Jan Dismas Zelenka*; dem Kontrabassisten der Dresdener Hofkapelle und genialen Komponisten, dessen Werke sogar mit denen Johann Sebastian Bachs verglichen werden.

Kein Geringerer als Carl Philipp Emanuel Bach (1714-1788), der von 1740 bis1768 in Friedrichs Hofkapelle wirkte, veröffentlichte etwa zu gleicher Zeit ebenfalls ein Werk, das Musikgeschichte schreiben sollte: „Versuch über die wahre Art das Clavier zu spielen" (Berlin 1753/1762).

Allabendlich musizierte man in illustrer Runde im Potsdamer Schloss Sanssouci: König Friedrich II. an der Flöte, Carl Philipp Emmanuel Bach am Cembalo, Kapellmeister Johann Friedrich Reichardt, der Flötist Johann Joachim Quantz, die Geiger J. G. Graun, und F. Benda. Die Hofkapelle Friedrich des Großen in Potsdam/Berlin zählte zu dieser Zeit zu den „ansehnlichsten in Europa". Es war eine Glanzzeit der Kammermusiken.

Am 7./8.Mai 1747 besuchte auch Johann Sebastian Bach mit seinem Sohn Wilhelm Friedemann Potsdam. Ein denkwürdiger Aufenthalt. Hier entstand die Idee, nach dem vom König gegebenen, berühmt gewordenen Thema ein „Musikalisches Opfer" niederzuschreiben und als Danksagung dem König in Preußen zu widmen.

Nachfolger Friedrichs II. wurde 1786 sein Neffe Friedrich Wilhelm II. Er war ein begeisterter und guter Violoncellospieler. Schon als Prinz veranstaltete er in den 1770er Jahren in Potsdam halböffentliche Liebhaberkonzerte mit hervorragenden Musikern, wie u. a. dem französischen Violoncellovirtuosen Jean Pierre Duport, den Marpurg als den „größten Violoncellisten" seiner Zeit bezeichnete. Er war auch der Cellolehrer des Kronprinzen.

Nach dem Tod Friedrichs II. 1786 wurden die königliche und die kronprinzliche Kapelle zusammengelegt. Musik blieb ein wesentlicher Teil des höfischen Lebens, das über die Landesgrenzen hinaus ausstrahlte. Friedrich Wilhelm II. haben wir es zu verdanken, dass Wolfgang Amadeus Mozart und Carl Ditters von Dittersdorf 1789 Berlin und Potsdam besuchten. Mozart weilte nachweislich zwischen dem

25. April und dem 6. Mai 1789 in Potsdam. Am 29. April komponierte er hier die „Sechs Variationen für Klavier" über ein Thema von Duport.

Und jetzt stelle man sich vor, es wäre zu dem Ereignis gekommen, welches *Johann Matthias Sperger,* der bedeutendste Kontrabassist des 18. Jahrhunderts in seiner Lebensplanung hatte! Was wäre das für eine schöne Geschichte für Berlin geworden – und für die Geschichte des Kontrabasses: „... sieben Mahl hat ihn der König mit großem Vergnügen gehört" berichtet der Kapellmeister Johann Friedrich Reichardt 1789. Dann reiste *Sperger* zu einem Vorstellungs-Vorspiel nach Ludwigslust zu Herzog Friedrich Franz I. von Mecklenburg-Schwerin. Die vier angestellten Kontrabassisten des großen Berliner Hoforchesters gestatteten keine weitere, zusätzliche Anstellung eines Kontrabassisten. Auch die Widmung einiger seiner Kompositionen, beispielsweise der Sinfonie für Violoncello, an den Cello spielenden König und sogar die Transkription des Kontrabass-Soloparts seines „Concertinos per il Contrabasso, Flauto traverso, Viola et Orchestre" für Violoncello erwirkten keine Anstellung in Berlin.

Dennoch muss *Sperger* während seines Berliner Aufenthaltes einen enormen Eindruck hinterlassen haben. Nicht nur Reichardt, sondern auch der spätere Generalintendant der Lindenoper Graf Carl von Brühl und sogar ein Captain des General Army Serviteur, ein gewisser Massow, berichten überschwänglich über die Wirkung von *Spergers* Spiel.

Für *Sperger* war der Aufenthalt nicht ohne Nutzen, auch wenn er ihm nicht den gewünschten Dienst am Berliner Hof einbrachte. Die Empfehlungsschreiben verfehlten ihre Wirkung beim kunstverständigen Herzog in Ludwigslust-Schwerin nicht. Er stellte ihn ab 1789 an. Auch die Ludwigsluster Hofkapelle gehörte damals zu den führendsten in Europa.

Königliche Oper um 1750

Bildung durch Bildung

Während meiner ersten Dienstjahre erfuhr ich mehr und mehr über die große Tradition ‚meines' Hauses, ‚meines' Orchesters. Disziplinierter Musizierstil und Achtung vor dem Überlieferten, Respekt vor Tradition gehörten für alle, selbstverständlich auch für mich zu den Grundpfeilern. Und in mir wuchs der Wunsch tiefer in die Geschichte der Musik und in das Geheimnis des Orchesterspiels eingeführt zu werden.

Unfreiwillig hatte ich meine Ausbildung nach der Ablehnung der Musikhochschule Dresden reduziert. Durch das bestandene Probespiel mit 19 Jahren war ich ein ‚Anfänger' unter ‚Altgedienten' geworden. Ich aber wollte mehr: nicht nur eine gute Grundlage in der Praxis des Kontrabassspiels, sondern auch theoretisches Wissen. Ich wollte einen richtigen Abschluss haben. Deshalb meldete ich mich zur Aufnahmeprüfung an der Musikhochschule ‚Hanns Eisler' in Berlin-Ost an, um im sogenannten Abend- und Fernstudium mein Staatsexamen abzulegen.

Vier Jahre lang, von 1962 bis 1966, schritt ich neben meinen Operndiensten an jedem dienstfreien Montag zur Hochschule und legte nach und nach alle notwendigen Prüfungen ab. Außer *Horst Butter*, der weiter mein Hauptfachlehrer war, bemerkte die Veränderung in meinen Lebensumständen kaum einer meiner unmittelbaren Kontrabasskollegen. Zur Ausbildung gehörte selbstverständlich auch das von allen Studenten gehasste Fach ‚M-L', Marxismus-Leninismus. Die Diskrepanz zwischen den künstlerischen Fächern, die von wirklichen Fachleuten, von angesehenen Künstlern unterrichtet wurden, und den unvermeidlichen, staatlich vorgeschriebenen war groß. Die Lehrerschaft teilte sich in die künstlerische, von der man gern lernen wollte, und die wissenschaftliche, sprich politische Abteilung, die man zwangsweise besuchen musste, um den Abschluss zu erhalten.

Im Orchester spielte ich mittlerweile gemeinsam mit *Horst Butter* am ersten Pult. Meinen schnellen Aufstieg ‚verdankte' ich in gewisser Weise dem August 1961. Den Westberliner Kollegen war es durch den Mauerbau verwehrt, nach Ostberlin zu kommen. Durch das erzwungene Ausscheiden wurde die stellvertretende Solostelle, damals noch Vorspielerstelle genannt, frei. Diese hatte ich mir bei einem Probespiel mit der Gliere-Tarantella erspielt.

Erste Unterrichtstätigkeiten

1962, nur ein Jahr nach meinem Dienstbeginn an der Staatsoper Berlin, bot mir die Musikschule Berlin-Köpenick an, einige Kontrabass-Schüler zu unterrichten. Ich war erstaunt, sagte aber gern zu. So begann ich, während ich selbst noch die Hochschulbank drückte, erste Erfahrungen im pädagogischen Bereich zu sammeln – nicht nur an der Hochschule. 1963 wurde unsere Tochter Angelika geboren. Es galt jetzt Staatsoperntätigkeit, Hochschulstudium, Familienleben mit Kleinkind gut zu organisieren. Irgendwie gelang es.

Mir machte es große Freude, meine eigenen Gedanken und Überlegungen beim Üben und Musizieren weiterzugeben. Die Schüler waren zwischen 14 und 25 Jahre alt, einige also älter als ich und bereits selbst in verschiedenen Berufen tätig.

In Ostberlin gab es damals sieben Musikschulen. Jede dieser Schulen hatte einen großen Anteil an festangestellten Lehrern der üblichen Instrumente. Die Kontrabasslehrer waren immer als Honorarkräfte beschäftigt. Das Stundenhonorar betrug 7,- Mark der DDR. Man wurde davon selbst nicht reich – die Schüler nicht arm. Aber ich sammelte Erfahrungen, die ich so nirgendwo hätte machen können. Ich kann heute nur jedem an seiner eigenen Vervollkommnung Interessierten ans Herz legen, diese Gelegenheiten zu suchen. Unterrichten ist die beste Methode, sein eigenes Spiel zu beobachten, zu lernen, sich zu verbessern. Man kann nur erklären, wenn man sich über das *Wie* beim Spiel selbst Gedanken gemacht hat. Erst wenn man das eigene Tun einem Schüler erklären kann, beherrscht man die Sache selbst.

Im Jahre 1967 wurde eine Lehrerstelle für Kontrabass an der Spezialschule für Musik, einer vorbereitenden Schule für das Studium an der Hochschule für Musik „Hanns Eisler" in Berlin, frei. Für mich gab es nur einen Wunsch: An dieser Schule tätig zu werden. Ich bewarb mich, und bald hatte ich die ersten Schüler dort. Für mich begann damit ein neuer Ernst des Lebens. Die Verantwortung wuchs und damit auch der eigene Anspruch. Seit dieser Zeit begleite ich Schüler, die das Ziel haben, Kontrabassist zu werden.

In der damaligen DDR gab es vier Spezialschulen für Musik. Sie waren jeweils an die Musikhochschulen (Berlin, Dresden, Leipzig, Weimar) angeschlossen. Bei größter Mühe kann ich wirklich kaum etwas Positives über das System in der DDR finden, aber aus heutiger Sicht waren diese Schulen eine gute Ausbildungsstätte für diejenigen, die das feste Ziel hatten, Musiker zu werden. Sie wurden in sehr jungen Jahren ihrem Wunsch entsprechend gefördert. Natürlich lag die Entscheidung bei den Eltern. Sie mussten ihre Kinder im Alter von ca. 12 Jahren in ein Internat einer dieser Schulen geben. Der Stundenplan sah die ganz normalen Grundfächer wie Deutsch, Mathematik, Erdkunde, Sport usw. vor. Daneben wurde Wert auf die Fremdsprache Russisch gelegt. Sie war die einzige Sprache, die die Schüler lernen konnten, aber auch mussten, denn das zukünftige Weltsystem war ja auf die Sowjetunion und den Sozialismus festgelegt. Auf diesem internationalen Parkett verständigte man sich mit Russisch!

Ideologische Erziehung durch den Kontrabasslehrer

Besondere Bedeutung hatten darüber hinaus die Fächer GeWi (Gesellschafts-Wissenschaften), Stabü (Staatsbürgerkunde) und ML (Marxismus-Leninismus). Einen breiten Raum nahmen natürlich die musikbezogenen Fächer ein: Einzelunterricht im jeweiligen Hauptinstrument, Klavier, Musiktheorie, Gehörbildung, Orchesterspiel. Daneben mussten Hausaufgaben erledigt und natürlich hauptsächlich auf den Instrumenten fleißig geübt werden. Der Tag war für die Schüler ausgefüllt.

Das wichtigste Fach aber blieb für jeden das Hauptfach, sein gewähltes Instrument. Unterricht dafür zwei Stunden wöchentlich. Die Schüler wurden, wie in anderen Schulen der DDR auch, unter Kontrolle der politischen Meinungsbildung erzogen. Sie sollten absolut von der Richtigkeit des sozialistischen Systems überzeugt werden und das westliche Wertesystems möglichst vollkommen ablehnen. Um dieses Ziel zu erreichen, mussten für jeden Einzelnen schriftlich genau fixierte „Erziehungsbilder" erstellt werden.

So fixierte beispielsweise der Studienplan für das Jahr 1974 folgende Prämissen als Voraussetzung für ein Musikstudium an der Berliner Musikhochschule „Hanns Eisler":

„A) Grundlagenkenntnisse des Marxismus-Leninismus (Philosophie/Politökonomie/ Wissenschaftlicher Kommunismus);
B) Marxistisch-leninistische Kultur- und Kunsttheorie (Kulturpolitik/ Ästhetik/Theorie und Praxis des sozialistischen Realismus/Musikästhetik);
C) Marxistisch-leninistische Psychologie und Ethik;
D) Russische Sprache;

E) Militärpolitische Bildung/Sozialistische Wehrerziehung und Grundausbildung."

Weiter wurde im Studienplan Wert gelegt auf „... *die Ausprägung des sozialistischen Weltbildes und Lebensgefühls, politisch-moralischer Qualitäten und eines Systems ästhetischer Auffassungen als grundlegende Voraussetzung einer sozialistisch-realistischen Gestaltung.*"

Auf 29 Seiten erhielten Kontrabasspädagogen Lehranweisungen für ihren Unterricht. Sie wurden verwiesen auf die „... *Einheit künstlerischer und ideologischer Erziehung, sozialistischer Kultur- und Persönlichkeitsentwicklung, sozialistisch-dialektischer Einheit von technischer Perfektion und musikalischer Ausdrucksfähigkeit beim gesellschaftlichen Studium; Entwicklung sozialistischer Lehrer-Schüler-Verhältnisse; staatsbürgerliche Erziehung durch den Hauptfachlehrer...*" Dieser „Studienplan für die Fachrichtung Kontrabass an den Hochschulen für Musik der Deutschen Demokratischen Republik, 1974" wurde vom Ministerium für Kultur herausgegeben. Man muss die Verfasser dieser Lehranweisungen bewundern, mit welcher Akribie sie sich diese Texte aus den Fingern saugten. War es ihr einziges Ziel, etwas „Wohlklingend-Patriotisches" auf dem Papier vorweisen zu können?

Wichtig war in erster Linie die politische Förderung des Schülers: „*Jeder Lehrer führt mit seinen Schülern regelmäßig Gespräche über politisch-aktuelle Fragen. Alle Hauptfachlehrer legen für jeden Schüler ein ‚Pädagogisches Tagebuch' an, worin die fachlichen, politisch-ideologischen- und Persönlichkeitsentwicklungen der Schüler festgehalten werden ...*" Allerdings war kaum einer der Lehrer wirklich von diesen pädagogischen Leitlinien überzeugt. Deshalb genügten meist vage Formulierungen wie: „Der Schüler so und so ... verpflichtet sich in diesem Jahr zu noch mehr gesellschaftlicher Arbeit und wird seine Zensuren in den Fächern GeWi und ML verbessern." Man hatte damit als Lehrer seine Pflicht getan, ohne sich allzu sehr verbiegen zu müssen, und konzentrierte sich auf die wirkliche Aufgabe: die Arbeit am Instrument.

Trotz der bisweilen ermüdenden politischen „Nebentätigkeiten" bereitete mir die Arbeit an der Spezialschule für Musik sehr viel Freude. Ich begleitete eine Reihe begabter und fleißiger Kontrabassschüler.

Zu meinen ersten Schülern gehörte *Dagmar Arlt*. Ich unterrichtete sie auch noch nach ihrem Abschluss an der Spezialschule weiterführend an der Hochschule. Sie wurde somit meine erste Studentin. Bei ihrem ersten Probespiel am Theater in Magdeburg erspielte sie sich die

Stellvertretende Solokontrabassistenstelle. Leider musste sie sich später aus privaten Gründen beruflich neu orientieren.

Auch einige Schüler der Berlin-Köpenicker Musikschule studierten später Musik. Zu ihnen gehört *Bernd Boreck,* den ich noch heute mit Freude bei seinen Diensten im Orchestergraben der Komischen Oper Berlin beobachten kann.

Ein Glücksfall für Lehrer sind auch die Schüler, die aus den verschiedensten Gründen von anderen Streichinstrumenten zum Kontrabass umsattelten. Sie sind häufig hoch motiviert und engagieren sich intensiv für das neue Instrument. Die „Umsteiger" *Matthias Winkler, Eberhard Lindner* und *Claudia Hinke* machten ihre Liebe zum Kontrabass zum Beruf. *Matthias Winkler* wurde Stellvertretender Solokontrabassist der Staatskapelle Berlin, *Eberhard Lindner* Mitglied im Rundfunksinfonieorchester Berlin und *Claudia Hinke* erhielt die Solokontrabassistenstelle im Rostocker Opernorchester. *Jörg Scholz* wurde nach seinem ersten Probespiel an der Dresdner Philharmonie eine Anstellung zugesagt. Sie wurde ihm aber von der DTO (Direktion der Theater und Orchester) verweigert. Der Grund für diese Entscheidung? Seine schlechten Noten in den gesellschaftspolitischen Fächern. Er ging als Solokontrabassist an die Robert-Schumann-Philharmonie nach Chemnitz.

Privatleben in der DDR

Versorgung im Mangel

Der „Erste Internationale Kontrabasswettbewerb" 1969 in Genf war für mich ein einschneidendes Erlebnis. Es war nicht einfach, aus der Schweiz in den Alltag in Ost-Berlin zurückzukehren. Während in der DDR weiter am „real existierenden Sozialismus" gebastelt worden war, hatte ich die Weite der Welt entdeckt.

Die nächste große Festveranstaltung stand schon vor der Tür: der 7. Oktober, der Gründungstag Republik – oder, wie verklärend gesagt wurde, der „Republik-Geburtstag". Zweimal jährlich, jeweils zum 1. Mai und zum 7. Oktober, feierte man mit Aufmärschen und Panzern lautstark die Erfolge des Sozialismus. Die Staatsbürger der DDR hatten daran teilzuhaben. Vor allem am 1. Mai war die Teilnahme an den Demonstrationen für einen großen Teil der Bevölkerung beinahe unvermeidlich. Schüler hatten sich in Pionier- oder FDJ-Kleidung an „ihrem" Feiertag morgens, gegen 7 Uhr, einzufinden und eine entsprechende Fahne, ein „Winkelement" (Tuch) oder ein Transparent entgegenzunehmen. In Kollektiven zahlte man durchaus auch für das Erscheinen zur Demonstration. Neben den zwei festen Terminen im Jahr wurden immer wieder auch gern politisch-korrekte „Freundschaftstreffen" organisiert. Dabei handelte es sich um offizielle, gewünschte, erlaubte Freundschaften u. a. mit Bürgern der „Bruderländer", vor allem aus der Sowjetunion. Berlin war dafür ein beliebter Austragungsort. Die Teilnehmer delegierte man dorthin. Eine Auszeichnung. Es war eine zweifelhafte Ehre, daran teilnehmen zu müssen. Doch selbst wenn ein Bürger dies nicht wünschte, war es unklug, ein solches Ansinnen abzulehnen. Je nach Lust, Laune und Position des Verantwortlichen konnte das zu keinen, wenigen oder auch schweren Verwicklungen führen. Die „Pfingsttreffen der Jugend" beispielsweise machten für wache Beobachter überdeutlich, wie man bewusst engagierte Jugendliche für die eigenen Ziele missbrauchte. Jetzt, nach meiner Rückkehr aus dem „Westen", spürte ich, wie sehr jeder von uns in eine Pflicht der „Heimatliebe" eingebunden war, die wohl nur eher selten wirklich von einer inneren Position gedeckt war.

Ich betrat Läden und sah mit geschärftem Blick die Verwaltung des Mangels. Die Geschäfte hießen „Versorgungseinrichtungen", denn man versorgte sich gegenseitig: Besorgst Du mir eine Autobatterie, bekommst Du von mir zu Weihnachten ein Kilo Apfelsinen.

Offiziell zahlte man mit Mark der DDR. Unter der Hand florierte der Handel mit Naturalien: Bohrmaschine gegen zwei Sack Zement, PKW-Anhänger gegen Ferienplatz an der Ostsee, eine West-Lizenz-LP gegen handgefertigte Räuchermännchen aus dem Erzgebirge oder einen Kopfsalat. Leider konnten wir als Musiker mit einer Opernkarte keinen bedeutenden Handel treiben. Kultur wurde als Allgemeingut propagiert und war für alle erschwinglich. Als Künstler, die Westkontakte pflegten, hatten wir nur einen Vorteil: Es war möglich, an Westgeld heranzukommen. Diese Währung öffnete beinahe alle Türen. Aber man musste sorgsam damit umgehen. Man konnte nie wissen, wann man wie viel davon benötigen würde. Und keiner wusste mit Sicherheit zu sagen, wann die kleine Kasse wieder aufgefüllt werden konnte.

Für ein Auto musste man sich anmelden, Wartezeit ca. 14 Jahre – deshalb war für jeden am Tage seines 18. Geburtstages der Pilgerweg zum Autohaus das Wichtigste. Man ließ sich auf der Warteliste eintragen! Auch wenn man die Anmeldung vielleicht selbst nicht nutzen würde. Verkaufen konnte man den wertvollen Schein nach einigen Jahren immer, sogar mit erheblichem Gewinn. Fast noch problematischer war es, einen Telefonanschluss zu bekommen. Dafür benötigte man eine Dringlichkeitsbescheinigung seines Betriebes. Auch dann wartete der geduldige Bürger im Normalfall bis zu 12 Jahren. Es war so – heute unglaublich!

Leben und leben lassen

Schon bald nach Beginn meiner Tätigkeit an der Staatsoper 1961 wohnten wir in einer Neubauwohnung nahe dem Alexanderplatz, ganz im Zentrum Berlins. Ein Glücksumstand. Der Weg zur Oper war nicht weit. Aber auch aus anderen Gründen konnten wir uns glücklich schätzen: Eine Wohnung erhielten DDR-Bürger nach Antragstellung auf Zuweisung. Wir verdankten die unsere der Mitgliedschaft in einer Wohnungsbaugenossenschaft. Neubauwohnungen waren besonders beliebt: Sie waren warm und trocken, gemütlich klein und hatten vor allem immer ein eigenes Bad.

Die Miete war gering. Das war von großem Vorteil für das eigene Portemonnaie, aber zum großen Nachteil für die Werterhaltung der Häuser. Wir zahlten ca. 600 DDR-Mark – im Jahr! Von den niedrigen Mieten konnten keine Reparaturen finanziert werden, und so kam es, dass allgemein in der DDR der Slogan die Runde machte: ‚Ruinen schaffen ohne Waffen'. Das äußere Bild der Städte machte mehr und mehr einen trostlosen Eindruck. Nur zentrale Punkte der Innenstädte wurden für die Besucher aus dem Westen aufgepäppelt. Alles andere zerfiel. Jahrhundertealte wertvolle Bausubstanz, Bürgerhäuser, Villen, Kirchen, Straßen verkamen.

An anderen Stellen entschied man sich für sozialistische Großbauprojekte. Einige Kirchen, aber auch Schlösser, wie die historisch-bedeutenden in Berlin und Potsdam, wurden abgerissen und dem Erdboden gleich gemacht. Diese beide berühmten Stadtschlösser waren nur teilweise kriegsbedingt zerstört und hätten wieder aufgebaut werden können. Aber an diesen und anderen Stellen entschied die Politik: Altes aus der vorsozialistischen Zeit muss weg und Neues her! Es ist heute schwer erklärbar, warum eine Kirche – wie der Französische Dom in Berlin - zum Vorzeigeobjekt stilisiert, eine andere – wie die Paulinerkirche in Leipzig oder die Garnisonkirche in Potsdam - abgerissen wurden, warum der eine feudale Prachtbau – wie der Zwinger in Dresden - renoviert, andere – wie die beiden Schlösser in Berlin und Potsdam – abgerissen wurden.

Erkennbare Proteste gab es nur in Ausnahmefällen. Sie erforderten mehr als nur Mut. Im Grunde war jeder mit der Bewältigung des Alltags beschäftigt. Wie konnte man mit den Gegebenheiten zurechtkommen und ein vergleichsweise gutes Leben führen? Einige Beispiele aus dem Alltag: Unsere spätere, größere Wohnung besaß keine Etagenheizung. Wir benötigten für den Einbau eine entsprechende Genehmigung. Darauf mussten wir sehr lange warten. Damit wir sie etwas schneller bekommen konnten, musste ich Dringlichkeitsbescheinigungen vorlegen. Ich benötigte sie von folgenden Institutionen: von der Staatsoper, meiner Arbeitsstätte, der Musikhochschule, an der ich unterrichtete, der Künstleragentur, die meine Soloauftritte organisierte, und vom Arzt, der sich um meine Gesundheit sorgte. Darüber hinaus brauchten wir eine große Anzahl von Genehmigungen: vom Bezirks-Schornsteinfeger, von der Kontingent-Zentralstelle für Heizungsmittel, vom Heizungsinstallateur Bezirk Berlin-Mitte, vom Bezirksamt. Ich hatte triftige Gründe vorzubringen, weshalb wir eine solche Heizung benötigten.

Endlich hatten wir alle Unterlagen zusammen – und auch eine Heizung. Der Einbau konnte beginnen. Allerdings gab es keinen Handwerker, der uns dabei unterstützte. Wir sollten den Einbau, bitte sehr, allein erledigen, denn es herrschte Arbeitskräftemangel. Die Einbau-Anleitung erhielt man kostenlos dazu geliefert. Die Biegevorrichtung für die Rohre konnte man sich beim Reparaturstützpunkt des Wohnbezirkes ausleihen. Anderes Werkzeug für Installations-, Maurer-, Maler-, Autoreparatur-, Klempner-, Elektroarbeiten hatte man als DDR-Bürger sowieso zuhause. Mit Hilfe eines Feierabendarbeiters gelang uns dann gemeinsam tatsächlich der Einbau dieser Etagenheizung.

Auch an anderen Stellen hatten wir mit den Widrigkeiten des alltäglichen Mangels zu kämpfen: Eines Tages benötigten wir für Reparaturarbeiten an unserem Wochenendhaus etwas Fertigzement und Liane sprach Bauarbeiter an: „Können Sie uns eventuell etwas Zement geben? Ein Eimer würde uns schon sehr helfen." „Um Gotteswillen!", war die Antwort. „Wir können nichts abgeben, nicht einen Eimer." Da half nur die beliebte Ankündigung, dass wir eventuell ein paar Westmark mit einbringen könnten. Sofort änderte sich die Stimmung: Natürlich wären sie bereit, uns zu unterstützen. Das Beton-Fundament für die Garage, das uns die nun plötzlich bereitwilligen Helfer ausgossen, wird noch in hundert Jahren stabil sein. Dabei wollten wir doch nur einen Eimer Zement zur Ausbesserung!

1965: im sowjetischen Kombinat für Musikinstrumente und Möbel wurde der „fünfsaitige Kontrabass" entwickelt! 5-Saiter gibt es in Europa seit 500 Jahren!

Heute hat man den Eindruck, für den gesamten Ostblock (Westbezeichnung) bzw. das sozialistische Lager (Ostbezeichnung) genügte ein einziger Architekt. Von Wladiwostok bis Ostberlin: Überall stehen die gleichen 12-Geschosser in trister Uniformität. Das entspricht nicht ganz der historischen Realität, aber als „gelernter DDR-Bürger" ist man zutiefst von diesem Gefühl geprägt.

In allem galt die Sowjetunion als Vorbild: „Von der Sowjetunion lernen, heißt siegen lernen", sagte man. Oft führte diese Position zu geradezu absurden Berichten. In einer Zeitungsmeldung aus den 60er Jahren hieß es: „Der Instrumentenbauer W. S. Serow aus dem Moskauer Kombinat für Musikinstrumente und Möbel war maßgeblich an der Entwicklung des neuen fünfsaitigen Kontrabasses beteiligt." 5-Saiter gibt es in Europa seit 500 Jahren!

Treue Staatsbürger

Wer vorankommen wollte, musste sich in der DDR als treuer Staatsbürger erweisen. Die Liebe zur Heimat und das Wissen über die marxistisch-leninistische Grundordnung wurden bereits im Kindergarten vermittelt – und bewertet. Unsere Tochter Angelika erhielt 1970, im Alter von sechs Jahren, wie alle Kinder ihre Beurteilung zur Einschulungsfähigkeit. Die Kindergärtnerin bescheinigte ihr die nötige Reife. Und sie ergänzte: Es müssten „einige Bildungslücken in Hinblick auf gesellschaftlich-politische Ereignisse noch aufgebessert werden", aber dies habe sich schon „durch die Einwirkung des Kinderkollektivs verbessert".

Erzieher und Lehrer waren gezwungen, Formulierungen dieser Art in ihre Einschätzungen aufzunehmen. Auch meine späteren Beurteilungen über Studenten der Musikhochschule beinhalteten immer den Standardsatz: „Der Student XY zeigte besondere gesellschaftliche Aktivitäten im Bereich von Orchestereinsätzen." Gesellschaftliche Aktivitäten und die „Auseinandersetzung mit dem Klassenstandpunkt" waren Grundbestandteile einer Beurteilung. Stand ein solcher lapidarer Satz irgendwo, gab man sich an leitender Stelle damit zufrieden. Allerdings konnten sich solche Aussagen günstig oder ungünstig auswirken. Insofern war es nicht unerheblich, was man an dieser Stelle wie formulierte. Man war immer mit der herrschenden Ideologie konfrontiert. Auf diese Weise wusste man zwar stets, wo der Feind steht, war aber gleichzeitig auch gezwungen, sich jedes Wort zu überlegen und die Folgen abzuwägen. Man sprach mit doppelter Zunge.

Bei all diesen depressiven Unzulänglichkeiten drängt sich die Frage auf: Wie konnte man da trotzdem leben? Wie kompensierte man diese negativen Gegebenheiten? Viele, sehr viele ließen alles zurück und verließen das Land. Sie gingen, solange es vergleichsweise unproblematisch möglich war, in den Westen. Nach dem Bau der Mauer veränderte sich die Lage radikal. Zunächst blieb einem nichts weiter übrig, als sich mit den Gegebenheiten zu arrangieren und eine Nische für das eigene Leben zu finden. Mit der Unterzeichnung der KSZE-Schlussakte von Helsinki 1975 entspannte sich die Lage etwas. Anträge auf „Ausreise" waren nun prinzipiell offiziell erlaubt.

Wir Musiker, speziell die Mitglieder in den Spitzenorchestern, den sogenannten Reiseorchestern, lebten in gewisser Weise auf einer Insel der Glückseligkeit. Wir blieben von all den Problemen relativ verschont. Man brauchte uns Musiker genauso wie die Spitzensportler als „Aushängeschilder" gegenüber dem Westen. Als Künstler war man nicht durch Parteikader ersetzbar. In der Staatskapelle Berlin mit ihren 140 Mitgliedern waren lediglich zwei Kollegen Mitglied der SED, der Sozialistischen Einheitspartei Deutschlands. Einer davon aus Dankbarkeit gegenüber der Sowjetunion, weil er dort studieren durfte. Der andere war nicht recht einschätzbar. Hatte er seine Entscheidung aus Überzeugung getroffen? Wir wussten es nicht genau.

Künstler und Sportler wurden geschickt eingesetzt, um den Rest der Welt von der Qualität des herrschenden Systems zu überzeugen. Die sozialistischen Staaten waren besser: Die Sportler errangen die Goldmedaillen en gros und Anerkennung überall – wie man heute weiß mit gedopten Körpern. Die Kunstszene musste mit Realem begeistern. Aber sie schöpfte aus dem Reservoire des Überkommenen, der guten alten deutschen Tradition. Spitzenkünstlern und Spitzensportlern wurde es unter bestimmten Umständen erlaubt, in den Westen zu reisen. Dieses Privileg erleichterte und erschwerte das Leben gleichermaßen. Wir sahen die Welt – und kehrten gezwungenermaßen in den real existierenden Sozialismus zurück. Wir lebten mit zwei Seelen – und konnten gegen die sachlichen Zwänge kaum etwas tun. Die Möglichkeit zu reisen war ein wichtiger Bestandteil unseres „Insellebens". Die Inselseligkeit half uns sehr, über die Miseren hinwegzusehen und sie ertragbar zu gestalten.

Jede Reise in das kapitalistische Ausland war mit einer Stunde der sogenannten „Rotlichtbestrahlung" verbunden. Rot war die Farbe der Arbeiterpartei. Bevor wir das Land verlassen durften, wurden uns noch einmal die Vorteile des Sozialismus und die herausragenden Leistungen der SED vor Augen geführt. Ein Vertreter des Außenministeriums stellte uns zudem den wirtschaftlichen, gesellschaftlichen, finanziellen, menschlich-moralischen Sumpf des jeweilig zu bereisenden Landes in seiner kapitalistischen Struktur gnadenlos vor.

Das hinderte uns Musiker nicht daran, voller Begeisterung in diese dekadenten Länder zu reisen. Jeder Musiker ließ sich immer wieder gern dorthin mitnehmen. Ja, wir drängten uns darum! Unsere private Zeitrechnung reichte von Westreise zu Westreise.

Ab 1966 fuhren das gesamte Opernensemble regelmäßig alle zwei Jahre in die Schweiz zum Festival in Lausanne. Andere Konzertaufenthalte folgten: Wien, Konzertreisen mit Otmar Suitner, unserem Chefdirigenten, nach England, Opernreisen nach Kopenhagen, Kairo, Paris. Ab 1977 flogen wir regelmäßig nach Japan.

Andere Berufsgruppen hatten es sehr viel schwerer. In besonderer Weise waren beispielsweise die Lehrer dem Diktat der Ideologie ausgesetzt. Die Kollegenschaft an einer Schule war in der Regel zu zwei Dritteln in der Partei. Alle anderen hatten trotz Nichtmitgliedschaft am „Parteilehrjahr", den Schulungen der Einheitspartei, teilzunehmen.

Die Anbiederung an den Westen einerseits und die Knebelung der eigenen Bevölkerung andererseits schufen ein in sich widersprüchliches System. Auch ich erlebte wiederholt absurde Situationen. Besonders eindrücklich ist mir eine Begegnung aus dem Jahr 1979 in Erinnerung. Ich war auf dem Weg nach Markneukirchen zum Internationalen Kontrabasswettbewerb. In der Jury war auch der verdienstvolle englische Kontrabassist *Rodney Slatford*. Er reiste mit seinem PKW aus England über Berlin an. Wir trafen uns und fuhren gemeinsam weiter, er in seinem Auto, ich in meinem Lada, einem in der Sowjetunion nachgebauten Fiat. Wir hatten vereinbart, auf einem Parkplatz zu pausieren. Allerdings hatte ich diesen Vorschlag nicht ausreichend durchdacht. Weder er noch ich durften einfach alle Autobahnraststätten am Weg nutzen. Es gab spezielle Raststätten, die nur „Westreisenden" vorbehalten waren. *Ich*, als Quasi-Gastgeber, durfte an sich nicht einmal auf dem Parkplatz vor der „West"-Raststätte anhalten. Wir hätten bis zur nächsten Raststätte für DDR-Bürger weiterfahren können. Allerdings wäre es ihm dort verboten gewesen zu parken. Mein Englisch war zu lückenhaft, um Rodney die schwierige Situation zu erklären.

Der Einfachheit halber packten wir unsere mitgebrachten Brote auf dem Parkplatz gleich neben den beiden Wagen aus. Bevor der erste Bissen im Mund war, stand bereits ein Auto der Volkspolizei mit vier Mann Besatzung vor uns. Einer davon fotografierte unsere beiden PKW von hinten und vorn, oben und unten.

Rodney lächelte zunächst amüsiert. Aber seine Heiterkeit verging ihm bald. Er registrierte, dass nicht sein exotisch-englisches Auto die Foto-Sammelleidenschaft des Volkspolizisten animierte, sondern ein ernstzunehmender Dienstauftrag vorlag: Ich solle weiterfahren, und *Rodney Slatford* sich einer Kontrolle unterziehen. Ich protestierte: Wir wären auf dem Weg zu einer hochkarätigen internationalen Veranstaltung. Das DDR-Kulturministerium habe den Engländer eingeladen. Ich würde ihn als Gastgeber dorthin begleiten. Aber mein Einwurf beeindruckte die Vertreter der Volksmacht in keinster Weise. Sie bestanden darauf, dass wir unverzüglich weiterführen: Wir hätten keine Zusammenrottungen auf der Autobahn zu veranstalten.

Sie machten uns ihre Position sehr ernst und nachdrücklich plausibel. Wir zogen es vor, doch in unsere Autos zu steigen und weiterzufahren. Zum Abschied fotografierte ich aber schnell noch sozusagen im Schlagabtausch den PKW der Aufsichtsmacht. Das Bild ziert heute noch meine Fotosammlung in der Abteilung „kuriose Ablichtungen und Dokumente" und erinnert mich an diese Begegnung.

Erste internationale Gastspiele mit der Staatsoper Berlin

Das Jahr 1966. Das Jahr, in dem die chinesische Kulturrevolution begann, die USA die Kommunisten aus Südvietnam herauszudrängen versuchten, John Lennon behauptete, die Beatles seien bekannter als Jesus Christus, in Frankreich den Frauen völlige juristische Gleichberechtigung, im Schweizer Kanton Basel-Stadt das Wahlrecht zugestanden und im Kanton Zürich abgelehnt wurde. Das Jahr, in dem Ludwig Erhard, der große Wirtschaftsreformer, als Bundeskanzler zurücktrat und in der DDR das erste Atomkraftwerk ans Netz ging. Das Jahr in dem Walt Disney starb, ein Liter Benzin 54 Pfennige kostete und in Österreich die ÖVP erstmals nach dem Krieg wieder die absolute Mehrheit erlangte, dieses Jahr war auch für mich ein bedeutendes Jahr. Zum ersten Mal wurde die Staatsoper zu Gastspielen in den Westen eingeladen. Die Einladungen kamen nicht irgendwoher, sondern aus Ländern, deren Besuch ich mir in meinen kühnsten Träumen nicht auszumalen gewagt hätte: aus der Schweiz und aus Österreich, genauer gesagt aus Lausanne und Wien! Ich war noch nie im „Wilden Westen" gewesen und nun öffnete sich die Chance auf Erfahrungen der Superlative. Auch aus heutiger Sicht ist meine Begeisterung noch nachvollziehbar und ich möchte diese Reise, die für mich und auch alle anderen Kollegen damals ein Großereignis war, nicht missen. Das musste vorbereitet werden!

Mit einem Schreiben wandte ich mich an die Kontrabassgruppe der Wiener Philharmoniker. *Alfred Planyavsky* antwortete mir sehr freundlich. Dieser Brief hatte es in sich. Der Kollege stellte mir einige Fragen zur Kontrabass-Gegenwart im Ostteil Deutschlands. Und er machte mich auf einen Kontrabassisten namens *Ludwig Streicher* aufmerksam. Er begänne gerade mit einem sensationellen Konzert in Wien seine Solokarriere. Außerdem bat er mich, doch einmal im Schweriner Archiv nach Autographen des Kontrabassisten und Komponisten *Johann Matthias Sperger* nachzuforschen. „*Sperger* – wer war das wirklich?", fragte ich mich. Ich hatte bisher nur vage von ihm gehört. Mitteilungen und Fragen. Ich ahnte noch bei weitem nicht, dass gerade sie für mein weiteres Leben als Kontrabassist prägend sein würden!

Die Vorbereitungen nahmen ihren Lauf. Schließlich war es soweit: Das Orchester brach nach Lausanne auf. Das Operngastspiel in der wundersam sauberen und lieblichen Festivalstadt in der französischen Schweiz war für uns alle ein Erlebnis der besonderen Art. Allein das äußere Bild verschlug uns den Atem: Kein Haus, das auf den ersten Blick erkennbare Schäden aufwies. Wir schlossen Wetten ab: Siehst Du ein Gebäude, das in der Schweiz nicht in Ordnung ist, bekommst Du 100 Schweizer Franken; siehst Du dann in der DDR ein Gebäude, das in Ordnung ist, bekomme ich 100 Mark. Beide gingen leer aus! Der Unterschied zwischen der Schweiz und der DDR war nicht nur unübersehbar – er konnte nicht krasser sein. Vor der Kulisse langsam verfallender Häuser verkündete man bei uns zuhause und der Welt ungeniert die ersten Großerfolge des siegenden Sozialismus.

Nun sahen wir den Westen mit eigenen Augen. Der Aufenthalt war für alle Mitgereisten eine Traumreise. Zwei Wochen lang genossen wir den Luxus des Westens und die Möglichkeit, an für uns sonst unerreichbaren Orten zu spielen. Zwischen den Auftritten und den Proben blieb uns viel Freizeit. Darüber hinaus gab es auch dienstfreie Tage. Wir nutzten sie unter anderem für Badefreuden im Genfer See.

Auch einer der Sonntage war dienstfrei. Was konnte man nicht alles an einem solchen Tag unternehmen! Mein Vorspielerkollegen *Walter Klier* und ich kamen auf die Idee, den Solokontrabassisten des L'Orchestre de la Suisse romande *Hans Fryba* in Genf aufzusuchen. Sein Name war bei Kontrabassisten weltweit in aller Munde. Alle kannten seine Komposition „Suite im alten Stil für Solokontrabass". Mit dem Mut der Jugend - ich wurde während dieser Reise 26 Jahre alt - stellten wir uns bei wunderbarem Sommerwetter an die Ausfallstraße von Lausanne in Richtung Genf. Wir wollten die 60 km per Anhalter zurücklegen und hielten einen PKW nach dem anderen an. Wir fragten: Könnten Sie uns nach Genf mitnehmen? Man schüttelte fragend mit dem Kopf; man winkte ab und man fuhr weiter. Niemand nahm uns mit. Wir waren irritiert und verärgert. Unsere Verehrung der Schweiz verminderte sich deutlich - bis uns nach ca. zwei Stunden vergeblichen Bemühens ein genialer Gedanke kam: Wir befanden uns ja in der französischen Schweiz. Und hier spricht man Genf nicht wie Senf, sondern mit französischem Akzent Genève als ‚Dschenév' aus! Wir versuchten ein weiteres Mal unser Glück. Und es gelang: Schon das nächste Auto nahm uns mit.

Die Adresse von *Hans Fryba* entnahmen wir dem Telefonbuch. Wenig später standen wir aufgeregt vor seiner Wohnungstür in der Rue

Monin 23, 1200 Genève: Wie würde er uns empfangen? Wer waren wir für ihn? Zwei Fremde, zwei junge, unbekannte Kontrabassisten aus Ostberlin. War er überhaupt zuhause?

Wir hörten Schritte, die Tür öffnete sich und ein kleiner, rundlicher Herr mit lebendigen Augen öffnete uns freundlich. Obwohl oder vielleicht auch weil wir gerade auf diesen Augenblick gewartet hatten, verschlug es uns die Sprache. Wir stammelten: „Wir kommen aus Ostberlin ... und sind als Bassisten ... mit dem Orchester der Staatsoper hier. ... Wir haben heute frei ... und möchten Ihnen gern Guten Tag sagen." Er nahm uns überschwänglich in Empfang und stellte uns seiner freundlichen, ebenso kleinen wie molligen Frau vor.

Hans Fryba war erstaunt, dass wir freien Fußes, ohne Aufpasser aus dem eignen Land, aus einem Land ganz weit hinten, hinter dem ‚Eisernen Vorhang' irgendwo bei Sibirien, hier bei ihm in Genf seien. „Habt ihr denn dort überhaupt genug zu essen? Wohnt ihr in richtigen Wohnungen? Müsst ihr nicht jeden Sonntag gemeinsam demonstrieren und Lieder singen?" Wir konnten ihn beruhigen: Ja, wir hatten genug zu essen. Und nein, die DDR liegt nicht hinter dem Ural. Und ja, wir wohnen in richtigen Häusern – auch wenn sie in schlechtem Zustand sind. Das Politische bestimmte aber nur einen kleinen Teil des Tages. Schnell wechselten wir das Thema und sprachen über das, was uns verband: die Musik. *Hans Fryba* zeigte uns seinen wunderbaren italienischen Kontrabass, einen „Rivolta", und spielte darauf für uns mit dezenter Tongebung die Gavotte aus seiner Suite.

Der Tag verging wie im Flug. Nach einem köstlichen Abendessen in einem Steakhaus, zu dem uns *Hans Fryba* einlud, brachte er uns zum Bahnhof und verabschiedete uns herzlich. Wir ahnten beide nicht, dass wir uns bereits drei Jahre später wiedersehen sollten.

Ein besonderer Höhepunkt für das gesamte Orchester war die Weiterfahrt nach Wien. Wir sollten in dem legendären Musikvereinssaal spielen. Wir spielten als Staatskapelle unter unserem Chef, dem Österreicher Otmar Suitner. Als Solist begleitete uns der Jahrhundertgeiger David Oistrach. Er war nicht nur ein begnadeter Musiker, sondern auch ein sehr angenehmer Mensch.

Bei der ersten Probe für das Konzert stand das Beethoven-Violinkonzert in der Streicherbesetzung mit nur vier Kontrabässen auf dem Programm. Ich hatte frei und wollte die Zeit in dem Haus gut nutzen. Das Glück war mir hold. Irgendwo spielte ein Kontrabassist. Er brillierte gerade mit dem h-Moll-Konzert von *Giovanni Bottesini*. Ich erlebte ein ganz besonderes Solokonzert. Nach dem Ende des Spiels fragte ich ihn, ob er mir seinen Namen verraten könne. Ich ahnte, wer mir gegenüberstand. Man hatte es mir ja brieflich angekündigt. Ich war mir aber keineswegs sicher. Er antwortete im schönsten Wienerisch: „*Ludwig Streicher*, und wen ham'ma da?"

Es war ein bewegender Moment. Ich fühlte mich wie im Himmel der Musik angekommen: Ich hatte David Oistrach kennengelernt. Und nun auch *Ludwig Streicher*. Ein Wiener Zeitungskritiker verband die beiden Größen geradezu zu einer Person und überschrieb seinen Artikel „*Ludwig Streicher* – der Oistrach des Kontrabasses". Hier im Musikvereinssaal war eine Begegnung zwischen beiden vorgesehen. Alle Orchestermitglieder sahen dem mit Spannung entgegen.

In der Probenpause lauschte das ganze Orchester dem Kontrabassisten *Ludwig Streicher*. Er spielte dem großen Geiger vor. Es erklang das h-Moll-Konzert, die Elegie von *Giovanni Bottesini* und die E-Dur-Sonate von *Johann Matthias Sperger*. Wir Orchesterkollegen lauschten ergriffen. Die beiden Protagonisten dieser denkwürdigen Stunde umarmten sich schließlich herzlich. Die außergewöhnlichen Erlebnisse auf dieser Reise hörten nicht auf.

Ebenso unvergesslich ist für mich die Begegnung mit *Alfred Planyavsky*. Sie öffnete mir neue Horizonte. Vielleicht hätte ich ohne diese Gespräche nie eine solche Freude an der Erforschung der Geschichte des Kontrabasses entwickelt. Im Hotel Sacher genossen wir Kaffee und natürlich die entsprechende Torte. Später trafen wir uns in seiner Wohnung. Er gab mir Einblicke in seine bisherigen Forschungen, zeigte mir Aufsätze zur Geschichte des Kontrabasses und schilderte sein Vorhaben, ein Buch über die Geschichte des Kontrabasses zu veröffentlichen. Die erste Auflage erschien 1970, die zweite 1984.[*] Inzwischen ist es zum Standardwerk für alle Kontrabassisten geworden, und wurde in mehrere Sprachen übersetzt, unter anderem ins Japanische durch *Masahiko Tanaka*.

Unser Gespräch durchstreifte die Geschichte des Instrumentes. Unter anderem sprachen wir auch über *Johann Matthias Sperger*. Der Name war mir ja bekannt. Er war bereits in dem Brief erwähnt worden, den ich vor unserer Abreise aus Wien erhalten hatte. Aber was war das Besondere? Wo, wie hatte er gelebt? Welche Werke verdanken wir ihm? Ich wusste nur wenig. Nach den Informationen und Andeu-

---

[*] Alfred Planyavsky: Geschichte des Kontrabasses. Tutzing: Verlag Hans Schneider 1970. Die zweite, wesentlich erweiterte Ausgabe erschien 1984.

tungen, die mir *Alfred Planyavsky* mit auf den Weg gab, beschloss ich, dem weiter nachzugehen.

Zusammen mit Alfred Planyavsky während des 1.Sperger-Wettbewerbes im Jahr 2000 – vor der zu Ehren Spergers gepflanzten „Sperger-Kastanie" in Ludwigslust

Bereits eine Woche nach unserer Rückkehr in Berlin meldete ich mich in der Musikalienabteilung der Landesbibliothek Schwerin an. Ich wollte sichten, was es von und über diesen *Sperger* gab. Es wurde eine Entdeckungsreise zum zu dieser Zeit wohl noch unbekanntesten, aber doch bedeutendsten Kontrabassisten des 18. Jahrhunderts. Die entscheidenden Anstöße für diese Reise in die Vergangenheit verdanke ich dem Gespräch mit *Alfred Planyavsky,* mit dem mich bis zu seinem Tode 2013 eine herzliche Freundschaft verband. Es öffnete sich mir eine ganz neue Welt. Die Auseinandersetzung mit *Sperger* begleitete mich von nun an. Im Laufe der Jahrzehnte öffneten sich immer neue Blickwinkel auf diesen für unser Instrument großen, ja, bahnbrechenden Künstler, auf einen großartigen Menschen, ideenreichen Komponisten. Mittlerweile gibt es einen Wettbewerb unter seinem Namen, zu dem sich alle 2 Jahre der führende Kontrabass-Nachwuchs aus aller Welt der Konkurrenz stellt. Inzwischen ist es der einzige eigenständige Kontrabasswettbewerb, der als festes Mitglied in die WORLD FEDERATION OF INTERNATIONAL MUSIC COMPETITIONS mit Sitz in Genf aufgenommen wurde.

Zu dieser Zeit aber waren die internationalen Wettbewerbe für Kontrabass noch nicht ins Leben gerufen worden.

Es sollte aber dann und zwar im Jahre 1969 passieren. Beim berühmten Concours International d'Execution Musical, einem der großen Musikwettbewerbe, seit vielen Jahren in der Schweiz, in Genf etabliert, wurde der erste internationale Wettbewerb für Kontrabass ausgeschrieben. Ich hatte das große Glück, damals noch sehr schwierig, aus der DDR dorthin fahren zu können. Es war mit allem Drum und Dran eine abenteuerliche Reise, die mir aber für meinen weiteren Lebensweg viel Entscheidendes eröffnete. Darüber ausführlich im Abschnitt „Internationale Wettbewerbe" ab S. 229

Erster Besuch
bei den Autographen Spergers

Im Jahr 1966, kurz nach meiner Rückkehr von unserer Staatskapellenreise aus Wien und Lausanne, begann ein neuer Abschnitt meines Lebens. Meine Arbeit, meine Gedankenwelt erhielten eine klare Richtung. Zu diesem Zeitpunkt ahnte ich nicht, dass der Hinweis des Wiener Philharmonikers und Historikers *Alfred Planyavsky* auf die Hinterlassenschaft des Kontrabassisten und Komponisten *Johann Matthias Sperger* mein Leben so intensiv prägen würde. Aus heutiger Sicht beinahe naiv reiste ich nach Schwerin, um mich über die vorhandenen Archivalien zu informieren. In Schwerin wird der gesamte Nachlass *Spergers* aufbewahrt.

Manuskript Johann Matthias Sperger, erste Partiturseite Konzert A-Dur Nr.11 (T11) für Kontrabass und Orchester

Das Archiv mit den kostbaren, einmaligen Beständen der Musikalienabteilung der Landesbibliothek Mecklenburg-Vorpommern befand sich zu dieser Zeit noch im Dachgeschoss des alten 700-jährigen Schweriner Domes (1270 Grundsteinlegung). Allein der Weg dorthin war ein Abenteuer. Der Westturm mit seinen 117 m Höhe gilt als der höchste Kirchturm Ostdeutschlands. Ich stieg über Treppen, Absätze, Stiegen, Leitern immer weiter nach oben. Schließlich erreichte ich den Leseraum und war umgeben von Büchern, Noten und Archivalien. Wer den wundersam-morbiden Duft antiquarischer Raritäten kennt, weiß wovon ich rede. Was ich zu sehen bekam, verschlug mir den Atem. Auch heute noch berührt es mich tief, wenn ich mit diesen Schätzen in Berührung komme.

Leiter der Musikalienabteilung war Herr Dr. Dempe, ein immer freundlicher kleiner Herr, der typische Bibliothekar aus alten Zeiten. Von Hause aus war er Pianist.

Das Archiv war gut sortiert. Der erste, der eine Bestandsaufnahme gefertigt hatte, war Otto Kade. Im Jahr 1893 legte er den Katalog „Musikaliensammlung des Großherzoglich Mecklenburg-Schweriner Fürstenhauses aus den letzten zwei Jahrhunderten" an. Nur wenige Jahre später, im Jahr 1908, wurde sie von Clemens Meyer im „Nachtrag zur Musikaliensammlung des Großherzoglich Mecklenburg-Schweriner Fürstenhauses" ergänzt.

Die Zusammenstellung war gewissenhaft notiert, aber noch nicht intensiv analysiert. Eine erste Bestandsaufnahme. Doch sie machte bereits die erstaunliche Fülle deutlich.

Meine Arbeit vollzog sich an diesem ersten Tag – und dann unzählige Male – nach dem gleichen Ritual: Ich suchte mir aus den alten Katalogen die gewünschten Manuskripte heraus. Dr. Dempe zauberte daraufhin die Kostbarkeiten aus den hinteren Räumen hervor.

Dann war es soweit. Ich hielt die erste originale Handschrift, die *Johann Matthias Sperger* 1766, damals also vor genau 200 Jahren, unter dem Titel *„Wegweiser auf die Orgel, for mich Johannes Sperger"* niedergeschrieben hatte.

16-jährig notierte Sperger seine Orgel-Übungen in einem Heft

Sperger war bei der Niederschrift 16 Jahre alt und befasste sich – mit Musiktheorie! Er stammte aus Feldsberg, das damals zu Niederösterreich gehörte und war „... Sohn eines in der Landwirtschaft Tätigen ..."

Das Städtchen Feldsberg liegt ca. 60 km nördlich von Wien. Nach dem Versailler Vertrag wurde es 1919 unter dem Namen Valtice der Tschechischen Republik eingegliedert. Es beherbergt das Stammschloss der Fürsten von und zu Liechtenstein. Dies gehört zu den ältesten europäischen Fürstenhäusern. Es besteht bereits seit dem 12. Jahrhundert. Das herrschaftliche Renaissance-Barockschloss ist erhalten geblieben. Es beherbergt ein sehenswertes Museum. Ein Besuch sei jedem empfohlen!

Schloss Liechtenstein in Valtice – zu Spergers Zeiten niederösterreichisch: Feldsberg, der Geburtsort Spergers, Foto von 2011

Die Fürstenfamilie der Liechtensteiner war kunst- und musikliebend. Davon zeugen unter anderem die Gemälde von Peter Paul Rubens, die sie der Stadtkirche stifteten.

Der Fürst schickt Sperger nach Wien

Sehr wahrscheinlich wurde der junge *Johann Matthias* von ihnen unterstützt und konnte sich auf die Kunstausübung konzentrieren. Als

17-Jähriger wurde er, sicher finanziert von seinem Fürst-Mäzen, zum Musikstudium nach Wien geschickt.

In Wien unterrichtete vermutlich Johann Georg Albrechtsberger den jungen *Sperger* in Theorie und Kompositionslehre. Albrechtsberger war später der Lehrer Ludwig van Beethovens. Sein Instrumentallehrer auf dem Kontrabass war *Friedrich Pischelberger* (1741-1813). Daran gibt es wohl keine Zweifel. Alle Kontrabass-Konzerte , die in dieser Frühzeit der Wiener Klassik entstanden, sind ihm gewidmet. Vermutlich hat *Pischelberger* sie in den 60er Jahren des 18. Jh. auch uraufgeführt. Die Manuskripte befinden sich alle im Nachlass *Spergers* – und nur dort. So sind sie bis heute erhalten geblieben.

Der junge Mann aus Feldsberg entwickelte sich zu einem hervorragenden Musiker. Heute, 200 Jahre später hält ihn die Fachwelt für den bedeutendsten Kontrabassisten des 18. Jahrhunderts und das ist er ohne jeglichen Zweifel – und ich möchte hinzufügen: Er gehört bis heute überhaupt zu den bedeutendsten Persönlichkeiten unserer Kontrabass-Geschichte, nicht nur in der deutsch-österreichischen!

Dank der gewissenhaften Archivierung durch die Mecklenburgisch-Schweriner Herzöge und die vorbildlichen Aufbewahrungsmodalitäten der Archivare in den Musikaliensammlungen der Landesbibliothek Mecklenburg-Vorpommern bis heute, wurde über Jahrhunderte hinweg in Schwerin ein Schatz gehütet. Es ist die spektakulärste Sammlung wertvollster Kontrabassliteratur. Sie umfasst bis auf ganz wenige Ausnahmen den gesamten Bestand des klassischen Repertoires für Solokontrabass. Es ist die einzige Quelle der Kontrabasswerke von *Sperger*, Dittersdorf, Pichl, Vanhal, Zimmermann und Hoffmeister.

Dies alles wäre undenkbar ohne die Weitsicht *Anna Spergers*. Sie erkannte den Wert der musikalischen Hinterlassenschaften ihres Mannes. Vier Jahre nach dem Tode ihres Mannes, am 26. April 1816, bot sie in einem Schreiben dem Herzog den spektakulären Schatz an. Keiner konnte zu dieser Zeit die Tragweite der Handlung auch nur erahnen.

Sie schreibt:
„Schliesslich lege ich Eurer Königlichen Hoheit, das Instrument meines seeligen Mannes, nebst allen seinen Musikalien, ... allerunterthänigst zu Füßen, ... und ersterbe, als Euer Königlichen Hoheit, allergnädigst Anna Sperger Wittwe
Ludwigslust, den 26ten April 1816"

Die Witwe Spergers bietet den gesamten musikalischen Nachlass dem Herzog von Mecklenburg-Schwerin. Liegt bis heute in der Landesbibliothek.

Der Herzog antwortet der Witwe:

„*...nehmen Wir die Uns angebotenen Musikalien ihres verstorbenen Mannes an und behalten Uns die desfallsige Entschädigung vor.*"

Das Schriftstück ist im Original erhalten. Der Herzog beauftragte sofort seinen Konzertmeister der Hofkapelle, den gesamten Nachlass bei der Witwe Sperger abzuholen.

Und er gibt eine Anweisung an ihn:

„*... Konzertmeister Masseneau hat für Uns von der Wittwe Sperger ihres verstorbenen Mannes Instrument und Musikalien entgegenzunehmen und in Unserem Musikalien- und Instrumenten Zimmer gehörig aufzubewahren.*"

So blieb der gesamte Bestand der Solokonzerte einer musikalischen Stilrichtung und einer Instrumentengattung in dem Nachlass eines einzigen Musikers erhalten.

Ich tauchte in die Lebensgeschichte *Spergers* ein. Durch die zahlreich erhaltenen Schriftstücke von seiner Hand in Form von Noten-Manuskripten, Briefen, Gesuchen und der Korrespondenz mit dem Herzog entstand immer deutlicher ein Bild seiner Persönlichkeit. Er war ein geschätzter, hochangesehener Gesprächspartner des kunstliebenden Herzogs.

Der Herzog schrieb: Er ist

„*... einer Unserer besten Virtuosen*".

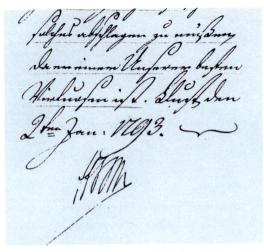

„…einer Unserer besten Virtuosen ist" am 2.Jan. 1793 vom Herzog unterschrieben.

Auch bei seinen Kollegen in der Hofkapelle war *Sperger* ein hoch anerkannter Musiker. Wie groß die Achtung war, verdeutlicht ein kürzlich aufgefundenes Dokument. Aus diesem geht hervor, dass sogar bei der Hochzeit der späteren Königin Luise im Dezember 1793 in Berlin zwei seiner Sinfonien in seinem Beisein gespielt wurden.

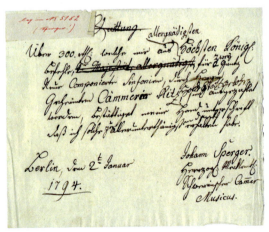

Notizen einer Quittung, die Sperger 1794 ausstellte, woraus hervorgeht, dass in seinem Beisein bei der Hochzeit der späteren Königin Luise von Preußen zwei seiner Sinfonien aufgeführt wurden.

Möglicherweise dirigierte er selbst. Für ihn wurde nach seinem Tod von seinem Orchester das Mozart-Requiem aufgeführt. Nur wenigen Musikern dürfte eine solche Ehre zuteil geworden sein.

Die Lektüre der umfangreichen Hinterlassenschaften *Spergers* fesselte mich immer mehr. Sie legte den Grundstock für meine lebenslange Beschäftigung mit seinem Leben und Werk. Das Thema ließ mich nicht los. Dabei erstaunte mich eines besonders: Bisher hatte kaum jemand den besonderen Wert seines Schaffens erkannt und sich eingehender damit befasst. Es lag immerhin fast 200 Jahre, eigentlich für jeden einsichtbar, aber doch wenig beachtet, in der Schweriner Bibliothek.

Preßburg (heute Bratislava) war seit 1541 ungarische Landeshaupt- und Krönungsstadt. Doch nicht einmal jeder zehnte Einwohner war Ungar. Mehr als 50 Prozent waren Deutsche, jeweils etwa ein Viertel Slawen und Juden.

Die Pressburger Kapelle des Erzbischofs Joseph Graf von Batthyany, des späteren Kardinals von Ungarn, hatte einen außerordentlich guten Ruf. Viele ausgezeichnete Musiker waren hier tätig. Im Jahre 1777 wurde *Sperger*, 27 Jahre alt, Mitglied der erzbischöflichen Kapelle. Er wirkte von 1777 bis 1783 an dieser Stelle.

Die Jahre in Preßburg sollten die schaffens- und kompositorisch ertragreichsten im Leben *Spergers* werden. Allein sieben Kontrabasskonzerte entstanden in dieser Zeit. Sie wurden hier auch uraufgeführt. *Sperger* schrieb hier seine ersten 18 Sinfonien, zwei Solokonzerte für Trompete (1778/79), Konzerte für Flöte (1781) und Viola (1778) und das virtuose Violoncellokonzert (1778). Später entstanden zwei Hornkonzerte und das Konzert für Fagott. Ein Jahr später, im Jahr 1778, wurde er Mitglied der Wiener Tonkünstlersozietät. Hier wirkte er als Solist. Er führte seine Konzerte auf, seine Sinfonien erklangen. Man wurde auf den Komponisten und Künstler aufmerksam.

Viele Anregungen erhielt er von den Musikern, mit denen er zusammen musizierte. Zu ihnen gehörten der Cellist Franz Xaver Hammer, der Violaspieler Grindler, der Fagottist Franz Czervenka.

Die offensichtlich gute und künstlerisch produktive Zeit währte nur sechs Jahre. Im Jahr 1783 wurde die erzbischöfliche Kapelle aufgelöst. Die Gründe stehen in engem Zusammenhang mit den Reformplänen des Kaisers Joseph II., dem Nachfolger der Habsburgkaiserin Maria Theresia. „Mit der von ihm propagierten aufklärerischen Politik änderten sich entscheidende gesellschaftliche Bedingungen des

Musiklebens und speziell auch der Kontrabassisten: Mit den Josephinischen Kirchenreformen um 1783 und den Klosteraufhebungen und anderer Veränderungen wurden viele in den 1780er Jahren arbeitslos" beschreibt Josef Focht die Situation in seiner Dissertation, dem Buch „Der Wiener Kontrabass"*

Lange wurde darüber spekuliert, ob *Sperger* im Anschluss in Joseph Haydns Kapelle in Eisenstadt und Esterhaz gedient habe. Diese These ist mittlerweile widerlegt: *Sperger* fand eine Anstellung beim Grafen von Erdödy in Fidisch bei Eberau (heute Burgenland/ Österreich). Adolf Meier schrieb dazu in seiner Dissertation bereits 1969: „Mit dem Nachweis von *Spergers* Tätigkeit in Fidisch wird die bisherige Vermutung, *Sperger* habe in Joseph Haydns Kapelle in Eisenstadt und Esterhaz gedient, endgültig widerlegt".

Aber auch hier konnte er nur eine kurze Zeit tätig sein. Drei Jahre später wurde ebenfalls das gesamte Orchester aufgelöst. So ging *Sperger* 1786 nach Wien und versuchte als „freischaffender" Musiker seinen Unterhalt zu verdienen und suchte gleichzeitig nach einer neuen Anstellung.

In seinen Aufzeichnungen finden sich Hinweise auf Kontaktaufnahmen zu zahlreichen Fürsten- und Königshäusern, von denen bekannt war, dass sie eine Hofkapelle unterhielten. Er dedizierte seine Kompositionen, seine Sinfonien, Streichquartette, Flötenquartette, Duette..., bevorzugt an den sehr gut cellospielenden Prinzen und späteren König Friedrich Wilhelm II. von Preußen in Berlin/Potsdam und den Zaren von Russland.

Berlin entscheidet über Spergers Lebensweg

Es muss für *Sperger* eine beinahe unerträgliche Zeit gewesen sein. Es wird vermutet, dass er in den Jahren bis 1789 sogar als Notenkopist in Wien tätig gewesen sei.

Allein in den Monaten Januar und Februar 1789 spielte *Sperger* sieben Mal vor dem musikbegeisterten König Friedrich Wilhelm II. von Preußen in Berlin bzw. Potsdam. Immer hoffte er darauf, eine Anstellung im Berliner Hofopernorchester zu erhalten. Dazu kam es leider

*erschienen 1999 bei Hans Schneider - Tutzing

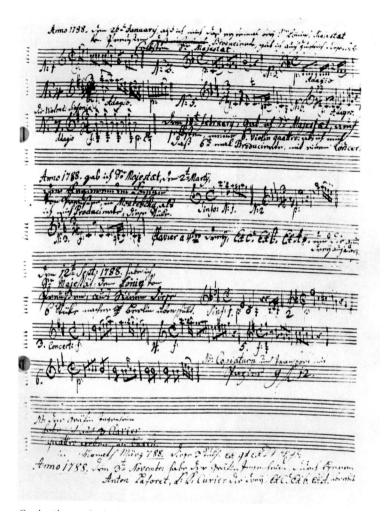

Catalog über verschückte Musicalien: u.a. 18.Feb. „...gab ich...als ich mich daß 6te mal Broducierte..." an seine Majestät von Preußen 6 Violinquattro.

nicht. Dennoch verhallte sein Spiel nicht ungehört. Die einflussreiche Zuhörerschaft empfahl ihn weiter (siehe S. 37). Im Herbst 1789 erhielt *Sperger* eine Anstellung bei Herzog Friedrich Franz I. von Mecklenburg-Schwerin in Ludwigslust. Es war „eine der führenden Kapellen damaliger Zeit", wie der Musikhistoriker Marpurg schreibt.

Und nun saß ich, ein Mensch des 20. Jahrhunderts in dieser Bibliothek, die maßgeblich auf den kunst-, musik- und frauenliebenden Herrscher Mecklenburg-Schwerin zurückgeht. Auch gerade ihm bin

J.M. Sperger: Concertino für Flöte, Viola, Solokontrabass und Orchester; komponiert 1778 (28-jährig) in Preßburg (jetzt Bratislava)

ich dankbar, dass er den *Spergerschen* Nachlass in seine Sammlung aufnahm und zu seinem Kontrabassisten ein so inniges Verhältnis hatte!

Sperger war ein bescheidener Mensch voller Schaffenskraft, der ein künstlerisch wertvolles und umfangreiches Werk hinterlassen hat. Der Vorklassik verbunden, in vielen Dingen weit vorausblickend. Er setzte einzigartige Maßstäbe für sein, für unser Instrument, den Kontrabass. *Johann Matthias Sperger* prägte durch sein Leben, seine Persönlichkeit, sein Schaffen und seine Hinterlassenschaften mein Leben nachhaltig.

Die Internationale Johann-Matthias-Sperger-Gesellschaft

Als ich im Jahre 1978 beim International Double Bass Competition and Workshop, dem Kontrabass-Großereignis mit vielen Teilnehmern rund um den Erdball auf Isle of Man-England in einem Vortrag über Leben und Werk *Spergers* berichtete, schaute die Kontrabasswelt sehr interessiert, aber doch etwas verlegen. Verlegen aus dem Grunde, da fast jeder zwar den Namen kannte, aber kaum jemand damit etwas anfangen konnte. Was wusste man wirklich über *Johann Matthias Sperger*, den zweifellos bedeutendsten Kontrabassisten des 18.Jahrhunderts, den anerkannt bedeutendsten Kontrabassisten der deutsch-österreichischen Schule? Was war bekannt über den Komponisten *Sperger*, über den Menschen *Sperger*? Über sein Leben, sein Werk? Was konnte man über seine historische Rolle in der Kontrabass-, respektive in der Musikgeschichte sagen? Die Zuhörerschaft nahm zur Kenntnis, dass allein in seinem Repertoire und dann in seinem Nachlass fast die gesamte konzertante Literatur für den Solokontrabass einer gesamten Musikepoche, der Wiener Klassik, zu finden war. Dies stellt wahrscheinlich in der Musikgeschichte eine Einmaligkeit dar. Alle Originale, alle Werke für ein Instrument, einer Musikepoche bei einem Menschen!

Zu meiner Verwunderung musste ich feststellen, dass ein sehr großer Kreis der Teilnehmerschaft hier das erste Mal von der „Wiener Kontrabassstimmung" hörte. Kaum jemand hatte sich (im Jahre 1978!) mit den Gegebenheiten der Dreiklangsstimmung des Kontrabasses zur Zeit der Wiener Klassik befasst. Die Wenigsten wussten, dass die gesamte klassische Sololiteratur für die A-D-Fis-a-Stimmung geschrieben wurde.

Ich weiß nicht, ob die Zuhörer von damals erfassten, wie allumfassend *Sperger* in seinen Kompositionen die Möglichkeiten des damaligen „Wiener Kontrabasses" genutzt, ausgeschöpft und an spätere Generationen weitergegeben hatte.

Auch später habe ich mich immer wieder gefragt: Wissen wirklich alle Kontrabassisten über die Stimmung ihres Instrumentes zur Zeit der Wiener Klassik, in der die meisten unserer Konzerte entstanden, Bescheid? Ich frage es mich bis heute: haben wir in *Sperger* den großen, bedeutenden Musiker der Wiener Klassik erkannt? Sehen wir in ihm den bedeutenden Virtuosen am Kontrabass und den Komponisten, der wie kein anderer Gültiges für unser Instrument geschaffen und mit seinem Werk bis heute Maßstäbe gesetzt hat?

Spergers Lebensgeschichte ist eine interessante Musikerlaufbahn, nicht nur des 18. Jahrhunderts, die ihm große Anerkennung bei seinen Kollegen und allerhöchste Achtung bei seinen Brotgebern einbrachte.

Die musikgeschichtliche Forschung hat sich bislang nur sporadisch mit der Person *Spergers* beschäftigt. Umfangreichere Arbeiten liegen nur von Adolf Meier und Josef Focht vor.

Adolf Meier: die erste gründliche Untersuchung u.a. über Leben und Werk Spergers

So obliegt es nun den Praktikern, den Anstoß zu geben. Sie machen auf einen Komponisten und seine Musik aufmerksam, der in die erste Reihe der bedeutendsten Persönlichkeiten der Kontrabass-Geschichte gehört.

Das Kontrabass-Konzertes Nr. 15 von *Sperger* gab *Michinori Bunya* heraus. Damit wurde das musikalisch wertvollste Konzert der gesamten Wiener Klassik allgemein zugänglich.

Spergers Kontrabass-Konzert Nr.15 ist das musikalisch wertvollste Kontrabasskonzert der gesamten klassischen Solokontrabassliteratur

Spergers vier Sonaten für Kontrabass sind die frühesten Werke dieser Gattung. Sie sind Zeichen seines unglaublichen musikalischen Ideen- und Melodiereichtums.

Original: ‚Sonata per il Contrabasso e Viola', die später von David Walter und Klaus Trumpf bearbeitete ‚Sonate D-Dur für Kontrabass und Klavier T40'

Als Virtuose war *Sperger* dem Italiener *Giovanni Bottesini* ebenbürtig – als Komponist *Domenico Dragonetti* weit überlegen. Als deutsch-österreichischer Komponist bereicherte er die Wiener Klassik mit einem umfangreichen Werk und unterstrich nachdrücklich seine Bedeutung in der Reihe der markanten Erscheinungen der Kontrabass-Historie.

Das Mozart-Requiem für einen Kontrabassisten

Anlässlich des Todes Spergers wurde kein geringeres Werk als das Mozart-Requiem aufgeführt. Diese Ehre dürfte nur wenigen Instrumentalisten in der langen Musikgeschichte zuteil geworden sein. Seine Zeitgenossen wussten offensichtlich, was sie an ihm verloren hatten.

Für mich stellte sich die Frage, wie man dieser Persönlichkeit gerecht werden und sein Werk und Leben bekannt machen kann. Im Gespräch unter Kollegen fiel das Stichwort „Wettbewerb". In diesem Zusammenhang müssten sich alle Interessenten – und diese gab es bei den wenigen Kontrabasswettbewerben weltweit in großer Zahl – mit den Werken *Spergers* vertraut machen. Natürlich würden als Pflichtstücke Werke des Protagonisten auf dem Programm stehen.

Die Idee war geboren. Nun ergaben sich neue Fragen: Wie und wo sollte der Wettbewerb durchgeführt werden? Wie konnte man das Projekt gediegen und planvoll in die Wege leiten, dass es nicht nur eine einmalige Veranstaltung wird. Für ein solches Vorhaben benötigt man kontinuierliche Unterstützung. Folgerichtig trat neben die Idee des Wettbewerbs der Gedanke an die Gründung einer Gesellschaft. Ich wandte mich an mir alle bekannten Kontrabassisten und erklärte meine Idee. Relativ schnell fand sich ein Unterstützerkreis von ca. 130 Kontrabass-Idealisten zusammen.

Die größte Unterstützung und die kostbarsten Vorschlägen kamen von *Alfred Planyavsky* aus Wien. Aber auch aktive Solisten und verdienstvolle Pädagogen verhalfen der Idee zum Leben. Zu ihnen gehörten: *Miloslav Gajdoš, Karoly Saru, Radoslav Šašina, Miloslav Jelínek, Alexander Michno, Irena Olkiewicz, Petja Bagowska, Paul Erhard, Tom Martin*. *Gary Karr* sandte ein begeistertes Grußwort zur Gründung. *Tom Martin* spendete etwas später die Gedenktafel am ehemaligen Wohnhaus *Spergers* in Ludwigslust. Sehenswert für jeden Ludwigslust-Besucher!

Auch aus Ludwigslust selbst kam tatkräftige Unterstützung. Zuerst seien genannt: Dieter Ueltzen, ehemaliger Kantor und Kenner der historischen Musikszene vor Ort, und Reinhard Heißner, Stadtangestellter und Stadtgeschichtler – er entdeckte das aussagekräftige und fein formulierte Testament Spergers im Stadtarchiv Ludwigslust.

Testament Spergers, aufbewahrt im Archiv der Stadt Ludwigslust

Die Umsetzung der Ideen begann mit dem ersten *Sperger*-Wettbewerb im Jahr 2000. Aus diesem Anlass wurde von der Jury in der Nähe seiner Wirkungsstätten in Ludwigslust zwischen Schloss und Stadtkirche eine Kastanie gepflanzt. In dieser Kirche spielte *Sperger* ja selbst die Orgel zu den Gottesdiensten.

Ein Jahr später gründeten wir die Johann-Matthias-Sperger-Gesellschaft e. V. Zur „Gründungsmannschaft" gehörten die Kontrabassisten *Werner Zeibig, Frithjof Grabner, Holger Michalski, Angelika Starke, Markus Rex, Ulf Kupke, Stefan Petzold, Karsten Lauke, Klaus Trumpf* und der Musikliebhaber Dr. Gerhard Höhne. Die erste Versammlung fand am 17. April 2001 in den Räumen des Konzerthauses in Berlin statt.

Mit Euphorie stürzten wir uns in die uns selbst gestellten Aufgaben. Leben und Werk *Spergers* sollten durchforstet, erforscht und einem breiten Publikum bekannt gemacht werden. Zudem war eine Vereinssatzung zu erstellten. Die Gesellschaft wurde beim Amtsgericht in Ludwigslust und beim Finanzamt für Vereine angemeldet.

Wir planten ein Mitteilungsblatt, das über Vorhaben und Ergebnisse der Arbeit informieren sollte. Schon bald entwickelte sich daraus eine Kontrabass-Zeitschrift. Sie befasst sich mit allen Themen rund um *Sperger*.

Sperger-FORUM
Heft I, Mai 2002

In seinen fundamentalen Artikeln beschwört *Alfred Planyavsky* immer wieder die Notwendigkeit der historischen Aufarbeitung des ältesten Orchester-Streichinstrumentes. Sein Appell geht immer wieder an nächste Generationen, sich nicht die authentische Geschichte des Violone in die Violoncello-Historie verdrehen zu lassen!

Späte Anerkennungen

Der unermüdliche Einsatz der Gesellschaft machte auch den Verantwortlichen in Ludwigslust bewusst, welch berühmter Komponist in ihrer Stadt gelebt hatte. Im Jahr 2003 gelang es uns, sie zu überzeugen, der Musikschule den Namen „Johann Matthias Sperger" zu verleihen.

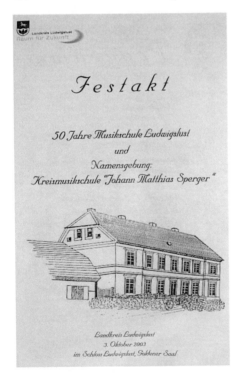

Festakt zur Namensgebung „Kreismusikschule Johann Matthias Sperger"

Ein Jahr später wurde eine von dem verdienstvollen Solokontrabassisten und Pädagogen *Tom Martin* aus London gespendete Gedenktafel an *Spergers* ehemaligen Wohnhaus angebracht.

Die von Thomas Martin gespendete Gedenktafel wird am ehemaligen Wohnhaus Spergers enthüllt (2004)

2006 überreichte die *Sperger*-Gesellschaft der Musikschule in Ludwigslust ein von *Ljubinko Lazic* angeregtes und vom serbischen Maler Milan Djuric gefertigtes Porträtgemälde *Spergers*.

Sperger-Porträt vom serbischen Maler Milan Djuric

Die Stadtverordnetenversammlung von Ludwigslust beschloss 2012 die Benennung einer Straße in „*Johann-Matthias-Sperger-Straße*".

In einem feierlichen Akt im Jahre 2013 wurden die Musikschulen Ludwigslust und Parchim zusammengelegt. Nun tragen beide den Ehrennamen „*Johann-Matthias-Sperger-Musikschule*".

Die Gesellschaft hat zahlreiche Mitglieder von führenden internationalen Kontrabassisten. Teilweise Zählungen: von 132 Mitgliedern waren 57 nicht aus Deutschland. Alle Mitglieder der *Sperger*-Gesellschaft sind aufgefordert, sich an der Gestaltung der Zeitschrift zu beteiligen, sei es mit Beiträgen zu den Leserbrief-Diskussionen oder mit eigenen Artikeln. Der Vorstand trifft sich jährlich drei- bis viermal. Er hat stets viele Themen zu bedenken. Einen besonderen Stellenwert haben die zukünftigen Wettbewerbe und die Zeitschrift *Sperger*-FORUM.

Die Arbeit einer solchen Gesellschaft bleibt leider nicht von Rückschlägen und Konflikten verschont. So stand zwischenzeitlich nicht nur die *Sperger*-Gesellschaft vor der Auflösung, sondern auch der *Sperger*-Wettbewerb vor dem Aus. Ein bestimmter Herr aus dem Norden Deutschlands hatte versucht sich in Position zu bringen. Seine Machenschaften sorgten für erheblichen Wirbel bis die Geschlossenheit der gesamten Gesellschaft dem ein Ende setzte und ihn aus der Gesellschaft ausschloss.

Im März 2009 wurde mit der Wahl eines neuen Vorstandes der Weg frei für einen erfrischenden Neuanfang. An dieser Stelle nochmals ein großer Dank all jenen, die in schwerer Zeit halfen, die Gesellschaft und den Wettbewerb zu retten.

Neuer Sperger-Gesellschafts-Vorstand 2009: Simone Heumann, Angelika Starke, Markus Rex, Klaus Trumpf

Am 13. Mai 2012 jährte sich zum 200. Male der Todestag von *Johann Matthias Sperger*. Die *Sperger*-Gesellschaft beging diesen Tag in der Stadtkirche von Ludwigslust mit einer festlichen Gedenkveranstaltung. Gemeinsam mit Vertretern der *Johann-Matthias-Sperger*-Musikschule. In Vorträgen wurde die Person *Sperger* gewürdigt.

Sperger-Ehrung zum 200. Todestages 2012

Der Tod des Ehrenvorsitzenden und unermüdlichen Motors der historienbetonten Seite der Gesellschaft *Alfred Planyavsky* ist ein schmerzlicher Verlust. Bis ins hohe Alter von 89 Jahren setzte er sich in unermüdlicher Tätigkeit für den Kontrabass ein. Die Gesellschaft verdankt ihm wesentliche Impulse und wird ihm ein ehrendes Andenken bewahren. Der *Sperger*-Wettbewerb 2014 wurde *Alfred Planyavsky* gewidmet. Auch in seinem Sinne wird sich die *Sperger*-Gesellschaft weiter bemühen, Anstöße für Forschungsarbeit zu geben. Sie setzt sich für Verbreitung von *Spergers* Werken ein und wird das *Sperger*-FORUM als Podium der Diskussion nutzen. Als eines der Hauptanliegen bleibt aber weiterhin die Fortsetzung des *Sperger*-Wettbewerbes um dem selbstgesteckten Ziel näher zu kommen – mit Hilfe seines Werkes dem Nachwuchs durch internationale Vergleichsmöglichkeiten eine Chance der Weiterentwicklung zu geben. Siehe S. 265.

Nach 200 Jahren: Spergers Kantate ‚Jesus in Banden' erlebt eine umjubelte Wiederaufführung in der Stadtkirche zu Ludwigslust. Eines der bedeutendsten Werke des Komponisten. Mitwirkende: NDR-Chor, Mecklenburgisches Kammerorchester „Herzogliche Hofkapelle" Gabriele Lamotte - Sopran, Vanesse Barkowski - Alt, Andreas Weller - Tenor, Gotthold Schwarz - Bass unter der Leitung von Johannes Moesus

Internationale Kontrabasskurse in Weimar ab 1970

Ende der 60er Jahre des vergangenen Jahrhunderts wusste man weltweit weniger voneinander als heute. Die weltweite Vernetzung per Mail, Blog oder Chat war noch nicht erfunden. Ja, kein Mensch dachte an so etwas wie Faxe, Mailbox, www, dpi, Pixel, Weiterleiten oder ähnliches. In der DDR hatten die meisten noch nicht einmal Telefon, ein Ferngespräch meldete man persönlich beim Postamt an und wartete. Bei weitem hatten noch nicht alle Familien einen Fernsehapparat. Man schrieb Briefe oder besuchte sich – so man sich persönlich kannte und es erlaubt war. Das gilt ebenso für die Musik, für den Musikbetrieb. Man erfuhr kaum von dem, was in anderen Ländern für die Förderung des musikalischen Nachwuchses getan wurde. Die Bindungen in der Nähe waren intensiver. Wer außerhalb des Umfeldes wohnte, war weit weniger leicht erreichbar als heute. Dennoch erfuhren wir natürlich – manchmal mit einigem Abstand – dank der Presse oder den ersten Fernsehsendungen, was in der Welt geschah. In dieser Zeit berichtete die internationale Musikpresse über eine Entwicklung in den USA. Man begänne, auch für Kontrabassisten Ferien-Kurse anzubieten.

Dieser Gedanke faszinierte mich sofort und ich dachte: Wie und wo könnten wir Vergleichbares hier in der DDR organisieren? Freunde und Kollegen aus den Berliner Orchestern unterstützten den Gedanken.

Als Musiker auf uns allein gestellt, hätten wir kaum etwas ausrichten können. Also machten wir uns auf und ließen uns einen Termin beim Kulturministerium geben. Nach längerer Wartezeit erschienen wir dort in geballter Formation: *Helmut Radenz*, Solokontrabassist der Komischen Oper Berlin, *Achim Meier*, Solokontrabassist des Berliner Sinfonieorchesters, *Hans-Joachim Kehr*, Solokontrabassist des Rundfunksinfonieorchesters Berlin, *Werner Zeibig* von der Staatskapelle Dresden, und ich erhofften uns Unterstützung von höchster Stelle.

Geschicktes Taktieren war gefragt. Schließlich überzeugten wir die Verantwortlichen der Kulturobrigkeit: Vom 9. bis 24. Juli 1970 würde es das nächste internationale Musikseminar in Weimar geben, zu den angebotenen Kursen sollte es auch einen Kurs für Kontrabass geben.

Als Leiter dafür hatten wir *Lajos Montag* vorgeschlagen. Er war Professor in Budapest. Wir kannten ihn als verdienstvollen Pädagogen, Lehrer, Forscher unseres Instruments. Der Kontrabass-Idealist schlechthin!

Wer einmal in seiner Budapester Wohnung war, was eher einem Kontrabass-Museum glich, angefüllt mit Instrumenten, Kontrabass-Noten, Büchern, jegliches Kontrabass-Zubehör und seiner Sammelleidenschaft entsprechend: Fotoapparate jeglicher Weltfirmen, weiß was sein Lebensinhalt war. Dutzende Notenblätter lagen verstreut und immer bereit, neue Ideen für seine mehrbändige Kontrabass-Schule aufzunehmen.

Lajos Montag in seinem Budapester Arbeitszimmer 1985

Mit diesem Kurs in Weimar begann eine Reihe vielversprechender Begegnungen von interessierten, lernbegierigen, begeisterten Kontrabassisten. Einige von ihnen waren noch Studenten, andere bereits im Orchester tätig. Die Teilnehmerlisten lesen sich heute beinahe als ein who-is-who des Kontrabasses (vgl. Anhang). Viele erwarben sich später Verdienste um das Instrument. Sie arbeiten heute als Solokontrabassisten führender internationaler Orchester, als Pädagogen, als Professoren.

Am 21. Juli 1970 gab *Lajos Montag* das erste Kontrabass-Professorenkonzert in Weimar. Auf dem Programm standen Sonaten von Gaillard und Vilmos Montag, seinem komponierenden Bruder, das Concertino von Heinz Röttger und eine eigene Komposition: sein „Mikrokonzert".

Zwei Wochen arbeiteten, musizierten, lernten wir miteinander. Die Stimmung war entspannt, freundschaftlich. Noch prägte uns der harte Konkurrenzkampf der späteren Jahrzehnte nicht. Die angenehme Atmosphäre versetzte uns alle in eine Übe- und Spielfreudigkeit, die noch sehr lange anhielt. *Lajos Montags* Unterricht umfaßte alle Gebiete des Instrumentes – aus seinem reichen Erfahrungsschatz konnte er uns Vieles weitergeben.

Teilnehmer des ersten internationalen Kontrabass-Kurses in Weimar 1970 unter der Leitung von Lajos Montag; v.r.n.l. Peter Krauß, Lajos Montag, Dieter Uhlmann, Alf Sundin (S), Korrepetitorin Rotherberg

Auch die Verantwortlichen waren zufrieden. So wurde das Fach Kontrabass für die nächsten Jahre fest ins Weimarer Kursprogramm aufgenommen. Das war umso wichtiger und erfreulicher, da es zu dieser Zeit kaum internationale Meisterklassen in Europa gab.

In den beiden folgenden Jahren 1971 und 1972 unterrichtete der erfahrene und erfolgreiche Kontrabasspädagoge *Todor Toschev* aus Sofia/Bulgarien. Seine klaren methodischen Vorstellungen verstand er in ruhiger Art zu erklären und glaubhaft zu veranschaulichen – ohne dass er jemals einen Kontrabass in die Hand nahm.

Kursteilnehmer 1971 in Weimar unter der Leitung von Todor Toschev - Sofia: obere Reihe v.l.n.r.: *Manfred Pernutz* - Berlin, *Sheljasko Sheljasov* - Berlin, *Wolfgang Güttler* - Rumänien, *Walter Klier* - Berlin, *Klaus Trumpf*, 2.Reihe: *Christian Rolle* - Dresden, *Rainer Barchmann* - Berlin; untere Reihe: ?, *T.Toschev*, *Peter Krauß* - Dresden, *Bernd Haubold* - Dresden, *Helmut Radenz* - Berlin, *Horst Würzebesser* - Berlin. Alle diese Teilnehmer wurden später Solokontrabassisten in den führenden Orchestern Berlin und Dresden.

Als sachverständiger Dolmetscher und Vermittler seiner Anweisungen fungierte *Sheljasko Sheljasov*, ehemals Student *Toschevs* in Sofia. Er war zu dieser Zeit Solokontrabassist der Komischen Oper in Berlin. Wieder erlebten wir eine intensive Zeit der musikalischen Gemeinschaft.

Die Teilnehmer stellten ihr Können - wie auch schon 1970 – in öffentlichen Konzerten unter Beweis. Furore machte in diesen Jahren *Wolfgang Güttler*, der damals noch in Bukarest lebte und einer der letzten Schüler vom berühmten Kontrabass-Solisten und Pädagogen *Josef Prunner* war. Die Konzerte waren bewegend und ermutigend. In diesen Wochen in Weimar erarbeitete ich mir ein großes Solo-Repertoire, angeregt durch die Pädagogen und auch vor allem durch die anderen Teilnehmer aus den verschiedenen Ländern. Das Weiterbildende ergab sich auch aus den öffentlichen Auftritten hier während der zweiwöchigen Kurse. Jeder hatte die Möglichkeit sein Können auf dem Konzertpodium auszuprobieren. Meine Lieblingsstücke waren hier die *Bottesini*- und Gliere-Stücke, die Paganini-Moses-Phantasie und ein wunderbares Vivaldi-Violinkonzert, dass uns *Wolfgang Güttler* so fein präsentierte. Später habe ich das noch oft, auch mit Orchester, gespielt. Wir profitierten alle vom Austausch und vom Hören aufeinander. Dabei blieb der Austausch nicht zwingend auf das uns bekannte erlernte Instrument beschränkt: *Werner Zeibig*, später Solokontrabassist der Dresdner Staatskapelle und Honorar-Professor an der dortigen Musikhochschule, bewies uns sein sängerisches Talent und sang die berühmte Mozart-Arie „Per questa bella mano", als *Helmut Radenz* die obligate Kontrabasspartie probierte und keinen Profi-Sänger fand.

Eine der wenigen damaligen weiblichen Studentinnen, wie hier Dagmar Arlt, musste noch den männlichen Teilnehmern ihre Kraft zeigen – in dem Falle Wolfgang Güttler – rechts daneben: Helmut Radenz und Rainer Hucke (späterer Solokontrabassist des Leipziger Gewandhausorchesters). Kursleiter T. Toschev, ganz links: Peter Krauß (später Solobass. Dresdner Phil.)

1973 legte man beim Weimarer Sommerkurs für Kontrabass eine Pause ein, um dann umso gewichtiger 1974 mit *Ludwig Streicher* aus Wien als profunden Leiter des Faches Kontrabass einzusteigen. Er war begeistert vom Niveau und von der Atmosphäre des Kurses. Auch vor allem, als er in Erfahrung gebracht hatte, dass es doch genügend zu essen gibt im Osten Deutschlands, nachdem seine fürsorgliche Frau in seinem ersten Kursjahr genügend Wurstpakete für den Essensnotstand mitgegeben hatte. Er wollte auf keinen Fall verhungern und dann schließlich auch wiederkommen.

Und es gelang, diesen Wunsch Wirklichkeit werden zu lassen: Von 1974 bis 1979 kam *Ludwig Streicher* regelmäßig in die Klassikerstadt. Seine jeweiligen Soloabende waren Höhepunkte der Weimarer Dozentenkonzerte. In diesen sechs Jahren öffnete er mit seinen Auftritten ein Tor für den solistischen Kontrabass.

Weimar 1974, Kursleiter Ludwig Streicher und internationale Zuhörerschaft

Die buntgewürfelte Schar der Teilnehmer, die aus aller Welt angereist war, erlebte das eigene Instrument in völlig neuer Weise. Die Professoren anderer Zweige, für die der Kontrabass ein Begleitinstrument war, nötig - aber auch nicht mehr - entdeckten, was alles in diesem Instrument stecken konnte – wenn man es weckte. *Ludwig Streicher* öffnete weltbekannten Solisten und Pädagogen, wie den Geigern Max Rostal und Andrè Gertler, den Cellistinnen Natalja Gutman und Natalja Schachowskaja, dem Pianisten Rudolf Kehrer und den Dirigenten Igor Markewitsch, Kurt Masur neben vielen anderen hervorragenden Dozenten den Blick für ein verkanntes Instrument.

Allein durch die offenherzige Art *Streichers*, durch seinen unkonventionellen Unterrichtsstil, erreichte er nicht nur die direkten Kursteilnehmer, sondern auch einen großen Kreis passiver Zuhörer.

Lajos Montag lauscht der „masterclass", bei der Ludwig Streicher Sheljasko Sheljasov unterrichtet.

Ludwig Streicher, der Kursleiter 1974, dirigierte hier vor der Musikhochschule in Weimar das Rezitativ aus der IX. Sinfonie von Beethoven.

Die Seminare waren immer mit einer Brise Humor gewürzt und faszinierten durch wienerische Leichtigkeit. Die Studenten erweiterten ihr Können in musikalischer wie spieltechnischer Hinsicht. Die passiven Zuhörer nahmen mindestens eine Musikeranekdote aus jeder Unterrichtsstunde zum Weitererzählen mit nach Hause. Bereichert in jeder Weise verließen die Zuhörer die Seminarstunden. Man traf sich am warmen Nachmittag zum Baden und Entspannen im Weimarer Schwanseebad.

Auch ich entdeckte dank der Seminare bei *Ludwig Streicher* eine neue Sichtweise auf Spieltechnik und Methodik. Nicht nur sein musikalisches Empfinden, seine Art, dies weiterzugeben, sondern auch sein analytisches Betrachten musikalischer Phrasen, des Werkaufbaues, der künstlerischen Zusammenhänge erschlossen uns eine Welt der Perfektionierung des Spiels. *Alfred Planyavsky* hatte mir die Augen für die Geschichte des Kontrabasses geöffnet. *Ludwig Streicher* erschloss mir einen neuen Ansatz im praktischen Spiel. Beiden Wienern bin ich bis heute dankbar und versuchte all dieses an meine Studenten weiterzugeben, erst in Berlin, dann an den Hochschulen in Saarbrücken und München und bei den vielen internationalen Kursen und Meisterklassen in Europa, Asien und den USA, auch in Australien und Neuseeland.

Den Reigen seiner Konzertprogramme in Weimar eröffnete *Streicher* 1974 mit der E-Dur-Sonate von *Johann Matthias Sperger*. Sie war uns allen bekannt von seiner ersten Schallplatte, die er 1968 eingespielt hatte. Für Interessierte möchte ich an dieser Stelle anmerken: diese Sonate ist allerdings keine originale Kontrabass-Sonate. Sie ist eine freie Bearbeitung zweier verschiedener Violinsonaten („Violino et Basso") *Spergers*. Leider wies der Herausgeber dieses Werkes, Rudolf Malaric, nicht darauf hin, so dass, wie bei vielen seiner Ausgaben Missverständnisse gegenüber den Werken Spergers bis heute erhalten geblieben sind. Die Programme Streichers schlossen die bekannten Konzerte von *Bottesini*, Dittersdorf, Vanhal, alles mit Orchester, ein. Die Pressestimmen überschlugen sich, das Fernsehen zeichnete auf, man interviewte *Ludwig Streicher* und berichtete ausführlich über

„Das Basswunder aus Wien", den „Paganini der Bassgeige". Auch hier hat sich Ludwig Streicher ein Denkmal gesetzt.
Das Wertvolle derartiger Kurse liegt vor allem im Kennenlernen verschiedener Methoden und Spielweisen. Nirgends anders bekommt man diese vielfältigen Anstöße: Man lernt neue Werke, Noten und

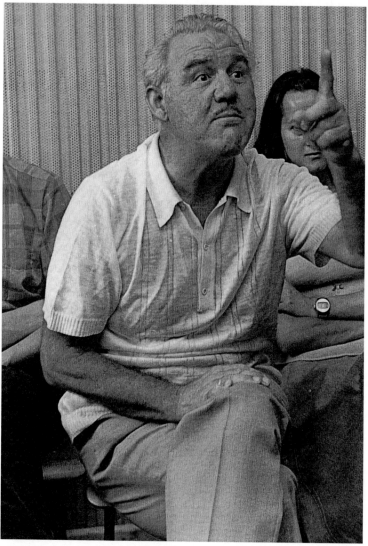

Ludwig Streicher mahnt zur musikalischen Perfektion

Ideen kennen, schließt Bekanntschaften, ja Freundschaften. Die Barrieren, die uns normalerweise trennen, Grenzen und Sprachen, werden überwunden. Wir lernten auf allen Ebenen von und miteinander: im Künstlerischen, im Methodischen, in Sachen Literatur. So blieben die intensiven Wochen in Weimar allen Teilnehmern unvergesslich. Wir nahmen Anregungen auf, die die eigene Arbeit nachhaltig veränderten und prägten. Mit vielen ehemaligen Teilnehmern dieser Kurse verbinden mich noch heute tiefe Freundschaften.

Wenn ich das Musizieren heute mit dem damals vergleiche, so staune ich über die Veränderungen im Niveau. Welchen Qualitätssprung hat das Spiel auf unserem Instrument in den letzten Jahrzehnten gemacht! Die Weimarer Meisterkurse waren Meilensteine auf dem Weg in diese Zukunft.

Nationale Kontrabassistentreffen
Kammermusik für Kontrabass 1971

Ende der 60er, Anfang der 70er Jahre des vergangenen Jahrhunderts gab es eine Generation von jungen Kontrabassisten in Berlin, Dresden, Leipzig und anderen Städten der DDR, die mehr als nur das Alter – zwischen 25 und 35 Jahren – gemeinsam hatte: Sie suchten den Vergleich, die Herausforderung; sie suchten ein Podium für den Austausch, Konzertmöglichkeiten. Da es das in offizieller Form nicht gab, schufen sie sich selbst eine Bühne. Das erste Treffen dieser Art fand am 7. März 1971 im Apollosaal, dem wunderbaren Rokokosaal der Staatsoper, in Berlin statt. Ich organisierte es in Form einer Matinee unter dem Motto: „Kammermusik für Kontrabass". Die Hauptakteure waren junge Kontrabassisten aus den großen Orchestern von Berlin und Dresden.

Das Programm war vielfältig und doch nicht nach jedermanns Geschmack. Wir spielten das Bernhard Alt-Quartett, eine Eccles- und eine Hindemith-Sonate, eine Mozart-Arie, die *Fryba*-Suite und je ein Konzert von Vanhal und *Sperger*. Der erste Wettbewerb in Genf lag nur 18 Monate zurück. Ich hatte somit die „Hommage á J. S. Bach" von Julien Francois Zbinden noch gut „in den Fingern", und stellte sie vor.

Ein für uns wichtiger ferner Beobachter des Treffens war *František Hertl* aus Prag. Er war einer der bedeutenden zeitgenössischen Komponisten für unser Instrument. Seine Kontrabass-Sonate wurde viel gespielt. Seiner Feder entsprangen ein wunderbares, leider kaum gespieltes Konzert mit Orchester und „Vier Stücke für Kontrabass und Klavier". Er war der Mitbegründer des berühmten Prager Nonetts. In einem Brief gratulierte er uns zu unserer Idee, kritisierte aber den Aufbau des Programms. Er schrieb: „Das Programm scheint mir ein wenig verstaubt: Einige Bearbeitungen, das Alt-Quartett passt nicht in so ein Programm und hat auch keinen musikalischen Wert. Hindemith ist immer mein Vorbild und Zbinden (Hommáge á J. S. Bach) ist gut, aber sehr schwer. Vielleicht spielen Sie das nächste Mal die *Sperger*- und Hoffmeisterquartette. Auch viele zeitgenössische Stücke gibt es: die Trios von Rychlik, Krejes und Schulhoff oder das Quintett für Violine und 4 Kontrabässe von F. Chaun." Die Vorschläge nahmen wir für nächste Konzerte dankbar an.

Konzertante Musik des 20. Jahrhunderts für Kontrabass 1972

Werner Zeibig und Peter Krauß, zwei Dresdner Kontrabassisten, organisierten das Treffen im Jahr 1972. In der Vorbereitung berücksichtigten wir die Anregungen František Hertls. So sah dann auch das Programm am 16. April 1972 im Kammermusiksaal der Philharmonie, dem Landhaus, heute Museum für Stadtgeschichte, in Dresden entsprechend zeitgemäßer aus.

Die Matinee stand unter dem Motto „Konzertante Musik für Kontrabass des 20. Jahrhunderts". Besonders glücklich waren wir, dass zwei bedeutende Persönlichkeiten des Kontrabasses, *Lajos Montag* aus Budapest und *František Hertl* aus Prag, wirklich selbst anwesend waren. Ihr Besuch gab dem Treffen einen Hauch von Internationalität.

Zweites Nationales Kontrabassisten-Treffen 1972 in Dresden: Prof. Lajos Montag - Budapest mit Klaus Niemeier (später Solob. Leipziger Rundfunlsinfonieorch.) - Leipzig, Werner Zeibig (später Solob. Staatskap. Dresden) - Dresden, Dagmar Arlt - Berlin, Klaus Trumpf - Berlin.

Es erklangen u. a. neue Werke der DDR-Komponisten Wilhelm Hübner (Solist: *Gerhard Neumerkel*), Fidelio F. Finke (*Peter Krauß*), und Manfred Weiß (*Holger Herrmann*). *Sheljasko Sheljasov* stellte „Thema und Variationen" seines bulgarischen Landsmann Karadimtschev vor, *Manfred Pernutz* eines der interessantesten und leider bis heute selten gespielten Konzerte von *František Hertl*. *Klaus Niemeier* spielte das wirkungssichere Stück „Extréme" von *Lajos Montag*. *Werner Zeibig* trug gemeinsam mit dem Violaspieler J. Ulbricht das *Ludwig Streicher* gewidmete Werk „12 Dialoge für Viola und Kontrabass" des Wiener Komponisten Franz Leitermeyer vor. Sogar zweimal hörten wir das Kontrabass-Trio von Boleslaw Poradowsky: von einem Dresdner Trio mit *Christian Rolle, Peter Krauß, Eugen Röder* und den Berlinern *Helmut Radenz, Rainer Barchmann* und *Horst Würzebesser*.

Von František Chaun erklang die raffinierte und delikate „Serenata rabbiosa" in interessanter Besetzung für vier Kontrabässe und Violine. Es wurde von uns Berliner Staatsopern-Kontrabassisten vorgetragen. *Walter Klier, Manfred Pernutz, Baldur Moser* und ich selbst spielten Kontrabass, Rudi Künzel Violine. Zum Abschluss erklang das gerade 1969 von *Rodney Slatford* in London entdeckte und herausgegebene „Duo für Violoncello und Kontrabass" von Gioacchino Rossini.

Ich durfte eine weitere Entdeckung präsentieren: Zwei Sätzen aus den „Vier Stücken" für Kontrabass und Klavier von *František Hertl*. Leider werden diese Charakterstücke bis heute immer noch kaum gespielt. Sie bieten aber, angelehnt an die „Vier Stücke" von Reinhold Glierè, eine wahre Fundgrube an Musikalität, Virtuosität und interessanter Harmonik. Wohl dem Solisten, der den Reichtum dieser Stücke für sich zu nutzen weiß!

Politisch bedingt, durch die Isolation des östlichen Lagers, fühlten wir jungen Musiker uns vor allem durch den Bau der „Mauer" ausgegrenzt. Wir hatten das Gefühl, am Geschehen draußen in der Welt nicht mehr teilzunehmen. Obwohl das Gefühl immer gegenwärtig war, war es uns damals kaum bewusst. Um diesem Umstand zu entgehen, suchten wir unablässig nach Möglichkeiten der Kontaktaufnahme. Wir suchten die Verbindung zur Internationalität. Der Aufbau einer nationalen Konzertreihe mit gewissermaßen internationaler Besetzung war ein Anfang. Der Kontakt zu den Kollegen der sogenannten „Bruderländer", wie sich die „sozialistische" Hemisphäre gern selbst titulierte, gelang und bereicherte unsere Auftritte. Der Weg zu den Kollegen aus dem anderen, dem westlichen Teil der Welt war etwas komplizierter. Aber wir waren fest entschlossen, die Hindernisse zu überwinden. Die greifbaren Erfolge der ersten beiden nationalen Treffen machten uns Mut, für das nächste Jahr eine Veranstaltung auf internationaler Ebene ins Auge zu fassen.

Das Erste Internationale Treffen der Kontrabassisten – Berlin 1973

Das Jahr 1973: Wir luden zur großen Begegnung der Kontrabassisten an die Staatsoper ein. Aus Sicht der heute bekannten internationalen Zusammenkünfte, Symposien, Conventions für Kontrabassisten ein Jahr vor der Stunde 0. Das große weltoffene Treffen in Isle of Man in England, von *Rodney Slatford* organisiert, fand erst 1978 statt, fünf Jahre später. Die berühmten Conventions der ISB (International Society of Bassists) gab es ebenfalls noch nicht. Seit 1984 gibt es diese ISB-Treffen, zum ersten Mal an der Northwestern University, Evanston, IN, vom damaligen ISB-Präsidenten *Jeff Bradetich* ins Leben gerufen. Erst seit dieser Zeit wird alle zwei Jahre dazu eingeladen. Austragungsort ist jeweils eine andere US-amerikanische Universität.

Aber in dem kleinen Land zwischen Thüringer Wald und Ostsee, was zu dieser Zeit noch DDR hieß, schrieb man 1973 Kontrabassgeschichte. Wir hatten uns viel vorgenommen. Für das erste Wochenende im Mai, für den 5. und 6. Mai 1973, lud ich alle mir bekannten Kontrabassisten im In- und Ausland zum *„Ersten Internationalen Treffen der Kontrabassisten"* nach Berlin ein. Viele Einladungen wurden verschickt und es kamen viele begeisterte Zusagen. *Konrad Siebach*, der Solokontrabassist des Leipziger Gewandhausorchesters schrieb: „Du hast damit den Nerv der Kontrabassisten getroffen". Es war, als hätten alle darauf gewartet.

Dass eine solche Unternehmung organisatorisch sehr aufwendig ist, muss nicht erwähnt werden. Besonders gilt dies in einem Lande, das sich selbst eingemauert hatte. Wir mussten einige Barrieren überwinden, die andernorts kein Problem dargestellt hätten: Einer der führenden Kontrabassisten aus Japan *Masahiko Tanaka*, Solokontrabassist des NHK Tokyo, sagte seine Teilnahme zu. Er wolle, so schrieb er, ein für ihn komponiertes Werk aufführen - die Begleitung solle von einem Tonträger, einer Musikkassette, erklingen. Die staatlichen Stellen waren misstrauisch: Ja, was heißt hier Musik-Kassette? Da könnte ja jeder aus fernen Ländern kommen und geheimdienstliche Mitteilungen einfach so in den Sozialismus hineinschmuggeln! Nein, so geht das nicht. Für einen so undurchsichtigen Gast könne man uns nicht ohne weiteres eine Einreisegenehmigung gewähren. Dafür benötige man eine ministerielle Erlaubnis. Für uns bedeutete das, einen weiteren schriftlichen Antrag zu stellen. Er musste alle nötigen Informationen enthalten: Name, alle relevanten Daten und Adressen des Vorganges, Begründung von Sinn und Zweck des Ganzen. Dieser Antrag musste nicht nur vom Ministerium genehmigt werden. Auch die Verantwortlichen für den Veranstaltungsort, in diesem Fall der Intendant und der Verwaltungsdirektor der Deutschen Staatsoper, mussten einwilligen und die Veranstaltung als wünschenswerte Ergänzung des Konzertplanes der Deutschen Staatsoper befürworten und mit Stempel bestätigen. Erst dann konnte der Antrag dem Ministerium vorgelegt werden. Dem Ministerium für Außenhandel! Nachdem wir dort die Zustimmung erhalten hatten, reichten wir den Antrag beim Grenzzollamt der DDR ein. Und als sie der Einreise zustimmten, durfte der Künstler mit seiner so hochwertigen Minikassette in die Kulturlandschaft DDR einfliegen. Ein wichtiger Staatsakt war vollzogen worden.

Ministerielle Genehmigung zum Einführen einer Musikkassette aus Japan, 1973 Ostberlin

Die nächste Hürde für die Durchführung des musikalischen Events traf mich ähnlich unerwartet: Natürlich wollte ich auch gern Kollegen aus näher liegenden Ländern des „Klassenfeindes" einladen. Ich informierte mich bei den Verantwortlichen im Kulturministerium, bei denen ich die Erlaubnis einholen musste. Sie machten mich freundlicherweise darauf aufmerksam, dass laut Gesetz ein Verhältnis von 60:40 hergestellt werden müsse. 60:40? Was für ein Verhältnis sollte das sein? Im

Klartext hieß es: 60 % der Musiker mussten aus den sozialistischen Ländern kommen. Nur 40 % der Kollegen durften Westkünstler sein!

Es war damit zu rechnen, dass die zuständigen Stellen sehr scharf auf die Einhaltung dieses Verhältnisses achten würden. So war ich gezwungen, mich danach zu richten. Bei genauer Berechnung ergab sich, dass zu viele „Westkünstler" ihre Zusage abgegeben hatten. Wir mussten eine Entscheidung treffen. Wem konnte man ein „Ausladen" zumuten? In der Praxis ergab sich, dass wir ausgerechnet die Kollegen der Berliner Philharmoniker ausladen mussten.

Diese politisch bedingte Absage fiel mir besonders schwer. Bitter konstatierte ich für mich: Die Kollegen aus Westberlin wollten in Überzahl an- und damit die Kulturpolitik der DDR überrollen. Es war nicht nur traurig, dass sie das vorgesehene, sehr interessante Gunter-Schuller-Kontrabassquartett nicht aufführen konnten, sondern es fehlte uns vor allem auch die persönliche Begegnung. Vom Fenster des Kontrabasszimmers in der Musikhochschule in Ostberlin sah ich über die Mauer hinweg auf den leeren, dem noch vom Kriege her plattgemachten und noch nicht wieder aufgebauten Potsdamer Platz – und konnte das markante Gebäude der Philharmonie erblicken. Aber wir durften uns nicht die Hände reichen, einander nicht begegnen! Die

Gäste des Treffens: v.l.n.r.: Horst Goltz - Deutsche Oper Westberlin, Gero Bodenstein - Deutsche Oper, verdeckt:Alfred Planyavsky, Rainer Zepperitz - Berliner Philharmoniker, Klaus Trumpf, Hans Fryba - Genf, Gonzales de Lara - Brüssel, Todor Toschev - Sofia, Heinz Herrmann - Dresden, Horst Butter - Berlin, Konrad Siebach - Leipzig, Günter Klaus - Frankfurt/M., Lajos Montag - Budapest, Masahiko Tanaka - Tokio, Edward Krysta - Wrocław

Trauer über diese Entscheidung überschattete die Vorbereitungen. Doch wir gaben nicht auf. Schließlich konnten wir einen Kompromiss schließen: Der Solokontrabassist der Berliner Philharmoniker *Rainer Zepperitz* durfte als Abgesandter kommen und uns die herzlichen Grüße seiner Kollegen überbringen.

Einen ersten Höhepunkt der Veranstaltung erlebten über 100 anwesende Kontrabassisten und darüber hinaus viele Interessierte mit dem fundierten Vortrag „Jeder kennt die Bassgeige – aber was kann der Kontrabass wirklich" von *Alfred Planyavsky*. Sein Buch „Geschichte des Kontrabasses", das spätere Standardwerk über unser Instrument, war in Arbeit und sollte etwas später erscheinen. Er fand als Vertreter aus Wien, Philharmoniker und Musikwissenschaftler, profunder Kenner der Historie, eine begeisterte Aufnahme. Alle waren glücklich, dass er die damaligen wirklich großen Hürden eines Besuches in der DDR auf sich genommen hatte und nun vor uns stand.

Begrüßung Alfred Planyavsky's am Flughafen Berlin-Schönefeld durch Walter Klier und Klaus Trumpf 1973

Die gleiche Begeisterung wurde einem weiteren hohen Gast entgegen gebracht: *Hans Fryba*. Für mich war es eine besondere Freude, ihn hier in Ostberlin wiederzusehen und zu unserem großen Treffen in der Staatsoper begrüßen zu können.

Mit Hans Fryba vor der Staatsoper Berlin 1973

Er war inzwischen, nach unserer letzten Begegnung beim Wettbewerb 1969 in Genf, wo er Solokontrabassist war, pensioniert und lebte sehr bescheiden mit seiner Frau in seinem Geburtsort Gramatneusiedl bei Wien. *Konrad Siebach* durfte nach seiner Pensionierung als Rentner Privatreisen in den Westen unternehmen und besuchte *Hans Fryba*. Er freute sich so darüber, dass er ihm das Manuskript seiner berühmten Suite schenkte. Vielleicht befindet es sich heute im Besitz seines Enkels, der auch Kontrabassist geworden ist?

Viele Begegnungen sind mir in Erinnerung: So gaben *Lajos Montag,* der unermüdlich Reisende und nimmermüde Sammler in Sachen Kontrabass aus Budapest, und der Kontrabass-Pädagoge *Todor Toschev* aus Sofia dem Treffen weitere besondere Noten. Sie waren gefragte und geduldige Gesprächspartner für Kontrabassisten jeder Generation.

Masahiko Tanaka reiste trotz der zahlreichen Verwicklungen im Vorfeld tatsächlich an. In seinem Reisegepäck befand sich die umstrittene Kassette. Diese wurde dann auch beim Konzert vom Staatsopern-Tontechniker Herrn Dünnebacke vorschriftsmäßig eingelegt.

Mit besonderer Spannung lauschten wir dann alle dem vom Außenministerium genehmigten Werk „Triplicity for Contrabass and

Lajos Montag, Todor Toschev, Masahiko Tanaka beim Besuch in der Kontrabassklasse an der Hochschule für Musik „Hanns Eisler" in Berlin 1973

Tape" des japanischen Komponisten Joshu Yuasa. Die modernistischen Klänge aus Japan waren 1973 für das DDR-Publikum sehr gewöhnungsbedürftig. Dennoch wurde das Werk und das gesamte Konzert ein großer Erfolg. Das Publikum nahm es offen auf. Vielleicht war auch dies eine Art stiller Protest gegen die verordnete Kulturpolitik im eigenen Land.

Seit dieser Zeit sind *Masahiko* und ich freundschaftlich verbunden. Noch oft sollte es zu Begegnungen in Berlin oder auch in Japan kommen. 34 Jahre später, im Jahr 2007 überraschte er mich mit einem Auftritt in der Berliner Philharmonie. Er dirigierte das schwierige Werk „Sacre de Printemps" von Igor Strawinsky. Ich war beeindruckt von „seinem" Orchester, dem Waseda-Symphonieorchester aus Tokyo.

Das Treffen 1973 war eine äußerst gelungene Veranstaltung und eine erste Begegnung von Kontrabassisten auf internationaler Ebene. Es war auch eine Entdeckungsreise zu den neueren und neuesten Kompositionen für Kontrabass. *Masuo Niino*, ebenfalls aus Japan, studierte damals in Prag bei *František Pošta* und spielte die ursprünglich seinem Lehrer *Pošta* gewidmete Suite „In Bohemia" von Silvester Hipman. *Krassimira Kaltscheva*, spätere Solokontrabassistin im National Radio Symphonieorchestra Sofia, stellte sehr virtuos die noch unbekannte Solokomposition „Motivi" von *Emil Tabakov* vor. Das Werk war gerade aus der Taufe gehoben worden, die Tinte kaum ge-

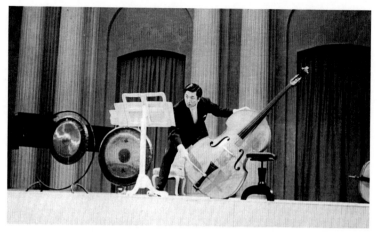

Masahiko Tanaka beim Konzertvortrag im Apollosaal der Deutschen Staatsoper Berlin 1973

trocknet. Dieses Stück sollte später in das Kontrabass-Repertoire eingehen und wird sehr häufig gespielt. *Emil Tabakov* war ursprünglich Kontrabassist. Später machte er sich als Dirigent des Rundfunksinfonieorchesters Sofia einen Namen. Der damalige Solokontrabassist des Radiosinfonieorchesters Frankfurt/M. *Günter Klaus* war mit seinem Kollegen *Timm Trappe* angereist, ebenso *Gonzales de Lara* aus Brüssel. Weitere Gäste von vielen Orchestern der DDR siehe im Anhang.

Mit meinen Kontrabass-Kollegen der Staatskapelle *Walter Klier, Manfred Pernutz und Baldur Moser* eröffneten wir das Treffen mit dem bis dahin immer noch einzigem Kontrabassquartett von Bernhard Alt (dazu siehe im Anhang). Die Kollegen aus Dresden *Werner Zeibig, Gerhard Neumerkel, Eugen Röder, Peter Krauß* und *Heiko Herrmann, Barbara Sanderling* aus Berlin, *Dieter Uhlmann* aus Jena beteiligten sich solistisch an der Konzert-Matinee.

Das Programm war sehr gemischt. Uns war es vor allem wichtig, Werke der Sololiteratur für Kontrabass vorzustellen. Übrigens hatte das Programm der junge Musikwissenschaftler Frank Schneider, der dann später langjähriger Intendant des Konzerthauses Berlin war, ausführlich erläutert. Neben den Kollegen aus Westberlin vermissten wir auch *Wolfgang Güttler,* der damals noch in Siebenbürgen in Rumänien lebte. Wir hatten ihn als Solisten eingeladen - aber er erhielt kein Visum – obwohl er doch aus einem „sozialistischen Bruderland" kam! Auch der Besuch von *Frantisek Hertl* sollte leider nicht mehr zustande kommen. Er war 1972 verstorben. Eine markante Kontrabassisten-Persönlichkeit des 20. Jahrhundert war nicht mehr. *Werner Zeibig* erinnerte mit der Aufführung seiner Sonate und die gesamte Zuhörerschaft mit einer Schweigeminute an ihn.

Dieses erste Treffen von Kontrabassisten auf internationaler Ebene bot die Gelegenheit des sich Kennenlernens, des Austausches und gab sicher Anstöße zu anderen derartigen Zusammenkünften in der Zukunft.

Siehe dazu auch im Anhang.

Konzert im Pyjama

Heute sind Opernbälle ein gesellschaftliches Event. Die Teilnahme am Wiener Opernball ist für alles, was in der Szene Rang und Namen hat, beinahe ein Muss und verschafft dem Teilnehmer unter Umständen einen mehr oder weniger freiwilligen Auftritt in Magazinen wie der „Bunten". Die DDR hielt sich von solch „westlicher Dekadenz" im Allgemeinen fern – und wollte doch der großen weiten Welt, auch natürlich Wien in Nichts nachstehen. Also begann man, ich glaube 1970 erstmalig, eigene Opernbälle auf die Bühne zu bringen. Das gesamte Parkett wurde zu einer einzigen großen Fläche umgebaut, die Bühne zur Riesentanzfläche. Alle Ränge, Umgänge, das Foyer, die Konditorei, das Casino verwandelten sich in ein einziges Ballhaus.

Alle künstlerischen Bereiche wurden aufgefordert, etwas zur gehobenen Unterhaltung für das gehobene Publikum beizutragen. Die Staatskapelle übernahm selbstverständlich die Begleitungen der Sänger. Auch unter uns gab es Interessierte, die sich einbringen wollten. Der Geiger Heinz Günter wollte etwas Eigenes, etwas Instrumentales auf die Bühne bringen. Er legte uns einige von ihm selbst verfasste, wunderbar-kuriose Arrangements von Opernparodien für vier Violinen und Kontrabass vor. Heinz überzeugte mich bei diesem „einmaligen" Konzert doch mit von der Partie zu sein! Offensichtlich fühlte ich mich von meinen Beschäftigungen als Opernmusiker, Mitglied in zwei Kammerorchestern, von der Lehrtätigkeit an der Hochschule, der Familie noch nicht ausgelastet.

Wir probten seine famosen Bearbeitungen der gängigen Opernliteratur in dieser abenteuerlichen Besetzung. Am Abend des großen Auftrittes – wir waren mit unserer kammermusikalischen Darbietung für den Apollosaal, dem wunderschönen Saal im herrlichen Rokokoambiente vorgesehen – schritten wir mit ernsten Minen, im seriösen Frack, rechts und links ins Publikum grüßend auf die Bühne. Die Zuschauer kamen zur Ruhe. Konzentration. Ein letztes Durchatmen und dann der erste Akkord! Grässlichste Dissonanz. Erstarren. Gegenseitiges Ansehen. Hilfloses Kopfschütteln. Betretenes Schweigen. Der Fehler konnte nur an den Instrumenten liegen! Wir sahen entsetzt auf die Instrumente, in die Instrumente. Jeder betrachtete sein „Streichholz" wütend, blickte durch die F-Löcher in die Instrumente hinein. Wiederholtes Kopfschütteln. Sammeln. – Neubeginn.

Heinz gab den Einsatz. Mit freudiger Spiellaune demonstrierten wir, dass wir gut probiert hatten, unsere Parts beherrschten. Gemeinsamkeit des Kammermusizierens. Das Publikum lauschte gebannt den virtuosen Passagen der „Barbier"-Ouvertüre. Sie waren begeistert bis, ja bis das nächste Malheur passierte: Eine besonders virtuose Passage wiederholte sich immer und immer wieder. Der gleiche Takt erklang, als ob wir nicht selbst auf der Bühne stünden, sondern die Musik von einer Schellackplatte erklänge, bei der die Nadel nicht weiterspringt. Auch an anderen Stellen waren wir überkonzentriert: Beim Umblättern fielen die Noten vom Pult, beim Aufheben verhakelten sich zwei Geiger mit den Armen und dabei stürzte das gesamte Pult um. Die Übergänge von einer Opernmelodie zur anderen waren kurios: Der Kontrabass verrannte sich in die Begleitung der Carmen-Ouvertüre, während die Geigen den Triumphmarsch aus Aida interpretierten. Das Chaos wurde immer chaotischer, das Tempo immer temperamentvoller, das Forte immer forter. Es war der Geburtsabend einer neuen, seltenen Kammermusikvereinigungs-Besetzung: Das „Opernquintett comique" erblickte das Licht der Welt.

Allerdings ahnten wir davon im Moment nur wenig. Wir planten ja keine Fortsetzung, deshalb hatten wir auch keinen Namen für unsere Gruppe. Doch es sollte anders kommen. Vielleicht lag es auch daran, dass uns noch am gleichen Abend unmittelbar nach der Aufführung der Kammersänger Reiner Süß ansprach und vom Fleck weg für seine TV-Sendung „Da liegt Musike drin" engagierte. Reichte schon ein bisschen Klamotte und schon waren wir im Fernsehen? Wo wir uns doch beim ernsthaftem Musizieren so viel mehr anstrengten!

Dieser Auftritt war erst der Anfang. Man bat uns, beim jährlich stattfindenden „Wettbewerb der Unterhaltungskunst der DDR" teilzunehmen. Im Grunde war dieser Abend ein Sammelsurium von Einzeldarbietungen verschiedenster Genres: vom Einzel-Kabarettisten über Einrad-Jongleure bis hin zur musikalischen Show-Einlage. Heute nennt man eine solche Veranstaltung Casting.

Wir sagten zu. Ohne die Sache sehr ernst zu nehmen, traten wir an. Als wir in unseren Fräcken und mit den Geigen unterm Arm zur Bühne schritten, an Schlangenbeschwörern, Magiern und Verrenkungskünstlern vorbei, wurden wir etwas mitleidig betrachtet. Es störte uns nicht. Wir wollten den, der von unserer Kunst so überzeugt gewesen war und uns überredet hatte, nicht enttäuschen.

Auch die Jury empfing uns mit skeptischen Blicken. Es war wenig ermutigend. Sie schienen gelangweilt und gaben genervt das Zeichen zum Anfangen.

Jeder Teilnehmer hatte 15 Minuten Zeit, um sein Programm zu präsentieren. Wir zeigten unsere Kunststückchen in dieser vorgeschriebenen Frist. Die Gesichter der Juroren entspannten sich allmählich, das Publikum lächelte sogar und zum Schluss gab es enthusiastischen Beifall.

Beim Abgang überraschte uns ein Herr, vermutlich ein Manager, mit der Frage, über die wir uns noch nie Gedanken gemacht hatten: „He, was kostet Ihr denn?" Wir nannten irgendeine Summe. Er war damit zufrieden und verschwand.

Normalerweise folgte nun, wie bei jedem Wettbewerb, die gefühlte ungeheuer lange Wartezeit. Wir verkürzten sie für uns, betrachteten den Abend als erledigt und gingen nach Hause.

Aus Pflichtbewusstsein und natürlich auch aus gewissem Interesse erschien ein Teil unserer Truppe am nächsten Tag zur Preisverleihung. Wir lümmelten entspannt und fröhlich in unseren Sitzen und harrten der Dinge, die da kommen sollten. Der Vorsitzende der Jury verkündete den 1. Preisträger: „Die fünf klassischen Musiker der Staatskapelle". Wir trauten unseren Ohren kaum und glaubten im falschen Saal zu sitzen.

Wir, die Staatsopernmusiker, und dann comique? Natürlich gab es im Genrebereich neben der Opera seria auch die Opera comique. Wir hatten den uns eigenen Bereich also im Grunde kaum verlassen. Wir fügten uns heiter in unser Schicksal und tingelten einige Jahre durch die Veranstaltungssäle der Republik. Wiederholt bat man uns auch bei den Sylvestersendungen im Fernsehen zu spielen, einige Gastspiele führten uns sogar ins Ausland, u.a. ins dänische Fernsehen, in die Schweiz nach Basel. Diese Auftritte wurden oft sogar besser honoriert, als die viel schwierigeren klassischen.

Die Aufnahmen für die Sylvester-Sendungen lagen immer in der warmen Sommerzeit. Es war eine Herausforderung sich selbst in Jahresend- und Feierstimmung zu bringen. Eine dieser Aufnahmen war in Leipzig. Es war ein heißer Sommertag. Wir fuhren zunächst ins Hotel, duschten, um den Tagesschweiß loszuwerden und rannten zum Bus. Wir waren grundsätzlich in filmreifer Hektik zu den Aufnahmestudios unterwegs.

Am Bus merkte ich, dass meine Bauchbinde des Frackes fehlte. Also rannte ich in den 10. Stock des Hotels, durchwühlte das Zimmer und

– fand nichts. Wo konnte die Bauchbinde nur sein? Vielleicht hatte einer der anderen sie gesehen? Es blieb mir nichts anderes übrig: Ich musste wieder runter zum Bus: „Siegfried, hast Du meine Frackbinde gesehen?" „Nein, aber vorhin war sie noch im Zimmer." Dies war wenigstens ein Hinweis. Also jagte ich wieder hoch. Aber im Zimmer war nichts zu finden. Es blieb mir nichts anderes übrig, als ohne Bauchbinde wieder runter zum Bus zu gehen. Schallendes Gelächter empfing mich: Siegfried hatte in seiner Nervosität seine und meine Binde um den Bauch gewickelt! Siegfried und seine ruhige Nervosität...

Einige Zeit später wurden wir für zwei Auftritte nach Polen eingeladen. Nach etwa drei Stunden Fahrt machten wir an einer Autobahnraststätte Pause. Es entspann sich folgender Dialog. Siegfried sehr trocken: „Ich glaube, meine Frau hat die Manschettenknöpfe nicht eingepackt". Unsere Antwort: „Na und, wo liegt das Problem?". Siegfried: „Ich glaube, sie hat auch das weiße Hemd nicht mitgegeben". „Naja, das findet sich!" Nach einer längeren Pause: „Sie hat, glaube ich, auch die schwarzen Frackschuh vergessen in den Koffer zu legen!" Meine Antwort: „Kein Problem, ich gebe Dir meine schwarzen, die braunen sieht man hinter dem Kontrabass sowieso nicht". Wieder Pause, dann: „Ich habe auch keinen Frack im Koffer, den hat meine Frau auch vergessen." „Aha, Deine *Frau!*"

Nun hatten wir wirklich ein Problem! Was sollte man anziehen? Nach Sekunden der Bestürzung kam ich auf eine beruhigende Idee: „Ich habe einen nagelneuen Schlafanzug mit, den könnte ich ja anziehen, er hat ein wunderbar dezentes Muster!" Wir lachten.

Vermutlich würden wir vor dem Auftritt einen Kellner, einen Kaplan oder einen anderen schwarzbetuchten Menschen treffen, der uns aus der vertrackten Situation hilft. In so einer Situation fand sich doch immer ein Ausweg. Recht entspannt fuhren wir weiter.

Die Anfangszeit unseres Konzertes rückte näher. Am Veranstaltungsort aber trafen wir niemanden, der uns hätte helfen können. Die lieben Kollegen erwarteten tatsächlich, dass ich zu meinem Wort stehe. Ich wurde allmählich unruhig. Was sollte ich tun. Sie beruhigten mich: „Du kannst Dich ja hinter Deinem Kontrabass verstecken... und zu Dir schaut sowieso keiner... Komm schon, du hast es versprochen" Die Zeit verrann. Ich musste mich entscheiden. Eine andere Lösung war nicht in Sicht. Also passten wir das Programm der Situation an: Opernquintett comique, heute mit dem verschlafenen und zu spät kommenden Bassisten.

Die vier Geiger, seriös im Frack gekleidet – Siegfried in meinem – erschienen auf der Bühne und begannen mit unserem Eröffnungsstück, ohne Bass. Es klang sehr fade. Dann betrat ich schnellen Schrittes mit meinem Kontrabass in einer Hand, dem Bogen und meinen Hausschuhen in der anderen, ungekämmt und verschlafen die Bühne. Mit großer Geste entschuldigte ich mich bei meinen Mitspielern und setzte ein. Ein nun fundamentaler Klang erfüllte den Saal, das Publikum klatschte begeistert. Keiner hielt meine ballastfreie und bewegungsgünstige Konzertkleidung für eine Notlösung. Die vier Geiger schwitzten, ich keinesfalls. Das Publikum zollte unseren kreativen Ideen freudig Beifall. Der Auftritt wurde ein voller Erfolg. In der Pause klopften uns die mitgereisten Agenturvertreter auf die Schultern und gratulierten zu unserer neuen fabelhaften Programm-Konzeption. Konzert im Pyjama – ein noch unentdecktes und viel zu wenig beachtetes neues Betätigungsfeld für Kontrabassisten.

Es passierte genau so, wie hier beschrieben – aber natürlich wurde diese Konzertkleidung nie wieder getragen. Aber etwas Gutes hatte diese Erfahrung mit den kuriosen Arrangements und den lockeren Darbietungen: es gab viele Anregungen und Ideen für spätere Auftritte mit unserem Ensemble BASSIONA AMOROSA.

Die „Ständige Jury für Violoncello und Kontrabass"

Im Dezember 1974 erreichte mich ein Brief des Kulturministeriums mit folgendem Inhalt: „Durch das Ministerium für Kultur sind Sie als Sekretär der Ständigen Jury Violoncello/Kontrabass für die Ausbildung und Förderung von Spitzenkräften vorgesehen. Wir bitten Sie um Zustimmung Ihrer Mitarbeit in dieser Jury".

Ich war von dieser „Bitte" zunächst nicht so sehr angetan. Sekretär – das klingt so nach Büro. Wollte ich nicht viel mehr als Kontrabassist und als Lehrer tätig sein? Es war aber unklug sich unter den herrschenden Bedingungen einer solchen Anfrage zu verweigern. Eine Ablehnung konnte unter Umständen schweren Schaden nach sich ziehen. Darum sagte ich zu.

Im Februar 1975 trafen wir uns zur konstituierenden Sitzung. Neben den hochverdienten Kollegen der Violoncello-Innung waren meine beiden Kontrabass-Kollegen *Konrad Siebach* aus Leipzig und *Heinz Herrmann* aus Dresden anwesend. Als ich die gesamte Jury in der Altersgruppe der Graumelierten sah, wusste ich, warum ich den Posten des Generalsekretärs übernehmen sollte: Ich war Mitte 30 und verkörperte die nächst-jüngere Generation.

Die Arbeit als Sekretär der Kommission war sehr zeitaufwändig. Ich hatte nicht nur bei den Vorspielen und Sitzungen mit aller Aufmerksamkeit alles zu beurteilen und zu notieren, sondern auch die gesamte Vor- und Nacharbeiten zu erledigen. Es war mühevoll, aber ich lernte unendlich viel dabei.

Die „Ständige Jury" förderte die Zusammenarbeit aller Hochschulpädagogen. Sie diente vor allem den Studenten. Vielleicht gehörte ihre Einberufung zu den sinnvollsten Entscheidungen, die das Kulturministerium getroffen hat. Mit ihrer Einrichtung löste das Ministerium mehrere Probleme gleichzeitig: Die DDR befand sich in stetiger Devisen-Not. Auch aus diesem Grund konnten nicht alle Interessenten zu den internationalen Wettbewerben gesandt werden. Privat konnte man schon gar nicht zu einem Wettbewerb fahren! Die Jury traf eine Vorauswahl. Nur die Besten, die sich in mehreren Vorspielen bewiesen hatten, durften an internationalen Wettbewerben teilnehmen. Die Kandidaten erhielten die Möglichkeit, sich einer Fachjury zu stellen. Wir kritisierten ihr Spiel, so dass sie sich, wenn sie die Kritik annahmen, weiterentwickeln konnten. Auf alle Fälle sammelten sie Vorspiel- und Konzertpodiums-Erfahrungen. Es war ein Anreiz, an sich selbst zu arbeiten und vor allem natürlich eine unglaubliche Motivation zu den Besten zu gehören. Denn für diese Besten öffnete sich damit das Tor in die Welt. Wer hier vorn lag, dem war später auch mal eine Stelle in einem der Spitzenorchester der DDR so gut wie sicher. Und damit wurde er automatisch zum „Reisekader" – vorgesehen, als Orchestermitglied die DDR-Kulturpolitik in die westliche Hemisphäre zu tragen. Nicht unbedingt die „Kulturpolitik" war das Angestrebte, mehr wohl die Reisemöglichkeiten in die westliche Welt.

Es gab nur wenige internationale Kontrabass-Wettbewerbe, aber für die Herren des höheren Registers eine größere Anzahl an Violoncello-Wettbewerben. Drei bis vier Mal jährlich wurde deshalb zu Vorspielen für dieses Fach eingeladen. In Leipzig und Dresden fanden sich die günstigsten Räumlichkeiten dafür. Gleich im ersten Jahr beurteilten wir die Kandidaten für so renommierte Wettbewerbe wie in Genf, Belgrad und Prag. Auch die Teilnehmer für den Leipziger Bach-Wettbewerb stellten sich zunächst bei uns einer Vorauswahl. Durch diese Vorspiele lernte ich die gesamte Cello-Sololiteratur kennen. Es waren für mich wunderbare Lehrjahre. Was konnte ich mir da nicht alles abhören!

Auch für den ersten internationalen Kontrabass-Wettbewerb in Markneukirchen 1975 beurteilten wir die Bewerber und entsandten *Dietmar Heinrich* vom Berliner Sinfonieorchester, *Rolf Füssel* und *Heiko Herrmann* von der Dresdner -, und *Rainer Hucke* von der Weimarer Hochschule.

Die Treffen waren stets gut vorbereitet. Für die Organisation war ein eigens dafür eingesetzter und der Berliner Hochschule angeschlossener Mitarbeiter des Kulturministerium zuständig, mit dem ich die Einzelheiten für die Vorspiele genau festzulegen hatte. Berlin war damit das sogenannte „Wissenschaftliche Zentrum". Ich war bis zum Jahre 1989, immerhin 15 Jahre lang, Mitglied der Ständigen Jury.

Für uns als Instrumentalisten gab es nur eine Aufgabe: Wir hatten die Kandidaten fachlich zu beurteilen, sonst nichts. Allerdings spielte im Vokabular die politische Position eine große Rolle. Die Jury erhielt „Arbeitspläne für die Ständigen Jurys". Wie in allen vergleichbaren Dokumenten finden sich dort die für die DDR typischen Formulierungen: „Geleitet von den Beschlüssen der V. Hochschulkonferenz leisten die Ständigen Jurys im Jahr des X. Parteitages der Sozialistischen

Einheitspartei Deutschlands einen wirksamen Beitrag zur weiteren Erhöhung des Niveaus der Ausbildung und Erziehung klassenbewusster sozialistischer Musikerpersönlichkeiten an den Hochschulen für Musik der DDR." Man ermahnte uns zur „beharrlichen Durchsetzung der staatlichen Ausbildungsdokumente im Studienprozess".

Die Praxis war weit weniger sozialistisch. Unsere „Ausbildungsdokumente" stellten die Etüden von *Simandl* und *Storch*, die Konzerte von Dittersdorf und Bottesini und die Orchesterstudien dar. Unsere „beharrliche Durchsetzung" betraf die richtige Methodik, von der man selbst überzeugt war. Wir trainierten die beste Fingersatztechnik und das klangschöne, ausdrucksstarke Vibrato! – nix mit klassenbewußter Bogentechnik und sozialistischen Einspielübungen! Wir machten aus „sozialistischer Musikerpersönlichkeit" „solistische Persönlichkeit".

Besonders eindrücklich erinnere ich mich an die Auswahl für den ARD-Musikwettbewerb in München 1985. Man hatte beschlossen, Geld für zwei Kandidaten bereitzustellen – und beauftragte einen Begleiter. Meine Freude war groß, als man mich bat, *Matthias Winkler* von der Deutschen Staatsoper und *Christian Horn* von der Komischen Oper Berlin fachlich auf das Programm vorzubereiten und mit ihnen nach München zu fahren.

Ich übernahm gern die mir vom Kulturministerium übertragene Aufgabe, die beiden von der „Ständigen Jury" vorgeschlagenen Kandidaten, erst zu unterrichten und dann nach München zu begleiten.

Um die kostbare Zeit in München auch wirklich auszuschöpfen, fuhren wir mit unserem PKW schon einen Tag vor der Visa-Gültigkeit bis nach Plauen. Wir wollten am nächsten Tag sehr früh die innerdeutsche Grenze passieren und den Duft der weiten Welt einatmen. Allerdings hatten wir kein Hotel gebucht, was sich zu jener Zeit in der DDR wieder einmal als unverzeihliches Unterfangen herausstellen sollte. Wir fuhren in und um Plauen von Hotel zu Hotel. Aber überall empfingen uns die typischen DDR-Schilder am Hoteleingang: „Heute Ruhetag", „Vorübergehend geschlossen", „Wegen Umbau geschlossen" „Wegen Überfüllung geschlossen". Wir suchten den ganzen Abend vergeblich. Wieder standen wir an einer Rezeption und mussten die Auskunft „alles voll bis oben hin" verkraften. Einer von uns meinte resigniert: „…na, dann müssen wir halt doch rüber nach Hof und dort ein Hotel suchen". Plötzlich änderte sich die Meinung des Hotelportiers: „… ich muss noch mal nachsehen. Es könnte sein, dass ganz oben noch ein Dreibettzimmer frei ist." Er sah uns mit ganz anderen Augen an. Wir drei waren vermutlich in Besitz von wertvollem Westgeld!

Er verschwand in den Tiefen des Hotels und kehrte nach kurzer Zeit mit einer freudigen Botschaft zurück: Ja, es gäbe noch Zimmer. Wir bezogen drei große Einzelzimmer.

Wir dankten ihm herzlich und ehrlich. Dann legte er uns die Anmeldeformulare vor. Wie enttäuscht war er, als wir nur DDR-Pässe aus unseren Taschen zogen. Damit zerschlug sich seine stille Hoffnung auf harte Währung. Aber es war für eine Ablehnung bereits zu spät. Zähneknirschend händigte er uns die Zimmerschlüssel aus und wir stellten fest, dass das gesamte Hotel gästefrei war!

Unsere weitere Fahrt nach München verlief unproblematisch. Am nächsten Tag in München angekommen, befanden sich die beiden in einer für sie neuen Welt! Aber es galt ja, sich auf einen internationalen Wettbewerb zu konzentrieren! Ich glaube, die äußeren Ablenkungen zogen alle Kräfte gebündelt in eine andere Richtung als die erwartete musikalische Höchstleistungsstufe. Die Jury konnte dafür leider kein Verständnis aufbringen und ließ unsere beiden Kandidaten nicht bis ans Ende des Wettbewerbes in Bayerns Hauptstadt verweilen.

Dank der Ständigen Jury-Kommission lernten wir den begabten musikalischen DDR Nachwuchs gut kennen und beobachteten seine Entwicklung. Viele sind inzwischen führende Musiker, Solocellisten, Solokontrabassisten oder Professoren geworden. Andere leisten als Orchestermusiker hervorragende Arbeit. Aber es war auch zeitraubend, dem Nachwuchs so eng verbunden zu sein. Die Kommissionsarbeit neben unserer eigentlichen Arbeit als Orchestermusiker und Dozententätigkeiten wurde für alle zunehmend zur Belastung. Wir beschlossen, die Jury in eine Violoncello- und eine Kontrabassjury aufzuteilen.

Am 26. Juni 1986 trat die neue Jury zu ihrer konstituierenden Sitzung zusammen. Uns zwei Altgediente (*Konrad Siebach* und meine Wenigkeit) unterstützten nun weitere Kollegen: *Werner Zeibig* (Staatskapelle Dresden), *Eugen Röder* (Dresdener Philharmonie), *Horst-Dieter Wenkel* und *Günter Fischer* (beide aus Weimar), *Rainer Hucke* (Gewandhaus Leipzig), *Angelika Starke* und *Barbara Sanderling* (beide vom Berliner Sinfonieorchester). *Barbara Sanderling* übernahm die Aufgabe des Sekretärs. Dies wäre für mich eine große Entlastung gewesen, hätte man mir nicht die Aufgabe des Vorsitzenden übertragen. *Konrad Siebach* lehnte aus Altersgründen ab. *Heinz Herrmann* stand nicht mehr zur Verfügung. Er war inzwischen mit seinen beiden kontrabass-spielenden Söhnen am Ende einer westlichen Gastspielreise nicht mehr in die DDR zurückgekehrt. Viele registrierten die Nachricht mit Verständnis, bei einigen spürte man Wohlwollen, bei einigen sogar Zufriedenheit.

Die erste Aufgabe der neuen Jury bestand in der Beurteilung der Bewerber für einen neu ins Leben gerufenen Wettbewerb: der „Nationale Kontrabasswettbewerb *Johann Matthias Sperger*" aus Anlass seines 175. Todestages. Das Ministerium für Kultur in (Ost-)Berlin unterstützte diese Idee gemeinsam mit dem Komponistenverband der DDR und dem „Institut für Aufführungspraxis". Der Wettbewerb sollte im ehemaligen Kloster Michaelstein in der Nähe von Halle stattfinden. Alle Interessenten, die an diesem Wettbewerb teilnehmen wollten, hatten sich zuerst der Ständigen Jury zu stellen. (s. Anhang)

In den folgenden Jahren beurteilten wir Kandidaten für alle internationalen Wettbewerbe, die beschickt werden sollten und wofür das Geld vom Kulturministerium bereitgestellt werden konnte. Privat zu finanzieren war es überhaupt nicht möglich. So konnten die „designierten" Teilnehmer des Wettbewerbs in Rom 1986 aus finanziellen Gründen nicht fahren. Andere Kandidaten hatten Glück und nahmen an Wettbewerben teil, gaben ihr Bestes und lernten sehr viel dabei, lernten Kollegen aus anderen Ländern kennen und konnten nur profitieren! Sie fuhren nach Reims (1988 *Andreas Wylezol*), Parma (1989), Genf (1978 *Angelika Lindner*), München (1979 *Angelika Lindner*, 1985 *Matthias Winkler* und *Christian Horn*)…

So ging diese Aufgabe für mich noch weiter bis zum Wettbewerb Markneukirchen 1989.

Danach endete eine unendlich lehrreiche Zeit, die ich nicht missen möchte. Ein völlig neues Kapitel begann mit dem Einladungsbrief von Wolfgang Wagner: als Mitglied des Bayreuther Festspielorchesters zu fungieren.

Dazu s. Artikel NEUANFANG; S. 199

Das Jahr der großen Reisen – 1977

Japan – immer eine Reise wert

1977 verließ ich erstmals Europa. Für DDR-Bürger war das ungewöhnlich. Es gab selbstverständlich Reisen nach Ostasien – aber nur innerhalb der Grenzen der UdSSR, der damaligen Sowjetunion. Aber darüber hinaus? Wer konnte hoffen, Länder wie Indien oder Japan jemals kennenzulernen? Wir Mitglieder der Staatskapelle Berlin, Deutsche Staatsoper verdanken diese besondere Erfahrung dem Österreicher Otmar Suitner, unserem Chefdirigenten und Generalmusikdirektor. Er pflegte besondere Beziehungen zu Japan. Ab 1977 erhielt er regelmäßige Einladungen, mit seinem Stammorchester in Europa, der Berliner Staatskapelle, in Japan zu konzertieren. Das Unternehmen begann mit Opernaufführungen in Tokyo, Yokohama, Osaka und anderen großen Städten – die Höhepunkte für die Staatskapelle bildeten aber dann die Sinfoniekonzerte, die an die umjubelten Opernabende angehängt wurden. Die Reisen wurden nach unserem ersten Gastspiel eine relativ ständige Einrichtung. Wir stimmten dem ungeteilt zu und lernten die ersten japanischen Vokabeln.

Die erste Reise nach Japan erwarteten wir alle in besonderer Spannung. Damit wir das herrliche Inselreich richtig kennenlernen konnten, schickte man uns sieben lange Wochen durch das gesamte Land. Vom eisigen Norden, der Insel Hokkaido, bis zur warmen südlichen Insel Kyushu. Auf der größten, der Hauptinsel Honshu leben ca. zwei Drittel der Japaner, 80 % der Gesamtbevölkerung allein in den Großräumen Tokyo und Osaka. Die Japaner bewohnen folglich lediglich etwa 2 % des gesamten japanischen, sehr bergigen Territoriums.

Wir reisten aus der „Großstadt" Berlin an. Immerhin kamen wir aus einer Stadt mit knapp vier Millionen Einwohnern. Plötzlich aber sollten wir uns in der 18 Millionen-Metropole Tokyo-Yokohama zurechtfinden! Es war unfassbar, aufregend, interessant. Wir begegneten einer völlig anderen Welt. Mein japanischer Freund *Masahiko Tanaka*, der Solokontrabassist des NHK-Orchesters Tokyo, den ich vom großen „Treffen der Kontrabassisten 1973" in Berlin kannte, packte mich am Flughafen in Tokyo aus der Masse des Staatsopernensembles in sein Auto und lud mich ein, bei ihm zuhause an einer typischen japanischen Mahlzeit teilzuhaben. Er nahm aber zunächst einen kleinen Umweg, vorbei am kaiserlichen Palast, einem sehr großen Parkgelände mitten in Tokyo um am zweimal jährlichen Fest, wo sich der Kaiser seinem Volk auf dem Palastbalkon zeigte, grüßenderweise vorbeizufahren. Von da aus winkte Kaiser Hirohito, in der Geschichte der japanischen Kaiserdynastien der am längsten Herrschende. Er hatte die Kaiserwürde seit dem Jahre 1926, über die verhängnisvolle Zeit des 2. Weltkrieges hinaus und sollte noch weitere 12 Jahre bis 1989 im Amt bleiben!

Also, ich empfand im Land der aufgehenden Sonne meine Begrüßung durch den Kaiser gar nicht so schlecht. Weiter ging es zum Haus vom Freund Masahiko (sprich *Masajko*).

Nun erlebte ich das typischste Anwesen, welches man sich an diesem Ort überhaupt nur vorstellen kann: Holz, geschwungenes Zierziegel-gedecktes farbiges Dach, Minigarten von ein halbem Meter ums Haus und die Ehefrau im Kimono. Freundlichst, zurückhaltend, mit tiefsten mehrfach wiederholten Verbeugungen führte sie mich in das Wohnzimmer. Der Tisch ca. 50 cm hoch, anstelle der Stühle Kissen.

Teil der Kontrabassgruppe der Staatskapelle Berlin in Japan 1988

Oh, wie anstrengend das Sitzen mit verschränkten Beinen, schon nach Minuten eine andere Sitzposition einnehmend. Noch heute, nur beim Gedanken, schmerzen alle Glieder. Nach einer gewissen Zeit gab es dann eine Erleichterung, indem ein Stuhl mit abgesägten Beinen angeboten wurde. Viel bequemer wurde auch das nicht, da man nicht wusste, wohin und in welche Position die Beine!? Glücklicherweise wurde ich dann abgelenkt durch das Auftragen der Speisen. Natürlich ein vollkommen anderer Speisezettel gegenüber unserer langweiligen deutschen Hausmannskost: Jetzt fühlte ich mich nicht nur in einem anderen Erdteil, sondern auf einem anderen Stern.

Nach einigen kleinen Vorspeisen mit getrockneten Minifischen, Seetang-Garnierungen, Tofu-Köstlichkeiten und nicht Definierbarem, gelangten wir dann zur Hauptspeise mit leicht angedünstetem Schweinebauch in rohem, süßem, geschlagenem Eiweiß. Dazu natürlich der beliebte Reiswein Sake, bei dem man gar nicht so lange auf die Wirkung warten musste. Es war ein köstliches Mahl! Ich brauchte lange, um mich daran zu gewöhnen, dass Ehefrau Tanaka, die uns die Speisen brachte, immer, sobald sie das Zimmer betrat, auf ihren Knien an unseren Tisch rutschte, wortlos die Speisen reichte und ebenso ruhig das Zimmer verließ. Auf meine Aufforderung, sie möge doch mit uns speisen, kam vom Hausherr Masahiko die freundliche, aber doch sehr bestimmte Erklärung, wo kämen wir da hin, wenn Frau mit am Männertisch äße! Nicht nur das, ja alles faszinierte uns, angefangen von dem ansonsten gesunden, vielfältigen, wohlschmeckenden asiatischen Essen. Ich konnte von dem frischen, natürlich auch rohen Fisch in allen Variationen nicht genug bekommen! Ich fand das Essen, nach der ersten Lektion dann doch äußerst schmackhaft, ja delikat.

Trotz der nicht zu überblickenden Menschenmassen in U- und S-Bahnen, in den großen Kaufhäusern, auf den Straßen war es überall unglaublich sauber. Uns amüsierten die wohluniformierten, gepflegten Mädchen an allen Rolltreppen und Aufzügen der Warenhäuser, die scheinbar nichts anderes zu tun hatten, als sich vor jedem Kunden mit freundlicher Miene zu verneigen. Wir staunten über die Perfektion, die Sauberkeit in den Hotels, die Freundlichkeit und Hilfsbereitschaft! Während einer der Japanreisen wollte ich einmal meinen nicht mehr ganz neuen Schlafanzug loswerden. Ich ließ ihn einfach in einem Hotel liegen und damit war die Sache für mich erledigt. Wie staunte ich, als ich ihn in der nächsten Stadt im nächsten Hotel frisch gewaschen und gebügelt auf meinem Zimmer vorfand.

Eine fremde, neue Erfahrung war für uns auch das Erleben der Wegwerfgesellschaft: Wegwerf-Mitnehm-Zahnbürsten mit Mini-Zahnpastatuben in jedem Hotel.

An viele der kleinen Überraschungen tasteten wir uns erst allmählich heran: In jedem Geschäft, jedem Hotel öffneten sich die Türen automatisch, wie von Geisterhand geführt. Die Wasserhähne in den Toiletten besaßen weder ein Schraubventil noch einen Hebel. Aber es waren doch eindeutig Wasserhähne! Nur: Wie sollte man sie nutzen? In unseren Zügen in der DDR gab es Wasserhähne, die über Fußhebel bedient wurden. Vielleicht musste man nur richtig suchen? Aber auch diese Idee half uns nicht weiter. Wir standen ratlos und warteten. Endlich kam ein Japaner, der sich die Hände waschen wollte. Wir beobachteten ihn heimlich. Aha, das war die Lösung: Er hielt einfach die Hände unter den Hahn und siehe da, das Wasser lief. Wir freuten uns wie Kinder und überraschten die Kollegen mit unserem Wissen!

Mit den Kontrabasskollegen *Horst Butter* und *Heinz Zimmer* besuchte ich eines der typischen kleinen japanischen Restaurants. Beim Betreten standen wir im Eingangsbereich vor einer Menge von Holzpantoffeln mit sehr hohen Absätzen. Wir kannten aus den Museen in der DDR Filzpantoffeln, die man zum Schutz des historischen Fußbodens über die eigenen Schuhe zog. So etwas Ähnliches musste das hier auch sein und zogen die Holzschuhe an. Ja, so dachten wir, diese sauberen Japaner! Sie waren aber nicht nur reinlich, sondern auch sehr heiter, denn aus dem Gaststätteninneren ertönte schallendes Gelächter. Man hatte uns beobachtet. Mit allen möglichen Zeichen machten sie uns begreiflich, dass diese Schuhe den Gästen gehörten. Wir sollten unsere Fußbekleidung einfach abstreifen und daneben stellen. Es sei üblich, die blitzblank gescheuerten Restaurants in Japan ohne Schuhe zu betreten. Wir haben es nie erlebt und auch nicht davon gehört, dass es jemals zu einem Diebstahl gekommen wäre. Jeder fand seine Schuhe nach dem Gaststättenbesuch vor, wie er sie abgestellt hatte – in großen Gasthäusern fein ordentlich in dafür vorgesehenen Regalen untergebracht.

Damit hatten wir aber die Schwierigkeiten eines Restaurantbesuchs in Japan noch nicht überwunden. Noch vor unserer Bestellung erhielten wir einen Gruß aus der Küche: ein in eine Folie eingeschweißtes Etwas. Beim langsamen Herantasten erfühlten wir etwas warm-weiches. Das konnte nur zum Essen sein. Wir zogen also die Folie vorsichtig ab und bissen hinein. Der Geschmack war seltsam. Und das Essen sehr zäh. Was hielten wir da nur in den Händen?! Es dauerte eine Weile bis wir bemerkten, dass es ein warmer, nasser Waschlappen zum Säubern der Hände war. Die Japaner haben die Hygiene gepachtet – stellten wir immer wieder fest.

Die Reise durch das Land brachte ihre ganz eigenen Herausforderungen mit sich. Bei Reisen in großer Gesellschaft – und die Operngesellschaft mit Orchester, Chor, Solisten, Technikern usw. ist nicht klein – erkundigt sich niemand nach Abfahrtszeiten. Man „hängt sich immer dran". Irgendjemand weiß immer, wie und wann es weitergeht. Nach der Opernaufführung in Osaka fuhren wir am nächsten Tag in das 200 km entfernte Nagoya. Dort stand 16.00 Uhr die Vorstellung „Don Giovanni" von Mozart auf dem Programm. Wir stiegen in Osaka in den schnellen 200-kmh-Shinkansen. Zu dieser Zeit war dies der schnellste Zug der Welt.

Die Zeit verging. Wir unterhielten uns. Irgendwann wurde für mich der Gang nötig, den jeder unternehmen muss. Ich verließ meine Kollegen und suchte die nächste Toilette. Ausgerechnet in dem Moment, als ich die Toilettentür hinter mir geschlossen hatte, hielt der Zug. Der Zwischenstopp dauerte kaum länger als zwei Minuten. In Japan ist die gekaufte Fahrkarte gleichzeitig eine Platzkarte, so dass das Suchen nach einem freien Platz wegfällt. Die Türen der einzelnen Waggons halten genau an den mit Nummern versehenen Markierungen am Bahnsteig, dadurch kann das Ein- und Aussteigen in Windeseile und trotzdem mit Ruhe geschehen. Bevor ich zurückgehen konnte, war der Zug bereits wieder in Bewegung. Ich ging zu unserem Abteil und suchte meine Orchesterkollegen. Hatte ich mich in der Richtung geirrt? Ich wand mich um und suchte die andere Seite ab. Aber auch auf der entgegengesetzten Seite waren nur Menschen mit anderen Augenformen und schwarzen Haaren zu erkennen. Ich musste also feststellen: Mein gesamtes Opernkollektiv war ausgestiegen und ich alleiniger Europäer im Zug! Mein Handgepäck hatten schnellreagierende Kollegen-Freunde mitgenommen, mein Jackett mit Ausweis und Geldbörse war bei mir. Gott sei Dank! Ein kleines Glück im Unglück. Aber ich besaß weder ein Handy, noch nicht einmal der Begriff existierte zu dieser Zeit, noch hätte ich eine Telefonnummer für Notfälle bei mir gehabt. Trotzdem blieb ich erstaunlich ruhig. Ich dachte mir: Japan ist das Land der Super-Organisatoren und das Land der absoluten Ehrlichkeit und Hilfsbereitschaft. Es wird sich irgendeine Lösung ergeben, wozu also die Nerven verlieren.

Sitzplätze waren jetzt genug vorhanden. Also suchte ich mir einen Platz und plante die nächsten Schritte: Du steigst an der nächsten Station aus und fährst die paar Kilometer zurück. Ich fragte den Schaffner nach der „next station". Er antwortete sehr gelassen: Die nächste Station sei in Tokio. Ich fragte, wie weit das sei. Er antwortete ruhig und freundlich: 400 km. Ich war schockiert! 400 Kilometer! Niemals werde ich pünktlich zur Aufführung in Nagoya sein. Der Schaffner fuhr fort: „Der Zug wird in zwei Stunden in Tokio eintreffen."

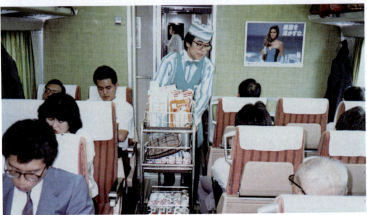

Perfekter Zug-Service und Kontrolle im Shinkansen 1977

Zwei Stunden bis Tokio, zwei Stunden für die Rückfahrt. Ich hatte eine minimale Chance, doch noch pünktlich zu sein. Aber dennoch: Es würde an ein Wunder grenzen. Einige Zeit später sprach mich der Schaffner wieder an: „Mr. Trumpf, you go in Tokyo to the other side and than you go back with the next train to Nagoya." Ich sollte also in Tokio auf den gegenüberliegenden Bahnsteig gehen und mit dem nächsten Zug nach Nagoya zurückfahren, eine Fahrkarte würde mir jemand in die Hand drücken. Wunderbar! Also, ich konnte mich zurücklehnen und entspannen.

Wir fuhren am sonnenbeschienenen, schneebedeckten, beeindruckenden Naturheiligtum Japans, dem Fujiyama vorbei.

Vorbei am heiligen Berg Japans Fuji Yama

Verzaubert betrachtete ich die Landschaft. Plötzlich fragte ich mich: Woher kennt der Schaffner meinen Namen? Wir haben ja nirgendwo gehalten! Ich versuchte, mit Mitreisenden ins Gespräch zu kommen und erfuhr: Natürlich gibt es ein Telefon hier im fahrenden Zug! Was heute das Normalste der Welt ist – aber damals? Heute trägt jeder sein Mobiltelefon in der Tasche. Aber mir kam es damals wie ein Wunder vor: Telefon in einem ganz normalen Zug! Noch dazu im fahrenden….

Nach zwei Stunden erreichten wir pünktlich Tokio. Nach reichlich vier Stunden Zugreise, erst Fuji rechts, dann Fuji links und nach 800 Fahrkilometern kam ich wieder in Nagoya an, wo ich hätte 4 Stunden zuvor aussteigen sollen. Inzwischen hatten die Kollegen Wetten abgeschlossen: Würden es die Japaner schaffen, mich bis zum Vorstellungsbeginn 16.00 Uhr ins Theater zu bringen? Eine Minute vor Vorstellungsbeginn tastete ich mich durch den Orchestergraben zu meinem bereitgestellten Kontrabass. Der Dirigent der Aufführung Heinz Fricke winkte mir freundlich zu und „Don Giovanni" konnte auf der Bühne mit seinem Treiben beginnen. Dennoch zitterten mir bei den ersten Tönen etwas die Hände. Was für eine Reise!

Auch das Pilgern durch die Ladenstraßen machte uns bewusst, dass wir im kapitalistischen Verdammnis-Paradies angekommen waren. Fernsehgerät – insbesondere Farbfernseher – gab es in der DDR noch nicht in jedem Haushalt! Sie waren auch sehr teuer: Ein Fernseher kostete ca. 5000 Mark der DDR, ein ganzer Jahreslohn eines Arbeiters. Hier konnten wir die Apparate für 400 bis 500 DM erstehen. Es war nicht zu fassen!

Aber nicht nur der Preis überwältigte uns. Auch die reine Technik bei Audio, Video, Uhren rief immer wieder unsere Bewunderung hervor! Videogeräte gab es in der DDR nicht. Auch Radios, Schallplattenspieler, Uhren waren technisch weit weniger ausgefeilt. Stunden, ja Tage verbrachten wir in den japanischen Radio- und Fernsehgeschäften in den International Arcades Shinjukus in Tokyo.

HiFi-Technik 1977 in Japan – utopisch für DDRler

Was war das für ein Staunen, als Anfang der 70er Jahre die ersten Taschenrechner von Orchestermitgliedern, die in Japan gastierten, mitgebracht wurden, die dann immer kleiner und raffinierter wurden. Noch heute, weit über 30 Jahre später, geht eine Armbanduhr mit eingebautem Taschenrechner und anderem Schnick-Schnack, die ich meinem Schwager Horst mitbrachte, sekundengenau! Sein wirkungsvoller Vorzeigestolz!

Unserer Begeisterung für die Raffinessen der Technik kam ein seltsamer Umstand zugute: Wir galten als „Kulturbotschafter" unseres Landes. Darum durften wir in die DDR einreisen, ohne dass uns am Flughafen Berlin-Schönefeld der Zoll kontrollierte. Wir mussten nur kleinste Stichproben über uns ergehen lassen! Und: wir erhielten die

Erlaubnis TV-Geräte und Stereo-Anlagen – das war allein von unseren Spesengeldern möglich! – in jeder Größenordnung einzukaufen und diese dann per Schiffscontainer in die DDR liefern zu lassen! Dieses Zugeständnis verdankten wir den auf jeder „Westtournee" mitreisenden offiziellen Begleitern der Ministerien. Auch die Vertreter unserer Regierung hatten den Wunsch, so ein schönes Gerät bei sich zuhause aufzustellen. So erbaten sie bei ihren Vorgesetzten die Erlaubnis, Technik dieser Art erstehen und in einem Container nach Hause transportieren lassen zu dürfen. Am Tage vor dem Abflug in die Heimat herrschte in der Hotellobby das reinste Chaos. Die Händler lieferten die bestellten und bezahlten Waren an die Kunden, also an uns. Wir versahen diese mit deutlichen Namensaufschriften. Die Hotelhalle konnte kaum betreten werden. Sie glich einer vollgestopften Lagerhalle.

TV-Geräte als Reisesouvenirs warten in der japanischen Hotelhalle auf den Abtransport

Dann gingen sie mit organisiertem Transport zum nächsten japanischen Überseehafen. Etwa zehn Wochen später kamen unsere „Reisesouvenirs" über den Ostseehafen Rostock in der DDR an. Dann glich der Staatsopern-Künstlereingang einer vollgestopften Lagerhalle.

Souvenirs dieser Art waren auch während der nächsten Aufenthalte in Japan unsere große Freude. Da wir faktisch nicht kontrolliert wurden, kam ich auf die Idee, mir und meinen Schülern einen besonderen Dienst zu erweisen: Für den Unterricht benötigte ich immer wieder Notenkopien. Kopieren war in der DDR aber ein größeres Problem.

Im Allgemeinen nutzte man Ormig-Kopierer. Dafür benötigte man eine eigene Vorlagen-Matrize, die man mit einem gewissen Aufwand selbst produzieren konnte – wenn man die entsprechenden Materialien dafür besaß. Die Kopien waren von blauer bis violetter Farbe und waren teilweise schwer zu lesen. Eine Ablichtung direkt von einer vorhandenen Vorlage, aus einem Buch beispielsweise, war nicht möglich. Für Notenkopien waren sie deshalb nicht nutzbar, ganz abgesehen davon, dass ich keinen Zugang zu einem solchen Kopierer hatte. Kopiergeräte, wie sie heute jedes Kind kennt, gab es in den 80er Jahren des 20. Jahrhunderts auch im „Westen" noch nicht sehr lange. Die DDR-Regierung stand allen diesen Verfahren skeptisch gegenüber. Man hätte auf den Geräten auch Flugblätter oder illegale Zeitungen mit missliebigem Text vervielfältigen können. Deshalb war der Besitz Institutionen vorbehalten. Auch der Preis verhinderte eine weitere Verbreitung: Von ursprünglich 28.773 Mark der DDR sank der Preis für einen SECOP-Kopierer später auf 18.600 Mark der DDR. Die Anschaffung eines PKW war preisgünstiger, auch wenn man darauf Jahre warten musste. Die Staatsbibliothek in Berlin hatte ein teuer gehütetes „echtes" Kopiergerät. Die Kopien mussten bestellt werden. Aber man erhielt nur Noten, die in der Bibliothek vorhanden waren, keine selbst mitgebrachten. Im Höchstfall konnte man 20 Seiten kopieren – jeder wollte ja mal drankommen! Papier stand nur in begrenztem Umfang zur Verfügung. Und es dauerte sehr lange, bis die Kopien nach der Entwicklung den Weg über den Versand bis zu mir nach Hause fanden. Es war schwierig. Ich hätte gern eine andere Lösung gefunden.

Während unserer Gastspielreisen in Japan wurde ich wiederholt zur Leitung einer „Meisterklasse" an der Tokioter Musikhochschule eingeladen. Man bezahlte sehr gut. Die Honorare erlaubten mir den Luxus, mir ein eigenes Kopiergerät zu verschaffen. In beinahe jedem Technikgeschäft in Japan wurden Kopierer zum Kauf angeboten. Was wäre, wenn ich mir ein solches Gerät zulegen würde? Die Anschaffung war unproblematisch – wenn man außer Acht lässt, dass die Geräte in der DDR unerwünscht waren. Ich betrat ein Geschäft, suchte mir ein Gerät aus und kaufte es.

Soweit so gut. Aber wie sollte ich das Gerät unbemerkt in die DDR einführen? Das verschaffte mir bis zum Heimflug schlaflose Nächte. Nacht für Nacht dachte ich über meine Zukunft nach: Wer ein Kopiergerät hat, kann auch Kopien machen. Und wer Kopien machen kann, kann auch Flugblätter herstellen. Und in der DDR ist ein Hersteller von Flugblättern ein Hochverräter. Und Hochverräter gehören ins Gefängnis! Der Besitzer eines Kopierers steht deshalb im Verdacht, ein Hochverräter zu sein. Ich war Besitzer eines Kopierers. War ich nun ein Hochverräter? Wartete zu Hause das Gefängnis auf mich?

Was konnte ich tun? Ich kaufte mir eine Rolltasche, die auf den Zentimeter genau die Größe des Kopiergerätes hatte. Beim Rückflug nahm ich das staatsgefährdende Behältnis als Handgepäck mit in die Flugzeugkabine. Beim Eintritt in die ostdeutsche Heimat schritt ich munter am Zoll vorbei. Ich schwenkte die Tasche leicht, sie wog ja nur 25 kg!, und ging zielsicher in die Ankunftshalle. Niemand registrierte meinen Angstschweiß. Ein privates Kopiergerät auf dem Territorium der DDR, dachte ich immer wieder, das bringt dir mindestens 15 Jahre Zuchthaus in Bautzen. Oder werden es vielleicht nur 10 Jahre?

Ich war froh und erleichtert, als ich unbehelligt mit dem Gerät in meiner Wohnung ankam. Die Installation war noch einmal eine eigene Herausforderung, denn die mitgebrachte Beschreibung war japanisch. Ich baute nach „x mal pi" auf – und es gelang: Ich konnte das Wunderding tatsächlich in Funktion setzen und benutzen. Welch eine Freude damals!

Offiziell durfte niemand von der Existenz des Gerätes wissen. Selbst unsere eigenen Kinder ahnten nichts davon. Wir haben ihnen diese Geschichte erst nach der Wende 1989 erzählen können. Was wäre passiert, wenn sie sich in der Schule verplaudert hätten? Den Studenten gegenüber hieß es immer: Ich kann Ihnen helfen. Ich kenne da jemanden in der Staatsbibliothek, der jemanden kennt. Und der kann mit einem Kopiergerät sehr schnell eine Kopie anfertigen. Auf diese Weise hatten meine Studenten immer recht schnell die Noten, auf die sie anderswo Wochen gewartet hätten.

Was ich aber den Zuhausegebliebenen erzählen durfte, war natürlich alles über unsere Beobachtungen und Erfahrungen bei den Opern- und Konzertaufführungen und überhaupt über das Verhältnis, die Begegnungen der Japaner gegenüber der klassischen europäischen Musik.

Allein der Begriff unserer europäischen Musik bekam hier einen neuen Bewusstheitsgrad – was gab es denn hier in Asien für eine Musik? Gedanken schweiften ab ins noch entferntere Australien, was für eine Musik in Afrika ? – ja selbst in Amerika? Hier machten uns die Japaner deutlich, welch großen Schatz wir aus Europa mitbrachten. Nicht nur das abendliche Konzertpublikum, welches mit den im Programm genannten Partituren erschien, auch in den Fahrstühlen der

Hotels, in Warenhäusern der großen Städte erklangen über die dezenten Lautsprecher bekannte Werke unserer Klassiker. Ihre einheimische Musik blieb den kleinen Lokalitäten vorbehalten. Es ist ja in unserem Sinne keine klassische Musik, es ist eine auf asiatischer Tradition aufgebaute Volksmusik.

Seit in den 60er Jahren des 19. Jahrhunderts in Japan das Schulsystem nach deutschem Muster eingeführt wurde und im 20. Jahrhundert (natürlich speziell nach dem 2. Weltkrieg), verstärkt europäische Orchester gastierten, die Medien diese Musik verbreiteten, entwickelte sich eine nicht zu bremsende Liebe der Japaner zur klassischen europäischen Musik. Japanische Studenten, Musiker nahmen bald eine führende Rolle in der internationalen Musikszene, bei den vielen internationalen Wettbewerben ein.

Euphorisch werden Gastorchester bereits vor den Konzerten an der Konzerthalle begrüßt. Hauptsächlich von jungen Leuten. Und dies steigerte sich am Ende jeder Aufführung von Oper und Konzert zu Jubel- und Autogrammfeiern an den Künstlerausgängen. Bis zum Bühnenarbeiter – jeder hatte seine Namenszüge in die Programmhefte einzutragen.

Lautstarke Sympathiekundgebungen flammten auf, wenn unser Chefdirigent Otmar Suitner, der ja sogar seit Jahren beim führenden Orchester Japans, dem NHK-Orchester Tokyo, Ehrendirigent (1973-2010) war. Ihm verdanken wir die wirklich großen Erfolge unserer Japan-Konzerte. Natürlich ist auch jeder Musiker auf solchen Reisen in Hochform und dieser Funke springt dann vom Konzertpodium aufs Publikum über.

Die an Wunder grenzende Organisation der Japaner, die fabelhaften Hotels, das schmackhafte asiatische Essen, alles trug zu den unvergesslichen Reisen ins Land der aufgehenden Sonne bei. Es sollten noch einige Konzerttourneen folgen.

Geishas erklären das Tragen des Kimonos

Südamerika – sieben Wochen im Fluge

Im Spätherbst des Jahres 1973 fanden sich Musikerkollegen und -freunde zusammen und gründeten das Kammerorchester „Camerata musica".

Kammerorchester Camerata musica bei einem der ersten Konzerte 1974 in den Schlössern von Dornburg

Nach vielen erfolgreichen Konzerten im Inland, Reisen nach Portugal, Zypern und Ungarn erreichte uns im Herbst 1976 ein wunderbares Angebot der Künstleragentur der DDR: Im Frühjahr 1977 sollten wir für sieben Wochen quer durch Südamerika reisen und Konzerte geben. Wir alle waren noch jung, reise- und erlebnishungrig und sagten begeistert zu.

Die Reise erforderte viel Vorbereitung, da uns keine Orchesterwarte zur Verfügung standen. Alle Mitglieder beteiligten sich deshalb auch an der technischen Organisation: Wir brauchten neue Instrumentenkisten, Notenkoffer, Fracketuis, all das, was zu einer professionellen Tournee gehört. Jeder erhielt neben seiner tatsächlichen Aufgabe als Musiker ein weiteres Aufgabengebiet zugeteilt. Darüber hinaus verteilten wir die musikalisch-solistischen Aufgaben. Ich bereitete das Vanhal-Konzert und ein bearbeitetes Vivaldi-Violinkonzert vor. Unsere Reise begann am 8. Mai 1977, einem Feiertag in der DDR „Tag der Befreiung" vom, wie es in der DDR hieß, Hitlerfaschismus. Während in der DDR Schulen und Betriebe, Zeitungen und Radiosender die Befreiung würdig begingen, genossen wir die Freiheit über den Wolken. Unsere erste Station war Mexiko. Fast zwei Wochen reisten wir durch das Land: Puebla, Mexiko-City, Guanajuato, San Miguel Allende, Aguascalientes. Über Kuba, Venezuela und Peru ging es für fast drei Wochen nach Brasilien. Wir lernten fünf Länder kennen, durchlitten etwa 50 Flüge, mussten uns auf Zeitunterschiede einstellen, unsere Uhren umstellen, gaben 35 Konzerte in 21 Städten, übernachteten in über 20 verschiedenen Hotelzimmern, einmal war der Bettausstieg links, die nächste Nacht rechts, Kontrabasskisten-Transport im Flugzeug, im Bus, im Zug, im privaten PKW, mit Taxi. Wir trugen die Instrumente rein, raus, rauf, runter. Proben, Konzerte, Besuche, Empfänge, Besichtigungen, Fototermine, TV-, Rundfunk-, Interviewtermine. Und abends musste man gut eingespielt, locker, entspannt und bei bester Spiellaune sein. Und danach die aufreibenden Selbstzerfleischungen der internen Kritik nach den Konzerten in irgendeinem Hotelzimmer. Und auch am nächsten Tag, beim nächsten Konzert erwartete man wieder gute Stimmung, beste Laune, Musizierfreude. Es war anstrengend und nervenaufreibend.

Die Zuhörer ahnten nichts von dem, was gerade an diesem Tag auf uns eingestürmt war. Mit ihrer unglaublichen Freundlichkeit und ihrer wunderbaren Einstellung zur Zeit halfen uns die südamerikanischen Begleiter, immer neu zur entspannten Stimmung zu finden. Bald gehörte auch zu unserem Wortschatz ihr Lieblingswort „man(j)ana".

Man(j)ana kann man im Deutschen nur schwer wiedergeben. Es heißt soviel wie „Was heut nicht wird, wird morgen, die Uhren gehen sowieso falsch …" Mit dieser Haltung war es überhaupt kein Problem, auf einen Bus ein oder zwei Stunden zu warten oder ein Konzert 45 Minuten später beginnen zu lassen. Man(j)ana eben. Doch die Gastgeber bemühten sich auch redlich unserer kulturellen Prägung gerecht zu werden. Wir hörten immer wieder auch solche Sätze von den Organisatoren an die Busfahrer: „Das könnt Ihr mit denen nicht machen; ihr müsst absolut pünktlich sein! Das sind Deutsche …!"

Deutsche? Was bedeutete das für Südamerikaner? Was bedeutete es dort für uns? War nur der andere Umgang mit der Zeit entscheidend? Nicht allen war bekannt, welche Verhältnisse in Deutschland herrschten. Aber meist wusste man, dass es nach dem Krieg tiefgreifende Veränderungen gegeben hatte. Gelegentlich wurden wir gefragt, ob wir aus dem freien Teil kommen oder dem, der jetzt den Russen gehört. Auch hier waren wir „Kulturbotschafter". Darum hatten wir den Auftrag, streng darauf zu achten, dass auf den Plakaten immer „Orchester aus Berlin – Hauptstadt der DDR" stand. Ob die Latein-Amerikaner unser DDR-Politik-Latein verstanden, konnten wir nicht in Erfahrung bringen.

Vielleicht konnten die Kubaner am ehesten unsere Situation nachvollziehen. Für Kuba war die Konzertreise ein Geschenk der DDR. Für das sozialistische Freundesland waren die Konzertreisen aller DDR-Künstler immer ein Brudergruß aus Bruderland! Alle anderen Länder mussten an unsere Künstleragentur harte Devisen zahlen.

In Havanna wohnten wir – gewissermaßen als Gegenleistung – im Exclusiv-Hotel. Dieses war nur Ausländern vorbehalten. Kein Kubaner, außer dem Dienstpersonal, durfte dieses Haus betreten. Damit die Ausländer von der hohen Lebensqualität im marxistischen Kuba überzeugt wurden und befriedigt nach Hause reisen konnten, wurden keine Kosten für Speis und Trank gescheut. Alle Ausgaben beglich man aus dem kubanischen Staatssäckel. Für uns Ausländer war es wunderbar. Wir konnten bis spät in früh-morgendlichen Nachtstunden essen und trinken, was unser Herz begehrte! Allerdings waren wir nicht blind. Ein Gang durch die Stadt schockierte: Die eigene Bevölkerung wurde eher sparsam versorgt. Für eine Stadt wie Havanna mit zwei Millionen Einwohnern musste *ein* Getränkeladen ausreichen. Lebensmittelkarten und Bekleidungsbons für die Werktätigen gaben die benötigten Dinge des täglichen Verbrauchs frei. Von dem Blick auf den westlichen Luxus im Hotel mitten in der eigenen Stadt versuchte man die Kubaner fernzuhalten. Es drehte uns das Herz im Leibe um, wenn wir beobachteten, wie Kubaner vor dem internationalen Hotel von den Hotelpolizisten, ihren eigenen Landsleuten, weggejagt wurden. Ja, weggejagt ist der treffende Ausdruck!

Allerdings war uns die Situation nicht ganz fremd. Auch in der DDR gab es einige Interhotels, in die wir nur mit Freunden aus dem Westen hineinkamen. In diesen Hotels galt nur die harte Westmark! Der DDR-Bürger wurde zum Mensch zweiter Klasse. Bitter dachte man damals manchmal: Auf Klasse wird geachtet! Klassenkampf muss sein. Klassenkampf gehört zum Sozialismus. Wie wird es erst sein, wenn wir im Kommunismus leben, in der klassenlosen Gesellschaft? Wird der Kampf noch kämpferischer?

Wir traten in Matanzas, Villa Clara, Cientovequ und Trinidad auf. Unsere zwei Hauptkonzerte waren aber im Theater von Havanna. Es schien uns geschichtsträchtiger Boden zu sein. Wir fragten: Ist dies das Theater, in dem *Giovanni Bottesini* vor ca.130 Jahren mit seiner italienischen Operngruppe seine Opern uraufführte? Keiner konnte es uns sagen. Aber wir waren nach unserem Aufenthalt davon überzeugt, dass es zur Zeit *Bottesinis*, um 1846, um die Bühnentechnik besser bestellt gewesen sein musste. Seit Tagen war der Stachel meines Kontrabasses defekt und ich musste dringend etwas unternehmen. Meine großen Hoffnungen lagen auf dem Theater in Havanna. Sicher würden sie mir etwas Handwerkszeug und eine Schraube zur Verfügung stellen. Ich bat um Unterstützung. Man hätte sie mir gern gewährt. Aber zum großen Bedauern der gesamten Theatertechnikerschaft waren nicht eine Zange, nicht eine Schraube, nicht ein Nagel aufzutreiben! Kann es sein, dass in einem Theater nicht das geringste Werkzeug zur Verfügung steht? Es ist für mich heute noch so unglaublich, wie es das damals war.

Dies blieben die einzigen negativen Erfahrungen während der Reise. Über kubanisch-sozialistische Organisation will ich lieber nicht so ausführlich berichten – man kann nur die Gelassenheit der Einwohner bewundern oder sollte man es bedauern? Das kollegiale und sehr freundschaftliche Zusammentreffen mit den Kontrabassisten von Havanna nach einem Konzert ist mir in bester Erinnerung und macht alles andere vergessen. Nicht nur bei einem „Cubra Libre", dem wohlschmeckenden mit echter Pfefferminze gewürzten Rum-Cola-Gemisch, ist es geblieben. Dankbare Kollegen, denen ich dann einige Kontrabass-Notenausgaben aus Berlin zusandte.

In allen fünf Ländern beeindruckten uns die Begegnungen mit wunderbaren, freundlichen Menschen. Das Publikum war unvoreingenommen. Wie viele mögen wohl zum ersten Male in einem klassischen Konzert gewesen sein?

Camerata musica vor dem ‚Zuckerhut' in Rio de Janeiro-Brasilien 1977

Nach einem Konzert in Brasilien, ich glaube es war in Florianópolis im Bundesstaat Catarina, lud uns der Vorsitzende der dortigen Konzertgesellschaft, die unseren Auftritt organisiert und finanziert hatte, in seine Villa ein. Er war ein Nachfahre der deutschen Einwanderer des frühen 19. Jahrhunderts, Besitzer einer großen Textilfabrik. Ich erinnere mich an ihn als einen hochgebildeten Mann. Er spielte auch recht gut Klavier. Die Villa und die Einrichtungen waren, inbesondere gemessen an den Häusern der Arbeiter, geradezu prunkvoll. Als Höhepunkt des Abends spielte er für uns das cis-Moll-Präludium von Sergej Rachmaninoff – auf seinem Steinway-Flügel. Beim Betreten des Hauses stellten wir fest, dass es nicht verschlossen war. Wir äußerten unser Befremden. Er wunderte sich über uns. Man würde in diesem Teil Brasiliens keine Häuser verschließen. Es gäbe niemanden, der fremdes Eigentum antastet! Das war 1977.

Wenn mich nicht alles täuscht, bekamen wir dort den Hinweis, doch die sehenswerten, größten Wasserfälle der Welt im Nationalpark Iguacu zu besuchen, sie seien hier ganz in der Nähe. Das wollten wir natürlich an einem probenfreien Tag gern tun – nur trafen die Vorstellungen von geografischer Nähe nicht so ganz mit unseren überein. Als uns dann die Wegbeschreibung dorthin erklärt wurde, die 500km am besten mit dem Flugzeug zu absolvieren, war unser Interesse daran schnell verflogen. Natürlich nur aus Zeitgründen!

Badefreuden an der Copacabana in Rio vor dem Zuckerhut 1977

Im gleichen Bundesstaat liegt die Stadt Blumenau, benannt nach dessen Gründer Dr. Blumenau, der aus dem Harzer Städtchen Hasselfelde ausgewandert war. Sie ist bis heute ein Zentrum der deutschen Einwanderer, die seit 1850 ins Land kamen. Wir entdeckten diese typische Kleinstadt, die noch heute eine Partnerschaft mit Hasselfelde pflegt. In einem Uhrengeschäft begrüßte uns ein schwarzer Verkäufer in einem etwas eingefärbten Deutsch. Wir fühlten uns beinahe wie zuhause. Nur freundlicher bedient!

Wir spielten in den großen Millionenstädten, Rio de Janeiro, wo wir den legendären Zuckerhut erstiegen und den Berg mit dem weit ins Land sichtbaren Christusmonument besuchten.

Der Corcovado (deutsch: der Bucklige) ist ein 710 m hoher Berg in Rio de Janeiro, auf dem das Wahrzeichen der Stadt, die 38 m hohe Christus-Statue Cristo Redentor, steht

Wir waren im quirlig-chaotischen Sao Paulo und in der neu in die Wüste gesetzten, imposanten Hauptstadt Brasilia. Für die Brasilianer war Winter. Aber wir nutzten die für uns sommerlichen Temperaturen und badeten im Juni im Atlantischen Meer bei Rio bei 22 °C Wassertemperatur. Die Einheimischen brachte das zum Zittern und Staunen. Für uns war es wunderbar warm. Die Einheimischen erklärten uns aber: Man gehe erst ab 28 °C ins Wasser!

Besonders beeindruckten mich die Bauten des futuristischen Architekten Niemeyer in Brasilia. Er hatte mit seinen Ideen und Entwürfen Maßstäbe gesetzt. Unser Konzertort war die Brasilia-Kathedrale. Die Akustik ist in diesem Raum mehr als ungewöhnlich. Der Schall wird entlang der runden Wände so gut weitergeleitet, dass man sich über eine Entfernung von 25 m in Zimmerlautstärke unterhalten kann. Spielt man in der Mitte des Raums entsteht ein außergewöhnlich langer Nachhall. Er lässt den Zuhörer in einem neuartigen, nie endenden Tonwald versinken. Brasilianische Konzertstädte waren für uns noch: Joinville, wo ein Großteil der Bevölkerung deutscher Abstammung ist, Brusque, Porto Allegre, Curitiba, Belo Horizonte.

Während der 7 Wochen Reisen mit Bus und Flugzeug durch Südamerika gab es natürlich auch viele kuriose Dinge, die als solche erst später betrachtet wurden. Denn als sie passierten, reagierte man nicht immer gelassen. Nicht immer ist es ein Vergnügen mit einem Instrument, das die Größe eines ausgewachsenen Menschen und das Gewicht von drei gefüllten Wassereimern hatte durch die Lande südlich des Äquators zu pilgern. Besonders die Reisen mit diesem Ungetüm als Handgepäck im Flugzeug. Davon gab es in diesen Wochen einige. Durstig und durchgeschwitzt war man mal wieder froh in der Passagierkabine eines Fliegers sein Instrument auf dem separat bezahlten Sitzplatz verstaut zu haben. Alle Fluggäste hatten ihre Plätze eingenommen bis ein verspäteter Passagier auf den Platz des Kontrabasses zeigte und behauptete, es sei sein Platz. Aufregung in der ganzen Maschine, alle glotzten auf das Instrument und den hochroten Besitzer. Das Stewardteam versuchte zu vermitteln, der Flugkapitän wurde herbeizitiert, bis sich nach Minuten des südländisch-ausgetragenen Streits herausstellte, dass sich der aufgebrachte Fluggast in der Maschine geirrt hatte.

Das zentrale Brasilien mit den ergiebigen Halbedelstein-Vorkommen

Was blieb von Venezuela in Erinnerung? Die Hauptstadt Caracas, durch den seit 1930 bescherten Ölrausch stieg die Einwohnerzahl von 100.000 rasend schnell auf fast 5 Millionen. Die Stadt liegt fast 900 m hoch, eingebettet rundum in über 2000 m hohe Berge und besitzt ein wunderschönes kleines Teatro Municipale im spanischen Stil, wo unsere

Mexiko: Kammerorchester Camerata musica vor dem Konzert im Konservatorium

Konzerte stattfanden. Im Zentrum gibt es leider nicht mehr so viele alte Bauten aus der spanischen Kolonialzeit. Sie wichen nach vielen Erdbeben Neubauten, die teilweise modernste Architektur aufweisen.

Uns fielen damals am Rande der Stadt Hochhaus-Neubaugebiete auf, die für die armen Bevölkerungsschichten errichtet, auch zunächst von ihnen bezogen wurden. Nach geraumer Zeit wurden sie wieder verlassen – das Wohnen und wirtschaften gefiel ihnen in Erdnähe und ohne Fahrstuhl-Komfort besser. Es war ein gescheiterter Versuch der Regierung, diese Menschen in würdige Quartiere umzusiedeln.

Ebenfalls interessant war unser Auftrittsort in der Hauptstadt Perus, in der ca. 7-Millionen-Metropole Lima, die Stadt, die sich so groß wie das Saarland über 2.600 Quadratkilometer erstreckt. 45% Prozent der Einwohner sind Indianer, 15% Weiße, fast alle sind katholischen Glaubens. Spanische Konquistadoren haben im 16.Jahrhundert brutal die Inkas unterjocht. Deren 2400 m hochgelegene sagenumwobene Stadt Machu Picchu wurde erst 1911 als verlassene und völlig überwucherte Sensation entdeckt.

Die Anden, die Höhenzüge bis zu fast 7000 m erreichen, erstrecken sich über weite Landflächen. Davon spürten wir einiges als wir an einem probenfreien Tag im Hotelgelände versuchten Fußball zu spielen. Nach 15 Minuten lagen wir alle mit bleischweren Beinen und schwer atmend am Boden. Die Luft war dünn in der Höhe von dortigen fast 4000 m. Ein Erlebnis besonderer Art blieb mir in Erinnerung: wir hörten vom Silberreichtum des Landes und übertrugen das auch auf Gold. Als uns ein jugendlicher Straßenhändler unter vielsagenden Gesten Goldringe zum „specialprice" anbot, dachten wir natürlich an das Geschäft unseres Lebens und tauschten einige unserer Spesengelder in die geheimnisvoll angebotenen Ringe ein. Wir wollten unseren Daheimgebliebenen ein schönes Geschenk mitbringen. Dieser Ring zierte noch lange unsere Vitrine der „wertfreien" Gegenstände.

Aber sonst waren die Peruaner ein äußerst freundlicher, liebenswerter Menschenschlag. Unsere Konzerte wurden mit Interesse aufgenommen – ich würde sagen von der gehobenen Schicht, die es durchaus im sonst teilweise sehr armen Land gibt.

Sieben unvergessliche Wochen Lateinamerika vergingen wie im Fluge, besser gesagt in fünfzig Flügen!

Neben diesen großen Unternehmungen 1977, reiste mein Kontrabass noch in viele andere wunderbare Konzertsäle Europas.

Mit Transpostkästen aus dem vorigen Jahrhundert ging es ins traumhafte Ravello zu den Wagner-Festwochen

Der Schiefe Turm von Pisa beweist seit ca. 800 Jahren seine Stabilität

Isle of Man – zwei Kontrabass-Welttreffen

The International Double Bass Competition and workshop Isle of Man 1978

Isle of Man", das „Versteck der britischen Millionäre" gehört zu den Britischen Inseln. Diese Insel hat einen eigenen rechtlichen Status. Bis zum Jahr 2009 gehörte sie zu den Steueroasen Europas. Davon ahnten wir in der DDR nichts. 1978 war sie für uns einfach nur Teil des „Westens". Wir dachten weder über Steueroasen noch rechtliche Verhältnisse zu Großbritannien nach. Als mir *Rodney Slatford* Anfang 1978 schrieb, dass er ein internationales Treffen für Kontrabassisten auf dieser kleinen paradiesischen regenreichen Insel plane, war mir das Besondere des Austragungsortes kaum bewusst. Ich ahnte weder etwas von Motorradrennen noch wusste ich etwas über schwanzlose Katzen, die es dort in überreicher Menge gibt. Ich fühlte mich von seinem Vertrauen geehrt und staunte, dass er ausgerechnet von mir Ratschläge für den „International Double Bass Competition and Workshop" erbat, „… da Ihr doch schon 1973 in Berlin ein solches veranstaltet hattet".

Ich kannte *Rodney Slatford* bereits seit 1967. Wir hatten uns während der England-Tournee der Berliner Staatskapelle kennengelernt. Vielleicht würde sich ein erneutes Treffen organisieren lassen – wenn die staatlichen Stellen eine Teilnahme erlaubten.

Ich konnte mir allerdings kaum vorstellen, dass *Rodney* meine Ratschläge wirklich benötigte. Er war ein glänzender Organisator. Das Treffen wurde ein großer Erfolg. Vom 26. August bis 2. September 1978 trafen sich auf der Insel „Isle of Man" alle, die in der damaligen „Kontrabass-Welt" Rang und Namen und bereits ihren festen Platz im Kontrabass-Geschichtsbuch gesichert hatten: *David Walter, Gary Karr, Franco Petracchi, Jean-Marc Rollez, Lajos Montag, Barry Green, Paul Ellison, Anthony Scelba, Barry Guy, Bertram Turetzky, Murray Grodner, Yoan Goilav, Klaus Stoll, Lucio Buccharella, Knut Güttler, František Pošta, Václav Fuka, Jevgeny Kolosov.* (s. weitere Namen von Teilnehmern und Wettbewerbs-Jury usw. im Anhang ab Seite 378)

1978 Isle of Man – bisher größtes Treffen der internationalen Kontrabass-Szene

Solisten, Pädagogen, Kammermusiker, Musikhistoriker und Studenten, alle waren gekommen. Neben den Aktiven nahmen zahlreiche Interessierte aus aller Herren Länder als Besucher an dem Treffen teil.

Die gemeinsame Zeit war mehr als ausgefüllt mit Konzerten, internationalem Wettbewerb, Vorträgen, Diskussionsrunden, Ausstellungen. Die Herzen der idealistischen Kontrabassisten schlugen höher. Sie waren von allen Enden der Erde angereist: aus Australien, Neuseeland, Südafrika, Südamerika, Europa, den USA, Asien. Es war ein Fest des Kontrabasses. Die Tage waren durchorganisiert. Sie begannen mit einem gemeinsamen morgendlichen Strandlauf, *Rodney* vorneweg, und endeten allabendlich mit einem Konzert. Täglich erschien der „Daily Scroll" mit den neuesten Meldungen und Berichten der Woche.

Ich traf alte Bekannte wieder und knüpfte neue Verbindungen. Neben Vorträgen, Workshops und dem Unterricht der Meisterklassen nahm der Wettbewerb einen besonderen Raum ein. Drei Tage lang maßen sich Nachwuchskünstler, drei Runden lang stellten sie sich den kritischen Ohren der Jury. *Adrian Beers* - UK, *Lucio Buccarella* - I, *Yoan Goilav* - CH, *Knut Güttler* - Norway, *Gary Karr* - USA, *Jevgeny Kolosov* - UdSSR, *Gerald McDonald* - UK-Cairman, *František Pošta* - Cechoslovakia. Auf der Anmeldeliste der Wettbewerbs-Teilnehmer fanden sich Namen, die auch später im internationalen Kontrabass-Geschehen eine Rolle spielen sollten. (s. auch im Anhang S. 378)

Teilnehmer an der Kaimauer von Isle of Man spielen „Elefant".

Alle Bewerber hatten neben einem eigenen Soloprogramm das für diesen Wettbewerb komponierte Pflichtstück und inzwischen in das neuere Repertoire eingegangene Werk, die Solosonate von David Ellis zu spielen. Der Gewinner des ersten Preises *Jiri Hudec,* wurde später Solokontrabassist der Tschechischen Philharmonie in Prag, der zweite Preisträger, *Dennis Trembley,* Solokontrabassist der Los Angeles-Philharmonie und *Entscho Radoukanov,* der Gewinner des dritten Preises, Solokontrabassist des Radiosinfonieorchesters Stockholm. Alle Drei sind heute noch in diesen Funktionen in diesen Orchestern. Und sie zeichneten sich immer wieder als großartige Solisten oder Pädagogen, die die internationale Kontrabassszene beleben, aus.

Todor Toschev - Bulgarien, Entscho Radoukanov - Bulgarien, Klaus Trumpf - DDR

Das Treffen in England beeindruckte uns Teilnehmer durch die Breite der angebotenen Veranstaltungen. *Rodney Slatford* und sein Team hatten alles perfekt organisiert. Zwischen den aktiven und passiven Teilnehmern aus Ost und West entstand eine verbindende Atmosphäre. Wir fühlten uns wie eine große Familie. Wir setzten uns mit vergleichbaren Problemen auseinander, hatten die gleichen Ziele, wünschten uns Gemeinsamkeit, mehr Aufmerksamkeit und Anerkennung.

Noch war die internationale Familie der Kontrabassisten recht jung. Man kannte sich noch wenig. Darum waren manche Begegnungen von einem gegenseitigen Abtasten geprägt. Zugleich wuchs unter uns das Gefühl des gegenseitigen Respekts. Wir waren daran interessiert, voneinander zu lernen. Es war Ausgangspunkt für viele internationale Kontakte, Ideen und Vorhaben. Erst neun Jahre waren seit dem ersten markanten internationalen Ereignis für die Kontrabassisten vergangen, dem ersten internationalen Wettbewerb in Genf.

Fünf Jahre zuvor, 1973, hatten wir zum „Internationalen Treffen der Kontrabassisten" nach Berlin eingeladen. Der erste Markneukirchen-Wettbewerb lag erst 3 Jahre zurück. Schon jetzt waren Veränderungen spürbar – es war alles auf einem höheren Niveau angesiedelt. Die Ansprüche wuchsen.

Yoan Goilav, Lajos Montag, Gary Karr, Klaus Trumpf, Konrad Siebach, Isle of Man 1978.

Im vielbeachteten und umjubelten Eröffnungskonzert stellte *Gary Karr* neben den großen „Hits" seiner ersten Schallplatte, der Eccles-Sonate und der Moses-Phantasie von Nicolò Paganini, das interessante, bis dahin kaum bekannte „Divertimento Concertante on a Theme of Couperin" von Paul Ramsier vor. *Barry Green,* der ehemalige unermüdliche Präsident der ISB und einer der aktivsten Kontrabass-Solisten in den USA, musizierte gemeinsam mit *Paul Ellison* (USA), *Karen Hansen* (USA), *Stephen Martin* (Australien) und *Anthony Scelba* (USA) amerikanische Musik des 20. Jahrhunderts. Es erklang unter anderem „Music for Double Bass, Piano and Tape" von *Frank Proto. Barry Guy,* damals ein junger englischer Kontrabassist, hatte sich ganz der Moderne, der experimentellen und elektronischen Musik verschrieben. Dieser Leidenschaft folgt er bis zum heutigen Tag. Wir lernten u. a. seine eigenen Kompositionen kennen, lautstark, kraftvoll. Auch ein anderer Avantgardist, dem man schon damals nachsagte, über 150 Kontrabasskompositionen angeregt und uraufgeführt zu haben, blieb seiner Idee treu und präsentierte nur Neuestes: *Bert Turetzki*. Er musizierte gemeinsam mit seiner Ehefrau, der Flötistin Nancy Turetzky. *Jean-Marc Rollez,* Solokontrabassist der Nationaloper in Paris, schon zu dieser Zeit durch seine Schallplatten-Aufnahmen international anerkannter Solist, bot in seinem Recital ein Programm, ebenfalls fast ausschließlich mit neuen, noch unbekannten Werken, die in der Mitte des 20. Jahrhunderts

Empfang beim Gouverneur von Isle of Man: Rodney Slatford - England, der Organisator des Events, Klaus Trumpf, František Pošta, Wei Bao Cheng.

entstanden waren. Ein ebenso anspruchsvolles Programm mit einigen sehr interessanten Werken der neueren Zeit, die inzwischen auch in das Kontrabass-Repertoire eingegangen sind, bot *Yoan Goilav*.

Er spielte das Concerto von Sergej Lancen, das Divertissement von Julien-Francois Zbinden und das Duettini Concertati (Violinpart: Florenza Goilav) von Virgilio Mortari. *Knut Güttler* stellte das Quartett Nr. 2 für Solo-Kontrabass, Violine, Viola und Violoncello von Franz Anton Hoffmeister vor. Es war gerade erst vom Berliner Staatsopernkontrabassisten *Horst Butter* wiederentdeckt und herausgegeben worden. Das Ensemble musizierte das Quartett in spielerischer Leichtigkeit. Keiner, der es nicht besser wusste, konnte die immensen Schwierigkeiten dieser Kammermusik, die so leicht und unbeschwert daherkommt, erkennen. Wir waren tief beeindruckt. *Günter Klaus* reiste aus Frankfurt gemeinsam mit seinem Kollegen *Timm Trappe* und seiner Kontrabassklasse von der Würzburger Hochschule an. Neben der „Homage á J. S. Bach" präsentierten sie neue Kammermusik für Kontrabass-Ensemble, darunter die volltönige „Sinfonia Piccola 1978 für acht Kontrabässe" von Berthold Hummel.

Neuere Musik aus seiner tschechischen Heimat stellte in seinem Recital *Václav Fuka* mit dem Concerto von Emil Hlobil, der Sonate von *Frantisek Hertl* und eigenen Stücken vor.

Václav Fuka - CSSR, Konrad Siebach - DDR, David Walter - USA, Isle of Man 1978.

Gary Karr mit Können und Charme

Einen reinen *Bottesini*-Abend, einschließlich dem Grand Duo gab der I-Musici-Kontrabassist *Lucio Buccharella*.

Einer der Höhepunke der Woche war das Recital von *Gary Karr*. Er hatte es unter das Motto „The Singing Bass" gestellt. Mit seinem mitreißenden Charme demonstrierte *Gary* seine Methode, seine Spielweise, die ihn als den einfühlsamen, betont ausdrucksstarken Romantiker auswies. Mit viel Spaß, immer einem gewitztem Augenzwinkern bewies er, dass das Kontrabassspiel die einfachste Sache der Welt sein kann. Alle hatten ihre Freude an seinem Spiel, an seiner Lockerheit, seinem Charme.

Johann Matthias Sperger zum ersten Male vor internationaler Kulisse

Und vor diesen ehrwürdigen Vertretern unseres Faches durfte ich einen Vortrag halten. Zum ersten Mal sprach ich in einer solchen Runde öffentlich über *Johann Matthias Sperger*. Die Zuhörer waren höflich und meinten, sie hätten sogar mein Schul-Englisch verstanden! In einem Recital erhielt ich die Möglichkeit, auch *Spergers* Werke vorzustellen. Wir führten die *Sperger*-E-Dur-Sonate (eigentlich eine Violin-Sonate) und das Quartett für Solo-Kontrabass, Flöte, Viola und Violoncello auf. Dies war vor drei Jahren gerade erst im Druck erschienen. Die vier originalen Kontrabass-Sonaten sowie die meisten Kontrabass-Konzerte waren noch nicht herausgegeben. Meine Partner waren die Mitglieder des berühmten Nash-Ensemble aus London. Es war aufregend. Ich spielte nicht nur vor der Weltelite der Kontrabassisten, sondern auch vor einem weltweiten Publikum. Die BBC London schnitt das Konzert für das Fernsehen mit. Im Fernsehbericht über diese Woche schenkte man mir einige Minuten. Erst Jahre später, 2011, bekam ich diesen Film zu sehen und freue mich, dass ich vor reichlich 30 Jahren auf diesen bedeutenden Kontrabass-Komponisten und seine Werke aufmerksam machen durfte. Es hat sich ja seit dem in Sachen *Sperger* enorm Vieles und Interessantes getan (s. die Artikel *Sperger ab S. 59*)!

David Walter - USA und Lajos Montag - Ungarn – Zwei, die Kontrabassgeschichte schrieben

Es waren acht Tage „Kontrabass kompakt": Viele der Begegnungen waren heiter und locker, zugleich aber waren wir alle ernsthaft bestrebt, unserem Instrument ein Podium zu schaffen, auf dem das Bemühen um Tradition, Entdeckung des Neuen und Erschließung von neuen Möglichkeiten erkennbar wurde. Ich möchte behaupten, es war ein Meilenstein in der Kommunikation der internationalen Gemeinschaft der Kontrabassisten. Wir erhielten und gaben uns richtungsweisende Ideen und Anregungen. *Rodney Slatford* leistete Großes. Wir alle wünschten uns eine Wiederholung. Und unser Wunsch sollte in Erfüllung gehen. Die Vorbereitung dauerten allerdings vier Jahre: 1982 lud uns *Rodney Slatford* noch einmal zu einem ähnlichen Treffen ein.

1982 – Wiederholung „Isle of Man"

Es erweist sich immer als sehr schwer, ein erfolgreiches Ereignis bestimmter Größenordnung gleichwertig zu wiederholen. Trotzdem gelang es *Rodney Slatford* beim „2. International Double Bass Competition and Workshop", was vom 18. - 26.August 1982 ebenfalls auf der Isle of Man stattfand, wieder eine Reihe namhafter und interessierter Kontrabassisten nach Großbritannien zu locken.

Juroren und Solisten 1982: Joelle Leandre (F), Paul Ellison (USA), Wei Bao Cheng (China), Knut Güttler (NOR), Todor Toschev (BUL), Barry Green (USA), František Pošta (CSSR), Klaus Trumpf (DDR), Yoshio Nagashima (JAP), Jiri Hudec (CSSR)

Auch ich durfte wieder an diesem Treffen teilnehmen und begegnete einigen alten Bekannten vom ersten Treffen 1978, aber natürlich auch vielen neuen. An dieser Stelle muss ich einflechten, dass es immer ein langer Prozess war, von den Entscheidungsstellen in der DDR die Erlaubnis dafür zu erhalten. Es erzählt sich so schnell, aber das waren vom Moment der eingegangenen Einladung bis zum Visum-Erhalt aufregende und aufreibende Monate. Urlaub für diese Zeit war beim Orchesterdirektor und beim Diensteinteiler einzureichen, Diensttausche mit Kollegen abzusprechen und alle möglichen Vorbereitungen zu treffen. Man musste sich auf seine dortigen Aufgaben, in dem Falle auf seine „Meisterklassen" übenderweise auf dem Instrument vorbereiten.

Aber immer im Hinterkopf das Wissen, es könnte alles umsonst sein, wenn die Entscheider beim Ministerium vielleicht gerade eine neue Richtlinie für die „Visumerteilung" befolgen mussten. Man erfuhr immer erst kurz vor Reisebeginn: ja, die Herren sind großzügig oder nach Laune missgestimmt. In diesem Falle waren sie mal wieder großherzig und genehmigten mir die Fahrt. Ich war der einzige Vertreter aus der DDR, kein Wettbewerbsteilnehmer, kein Beobachter, kein Student.

Der Flug wurde vom Ministerium für Kultur genehmigt und befürwortet: Berlin-Schönefeld – Brüssel – Amsterdam – London-Isle of Man – London – Amsterdam – Brüssel – Berlin-Schönefeld. So schön einfach kann fliegen sein! Ein Glück, diesmal brauchte ich meinen Kontrabass nicht mitzunehmen! Ankunft am Ort des Geschehens: 17.August 1982.

Am Eröffnungstag stellte *Rodney* seine Kontrabassklasse aus Manchester mit einigen Ensemblestücken für mehrere Kontrabässe vor.

Fernando Grillo aus Italien, ganz der experimentellen Musik mit besonderer Liebe zu Flageolettausflügen verschrieben, spielte in seinem Recital eigene Kompositionen, die zwischen 1972 und 1980 entstanden waren.

Soloabend von Fernando Grillo-Italien – avantgardistisch, effektvoll, Isle of Man 1982.

Im Programm von *Jiri Hudec* aus Prag, dem Gewinner des Wettbewerbes Isle of Man 1978, standen neben den Kompositionen seiner Landsleute *Václav Fuka* „Three Miniatures" und Karel Reiner's Kontrabass-Sonate und das Concerto von R.R.Bennetti auf dem Programm. Technisch brillant serviert. *Frank Proto*, seit seiner „Sonate 1963" international bekannt, stellte wieder eigene Werke und *Gerald Drucker*, Solokontrabassist des Philharmonia Orchestra London u.a. eine Sperger-Sonate vor. *Lawrence Wolf* vom Boston-Symphonieorchester spielte alle Werke von *Sergej Koussewitzky* und Reinhold Gliére.

In der Tafelrunde der Kontrabass-Avantgardisten hat sich *Joelle Leandre* aus Frankreich einen Namen gemacht und blieb auch hier ihrer Musik treu: alles Werke der Moderne mit Video, Gesang, Sprech- und Schauspielkunst. Für Liebhaber der experimentellen Moderne ein willkommener Beitrag.

Aus Japan *Yoshio Nagashima* präsentierte die Sonaten von *Johann Matthias Sperger* (E-Dur), *Adolf Mišek* (e-Moll) und von *Klaus Dillmann*. *Edward Krysta* brachte aus seiner Heimat polnische Komponisten zu Gehör: Stefan Poradowski, Walerian Gniot, Leszek Wisłocki, Tadeusz Natanson. Dasselbe tat *František Pošta*, hoch anerkannter Solokontrabassist der Tschechischen Philharmonie und Professor am berühmten Prager Konservatorium, indem er seinen Soloabend ebenfalls Komponisten seines Landes widmete: V. Kuchynka, F. Černý, J. Páleníček, S. Hipman und eine Ausnahme: „Melodie" von *Giovanni Bottesini*.

Er bewies wieder, wie bereits auf seiner gerade erschienenen (1981) „Singing Double Bass"-LP seine dem Titel entsprechende Tongebung. Masterclasses und Lectures gab es ebenfalls wieder in reicher Fülle mit bekannten Kontrabass-Pädagogen: *Barry Green, Paul Ellison, Frank Proto, David Walter* aus den USA, *Wayne Darling* (Jazz), *Rodney Slatford* (GB), *František Pošta* (CSSR), *Yoshio Nagashima* (Japan). *Knut Güttler* (Norwegen), *Joelle Leandre* (Frankreich), *Klaus Trumpf* (DDR) und vielen anderen.

v.l.n.r.: Wie Bao Cheng, Klaus Trumpf, Yoshio Nagashima, David Walter (mit D.Dragonetti-T-Shirt), Isle of Man 1982.

v.l.n.r.: *František Pošta - CSSR (Tschechoslowakische Sozialistische Republik), Klaus Trumpf - DDR, Joelle Leandre - Frankreich, Yoshio Nagashima - Japan, Lawrence Wolf - USA, Cellistin Eleanor Warren - England und Wei Bao Cheng - China. Isle of Man 1982.*
Es fehlt hier von der Jury: Gerald Drucker - England. Unten rechts im Bild: Rodney Slatford

Wie schon 1978 war ein zentraler Punkt dieser Woche wieder der Internationale Kontrabass-Wettbewerb. Die Jury setzte sich unter dem Vorsitz der englischen Cellistin Eleanor Warren folgendermaßen zusammen: Unter den vielen Bewerbern finden wir Namen unter den jungen, noch unbekannten Kontrabassisten, die später von sich reden, z.T. sogar große Karriere machten (s. Anhang).

Preisträger Isle of Man 1982:

1. Preis: *Duncan McTier* – England, zunächst Solokontrabassist in den Niederlanden, später Professor an den Hochschulen in Manchester, London, Winterthur, Madrid, verdienstvoller Solist, der einige Komponisten für Solowerke für Kontrabass anregte und erfolgreich uraufführte.
2. Preis *Esko Laine* – Finnland, später Solokontrabassist der Berliner Philharmoniker und Honorar-Professor an der Berliner Hochschule „Hanns Eisler"
3. Preis: *Harold H. Robinson* – USA

Im Gespräch mit dem immer aktiven Barry Green - USA, dem ehemaligen ISB-Präsidenten, Isle of Man 1982.

Neben der wundervollen, einträchtigen Zusammenarbeit im musikalischen Bereich kam es in den Abendstunden im gemeinsam bewohnten Hotel von den Juroren aber zu harten Auseinandersetzungen und kräftezehrenden Kämpfen. Sie wurden nicht am „Runden Tisch", sondern an einer eckigen Tischtennisplatte ausgetragen: USA gegen China, Japan gegen DDR, Ost gegen West! Und am spannendsten wurde es beim Doppel USA/Europa gegen China/Japan.
Da hatte der fortschrittliche Westen gegen das vereinigte Asien nichts zu bestellen! Haushoch gewannen die Asia-Freunde.

Eine phantastische Kontrabasswoche ging wieder zu Ende mit dem Versprechen diese Treffen fortzusetzen. Beim Vorsatz blieb es dann leider. Der Aufwand für den Einzelnen, so etwas zu organisieren ist zu groß und *Rodney* hatte keinen Nachfolger in England gefunden. So blieb es bis heute bei den beiden internationalen Kontrabass-Wettbewerben in dieser Größenordnung 1978 und 1982 in England.

Tischtennis-Duell USA/Europa gegen Fernost: Lawrence Wolf-USA/Klaus Trumpf-DDR gegen Wie-Bao Cheng-China/Yoshio Nagashima-Japan, Isle of Man 1982.

Vom Wochenendseminar zur Internationalen Kontrabasswoche

Kurse in Kloster Michaelstein (1982-2007)

Am Rande des Harzes befindet sich, etwas abgelegen von den vielbelaufenen Ferienrouten in der Nähe von Bad Blankenburg, eine alte Klosteranlage. Sie hat den Namen ihres alten Standortes sozusagen mitgenommen: Kloster Michaelstein. Es wird erstmalig 1152 in einer Urkunde von Papst Eugen III. erwähnt. Die Zisterzienser bauten es nach und nach zu einem wichtigen Kloster aus, das aber vor allem regional bedeutsam war. Es blieb von den Wirren der Geschichte nicht unberührt. Die Gebäude überstanden aber alle Entwicklungen. Nach dem Ende des Zweiten Weltkrieges und nach der Bodenreform dienten die Räume zunächst als Wohnungen, Lagerräume und Stallungen. Sie waren zunehmend dem Verfall ausgesetzt bis Mitglieder des Telemann-Kammerorchesters sich in den Ort verliebten und beschlossen, an dieser Stelle künftig zu proben. Grundlegende Sanierungsmaßnahmen sicherten den Erhalt. Am 30. Juni 1968 fand das erste Konzert statt. Eine Neugeburt. Heute hat Kloster Michaelstein einen festen Platz in der Musikkultur. Das noch immer bestehende Institut verdankt dies vor allem Dr. Eitelfriedrich Thom. Als Direktor des „Institutes für alte Aufführungspraxis" wirkte er unermüdlich dafür, Kloster Michaelstein zu einem musikalischen Zentrum auszubauen, die alten Gemäuer wieder erstehen zu lassen und mit neuem Leben, mit klassischer Musik zu füllen.

Als ich im Mai 1982 für die DDR-Musikzeitschrift „Musik und Gesellschaft" einen etwas größeren Artikel über Leben und Werk *Johann Matthias Spergers* verfasste, war mir die Geschichte des Klosters ansatzweise bekannt. Aber ich hatte selbst noch keinen nennenswerten Kontakt zum Institut. Gerade dieser Artikel sollte das ändern. Dr. Thom las den Artikel und lud mich daraufhin ein, bei einer musikwissenschaftlichen Tagung über *Sperger* zu berichten. Der Zeitpunkt war mit dem Staatsopernspielplan von Berlin nicht zu vereinbaren. Ich musste absagen. Er aber wollte sich nicht so leicht geschlagen geben und schlug vor, dass ich zu einem anderen Zeitpunkt nach Michaelstein kommen solle. Wir trafen uns bei der Idee einen Kontrabass-Wochenend-Kurs zu organisieren. Diese gab es bis dato in der DDR noch nicht. So begannen, still und leise, ein Vierteljahrhundert Kontrabass-Events!

Der erste Kurs dauerte gerade einmal drei Tage. Aber immerhin entschlossen sich 20 Studenten der vier damals in der DDR existierenden Musikhochschulen, Berlin, Dresden, Leipzig und Weimar, daran teilzunehmen. In der Kürze der Zeit war es nicht möglich, über die Grenzen der DDR hinauszudenken. Selbst Teilnehmer aus den „befreundeten sozialistischen Nachbarländern" hätten in diesem Zeitraum kein Visum erhalten. So blieben wir unter uns. Und doch wurde es ein vielversprechender Anfang.

Unbedacht hatte ich in einer törichten Stunde zugesagt, bei jedem Eröffnungskonzert dieser Kurse ein neues Programm vorzustellen. Ich ahnte zu diesem Zeitpunkt nicht, was ich damit versprach: 26 Jahre lang erarbeitete ich nun jährlich ein neues Programm für ein anspruchsvolles Publikum. Das erste Eröffnungskonzert war für mich eine persönliche Herausforderung. Ich hatte mir ein durchwegs klassisches Programm vorgenommen: das A-Dur-Konzert von *Sperger*, Vanhal-Konzert, etwas *Bottesini*, den Schwan von Saint-Saens usw. Kapellmeister Klaus Kirbach von der Staatsoper Berlin begleitete mich am Klavier. Wir absolvierten noch so manches Konzert gemeinsam.

Für die Teilnehmer bedeutender waren die Abschlusskonzerte. Jeweils die besten Studenten trugen ihr Erarbeitetes vor. Die ersten Konzerte glichen noch eher einem Studenten-Vorspiel mit de Fesch-Sonate und Capuzzi-Konzert. Das sollte sich in den folgenden Jahren gewaltig andern!. Die Spieltechnik reichte bis zum „Grand Repertoire" der Virtuosenliteratur.

Die ersten Seminarstunden sind mir noch in sehr guter Erinnerung. Man beobachtete einander, keiner wollte sich blamieren. Man tastete sich gegenseitig ab. *Ulf Kupke,* damals aus Dresden, sprang schließlich gewissermaßen in das Haifischbecken seiner Mitstudenten und zelebrierte todesmutig die ersten Takte des Pichl-Konzertes. Als das Eis gebrochen war, beteiligten sich die Teilnehmer rege an den Vorspielmöglichkeiten. Allerdings hatten fast alle immer wieder große Ängste zu überwinden, sich solistisch zu präsentieren.

Das Kloster befand sich noch immer im Aufbau. Vieles war alles andere als perfekt. Aber ein Kleinod konnten wir bereits nutzen: den ehemaligen Speisesaal des Klosters, das Refektorium. Er gab Raum für Klangfülle und gediegene Atmosphäre. Tagsüber stand er uns als Unterrichtsraum zur Verfügung, am Abend bot er ausreichend Platz für Konzertbesucher. Dank den Erbauern und den Nutzern, die über

Jahrhunderte das Kloster aus- und umgebaut hatten, gab es immer genügend Möglichkeiten, sich auch nach den Konzerten zusammenzufinden und bis in die Nächte hinein miteinander zu sprechen, auszuwerten, auch zu üben und vor allem aber den Ärger über nicht gelungene Tonpassagen runterzuspülen!

Wir übernachteten in Mehrbettzimmern. Dusch- und Waschgelegenheiten fanden sich in einem Gemeinschaftswaschraum. Großtoiletten gab es, wie zu Klosterzeiten – aber jetzt für Weiblein und Männlein nicht getrennt, es waren Gemeinschaftstoiletten. Der Standard war, gemessen an dem heutigen, sehr bescheiden. Aber wir akzeptierten es als ganz normales Klosterleben und fanden es überhaupt nicht anstößig. Erst nach der sogenannten „Wende" 1989 zog auch im Kloster Michaelstein der Luxus ein: Heute wird man im Einzelzimmer mit eigenem Bad untergebracht, fehlt nur das Zimmermädchen!

Das erste Kontrabasswochenende neigte sich dem Ende entgegen. Wir überlegten, wie es weitergehen könnte, und vereinbarten: In einem Jahr sehen wir uns alle mit verbesserter Technik, sicherer Intonation und vor allem gleichmäßiger Vibrato-Amplitude wieder!

Und so sollte es kommen: Im März 1983 fand das zweite Seminar statt. Die Vorbereitung war unkomplizierter, da wir bereits über erste Erfahrungen verfügten. Viele Teilnehmer des ersten Kurses reisten wieder an. Aber der Kreis hatte sich auch erweitert. Marianne Roterberg von der Berliner Hochschule löste Klaus Kirbach als Korrepetitor ab. Der Studioleiter begleitete die Woche und fertigte erste Tonbandmitschnitte von den Vorspielen an. Das war noch nicht selbstverständlich. Technischer Fortschritt 1983! Neue Teilnehmer brachten ihre Erfahrungen in den Kurs ein und lernten von den „alten Hasen". Zum „großen" Abschlusskonzert wurden nicht nur die Teilnehmer, sondern auch die Patienten der benachbarten Klinik eingeladen.

Das Baugeschehen am und im Kloster ging in Schüben voran. Wir sahen jedes Jahr, wie Neues entstand. Zum Essen musste man, wie im ersten Jahr, noch ein paar Kilometer Fußweg in Kauf nehmen. Auch an die harzerisch-bestimmende Art der aufgesetzten Höflichkeit des Küchenpersonals, musste man sich erst wieder gewöhnen. Ausgleich für alle Bedrängnisse des Lebens waren wiederum die Abende. Wir trafen uns zu entspannten „Auswertungsgesprächen" in den Sesselecken der Aufenthaltsräume.

Im Vergleich zum ersten Kurs wurden die Teilnehmer mutiger. Sie hatten ihr Repertoire wesentlich erweitert. Die technischen Ansprüche der Stücke erforderten Können. Beim Abschlusskonzert standen schon große Werke auf dem Plan: die Tarantella von Gliere und *Bottesini*, die Konzerte von Dittersdorf, Vanhal, *Bottesini* und *Cerny*! Dies war kein „Anfängerkurs" mehr, hier waren jetzt schon fortgeschrittene Studenten am Werk!

Teilnehmer des 1. Kontrabass-Kurses 1982 Kloster Michaelstein
U.a. Stefan Petzold – später Solobassist Konzerthausorchester Berlin, Jörg Lorenz – Solobassist Komische Oper Berlin, Bernd Meier – Gewandhaus Leipzig, Robert Seltrecht – Staatsoper Berlin, Simone Simon-Heumann – Rundfunkorchester Berlin, Fred Weiche – Staatskapelle Dresden, Christian Horn – Solobassist Komische Oper Berlin, später Braunschweig.

Die Betreuung der Studenten bis zum Abschlusskonzert erforderte einiges Fingerspitzengefühl. Manche brauchten guten Zuspruch. Andere in maßloser Selbstüberschätzung einen Dämpfer. Manchem wollte ich ein vielleicht nicht ganz so erfolgversprechendes Vorspiel ersparen. Aber gerade sie waren schnell enttäuscht und fühlten sich ausgeschlossen. Also zählte zum Schluss jeder zu den Fortgeschrittenen und spielte sein Programm. Oft nahmen die Konzerte am Ende der Kurse deshalb die Länge einer großen Wagneroper in Anspruch. Es zeigte sich, wie intensiv sich die angehenden Musiker bereits mit dem Instrument auseinandergesetzt hatten.

Auch in den folgenden Jahren bestätigte sich diese Beobachtung: An den Kursen nahmen vor allem die besonders interessierten Studenten teil. Viele von ihnen erhielten dann auch später führende Positionen in bedeutenden Orchestern. Wir musizierten nicht nur gemeinsam und beschäftigen uns mit Aufführungspraxis. Es gab immer ein Rundumpaket: Informationen über das Instrument, die Geschichte, über Literatur, Repertoire und über den Musikerberuf allgemein gehörten zu den Themen. Daneben kam aber auch der Spaß bei den abendlichen „Gesprächsrunden" nicht zu kurz. Hätte man all die Witze notiert, fänden sich heute Bände von „Musikeranekdoten" in den unteren Regalen der Musikalienhandlungen.

Am Kloster wurde weiter gewerkelt. Jahr um Jahr konnten wir mehr Räume nutzen. Allerdings standen die Verantwortlichen, allen voran Dr. Thom, auch hier vor den Herausforderungen sozialistischen Ausbaus: Um jeden Sack Zement, jeden Balken, jede Verbesserung wurde hart gerungen. Baumaterialien waren knapp, wie alles andere auch. Es war ein Glück, dass der wendige Direktor ein Vertreter des real existierenden Sozialismus war. So gab er seine ganze Kraft in die Umbauten und Erneuerungen des gesamten Klostergeländes – und es gelang ihm, alles Nötige aus fernsten Teilen der Republik heranzuschaffen – wenn er nicht gerade sein Telemann-Kammerorchester dirigierte. Sogar ein Instrumentenmuseum stampfte er aus dem mitteldeutschen Boden hervor. Er war ein Macher, ein Motor. Er war in seiner Art zu bewundern.

Ihm zur Seite stand Frau Steuck, die gute Seele des Hauses. Sie klärte in bewundernswertester Weise alle Probleme, die in diesen Tagen entstanden. Ihr Motto lautete: Nichts ist unmöglich – alles ist machbar. Sie war für uns eine verständnisvolle und freundliche Ansprechpartnerin. Für alle Unmöglichkeiten fühlte sie sich zuständig und fand immer eine Lösung. Beinahe 25 Jahre lang hatte ich in ihr einen kompetenten und zuverlässigen Gesprächspartner. Wie an einem Fels in der Brandung prallten alle Probleme und Schwierigkeiten an ihr ab. Jeder hatte das Gefühl, er wird gerade von ihr erwartet und sie sei nur für ihn da. Alles, aber auch alles erledigte sie in Freundlichkeit und mit Geduld. Alle Teilnehmer dieser Kurse setzen ihr noch heute in Gedanken ein Denkmal. Ob das jemals ihre Chefs wahrnahmen?

Der Tagesablauf begann meist, gezwungenermaßen, mit einer kalten Dusche, denn die Heizung funktionierte nicht immer. Nach dem gemeinsamen Frühstück begann ab 10.00 Uhr der Unterricht. Einer der Studenten saß aufgeregt oder in gespielter Ruhe auf dem Podium im Refektorium und alle anderen hörten zu. Ich war damals noch als Pädagoge allein zuständig.

Auch das sollte sich in den folgenden Jahren ändern. Nach einer Mittagspause setzten wir den Unterricht bis 18 Uhr fort. Nach dem

Abendbrot begannen 19 Uhr die Abendveranstaltungen: eigene Konzerte, Vorträge, Schallplattenabende ...

Aus heutiger Sicht ist ein Schallplattenabend eine sehr merkwürdige Abendveranstaltung. Kontrabass-Aufnahmen gab es bereits, aber nur im westlichen Ausland. CD, DVD und MP3-Player waren noch nicht erfunden. Wer eine Kontrabass-Schallplatte besaß, freute sich darüber und war meist gern bereit, die Aufnahme vorzuführen.

Unterrichten im Kloster Michaelstein, Seminarraum 1983

Gemeinsam lauschten wir den damaligen LP-Stars *Ludwig Streicher, Gary Karr, Tom Martin, François Rabbath, Barry Green, František Pošta, Jean-Marc Rollez*. Häufig versuchte man, die Schallplatten auf Kassetten zu überspielen. Kassetten und Kassettenrecorder waren viel besser zu transportieren als Schallplatten. Man konnte sie beinahe in der Handtasche mitnehmen. Wer über Westkontakte verfügte, besaß unter Umständen auch einen „Walkman" mit Kassettenbetrieb und kleinen Kopfhörern. Dann konnte man die Aufnahmen, wie heute, überall anhören.

Bis 1989, also bis zur „Wende", nahmen jährlich etwa 20 bis 30 Studenten an den Kursen teil. Einige von ihnen waren schon im Orchester tätig. Die Studenten kamen in der Regel von den vier Musikhochschulen der DDR: aus Berlin, Leipzig, Weimar und Dresden. Die Dresdner mussten besonderen „Mut" aufbringen. Der dortige Kontrabass-Professor sah seine Zöglinge nur ungern fremden Einflüssen ausgesetzt. Die alljährlichen Kurse etablierten sich und waren immer sehr gut besucht. Der erste besondere Höhepunkt war der Kurs im Jahr 1987. Anlässlich des 175. Todestages von *Johann Matthias Sperger* luden wir zu einem Kolloquium ein in würdiger Runde.[1]

Kolloquium aus Anlass des 175. Todestages von Johann Matthias Sperger:
Foto untere Reihe v.l.n.r.: Musikwissenschaftler Dr. Walther Siegmund-Schultze, Lajos Montag, Dr. Adolf Meier, Josef Focht; obere Reihe: Klaus Trumpf mit Ehefrau, Dr. Eitelfriedrich Thom, Josef Niederhammer, Ehepaar Alf Petersen (Stockholm), Miloslav Gajdoš, Stephan Petzold.

Während dieser Woche gab es auch den ersten *Johann-Matthias-Sperger-Wettbewerb*.

Auf nationaler Ebene – wie so Vieles. Alle Kurse waren sonst ganz auf das Gebiet der DDR beschränkt, sozialistisch-DDR-national eingeengt. Die Internationalität fehlte völlig.

Das änderte sich in den Jahren nach dem Niederreißen der Mauer am 9. November 1989. Zunächst geriet auch für das Institut Kloster Michaelstein vieles ins Schwanken und Wanken. Im Jahr 1990 fand deshalb kein Kurs statt. Aber bereits 1991 wurde vom 29. April bis zum 2. Mai ein neuer 4-tägiger Kurs angeboten. Die Teilnehmer kamen auch aus dem bisherigen „Feindesland" – um mit dem alten DDR-Partei-Deutsch zu sprechen –, aus der Bundesrepublik, aus den

---

[1] Vgl. den Artikel unter „1987: Nationaler Kontrabasswettbewerb ‚Johann Matthias Sperger' und Internationales Johann-Matthias-Sperger-Symposium in Michaelstein".

Michaelstein, Teilnehmer 1989

jetzt sogenannten „alten Bundesländern". Wir begannen bescheiden mit 18 Teilnehmern.

Michaelstein-Kurs 1993, internationale Teilnehmer bis aus den USA

In den folgenden Jahren nahmen stetig mehr Studenten teil: 1992 waren es bereits 30, 1993 ca.40 aktive Teilnehmer. Als alleiniger Dozent war es nicht mehr zu bewältigen. Ich musste mir Unterstützung suchen. Ab 1994 stand mir *Miloslav Gajdoš* aus Kroměříž, damals „noch" aus der Tschechoslowakei, als Dozent zur Seite. Gemeinsam formierten wir das Seminar jetzt zur „Internationalen Kontrabasswoche Michaelstein". Immer mehr Teilnehmer kamen aus anderen Ländern. In manchen

Jahren waren über 20 Länder vertreten. Bis zu 70 Kontrabassisten aus Europa, Asien, der Türkei, Amerika ließen sich jährlich ins Kloster locken. Eigentlich sollte der 15. Kurs 1996 der letzte sein. Es sollte ganz anders kommen. Ausgerechnet die neunziger Jahre brachten immer mehr Teilnehmer nach Michaelstein. Die 1989 neugewonnene und als solche empfundene Freiheit, die interessanten Begegnungen mit der westlichen Welt im östlichen Michaelstein-Kloster sorgten für eine unglaubliche Aufbruchstimmung. Selbst hier im kleinen Reich der bassschlüssellesenden Gilde.

Was war das immer für eine Begegnung am Anreisetag, wenn sich im Laufe des Tages die mit Kontrabässen, Menschen, Gepäck vollgestopften Autos einfanden. Auch die Kleinbusse aus Ungarn und Tschechien waren zum Platzen vollgeladen mit: Kontrabassisten, Instrumenten, Notenmaterialien, Bierkästen, selbstabgefüllte Weinballons, Vollverpflegung ausreichend für acht Tage, Aufzeichnungsgeräten aller Art und vielen anderen Überraschungen.

Ankunft Miloslav Gajdoš mit seinen Studenten aus Tschechien im Kloster Michaelstein

In den Jahren Mitte der Neunziger war die Arbeit an beiden Hochschulen Saarbrücken und München, mit vollen Klassen, nur zu überstehen mit der tatkräftigen Unterstützung durch Ehefrau Liane. Wenn sie mir nicht den Rücken in allen Dingen des normalen Lebens frei gehalten hätte, wäre nichts gegangen. Ich hatte wirklich das einmalige Glück, dass sie alles, aber auch alles von mir fern hielt und ich mich ganz auf die Arbeit mit den Studenten und vieles andere mehr, konzentrieren konnte. Nicht nur von mir, eigentlich von allen, die von den Kursen profitierten, hätten ihr viel öfter einen Blumenstrauß überreichen müssen. Die vielen Michaelstein-Teilnehmer, die das hier lesen, werden das jetzt in Gedanken tun! Leider verpasst man häufig den Zeitpunkt, wo der DANK angebracht gewesen wäre!

Der Jubiläumskurs 1996, das 15. Seminar, sah zum ersten Mal zwei namhafte Dozenten aus den USA: *Paul Erhard* und den ehemaligen Präsidenten der International Society of Bassists *David Neubert*. Willkommene und erfahrene Dozenten waren *Lev Rakov* aus Moskau und *Petya Bagowska* aus Sofia.

Es entwickelte sich zu einer unausgesprochenen, aber selbstverständlichen Tradition, dass alle Dozenten jeweils mit abendfüllenden Soloprogrammen zum musikalischen Gelingen der Kontrabasswoche beitrugen. In den vielen Konzerten dürfte kein Werk der gesamten Sololiteratur gefehlt haben. Aus der „großen" Sololiteratur wurden Anleihen genommen: vom Dvorak-Cellokonzert bis Mendelssohn-Violinkonzert (beide arrangiert und aufgeführt von *Miloslav Gajdoš*). *Gerd Reinke* beispielsweise bot an seinem Soloabend als Jubiläumsgeschenk zum 15. Kurs alle sechs (alle 6!) Bach-Solosuiten für Violoncello – mit allen Sätzen. Schwerpunkte blieben aber die originalen Kompositionen für Kontrabass. Entsprechend der Aufgabe des „Institutes für alte Aufführungspraxis Michaelstein" konzentrierten wir uns auf die Erarbeitung und den Vortrag klassischer Werke.

Einige der bisher unbekannten Werke führten wir hier zum ersten Mal wieder auf. Dazu gehören z. B. die vier *Sperger*-Sonaten, einige seiner Konzerte, alle drei Hoffmeister-Konzerte und seine Quartette, das Zimmermann-Konzert und das Vanhal-Konzert im Original. Das bekannte Dittersdorf-Konzert erklang hier das erste Mal in der neuen D-Dur-Bearbeitung, die dem Original weit näher ist als die E-Dur-Fassung. Erst nach dieser Erstaufführung erschien es gedruckt, wie so vieles an Kontrabassliteratur, beim Friedrich-Hofmeister-Verlag. Die Studenten erhielten die Möglichkeit in die originalen Handschriften Einblicke zu nehmen.

Als Experten in der alten, der „Wiener Terz-Quart-Stimmung", erwiesen sich besonders *Miloslav Gajdoš, Radoslav Šašina* und *Miloslav Jelínek*.

Ab 1996 und in den folgenden Jahren unterstützten uns weitere internationale Gastdozenten: *Alexander Michno*, der inzwischen von Moskau als Solokontrabassist nach Spanien gewechselt war, *Ovidiu*

Badila von den Hochschulen in Trossingen und Basel, *David Heyes* aus England, *Mette Hanskow* aus Kopenhagen, *Hans Roelofsen* und *Rudolf Senn* aus Amsterdam, *Karoly Saru* und *Antal Szentirmai* aus Budapest. *Irena Olkiewicz* aus Wrocław. Im Laufe der Jahre kamen dazu: *Chun-Shiang Chou* aus Taiwan, *Wolfgang Harrer* aus Saarbrücken/Wien und *Daniel Marillier*, der Solokontrabassist der Pariser Oper , *Jorma Katrama* aus Finnland, *Gergely Járdány* aus Budapest, *Vassilis Papavassiliou* aus Athen. Von der Freiburger Hochschule kam *Božo Paradžik*, aus Dresden *Werner Zeibig*, aus Basel *Christian Sutter*, aus Bukarest *Stefan Thomas*. *Alexander Shilo* aus St. Petersburg, *Bela Ruszonyi* aus Budapest, *Stefan Schäfer* aus Hamburg und aus Polen *Grzegorz Wieczorek* vervollständigten die Schar der Dozenten und Solisten. Es unterrichteten bis zu 15 Lehrende während eines Kurses. Insgesamt waren es 32 Dozenten/Professoren/Solisten.

Der Tagesablauf entsprach im Wesentlichen dem der ersten Kurse: 10 bis 18 Uhr wurde intensiv in allen Räumlichkeiten unterrichtet. Jeder Teilnehmer konnte die Möglichkeit des aktiven Spiels sowie des Hospitierens wahrnehmen. Es gab Vorträge zu methodischen und historischen Themen, zur Wiener, zur Prager, zur russischen, zur deutschen Schule. In den allabendlichen „Solokonzerten" stellten sich alle Dozenten und am Ende der Woche an zwei Abenden die Studenten

Michaelstein 1996, abendlicher Ausklang. V.l.n.r.: Ehepaar Kirbach (Klav.), M.Gajdos - CR, D.Neubert - USA, K.Trumpf, P.Erhard - USA, K.Saru - Ungarn, Petya Bagowska - Bulgarien, L.Rakov - Russland, A.Szentirmai - Ungarn

musikalisch vor. Die Höhepunkte der Woche blieben immer den öffentlichen Abschlusskonzerten vorbehalten.

An den Abenden nach den Konzerten trafen sich alle zum geselligen Ausklang. Wir feierten geradezu „Kontrabass-Orgien" musikalisch umrahmt von spontanen Kontrabass-Ensemble-Gründungen vom Duo bis zum Oktett.

Was wurde nicht alles an diesen geselligen Abenden auf den Kopf gestellt! In entspannter Atmosphäre, nach gelungenem Tagewerk.

Erstmal wurde für das leibliche Wohl alles, was die Kühlschränke hergaben, herbeigeschafft: Schafskäse aus Bulgarien, Salami natürlich aus Ungarn, Schinken aus Tschechien und der Slowakei, Süßigkeiten aus der Türkei, etwas später kam der Wodka aus Russland, der Wein aus Budapest und natürlich das Bier aus Deutschland. Das war aber auch schon der einzige Beitrag aus Deutschland – denn die Stimmungslieder wurden von den Serben, den Bulgaren, den Ungarn, den Tschechen gesungen, virtuose Solobeiträge auf den Kontrabässen kamen von Slowaken, den Niederländern oder *Paul Erhard* aus den USA, dem Großneffen vom Wirtschaftswunder-Chef Ludwig Erhard. Den absoluten Hauptbeitrag lieferte jedes Mal und zwar in nie nachlassender Intensität und mit Freuden *Miloslav Gajdoš*! Was brachte er nicht jedes Mal für neue Arrangements für Duos, Trios, Quartette bis zum Kontrabassorchester mit. Und wie umwerfend präsentierte er seine sich selbstbegleitenden Gesangsdarbietungen! Umwerfend, wenn er die berühmte Mozart-Arie „Per questa bella mano" sang und sich dabei selbst mit der schwierigen Obligatostimme auf dem Kontrabass begleitete und dazu noch das Orchester imitierte. Oder wenn er sich mit *Ovidio Badila* ein Improvisations-Duell lieferte und die temperamentvolle Kontrabass-Professorin aus Sofia *Petja Bagowska* dazu ihren Spontantanz aufführte! Unvergessen die gemeinsamen Chöre der osteuropäischen Studentenschaft. Ja, unsere deutschen Studenten übten sich derweil in bescheidener Zurückhaltung, bis auf die Beiträge, die *Markus Rex* und *Martin Schaal*, als sie noch das Studentenduo aus Berlin waren, in modernistischer Improvisation zelebrierten. Bettruhe war dann oft genug erst in den Morgenstunden, nachdem als letzter *Miloslav Gajdoš* für Ordnung gesorgt hatte und auch manchmal noch zur Erfrischung ein Bad in den Kloster-Fischzucht-Teichen genommen hatte.

Am nächsten Morgen waren keine Spuren mehr zu entdecken und die ernste Arbeit ging weiter…

Nicht verschweigen möchte ich den tragischen Ausgang des Jahres 2003, als *Ovidio* durch seine ständige Überforderung als Lehrer an drei Hochschulen, sein Herz dem Alltagsstress nicht mehr Widerstand leistete und er hier in Michaelstein verstarb. Geschockt beendeten wir den Kurs mit einem feierlichen Trauerakt, mit Gedanken an seine Familie, im Gedenken an einen außergewöhnlichen Kontrabass-Solisten. Sein Andenken wird von allen Kontrabassisten in Ehren gehalten werden.

Michaelstein 1997, Teilnehmer

Michaelstein 2003, Teilnehmer und Dozenten: Radoslav Šašina - Slowakei, Dana Sasinova, Karoly Saru - Ungarn, Miloslav Gajdoš - Tschechien, Irena Olkiewicz - Polen, Hans Roelofsen - Niederlande, Miloslav Jelínek - Tschechien, Marcela Jelinkova, Petya Bagowska - Bulgarien, Wolfgang Harrer - Österreich

Michaelstein 2005, Dozenten v.l.n.r.: Alexander Shilo - St.Petersburg, Radoslav Šašina - Bratislava, Irena Olkiewicz - Wrocław, Božo Paradžik - Freiburg, Studentin aus Frankreich, Patrick Charton - Frankreich, Daniel Marillier - Frankreich, David Sinclair - Schweiz, Stefan Schäfer - Hamburg, Klaus Trumpf, Miloslav Gajdoš - Tschechien, Marcela Jelinkova - Brünn, Miloslav Jelínek - Brünn

Kurs-Nr. 5204

Internationale Kontrabasswoche
04.–09. April 2005

Thema	Kontrabass-Methodik von Paris bis St. Petersburg
Leitung	Klaus Trumpf (München)
Beginn	04. April 2005, 18.00 Uhr
Abschluss	09. April 2005, 22.00 Uhr
Anmeldeschluss	04. März 2005
Kursgebühr	200,00 € (ermäßigt 100,00 €)

Internationales Dozententeam:
Daniel Marillier – Frankreich
Bozo Paradzik – Freiburg
Stefan Schäfer – Hamburg
Norbert Duka – Berlin/Budapest
Alexander Shilo – Russland
Paul Erhard – USA
Miloslav Gajdoš – Tschechien
Irena Olkiewicz – Polen
Karoly Saru – Ungarn
Radoslav Šašina – Slowakische Republik
Miloslav Jelinek – Tschechien
Klaus Trumpf – München

Die Internationale Kontrabasswoche versteht sich als Forum für Studierende, Berufsmusiker, Kontrabasslehrkräfte und alle Interessierten. Sie dient u. a. zur Vorbereitung auf Probespiele und Wettbewerbe, z. B. den J.-M.-Sperger-Wettbewerb in Ludwigslust. Neben täglichem Einzelunterricht, Orchesterstudien und Kammermusik bei einem Dozenten nach Wahl, finden Gesprächsrunden, Vorträge sowie allabendlich Solisten- und Teilnehmerkonzerte statt. Das **Eröffnungskonzert** ist am 04. April, 19.30 Uhr und das **Abschlusskonzert** am 09. April um 19.30 Uhr.

Auch 2005 bürgt ein angesehenes internationales Dozententeam aus Europa und den USA für eine hochkarätige, interessante Woche. Neben den bewährten Professoren der letzten Jahre M. Gajdoš, M. Jelinek, R. Šašina, P. Erhard, K. Saru, I. Olkiewicz, Kl. Trumpf werden erstmalig folgende Dozenten dabei sein: **Daniel Marillier** (Solokontrabassist der Pariser Oper), **Bozo Paradzik** (ehemals Solokontrabassist am Rundfunksinfonieorchester Stuttgart, jetzt Professor in Freiburg), **Alexander Shilo** (Solokontrabassist der Philarmonie St. Petersburg), **Norbert Duka** (ehemals Deutsche Oper Berlin) und **Stefan Schäfer** (Solokontrabassist der Oper Hamburg). Alle diese Solisten haben sich durch CD-Aufnahmen und als herausragende Pädagogen einen Namen gemacht und werden sich in den abendlichen Konzerten solistisch vorstellen.

Klaus Trumpf als langjähriger Leiter dieser einmaligen Einrichtung gebührt neben seiner pädagogischen Arbeit der Verdienst, immer wieder die führenden Persönlichkeiten des Kontrabasses zu vereinen und nach Michaelstein zu holen.

Ein Jubiläum wird es im Jahre 2006 geben. Dann findet die Internationale Kontrabasswoche unter der Leitung von Klaus Trumpf zum 25. Male in ununterbrochener Reihenfolge in Michaelstein statt.

– Änderungen vorbehalten –

Konnte ich in dieser spannenden und bewegten Zeit einfach aufgeben? Auch die Freude an den für alle erfolgreichen Wochen entschied da mit. Also wurde aus dem Abschied nach dem 15. Kurs nichts. Auch nach dem 20. schien es nicht günstig, aufzuhören. Aber 25 Jahre? Wäre das nicht ein gutes Jubiläum, um aus der aktiven Teilnahme auszuscheiden?

Im März 2006 begingen wir das Jubiläum würdig in großer Runde: eine Woche Kontrabass mit 70 Teilnehmern aus 18 Ländern. Großes Abschlusskonzert. Und hier raffte ich mich noch einmal auf und spielte das Programm meines ersten Jahrganges von 1982.

Eröffnungskonzert
25. Internationalen Kontrabasswoche in Michaelstein
vom 20. März – 25. März 2006

Johann Matthias Sperger 1750 – 1812	**Konzert A-Dur, T 11** 1. + 2. Satz
Giovanni Bottesini 1821 – 1889	Elegie D-Dur
Tadatoni Miyagawa	Nara-yama
Lajos Montag 1906 - 1997	Extréme
Giovanni Bottesini 1821 – 1889	Reverie
Gabriele Fauré 1845 – 1924	Apres un Rêve
Daniel Francois van Goëns 1858 - 1904	Scherzo
Lajos Montag 1906 – 1997	Farewell

Mitwirkende: Klaus Trumpf – Kontrabass
　　　　　　Marcela Jelinková – Klavier
　　　　　　Dana Sašinová – Klavier

Es lief noch einigermaßen. Einen Blumenstrauß gab es. Danksagung. Das sollte es gewesen sein!

*Michaelstein 2006, 25. Internationale Kontrabasswoche
Leitung Klaus Trumpf, Abschlusskonzert, Soloabend*

25-jähriges Jubiläum Michaelstein 2006, Teilnehmer und Dozenten: Radoslav Šašina, Lev Rakov, Miloslav Gajdoš, Alexander Michno, Karoly Saru, Werner Zeibig, Hans Roelofsen, David Neubert, Vassili Papavassiliou, Klaus Trumpf, Paul Erhard, Marcela Jelinkova, Milolav Jelínek.

An dieser Stelle möchte ich einhalten und ein Wort der großen Dankbarkeit an alle richten, die in diesen Jahren von 1982 bis 2006 mit Einsatz und Freude, mit Können, Wissen und größter Bereitschaft, mit Liebe zum Kontrabass und ehrlicher Treue dabei waren und die Internationalen Kontrabasswochen im Kloster Michaelstein zu einer unvergleichlichen Einrichtung werden ließen. Ich danke allen Dozenten, den Korrepetitorinnen und ebenso den zahlreichen, fleißigen Studenten aus aller Welt, die für unvergessliche Lehr- und Lernjahre sorgten. In diesen Dank sind auch die Helfer vom Kloster Michaelstein vor Ort eingeschlossen, auch die Kontrabass-Bauer und Bogenmacher, die sich an den Ausstellungen beteiligten. Es war bis hierher ein Ort der Freude, des Lernen und Musizierens.

Die einhellige Meinung aller Teilnehmer besagte: Michaelstein *muss* weitergehen! Wer aber wäre bereit, dieses Unternehmen als verantwortlicher Leiter weiterzuführen? Ich fragte den Kontrabass-Professor der nördlichsten Musikhochschule in Meck-Pomm, der mir für diese Aufgabe *zu diesem Zeitpunkt* als geeignet erschien. Ich sagte: „… ich möchte nur noch unterrichten, nicht mehr organisieren, nicht mehr verantwortlich zeichnen …" Nach Wochen der Überlegung sagte er zu und mir fiel wirklich eine Last von den Schultern. Da war ich *noch* überzeugt, den Richtigen gefunden zu haben! Der Kurs Nr. 26 im Jahre 2007 war quasi der Kurs der Übergabe, der letzte unter meiner Leitung. Dann wollte ich nur noch als Dozent teilnehmen.

Diese Anfrage blieb aber aus. Ein Jahr später, im März 2008, fuhr ich trotzdem frohen Mutes und in entspannter Vorfreude zum Eröffnungskonzert, das *François Rabbath* gestalten sollte. Eine Einladung dazu hatte ich nicht erhalten. Ich rätselte: War es vergessen worden? Eine bewusste Unterlassung? Was steckte dahinter? Die Verwunderung darüber hielt sich zunächst noch in Grenzen. Der „Neue" hatte eine völlig veränderte Mannschaft ins Dozententeam geladen – bis auf *Radu Šašina* als Violonespieler war keiner der jahrelang Verdienstvollen dabei.

Wie schockiert war ich aber, als ich an der Abendkasse meine Eintrittskarte selbst bezahlen musste und auf der letzten Reihe Platz nehmen durfte. Und das nach 26 Jahren als Initiator und Leiter dieser etablierten internationalen Kontrabasswochen! Auch für anwesende Zuhörer, die uns viele Jahre die Treue gehalten hatten, war es eine verblüffende Feststellung. Ein Wort zur Übertragung der Aufgaben an eine neue Leitung wäre angebracht gewesen. Aber all das wurde totgeschwiegen. Es war ein vollkommener Neustart, nicht nur die

Übernahme einer Aufgabe. Als ob es all die Jahre meiner Tätigkeit nicht gegeben hätte. Ich fühlte mich wie aus der Geschichte der Kontrabasswochen wegretuschiert und war zutiefst verletzt. Was bewog den „Neuen", so zu handeln?

Auch an diesem Abend saß die gesamte Teilnehmerschaft – wie all die Jahre zuvor – nach dem Konzert beisammen. Das Internationale Kontrabass-Ensemble BASSIONA AMOROSA, deren Mitglieder seit 1996 entscheidend das Niveau in Michaelstein mitbestimmt hatten und das regelmäßig für viel beachtete Konzerte sorgte, war extra angereist. Es wollte aus Anlass des Auftrittes von *François Rabbath* einige seiner Kompositionen, die im BASSIONA-Repertoire ständig gespielt wurden, vorstellen. Auch das wusste der neue Leiter zu verhindern.

Man muss kein Meister in Einfühlung sein, um nachzuvollziehen, dass dies alles zu absolutem Unverständnis und erheblichen Spannungen führte. Zurückhaltend ausgedrückt: es war ein unverschämtes Verhalten eines „Kollegen", dem man eine der erstrebenswertesten Aufgaben geschenkt hatte! Kollegiale Dankbarkeit sieht anders aus. Ich möchte dem „Kollegen" seinen Brief in Erinnerung rufen, in dem er sogar von einem Hausverbot für mich faselt. Dieses Schreiben liegt bei mir noch immer im „Kasten der Unverschämtheiten".

Nach 26 Jahren internationaler Kontrabasswochen, nach den vielen Begegnungen mit wunderbaren Kollegen, strebsamen Studenten, Unterrichten und Konzertieren ist es mir nun nicht mehr vergönnt, noch jemals nach Michaelstein zu fahren. Die Atmosphäre bleibt dauerhaft vergiftet.

Mit dem Kontrabass im sozialistischen Kuba

Tagebuch einer Reise 27.4.-6.5.1987

Ich bekenne: Ich habe selten Tagebuch geführt. Im Jahr 1987 kam ich aber nicht umhin, meine kuriosen Erfahrungen zu Papier zu bringen. Ich wollte nichts vergessen. Und vielleicht brauchte ich auch eine Art schriftlichen Beweis für all das, was uns in kurzer Zeit widerfuhr. Gemeinsam mit dem Pianisten Klaus Kirbach, Kollege an der Staatsoper, Korrepetitor und Kapellmeister, flog ich nach Kuba. Man hatte uns zu einer Konzertreise eingeladen. Aber der Aufenthalt war – aus deutscher Sicht – sagen wir, mindestens seltsam!. Dies sind die Aufzeichnungen von 1987.

Montag, 27. April.
Abflug nach Prag pünktlich 19.50 Uhr (40 Min. Flug); in Prag Probleme mit dem Ticket für den Kontrabass (es ist angeblich nur ein Schein für Übergepäck!). Er kann aber mit in die Kabine (TU 162). CSA-Service recht gut.

Dienstag, 28. April
Zwischenlandung nach acht Stunden; MEZ 6.00 Uhr (Ortszeit 0.00 Uhr) in Montreal/Kanada.
Eine Stunde Aufenthalt, dann fünf Stunden nach Havanna – Ankunft 6.00 Uhr Ortszeit (MEZ 12.00 Uhr).
1. Überraschung: Koffer von Klaus Kirbach (mein Pianist) nicht mitgekommen – kommt frühestens Samstag – also in fünf Tagen nachfragen, eine Stunde Aufnahme der Verlust-Formalitäten.
2. Überraschung vor dem Flughafen: Das angemietete Auto der Agentur „Cubartista" wird vom Fahrer in einem Anfall von ruhiger, gelassener Arbeitswut auf seine Fahruntüchtigkeit überprüft.
3. Überraschung: Nach einer weiteren Stunde werden wir zum Einsteigen gebeten – das Auto (ein alter „Wolga" sowjetischen Typs) fährt.
4. Überraschung: Erstes Ziel der Fahrt ist die Auto-Service-Station am Rande der Stadt Havanna und schon nach einer knappen Stunde Wartezeit unsererseits ist der Fahrer im Besitz dreier neuer Zündkerzen – gegen Abgabe der drei alten und vieler schriftlicher Zutaten.

5. Überraschung: Beim Rundgang ums Auto während der Wartezeiten erschien uns der Zustand der Reifen ein wenig bedenklich: beim ersten drohte sich jeden Moment die Runderneuerung zu verabschieden; die anderen drei hatten sicher in besseren Zeiten auch einmal ein Profil besessen, zumindest waren noch Spuren zu erkennen! Auf einen vorsichtigen Hinweis unsererseits wischte ein freundliches Lächeln und überlegenes Abwinken des Fahrers alle Bedenken beiseite.
Es ging also weiter in Richtung Hotel, aber zu unserer
6. Überraschung erstmal an eine Tankstelle: Benzin und Luft wurden überprüft und weiter ging es! Auf unsere bescheidene Anfrage, ob man die Fenster etwas schließen könne, da es schrecklich ziehe, kam zu unserer
7. Überraschung die herzlichst, freundliche Antwort des Fahrers: Das ginge natürlich nicht, denn er müsse ja mit seiner Hand die Fahrtrichtung den anderen Verkehrsteilnehmern mitteilen!
8. Überraschung: Freundliche Begrüßung durch die Chefin von „Cubartista". Auf die Bitte, doch bei der Beschaffung des verlorengegangenen Koffers behilflich zu sein, da einige Noten und die Konzertkleidung sich darin befinden, kam die wiederholte Beteuerung der Freude darüber zum Ausdruck, dass *wir* gut gelandet seien und das sei doch schließlich die Hauptsache!
9. Überraschung: Nächstes Ziel: Interflug-Vertretung. Nach einigen Telefonaten die Bestätigung, dass vor Freitag (1. 5.) bezüglich des Koffers absolut nichts zu machen sei.
Nun konnten wir zufrieden den Weg zum Hotel antreten. – Eine weitere knappe Stunde Autofahrt und wir waren am Ziel: Hotel „Itabo" am Strand „St. Maria" – sehr schön gelegen.
Urlauber-Hotel, hauptsächlich für Italiener. Es war inzwischen 12.00 Uhr Mittag. Zuhause war es 18.00 Uhr. – Wir waren 24 Stunden unterwegs.
Mittagessen. Dann unser erstes Sonnenbad am Swimmingpool. Es folgte Mittagsschlaf, dann Üben.

Mittwoch, 29. April

8.00 Uhr Frühstück und vergebliches Bemühen einen elektrischen Rasierapparat für Klaus aufzutreiben.
9.00 Uhr Abfahrt nach Santa Clara (270 km), wo am Abend das erste Konzert vorgesehen ist. Das heißt 9.00 Uhr sollte die Abfahrt sein!
Um 11.00 Uhr kam ein Anruf unseres Dolmetschers und Betreuers,

sie verschiebe sich noch um eine halbe Stunde. Tatsächlich kam um 12.00 Uhr ein neues Auto für uns; der Agentur war es gelungen ein anderes Auto in der Mietzentrale zu bekommen.

Es ging auch sofort los in die Mittagshitze – geplant waren drei Stunden Fahrt. Nach zwei Stunden erste Pause an einer Autobahn-Cafeteria mit Sandwich und Kaffee. Der Fahrer hatte sich inzwischen zur Tankstelle begeben, wo er sich, als wir auch dort eintrafen, in Wartestellung auf einer Bank befand. Auf die Frage, warum wir nicht weiterfahren, klärte uns der Dolmetscher auf, dass wir auf ein Fahrzeug ähnlichen Typs warten müssten, der uns etwas Öl abgeben könnte, da sonst die Ankunft am Konzertort nicht gewährleistet sei. In der Zwischenzeit konnten wir also in Ruhe bei sengender Sonne die Aktivitäten der Tankstellen-Angestellten beobachten, die mit brennender Zigarette die Tanks mit Benzin füllten oder nicht anspringenden Automobilen durch Anschieben auf die Sprünge halfen. Endlich erschien ein gutmeinender LKW-Fahrer und spendierte einen halben Liter Altöl – oder war es neues?

Kurz und gut, wir erreichten gegen 17.00 Uhr unser Hotel bei Santa Clara.

Es war eine Art Bungalow-Dorf, aber wirklich exotisch angelegt: mit Stroh- bzw. Palmenzweigen bedeckte und jeweils mit Kühlanlage und -schrank versehene romantische Blockhütten.

Es blieben zwei Stunden für Ausruhen, Kaffeetrinken und Einspielen. 19.00 Uhr Abfahrt zum „Konzertsaal" (Bibliothek der Stadt St. Clara). Nach der Ankunft suchten wir zunächst nach einem Notenständer - und etwas zu Essen. Das Konzert sollte erst 21.00 Uhr beginnen. Bei unserer Rückkehr ins Hotel würde das Restaurant bereits geschlossen haben.

Wegen fehlender Konzertkleidung, die sich im verlorengegangenen Koffer von Klaus K. befand, spielten wir in Reisehose und Hemd. Eigentlich eine Lösung, die uns dann auch für die nächsten Konzerte frohstimmte, da es im Jackett unerträglich geworden wäre.

Das erste Konzert lief also ganz gut, sogar mit gedrucktem Programm; auf gutem, gestimmtem Flügel Marke „Estonia". Und der Kontrabass war auch heil, trotz veränderter Saitenlage durch die extreme Hitze und die Luftfeuchtigkeit.

Donnerstag, 30. April
Frühstück – Swimmingpool – Üben – Mittagessen
13.00 Uhr Abfahrt (sollte sein!).

Um 14.00 Uhr ging's los. Ankunft im Hotel bei Cienfuegos (25 km vom Konzertort entfernt) gegen 16.00 Uhr. Kontrabass raus aus dem Auto - hoch ins Zimmer nach der Anmeldungszeremonie – auspacken – halbe Stunde üben – einpacken – halbe Stunde ausruhen – Kontrabass ins Auto – Abfahrt zum Konzert in die Bibliothek von Cienfuegos.
Diese ist wunderbar im Zentrum an der lärmgesättigten Hauptstraße der Stadt gelegen. Die Eingangshalle, prunkvoll im alten spanischen Kolonialstil als Konzertsaal hergerichtet, d. h. es waren Stuhlreihen aufgebaut und ein Flügel Marke „Erard", Paris, bereitgestellt, trennte zur belebten Straßenseite hin drei Türen und ein zwei Meter breites Kollonadendach. Man muss wissen, dass die Türen in Kuba fast alle lamellenartige Durchlässe haben, um diese luftdurchlässig zu gestalten. Auf diese Weise sind sie leider aber auch geräuschdurchlässig. Nun, war es ja noch früh am Abend und der Verkehr nahm langsam ab.
Zwischenzeitlich baten wir die Bibliotheksangestellten, die gleichzeitig das Aufsichtspersonal mit Einlassdienst für das Konzert und ähnliche Verpflichtungen bildeten, um Folgendes:
1. einen Einspielraum
2. ein Notenpult
3. eine teppich-ähnliche Unterlage, da der Kontrabass auf den Fliessen keinen Halt finde konnte.
Alle vier freundlichen und willigen Helferinnen strömten auseinander und machten sich auf Suche.
Zuerst wies man mir einen Einspielraum zu, zu dem ich mich - immer mit Kontrabass, Noten, Tasche usw. in der Hand - über Bücher steigend und durch schmale Gänge mit tückischen Windfangtüren windend auf den Weg machte. Ich kam völlig außer Puste und entkräftet an und stellte fest: Die Magazinbestände in den Regalen der Bibliothek lassen keinen Zentimeter Platz, um auch nur einen kleinen Spiccato-Strich ausführen zu können. Also wieder Dolmetscher suchen, neuen Raum suchen. Umbau von Instrument, Stuhl, Zubehör. Inzwischen war tatsächlich auch ein Notenpult aufgetrieben worden! Auf die Frage, wo man sich einmal die Hände waschen könnte, zunächst erschreckte Blickverständigung aller Bibliotheksdamen, danach wortloses Auseinandergehen und ratloses Herumstehen meinerseits; dann aber kam die erste mit einem kleinen Stück Seife, die zweite mit einer Rolle Toilettenpapier, die dritte mit der Erklärung, dass das der Ersatz für die im Moment verschlossenen Handtücher

sei und die vierte Helferin zeigte mir den etwas komplizierten Weg. Es fand sich tatsächlich ein winziges Waschbecken in den hinteren Magazinräumen und unter Aufsicht konnte also der Akt der Selbstreinigung erfolgen.
Wiederholt meine Frage nach einem kleinen Teppich oder einem Brett, das ich unbedingt als Unterlage brauchte – wiederholtes freundliches Nicken.
Nun kam ich tatsächlich dazu, mich etwas einzuspielen. Klaus K. versuchte sich inzwischen an einer neuen Anschlagtechnik, um aus dem ehrwürdigen „Erard" aus dem vorigen Jahrhundert auch ein paar leise Töne hervorzulocken. Es schien sehr beschwerlich. Die Passagen trommelten durch die Wände wie Eisenmurmeln auf ein Kuchenblech.
Mein „Einschwingvorgang" war beendet, die Konzert-Anfangszeit rückte immer näher und ich wollte nun meine Unterlage besichtigen. Die Damen schienen das für nicht so wichtig zu erachten oder hatten es vielleicht auch vergessen, jedenfalls zeigten sie mir jetzt ein Handtuch. Damit konnte ich nun aber beim besten Willen nichts anfangen und ich suchte selbst ein Brett, fand auch bald etwas Geeignetes und wir konnten dem Beginn des Recitals getrost entgegensehen.
Als die Anfangszeit eine Viertelstunde überschritten war, kam unser Dolmetscher, bat um Entschuldigung, dass anscheinend mit der Reklame etwas nicht funktioniert habe und ob wir bereit wären auch vor „nicht vollem Hause" zu spielen.
Ein paar Erklärungen zur kubanischen Konzert-Reklame: sie scheint sich entweder in der Unterwelt abzuspielen oder hinter vorgehaltener Hand als Geheimtipp gehandelt zu werden.
Oder eine Vermutung, die noch näher liegt: diese Meldungen werden in den „INTUR"-Läden gegen Dollar angeboten - und da diese Währung in Kuba niemand besitzt, weiß natürlich auch niemand, wo, was, wann und warum etwas stattfindet.
Jedenfalls gibt es über solche Konzerte (vielleicht auch nur die von RDA-Künstlern der Republica Democratia Allemania) keinerlei Hinweise in Zeitungen, auf Plakaten oder ähnlichem. Also kann man bei 25 Zuhörern doch sehr zufrieden sein!
Wir begannen also unser Unternehmen. Die Türen des „Konzertsaales", die direkt auf die Hauptstraße führten, wurden geschlossen. Dies hatte aber nur einen visuellen Effekt, der auditive blieb auf der Strecke. Also, ich holte aus zum ersten Auftakt und schier in diesem Moment jagte eine Motorrad-Karawane am Klavier vorbei. Ich sah

mich erschreckt um und konnte nur Klaus K. am Flügel erkennen, der seine Arme in „Habt-Acht-Stellung" für den ersten Akkord erstarrt in der Luft hielt.

Nachdem die letzten Geräusche und das südländische Hupen des Motorrad-Clubs verklungen waren, ging's los: *Sperger*-Sonate D-Dur, 1. Satz, Allegro con brio.

Nun hatten die freundlichen Damen der Bibliothek noch eine Überraschung vorbereitet: Wegen der stehenden Hitze im Saal hatten sie in Richtung der ausübenden Künstler zwei Ventilatoren in Stellung gebracht, die mit Konzertbeginn auf „on" geschaltet wurden. Neben dem summenden Ton erzeugten diese natürlich in Stereo-Wirkung einen mittelmäßigen Orkan im Raum, der uns das Wenden der Noten abnahm. Nur geschah dies schon nach den ersten Einleitungstakten, was also nicht im Sinne des Komponisten und der Ausführenden war. Also Rückwende und nochmaliger Beginn: Sperger-Sonate D-Dur, 1.Satz, Allegro con brio.

Nun kamen wir immerhin bis zur Reprise. Erst hier landeten die Noten, aber nicht nur die von Johann Matthias Sperger, sondern das gesamte Abendprogramm auf dem gefliesten Fußboden.

Während wir versuchten weiterzuspielen, bemühten sich zwei hilfsbereite Zuhörer, ein ca. 75-jähriger gutmütiger schwarzer Herr und eine jüngere Schwarzhaarige um die Noten. Da sie sich aber nicht einigen konnten, in welcher Reihenfolge die Noten auf's Pult mussten, unterbrachen wir noch einmal und legten neu auf. Also noch einmal: *Sperger*-Sonate, D-Dur, 1.Satz, Allegro con brio – nur die Reprise. Vorher wurden aber noch die Windmaschinen zum Schweigen gebracht und wir konnten den 1. Satz, con brio, vollenden. Applaus.

Im 2. Satz hatten wir als stimmungsvollen Höhepunkt eine Piano-Passage mit Akribie bis ins äußerste Pianissimo ausgearbeitet und ausgefeilt. Als diese dann mit nochmaliger Blickverständigung und verklärtem Blick beider Ausführenden zum unvergesslichen Konzerterlebnis gesteigert werden sollte, just in diesem Moment, wo die Kunst ins Universum übergeht und die Sinne betäubt, in diesem Augenblick der unbeschreiblichen Konzentration, begegneten sich an der Konzertsaaltür drei Busse, ein Traktor und ein Fernlaster, dessen Gaspedal gerade auf Funktionstüchtigkeit überprüft wurde. Mit Hilfe der Hupe wurde ein Überholvorgang eingeleitet. Der Putz drohte von den Wänden zu fallen und der Pianissimo-Höhepunkt erreichte nicht einmal uns.

Nichtsdestotrotz war der Beifall auch nach diesem Satz nicht minder heftig.
Der Final-Satz verlief verhältnismäßig ungestört, wenn man das mehrmalige Telefonklingeln im vorderen Teil des Raumes, wo die Bibliotheksdamen ihr Plausch-Stündchen hielten, nicht beachtete. An die Verkehrsgeräusche hatten wir uns ja gewöhnt.
Wir waren also mitten im Konzertgeschehen. Bis zu diesem Zeitpunkt wussten wir allerdings nicht, was die Kubaner für ein lesefreudiges Völkchen sind. Die Bibliothek hatte noch ganz normalen Publikumsverkehr. Etwa aller drei Minuten verließen lesehungrige Einwohner der Stadt, durch den ganzen Saal schlendernd, die Bildungseinrichtung über eine im Rücken der Künstler gelegene Freitreppe (denn es war eine *biblioteca municipale*). Nicht ohne vorher noch ein paar Takte Musik mitzunehmen - sofern diese zwischen den anderen Klangereignissen zu definieren waren.
Die Idylle im Konzertsaal war komplett: Türen gingen auf und zu, Autos hupten, Busse bremsten, Motorräder rasten, Telefone klingelten, Angestellte rannten hin und her, Publikum ging ein und aus, das Hammerklavier hämmerte, über allem das Vibrato des Kontrabasses und von der Gage bekommt die Künstleragentur 30 %.
Das Konzert ging zu Ende, stehender Applaus, herzliche Verabschiedung. Kunst ist Waffe. Manchmal ist sie zu leise – wir freuten uns auf den nächsten Kampf ...

Freitag, 1. Mai

Vom vermissten Koffer noch keine Nachricht. Immerhin sind schon fünf Tage vergangen. Klaus K. reist mit einem Diplomaten-Köfferchen durch Kuba, spielt die Konzerte in seiner legeren Reisehose, borgt sich von mir ein weißes Hemd, wäscht jeden Abend seine Wäsche und holt sich jeden Tag einen Klecks Zahnpasta aus meinem Vorrat. Es geht.
Weil sein Köfferchen ihn kaum in Anspruch nimmt – und der Flügel ja immer schon vor Ort ist - kann er mir besser beim Kontrabasstransport behilflich sein, denn an einem Konzerttag muss der Kontrabass zwischen sechs- und achtmal ins Auto rein, raus, ins Hotel hoch, runter, zur Probe hin und her, zum Konzert rauf und runter. Das alles kostet natürlich viel mehr Kraft, als das bisschen „Spielen" am Abend. Nun aber haben wir den 1. Mai und der ist frei – nur vier Stunden Autofahrt zur günstigsten Sonnenzeit, zwischen 11 und 15 Uhr. Es lässt sich immer schwer erklären, aber wenn in Kuba die Abfahrt für 9.00 Uhr angesagt ist, finden sich tausenderlei kleine Dinge, die das

einfach nicht zulassen. Man gewöhnt sich schnell daran. Diese Wartezeiten verdammen einen zum absoluten Nichtstun und das entspannt. Ankunft in Matanza-Vadera. Wir sind quer über die Insel vom Süden zum Norden, von einem Strand zum anderen gefahren, ca. 170 km. Das Hotel hier liegt wieder phantastisch am Meer, mit Swimmingpool, eisgekühltem Restaurant, hellhörigen Zimmern, ständigem Rauschen von zahllosen Kühl- und Windmaschinen. Ein Hotel für Ausländer, nach Möglichkeit Hartgeld-Ausländer! Es gibt zwei Shops. Im kleinen Pesos-Laden fünf bis sechs verschiedene Souvenir-Artikel, wahrscheinlich von Hobby-Bastlern hergestellt; im zweiten, etwas größeren, in dem nie ein Kunde ist, herrliche Ansichtskarten, gute T-Shirts, Kassettenrecorder – made in Japan, französisches Parfüm, Kodak-Filme, seltene Muscheln aus der Karibik u. a. gegen Touristen-Geld – also harte Währung. Naja.

Den Swimmingpool und die offene See dürfen alle benutzen, auch beim Sonnenbrand gibt es keine Unterschiede. Soviel zum 1. Mai 1987.

Samstag, 2. Mai

Üben im Hotel – Baden im Meer – Essen für Pesos – also, es geht uns gut.

Anrufe des Koffers wegen ergebnislos. 1.-3. Mai, wegen Wochenende wird in dieser Abteilung nicht gearbeitet. Werktätige müssen sich ausruhen. Also Geduld.

Am Nachmittag Abfahrt zur Probe nach Matanza (25 km). Der „Konzertsaal findet im Freien statt" und zwar sehr zu unserer Freude im attraktiven Hof des *museo municipale*. Gute Atmosphäre, Fluidum, erzeugt von der verantwortlichen Genossin der Agentur, einer früheren Sängerin, die dann auch mit Charme die Ansage machte. Gutes Konzert, sehr guter Applaus, Bravos, na also!

Sonntag, 3. Mai
Fahrt nach Havanna. Mittag Ankunft. Sehr gutes bürgerliches Hotel aus den 20er Jahren, neu hergerichtet mit Antiquitäten in der Hotelhalle, Swimmingpool auf der Terrasse.
Kaum Kubaner. Beim Spaziergang durch die Stadt: Menschenschlangen bis zu 150 Leuten geduldig an den Eis-Buden. Auch sahen wir ein Geschäft mit vielen Menschen davor. Sie besahen sich Küchenuhren, Wecker, Ventilatoren, Parfüms, ein Kofferradio sowjetischer Bauart, Küchenmaschine – made in RDA.
Nicht weit vom Hotel entdeckten wir dann sogar noch ein Geschäft, Regale zu 70 % voll mit Toilettenpapier; das andere waren Bohnen und Tomaten im Glas, Zucker und harte Alkoholika, Havanna-Club und Vino.

Montag, 4. Mai
Vormittag: Üben im Hotel – Swimmingpool – kurze Mittagsruhe.
Abfahrt 14.00 Uhr zur Agentur, um die Honorare an die Künstler-Agentur in Berlin zu überweisen. Umständlicher Akt, Dauer ca. 2 Stunden.
Dann Eröffnung des Fahrers: Er darf den Kontrabass nicht mehr im Auto transportieren, er musste schon Strafe zahlen. Die Gründe blieben uns schleierhaft. Jedenfalls stellte das Kulturministerium großzügig einen großen offenen LKW mit drei Mann Besatzung zur Verfügung. Es gab zwei Möglichkeiten: 1. den Transport abzulehnen und damit die zwei Havanna-Konzerte ausfallen zu lassen oder den Kontrabass auf den Laster zu laden (ohne jedwede Unterlage) und selbst mitzufahren, um den Bass vor schlimmsten Gefahren zu schützen.
Also es wurde für die zweite Variante entschieden und so kam es vor dem Konzert, das in der Musikhochschule stattfand, zu einer sonnigen halbstündigen Freiluft-Holperfahrt auf dem Ministeriumslaster. Auf Straßen, die das letzte Mal vor der großen Revolution ausgebessert wurden. Freundliches Lächeln der Begleitpersonen.

In der Hochschule Proben-Besuch von allen Kontrabass-Studenten und Lehrern - Wiederbegegnung mit Markneukirchen-Wettbewerbs-Teilnehmern. Die Kunsthochschule, der die Musikhochschule angeschlossen ist, liegt wunderbar am Rande der Stadt mit eigenem Swimmingpool.
Ein einziges Schwimmfest wurde auch das Musizieren in dem niedrigen Konzertsaal, in dem die feuchte Luft wie in einem Waschhaus stand. Der Kontrabass war von der Sonnenbestrahlung auf dem offenen Transport schon „wunderbar" aufgeheizt, die Saitenlage dadurch erhöht und das Spiel darauf nur mit großem Kraftaufwand möglich. Zwischen Probe und Konzert wieder ins Hotel; halbe Stunde hin, halbe ausruhen, halbe zurück.
Zum Einspielen vor dem Konzert konnte es nicht kommen, da der Schlüsselmensch gerade mal 10 Minuten vor Beginn unserer „Aktivität" auf der Bildfläche erschien. Unser Dolmetscher benutzte für „Probe" oder „Konzert" immer die Vokabel „Aktivität".Wir begannen um 21.00 Uhr. Alle Zuhörer der „Nachmittagsaktivität" waren wieder da. Nach Beginn unseres Spiels füllte sich auch allmählich der Saal, sodass zum Schluss ca. 50 Personen anwesend waren. Wieder kann stehender Applaus vermeldet werden.
Überhaupt kann man über die Aufnahme und Begeisterung des kubanischen Publikums nur Angenehmes berichten: nach jedem, auch den kleineren Stücken langer Beifall, freundliches Nicken, nachbarliche Kommentare. Zum Schluss 100 Fragen von Studenten und Lehrern. Abschluss des Tages: Hotel-Pool.

Dienstag, 5. Mai

Faulenzen – gezwungenermaßen, denn der LKW stand für den Instrumententransport nicht zur Verfügung, wurde im Ministerium für höhere Aufgaben benötigt.
Nachmittags Probe im „Casa de la musica", dem Konzerthaus Havannas, wo auch die Sinfoniker spielen. Mittelgroßer Saal – klimatisiert. Der Kontrabass war wieder eine Stunde auf dem Kultur-Transporter, von mir krampfhaft festgehalten, der Sonne und den
Schlaglöchern ausgesetzt. Ich hatte einen gestauchten Rücken und die Oma eine nun endgültig zu hohe Saitenlage. Wir mussten gemeinsam mit Klaus K. am Steg einiges verändern, ihn ca. 2 cm (!) tiefer machen, wegfeilen. Es wäre sonst unmöglich gewesen, darauf zu spielen. Wir haben es geschafft und es blieb uns noch eine halbe Stunde.
Übrigens war inzwischen noch eine kleine Sensation, die schon einer

kubanischen Mini-Revolution glich, passiert: Der verlorene Koffer war nach einer Woche eingetroffen! Klaus K.'s Freude glich einer Wiedergeburt. Wir konnten also im Smoking mit Fliege, mit geputzten Schuhen, in richtiger Konzertkleidung auftreten – der Raum bot durch die Klima-Anlage auch die Voraussetzungen.

Freudestrahlend kam der Dolmetscher mit richtig gedruckten Programmen – stapelweise. Es waren die Programme der gesamten Konzertreise mit allen Orten, Anfangszeiten usw. Immerhin kamen sie noch *vor* unserem letzten Konzert!

Wir begannen sogar pünktlich. Das Havanna-Publikum schlich dann allmählich innerhalb der nächsten halben Stunde auf seine Sitzplätze. Gelungene Sperger- und Arpeggione-Sonaten. Nach der Bottesini-Sonnambula zum Schluss wieder stehender, südamerikanischer Applaus. Danach Versammlung aller Kontrabassisten und Tubisten Havannas auf der Bühne, 100 Fragen, Fortsetzung in der Hotel-Bar …

Der Kontrabass-Autorücktransport wollte nicht so richtig klappen, so dass ich das Instrument mit entsprechenden Anweisungen im Konzerthaus zurücklassen musste. Ohje!

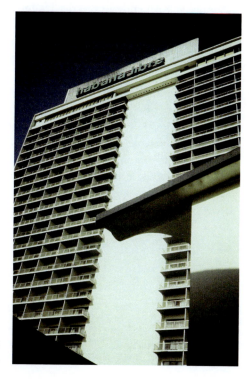

Hotel in Havanna
– verboten für Kubaner

Mittwoch, 6. Mai

Vormittag frei. Abfahrt zum Flughafen 14.00 Uhr. Swimmingpool war angesagt.

Wir genossen die Ruhe - bis zu dem Moment, als ein Hoteldiener erschien und uns die Ankunft des Kontrabasses mitteilte. Ich konnte ihn dann in der Hotelhalle auf glasklarem Marmor mit Neigungswinkel an die Wand gelehnt zum alsbaldigen Umsturz entdecken. Es gelang mir, ihn unversehrt in die Arme zu nehmen.

Abflug Havanna 18.00 Uhr. Der Ministeriumslaster mit drei Mann Besatzung, die Wolga-Limousine, der Dolmetscher. Alle waren diesmal pünktlich, so dass am Flughafen noch Zeit gewesen wäre, unsere Rest-Pesos für ein Souvenir auszugeben.

Vieles hat die Revolution umgewirbelt, vieles abgeschafft, beseitigt – nur eines nicht: den Dollar. Für die Landeswährung gibt es absolut nichts zu kaufen, keine Getränke, keine Zigaretten, kein nix, Null-Komma-Null-Nichts. Aber recht schöne Sachen für die bekannten Dollar-Touristen.

Zwischenlandungen: Shannon/Ireland und Moskau. Während des vierstündigen Aufenthaltes in der Hauptstadt des Arbeiterparadieses versuchten wir, für unsere sozialistischen Pesos oder DDR-Mark etwas zu trinken zu bekommen. Unsere Interflug-Aeroflot-Verbindung heißt ja offiziell „Freundschafts-Linie". Auch hier die gleiche Erfahrung: Nur harte Währung ist gefragt!

In wenigen Minuten wird unsere Drushba-Linie aufgerufen ...

Landung in Berlin-Schönefeld geglückt – in den nächsten Tagen werde ich zur Künstleragentur der DDR gehen, mich für die Erfahrung „sozialistisches Kuba" bedanken und meine 30% Provision entrichten. Ich werde das enttäuschte und traurige Gesicht jenes Kubaners nie vergessen, der vergeblich versuchte in das Hotel „Itabo" seiner Heimatstadt Havanna zu gelangen und vom wachhabenden Personal abgewiesen wurde, weil er Kubaner und **k**ein Ausländer war!

Kontrabass im Visier der Stasi

Die Stasi war sich so sicher, dass ihre Machenschaften niemals an die Öffentlichkeit, geschweige denn, in die Hände einer Demokratie fallen würden. Sie scheute sich nicht im Berufsleben, im Privaten bis zum Intimleben vorzudringen und Dossiers ihrer Bürger anzulegen. Und zwar nicht nur in zufälligen Notizen, sondern abgeguckt und perfektioniert von der vorangegangenen Diktatur – mit System. Mit perfide ausgeklügelten Frage- und Ermittlungspapieren, die von IMs, den „informellen Mitarbeitern" gewissenhaft zusammengetragen und aufgeschrieben wurden.

Der Einzelne hat eine vage Vorstellung eines solchen Vorganges, aber die Sprache verschlägt es einem erst, wenn man Einblicke bekommt. Und das geschah für mich erst nach jahrelanger Wartezeit Anfang 2012.

Ein beklemmendes Gefühl überfällt einen, wenn man in den ehemaligen Stasi-Büros das aufnotierte Leben vorgelegt bekommt. Da liegen in meinem Falle so ca. 200 DIN-A4-Seiten fremdbeobachtetes Leben vor einem.

Ich schlage langsam die erste Seite auf und lese:

MINISTERRAT DER DEUTSCHEN DEMOKRATISCHEN REPUBLIK
MINISTERIUM FÜR STAATSSICHERHEIT
Hauptabteilung XX (Sicherung und Kontrolle u.a. Kirche, Kultur, Opposition)
  Bezirksverwaltung Berlin
  Kreis- und Objektdienststelle 8
  Sachbearbeiter: F.Sack. – na, Herr F., wie fühlen Sie sich jetzt – wie fühlten Sie sich, als Sie wussten, dass Ihre schriftlich fixierten Schnüffeleien zur Einsicht freigegeben wurden? Was haben Sie eigentlich Ihren Kindern erzählt auf die Frage, wie Sie in der versunkenen DDR ihren Lebensunterhalt verdienten? Muss Ihnen nicht bis heute speiübel werden, bei dem Gedanken an die Niederträchtigkeit Ihres „Berufes"!?

Weiter lese ich auf Seite 1 nach Erfassung der Personaldaten die Antworten, die mein persönlicher „Eckermann" fein säuberlich eintrug. Auf die vorgedruckten Fragen, wie:
„Was ist über die Person bereits bekannt, z.B. gewöhnlicher Lebenswandel, gesellschaftliche Stellung, Parteizugehörigkeit und -Funktionen,

Familien- und Wohnverhältnisse; Angaben zum Freundeskreis, Verdacht auf Spionage, Sabotage, ungesetzlicher Grenzübertritt, Schleusung, Geheimnisträger usw... Welche operativen Maßnahmen werden durchgeführt zur Ermittlung? Was, wann, wo? Bei welcher operativen Maßnahme traten Dekonspirationen auf?
Welche Personen können entsprechend der Zielsetzung der Ermittlung Auskunft erteilen?" Der reinste Krimi!
Hier aber Realität!
In diesem Stile folgen weitere Fragen, um dem geplanten Ziel näher zu kommen, nämlich um der „Person", dem Opernmusiker Trumpf in den Status „ständiger Reisekader in das NSW" zu versetzen. NSW steht für „Nicht-sozialistisches Wirtschaftssystem", auf deutsch: „West-Reisekader".

Die vorgedruckten Felder im Fragebogen „Beobachtung, Ermittlung, Verhaftung, vorläufige Festnahme, Zuführung, Durchsuchung usw. blieben frei. Vielleicht hatte das „Auftragsersuchen", was durch den IM „Rose" „realisiert" wurde, nicht genügend Anhaltspunkte erbracht – keine Zuführung, keine Verhaftung – nicht mal eine „vorläufige Festnahme", – so dass die „Person Trumpf" dann letztlich „NSW-Reisekader" wurde – in hohem Auftrag. Sozialistisches Kulturgut mit dem Kontrabass in die westliche Hemisphäre zu bringen.

Für den heutigen Leser mehr zum Amüsement, damals hoch-brisant die schriftlich fixierten Aussagen der Mitbewohner des Hauses in der Berliner Berolinastraße: Genosse S. und Frau, die das sogenannte „Hausbuch" führten und in der vorangegangenen Diktatur „Blockwart" genannt wurden, gaben zu Protokoll: „beide progressiv, zugänglich" – wogegen Frau B. meinte: „parteipolitisch nicht einschätzbar, aber höflich". Na – das ist doch erfreulich!

Staatsfeiertag – und keine beflaggte Wohnung!

Der ausführliche, vom Referatsleiter Major P. und Sachbearbeiter Oberfeldwebel Sch. unterschriebene „Ermittlungsbericht" vom 10.1.1979 gibt schon mehr Einblicke in die sinnstiftende Arbeit der Abteilung XX, Referat VIII/2 und vor allem ihre Sicht und Einschätzung über die *„Person T."*. *„Dass der T."* von Beruf Musiker ist, sein Geld mit einem Kontrabass verdient und dann noch *„mit dem Ensemble* *der Deutschen Staatsoper wiederholt Tourneen im In- und Ausland unternimmt"* gibt genügend Anlass, ihn genauer unter die Lupe zu nehmen. Und dass er dann auch noch *„im Wohngebiet keine Funktionen bekleidet, auch nicht gesellschaftspolitisch aktiv in Erscheinung tritt, kaum an gemeinsamen Vorhaben der Mieter, insbesondere bei Hausversammlungen und Pflegearbeiten Interesse zeigt"* – ist schon mehr als verdächtig. *„Der T. ist parteilos und nimmt zur gesellschaftlichen Entwicklung unseres Staates weder eine zustimmende noch eine ablehnende Haltung ein. Seine politische Zuverlässigkeit lassen keine konkreten Anhaltspunkte erkennen – aber es kam zum Ausdruck, dass der T. anlässlich von Staatsfeiertagen und zu politischen Höhepunkten seine Wohnung nicht beflaggt"*. Da haben wir's! Also weiter beobachten! Da nützt auch die Feststellung *„dass der Ermittelte in persönlicher Hinsicht einen guten Leumund genießt, stets höflich und zuvorkommend auftritt und einen angenehmen Eindruck hinterlässt"* nicht viel.

„Im Verlauf der Ermittlungen erfolgten keine konkreten Hinweise auf die Reisetätigkeit des T. und seiner Ehefrau". Also weiter beobachten!

So werden postalische Sendungen aus dem westlichen Ausland, einschließlich der verfeindeten Bundesrepublik, abgefangen, selbstverständlich geöffnet und gelesen.

So erfahre ich aus diesen Stasipapieren, dass mir meine Freunde *Masahiko Tanaka* und *Martin Humpert* auf einer gemeinsamen Postkarte einen Gruß aus Tokio sandten, dass mir *Ludwig Streicher* Kontrabass-Neuigkeiten aus Wien und seine nächste Einladung zur Leitung des Kontrabass-Kurses in Weimar mitteilte. In einer Kopie erfahre ich nochmals über meine Einladung zur Kontrabass-Jury beim ARD-Wettbewerb in München 1979! Immerhin hatten sie diese Einladung nicht unterschlagen können. Denn diese wurde sehr offiziell über das Kulturministerium abgewickelt – so dass ich damals wirklich daran teilnehmen konnte, am bedeutenden internationalen ARD-Wettbewerb in München als Juror.

In einer weiteren Kopie erfahre ich von *Klaus Stoll* wesentliche Details der Vorbereitung zum großen weltweiten Kontrabassisten-Treffen in Isle of Man 1978. Also die Stasi hat sich ein bisschen um Kontrabass-Historie gekümmert.

Das Briefgeheimnis

Ich hätte gern eine Antwort von denen, die meinen, die DDR sei kein Unrechtsstaat gewesen. Wie erklären sie allein diese Tatsache, dass das hochgehaltene Briefgeheimnis in diesem Staatssystem außer Kraft gesetzt wurde? Hier eine Kopie, wo allein folgender Stempel Bände spricht:

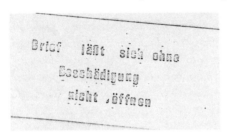

Brief lässt sich ohne Beschädigung nicht öffnen.

Ja, warum sollte dieser ohne Beschädigung geöffnet werden?

Es tut mir heute noch leid, in welche Situation ich meinen alten Freund vom Bayerischen Staatsorchester *Bernd Mahne* gebracht hatte: 1981 veranstaltete die Bundesakademie für musikalische Jugendbildung in Trossingen/Baden-Württemberg ein Kontrabass-Seminar, zu dem ich als „DDR-Bürger" gemeinsam mit dem Leipziger Gewandhaus-Solokontrabassisten *Konrad Siebach* ausreisen und teilnehmen durfte. Ich hatte dort vor, wie so oft, Sperger-Werke aufzuführen und einen Sperger-Vortrag zu halten.

Interessante Tage mit *Jean-Marc Rollez* aus Paris, *Günter Klaus* aus Frankfurt/M., *Rodney Slatford* aus London und weiteren Kontrabassisten. In dieser Besetzung übrigens führten wir dort ein Kontrabassquartett urauf.

Ich gab Bernd einen Brief an Günter mit, um ihn nach seinen Notenwünschen zu fragen – und vor allem den Postweg abzukürzen. Ein Brief zu dieser Zeit aus der DDR nach Westdeutschland brauchte durch den Umweg über die Stasi-Brief-Kontrolle mindestens 2 bis 3 Wochen.

Da nun aber das Missgeschick passierte und Bernd 20 Minuten nach 0 Uhr, also verspätet – er hätte laut Vorschrift 0 Uhr die DDR wieder verlassen müssen – die Passkontrolle Richtung Westen durchschritt, wurde er das Opfer einer näheren Untersuchung.

„Folgen Sie uns" war der unfreundliche Auftakt der Vernehmung in einem abgeschlossenen Raum. Nach Aufnahme aller Personalien, Befragungen, Untersuchungen aller Art, kam die Aufforderung, den Brief zu öffnen. Wörtlich im Protokoll: *„Bei der Kontrolle wurde in der Handtasche des Mahne ein Brief von dem DDR-Bürger an einen Günter........ festgestellt, in dem es darum geht, wann der DDR-Bürger eine Reise in die BRD geplant hat und welche Reiseziele er hat; außerdem fragt er den BRD-Bürger, welche Noten-Geschenke er mitbringen soll..."*

Nach dem vorsichtig, aber bestimmt vorgebrachten Einwand, dass es hier in Deutschland seit 1690 das Briefgeheimnis gäbe, was später sogar im Grundgesetz verankert wurde, gab es die sinnentstellende Antwort: *„Hier handelt es sich nicht um einen Brief, sondern um ‚ein geschlossenes Behältnis'"*.

Und vor Augen des Bundesbürgers Mahne öffnete der Grenzvollzugsbeamte dieses ‚geschlossene Behältnis'. Verräterische und staatsgefährdende Dinge standen drin, wie: „Ich bringe die neue Ausgabe des Sperger-Quartettes für Flöte und Kontrabass usw. mit".

Über diesen ‚Vorgang' steht weiter im Grenzübergangs-Protokoll zu lesen: *„Während der Ausreise gab der Bürger Mahne nur Auskunft, wenn er unmittelbar zu einer Sache gefragt wurde, ansonsten schwieg er. Der PKW befand sich in einem sehr aufgeräumten Zustand und die Person war sauber und modern gekleidet"*.

Wenn das heute Bernd liest, wird er schmunzeln – aber damals war es eine Sache mit ungewissem Ausgang, die mit furchtbarem Herzklopfen verbunden war.

Da nun durch diesen Brief die Genossen Grenzschützer von dieser Reise erfahren hatten, nahmen sie mich bei der Rückfahrt am Grenzkontrollpunkt Hirschberg in die Mangel. „Bitte fahren Sie dort in diese Garage" war die (noch freundliche) Aufforderung. Hier wurde nun das Auto von oben bis ganz tief unten untersucht, natürlich auch meine Taschen, Gepäckstücke bis zur Offenbarung all meiner Kalendernotizen und mitgebrachten Geschenke. Genüsslich fragte der Grenzer, für wen die Tafeln Schokolade, die ich kurz vor Weihnachten (es war der 1. Dezember) im Gepäck mitführte, gedacht seien.

Und dann diese Ungeheuerlichkeiten, wie es das Protokoll festhält: *„Bei der Zollabfertigung wurden Druckerzeugnisse, Gegenstände und Zahlungsmittel festgestellt..."*. Es handelte sich tatsächlich um dieses: 2 Bücher über den Geiger Menuhin, eine Yoga-Anleitung, Musikprospekte und (vielleicht verwendbar für geheimdienstliche Zwecke, laut

Protokoll): *"2 Stück Klinkenstecker 6,3 mm Stereo, 10 Stück BASF hifi-stereo-Cassetten und..."* jetzt das Unerhörte *"...75 Pounds der Bank of England"*! Das schlug dem Fass den Boden aus!

Bringt der DDR-Bürger Trumpf doch wirklich Geldscheine vom Klassenfeind mit! Und macht dazu auch noch die Angaben: „Diese habe er vom Bürger *Rodney Slatford* aus London erhalten, der ihn gebeten habe, die 75 Pfund Sterling an einen Herrn Kurt Dölling in Markneukirchen zu übergeben, der dem Slatford bei einem Wettbewerb ein Musikinstrument (Kontrabassbogen) repariert habe und dieses als Gegenleistung für die erwiesene Gefälligkeit überbringen solle".

Der arme Kurt Dölling! Bekam er doch tatsächlich einige Tage später Besuch von den berühmten Herren im Ledermantel. Nun sollte er sich rechtfertigen, warum er Monate zuvor wirklich in ehrlicher Freundlichkeit seinen Beruf ausübte und dem Rodney den kaputten Bogen reparierte! Konnte er ahnen, dass der sich wiederum mit 75 englischen Pounds Sterling bedankt und diese in einem grenzverletzenden Vorgang, der ganz Europa in einen diplomatischen Konflikt hätte bringen können, verwickelt sah. Große Entschuldigung, lieber Herr Kurt Dölling!

Ein Brief der Musikhochschule Köln vom 7.Februar 1983, den ich jetzt erstmalig in den Stasi-Akten lese, beinhaltete eine Einladung zur Leitung eines „workshops". Nette Umschreibung meiner Vorstellung zur eventuellen Professorenberufung. Wenn die Einladung damals zu mir gelangt wäre, und die Staatsmacht mir die Reise dahin genehmigt hätte, wäre vielleicht mein Lebensweg anders verlaufen.... Fürsorglich, wie die DDR-Oberen waren, ersparten sie mir diese Aufregung an der Kölner Musikhochschule.

Streng geheim!

Einer staatsgefährdenden Verschwörung kam der Geheimdienst der DDR 1983 zur richtigen Zeit auf die Spur; im Protokoll: *"...der Orchestermusiker Roland Söderström aus Helsingborg/Schweden bat um Kontakt-Aufnahme zum DDR-Bürger Trumpf zwecks Erhalt von Musikunterricht auf dem Instrument Kontrabass"*. Das geht dann aber doch zu weit! Das muss unterbunden werden! Es folgt ein Ersuchen an das MfS (Ministerium für Staatssicherheit) mit der Akte:

„STRENG GEHEIM, operative Auskunft der ABT.XII T444739 zum Suchauftrag.... TRUMPF, Klaus 8.6.40 – 430292...."

Wenn damals der gute Roland das je gewusst hätte, schlaflose Nächte vor den Fahrten zum Kontrabass-Unterricht nach Ostberlin wären die Folge gewesen. Denn er kam dann wirklich mehrere Jahre in größeren Abständen zum Unterricht – und wie wir jetzt wissen, unter streng geheimer sozialistisch-staatlicher Beobachtung! Welche Fingersätze und musikalische Geheimnisse wird er wohl in das neutrale Schweden geschmuggelt haben!?

Streng geheim: Kontrabass-Unterricht für einen schwedischen Staatsbürger!

Im Jahre 1986 machte ich mit Liane, meiner zukünftigten (zweiten) Ehefrau eine Reise per PKW nach Ungarn. Im Grenzübergangsprotokoll bei der Rückreise steht zu lesen, dass ich mich weigerte die Herkunft der mitgeführten 100,- DM-West zu benennen, erst dem Zugführer, einer vorgesetzten Person, Auskunft darüber zu erteilen gewillt war. Ich wusste gar nicht mehr, dass ich ihm wegen der strengen Grenzkontrolle Vorwürfe gemacht hatte, wie im Protokoll zu lesen: *"Herr Trumpf äußerte, dass er eine Zollkontrolle zu einem sozialistischem Land nicht einsieht und als Schande für die DDR-Bürger betrachtet. Im NSW (Nichtsozialistischem Wirtschaftssystem) hätten die Bürger mehr persönliche Freiheit"*. Diese Bemerkungen konnte ich mir nur erlauben, da in meinem Reisepass einige Visum-Stempel von Grenzübergängen nach der Schweiz, nach Australien, nach England usw. vorhanden waren, die die Grenzbeamten nicht deuten konnten. Sie konnten nicht wissen, dass ich „nur" als Musiker unterwegs war. Ich konnte ja ein staatsdienlicher Kader sein!

Ich bin doch etwas verwundert, dass bei meiner verhältnismäßig zahlreichen Reisetätigkeit in das NSW (s.o.) nicht viel mehr brisante Dinge vom Überwachungsapparat aufgeschrieben waren.

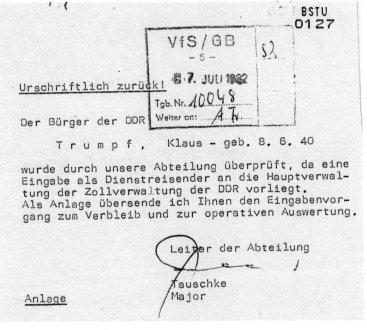

Unsere Abteilung überprüft!

Ich hatte das große Glück durch meine relativ vielen Einladungen zur Leitung von Meisterklassen, workshops, Jurorentätigkeiten ins westliche Ausland zu reisen. Man muss aber wissen, dass das nicht aus reiner Menschenfreundlichkeit erlaubt wurde. Ich brachte ja dem DDR-Staat, wenn auch in bescheidenem Maße, Devisen ins Land. Sogar in dreierlei Hinsicht: zunächst in Provisionsabgaben an die Künstleragentur, dann war ein „Pflichtumtausch" eines bestimmten Betrages abzuliefern und den Rest brachte ich ja dann automatisch in die „Intershops". Intershops waren die Läden mit Westprodukten in der DDR, wo man offiziell mit westlicher Währung bezahlen durfte und der Staat somit die wertvollen Devisen der Bevölkerung abschöpfte.

Eine Beobachtung konnte ich im Bekanntenkreis machen: selbst von exotischen Reisen, wo niemals ein DDR-Bürger hinkam und die Neugier eigentlich groß gewesen sein müsste, wie Südamerika, Japan usw. wollte nie jemand etwas wissen. Man muss es vielleicht verstehen: wo es niemals eine Hoffnung gab, diese Länder zu besuchen, wollte man auch nichts darüber wissen.

Einen Trost gab es für mich bei der Durchsicht der Stasi-Blätter: kein Kollege, kein Nachbar, niemand aus dem Freundeskreis hatte sich in negativer, in verräterischer Weise geäußert, wie oft vermutet und ja auch in vielen Fällen bekannt geworden war. Oder hat vielleicht doch zur Zeit der letzten DDR-Modrow-Regierung ein Vorausschauender, der etwas zu verbergen hatte, alles vernichtet?

Manchmal findet man sogar freundliche Einschätzungen, die man auch nie vermutet hätte. So ersieht man aus einer „Einschätzung" des ehemaligen Intendanten meiner langjährigen Arbeitsstätte der Deutschen Staatsoper, Hans Pischner, die er für die o.g. „Organisation" abgeben musste. Diese enthält neben den lobenden Worten „...für seine hervorragenden Leistungen wurde ihm vom Minister für Kultur 1972 der Titel eines ‚Kammervirtuosen' verliehen" eben auch den obligatorischen Schlenker: „1981 wurde Kollege Trumpf mit der Medaille „Aktivist der sozialistischen Arbeit" ausgezeichnet. Vielleicht habe ich eine musikalische Passage schneller, höher, weiter gespielt als andere – das muss schon mal belobigt werden! An jedem 1. Mai, dem „Tag der Arbeit" waren 10 Kollegen der Staatskapelle an der Reihe, diese Auszeichnung in Empfang zu nehmen. 1981 war ich eben dran....

```
BSTU
0128
Bezirksverwaltung                    Berlin,     19. Mai 1982
für Staatssicherheit                 beu/ka/fr/Tel. 658/481
Abteilung XX                         XX/A/

                                     ETIE1868/82

Ministerium für Staatssicherheit
HA/HVA/BV     Vl/ZA
Abt./KD
Mitarb.       Wonda


Auskunftsersuchen

Durch Ihre Diensteinheit wurde mit der
F 10 Nr.  N140444    vom   27.4.82
die Person  Trumpf, Klaus
geb. am/in  8 6 40           Eingabe Dienst

in der Abteilung XII überprüft. Diese Person ist
für unsere DB als NSA-Reisekader auf einem Si-
cherungsvorgang erfaßt. Zur Person besteht kein
Kontakt. Es wird gebeten, unserer DB urschriftlich
mitzuteilen:
- welche Überprüfungsgründe vorliegen bzw.
- welche op. Hinweise es gibt, die beim weiteren
  Einsatz des Reisekaders zu beachten sind.

                        Leiter der Abteilung

                              Häbler
                              Oberst
```

Diese Person ist NSA-Reisekader – aber ein Überprüfungsfall.

Schließen wir das hässliche Stasi-Kapitel mit dem herrlichen Gefühl und Wissen ab, dass es das nie mehr geben wird!

Bayreuther Festspiele 1989 und ein gravierender Entschluss

Eine entscheidende Rolle in unserer Lebensplanung hat das Schreiben von Festspielleiter Wolfgang Wagner vom Februar 1989 verursacht. Damit schlug eine Bombe ein! (s. im Anhang S. 464)

Die Einladung, im Festspielorchester 1989 mitzuwirken, setzte Gedankengänge frei, die in alle Richtungen gingen. Zunächst natürlich die Freude auf die Mitwirkung in diesem Orchester, an dieser Stätte, in diesen heiligen Hallen! Diese legendären Festspiele mitzuerleben, ja sogar mitzuwirken, ist der Wunsch eines jeden Musikers, ob West, oder besonders Ost. Und wenn man dann noch die Musik Wagners liebt....

Bei einem Musiker jenseits der Mauer kommt noch mehr dazu: 10 Wochen Aufenthalt im Westen, Kontakte zu den Kollegen der führenden Orchestern aus Westberlin, München, Hamburg usw., ja – und dann wird dieser „Urlaub" vom Alltag, so empfand ich es damals, auch noch mit Westmark honoriert!

Und ein bisschen Spaß wird sicher auch dabei sein. Das bewahrheitete sich schon bald mit dem Anruf von Herrn *Otto Stiglmayr* aus München, dem Diensteinteiler für Bayreuth. Seine erste Frage galt nicht dem Kontrabassspiel, sondern: ob und welches Blasinstrument ich spiele.

Nun konnte ich mit einem schon in die hinteren Hirnzellen verabschiedeten Können aufwarten: Tuba! „Na, wunderbar" sagte er, und „...es hat ja die selben Griffe wie ein Tenorhorn und das fehlt uns gerade! Besorgen Sie sich eins und üben Sie!" Ja, warum das? – betraf die Einladung nicht mein Spiel auf dem Kontrabass? „Im Hauptteil ja, aber wir haben doch einige kleine Einsätze mit unserer Blaskapelle, gebildet innerhalb der Kontrabassgruppe, z.B. im Biergarten des Flugplatzes Bayreuth-... und bei Geburtstagen von den Dirigenten Daniel Barenboim oder James Levine...!" Und so sollte es geschehen: ich kaufte vom 1. Soloposaunisten unserer Staatskapelle ein Tenorhorn, was er nicht mehr brauchte und übte jeden Tag eine halbe Stunde – es machte sogar Spaß!

Die Bayreuther Kontrabassgruppe frönt ihrem Hobby: Blasmusik

Was keinen Spaß machte, war die Tatsache, dass ich noch immer auf die „Genehmigung" und Zusage vom Kulturministerium der DDR wartete, ob ich überhaupt nach Bayreuth in den bösen, kapitalistischen Westen fahren dürfte. Nun hatte ich ja in meiner Euphorie auch noch den Antrag gestellt meine Frau Liane und die beiden Töchter Bettina und Alexandra mitzunehmen. All unsere Bekannten griffen sich an die berühmte Stelle am Kopf bis 14 Tage vor Beginn der Festspielproben der Anruf bescheinigte: Sie können die gestempelten Reisepässe für Ihre Frau und die zwei Töchter abholen! Das „Verhängnis" nahm seinen Lauf.

Die Bayreuth-Festspielzeit teilt sich auf in 5 Wochen Probe- und 5 Wochen Aufführungszeit. Jeder der Musiker bekam einen genauen Dienstplan. Für die Kontrabassgruppe kamen nun die entspannenden Blasmusikproben dazu – für mich eine völlig neue Erfahrung.

Ein paar Fakten für die Statistik: 1989 waren im Spielplan die Opern Parsifal, Lohengrin, Tannhäuser und der „Ring" mit den Abenden: Rheingold, Walküre, Siegfried, Götterdämmerung. Die Dirigenten waren Daniel Barenboim, James Levine und Peter Seifert.

Die Kontrabassgruppe bildeten (in alphabetischer Reihenfolge): *Ulrich Berggold* (Deutsche Oper Berlin), *Wolfgang Burkmüller* (Rias-Sinfonieorchester Berlin), *Gerhard Dzwiza* (Philharmonisches Orchester Hamburg), *Wolfgang Engel* (Deutsche Oper Berlin), *Jürgen Fichtner* (Rundfunksinfonieorchester Köln), *Klaus Holtmann* (Orchester der Beethovenhalle Bonn), *Günter Klaus* (Hochschule für Musik Frankfurt/M.), *Ekkehard Krüger* (NDR-Sinfonieorchester Hamburg), Erwin Novak (Oper Zürich), *Helmut Schafberg* (Philharmonisches Orchester Hamburg), *Günter Schmidt* (NDR Sinfonieorchester Hamburg), *Otto Stiglmayr* (Rundfunkorchester München), *Klaus Trumpf* (Deutsche Staatsoper Berlin).

Jeder dieser Kollegen hatte in seinen Orchestern dafür Sorge zu tragen, dass er über die gesamte Zeit von 10 Wochen in Bayreuth zu seinen eingeteilten Diensten erscheinen konnte.

Es gelang mir und ich erschien also in Bayreuth mit Tenorhorn und Kontrabass.

Erste Probe aufregend wie die allererste Orchesterprobe vor 30 Jahren. Kennenlernen der Kollegen, der berühmten Dirigenten, der hervorragenden Sänger.

Pausengespräche drehten sich niemals um Musik, geschweige denn Kontrabass. Was haben sich wohl in den früheren Jahren die namhaften Protagonisten Franz Simandl, Hans Sturm, Otto Stix, Gustav Laska, Albin Findeisen unterhalten?

Bayreuther Kontrabassgruppe von 1914: Die Bekanntesten darunter: Otto Stix-Wien, Gustav Laska-Schwerin, Carl Witter-Würzburg, Albin Findeisen-Leipzig.

Themen jetzt waren: Pilotenschein ablegen, schnelle Autos und Motorräder, ein Westberliner Kollege empfahl zur besseren finanziellen Absicherung Wohnungen zu kaufen. Ich hatte mir überlegt, ob ich mir ein Pausenbier leisten könne oder doch lieber beim Wasser blieb!

Musste mich erst an diese Kommunikation gewöhnen. Aber das Spiel in der berühmten versenkten Orchesterwanne mit diesem phantastischen Orchester war jeweils ein Erlebnis. Was gab es hier an Klangerlebnissen mit dieser überwältigenden Wucht der Wagnerschen Musik! Man sitzt mittendrin im Klangrausch der grandiosen Bläser und der virtuosen Streicher, angeheizt und animiert durch die genannten Dirigentengrößen. Die unendlichen orchestralen Steigerungen, die Wagner bis zum Überbrodeln auskostete und hier im Wagner'schen Stammhaus zu Klangorgien auswucherten, ließen Kopf und Gefühle Höhenflüge vollführen! Nicht nur einmal, ständig überfluteten Schauer den Rücken rauf und runter. Wucht der Musik - Wucht der Gefühle!

Bis einen dann wieder Tagesbanalitäten ins Leben zurückriefen. Jedes Jahr gibt es eine geschlossene Vorstellung für den Gewerkschaftsbund. Immer beginnen die Vorstellungen 16 Uhr, man hatte sich daran gewöhnt – nur diese nicht. Diese begann aus unerfindlichen Gründen um 15 Uhr. Das Schöne daran war, dass Neulinge darauf nicht hingewiesen werden. Und so suchte ich an diesem besagten Tage einen Parkplatz und stellte erschreckt fest, dass es keinen einzigen mehr gab und schon alles sehr ruhig aussah. Wie vom Blitz getroffen, registrierte ich eine Katastrophe. Ich rannte zum Orchestereingang – kein Mensch da, niemand, den ich fragen konnte – bis ich aus dem Orchestergraben wohlgeformte Musik hörte und nun endgültig feststellte: die Vorstellung hat begonnen. „Mein Gott" rief ich aus – aber er konnte auch nicht mehr helfen und ich musste mich der Schmach stellen. Kreidebleich warten bis Aktschluss. Ich stand an der Tür, durch die Daniel Barenboim aus der Orchesterwanne herauskommen sollte. Bevor ich mich entschuldigen konnte, klopfte er mit vielsagendem Blick auf meine Schulter und meinte: ich sei nicht der Erste und sicher auch nicht der Letzte!

Große Freude, als am 10. Juli Ehefrau Liane, die Töchter Bettina (26) und Alexandra (15) eintrafen, vorgesehen für ihre vom DDR-Ministerium genehmigten 14 Tage. Gespräche, Überlegungen bestimmten die nächsten Tage, ob wir wirklich den Schritt wagen, nach den Festspielen hier im Westen bleiben und alles in der alten Heimat aufgeben sollten. Die Tage gingen dahin und wir mussten zu einer Lösung kommen – also erstmal krankschreiben lassen um Zeit zu gewinnen. Der Arzt war so verständig und schrieb alle drei Damen mit einer undefinierbaren Darmgrippe reiseunfähig. Bettina war unfähig einen klaren Gedanken zu fassen, da sie ihren Freund Christian nicht verlassen wollte, der von

DDR-Behörden niemals eine Erlaubnis zur offiziellen Übersiedlung in die Bundesrepublik erhalten hätte. Also kam ein Verbleiben für Bettina nicht in Frage und dieses wiederum für Mutter Liane ebenso. Das waren die Probleme, um die sich alle Gespräche rankten. Bis dann unser ungarischer Freund Tottzer auf seiner Fahrt in sein Heimatland auftauchte und Bettina nach Budapest mitnehmen konnte, wo Freund Christian „Urlaub" machte. Ja, gute Idee – aber wie kommt Bettina wieder zurück aus Ungarn mit ihrem DDR-Pass in die Bundesrepublik? Also mussten wieder bundesdeutsche Behörden helfen, indem sie ihr innerhalb kürzester Zeit einen westdeutschen Pass ausstellten. Was waren wir dankbar – es ging im bösen kapitalistischen Westen alles so problemlos! Bettina fuhr dann tatsächlich als „Bundesbürgerin" nach Budapest. Christian war dort wiederum in Kontakt mit seinem Bruder, der als Mitglied des Opernchores der Komischen Oper Berlin (DDR) gerade in England auf Gastspiel war und telegraphierte: „Wenn Christian versucht in den Westen zu gelangen, dann bleibe ich auch hier im Westen, zunächst in England".

Ein weiterer Helfer unserer „Fluchtpläne" tauchte auf: *Sandor Tar*, ehemaliger ungarischer Kontrabass-Student von mir aus Berlin. Er hatte seinen Bruder, der als Armeeangehöriger seinen Dienst an der ungarisch-österreichischen Grenze versehen musste, instruiert, dass ein gewisser Christian aus Ostberlin die Grenze illegal passieren will. Dieser Bruder informierte Christian über die Dienstgepflogenheiten der Grenztruppen. So versuchte Christian wieder einmal in einer bestimmten, festgelegten Nacht, diese Grenze zu überwinden. Natürlich wurde gerade in dieser Nacht die Dienstordnung verändert und so geriet der Flüchtling Christian in die Fänge der Grenzer. Man setzte ihn wieder einmal in den Zug nach Ostberlin mit dem Stempel-Vermerk im Pass „Visum abgelaufen". Inzwischen war aber Bettina wieder in Bayreuth gelandet und wir saßen, wie jede Nacht, am Telefon und erwarteten die Nachricht von der gelungenen Flucht Christians. Kerzen wurden symbolisch angezündet, Gebete ausgesprochen, Tränen flossen. Dann nächsten Früh: Flucht wieder missglückt.

Dies geschah viermal!

Während dieser gesamten Zeit hatte ich natürlich meinen vertraglich festgelegten musikalischen Dienst im Festspielorchester zu absolvieren. Ohne irgendetwas anmerken zu lassen. Kein Kollege, kein Mensch durfte ja von unseren geheimen Plänen etwas erfahren.

Erst ernsthafte Proben, dann seriöse Aufführungen der Bayreuther Festspiele, nebenbei Blasorchesterproben mit heiteren Einsätzen an dienstfreien Tagen. Lockere Zusammenkünfte der Kontrabassgruppe oder auch den Chefdirigenten.

Gesellige Ausflüge mit der Kontrabassgruppe in Bayreuth, hier mit Günter Klaus

James Levine und Daniel Barenboim, die Dirigenten der Bayreuther Festspiele 1989

Einen Schreck bekamen wir jedesmal bei dem Gedanken an Lianes Mutter, die allein in einem trostlosen Zimmer eines trostlosen Altersheimes in Ostberlin ihren Lebensabend verbrachte. Wir wollten die Mutter holen. Das könnte sogar ohne größere Schwierigkeiten geschehen, da Rentnern die Großzügigkeit sozialistischer Menschlichkeit geboten wurde, ohne weiteres mit einem Reisepass in den Westen zu reisen. Natürlich verbarg sich dahinter die Hoffnung des DDR-Staates, sie mögen doch bitte gleich und gern in der Bundesrepublik bleiben. Die Rentenzahlungen müssten dann woanders aufgebracht werden. Gedacht getan. Nach einer Walkürenprobe fuhren wir, Liane und ich, in unserem Auto die 300 km nach Berlin. Dazwischen lag aber noch die streng bewachte deutsch-deutsche Grenze, die unüberwindliche Mauer, Stacheldraht, Todesstreifen, Grenz- und Zollkontrollen. Wir aber hatten ja gültige Reisepässe. Und so mussten uns die immer unwilligen Grenzschützer passieren lassen. Unsere Gespräche versickerten immer mehr, da wir ja einen sehr geheimen Plan, nämlich eine Entführung einer DDR-Bürgerin in die BRD hatten. Als wir spät abends in unserer nun schon ausgeräumten Wohnung in der Berliner Wilhelm-Pieck-Straße 220 ankamen, hatten wir nur noch die Kraft, leise und zaghaft zu sprechen. Überall vermuteten wir Lauscher, die unser Tun beobachteten, die vermutlich wissen mussten, was wir vorhatten. Nämlich die DDR gemeinsam mit der Mutter auf immer zu verlassen. Wir schlichen geisterhaft durch die Wohnung, sprachen nicht, atmeten kaum, legten uns für ein paar Stunden hin. Unausgeschlafen nächsten Morgen fuhren wir zum Altersheim in Wildau bei Berlin und überraschten die Mutter beim Frühstück. Für sie erschienen wir als Geister, da sie uns ja in Bayreuth wähnte. Auch hier tuschelten wir nur und überfielen sie mit unserer Idee, sie für immer in den anderen Teil Deutschlands mitzunehmen. Das aber kam so überraschend für sie, dass sie erstarrt und zitternd nur sagen: bitte geht ohne mich – mir wird es schon später irgendwie gelingen. Und so nahmen wir, für Liane herzzerreißend, Abschied, ohne zu wissen, wie es weitergehen wird. Wir mussten uns beeilen, denn 6 Stunden später begann meine nächste Walküren-Probe im Bayreuther Festspielhaus. Es war eine Fahrt ohne Worte. Je näher wir der Grenze kamen, desto trockener wurden unsere Kehlen. Wir waren unausgesprochen der festen Überzeugung, dass man uns hier aus dem Auto rausholen und zum Verhör bringen wird. Es konnte denen doch nicht verborgen geblieben sein, was wir vorhatten.

Wir erwarteten die Festnahme mit folgender Verurteilung „wegen Republikflucht". Nichts wurde in der ehemaligen DDR strenger bestraft, als das Verlassen des eigenen Landes, des Arbeiter- und Bauernparadieses. Eine Art Desertion, Fahnenflucht.

Deutsch-deutscher Grenzübergang Hirschberg

Und dann kam der erste Schlagbaum und die erste Aufforderung zur Passkontrolle. Für eventuelle nähere Untersuchungen unseres Autos hatten wir die Papiere, Zeugnisse usw., die wir für den Neuanfang im „Westen" brauchen könnten, in alte Schallplatten- (LP-)hüllen eingeklebt – damit es beim Durchsuchen nicht herausfallen konnte. Alles war vorbereitet, an alles war gedacht. Wird es auch nützen?

Die erste Kontrolle konnten wir passieren. Dann kam der Check des Autoöffnens, des Unterwagen abspiegeln. Eine Erfindung der korrekten DDR-Grenzer – es konnte ja jemand am PKW-Boden angegurtet sein!Auch diese Kontrolle konnten wir passieren. Aus den LP-Hüllen war nichts herausgefallen – keine verräterischen Papiere! Nicht ein Wort sprachen wir. Mit trockenem Mund konnten wir nur einsilbig auf die Fragen der Grenz- und Zollbeamten antworten.

Und dann kam der nächste Kontrollpunkt. Das Winken des Postens zur Weiterfahrt wollten wir nicht wahrnehmen, bis er ungeduldig drohend nochmals in Richtung „Westen" zeigte.

Sollten wir es wirklich geschafft haben? Sollte der Neubeginn im Westteil Deutschlands wirklich Wahrheit werden? Der letzte Schlagbaum lag noch vor uns. Und dann geschah das Wunder: wir waren im Westen! Wir hatten es geschafft! Wortlos, mit feuchten Augen fielen wir uns in die Arme. Es dauerte lange bis wir wieder sprechen konnten.

Nun, als unser Entschluss gefasst war, nicht mehr in die DDR zurückzukehren, gingen unsere Gedanken an die vielen Dinge, die wir in Ostberlin zurücklassen müssen. Eine 180qm-große Gründerzeitwohnung im Zentrum Berlins, für die wir 1200 Mark der DDR Miete zu zahlen hatten -1200 Mark im Jahr! Kein Wunder, dass die Häuser verfielen – wie sollten von diesen Mieten diese Häuser erhalten werden können? Wir ließen ein Eigentums-Wassergrundstück mit Boot in Berlin-Neu-Venedig zurück, Biedermeier-Möbel und vor allem: was sollte mit den Instrumenten, meinen gesammelten Kontrabässen, was mit meiner Bogensammlung geschehen?

Sammlung in der Berliner Wohnung 1989

An freien Tagen fuhr ich nach Berlin und brachte jeweils einen der Kontrabässe und mindestens immer zwischen 5-8 Kontrabassbögen mit.

Gefahrvoll, da man noch alles fein säuberlich in die Zollerklärung eintragen musste! Plötzlich die Frage einer scharfen Zollbeamtin: warum mehrere solche Stangen mit Haar bezogen? Ich erklärte die verschiedene Musik, leichte und ernste, ließ auch das Wort Zwölftonmusik fallen, was jeweils andere Bögen verlangte. Ihr Blick verfinsterte sich – und außerdem brauchte ich einen Bogen zum Üben, einen im Theaterproberaum und andere zur Aufführung… ja, ja, schon gut, sagte sie ziemlich genervt. Wiedermal davon gekommen! Am Ende hatte ich fast alle Instrumente und vor allem die gesamte Sammlung antiker Bögen gerettet.

Zu jedem Bayreuth-Fest gehört ein Orchesterfest. Geselliges bei bayrisch-fränkischer Schweinshaxe, Bier und Musik. Diese machten wir uns selbst zum Gaudi der anderen Wagner-Musikanten. Mit einem speziellen Arrangement der Liszt'schen Ungarischen Rhapsodie Nr.2 für Klavier und 10 Kontrabässen. Dirigiert von James Levine und am Klavier präludierend Daniel Barenboim.

Hochkarätige Aufführung der Ungarischen Rhapsodie von Franz Liszt beim Orchesterfest in Bayreuth: am Klavier Daniel Barenboim. James Levine dirigiert die Bayreuther Kontrabassgruppe.

Das Ende der Festspielzeit rückte näher. Ich genoss, so gut es ging, die Herrlichkeit der Aufführungen dieser Wagner-Festspiele, dieses große Erlebnis!

Durch die Mitgliedschaft im Festspielorchester hatte man das Recht für Generalproben-Besucherkarten und so konnte Liane einige Opern als Zuhörerin im Festspielhaus genießen. Auch abendliche Aufführungen. Angenehme Seiten konnten wir also auch während der aufregenden Zeit 1989 in Bayreuth abgewinnen.

Nicht minder aufregend ging es weiter – sofort nach dem Ende der Festspielzeit. Der große Lebens-Einschnitt begann. Gerade eine schlaflose Nacht lag dazwischen.

Neuanfang 1989 –
Lebensabschnitt West beginnt

Unser Entschluss, nach den Bayreuther Festspielen 1989 nicht mehr in die DDR zurückzukehren, hatte sich gefestigt und so war jetzt alles am Ende der Bayreuther Festspiele auf einen Neubeginn im Irgendwo des Westens gerichtet. Da an der Musikhochschule in Mannheim eine Kontrabassprofessur ausgeschrieben war, sollte das unser angepeiltes Ziel sein. Wir fanden durch Annonce ein Haus in der Vorderpfalz, also in der Nähe Mannheims, was ausreichend Platz bot für Ehefrau Liane, die Töchter Bettina und Alexandra. Und dann für Bettinas Freund Christian, wenn es ihm gelingen sollte die Grenze Ungarn-Österreich zu passieren. Die turbulenten Vorgänge nach den Paneuropäischen Tagen im August 1989, einer grandiosen Idee Otto von Habsburgs, die streng bewachten Grenzanlagen gemeinsam mit ungarischen Europaidealisten dort zu lockern, bewirkten einen dramatischen Anstieg von ausreisewilligen DDR-Bürgern. Hunderte und Tausende versuchten täglich, die immer noch streng bewachten Grenzanlagen zu überwinden. Die täglichen dramatischen Nachrichten berichteten von zunehmenden Flüchtlingsströmen, denen es gelang, die Grenzen zu passieren.

Und dann sollte das Haus auch noch Platz bieten für Lianes Mutter, die wir aus dem Altenheim in Berlin-Ost zu holen gewillt waren. Unsere drei Damen hatten längst ihre genehmigte Visumzeit von 2 Wochen überschritten.

Beim letzten verzweifelten Versuch von Christian gelang es ihm tatsächlich in einer Nacht- und Nebelaktion durch einen Waldabschnitt zunächst in Österreich anzukommen. Verletzt zwar und mit Krückstöcken, aber ansonsten optimistisch, tauchte er am Tage der letzten Vorstellung in Bayreuth auf. Was für ein Wiedersehen!

So konnte die Reise in die neue Heimat Anfang September 1989 angetreten werden. Fünf optimistisch gestimmte Personen und einige meiner Instrumente, meine Bogensammlung und wichtige Noten in einem Rent-a-Car-Minibus. Ich hatte im Laufe der 10 Festspielwochen manch Wichtiges aus unserer Ostberliner Wohnung unter abenteuerlichen Erklärungen gegenüber den Zollbeamten über die deutsch-deutsche Grenze herüberbringen können. Mein Visum, was mir den Grenzübertritt mehrfach erlaubte, leistete gute Dienste. Aber welche Höllenängste man durchmachte, ist heute nicht mehr vorstellbar. Die allmächtigen Grenzbeamten schikanierten gern Ihre eigenen Landsleute, die offiziell in den anderen Teil von Deutschland fahren durften.

Unser erstes Ziel war das Aufnahmelager Gießen, der berühmte Ort, der schon so viele Neuankömmlinge gesehen hat. Hier hunderte Menschen, alles DDR-Bürger, die über die Botschaften in Prag, in Warschau und von anderswo angekommen waren und Hilfe suchten. Es sollten inzwischen Tausende sein, die Mut geschöpft hatten, die Chance nutzten und dem Osten Deutschlands den Rücken kehrten. Wir und alle im Moment Heimatlosen erfuhren größtmögliche Unterstützung mit Freundlichkeit und Geduld. Man muss wissen, dass hier an diesem Ort Menschen, ganze Familien angekommen waren, die aus vollen Häusern und Wohnungen weggegangen waren und außer den Dingen, die sie am Leib trugen, nichts besaßen. Sie waren geflohen aus einem anderen Teil Deutschlands, in dem das Leben nicht mehr lebenswert war. Und hier in der relativ kleinen westdeutschen Stadt Gießen fanden sie Leute, die sie warmherzig aufnahmen. Noch heute wirkt in uns diese mitfühlende Anteilnahme und Hilfsbereitschaft. Diese Menschlichkeit wird uns ein Leben begleiten.

Nach Erledigung aller bürokratischen Einbürgerungserfordernisse durften wir nun in das Bundesland unserer Vorstellungen mit je 100 DM Begrüßungsgeld in die neue Wunschheimat reisen.

Auf Heimatsuche

Ankunft in Dannstadt-Schauernheim, Vorderpfalz in der Nähe Mannheim/Ludwigshafen, in Rheinland-Pfalz, im gemieteten Reihenhaus. Dieses war bis auf eine Einbauküche leer – kein Stuhl, kein Bett, kein Geschirr, kein Garnichts! Wir hatten immer noch das euphorische Gefühl des „im Westen-Angekommenseins", ohne auch nur im Geringsten daran gedacht zu haben, wo wir die erste Nacht verbringen werden, wo wir uns niederlegen sollen?

Es war 16 Uhr an einem sonnigen Tag des 4. September 1989.

Erwartungshungrig saßen wir auf der Innentreppe unseres neuen Reiches und aßen die mitgebrachten Brote – bis es an der Tür läutete. Frau Christ, die Nachbarin begrüßte uns als Zugezogene mit einem Strauß Blumen und der Feststellung „Ja, Sie haben ja gar nichts!" und

der erstaunten Frage: wann denn unsere Sachen des Umzugs kämen und wo wir heute schlafen wollten. Diese Frage erschreckte uns so, dass wir nur mit verhaltener Stimme äußern konnten, dass wir sehr froh seien, jetzt endlich hier zu sein!
Frau Christ verschwand – um nach einer Stunde mit Vielen aus der Nachbarschaft wieder zu erscheinen und uns alles für einen Hausstand Benötigte brachte! Innerhalb der nächsten 2 Stunden wussten wir, worauf wir schlafen werden, an welchen Tischen und Stühlen wir sitzen, ja sogar mit welchen Fahrrädern wir unsere Einkäufe erledigen werden. Wir waren sprachlos, überwältigt, unsagbar dankbar. So war es.

Der nächste Tag sah uns dann etwas ernüchterter auf dem Wege zu den Behörden: Anmeldung im Rathaus, beim Einwohnermeldeamt, bei der Sparkasse, der Versicherung, der Schule...
  Beim Arbeitsamt wurden wir als arbeitslos eingetragen. Das vielleicht der härteste Schlag.
  Was jetzt tun? Als erste fand Bettina eine Anstellung in ihrem alten Beruf als Bauzeichnerin bei einem Architektenbüro. Christian als Bühnenarbeiter am Theater in Mannheim.
  Alexandra konnte das Gymnasium in Ludwigshafen besuchen, es war das, welches auch Helmut Kohl vor Jahrzehnten besucht hatte.
  Liane organisierte unermüdlich alles Häusliche um wenigstens eine geordnete Basis zu haben. Sie hatte es mit am schlimmsten getroffen: wollte sie doch endlich ihren Wünschen entsprechend und als examinierte Deutsch/Musiklehrerin in einem demokratischen Land arbeiten. Sie hatte mit ungeheurem Mut ihren Lehrerberuf in der DDR nach 14 Jahren im Schuldienst aus ideologischen Gründen aufgegeben und ihr Lehrergehalt mit dem einer Verkäuferin im Musikalienhandel eingetauscht. In der Bundesrepublik war aber ihr Staatsexamen aus dem Osten nicht anerkannt. Bitter! Etwas später war sie aber eine bevorzugte Lehrerin an einer Privatschule in Mannheim. Und zwar für die zahlreichen Aussiedler. Scharenweise kamen ja jetzt durch die Lockerung vom derzeitigen Präsidenten Michael Gorbatschow aus der noch bestehenden Sowjetunion. Die ungezählten Russland-, bzw. Wolga-Deutschen, die zu jener Zeit aus den ehemaligen Sowjetrepubliken in die Bundesrepublik übersiedelten.

Dankbar waren wir dem Spender unseres Fernsehgerätes, durch das wir aus der alten Heimat immer mehr beunruhigende Nachrichten über die Montagsdemonstrationen und das Ausbluten der DDR durch ausreisewillige Menschen erfuhren. Allabendlich saßen wir wieder zusammen bei symbolisch angezündeten Kerzen und machten uns Gedanken über die Zukunft.

Bis eines Tages ein Anruf des alten Freundes *Timm Trappe* vom Radiosinfonieorchester Frankfurt/M. kam. Seine Frage: ob ich eine 4-wöchige Konzertreise nach USA und Japan mitmachen könnte. Nichts war willkommener als diese Anfrage – Tim, Du warst ein Retter in der Not!

Konzerte, erst in Frankfurt mit den dazugehörigen Proben verlangten tägliche Fahrten mit dem Auto in die 150km entfernte Mainmetropole. Unbeschreibliche Gefühle nahmen von einem Besitz. Nach einem immerhin fast dreißigjährigen Berufsleben stand man plötzlich gefühlsmäßig neben sich. Liane fuhr oft mit, als moralische Stütze.

Wendezeit

Und dann ging es mit dem Orchester auf Tournee durch viele Städte der USA, anschließend nach Japan.

Und hier erfuhren wir das Unfassbare, das Unerhörteste, was man je erfahren konnte und es klang so unglaublich, dass wir es als Übersetzungsfehler werteten: am 9.November sei in Berlin die Mauer, die schreckliche, in Beton gegossene Trennungslinie zwischen Ost und West, gefallen. Niemand konnte es glauben. Aussprüche wie „Das lassen die Russen nie zu" oder „Die öffnen nur ein Ventil" machten die Runde. Und doch machten uns die Bilder im TV das Geschehen deutlich. Fassungslosigkeit! Das gesamte Orchester konnte die Heimfahrt kaum erwarten....

Zuhause in der neuen Heimat wieder angekommen, machten wir uns gewärtig: „Ja, war denn unser Weggang überhaupt nötig gewesen? War er nun wirklich umsonst? Geht man von einer Position an der Staatsoper Berlin ins Ungewisse? In die Arbeitslosigkeit? Jetzt, wo sich all das verändert, was man in der DDR politisch nicht ertragen konnte? Jetzt, wo das weg war, wovor wir geflohen waren! War der Weggang wirklich richtig?"

Während meiner Abwesenheit hatte sich in unserem kleinen Haus in Dannstadt mächtiges verändert. Meine Schwester Evelyn hatte

schon seit langem mit ihrer Familie in Görlitz den Ausreiseantrag zur Übersiedlung in die Bundesrepublik gestellt. Nach Jahren des Wartens bekamen sie die Genehmigung und den Ausreisetag gleich mit vorgeschrieben. 9.November 1989! Ausgerechnet am 9.November! Ja, es war so. An diesem Tage abends im Zug sitzend, verzögerte sich die Abfahrt mit der Durchsage: in Berlin strömten Hunderttausende durch die geöffnete Mauer von Ost- nach Westberlin...
Fassungslosigkeit, Ungläubigkeit, Ratlosigkeit. Ja, was tun? – Aussteigen? Hierbleiben?

Wir haben doch jahrelang darauf gewartet und jetzt... Der Zug setzte sich langsam in Bewegung und am nächsten Vormittag stand Liane am Bahnhof in Dannstadt und holte die 7-köpfige Schwägerinfamilie ab: Schwester Evelyn mit Mann Rudi, Sohn Thomas, verheiratete Tochter Olivia mit Mann Jens und ihren zwei Kindern, davon Sofie 6 Monate alt und Henry 5 Jahre. Der Zug konnte erst verspätet weiterfahren, da das Ausladen der hundert Gepäckstücke enorm viel Zeit in Anspruch nahm. Da sie nicht wussten wohin, hatten wir angeboten, sie bei uns mit aufzunehmen. Keller- und Bodenräume hatte Liane hergerichtet. Als ich von der Japanreise nach Hause kam, begrüßte mich eine Großfamilie von 12 Personen.

Mit ihren Möbeln kam dann auch unser in Berlin zurückgelassenes gesamtes Inventar, was inzwischen schön aufgelistet als Evelyn-Rudi-Eigentum die West-Ausreise erhalten hatte. Das wiederum hatten noch zu DDR-Zeiten unter Gefahren Bruder Rainer und die Schwestern Evelyn und Sylvia mit ihren Männern Rudi und Horst und anderen freundlichen Helfern aus unserer Berliner Wohnung abgeholt und in Görlitz sicher gestellt. Wenn nicht der Görlitzer Werner Leszczynski den Mut gehabt hätte, seinen LKW zur Verfügung zu stellen, was wäre wohl geworden? Wie dankbar waren und sind wir noch heute diesen selbstlosen Helfern!

Übrigens lag unsere Wohnung in Berlin nur 100 Meter entfernt, also in unmittelbarer Nachbarschaft, zur bundesrepublikanischen Vertretung. Also besonders gut bewacht von Scharen ziviler Staatssicherheitsleuten. Die hatten glücklicherweise so viel Wichtigeres zu tun, als zu beobachten, wie eine DDR-Familie unter ihren Augen dabei war, die DDR illegal zu verlassen. Ein Husarenstreich! Rückwirkend betrachtet war es wie in einer Filmszene, die sich nur sehr phantasiebegabte Textschreiber ausdenken können!

Ja, war der Weggang richtig? – diese Frage stellten wir uns immer wieder, jetzt wo der Grund weg war, aus welchem wir den Sprung ins Wasser gewagt hatten. Die Mauer war eingerissen, der Osten Deutschlands versuchte sich in Sachen Demokratie.

Ich hatte, um mal wieder so richtig korrekt zu sein, am Tage unserer Abreise in Bayreuth meine Kündigung an die Leitung der Staatsoper in Berlin geschrieben: „Es tut mir leid, Ihnen mitteilen zu müssen, dass ich nicht mehr nach Berlin, in die DDR zurückkehren kann ... die Gründe für diesen Schritt sind so vielschichtig, dass ich sie nur auf diesen einen Nenner bringen möchte, dass ich weder für das Leben noch für die Arbeit in meiner Heimat eine Perspektive sehen kann. Ich bin enttäuscht, verzweifelt und empfinde großen Schmerz bei diesem Abschied, denn da sind Verwandte, Freunde, Kollegen, Erinnerungen, Hoffnungen und ein gelebtes Leben – getane Arbeit, mein Zuhause... Bitte bedenken Sie bei der Beurteilung dieses Schrittes die Ursachen, nicht die Wirkung – und bei der Verurteilung die Urheber und nicht die zur Ausführung Gezwungenen!"

Klaus Trumpf
z.Z. Vaals/Niederlande   ,d.1.9.1989

An den Intendanten der
Deutschen Staatsoper Berlin
Herrn Prof. G. Rimkus
Unter den Linden 7
1080 Berlin

Sehr geehrter Herr Prof. Rimkus!

Es tut mir leid, Ihnen mitteilen zu müssen, daß ich nicht mehr nach Berlin, in die DDR zurückkehren kann.
Ich möchte hiermit meinen Vertrag an der Deutschen Staatsoper kündigen.

Die Gründe für diesen Schritt sind so vielschichtig, daß ich sie nur auf diesen einen Nenner bringen möchte, daß ich weder für das Leben noch für die Arbeit in meiner Heimat eine Perspektive sehen kann.

Ich bin enttäuscht, verzweifelt und empfinde großen Schmerz bei diesem Abschied, denn da sind Verwandte, Freunde, Kollegen, Erinnerungen, Hoffnungen und ein gelebtes Leben – getane Arbeit, mein Zuhause.

Ich danke allen, mit denen ich diesen langen Weg gehen durfte, die mir Ehrlichkeit und Wohlwollen entgegengebracht haben.

Bitte bedenken Sie bei der Beurteilung dieses Schrittes die Ursachen, nicht die Wirkung – und bei der Verurteilung die Urheber und nicht die zur Ausführung Gezwungenen!

Klaus Trumpf

Diese Kündigung allerdings sollte mir meinen Rückweg in mein Orchester, in dem ich immerhin fast 30 Jahre glücklich musiziert hatte, nun verbauen. Die Gründe, die unsere Ausreise bewirkt hatten, nämlich das perspektivlose Leben in der DDR, waren nun weggefallen. Da kam dann schon die Idee, dort weiterzumachen, wo ich vor ein paar Wochen aufgehört hatte.

Da hatte ich aber die Rechnung ohne meine ehemaligen Kollegen gemacht. Nach dem Motto „Du bist gegangen – warum willst Du jetzt zurückkommen?". Ja, man darf dieses nicht tun. Die Zurückgebliebenen fühlen sich immer als Verlassene und der Weggegangene ist der Verräter.

Es wurde mir sogar wörtlich so gesagt. Nun ja, es war eine nicht ganz leichte Zeit des Übergangs. (So empfand ich es damals.) Mit Abstand weiß ich nun, dass auch durch meine vielen Eigenständigkeiten, die ich mir neben meiner Hauptarbeit als Staatsopernmusiker als Vielbeschäftigter bei Hochschultätigkeiten, in Kammerorchestern, auf Soloreisen usw. erlaubte, Unstimmigkeiten aufkamen. Ich musste versuchen, das hinter mir zu lassen, damit fertig zu werden und musste mir eine neue Zukunft aufbauen.

Und da halfen solch nette Grüße aus dem fernen Amerika, wie hier von *Gary Karr*:

Unterschriften der Studenten der Fachrichtung Kontrabaß der Hochschule für Musik "Hanns Eisler" Berlin zum Brief vom 18.2.1990 an die Rektorin der genannten Hochschule Frau Prof. A. Schmidt

[Unterschriften]

Rückruf-Schreiben - initiiert von Markus Rex

Ich hatte auch versucht, an der Musikhochschule in Berlin weiter zu unterrichten, wo ich ja auch 22 Jahre lang als Dozent, nun mit Aussicht auf die Professur, tätig war. Auch hier stieß ich auf Granit. Trotz des eindrucksvollen Rückruf-Schreibens von Markus Rex und des für mich unvergesslichen Einsatzes der gesamten Kontrabass-Studentenschaft durch ihre Unterschriftsbezeugung, hatte den längeren Arm die neue Hochschul- und Kontrabassfachleitung. Diese spielten quasi Schicksal und verschrieben mir die Bundesrepublik!

Und ich versuchte mit 49 Jahren eine Professorenanstellung zu erhalten. Für dieses Auswahlverfahren musste man sich noch einmal so richtig in die Solistenform reinüben. Es gelang nicht sofort, bis dann 1991 zunächst die Kontrabassprofessoren-Berufung an der Musikhochschule in Saarbrücken, dann 1994 in München klappte. Aus heutiger Sicht würde ich keinem 54-jährigen das Auswahlverfahren empfehlen, bei dem bereits die nächst jüngere Generation um diese Positionen mit aller Härte kämpft!

Zum Schluss hat es funktioniert und das sogar – im Nachhinein betrachtet – verdammt gut!

Aber soweit sind wir noch nicht – es gab bis 1991 noch zwei aufregende Jahre.

Neubeginn

Unsere 16-jährige Tochter Alexandra beendete ihr Gymnasium in Ludwigshafen, Bettina und Christian zogen in unsere alte Wohnung in Ostberlin, für die weiterhin regelmäßig die Miete von unserem noch bestehenden Konto abgezogen worden war. Lianes Mutter hatten wir inzwischen in unser Haus aus dem Altersheim in Ostberlin geholt, die dann leider schon nach einem reichlichen Jahr verstarb. Aber neben vielen Sorgen und Existenzstress hatten wir auch Gelegenheit die Pfalz mit ihren herrlichen Weinbergen und -Dörfern kennenzulernen.

1992 folgte der Umzug nach Saarbrücken. Größte Aufregung genau am Tage des Umzuges: Liane musste zu einer gefährlichen Kopfoperation ins Krankenhaus. Noch heute, 22 Jahre danach leidet sie unter permanenten Kopfschmerzen. Niemand sieht ihr das an – tapfer erträgt sie es und spielt darüber hinweg.

An der Hochschule in Saarbrücken hatte ich 1990 die zwei Kontrabass-Studenten übernommen, die es zu jener Zeit dort gab. Hier bin ich heute noch dankbar dem bisherigen Lehrer dort: *Michinori Bunya*, der mir den Hinweis auf die freigewordene Kontrabass-Lehrer-Stelle gab. Innerhalb eines halben Jahres war meine Klasse voll, denn es kamen neben ehemaligen Studenten aus Berlin: *Sandor Tar* (jetzt Stellvertretender Solokontrabassist des Konzerthausorchesters Berlin), *Heiko Woltersdorf* (jetzt Oper Lübeck) auch viele Neubewerber: *Philipp Kümpel* (nun Filmkomponist), *Katja Pendzig* (jetzt Stellv.Solo im Rundfunksinfonieorchester Saarbücken), aus Norwegen *Björn Jensen* (jetzt Sinfonieorchester Bergen), *Ho Gyo Lee* aus Südkorea (nun einer der erfolgreichsten Professoren in Seoul), *Moon Jung Kim*, Südkorea (Sinfonieorchester Seoul). *Srdjan Stošić* aus Belgrad. Also, eine illustre Gesellschaft! Damals alles Saarbrücker Studenten.

Internationale Studentenschaft in Saarbrücken

Allmählich gab es auch mehr Positives, so z.B. einen zusätzlichen Lehrauftrag an der Hochschule für Musik in München. Das hieß aber wöchentlich für 2 Tage die 400 km Zugfahrt zu bewältigen. Auch nicht ganz schlecht. Ich versuchte das Beste daraus zu machen, konnte ich doch in dieser Zeit viele Notenausgaben vorbereiten. Auch die Münchener Klasse übernahm ich mit nur zwei Studenten, die dort eingeschrieben waren. Wenn das Hochschulorchester ein größeres Werk im Programm hatte, mussten Aushilfen bestellt werden. *Kilian Forster* war einer von den Studenten, der sich dann eine Stelle als Stellvertretender Solokontrabassist am Gewandhausorchester in Leipzig erspielte, später als Solokontrabassist an der Dresdener Philharmonie; und *Reinhard Schmidt* – jetzt Münchener Staatsoper. Innerhalb des nächsten Jahres war auch diese Klasse voll. *Konstanze Schramm* (jetzt Solokontrabassistin am Rundfunksinfonieorchester Stuttgart) und *Maren Heinrich* (nun Stellvertretende Solokontrabassistin im Orchester der Beethovenhalle Bonn) waren die nächsten Berliner, die nach München kamen.

Weitere Studenten füllten bald die Klasse auf. *Michael Sandronow* aus Minsk (1993 3.Preisträger beim Wettbewerb in Genf, jetzt Solokontrabassist am Sinfonieorchester in Basel), *Helena Mezej* aus Kroatien (jetzt Solokontrabassistin im Rundfunksinfonieorchester Zagreb/Kroatien) und *Zsuzsanna Juhasz* aus Budapest (jetzt Theaterorchester Mainz).

Bayern – Grüß Gott

Meine Lehrtätigkeit in Saarbrücken ging zu Ende und wir zogen 1995 nach München.
Wieder begann ein neuer Lebensabschnitt mit allem was dazu gehört. Dass es noch einmal ein übervolles Berufsleben werden sollte, konnte niemand ahnen. Ich fand großartige Aufnahme an der Münchener Hochschule, konnte ein ideales Unterrichtszimmer mein eigen nennen und tun und walten, wie ich wollte.

Eine illustre Studentenklasse aus aller Herren Ländern bereitete mir große Freude. Kanada war genauso vertreten wie Taiwan, Südkorea oder Türkei. Europa sowieso bis an die Grenzen in Russland und Georgien, im Norden Norwegen, Schweden, Finnland. Es ging sogar soweit, dass deutsche Studenten Mangelware waren zugunsten der hochqualifizierten ausländischen Studenten. Deutsche Studenten genossen Minderheitenschutz.

Mein eigen erstellter Lehrplan während des Studienjahres sah mehrere Klassen- und Konzertabende vor. Ich gönnte den Studenten keine ruhige Zeit – sie hatten sich ständig in Vorspielen und Vortragsabenden

Teil der Kontrabassklasse in München 2003
– darunter (jetzt 2014): 3 Professoren, 6 Solokontrabassisten in europäischen Orchestern

zu beweisen. Ob sie es immer vorteilhaft fanden, weiß ich nicht zu sagen, jedenfalls gab es keinen, der nicht eine gute Position in einem Orchester fand.

Die meisten der Ehemaligen müssen sich jetzt als Solokontrabassisten beweisen. Damit sie auch nicht während der Frühjahrsferien aus der Übung kommen, hatte ich 26 Jahre lang die Meisterkurse im Kloster Michaelstein durchgeführt, wo sie auch immer alle hinreisten und teilnahmen. Durch die studentische Enge und das Miteinander, das tägliche Beisammensein durch das Üben in den Hochschulräumen, entstand eine wunderbare Gemeinsamkeit, die sich in einer ganz gravierenden Sache niederschlug – nämlich der Gründung eines Kontrabass-Ensembles.

Was am Anfang ein wenig Spaß und ein Jux sein sollte, weitete sich aus bis es zu den Reisen dieses Ensembles rund um die Welt kam. Ein Konzert dieser Studentengruppe BASSIONA AMOROSA fand schon 2003 in der Berliner Philharmonie statt und wurde scherzhaft als „Klassenvorspiel" tituliert – bis es dann 2010 zum Konzerthöhepunkt im großen Saal der Carnegie Hall in New York kam. Nun im Jahre dieser Niederschrift, 2014, keine Studenten mehr, aber immer noch durch viele Konzertauftritte vereint, kommt diese Kontrabassgruppe im Olymp der Musikergilde an und erhält im Oktober 2014 den ECHO KLASSIK PREIS in der Kategorie „Klassik ohne Grenzen". Siehe im Artikel „Vom Faschingskonzert in die Carnegie Hall" S. 279

Im Jahre 1991 am Beginn meiner Lehrtätigkeit in München nicht im Entferntesten daran gedacht, hat die Zeit hier eine tiefe Spur hinterlassen.

Nicht einfach war es für Liane, meine Frau, die oft auf meine Anwesenheit verzichten musste.

Zu intensiv war die Unterrichtstätigkeit, schloss sie dann auch noch die Organisationen für die Michaelstein-Kontrabasswoche jedes Frühjahr ein, ab 2000 die zweijährig stattfindenden Sperger-Wettbewerbe – allein organisiert – auch die Beschaffung der 50Tausend Euro, die jeder Wettbewerb kostete. Daneben das Organisieren der jährlichen ca. dreißig BASSIONA AMOROSA-Konzerte mit allem Drum und Dran. Diverse Jurorentätigkeiten und Kurse im Ausland bis nach Taiwan, Korea und Amerika gaben keinen Raum für Langeweile.

Auch wenn bei einigen dieser Reisen Liane mitfuhr, gab es auch dort für sie wenig Gemeinsames, auch dort nur Arbeit-, leider keine Urlaubszeit.

Nicht nur um die Zeit totzuschlagen, sondern aus innerem Antrieb etwas Sinnvolles zu tun, gab Liane Deutschkurse, hauptsächlich für jüdische Aussiedler, die immer noch aus den Ländern der ehemaligen Sowjetunion nach Deutschland kamen. Bis heute sind viele dieser ehemaligen „Schüler" gute Freunde meiner Frau geblieben. Liane setzt sich bis heute sehr in allen möglichen ehrenamtlichen Tätigkeiten ein bis sogar das Bundespräsidialamt aufmerksam und sie im Sommer 2014 ins Schloss Bellevue zum Empfang beim Bundespräsidenten eingeladen wurde.

18 Studenten aus 16 Ländern spielten zum Abschluss den Hummelflug

Im Jahre 2005 hieß es dann altersbedingt allmählich ans Aufhören zu denken. Ein großes Abschlusskonzert an der Münchener Hochschule vereinigte noch einmal viele derzeitige und ehemalige Studenten. Gleich zweimal war der große Hochschulkonzertsaal an einem Sonntag im Juni gefüllt.

Allerdings erstreckte sich dieser „Abschied" von München noch bis ins Jahr 2008.

Es waren grandiose 17 Jahre an der Münchener Musikhochschule – und ich darf mit einem gewissen Stolz auf die vielen jetzt in Orchestern tätigen Solokontrabassisten zurückblicken. (Siehe Seite 479)

Auch darunter fünf relativ junge Professoren, die in die Fußstapfen getreten sind und das Erlernte weitergeben.

Mein Münchener Unterrichtsraum 1991-2008

Die neue Heimat Potsdam nahm uns auf. Und zur Zeit dieser Niederschrift bin ich gerade dabei den Abschlussbericht über den vergangene Woche zu Ende gegangenen VIII. Sperger-Wettbewerb zu formulieren.

Die Wörter Ruhestand oder Langeweile sind absolute Fremdworte. Nicht einmal genügend Zeit ist vorhanden, um mit unserem Kajütboot, was im wasserumgebenen Potsdam eine wunderschöne Sache ist, die Umgebung zu erkunden. Vielleicht, wenn einmal der Unruhestand beendet sein wird!

Internationale Meisterklassen

Über viele Jahre hinweg habe ich Schüler in Meisterklassen unterrichtet. Seit den späten 60er Jahren des vergangenen Jahrhunderts gehörte diese Art der Förderung mehr und mehr zum Standard in der Ausbildung. Einerseits konnte man sich an den anderen messen und so die eigenen Fähigkeiten unabhängig von der besonderen Situation eines Vorspiels vor Publikum realistisch einschätzen lernen, andererseits war es auch für uns Lehrkräfte ein künstlerischer Austausch auf höchstem Niveau. Wir lernten uns kennen, arbeiteten nebeneinander und miteinander. Jeder der Teilnehmer ging bereichert wieder in den Alltag.

Es ist immer schwer, aus der Fülle auszuwählen. An anderer Stelle habe ich bereits von den Anfängen der Klassen in der DDR erzählt und vom besonderen Engagement in Michaelstein. An dieser Stelle möchte ich aus den vielen Erfahrungen einige besondere Zeiten auswählen, die in vielerlei Hinsicht herausragten. Diese Erfahrungen mögen für die vielen Begegnungen stehen, für die ich alle bis heute sehr dankbar bin.

International Summer Music Festival and Academy Kusatsu, Japan 1980

Durch die Sommerkurse in Weimar waren sehr gute und intensive Kontakte zu *Ludwig Streicher* entstanden. Er bot mir Mitte der siebziger Jahre die Leitung einer „Meisterklasse" in Montreux/Schweiz in seiner Vertretung an. Ich war überrascht, fühlte mich geehrt, fragte mich aber auch, ob ich denn schon in der Lage wäre, dies zu bewerkstelligen. Leider sagte das Institut de Hautes Etudes Musicales ab; unterschrieben hatte der Gründer des Institutes, der bekannte Cellist und ehemalige Schüler von Piatigorsky, Igor Markevitch. Ich hatte mich darauf gefreut, hatte sogar schon ein Visum erhalten. Und doch ärgerte ich mich nicht zu sehr. Vielleicht war es gut, sich noch Zeit zu lassen, bis ich eine solche Aufgabe übernehmen würde.

Die Begründung war aber für mich geradezu unvorstellbar: Auch in der Schweiz gab es das Problem, „... die nötige finanzielle Unterstützung in Zukunft auf soliden Boden zu stellen".

Anfang 1980 wurde es allerdings ernst. Ich erhielt Besuch aus Japan. Mr. *Isaka* suchte mich in der Musikhochschule „Hanns Eisler" in Ostberlin in meinem Unterrichtsraum auf und fragte ohne Umschweife, ob ich im Sommer in Japan die Kontrabassklasse bei der International Summer Academy Kusatsu leiten möchte. Er unterbreitet mir das gleiche Angebot, das alle Dozenten erhielten: zwei Wochen, mit einem Soloabend und mit viel Kammermusik usw., zehn bis fünfzehn Kontrabass-Studenten aus Japan und Korea wären anwesend. Ich überlegte nicht lange und sagte zu. Das Angebot verdankte ich *Klaus Stoll* von den Berliner Philharmonikern. Er hatte anderweitig zu tun. Er nannte meinen Namen. Ich war und bin ihm bis heute dankbar.

Mr. Isaka legte mir auch die finanziellen Bedingungen offen und fragte, ob ich das Honorar – für mich als ostdeutschen Musiker unglaublich hoch! – in bar erhalten wolle – oder einen Teil davon für das Flugticket für meine Frau ausgeben. Der Boden schien unter mir zu schwanken. Ich sollte meine Frau mit in das nicht-sozialistische Ausland nehmen dürfen? Wir, als Ehepaar, zum Besuch beim Klassenfeind? Eher war wohl ein Mondflug für uns wahrscheinlich. Oder eine Erdumkreisung.

Natürlich wusste ich, dass mein Gesprächspartner aus einer mir fremden Welt kam. Aber wie schwer es war, sich auf die jeweils andere Denkweise einzulassen, wurde mir in diesem Moment neu bewusst. Für ihn war es vollkommen normal, dass ein Musiker diese Entscheidung traf – aber für einen Menschen aus Ostberlin?

Ich entschied mich für das Flugticket für die Ehefrau – auch wenn es mehr als unwahrscheinlich war, dass wir dafür eine Genehmigung erhielten. Am Abend berichtete ich von meinem Erlebnis. Die Familie lächelte nur müde, dann legten sie den Gedanken schnell beiseite.

Für mich begann der Weg durch die Ämter: Ich beantragte die Visa – für uns beide. Da ich einen hohen Prozentsatz in harter Währung an die Künstleragentur abgeben musste, standen die Chancen für mich allein nicht schlecht. Das Land brauchte Devisen und in diesem Falle war ich ein Devisenbringer. Aber was will die Ehefrau in Japan?

Lange erhielten wir keine Nachricht. Jede Nachfrage war sinnlos. Mittlerweile waren uns die Flugtickets aus Tokyo zugeschickt worden. Sogar mein Kontrabass sollte mit auf die Reise. Die Japaner hatten einen dritten Platz bezahlt. Wir warteten und hofften. Kurz vor Abflug erhielten wir die Mitteilung: Ja, wir könnten gemeinsam reisen. Wir konnten es gar nicht fassen und freuten uns wirklich.

Aber dennoch war es zwiespältig. Heute ist dies kaum vorstellbar: Wir konnten es niemandem erzählen. Es war verdächtig: Ein normaler Musiker bekam die staatliche Erlaubnis mit seiner Frau zwei Wochen nach Japan zu reisen. Dafür gab es nur eine Erklärung: Er musste mit der Staatssicherheit zusammenarbeiten. Obwohl wir nicht darüber redeten, wussten die Kollegen von der bevorstehenden Reise. Nicht einer sprach mich daraufhin an. Der ungeheuerliche Verdacht war da und niemand konnte ihn aus dem Wege räumen!

Es war eine furchtbare Situation: Wir freuten uns auf die Reise und wussten zugleich um die Verdächtigungen der Kollegen und Bekannten. Wir waren gebrandmarkt, ohne etwas dagegen oder dafür tun zu können.

Die Kurswochen fanden in Kusatsu statt, einem herrlich in den Bergen liegenden Ort, 200 km von Tokyo entfernt. Ausgewählte Dozenten aus aller Herren Länder für alle Orchesterinstrumente leiteten die Klassen.

Das Programm unterschied sich nicht von dem, was ich in Deutschland unterrichtete. Es war ein klassisch-romantisches Repertoire von Dittersdorf bis Koussewitzky.

Unterricht mit Dolmetscher und Proband, Japan 1980.

Die Tage waren unterteilt in Einzelunterrichte, Proben für die zahlreichen Kammermusikkonzerte, Vorträge und Konzerte, aber auch Empfänge und Einladungen.

Der besondere Höhepunkt dieser Festwochen war die Zusammenarbeit mit dem Ausnahmecellisten des 20.Jahrhunderts Maurice Gendron, der nicht nur die Celloklasse sondern auch das Festivalorchester leitete. So hatte ich das Glück mit ihm das Vanhal-Konzert aufzuführen.

Probe Vanhal-Konzert mit dem Festivalorchester unter der Leitung von Maurice Gendron in Japan 1980

Die Organisation war beispielhaft. Sogar Zeit für Besuche bei den berühmten heißen Schwefelquellen in der Nähe war eingeplant. Jedem Dozenten war ein spezieller Tag gewidmet. Ich nutzte die Gelegenheit an „meinem" Tag und machte die Anwesenden mit *Johann Matthias Sperger* bekannt.

Masahiko Tanaka, unser guter alter japanischer Freund, nahm sich dienstfrei, um meiner Frau drei Tage lang Japan zu zeigen. Dieses Angebot nahm meine Frau dankbar an.

Die eigentlich anstrengende Arbeit war verpackt in Urlaubsstimmung. Wir erlebten das alles bei schönstem Sommerwetter in den Bergen.

Beinahe nebenbei entstand in diesen Tagen auch eine Schallplatten-Aufnahme. Es war eine meiner ersten Schallplatten. Das ging ganz ohne Probleme: Zwei Durchspiele und dann musste es im Kasten sein! So war es dann auch.

Der ersten Einladung folgten weitere. Ich war froh und dankbar, dass ich fahren durfte. Allerdings wurde es meiner Frau nicht noch einmal gestattet, mich zu begleiten. Begründung gab es keine.

*Neueste Technik:
Freudig entdecke ich im japanischen Shop
meine alten LPs nun auf CDs*

Die „Jahre der Meisterklassen"

Die Arbeit im Orchester, der Berliner Staatskapelle und an der Hochschule, zunächst in Ostberlin, später dann in Saarbrücken und München füllten mich aus. Darüber hinaus freute ich mich immer wieder neu über die Einladungen, bei Meisterklassen zu unterrichten. Wir hatten zwar feste Dienste an der Staatsoper zu leisten, zugleich bestand aber eine große Freiheit in der Einteilung. Wir konnten Wünsche äußern und in der Gruppe tauschen. Am Ende musste die Punktzahl der abgeleisteten Dienste stimmen. Wann man sie genau leistete, war nicht so bedeutend. Man war großzügig. Es war nur eine große logistische Aufgabe für den Diensteinteiler, alle Wünsche für freie Tage zu berücksichtigen. Aber es gelang immer in vernünftigem Einvernehmen.

So konnte ich die zahlreichen Einladungen zu Kursen und Meisterklassen in den 80er Jahren wahrnehmen: Schweden mit Helsingborg und Göteborg, Abstecher nach Kopenhagen; England mit London, Manchester und Birmingham; Wettbewerbsjurys in Reims, Avignon und Symposien in Debrecen/Ungarn, Brünn und Kroměříž in der Tschechoslowakei. Sogar Australien und Neuseeland – allerdings verbunden mit unseren Staatskapell-Reisen. Eine der Auslandreise führte mich 1988 nach England. Auf Anfrage erlaubte man auch meiner Frau Liane, mich dorthin zu begleiten. In den Jahren nach der Wende ging es wiederholt nach Südkorea, Taiwan, China, Russland und in die USA.

Der Solokontrabassist der Londoner Philharmoniker *Tom Martin*, ein guter Freund, hatte mich eingeladen, an der berühmten Guildhall School of Music and Drama in London zu unterrichten. Ich tat das gern. Es waren zwei intensiv genutzte Tage. Natürlich schloss auch diese *masterclass* einen Vortrag über Sperger ein. Im Anschluss verbrachten wir einige Tage in Birmingham bei *Tom Martin* und seiner Frau Jane. Hier durfte ich *Tom Martins* stolze Sammlung italienischer und englischer Kontrabässe bewundern.

Schweden - Helsingborg, Göteborg, Arvika 1983 und folgende Jahre

Wie im Abschnitt „Kontrabass im Visier der Stasi" bereits geschrieben (S. 179), suchte unser späterer guter Freund *Roland Söderström*, Kontrabassist beim Helsingborgs-Symfoniorkester Kontakt zu mir. Dieser kam ja dann durch die Unterrichte, zu denen er nach Ostberlin kam, zustande. Seine Orchesterdirektion lud mich dann für Meisterklassen nach Helsingborg ein. Daraus wurde in den nächsten Jahren eine feste Einrichtung und ich fuhr jedes Jahr mindestens einmal in das herrlich saubere und sympathische Schweden. Kurse in Göteborg und Arvika schlossen sich an.

Diese Fahrten nach Schweden sind mir in bester Erinnerung. Ich fühlte mich wohl bei den schwedischen Kollegen. In den Räumlichkeiten des Orchesters war ich bald zuhause. Zu den Unterrichten kamen mehrere Kollegen, auch Studenten aus den umliegenden Orchestern Malmö, Lund, Studenten bis aus Göteborg und Arvika.

Es war immer eine tolle, entspannte Atmosphäre, die ich sehr genoss. Es gab eine Reihe liebenswerter Kollegen in Schweden. Die sehr aktive Kontrabassistin *Kristina Martensson* vom Malmö-Symfoniorkester, die auch eine Reihe von Kontrabassschülern betreute, lud mich öfter ein. Der im Kopenhagener Radio-Symphonieorchester tätige *Göran Söderström* aus Malmö schloss sich an und kam auch über mehrere Jahre zum Unterricht nach Ostberlin.

Seine „streng geheime" Akte konnte ich leider in meinen Stasi-Papieren nicht finden. Sollte diese Verbindung unserem Geheimdienst wirklich entgangen sein?

Interessierte Studenten von Ferdinand Lipa in Göteborg 1985.

Eine Freude war es bei einem Besuch in Helsingborg, als ich erfuhr, dass *Gary Karr* zur gleichen Zeit mit dem Symphonieorchester in Malmö das Dragonetti-Konzert und die Paganini-Moses-Phantasie spielen würde. Für tosenden Beifall bedankt sich *Gary* mit dem virtuosen Goens-Scherzo. Nach der Probe ein gemeinsames Mittagsmahl mit dem immer gut aufgelegten *Gary* und seinem Pianisten Harmon Lewis.

Freundliche Begegnung mit Gary Karr bei seinem Konzert in Malmö, 1984.

Problemlos konnte ich auch einige Male ins gegenüberliegende Kopenhagen reisen, wo ich auf Einladung der ebenfalls sehr aktiven ehemaligen *Ludwig Streicher*-Schülerin *Mette Hanskov*, Solokontrabassistin an der Königlichen Oper, einen *Sperger*-Vortrag am dortigen Konservatorium hielt. Beste Erinnerungen verbinden mich mit Schweden, speziell mit den Freunden *Roland* und *Kristina* bis heute 2014!

Australien und Neuseeland 1986 – masterclasses

Ich war einer der Glücklichen, die 1986 die Staatskapell-Reise nach Australien und Neuseeland mitmachen durfte! Man versetze sich in damalige DDR-Verhältnisse – da war das schon sehr ungewöhnlich und unvorstellbar! Perth, Adelaide, Melbourne, die Hauptstadt Australiens Canberra und Sydney mit dem wohl markantesten Opernhaus der Welt, vom dänischen Architekten Jörn Utzon in den Jahren 1959-1973 erbaut, waren unsere Konzertorte.

Meine kleine Nebenbeschäftigung dort: eine masterclass. Übliches Programm *Sperger*-Vortrag und ein Recital. Der freundliche Dankesbrief vom Dean of Music zieren noch heute meine Sammlung der Korrespondenzen.

Dann Neuseeland mit der Hauptstadt Wellington, wo man am Morgen in den hohen schneebedeckten Bergen Ski laufen und am Nachmittag, nicht weit davon im Meer, schwimmen gehen kann. Auch hier in Wellington Recital, Vortrag, masterclass.

Mit eigenem Kontrabass aus Berlin in Australien bei einer masterclass

Speziell hier wiederholen wir immer wieder diese Feststellung: welcher Beruf gibt einem die Möglichkeit, die Welt kennenzulernen mit einer Tätigkeit, die die Menschen spontan erfreut und diese Freude einem sofort reflektierend zurückgegeben wird? Geben, Nehmen, Gefühle, Emotionen, Spontaneität, Kreativität – hier in dieser Atmosphäre spürten wir die Kraft, die Möglichkeiten der Ausstrahlung unseres Musikerberufes! Ein Hochgefühl - hier in einem Land der ausgemachten Lebensqualität.

Debrecen/Ungarn, Brünn, Breslau, Kroměříž in den 1980ern bis heute – Symposien/Meisterklassen

In der Ferenc-Liszt-Musik-Academie von Debrecen unterrichtete viele Jahre unser aktiver Freund *Karoly Saru*, in Brünn *Miloslav Jelínek*, in Breslau *Irena Olkiewicz* und in Kroměříž *Miloslav Gajdoš* – alle äußerst aktive, energiegeladene Lehrer. Ihre Klassen waren voller Talente. Für diese setzten sie sich mit Elan ein. Ich hatte hier überall das Glück, öfter in den Achtziger und Neunziger Jahren zu Unterrichtswochen eingeladen worden zu sein. Bei einem dieser zahlreichen Kurse in Ungarn trafen wir auch mit Ludwig Streicher zusammen.

Ludwig Streicher während der Debrecen-Kurse mit Karoly Saru

Südkorea, Taiwan, China im Kontrabass-Fieber

Meine erste Studentin aus dem fernen Osten, aus Südkorea, hatte ich seit 1991 an der Hochschule für Musik in Saarbrücken. Es sollte nicht die einzige bleiben. Durch sie lernte ich dann auch gleich die Mentalität, asiatische Beziehung zur klassischen europäischen Musik und den sprichwörtlichen Fleiß kennen. Eine immer wieder bewahrheitete Beobachtung auch über eine besondere musikalische Begabung. Was habe ich nicht für Talente gerade in dem kleinen Land Südkorea erlebt. Dies deckt sich mit Feststellungen, die allgemein hier in Europa gemacht werden. An anderer Stelle habe ich schon gesagt, dass viele Musikhochschulen in Europa geradezu von den koreanischen Studenten „leben". Sie nehmen inzwischen im gesamten Musikleben führende Positionen ein.

Es war mir immer ein Vergnügen, diese begabten und disziplinierten Studenten zu unterrichten - was übrigens jeder europäische Lehrer, der einmal in einem der asiatischen Länder unterrichtet hat, bestätigt.
Ab 1994 begannen für mich diese Kurse in Asien, mit Südkorea beim Yong Pyeong Music Camp and Festival.

Eine Schar begabter, fleißiger koreanischer Studenten beim Kurs in Südkorea 1994

Da ein Lehrer allgemein für asiatische Kinder, Schüler, Studenten eine absolute Autoritätsperson ist, der mit Respekt begegnet wird, nimmt der Schüler das Gesagte an, als sei es Gesetz. Es gibt keinen Widerspruch. Und so ist es nur logisch, dass, vorausgesetzt der Lehrer sagt nichts Falsches, die Studenten mit ihrem enormen Fleiß größte Fortschritte machen.

Wie schon in Japan, dann auch später in Taiwan und China, saß immer eine große Teilnehmerschaft mit Zettel und Bleistift im Unterrichtsraum und notierte alles Gesagte mit.

Wo werden nur die vielen begabten koreanischen Kontrabass-Studenten unter gekommen sein?

Nach einem Konzert in Yong Pyeong 1995

Bei 38 Grad unterrichtet es sich im Freien besser

Taiwan

Die 1912 gegründete Republik China, die das volkreichste Riesenreich umfasste, war die erste demokratische Republik in Asien. Nach der Besetzung des chinesischen Festlandes durch die Kommunisten 1949 verlegte die Regierung der Republik China ihren Sitz nach Taiwan. Das große Festland wurde die Volksrepublik und blieb es bis heute. Die Regierung der Republik auf Taiwan, so die offizielle Bezeichnung, wird seit 1949 in demokratischen Wahlen nach westlichem Vorbild von den 21 Millionen Einwohner gewählt. Von der Hauptstadt Taipei aus werden die über 80 kleineren Inseln regiert. Man beobachtet hier ein Leben ganz wie in den fortschrittlichen Ländern Asiens Japan und Südkorea. Auch in kultureller Hinsicht. Wir spürten dies und erfuhren es beim Taiwan Music Festival 1998. Viele namhafte Künstler wurden in das Kulturzentrum Hua-Lin mit der großzügigen modernen Konzerthalle eingeladen. Vielleicht war der namhafteste unter ihnen der ehemalige David-Oistrach-Schüler Victor Pikaisen.

Ein Vergnügen mit Viktor Pikaisen das Grand Duo von Givanni Bottesini zu spielen, mit dem National Symphonie Orchestra Taiwan, 1998

Auch hier in Taiwan mehr Kontrabassistinnen als männliche Studenten.

Juilliard School in New York - Meisterklasse 2010

Der Name flößt schon Respekt ein – wer hat nicht hier alles studiert oder unterrichtet.

Es war mir natürlich eine große Ehre, als ich diese Einladung zur Leitung einer masterclass erhielt. Näheres steht im Artikel „Vom Faschingskonzert in die Carnegie Hall". (Siehe Seite 331) Hier nur so viel, dass mich allein die Seriosität der Organisation und dann das Können der Studenten überzeugt haben.

Unterrichten an der Juiliard School in New York 2010

China – 2010, 2012, 2014 im stetigen Fortschritt

Wie schon im Artikel BASSIONA AMOROSA näher beschrieben, gab es seit einiger Zeit gute Kontakte zum China Beijing Conservatory. Und dort mit Professor *Jun-Xia Hou*. Er ist der sehr aktive Lehrer, Organisator, Leiter der Orchesterabteilung und Vieles mehr, der sein Institut zum asiatischen Kontrabass-Zentrum entwickeln möchte.

Er hat eine enorm große Kontrabassklasse. Sein Unterrichtsraum ist nebenbei ein gut ausgestattetes Ton- und Bildstudio. Er organisiert schon seit Jahren große Kontrabass-Events in China, nun im Jahre 2010 bereits das „5.Beijing International Double Bass Festival".

Im Unterrichtsraum der Meisterklasse sitzen erwartungsfreudig einige Dutzend Studenten.

Seine „Meisterschüler" warten mit grandiosen Leistungen auf. Wirklich: Respekt!

Im Dozententeam des Jahres 2012 standen auch die Namen *Catalin Rotaru* und *Roman Patkoló*. Zwei der internationalen Spitzensolisten.

Inzwischen kam mir das Konservatorium mit den vielen Kontrabass-Studenten bekannt und vertraut vor. Ich genoss die köstlichen chinesischen, abwechslungsreichen Speisen, selbst in der Mensa der Schule. Und auch das moderne Luxushotel, in dem wir komfortabel untergebracht waren.

Roman Patkoló, Jun-Xia Hou, Klaus Trumpf, Catalin Rotaru 2012 als Dozenten beim „6. Beijing International Double Bass Festival".

Fazit dieser meiner zweiten Meisterklassenwoche in China: wenn man bedenkt, dass erst nach dem zweiten Weltkrieg in China mit dem klassischen Kontrabassunterricht begonnen wurde, kann man nur den Hut ziehen! Man kann gespannt sein, was sich hier noch auftut. Liebe deutsche Kontrabassisten – zieht Euch warm an!

Das köstlichste Menue in der Pekinger Konservatoriums-Mensa.

2014 – Nanning und wieder Peking

Eine Einladung erreichte mich wieder aus China. Diesmal auch aus Nanning, im subtropischen Süden Chinas gelegen. Hier kennt man den

Beruf des Ofensetzers nicht, da man keine Öfen in den Wohnungen braucht. Immer zwischen 30-40 Grad Temperatur.

Überraschung am Eingangstor der Kunstakademie:

So groß das Land – so groß die Plakate! 2014 in Nanning

Man staunt auch über anderes: vor 30 Jahren war es eine 200.000-Einwohnerstadt – heute zählt man 4 Millionen. Davon15 Kontrabass-Studenten – man ist noch am Aufbau einer Klasse - nahmen während der gesamten Unterrichtszeit teil. Freundlich, wissbegierig, fleißig saugen sie alles auf.

Eingebettet in die Asian Musikwoche fand der Kontrabasskurs statt.

Dann ging's weiter, wieder nach Beijing zu den nun schon bekannten Studenten. Wieder unvergessliche Tage in China 2014!

Internationale Kontrabass-Wettbewerbe seit 1969

Mit dem ersten Internationalen Wettbewerb für Kontrabass 1969 hatte der Veranstalter Concours International d'Execution Musicale in Genf/Geneve eine wichtige Tür aufgestoßen. Seit dieser Zeit ist das allgemeine Niveau beim Kontrabass hörbar gestiegen. Das Interesse an derartigen Wettbewerben ist seitdem groß und wer es bis an die Spitze schaffen möchte, wird auch immer die Gelegenheit des Vergleichs nutzen.

Bald schon, nämlich seit dem Jahre 1975 gab es dann die Wettbewerbe in Markneukirchen und ab 1979 die ARD-Wettbewerbe in München.

Juroren des ersten ARD-Wettbewerbes 1979: vorn v.l.n.r.: Günter Klaus, Klaus Trumpf, Bernhard Mahne, Franz Högner, Vorsitzender Räto Tschupp - Schweiz,
hintere Reihe: Yoan Goilav, Andrew Woodrow, Rodney Slatford, Alfred Planyavsky, Rainer Zepperitz; es fehlt: Fernando Grillo

Diese drei Wettbewerbe für Kontrabass (Genf, Markneukirchen, München) werden von bedeutenden Wettbewerbs-Veranstaltern organisiert und sind eingebettet innerhalb von Wettbewerben für andere Instrumente. Sie finden in großen Abständen zwischen 4-7 Jahren statt.

Um dem spürbaren Mangel an derartigen Vergleichen auf hoher internationaler Ebene entgegen zu wirken, hat es seit Ende der 70er Jahre Initiativen gegeben, die immer von aktiven Kontrabassisten ausgegangen sind und Wettbewerbe in Eigenregie organisierten.

Dafür gab es wenig Unterstützung von gesellschaftlicher oder staatlicher Stelle aus.

Aber gerade auch diese Wettbewerbe haben sehr viel für die Entwicklung des Kontrabassspiels beigetragen. Die Initiatoren können damit ein großes Verdienst verbuchen und es sollte entsprechend gewürdigt werden.

Im Anhang dieses Buches gibt es für Interessenten eine statistische Erfassung der internationalen Kontrabass-Wettbewerbe – an dieser Stelle sollen sie wenigstens benannt sein:

1978 und 1982 Wettbewerbe in Isle of Man-England, ab 1982 die Wettbewerbe in Kroměříž - CR, seit den 80er Jahren Wettbewerbe in den USA und in Italien die Bottesini-Wettbewerbe, 1988 Reims, 1991 Mittenwald,

Jury Mittenwald 1991: v.l.n.r.: Miloslav Gajdoš - CR, Ion Cheptea - RUM, Konrad Siebach - D, Todor Toschev - BULG, Francois Rabbath - FRANKR, Klaus Trumpf - D, Lev Rakov - RU, Paul Ellison - USA

1994 Avignon, Koussewitzky-Wettbewerbe ab 1995 in Moskau

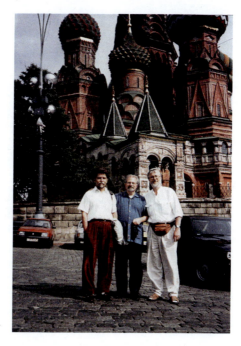

Moskau 1995 in der Jury: Jorma Katrama, Thomas Martin, Klaus Trumpf

und St. Petersburg.

2007 in St. Petersburg: Lev Rakov - RU, Jorma Katrama - FI, Thomas Martin - GB, Arni Egilsson - USA, Klaus Trumpf - D

Juroren in St.Petersburg 2013; v.l.n.r.:
Alexander Shilo, Eugene Levinson, Klaus Trumpf, Christine Hoock, Rostislav Yakovlev Catalin Rotaru, Evgeny Kolossow; hintere Reihe: Alexei Vasiliev-Vorsitzender, Alberto Bocini, Miloslav Jelínek

Ab 1998 weitere internationale Wettbewerbe in Brünn/Brno-CR, seit 2002 Simandl-Wettbewerbe in seinem Geburtsort Blatna-CR, ab 2010 in Breslau/Wroclaw-Polen, 2013 erstmalig in Lemberg/Lviv-Ukraine.

Lemberg/Lviv 2013: Jury unter Vorsitz von Ruslan Lutsyk (ganz rechts), Oleg Luchanko - Lviv, Roman Patkoló, Klaus Trumpf, es fehlen: Irena Olkiewicz - Wroclaw, Ziping Chen - Beijing

Seit dem Jahre 2000 gibt es den Internationalen Johann-Matthias-Sperger-Wettbewerb, der regelmäßig alle 2 Jahre stattfindet. Dieser Kontrabass-Wettbewerb ist als Mitglied in die WORLD FEDERATION OF INTERNATIONAL MUSIC COMPETITIONS in Genf aufgenommen worden.

Im Anschluss sollen folgende drei Wettbewerbe eingehender, stellvertretend für andere, beschrieben werden. Sie sind fest etabliert und werden weltweit angenommen. Es sind die Wettbewerbe: Genf, Markneukirchen und der Sperger-Wettbewerb.

Siehe auch im Anhang ab S. 367

Der erste internationale Wettbewerb für Kontrabass

Aufbruch in eine andere Welt

Der erste internationale Wettbewerb für Kontrabassisten war ein Meilenstein in der Entwicklung zum virtuosen, solistischen Spiel auf unserem Instrument. Bis zum Jahre 1969 gab es kaum Rundfunkaufnahmen, nur wenige Solo-Schallplatten, geschweige denn CDs (dieses Medium war noch nicht erfunden). Mit anderen Worten: Es gab keine Vergleichsebene für Kontrabassisten. Internationale Kurse, Seminare, Meisterklassen für unser Instrument waren Fremdworte. Solisten reisten noch nicht um die Welt; jeder Spieler war sich selbst der nächste und beste. Auch Kollegen, Professoren, Studenten in anderen Ländern wussten nichts voneinander. Woher sollte man wissen, wie und was man in Italien, in den USA, in Russland, England oder im fernen Asien spielte? Auf welchem Niveau wurde anderswo gespielt? Welche Studien- und Sololiteratur lag auf den Pulten?

Fragen über Fragen. In den 60er Jahren des vergangenen Jahrhunderts zeichnete sich eine Wende ab. Man begann, das Instrument auf neue Weise wahrzunehmen. Es erschienen die ersten Schallplatten-Aufnahmen mit Kontrabassisten: 1962 eine erste Platte mit Aufnahmen des jungen US-Amerikaners *Gary Karr* – (unter der Leitung von Leonard Bernstein), 1967 die „Musikalischen Raritäten für Kontrabass", eine Aufnahme mit dem später sehr berühmten Österreicher *Ludwig Streicher.*

Aber wie sollte man in der DDR an diese Raritäten kommen? Wir waren ja von einem „Antifaschistischen Schutzwall" umgeben. Spielten wir auf einem vergleichbaren Niveau?

Wenn ja: Wie konnten wir den Anschluss halten? Der erste internationale Wettbewerb für Kontrabass schien wie geschaffen dafür, sich der Konkurrenz zu stellen und Antworten auf die offenen Fragen zu finden. Allerdings sollte er in Genf stattfinden, der Stadt Calvins in der französischen Schweiz, vom 20. September bis 4. Oktober 1969 – für uns unerreichbar!

Die Wettbewerbsverantwortlichen am Konservatorium der Stadt können es sich hoch anrechnen, einen Wettbewerb für das Instrument Kontrabass auf das internationale Podium gehoben zu haben. Für uns hinter der Mauer bedeutete der Ort der Austragung aber eine beinahe unüberwindliche Grenze. Wer würde zu welchen Bedingungen in das NSW-Land, das Land im nicht-sozialistischen Wirtschaftssystem, reisen dürfen? Jeder der jungen Kontrabassisten der DDR wäre gern gefahren. Auch ich natürlich – zumal die Erinnerungen an die Konzertreise mit der Staatsoper in mir sehr lebendig waren.

Aber wir konnten darüber nicht frei entscheiden. Das übernahm Vater Staat. Und ganz abgesehen von den ideologischen Grenzen, setzte auch die Währung eine Schranke. Man brauchte „harte" Währung, um in die Schweiz zu reisen. Und kaum einer von uns verfügte über die nötigen pekuniären Mittel.

Das Kulturministerium organisierte ein Auswahl-Verfahren. Es gab einen nationalen Wettbewerb für alle Interessierten. Völlig offen war, wie viele Teilnehmer man nach Genf delegieren würde. An diesem Vorspiel an der Leipziger Musikhochschule beteiligten sich als Juroren die Altvorderen aus den großen DDR-Spitzenorchestern *Konrad Siebach* (Solobassist Leipziger Gewandhaus), *Heinz Herrmann* (Solobassist, Dresdner Staatskapelle) und *Horst Butter* (Solobassist, Staatskapelle Berlin). Sie waren alle ehemalige Schüler des verdienstvollen Lehrers *Alwin Starke* (Sächsische Staatskapelle Dresden). Auch ich bewarb mich um einen der begehrten Plätze.

Gespannt warteten wir auf das Ergebnis. Es war zunächst eine große Enttäuschung: Aus finanziellen Gründen würde das Ministerium nur einen Kandidaten entsenden, hieß es. Umso größer war die Freude, als ich den Namen des Teilnehmers vernahm. Ich traute meinen Ohren kaum: Es war mein eigener.

Es blieb wenig Zeit, sich in diesem Erfolg zu sonnen. Vor den Erfolg haben die Götter den Schweiß gesetzt. Es begann erneut die Arbeit. Man verlangte ein großes Programm. Es galt insgesamt sieben Werke zu studieren, neben Konzerten, Sonaten auch die gesamte 6-sätzige Fryba-Suite. Es war eine ungeheure Arbeit, die auf mich zurollte. Aber es war auch eine Herausforderung, der ich mich mit Freude und Feuereifer stellte.

Neben den klassischen Werken studierte ich das für den Wettbewerb komponierte Pflichtstück von *Francois Zbinden* „Hommage á J. S. Bach", das ja inzwischen in das Kontrabass-Repertoire eingegangen ist. Wir Kandidaten erhielten es vier Wochen vor dem Wettbewerb zugeschickt. Dem Schwierigkeitsgrad angemessen, bedeutete das täglich mindestens 4 bis 5 Stunden üben. Doch all das war nur eine Kleinigkeit gegen den Aufwand an Bürokratischem! Visum beantragen,

Genehmigungen einholen, Urlaub einreichen, Dienste tauschen ... Dieser organisatorische Teil raubte Kraft und Nerven.

Der Tag der Abreise nach Genf kam näher. Da ich als DDR-Bürger keine ‚harte Währung' besaß, übernahm die gesamte Finanzierung der Staat. Er trug sowohl die Reisekosten als auch alle anderen Spesen. Kurz vor der Reise erfuhr ich, dass ich nicht eine einzige D-Mark als Reisemittel in die Hand bekommen sollte. Spesengeld würde ich vor Ort in Genf von einem dort akkreditierten Handelsvertreter der DDR erhalten. Damit stellten sich für mich neue Fragen: Was wäre, wenn ich beim Zwischenstopp in Zürich die Toilette aufsuchen müsste? Sollte ich dort mit Mark der DDR bezahlen – und mich lächerlich machen? Ich brauchte dringend wenigstens einige wenige Westmark. Es gelang mir, für den Fall der Fälle genau zehn DM von einem Freund zu ergattern. Er kannte einen anderen, dessen Frau einen verheirateten Bruder hatte und der Freund von diesem hatte einen Neffen, dessen Tante aus dem Westen zu Besuch kam.

Doch damit endeten meine Sorgen nicht: Wo und wie konnte ich diese kapitalistische Westwährung unbemerkt von Grenzpolizei und Zoll über die Grenze schmuggeln? Ich war erfinderisch wie alle Kleinkriminellen. Ich nähte mir den Schein in einen Schlips ein. Trotz allem blieb ein ungutes Gefühl. Ich sah meinen Namen schon in der Zeitung: „Musiker schmuggelt Geld in den Westen". Plötzlich ist man nichts weniger als ein braver Kontrabassist, sondern beinahe schon ein wirklich Krimineller.

Der Aufenthalt

Als Kontrabassist zu reisen ist keine einfache Angelegenheit. Neben den persönlichen Utensilien, dem Koffer, der Tasche mit den Noten usw. hat man noch das Zwei-Meter-Ungeheuer des geliebten Instrumentes. Und ich brauchte auch den Photoapparat und eine 8-mm-Filmkamera, denn alles sollte dokumentarisch festgehalten werden. Niemand konnte wissen, wann es wieder eine solche Gelegenheit geben würde.

Ich reise mit dem Flugzeug. Auch dies war damals noch weit weniger üblich als heute. Für das Instrument erhielt ich ein zweites Ticket. Es galt gewissermaßen „Mrs. Kontrabass". Für sie hatte ich zu sorgen. Sie war auf einem Sitz neben mir zum Schutz vor eventuellen Turbulenzen entsprechend angeschnallt und gesichert. Der Pilot selbst kam immer als Oberverantwortlicher zur Inspektion, um dann sein okay zu geben. Zweimal stieg ich um, in Prag und in Zürich.

Dann aber stand ich endlich wieder auf der Erde. Ich war 29 Jahre alt und befand mich das erste Mal allein, solo, außerhalb des eigenen Landes, mitten in einer fremden Welt. Und noch dazu in einem westlichen, einem kapitalistischen Land. Ich hätte mich, der Propaganda der DDR entsprechend, schlecht fühlen müssen. Aber es war wunderbar!

Die Reiseunbilden vergaß ich umgehend. Ich war gelandet! Ich war in der Schweiz! Alle Sorgen erwiesen sich als unbegründet. Im Hotel beförderte ich den wertvollen Schein wohlbehalten ans Tageslicht. Der Handelsvertreter erschien am verabredeten Treffpunkt und überreichte mir mein vom Kulturministerium festgelegtes Aufenthaltsgeld. Jetzt galt es, Land und Leute kennenzulernen und den Aufenthalt zu genießen. Mir blieben zwei freie Tage bis zum Beginn des Wettbewerbs. Es war also ausreichend Zeit, mich vorzubereiten, zu üben und andere Teilnehmer, Mitbewerber kennenzulernen. Mein Begleiter, der Pianist Bernd Caspar, war noch nicht angereist. Aber er würde sicher bald vor Ort erscheinen.

Ich bummelte gelassen durch das wunderbare Genf. Wieder verblüffte die unglaubliche Atmosphäre dieses Landes. Man atmete reine Luft. Überall war Ordnung, Sauberkeit und Ruhe. Noch heute, 45 Jahre später, spüre ich dieses Fluidum.

Der erste Weg führte mich zum altehrwürdigen Konservatorium, dem zentralen Austragungs- und Organisationsort des *Concours International d'Execution Musicale*. Ich war gespannt auf den Wettbewerb. Und es war auch manches zu klären: Wann spiele ich? Wie sind die Zeiten ansonsten verteilt? Wo wohne ich während der Zeit des Wettbewerbs?

Ich freute mich, dass mehrere Bewerber aus der Bundesrepublik kamen. Mit ihnen konnte ich deutsch sprechen. Beim offiziellen Begrüßungsempfang lernte ich einige meiner späteren Freunde kennen: *Martin Humpert* war damals noch an der Münchener Oper, *Gerd Reinke* hatte ein Engagement in Hamburg, *Günter Klaus* spielte im Radiosinfonieorchester Frankfurt (Main). Unweigerlich kamen wir auf die deutsch-deutsche Situation zu sprechen. Sie konnten - wie ja auch *Hans Fryba* - kaum glauben, dass ich mich ganz allein und ohne persönliche Bewachung durch das Land bewegen durfte. Ich war mir unsicher. Man wusste nie, wie und ob man von DDR-Sicherheitsleuten beobachtet wurde.

Pierre Delescluse - Frankreich und Hans Fryba - Schweiz, Mitglieder der Jury 1969 in Genf

Todor Toschev - Bulgarien und Wettbewerbsteilnehmer 1969 in Genf: Christina Beltschewa - Bulgarien, Klaus Trumpf und der spätere 2.Preisträger Entscho Radoukanov - Bulgarien.

Die Lage zwischen den beiden deutschen Staaten bot aber auch Anlass zu Scherzen. Sie erklärten mir beispielsweise, dass man in Berlin nur drei Mauern für einen Hausneubau brauche. Warum? Nun, eine Mauer stünde ja schon! Der Empfang verging wie im Fluge. Ich fühlte mich in diesem herrlichen Lande enorm wohl!

Der Wettbewerb

Die angenehm leichtfüßige Ankunft konnte aber nicht darüber hinwegtäuschen, dass wir in der Stadt waren, um uns musikalisch zu messen. Und die Meßlatte lag hoch: Am Wettbewerb nahmen 34 Bewerber aus zehn Ländern teil.

Ich versuchte, mit allen Teilnehmern irgendwie ins Gespräch zu kommen. Wann würde ich schon wieder die Gelegenheit haben, mit so vielen begeisterten Kontrabassisten zu sprechen? Einige wurden zu lieben Freunden. Mit *Fernando Grillo* aus Italien ging ich oft gemeinsam zum Konservatorium. Noch war von seiner späteren Karriere kaum etwas zu erahnen. Er wurde zum Avantgardist des Kontrabasses. Ein kleiner Kreis suchte beständig das Gespräch miteinander. Zu ihm gehörten *Ferenc Csontos* aus Ungarn, er war später an der Budapester Oper tätig, *Entcho Radoukanov*, seit 1981 ist er Solokontrabassist im schwedischen Radio-Sinfonieorchester Stockholm, und *Christina Beltschewa*, zwei Toschev-Schüler aus Sofia, *Andrzej Kalarus* aus Polen, der dann nach Kanada ging, *Yoshinori Suzuki* aus Japan, er war später bei den Münchener Philharmonikern, und *Milan Sagat* aus Bratislava. Er nutzte die Gelegenheit und suchte sein Auskommen und sein Glück im westlichen Europa. Es gelang ihm. Er wurde bei den Wiener Philharmonikern angestellt.

Mit anderen hatte ich weniger Kontakt. Alle Teilnehmer waren beruflich später sehr erfolgreich: *Harvey Kaufmann*, *Richard Frederickson*, *Dennis James* und *Burris Curtis* aus den USA, *Vaclav Carnot*, *Vit Mach* und *Thomas Lom* aus der Tschechoslowakei, *Leonardo Colonna*, *Benito Ferraris* und *Ezio Pederzani* aus Italien, *Chantal Raffo*, *Bernard Cauzaran* und *Gabin Lauridon* aus Frankreich, *Onozaki Mitsuru* aus Japan, *Christian Mesdom* aus Belgien und *Gabor Zenke* aus Ungarn. Einige Namen fehlen. Ich kann mich an sie nicht erinnern und konnte sie leider auch nicht in Erfahrung bringen. Wahrscheinlich haben sie damals in Genf zu intensiv geübt, so dass ich ihnen nirgends begegnete.

Die Namen der Jurymitglieder flößten uns Achtung ein. Der vielleicht bekannteste unter ihnen war *Hans Fryba*. Ich hatte ihn ja bereits 1966, während meines ersten Aufenthaltes mit der Staatskapelle Berlin in

Genf persönlich kennengelernt. Er war damals Solokontrabassist des *L'Orchestre de la Suisse romande*, inzwischen aber pensioniert und gemeinsam mit seiner Frau in seinen Heimatort Gramatneusiedl bei Wien zurückgekehrt. Dort lebte er in einer kleinen bescheidenen Wohnung in der Löwgasse 8. Neben ihm wirkten zwei weitere Kontrabassisten in der Jury mit: *Pierre Delescluse* aus Aix-en-Provence in Frankreich und der junge *Franco Petracchi* aus Rom. Der vierte Juror war der Schweizer Komponist *Julien-Francois Zbinden*, der das Pflichtstück komponiert hatte.

Mein Vorspiel für die erste Runde war am Sonntagvormittag, 11.00 Uhr. Jeden Tag hoffte ich auf die Ankunft meines Begleiters. Die Tage vergingen und ich wartete vergeblich. Auch am Sonntagvormittag war mein Pianist noch nicht da. Die Nerven lagen blank. Das Vorspiel wurde auf den Nachmittag verlegt. In letzter Sekunde reiste der Pianist doch noch an. Eine Probe war nicht mehr möglich. Wir mussten auf die Bühne und los ging's. Mehr schlecht als recht kämpfte ich mich durch die Eccles-Sonate, zwei Sätze der Fryba-Suite und das E-Dur-Konzert von Dittersdorf. Der Pianist tat sein Bestes, mich zu retten. Doch was sollte er tun? Ich war einfach zu aufgeregt und konnte mich kaum konzentrieren. Mir war klar, dass es wohl kaum für die nächste Runde reichen würde.

Am Abend, nach dem letzten Vorspiel, sahen wir uns an der Tafel im Konservatorium die Ergebnisse an. Wie zu erwarten, fehlte meine Nummer für die zweite Runde. Ich war zutiefst enttäuscht. Aber ich musste damit fertig werden. Schon allein die Teilnahme war eine unglaubliche Erfahrung. Noch heute bin ich glücklich und dankbar dafür, beim ersten, wirklich allerersten internationalen Kontrabass-Wettbewerb dabei gewesen zu sein. Er stieß für uns und für die Wahrnehmung des Instruments in der Öffentlichkeit ein Tor auf.

Da ich glücklicherweise nicht abreisen musste, konnte ich bei den anderen Vorspielen dabei sein. Für die zweite Runde, die am Nachmittag des 29. September 1969 im Saal des Konservatoriums ausgetragen wurde, hatten sich: *Entcho Radoukanov, Andrzej Kalarus, Bernard Cauzaran* und die beiden deutschen Teilnehmer *Günter Klaus* und *Martin Humpert* qualifiziert. *Martin Humpert* erhielt ein Diplom und *Bernard Cauzaran* eine Medaille.

Die verbliebenen drei Teilnehmer stellten am 3.Oktober 1969 in der Finalrunde mit dem *L'Orchetsre de la Suisse romande* unter der Leitung von Samuel Baud-Bovy ihre vorbereiteten Konzerte vor. *Günter Klaus* das Konzert E-Dur von Carl Ditters von Dittersdorf, *Andrzej Kalarus* von Domenico Dragonetti-Nanny das A-Dur-Konzert und *Entcho Radoukanov* das Sergej Koussewitzky-Konzert. Die Jury konnte sich nicht auf einen Sieger festlegen. Bei Nichtvergabe des ersten Preises erhielten alle drei den zweiten Platz.

Am 5. Oktober 1969 urteilte die Zeitung „La Suisse": „Der Kontrabass hat eine Aufwertung erfahren".

Auch ich selbst verfasste einen Beitrag über den Wettbewerb. Ich schickte ihn unter anderem an die führende Musikzeitung „Das Orchester", rechnete mir aber wenig Chancen auf eine Veröffentlichung aus. Zu meinem Erstaunen, aber auch zu meiner großen Freude erschien mein Bericht in der Ausgabe vom Juni 1970. Diese Veröffentlichung ist bis heute für mich ein besonderes Zeitdokument.

Siehe im Anhang Seite 446.

Internationale Wettbewerbe Markneukirchen – auch für Kontrabass

Der erste Wettbewerb 1975

In der hintersten Ecke der Republik, im „Musikwinkel", trafen sich seit Jahren Musiker aller Sparten zu den „Vogtländischen Musiktagen" – nur wir, die Kontrabassisten waren nicht dabei. An der Grenze zur CSSR und der Bundesrepublik, die wie ein Dreieck in die Tschechische Republik rein ragt, hatten sich schon vor Jahrhunderten viele Instrumentenbauer angesiedelt.

Das Städtchen Markneukirchen ist in gewisser Weise das Zentrum dieser Region. Es liegt nahe der tschechischen Grenze im landschaftlich reizvollen Vogtland. Es hat ca. 7000 Einwohner. Im Zuge des 30-jährigen Krieges (1618-1648) siedelten sich zwölf böhmische Geigenbauer aus Graslitz in Markneukirchen an. 1677 wurde die Erste Deutsche Geigenmacher-Innung gegründet. In den folgenden 300 Jahren entwickelte sich das Gebiet zu einer der wichtigsten Instrumentenbauregionen Deutschlands. Neben Markneukirchen deutet schon der Name Klingenthal auf die hier beheimatete Musikindustrie hin. In Klingenthal, einem Nachbarort von Markneukirchen, werden hauptsächlich Blasinstrumente, Akkordeons, Mundharmonikas hergestellt. Markneukirchen ist eher die Heimat der Streichinstrumentenhersteller. Viele Firmen sind seit Generationen ansässig, auch wenn sich das Bild den sich wandelnden gesellschaftlichen Bedingungen entsprechend verändert. Viele Instrumentenbauer sind weltweit berühmt. Wer von den Kontrabassisten kennt nicht die Kontrabässe von Pöllmann, Meyer, Rubner, Saumer? Wer kennt nicht die berühmten Bogenmacher-Dynastien H.R.Pfretzschner, Heinz Dölling, der für David Oistrach und Yehudi Menuhin arbeitete. Fortgeführt von Bernd Dölling und seinem Sohn Michael.

Daneben die Werkstatt Kurt Dölling. In der Siebenten Generation die Familie Hoyer arbeitet jetzt im Jahre 2013, *dem 225. Jahr des Bestehens der Familientradition,* Großvater Günter, Vater Matthias und Sohn Willi. Damit haben Hoyer-Bögen seit 1788, die längste Bogenbautradition Deutschlands!.

Drei Generationen der Bogenmacher-Familie: Heinz Dölling, Bernd Dölling, Michael Dölling.

Familie Paulus, Günter, jetzt Jens. Familie Thomae, jetzt Michael. Ohne andere Bögen hinten anzustellen – denn alle Markneukirchener Bogenmacher genießen in der Welt einen hervorragenden Ruf – aber meine favorisierten Bögen waren Zeit meines Berufslebens die von Dölling, Hoyer und Pfretzschner.

Freundschaftliche Kontakte sind im Laufe der Jahre zur Familie Dölling entstanden und auch zur Familie Hoyer.

Eine Liste der hervorragenden Markneukirchener Bogenmacher und Bassbauer findet sich im Anhang des Buches S. 426.

Die Firma Pöllmann, ein traditionsreiches Familienunternehmen, baut seit 1888 Kontrabässe. Sehr lebendig ist für mich noch immer meine erste Berührung mit einem 5-Saiter-Pöllmann während meines Probespiels 1960 und natürlich mein Besuch bei Max Pöllman im Jahre 1961 als ich in seiner Werkstatt meinen ersten Fünfsaiter ausprobierte und dann für 2.200 DDR-Mark kaufte. Leider verstarb Meister Max schon 1963.

Die Pöllmann-Tradition setzte dann Neffe Günter Krahmer-Pöllmann im Westteil Deutschlands, bereits schon ab 1959 in Mittenwald/Bayern fort, bevor dann 1996 seine beiden Söhne Michael und Ralf die Werkstatt übernahmen und weiterhin ihre schönen Instrumente in alle Welt versenden.

Werkstatt Michael und Ralf Krahmer-Pöllmann in Mittenwald

Drei Generationen der Bogenmacher-Familie Hoyer: Großvater Günter, Vater Matthias, Sohn Willy

Die namhafte Firma Alfred Meyer wurde nach dem Tode des letzten Meisters in den 1980er Jahren von Günter Focke und nun Sohn Marco in altbewährter Form fortgeführt. Ebenso die bekannte Werkstatt Rubner, vormals Otto Rubner, ab den 1950er Jahren von Johannes Rubner, bis sie dann in dem genossenschaftlichen Betrieb der MIGMA (Musikinstrumenten-Genossenschaft Markneukirchen) zu Zeiten der DDR aufging. Hier arbeiteten zeitweise bis zu 6 Angestellte und die Instrumente gingen in alle Welt, hauptsächlich in die Länder des „Ostblocks" bis nach China.

In der Werkstatt Alfred Meyer 1989
v.l.n.r.: Thomas Martin, Alfred Meyer, Lev Rakov, Konrad Siebach, Martin Humpert und der Nachfolger von A. Meyer: Günter Focke

Einen guten Namen als gewissenhafter Reparateur und Restaurator machte sich die Firma Saumer, jetzt weitergeführt von Josef mit dem bescheidenen Schild am Hauseingang:
„Bass- und Cello-Erzeugung".

Die jüngere Generation vertritt nun bereits mit gutgearbeiteten, feinen Instrumenten Björn Stoll, noch mit Hilfe seines Vaters, dem ehemaligen Gesellen in der Rubner-Werkstatt.

Es ist immer eine Freude durch die Orte des Musikwinkels im Vogtland von einem namhaften Kontrabassbauer zum anderen und einem bedeutenden Bogenmacher zum anderen zu pilgern.

Wo auf der Welt gibt es das noch einmal?

Und dieses lässt sich auf alle Orchester- und sonstigen Instrumente übertragen – Orte der Lebens- und Musikfreude, was sich in der überaus herzlichen und freundlichen Art dieses Menschenschlages widerspiegelt.

Vater Stoll und Sohn Björn Stoll in der Werkstatt 2014

Der Originalbogen Spergers und die Kopie, 2010
Bernd (r) und Michael Dölling

Die Kontrabass-Wettbewerbe beginnen

Folgerichtig wurden dann in der Musikinstrumentenmetropole Markneukirchen einmal jährlich internationale Wettbewerbe für verschiedene Instrumente ausgeschrieben. Wir fragten uns: Warum eigentlich immer ohne Kontrabass? Die bis dahin typische Einstellung, unser Instrument sei nicht geeignet für solistische Aufgaben, galt es endlich auszuräumen.

Die Solokontrabassisten der berühmten Orchester aus Leipzig *Konrad Siebach* und aus Dresden *Heinz Herrmann* setzten sich in Markneukirchen für eine Aufnahme unseres Instrumentes in das Wettbewerbsprogramm ein. Bisher mit wenig Erfolg.

Ich war durch den Kontrabass-Wettbewerb Genf 1969 und das Internationale Kontrabassistentreffen 1973 ohnehin mit dem Ministerium für Kultur in Kontakt gekommen. Es war nur logisch, dass ich das Projekt an dieser Stelle unterstützte. Es hatte sich blitzartig in meinem Kopf festgesetzt und ich konnte davon nicht mehr lassen. Hier muss etwas geschehen! Wir wussten, dass wir als Kollegen auf einander angewiesen waren, wollten wir etwas erreichen. Bereits im Sommer 1974 kritisierte ich in einem recht aufdringlichen Schreiben an das Kulturministerium die bestehende Situation: Warum, bitte sehr, wird der Kontrabass bei den Wettbewerben in Markneukirchen nicht berücksichtigt? Ebenso gingen Briefe in dieser Sache an die Organisatoren in Markneukirchen selbst. Ich erwartete schroffe, ablehnende Antworten. Sie blieben aus. Stattdessen fragte man mich, ob ich in einer Jury mitwirken wolle. 1975 würde auch ein Wettbewerb für Kontrabass ins Programm aufgenommen.

Ich traute meinen Augen nicht. Natürlich sagte ich sofort zu und übernahm diese ehrenvolle Aufgabe. Es war kaum zu fassen: Das Fach Kontrabass bei dem renommierten Wettbewerb in Markneukirchen! Der Wettbewerb 1975 war somit nach den beiden Vergleichen in Genf 1969 und 1973 erst der dritte internationale Kontrabasswettbewerb überhaupt, weltweit.

Die Ausschreibung für alle anderen Instrumente sah einen Turnus von vier Jahren vor. Das Fach Kontrabass wurde aber - nach unserer stetigen Intervention? – bevorzugt. Es stand nun sogar als einziges Instrument bei jedem Streicherwettbewerb auf dem Programm. Ich vermute nur eines: die verantwortlichen Herren wollten uns los sein.

Überwältigend war die große Zahl von teilnehmenden Kontrabassisten aus aller Herren Länder. Schon beim ersten Wettbewerb überraschten und überzeugten sie durch ihre Leistungen. Es gibt keinen Ort, an dem mehr Kontrabass-Wettbewerbe veranstaltet wurden als in Markneukirchen – bis heute! Dieser Wettbewerb in Markneukirchen machte von sich reden und gehörte bald zu den führenden seiner Art. Er erwies sich als Anziehungspunkt für ganze Generationen von Kontrabassisten. Bis 1985 in zwei, dann vier und ab 1993 leider nur noch im Abstand von sechs Jahren wetteifern junge Kontrabassisten um die Siegerpositionen und damit auch um eine Aufnahme unter die international erfolgreichen Kontrabassisten.

Nach 1989 übernahm *Barbara Sanderling* - Berlin die Federführung. Die Strukturen des gesamten Instrumentalwettbewerbes veränderten sich mit dem Mauerfall 1989 drastisch. Mir war es, nachdem ich die DDR verlassen hatte, nicht mehr vergönnt an diesen Wettbewerben teilzunehmen. Es musste mir reichen, diesen Wettbewerb mit auf den Weg gebracht zu haben.

Beim ersten Markneukirchen-Wettbewerb 1975 wurden außer den drei Vertretern der DDR führende Kontrabassisten aus Budapest, Sofia und Moskau in die Jury berufen:

v.l.n.r.: Masahiko Tanaka (als Beobachter aus Japan),
Juroren: Heinz Herrmann - Dresden, Andrej Astachov - Moskau, Konrad Siebach - Leipzig,
Todor Toschev - Sofia, Klaus Trumpf - Berlin, Lajos Montag - Budapest

Ich fühlte mich von der Zusammensetzung der Jury fast erdrückt. Alle waren hochverdiente erfahrene ältere Kollegen, Persönlichkeiten der Generation vor mir. Ich versuchte, mein Bestes zu geben. Unsere Begegnungen, die Gespräche und das, was ich durch ihre Erfahrungen lernte, prägten meine weitere Arbeit. Bis heute erinnere ich mich an sie in großer Dankbarkeit. Leider sind alle diese Kollegen bereits verstorben.

Heinz Herrmann, langjähriger Solokontrabassist der Staatskapelle Dresden ist vielen bekannt durch seine Notenausgaben beim renommierten Hofmeister-Musikverlag in Leipzig. Seine Kontrabass-Schule, die in vielen Grundübungen der Bottesini-Schule folgt, wurde in den 60er und 70er Jahren häufig gespielt. Zu bedauern ist, dass damals noch in Unwissenheit über die klassische Wiener Kontrabass-Solostimmung (A,-D-Fis-A) das Konzert von Jan Krtitel Vanhal in einer historisch falschen Tonart herausgegeben wurde - übrigens genau wie unser berühmtes Dittersdorf E-Dur-Konzert in der Erstausgabe durch Tischer-Zeitz vom Jahre 1938 – was sogar noch heute in dieser historisch falschen Ausgabe bei vielen Probespielen verlangt wird. Darüber an anderer Stelle mehr.

Konrad Siebach, ebenfalls langjähriger Solokontrabassist des Gewandhausorchesters Leipzig, verdienstvoller Lehrer an der Leipziger Musikhochschule und bekannt geworden durch seine Notenausgaben beim gleichen Verlag in Leipzig, war einer der großen Idealisten unseres Instrumentes. Er verstand es, seine Begeisterung für unser Instrument seinen Schülern zu übertragen. Humorvoll in seinen Erzählungen – aber wehe dem, der einen Witz über seinen geliebten Kontrabass machte! Ansteckend seine Leidenschaft für den Kontrabass. Für mich auch immer ein Vorbild in seiner charakterlichen Stärke. Herzerfrischend, wie er mit dem kommunistischen System, ohne ein Blatt vor den Mund zu nehmen, ins Gericht ging. Das kostete ihm natürlich den Verlust des Professoren-Titels, solange dieser Unrechtsstaat DDR bestand – umso größer seine, und auch meine Freude, als er dann, sofort nach der Wiedervereinigung Deutschlands nach der Wende von 1989 diese Ehrung erfuhr. Er hatte es verdient!

Lajos Montag in aller Welt bekannt geworden durch sein umfangreiches, mehrbändiges Schulwerk, aber auch durch seine unglaubliche Liebe zum Kontrabass. Er arbeitete Zeit seines Lebens an einem Lexikon für Kontrabass; er sammelte mit Leidenschaft alles, was mit dem Kontrabass zusammenhing. Seine Wohnung in der Nähe der Budapester Staatsoper, wo er viele Jahre als Solokontrabassist tätig war, glich einem Museum für Kontrabass-Geschichte! Was hatte er nicht alles an Noten, Manuskripten, Fotos, Instrumenten! Er selbst hatte jahrelang mit dem Geigenbaumeister Kovacz Kontrabässe gebaut, experimentiert, verbessert. Für seine Solokonzerte benutzte er einen seiner selbstgefertigten Instrumente.

Zeit seines Lebens versuchte er in Kontakt zu kommen mit Komponisten und diese anzuregen, für unser Instrument Werke zu komponieren. Vieles ist entstanden und fand Niederschlag in den Fortsetzungsheften seiner Schule und in den „Werken ungarischer Komponisten für Kontrabass und Klavier". Diese waren in allen Schwierigkeitsgraden von Anfängerstücken bis zu virtuosen Werken angesiedelt. Eine unschätzbare Bereicherung der Sololiteraur für unser Instrument. Es machte mich stolz, als er mir jungen Kontrabassisten sein 3. Heft dieser Ausgaben widmete und in feierlicher Form beim Weimarer Kontrabass-Kurs im Jahre 1970 überreichte.

Lajos Montag war es, der *Sergej Koussewitzky* persönlich kannte, mit ihm mehrfach sprach und einige Briefe von seiner Hand in seinem Besitz hatte. Alles sollte in seinem geplanten Kontrabass-Lexikon Platz finden – leider ist es zur Ausführung nie gekommen. Als er im hohen Alter von 90 Jahren starb, löste sich sein gesammeltes Universum, eingeschlossen seine vielen Kontrabässe in ein Nichts auf. Niemand kann so richtig sagen, wo sein enormer Nachlass abgeblieben ist. Einen Großteil an Noten war zu seinem ehemaligen Schüler Belá Szedlak, der viele Jahre an der Baseler Hochschule unterrichtete, noch zu seinen Lebzeiten gekommen. Dieser hatte sich auch bemüht, u.a. mit einem *Lajos-Montag*-Wettbewerb und Aufführungen bzw. Ausgaben seiner Werke im Sinne *Montags* tätig zu werden.

Eine Sache, die vielleicht durch diesen Bericht hier Licht ins Dunkel bringen könnte, ist die Frage nach dem Verbleib seines wunderbaren „Grancino".

Dieses Instrument hatte er gehütet und soweit ich weiß, kaum jemanden gezeigt. Er bewahrte es versteckt in seiner Wohnung auf. Als ich wieder einmal bei ihm in Budapest zu Besuch war und wir stundenlang das Thema „Kontrabass" behandelt hatten, wurde er sehr geheimnisvoll. Er winkte mich in seinen hintersten Raum der Wohnung. Mit Stolz in seinen Augen wies er auf ein wunderschönes, kleines italienisches Instrument. In Violinform mit typisch italienisch schräg-geschnittenem Holz mit großen Jahresringen, faszinierender Maserung, sechsteilig den Boden zusammengesetzt, ließ er mich darauf spielen. Bezaubernder, sonorer Klang, butterweich zu spielen mit

Lajos Montag mit seinem „Grancino" 1986 in Budapest

bester Tonansprache – ich war verzückt. Hellbraun-gelblicher Lack. Lajos Montag berichtete, es sei ein „Grancino".

Bei wem steht wohl dieses Instrument? Wer ist der glückliche Besitzer dieses Kleinodes?

Wo kann man es besichtigen? Auf welcher Bühne kommt es zum Klingen? Man wüsste schon gerne, wo dieses wunderbare Instrument seine Heimat, seinen neuen Besitzer gefunden hat.

Todor Toschev aus Sofia hatte sich ebenfalls einen großen Namen als Kontrabasspädagoge gemacht. Nicht nur sein ehemaliger Schüler *Entscho Radoukanov*, der 1969 beim ersten internationalen Kontrabass-Wettbewerb in Genf einen zweiten Platz belegt hatte, sondern auch viele andere gute Studenten in Sofia machten von sich reden. Seine methodische Sicherheit und seine pädagogische, menschliche Erfahrung machten ihn zu einem gefragten und erfolgreichen Lehrer. Seine Kontrabass-Schule, Etüden- und Konzertliteratur-Ausgaben waren und sind begehrtes Studienmaterial für Studenten und Solisten.

Ich darf heute sagen - und wir haben es damals alle so empfunden: es war eine phantastische Angelegenheit, ein Zusammentreffen von gleichgesinnten Idealisten für unser Instrument. Eine wirkliche Instrumentenfamilie aus Ost und West vereint, die sich in vorbildlicher Weise zu gemeinsamer Sache, im besten Einvernehmen zusammengefunden hatte.

Nach getaner, anstrengender Jury-Tagesarbeit – im Sinne der Wettbewerbsteilnehmer durfte man ja nicht eine Sekunde unkonzentriert sein – saßen wir in gemeinsamer und geselliger, entspannter Runde im Hotel zur Post, dem einzigen Hotel zu jener Zeit in Markneukirchen, beisammen.

v.l.n.r.: Kontrabassbauer Josef Saumer und Johannes Rubner, Andrej Astachov, Masahiko Tanaka, Klaus Trumpf, Todor Toschev, Konrad Siebach, Heinz Herrmann, 1975.

Wir tauschten mit den anderen Jurymitgliedern unsere Gedankenwelt über Ost und West, über Gott und die Welt aus. Es waren wunderbare Abende.

Neben der eigentlichen Aufgabe bei der Jurytätigkeit kam es zu interessanten Begegnungen bei den Instrumenten- und Bogenmachern, Saitenherstellern, bei den Froschmachern -Fröschlschnitzern, wie man im Voigtland sagt - bis zu den Händlern. Denn alles war hier im Musikwinkel vertreten – sogar in den Kneipen gab es das Essen auf Holz-Untersetzern in Violinform serviert.

Jeder hier im Ort fühlt sich dem Instrumentenbau verbunden.

Wir besuchten die Werkstätten der Bogenmacher: Hermann Richard Pfretzschner, Heinz Dölling, Kurt Dölling, Bernd Dölling, Günter Hoyer, Johannes O. Paulus, Günter O.Paulus, die Werkstätten der Kontrabassbaumeister: Alfred Meyer, Johannes Rubner, Josef Saumer und andere. Die traditionsreiche Firma Pöllmann hatte sich nach dem Tode von Max Pöllmann, eine neue Existenz in Mittenwald, im Westen Deutschlands aufgebaut.

Juroren besuchen die Werkstatt Johannes Rubner (4.von links)

Die Bewerber stellten sich in drei Runden der Kritik. Das Programm sah insgesamt sechs Werke vor (s.Abb.). Für die Final-Runde standen zwei Konzerte zur Auswahl. Die Teilnehmer des ersten Jahrganges in Markneukirchen kamen aus den beiden deutschen Staaten und aus sechs weiteren Ländern. In der Finalrunde kämpften die vier Bestpunktierten um die Plätze. *Alexander Michno* und *Niocolai Gorbunov* aus Moskau belegten die Plätze 1 und 2, *Heiko Herrmann* aus Dresden Platz 3 und *Jiri Hudec* aus Prag erreichte den 4.Platz. (s. im Anhang: Teilnehmer u.a. Seite 369)

Ausschreibung zum Internationalen Instrumental-Wettbewerb für Violine - Violoncello - Kontrabaß - Konzertgitarre
11. bis 17. Mai 1975

Fach Kontrabaß

1. Auswahlprüfung
   a) Hans Fryba
      „Suite im alten Stil" 1. Satz Pflicht und ein weiterer Satz wahlweise
   b) G. Bottesini
      Tarantella für Kontrabaß und Klavier
   c) Fr. Hofmeister
      Konzert für Kontrabaß und Orchester alle drei Sätze
      oder
      G. F. Händel
      Sonate 1. und 2. Satz
      oder
      Rainer Lichka
      Konzertante Kammermusik für Kontrabaß und Klavier
      oder
      H. Röttger
      Concertino für Kontrabaß und Klavier

2. Auswahlprüfung
   a) Gerhard Weiß
      „Suite für Kontrabaß allein" 1. und 2. Satz
      (Noten zu beziehen durch die Hochschule für Musik „C. M. v. Weber" Dresden)
   b) K. D. v. Dittersdorf
      Konzert für Kontrabaß und Orchester E-Dur 1. oder 2. und 3. Satz *)
      (siehe Punkt 9 d dieser Ausschreibung)

Endprüfung
W. Dragonetti
Konzert für Kontrabaß und Orchester
oder
J. B. Vanhal
Konzert für Kontrabaß und Orchester E-Dur

v.l.n.r.: A.Michno, A.Astachov, N.Gorbunov, K.Siebach, B.Dimitrova, T.Toschev, 1975.

Seit dem ersten internationalen Kontrabasswettbewerb 1969 in Genf waren gerade sechs Jahre vergangen. An vielen Orten entwickelten sich neue Strukturen, wurde das Instrument anders wahrgenommen. Alle Kollegen empfanden den zunächst angekündigten Turnus von vier Jahren in Markneukirchen, der dann in einen Abstand von zwei Jahren umgewandelt wurde, als einen großen Fortschritt. Das Kontrabassspiel insgesamt wurde populärer. Speziell das Solospiel entwickelte sich. Damit verbanden sich neue Möglichkeiten in methodischer, technischer und musikalischer Hinsicht. Das wiederum steigerte das gesamte Niveau des Musizierens auf dem Kontrabass und belebte es nachhaltig.

Wenn ich heute, 45 Jahre später, die Entwicklungen betrachte, kann ich sagen: Wir haben uns nicht getäuscht. Die internationalen Vergleiche sorgten in der Tat für einen enormen Qualitätsschub. Dies zeigt sich allein schon bei der Betrachtung des verlangten Repertoires. Die Anforderungen heute sind deutlich höher, die Technik ausgereifter, die musikalische Ausdrucksbreite tiefer, die gesamte methodische Arbeit fruchtbringender und damit aber auch die Konkurrenz unerbittlicher. Es hat sich gelohnt damals, so hartnäckig die Idee internationaler Vergleiche anzustreben und schließlich auch gegenüber den Verantwortlichen durchzusetzen. Eine enorme Qualitätssteigerung, die bis heute anhält und nie geahnte Höhen erklimmt, wurde eingeleitet.

Zwei Jahre später, im Jahre 1977, nahmen zum zweiten Male Kontrabassisten am Internationalen Instrumentalwettbewerb in Markneukirchen teil. Leider war ich zu dieser Zeit gerade sieben Wochen mit dem Berliner Kammerorchester „Camerata musica" durch Südamerika auf Konzertreise, so dass ich beim Wettbewerb nicht anwesend war, ihn nur von der Ferne beobachten konnte. Das war umso bedauerlicher, da *Ludwig Streicher* zum Mitglied der Jury berufen worden war. Den Vorsitz der Jury hatte diesmal *Konrad Siebach*, Leipzig. *Heinz Herrmann, Lajos Montag* und *Todor Toschev* waren wieder, wie beim ersten Wettbewerb, dabei. Dazu kamen *Tadeus Pelczar* und *Pavel Novak* aus Polen, *Heinz Nellessen* aus Hamburg und *Horst-Dieter Wenkel* aus Weimar als neue Juroren in die Runde.

Ludwig Streicher pflegte enge Kontakte nach Markneukirchen. Er hielt, wie auch David Oistrach, den Bogenbau in Markneukirchen für außergewöhnlich und bezog seine Bögen aus dem kleinen voigtländischen Städtchen. Bis heute schmücken die Photos dieser berühmten Musiker die Werkstatt des Bogenmachers Bernd Dölling.

Die Bewerber kamen diesmal aus 11 Ländern. Sie hatten sieben Werke vorzubereiten, die sich wieder auf 3 Runden verteilten. Die Preisträger 1977 waren: 1.) *Rainer Hucke*-Weimar (später Solokontrabassist des Gewandhausorchesters Leipzig), 2.) *Jiri Hudec*-Prag (später Solokontrabassist der Tschechischen Philharmonie), 3.) *Rolf Füssel*-Dresden. Folgende Plätze belegten: *Miloslav Gajdoš*-CSSR (später international bekannter Pädagoge und Solist), *Josef Niederhammer*-Wien (später Solokontrabassist in München, dann Professor in Wien) und *Klaus Niemeier*-Berlin (später Solokontrabassist des Rundfunk-Sinfonieorchester Leipzig). (Weiteres s. im Anhang Seite 370)

1979, nun bereits zum 3. Male für Kontrabass zeigte sich, dass der Wettbewerb zunehmend bekannter wurde: Die Zahl der Anmeldungen beim Fach Kontrabass war erstmals ebenso hoch wie beim Fach Violoncello. Markneukirchen hat einen Ruf als Wettbewerbsort für Kontrabass errungen. Ich war wieder als Juror dabei und freute mich darüber, dass ich neben den Kollegen *Heinz Herrmann, Konrad Siebach, Lajos Montag, Todor Toschev* erstmalig auch den verdienstvollen englischen Kontrabassisten *Rodney Slatford* begrüßen durfte. Es war nicht unsere erste und sollte auch nicht unsere letzte Begegnung sein. Freude auch über weitere erstmalig Eingeladene: *František Pošta* aus Prag, *Horst Stöhr* aus Hannover und *Masahiko Tanaka* aus Japan.

Zurück zum Wettbewerb: 29 Kontrabassisten aus 10 Ländern hatten sich angemeldet.

Davon erreichten 13 Bewerber die 2.Runde, darunter einige Namen, von denen später noch viel zu hören sein wird, die sich auf internationaler Ebene einen Namen machen sollten, wie (alphabetisch): *Petya Bagowska* (Bulgarien), *Michinori Bunya,* (Japan), *Miloslav Gajdoš* (CSSR) und *Botond Kostyak* (Rumänien).

Juroren in der Werkstatt Rubner 1979, v.l.n.r.:
Masahiko Tanaka - Tokio, František Pošta - Prag,(Herr Zettel - Markneukirchen), Heinz Herrmann - Dresden, Lajos Montag - Budapest, Klaus Trumpf - Berlin, (hinten: H.R.Pfretzschner), Konrad Siebach - Leipzig, Horst Stöhr - Hamburg, (hinten: Werkstatt Rubner), Rodney Slatford - London, Todor Toschev - Sofia, (Johannes Rubner - Markneukirchen), (Werkstatt Rubner)

Als Preisträger 1979 kristallisierten sich heraus:

1. Preis: *Angelika Lindner* (verheiratet Starke) – Deutschland, später: 1. Solokontrabassistin des BSO, Berliner Sinfonieorchester, jetzt Konzerthausorchester Berlin.

2. Preis: *Dorin Marc* – Rumänien, später: Solokontrabassist der Münchener Philharmoniker jetzt Professor an der Musikhochschule Nürnberg.

3. Preis: *Ichiro Noda* – Japan, später Solokontrabassist der Oper in Frankfurt/Main.

Dass ich mich über den ersten Preis genauso freute wie die Preisträgerin selbst, wird verständlich – ist sie doch von der ersten Unterrichtsstunde im Mai 1973 meine Schülerin. Sie hatte bereits 1978 beim Wettbewerb in Genf die Silbermedaille gewonnen und damit bewiesen, dass sie zu dieser Zeit auf internationaler Höhe war. (s. Anhang Seite 371)

Zum **Wettbewerb 1981** erschienen 28 Teilnehmer aus 9 Ländern, darunter Japan, Österreich und USA. Die Juroren waren des Lobes voll über die Organisation vor Ort. Es hatte sich eingespielt und die Juroren begrüßten mit Freuden *David Walter* aus den USA!

Juroren 1981: Klaus Trumpf, František Pošta, Todor Toschev, David Walter-USA, Heinz Herrmann, Lajos Montag, Konrad Siebach, Rodney Slatford

Die Preisträger 1981:

1. Preis: *Dorin Marc* – Rumänien (s. beim Wettbewerb 1979),
2. Preis: *Holger Herrmann* – DDR (später Münchener Philharmonie)
3. Preis: *Botond Kostyak* – Rumänien (später Solo-Kontrabassist im Orchèstre National de Lyon, unterrichtet an der Hochschule für Musik in Basel und am Konservatorium in Wien)

Die Meinungen der Juroren geben vielleicht das momentane Stimmungsbild der Wettbewerbs-Situation am besten wider: *Konrad Siebach*:„Wettbewerb bietet Stimulanz für Probespiele in Orchestern." *Lajos Montag*: „Wichtigkeit für Weiterentwicklung des Kontrabassspiels." *František Pošta*: „Interessant ist neben der freundschaftlichen Begegnung aller Kontrabassisten die Neuigkeiten, die man erfährt über aktuelle Schallplatten, Noten, Solisten usw." *Rodney Slatford*: „Alles sehr

David Walter im Gespräch mit dem 1.Preisträger Dorin Marc, Markneukirchen 1981.

gut, hohes Niveau – ich vermisse mehr neue Werke." *Todor Toschev*: „Äußerst interessant hier in Markneukirchen sind die Begegnungen in den Werkstätten des Instrumentenhandwerks."

David Walter: „Markneukirchen ist ein ganz wichtiger Wettbewerb für alle Kontrabassisten von denen es in der Welt viel zu wenige gibt".

Nach so hohem Lob ist es nicht verwunderlich, dass die Teilnehmerzahlen weiter stiegen. Im Mai 1983, beim 5.Wettbewerb stellten sich 32 Kontrabass-Kandidaten aus zwölf Ländern der Konkurrenz. Damit hatten die Kontrabassisten die Teilnehmerzahl in den anderen Fächern - 23 Violinisten und 28 Violoncellisten - überflügelt. Leider konnte ich zum zweiten Male durch andere Verpflichtungen nicht daran teilnehmen.

Das bedauerte ich besonders, da *Fernando Grillo* aus Italien Mitglied der Jury war. Weit über zehn Jahre waren seit dem Beginn unserer Bekanntschaft vergangen. Er hatte nach dem Ersten Internationalen Kontrabasswettbewerb 1969 in Genf zielsicher die Kontrabass-Avantgarde für sich erobert. Bei allen Festivals der Moderne trat er als Solist auf. Seine Musik komponierte er sich selbst oder ließ sie sich in die Finger schreiben. Er spielte häufig in phantasievollen, noch kaum gehörten Flageolettregionen. Mit gestisch-schauspielerischem Talent und raffinierten Klangeffekten fesselte er die Aufmerksamkeit des Publikums. Und nun saß er zwischen den Vertretern der Klassik in der Jury. Ich hätte gern seine Sicht über die „Traditionalisten" erfahren. .

Zur Jury 1983 wurden neben den bisherigen Juroren *Heinz Herrmann, Konrad Siebach* und *František Pošta, David Walter* und *Horst-Dieter Wenkel* eingeladen: *Ion Cheptea* aus Rumänien, der verdienstvolle Lehrer der hervorragenden rumänischen Kontrabassschule und Avantgardist *Fernando Grillo* aus Italien.

Man konnte sich diesmal für keinen ersten Preisträger entscheiden und so kam auf Platz zwei: *Lucian Ciorata* – Rumänien (später Solokontrabassist Orchestra Sinfonica di Sevilla), auf zwei dritte Plätze *Esko Laine* – Finnland (später Solokontrabassist der Berliner Philharmoniker und Professor an der Hochschule für Musik „Hanns Eisler" in Berlin) und
Ovidiu Badila – Rumänien (später solistische Tätigkeit und Professor in Trossingen und Basel). Förderpreise gingen an: *Patrick Neher* – USA (später Karriere in den USA) und *Jochen Hentschel* – DDR.

Zum Abschlusskonzert des Wettbewerbes spielte *Lucian Ciorata* das h-Moll-Konzert von Giovanni Bottesini mit Orchester.

Das Interesse an einer Teilnahme am **6. Wettbewerb 1985** in Markneukirchen stieg weiter: 42 Anmeldungen - Allerdings reisten dann nur 28 Kandidaten an. Ich war wiederum auf Gastspielreise mit der Staatskapelle Berlin und verfolgte die Entwicklungen nur aus der Ferne.

Jury 1985:
Konrad Siebach (Vorsitz), *Heinz Herrmann, František Pošta, Masahiko Tanaka, Ion Cheptea, Rainer Zepperitz, Barbara Sanderling.*

Das erste Mal in der Jury Markneukirchen war jetzt *Rainer Zepperitz,* der langjährige Solokontrabassist der Berliner Philharmoniker vertreten.

Preisträger 1985:

1.Preis: *Ovidiu Badila* – Rumänien (später solistische Karriere, Prof. in Trossingen, Basel),
2. Preis: *Frithjof-Martin Grabner* – DDR (jetzt Professor in Leipzig)
3: Preis: *Veit-Peter Schüßler* – BRD (jetzt Professor in Köln),
Förderpreis: *Vincent Pasquier* – Frankreich.

Zum letzten Mal fand 1985 der Wettbewerb in dem üblichen Zweijahresrhythmus statt. Die Verantwortlichen in Markneukirchen entschieden gemeinsam mit dem Kulturministerium in Berlin, auch die Kontrabass-Wettbewerbe nur noch alle vier Jahre stattfinden zu lassen. Die genauen Gründe für diese Entscheidung kenne ich nicht. Offensichtlich war aber der Zwei-Jahre-Bonus für die Kontrabässe verspielt. Das Interesse am Fach Kontrabass war aber ungebrochen.

Zum Wettbewerb 1989 meldeten sich so viele Teilnehmer wie nie zuvor: 77 Bewerber aus 17 Ländern! Erstaunlich viele Teilnehmer, zehn Kontrabassisten kamen aus der damaligen Bundesrepublik. Sie übertrafen sogar die Bewerber aus der DDR. Nur neun Teilnehmer standen auf der Anmeldeliste. Auch wenn einige der Angemeldeten nicht anreisten, so war es für die Jury dennoch eine große Herausforderung, aus der Fülle von Bewerbern drei Kandidaten für die Endrunde herauszufiltern. In diesem Jahr hatte man mir die ehrenvolle Aufgabe des Jury-Vorsitzenden anvertraut, so dass ich mich in einer besonderen Verantwortung sah.

oben v.l.: *František Pošta, Lev Rakov - Sowjetunion, Konrad Siebach, Martin Humpert - Schweiz,*
unten: *Ion Cheptea - Rumänien, Barbara Sanderling, Klaus Trumpf, Georg Hörtnagel, Thomas Martin - England, Markneukirchen 1989.*

Zu den Jurymitgliedern gehörte in diesem Jahr *Georg Hörtnagel* aus München. Er hatte 1968 eine der ersten Solo-Kontrabass-Schallplatten überhaupt mit dem E-Dur-Konzert von Carl Ditters von Dittersdorf eingespielt. Diese Platte gehörte mit als erste zu meiner umfassenden Sammlung von Kontrabass-LPs. Persönlich waren wir uns bisher noch nicht begegnet. Aber ich kannte einen Teil seiner Lebensgeschichte. Er war zunächst Staatsorchesterkontrabassist der Münchener Oper und gründete dann eine der später erfolgreichsten Konzertagenturen in Deutschland. Mit dieser holte er die berühmtesten Orchester, Streichquartette, Solisten nach München. Seine Liebe zum Kontrabass gab er nie ganz auf, um zumindest den Part im Forellenquintett zu meistern. Mehr als 500 Mal spielte er mit den berühmtesten Streichquartetten dieser Welt in seinen Konzertreihen das beliebte Schubertstück mit. Besondere Höhepunkte für alle Kontrabassisten waren die Konzertpausen in den von Hörtnagel organisierten Orchesterkonzerten. Stets lud er die Kontrabassgruppe zu einem kleinen Sektempfang ein.

Patrick Süskind setzte *Georg Hörtnagel* in seinem Einpersonenstück „Der Kontrabass" ein besonderes Denkmal: „... zwei, drei Kontrabassisten gibt's in Deutschland, die spielen jede Kammermusik. Der eine, weil er seine eigene Konzertagentur hat ...!" Neu in der Jury war außerdem der sehr verdienstvolle Pädagoge aus Moskau *Lev Rakov*, der mit seiner Kontrabassschule, seinen Notenausgaben und Abhandlungen über den Kontrabass damals in der Sowjetunion Generationen von Kontrabassisten das nötige Rüstzeug gab.

Ebenso neu der profunde Kenner des *Bottesini*-Oeuvres *Thomas Martin* aus England. Seine *Bottesini*-Schallplatten hatten vor Jahren bereits für Furore gesorgt. Zur Zeit dieser Niederschrift 2013 hat er gerade eine sensationelle CD, diesmal als Dirigent veröffentlicht – und zwar eine Aufnahme des genialen Requiems von *Giovanni Bottesini*. Ein Werk in ganzer Verdi-Manier, was ich jedem Interessierten wärmstens ans Herz lege!

Einen weiteren Juroren konnten wir 1989 begrüßen, den ehemaligen langjährigen Solokontrabassisten des Orchestre de la Suisse Romain aus Genf *Martin Humpert*.

In freundschaftlicher, kollegialer und humorvoller Atmosphäre bewerteten wir die Kandidaten. Keiner ahnte, dass der Wettbewerb der letzte in dieser Art sein würde, dass ein grundsätzlicher Wandel bevorstand. Wenige Monate später leitete die sogenannte Wende eine neue Ära, nicht nur in Deutschland, sondern weltweit, ein. Sie wurde möglich durch die zum Einsturz gebrachte Mauer in Berlin, durch den Fall des „Eisernen Vorhanges" in Europa.

Jury 1989:
Klaus Trumpf (Vorsitz), *Konrad Siebach, František Pošta, Ion Cheptea, Barbara Sanderling, Lev Rakov* - Sowjetunion, *Georg Hörtnagel* - BRD, *Martin Humpert* - Schweiz, *Thomas Martin* - England.

Martin Humpert, Thomas Martin (stehend auf einer ‚Ton'leiter!), Klaus Trumpf, 1989

Preisträger 1989:

1. Preis: *Boguslaw Furtok* - Polen
2. Preis: *Andreas Wylezol* - DDR
3. Preis: *Christine Hoock* - Bundesrepublik Deutschland
Förderpreis: *Zsolt Fejervari* - Ungarn

Im vereinten Deutschland werden die Markneukirchen-Wettbewerbe unter neuer Leitung fortgesetzt. Barbara Sanderling übernimmt dies und sorgt dafür, dass, zwar in größeren Abständen, aber diese Wettbewerbe, die sich so großartig etabliert haben, eine feste Einrichtung bleiben. 1993, 1999, 2005 und 2011 fanden sie statt.

Zu den Wettbewerben nach 1989 mehr im Anhang ab S.374.

Erfreulich, dass bereits 2015 der nächste Wettbewerb stattfinden wird.

Die Internationalen Johann-Matthias-Sperger-Wettbewerbe

Wie im Abschnitt „Sperger-Gesellschaft" beschrieben, wurde im Jahre 2000 der neu ins Leben gerufene Johann-Matthias-Sperger-Wettbewerb zum ersten Male durchgeführt.

Er sollte Chancen des Vergleichs für den internationalen Kontrabass-Nachwuchs schaffen.

Es gelang mir, Zubin Mehta, den ehemaligen Kontrabass-Studenten, im Jahre 2000 GMD der Münchener Oper als Mentor zu gewinnen, bis uns dann ab 2006 Anne-Sophie Mutter mit ihrem idealistischen Einsatz in dieser Funktion zur Verfügung stand.

Eine Jury von internationaler Prominenz stand bald zur Verfügung: *Alfred Planyavsky* - Wien, *David Walter* - USA, *Lev Rakov* - Moskau, *Miloslav Gajdoš* - CR, *Ovidiu Badila* - Rumänien/Deutschland, *Paul Erhard* - USA, *Miloslav Jelínek* - CR, *Radoslav Šašina* und *Karoly Saru* - Budapest. Alle verdienstvoll und weltweit bekannt.

Juroren des 1.Sperger-Wettbewerbes 2000: oben v.l.n.r.: Miloslav Jelínek - CR, Karoly Saru - H, Paul Erhard - USA, Ovidiu Badila - RO, Miloslav Gajdoš - CR, David Walter - USA, unten: Lev Rako - RU, Alfred Planyavsky - A, Klaus Trumpf - D

In nur 5 Monaten gelang es uns in dem kleinen Austragungsort Woldzegarten in Mecklenburg-Vorpommern diesen internationalen Wettbewerb in einer Größenordnung von 65 Teilnehmern aus aller Welt auf die Beine zu stellen.

Wie dann bei allen Sperger-Wettbewerben war in der 1. Runde eine seiner Sonaten und in der Finalrunde eines seiner Konzerte auf dem Pflichtprogramm. Daneben Romantisches, Virtuoses, Modernes. Einhellig vergab die Jury folgende Preise:

1. Preis (Kontrabass von Luciano Golia): *Roman Patkoló* - Slowakei,
2. Preis *Ion Christian Braica* - Rumänien,
3. Preis *Ruslan Lutsyk* - Ukraine.
Einen Pfretzschner-Goldbogen erhielt *I-Shan Kao* - Taiwan auf Platz 4 und einen Penzel-Silberbogen *Artem Chirkov*. Großzügig hatte der italienische Geigenbauer Luciano Golia einen Kontrabass für den Gewinner des Wettbewerbes gespendet. Für den zweiten und dritten Preis kamen die Gelder hauptsächlich von den Saitenfirmen Pirastro und Thomastik-Infeld.

Der erste Preisträger, der damals noch unbekannte 18jährige *Roman Patkoló* katapultierte sich mit seiner Leistung sofort in die internationale Spitzenklasse. Man wird noch viel von ihm hören.

Preisträger v.l.n.r.: Ion Christian Braica, Roman Patkoló, Ruslan Lutsyk 1.Sperger-Wettbewerb 2000

Nicht sehr weit vom Austragungsort des ersten *Sperger*-Wettbewerbes liegt die Wirkungsstätte des Namensgebers *Johann Matthias Sperger*. Als kleines Bonbon pflanzten die Juroren zwischen Schloss und Stadtkirche, den beiden Musizierstätten *Spergers* in Ludwigslust eine Kastanie, die nun benannte „*Sperger*-Kastanie".

Die Juroren des 1. Sperger-Wettbewerbes pflanzten zu Spergers Ehren eine Kastanie vor seiner Wirkungsstätte in Ludwigslust, 2000.

Wieder in die ersten Junitage gelegt, fand der **2. Sperger-Wettbewerb 2002**, diesmal im Kloster Michaelstein in Blankenburg/Harz, wo seit 1982 die jährlich durchgeführten Internationalen Kontrabasswochen ihr Zuhause hatten, statt. Schirmherr war wieder Maestro Zubin Mehta und Anne-Sophie Mutter unterstütze mit einem sinnfälligen Grußwort: „Ich bin froh und stolz, zum zweiten Mal den *Sperger*-Wettbewerb ideell zu begleiten. Der Kontrabass erlebt eine Renaissance. Hohe Zeit, diesem Instrument und seinen Interpreten wieder einen zentralen Platz in unserem Konzertsaal einzuräumen".

Anne-Sophie Mutter hatte inzwischen Roman Patkoló in Ihre Stiftung aufgenommen

In der Jury tauchten ein paar neue Namen auf: *Petya Bagovska* - Bulgarien, *Lev Rakov* - Russland, *Hans Roelofsen* - Niederlande und aus Dresden *Werner Zeibig*.

Jury des 2.Sperger-Wettewerbes 2002: ob.Reihe v.l.n.r.: M.Gajdoš, K.Saru, M.Jelínek, L.Rakov, W.Zeibig; u.Reihe: R.Šašina, P.Bagowska, K.Trumpf, H.Roelofsen, P.Erhard

Leider muss man auch ein Negativum benennen: wo sind von den 24 deutschen Musikhochschulen (in keinem Land gibt es ein so unerhört dichtes Netz von hochqualifizierten Ausbildungsstätten) die Bewerber für den Wettbewerb? Wo bleiben die Zuhörer, die Interessenten, die allein aus Neugier, aus Wissbegier vorbeischauen? Wie so oft bei solchen Events, fehlen die deutschen Kontrabassisten! Desinteresse? Arroganz? Überheblichkeit? Bequemlichkeit? Ausländische Studenten nehmen die Anreise aus Asien und den USA in Kauf!? Wo bleiben die Kontrabass-Professoren? (Siehe Seite 459)

Diese Fragen werde ich noch oft bei ähnlichen Anlässen stellen müssen.

Erstmalig wurde für diesen Wettbewerb eine Komposition in Auftrag gegeben. Ein inzwischen in das Kontrabass-Repertoire eingegangene Stück für Solo-Kontrabass stammt von *Miloslav Gajdoš*. Mit dem Titel „Invocation" - inzwischen auch schon auf CD festgehalten. Mit dem Mecklenburgischen Kammerorchester Schwerin unter der Leitung von Johannes Moesus erklangen in der Finalrunde die Sperger-Konzerte Nr.2, Nr.11 und Nr.15.

v.l.n.r.:
Petr Ries
- 2. Preis,
Artem Chirkov
- 1. Preis,
Dominik Greger
- 3. Preis
2002

Wie schon lange ins Auge gefasst, wurde der **3. Sperger-Wettbewerb 2004** in Ludwigslust durchgeführt. In seinem Grußwort gibt Zubin Mehta seiner Hoffnung Ausdruck „…da dieses Instrument mit all seinen Möglichkeiten viel mehr gefördert und beachtet werden sollte….den Wettstreit unter dem Namen *Spergers,* einen der wichtigsten Komponisten für Kontrabass zu stellen und auch damit seine Werke in den Vordergrund rücken zu lassen."

Das Abschlusskonzert im Goldenen Saal des wunderschönen Barockschlosses, in dem Saal, wo viele *Sperger*-Werke vor 200 Jahren ihre Uraufführungen erlebt haben dürften, war natürlich ausverkauft.

Goldener Saal im Schloss Ludwigslust

Das Pflichtstück für 2004 „GEH", komponiert von *Stefan Schäfer,* wurde inzwischen mehrfach aufgeführt.

In der Jury wieder neue Namen: *Wolfgang Harrer* aus Österreich als Juryvorsitzender, *Thomas Martin* - GB, *Jorma Katrama* - FI, *Hans Roelofsen* -N, *Alexander Michno* -Russland/Spanien, *Irena Olkiewicz* - PL und *Miloslav Gajdoš*.

Diese vergaben dann die Preise an:

1. Preis: *Szymon Marciniak* - PL,

2. Preis: *Benedikt Hübner* - D,

3. Preis: *Fuyuki Kurokawa* - Japan.

Einen Anerkennungspreis erhielt *Franticek Machac*, Student von *Radoslav Šašina* für sein Spiel in der Kategorie „Wiener Stimmung", die hier erstmalig praktiziert wurde.

Die 3 Finalisten, vom Mecklenburgischen Kammerorchester Schwerin unter der Leitung von Johannes Moesus begleitet, spielten das Konzert D-Dur Nr 15 für Kontrabass und Orchester von *Johann Matthias Sperger.*

4. Sperger-Wettbewerb 2006 - wieder am gleichen Ort in Ludwigslust. Ich war sehr glücklich, dass ich für diesen Wettbewerb unsere große Geigerin Anne-Sophie Mutter als Schirmherrin gewinnen konnte. 2006 überreichte die *Sperger*-Gesellschaft der Musikschule ein von *Ljubinko Lazic* angeregtes und vom serbischen Maler Milan Djuric gefertigtes Porträtgemälde, welches im Vorspielraum der Schule einen Ehrenplatz erhielt. Siehe Seite 75.

Erstmals war in der Jury *Günter Klaus* vertreten. Daneben auch neu: *Martin Humpert*-Schweiz, *Daniel Marillier*-Frankreich und *Angelika Starke* aus Berlin.

Von 26 Bewerbern kamen von deutschen Hochschule 3 (drei!). Ich frage wieder die Kontrabass-Professoren an den deutschen Hochschulen? Schaut her, ein 16-jähriger Schüler aus Seoul erlangt mit reifem Spiel den
   1. Preis (Pirastro-Preis): *Min Jae Soung* ,
   2. Preis (Thomastik-Infeld-Preis) und den
   Publikumspreis erspielte sich *Marie Clement* aus Frankreich.
   3.Preis (Pfretzschner-Silberbogen): *Vojtech Velicek* - Tschechien.

Teilnehmer und Juroren des 4. Sperger-Wettbewerbes 2006

„Ich bin stolz, erneut den Johann-Matthias-Sperger-Wettbewerb zu begleiten. Den Kontrabassisten wünsche ich vor allem noch erheblich mehr Präsenz in unseren Konzertsälen!" Das schrieb Anne-Sophie Mutter in ihrem Grußwort als Schirmherrin des

5. Sperger-Wettbewerb 2008 Es sollte ein denkwürdiger Wettbewerb werden! Tolle Jury wie immer, große Namen! Doch - das große ABER: großes Dilemma! Hier hatte ein Herr aus Norddeutschland mit Großmannssucht für einen Eklat gesorgt (s. Sperger-Gesellschaft), worüber wir lieber schweigen wollen!

Ein Teil der Juroren beim Besuch 2008 im „Sperger"-Büro: v.l.n.r.: Frank Proto - USA, Paul Ellison - USA, Francos Rabbath - Frankreich, Klaus Trumpf.

Dazu kamen noch: *Miloslav Gajdoš* - Czech Republic; *Christine Hoock* - Österreich/Deutschland; *Ho Gyo Lee* - Südkorea; *Thomas Martin* - England und *Alexander Shilo* - Russland. Preisträger:
  1. Preis: *Gunar Upatnieks* - Lettland (Peter-Pirazzi-Stiftungs-Preis),
  2. Preis: *Kevin Jablonski* - USA (Thomastik-Infeld-Preis),
  3. Preis: *Thierry Roggen* - Schweiz (Seifert-Silberbogen)

Wettbewerbsteilnehmer 2008 im Goldenen Saal des Schlosses Ludwigslust.

Für den **6. Sperger-Wettbewerb 2010** musste nach dem Dilemma in 2008 ein anderer Austragungsort gefunden werden. Und diesen gab es, geradezu ideal in dem Schloss Burg Namedy bei Andernach, bei Prinzessin Heide von Hohenzollern, Besitzerin dieses Kleinodes.

Eines Tages wird in den Annalen der Kontrabass-Historie stehen: Prinzessin Heide von Hohenzollern und Musikliebhaber Manfred Rhodius mit seiner Gattin ermöglichen mit großzügiger Unterstützung die Fortführung des Sperger-Wettbewerbes; die Rhodius-Stiftung sogar die Mitgliedschaft in der WORLD FEDERATION OF INTERNATIONAL MUSIC COMPETITIONS in Genf. Dank dieser Generosität der Rhodius-Stiftung wird die Mitgliedschaft in Genf überhaupt erst möglich. Damit ist der *Sperger*-Wettbewerb der einzige selbständige Kontrabasswettbewerb, der neben den großen Wettbewerben in einer Reihe steht! In der Tat, liebes Ehepaar Rhodius, diese Großzügigkeit schlug in der Welt der Kontrabassisten hohe Wellen und wird noch lange nachwehen.

Ein weiterer Glücksfall ist, dass ich auf eine vorsichtige Anfrage bei Nikolaus Harnoncourt wegen der Schirmherrschaft 2010 eine äußerst positive Antwort aus Wien erhielt:

Besten Dank für Ihren Brief vom 23.11.2009 bezüglich der Schirmherrschaft für Ihren nächsten Wettbewerb. Ich mache das gerne, weil ich seit langem an der Funktion der Baß- und Kontrabaßinstrumente interessiert bin und die Tätigkeit und Forschungsarbeit der J.M.Sperger-Gesellschaft sehr wichtig finde.

Mit freundlichen Grüßen Nikolaus Harnoncourt

Teilnehmer und Juroren des 6. Sperger-Wettbewerbes vor Schloss Burg Namedy 2010. untere Reihe Juroren, v.l.: R. Šašina, A. Shilo, D. Marc, T. Barbé, G. Klaus, K. Trumpf, H. G. Lee, A. Egilsson, M. Jelínek, R. Patkoló

Die Freude war nicht gering, nach den großen Musikernamen Zubin Mehta, Anne-Sophie Mutter nun auch noch Nikolaus Harnoncourt gewonnen zu haben!

Auch war es der Wettbewerb, bei dem der Kontrabassist *Jörg Potratz*, erfahren als ehemaliger Orchesterdirektor der Potsdamer Philharmonie, bei der Bewältigung der immerwährenden Herkulesarbeit der Organisation, einige Aufgaben bis hin zum Jury-Sekretär zuverlässig übernahm.

Im filmreifen Rittersaal des Schlosses stellten Sponsoren aus dem Instrumentenhandwerk ihre Produkte aus. Die 36 Teilnehmer aus 12 Ländern, allein 10 aus Südkorea, lieferten sich einen harten Konkurrenzkampf, der dann von der jüngsten Teilnehmerin, von der erst 16-jährigen *Mikyung Soung* aus Südkorea, der Schwester des Gewinners von 2006 *Min Jae Soung*, gewonnen wurde.

V.l.n.r.:
Krzysztof Firlus - Polen
2. Preis,
Mikyung Soung - Südkorea
1. Preis,
Jakub Fortuna - Polen
3.Preis

Beim **7. Sperger-Wettbewerb 2012** blieb weiter Nikolaus Harnoncourt der Schirmherr und formulierte in seinem Grußwort: *„Die Beschäftigung mit der umfangreichen Sololiteratur von Sperger, das Eindringen in die historisch so wichtige Periode während der Wiener Klassik bringt allen Teilnehmern dieses großen internationalen Vergleichs einen bedeutenden Gewinn."*

Die Sponsoren aus dem Instrumenten- und Kunsthandwerk gaben den Wettbewerben einen angenehmen fachbezogenen Rahmen, indem sie ihre Instrumente, Bögen, Noten, Zubehör ausstellten. Besonderer Dank geht an die Kontrabassmeisterwerkstätten Pöllmann, Grünert, Krattenmacher, Gawron, Windelband, Wilfer; die Bogenbaumeister Dölling, Hoyer, Thomae, die audan-Kunststiftung.
(s. auch die Preisstifter s. S. 278)

Im Rittersaal der Burg Namedy die Jury und die Teilnehmer des Wettbewerbes 2012

Diesmal in der Jury: *Günter Klaus* - D (Vorsitz), *Stefan Schäfer* - D, *Thierry Barbé* - F, *Arni Egilsson* - USA, *Teppo Hauta-aho* - FI, *Jun Xia Hou* - China, *Eugene Levinson* - USA, *Roman Patkoló* - CH, und *Werner Zeibig* - D. Als Gesprächspartner in künstlerischen Dingen steht mir *Gottfried Engels* zur Seite.

Es kamen viele Kandidaten aus China, die in großer Delegation den Wettbewerb, zum Teil auch als Beobachter, verfolgten.

Hier gab es diesmal eine kleine Sensation: Zwei deutsche Studenten, beide aus Nürnberg von Lehrer Prof. *Dorin Marc* setzten sich an die Spitze: *Michael Karg* (Björn-Stoll-Meisterkontrabass) und *Thomas Hille* (Thomastik-Infeld-Preis). Der 3. Preis ging an *Piotr Zimnik*-Polen (Preis der Gillet-Stiftung).

Untere Reihe v.l.n.r.: Eugene Levinson, Teppo Hauta-aho, Xian Chun Hou, Günter Klaus; 2. Reihe: Arni Egilsson, Werner Zeibig, Roman Patkoló, Thierry Barbé, Stefan Schäfer; stehend: Klaus Trumpf, Gottfried Engels

*Preisträger Sperger-Wettbewerb
2012 v.l.n.r.:
Piotr Zimnik - 3. Preis,
Michael Karg - 1. Preis,
Thomas Hille - 2. Preis*

Der **8. Sperger-Wettbewerb 2014** verzeichnete einen Anmelderekord.
Schirmherr ist wieder Nikolaus Harnoncourt. Wie seit langem zu beobachten: nicht nur einzelne Spieler bieten höchstes Niveau, sondern eine große Reihe, so dass die Jury 24 Kandidaten in die 2. Runde gehen lassen musste! Wieder gab es als ersten Preis einen Meisterkontrabass (Emanuel Wilfer); diesmal konnten sogar 2 zweite Preise von den Saitenfirmen Pirastro und Thomastik-Infeld vergeben werden und einen 3. Preis durch die Gillet-Stiftung. Wieder gab es Sonderpreise in Form von Solokonzerten bei verschiedenen Orchestern.

In den Reihen der Jury: *Stefan Schäfer* als Vorsitzender, *Thomas Martin* - GB, *Catalin Rotaru* - USA, *Miloslav Gajdoš* - CR, *Miloslav Jelínek* - CR, *Alexander Shilo* - RU, *Werner Zeibig* - D.

Eine erfreuliche Tatsache ist festzustellen: 9 Teilnehmer aus Deutschland!

Eine geradezu helle Begeisterung bei allen Teilnehmern herrschte über das diesjährige neu-komponierte Pflichtstück REGREPS von

Schloss Burg Namedy mit allen Teilnehmern 2014, Juroren und Korrepetitorinnen

Giorgi Makhoshvili. Von allen hochgelobt könnte es in den nächsten Jahren in das Kontrabass-Repertoire eingehen.

Auch ist zu erwähnen, dass die beiden ersten Preisträger wieder vom gleichen Lehrer aus Nürnberg, *Dorin Marc,* kommen!: *Marvin Wagner* - D und *Razvan Popescu* - Rumänien (Pirastro-Preis). Den anderen 2.Preis erhielt der erst 17-jährige *Dominik Wagner* - Österreich (Thomastik-Infeld-Preis). 3.Preisträger: *Martin Raska* - Tschechien (Gillet-Stiftung)

Die Juroren (es fehlt hier Thomas Martin) mit der berühmten Weinsorte „Baßgeige" vom Kaiserstuhl und die 4 Preisträger vom Sperger-Wettbewerb 2014

Resümee nach den bisherigen Sperger-Wettbewerben bis 2014

Absolut positiv! Und ich glaube, nicht nur aus der Sicht des Initiators, Gründers und Leiters. Die gesteckten Ziele, nämlich hauptsächlich das Werk *Spergers* und auch sein Leben bekannt zu machen, ist bisher auf breitester Ebene gelungen. Allein die Stadt Ludwigslust, die Wirkungsstätte *Spergers*, profitierte: man weiß nun, welche Persönlichkeit in ihrer Stadt lebte.

Der Sperger-Wettbewerb verfolgt von Beginn an in Sachen Repertoire eine ganz konsequente Linie: keine Bearbeitungen, nur Original-Literatur steht auf dem Programm. Zusätzlich wird jeweils ein Komponist beauftragt, ein Werk für Solo-Kontrabass zu schreiben, was als Pflichtstück von jedem der Teilnehmer in der ersten Runde gespielt werden muss. Einige dieser Werke sind bereits ins Repertoire eingegangen. Die Komponisten dieser Pflichtstücke waren: Miloslav Gajdoš, Stefan Schäfer, Siegfried Matthus, Frank Proto, Arni Egilsson, Teppo Hauta-aho und Giorgi Makhoshvili.

Ein Komponist und sein Werk wurde dem Vergessen entrissen und zu Leben erweckt.

An dieser Entwicklung haben auch die Schirmherren der *Sperger*-Wettbewerbe Zubin Mehta, Anne-Sophie Mutter und Nikolaus Harnoncourt einen wesentlichen Anteil.

Besonders auch die Unterstützer, die Sponsoren und Freunde des Wettbewerbes, ohne deren Hilfe überhaupt nichts möglich wäre! Hier müssen neben allen anderen die beiden Saitenfirmen Pirastro und Thomastik-Infeld genannt werden, die immer wieder Gelder für vordere Preise zur Verfügung stellen und auch ganz besonders das Ehepaar Rhodius mit ihrer Stiftung, das uns in den Jahren seit dem 6. Wettbewerb größere Summen als Grundstock für die Wettbewerbe überreicht. Erste Preise (Kontrabässe) stifteten: Luciano Golia - Italien, Roderich Paesold, Björn Stoll und Roland Wilfer. Kontrabassbögen überreichten: H.R.Pfretzschner, Lothar Seifert und bei allen Wettbewerben regelmäßig Roland Penzel. Preisgelder kamen von der Peter-Pirazzi- und der Gillet-Stiftung.

Was wäre der Wettbewerb ohne die Juroren aus Europa, USA und Asien! Die absoluten Spitzen der jetzigen Kontrabass-Generation! Ebenso ein großer Dank an Heide Prinzessin von Hohenzollern, die dem Sperger-Wettbewerb ein Gastrecht in ihrem wunderbaren Schloss Namedy einräumt. Eine beachtliche Bilanz – und das ganz ohne jede staatliche Unterstützung.

Die Internationale Sperger-Gesellschaft und ihre Mitglieder können sich das hoch anrechnen. Ihnen allen sei an dieser Stelle gedankt.

Vom Faschingskonzert in die Carnegie Hall – Aus Spaß wird Ernst

Die Folgen eines Faschingsscherzes

Ab 1991 war ich Lehrer an der Hochschule für Musik in München, neben meiner Lehrtätigkeit an der Saarbrücker Musikhochschule und nach den 22 Jahren an der Berliner Hochschule „Hanns Eisler". Ich liebte die Arbeit hier. Eigentlich war jeder Tag in der Hochschule eine Besonderheit. Wir Kontrabassisten hatten etwas abseits vom Hochschulbetrieb in einer Ecke des Tiefparterres eine ganze Front von Räumen, einschließlich einer Küche und einer eigenen Toilette mit Duschkabine. Normalstudenten oder -lehrer verirrten sich im Allgemeinen nicht in diese Region. Zu unserem Refugium gehörten ein sehr großer Hauptfach-Unterrichtsraum, ein kleinerer Unterrichtsraum, drei - allerdings fensterlose – Übekammern. Zwei Gänge und auch die Küche konnten als Räume für das Üben genutzt werden. Und wenn es denn einmal sein sollte, konnte auch der große U-Raum mit dem vorhandenen Sofa als Übernachtungsmöglichkeit dienen – aber nicht ein Student hat mir je verraten, wie oft dort genächtigt wurde!? Übrigens war es eine bedeutende Rarität im gesamten Hochschulbereich, dass ein Lehrer, ohne mit anderen Kollegen den Raum teilen zu müssen, allein darüber verfügen konnte. Ein kleines Privileg – nun mal nicht für die Damen und Herren der melodiespielenden Instrumente! Im Anschluss an Klassen- und öffentliche Vorspiele diente der Hauptraum als großer „Festsaal". Was gab es nicht in den Jahren hier für „Nachfeiern" in allen denkbaren Runden zu allen möglichen Anlässen.

In der Regel organisierten wir pro Jahr vier öffentliche Kontrabass-Vortragsabende mit auswärtigem Publikum - manchmal bis zu 70 Gästen und alle zwei Wochen ein internes Klassenvorspiel. Jeder musste sich der Stunde der Wahrheit stellen. Und alle nutzten die Gelegenheiten, denn nach den Vorspielen gab es ausführliche Kritik in Auswertungsgesprächen.

Einige Jahre lang waren Kontrabass-Student*innen* in der Überzahl. Dies kommt in einer Kontrabassklasse äußerst selten vor. In dieser Zeit wurde die Küche ihrem eigentlichen Zweck zugeführt und wirklich als ‚Suppenküche' genutzt. Studentisches Leben: locker, erfindungsreich und vor allem sparsamer als in der Kantine. Allerdings blieb dieser Umstand nicht lange verborgen. Irgendwann drangen die Gerüche der asiatischen Küche bis in die oberen Leitungsetagen, die zwei Stockwerke höher lagen. Man ermahnte und forderte die Einhaltung der feuerpolizeilichen Vorschriften ein, was auch wirklich 2 Tage lang beachtet wurde.

Aber natürlich gehörte zum studentischen Leben auch das intensive Lernen und Arbeiten. Wer am Morgen nach 10 Uhr kam, musste sich mit einem Übeplatz auf dem Gang zufrieden geben. Die fünf Räume und die Kontrabass-Küche waren belegt, Ausweichquartiere im Schlagzeugzimmer ebenfalls und so blieben nur die Gänge – oder man spielte eben Duos, Trios, Quartette. Bei diesen Gelegenheiten entstand manch gute Idee für neue Arrangements von Jazz- und anderen Einlagen. Die Zuhörer waren die Hausmeister und verirrte Geiger.

Jedes Jahr veranstaltete die Münchener Musikhochschule das berühmt-berüchtigte Faschingskonzert. Dafür werden immer kuriose Programmpunkte gesucht. Was lag da näher, als auch den kontrabassverantwortlichen Professor zu fragen? Der Kontrabass an sich ist ja schon ein Unikum (in den Augen der anderen). Wie viel mehr die Kontrabassspieler! Im Jahr 1996 unterrichtete ich vier sehr gut spielende Kontrabassstudent*innen*. *Zsuzsanna Juhasz* und *Angelika Hircsu* stammten aus Ungarn, *Tae Bun Park* aus Südkorea, *Helena Mezej* aus Kroatien. Alle vier waren zierliche hübsche Damen und verschwanden beinahe hinter den großen Instrumenten. Das allein war schon ungewöhnlich. Für einen Beitrag zum Faschingskonzert musste man nur wenig an der Choreographie arbeiten. Wir entschieden uns für den Titel „American Basses". Ihr Vortrag war gleichermaßen grandios und charmant. Die Vier ernteten den stärksten Applaus des Abends – ein Video gibt den Beleg. Wenig später erhielten sie die erste „richtige" Einladung: Der ehemalige Münchener Staatsopernkontrabassist *Bernd Mahne* organisierte regelmäßig Hausmusiken. Er lud die Damen ein, ihren Vortrag bei ihm zu wiederholen. Weitere Einladungen folgten. Schon bald kam eine Einladung für das erste Konzert in Österreich.

Für ein solches Kontrabassquartett gibt es kaum Originalliteratur. Bis dahin spielte man, und zwar weltweit, wenn sich 4 Kontrabassisten zusammenfanden, das vom Berliner Philharmonischen Geiger Bernhard Alt 1936 komponierte Kontrabassquartett. **darüber mehr im Anhang Seite 482.*

Es blieb über die Jahrzehnte das einzige Quartett in dieser Besetzung. Aus dieser Not geboren, wuchs ein selbststerstelltes, d. h. größtenteils eigen-arrangiertes Programm. Es beinhaltete alle Stilrichtungen, von der Renaissance, über Barock und Klassikeradaptionen bis hin zu populärer U-Musik. Später erweiterten wir das Programm um Ausflüge in den Jazz. Da die Studentinnen technisch sehr versiert waren, legten wir einen besonderen Schwerpunkt auf das Virtuose.

Konzertanfragen häuften sich. Die Gruppe würde offensichtlich länger gemeinsam spielen. Wir brauchten einen passenden Namen für die seltene Formation. Mittlerweile gehörte das charmante *Bottesini*-Stück „Passione amorosa" zum Repertoire. Wir beschlossen, es entsprechend der weiblichen Besetzung abzuwandeln und *Bassiona Amorosa* daraus zu machen. Aus dem Faschingsscherz war eine Gruppe unter dem Namen eines großen Kontrabassisten gewachsen. Es war eine Verpflichtung!

Gründungsmitglieder von BASSIONA AMOROSA: Zsuzsanna Juhasz - Ungarn, Angelika Hirscu - Ungarn, Helena Mezej - Kroatien, Tae Bun Park - Südkorea, München 1996.

Nicht nur die jungen angehenden Kontrabassistinnen mussten in eine nicht vorgedachte Rolle hineinwachsen. Auch mir fiel eine völlig andere Aufgabe zu. Ich war nicht mehr nur der Hauptfachlehrer, sondern auch Arrangeur, Probenleiter, Regisseur, beim Konzert der Moderator, Pianist, Busfahrer und nicht zuletzt der Manager. Wir waren nicht nur eine Gruppe, die miteinander musizierte, sondern mehr und mehr ein Unternehmen, an der Hochschule eine Institution.

Bereits 1997 reisten wir ins Ausland: Das Damenquartett gab aus Anlass des von *Miloslav Gajdoš* organisierten 12. *Gregora*-Wettbewerbes für Kontrabass in Kroměříž sein erstes Konzert in Tschechien.¹ *Tae Bun Park* und *Zsuzsanna Juhasz* belegten hier beim nebenherlaufenden internationalen Ausscheid die Plätze 1 und 2.

Unmittelbar im Anschluss nahmen sie am Wettbewerb in Debrecen in Ungarn teil. Auch hier waren sie erfolgreich. Nur war hier die Reihenfolge genau umgekehrt: *Zsuzsanna Juhasz* kam auf den 2., *Tae Bun Park* auf den 3. Platz! Fröhlich und entspannt spielte *BASSIONA AMOROSA* das abschließende Konzert.

Die 4.Kontrabassistin war ausgefallen….der Lehrer musste mit ran!

Wir reisten zufrieden und fröhlich, aber auch etwas abgespannt nach München zurück. Ein Missgeschick holte uns in die Realität des Alltags zurück. Die 2000 DM für die notwendige Teillackierung des Leih-Busses setzte der Stimmung einen erheblichen Dämpfer auf!

Schon bald wurde die erste CD aufgenommen. Der Bayrische Rundfunk interviewte die Mitglieder des Quartetts und drehte in zwei Folgen kleine halbstündige Dokumentarfilme für das Fernsehen. Es folgten Einladungen zu Konzerten, Umrahmungen von Veranstaltungen u. a. bei Bundespräsident Roman Herzog, Einzelauftritte. Wir waren zu Gast beim Bayrischen Ministerpräsidenten Edmund Stoiber, bei Innenminister Otto Schily, bei Bundestagspräsidentin Rita Süßmuth …

1 Vgl. im Anhang die statistischen Angaben bei Kroměříž und Debrecen.

Unser Tun blieb nicht verborgen, sollte es ja auch nicht. Auch die Verantwortlichen der Münchener Musikhochschule baten die vier Damen zu allen spektakulären Anlässen der Hochschulleitung aufzutreten. Der Rektor bestellte für seine Gastgeschenke kartonweise BASSIONA-CDs!

So vergingen die ersten Jahre mit der exquisiten Damenbesetzung. Kein Konzert endete ohne Zugaben. An diesen Erfolgen hatte auch Milana Chernyavska, unsere Pianistin, großen Anteil, die nicht nur die Korrepetitorin meiner Kontrabassklasse an der Hochschule, sondern eben auch mit ihrem bravourösen Können die unterstützende und immer zuverlässige Pianistin und damit Vollmitglied des Ensembles war.

Nach einem Soloabend des amerikanischen Kontrabassvirtuosen *Gary Karr* 1999 in Erlangen kam es zu einer netten Begegnung, als das Bassiona-Damen-Quartett nach dem Konzert als besonderes Dankeschön an Gary die Paganini-Moses-Phantasie zelebrierte. Wie herzerfrischend konnte er sich darüber freuen!

Tae Bun Park, Helena Mezej, Zsuzsanna Juhasz spielen für Gary Karr die Moses-Phantasie in Erlangen 1999.

Allmählich sprach es sich in der Welt der Kontrabassisten herum, dass es in München ein passables Damen-Kontrabassquartett gibt. Alle zwei Jahre findet die Double Bass Convention, organisiert durch die ISB (International Society of Bassists), in den USA statt. 1999 erhielt *BASSIONA AMOROSA* eine Einladung, in Iowa-City mit einem eigenen Konzert aufzutreten. Schon dies war eine große Ehre. Ich schlug die Hände über dem Kopf zusammen, vor Freude und vor Aufregung: Vier Studentinnen aus München bei der Weltelite der Double Bass Player! Wie sollte das gut gehen?

Wir intensivierten das Üben, arbeiteten am Programm und freuten uns – zu früh. Es kam, was irgendwann passieren musste: *Tae Bun*, die sich mit *Zsuzsa* immer die Stimmen des ersten und zweiten Kontrabasses teilte, hatte sich eine Praktikantenstelle an der Nürnberger Oper erspielt und bekam für diese Zeit nicht frei. Was nun? Zu unserem Glück warteten schon damals auf der „Ersatzbank" einsatzfähige Spieler. Sie waren gern bereit über den großen Teich mitzufahren. *Zsuzsa* übernahm nun alle ersten Stimmen. *Helena Mezej, Sandra Cvitkovac*-Serbien und *Martina Zimmermann* (das bis heute einzige BASSIONA-Mitglied mit deutschem Pass!) wechselten kurzfristig zu anderen wichtigen Parts. Als fundamentale Stütze fungierte zusätzlich als fünfter und einziger männlicher Spieler in der Damenrunde *Vladimir Zatko* (Slowakei), der schon oft ausgeholfen hatte. So probten wir kurzfristig in neuer Formation.

Wir wussten: Eine weitere Herausforderung würden die Instrumente werden. Die eigenen konnten wir aus Kostengründen nicht mitnehmen. So mussten sich alle auf neue, ausgeliehene Instrumente einstellen. Mit Herzklopfen und erhöhtem Blutdruck, nach außen natürlich gelassen, probten wir bis fünf Minuten vor Konzertbeginn. Das Publikum empfing uns wohlwollend und aufnahmebereit. Ein vernehmbares Raunen ging durch den Saal. Von Stück zu Stück wurde der Applaus heftiger. Allmählich schwand auch die Nervosität. Am Ende gab es Standing Ovation. Fünf glückliche SpielerInnen, Studenten alle noch, strahlten mit hochroten Gesichtern ihren nun auch entspannten „leader of the group" an. Das anschließende gesellige Beisammensein im Hause der Gastgeberin und ehemaligen Münchener Gaststudentin *Jeanette Welch* in Iowa-City hätte nicht ausgelassener sein können. Falls uns die Erinnerung an den Abend wie ein Traum erschienen sein sollte, so konnten wir die Bestätigung des Erfolges am folgenden Tag in der Presse nachlesen.

Vladimir Zatko, Zsuzsanna Juhasz, Martina Zimmermann,
Helena Mezej, Sandra Cvitkovac in Iowa-City 1999.

Zitat aus der Zeitschrift BASS WORLD der ISB von 1999:
„Das beinahe nur weibliche bass-ensemble BASSIONA AMOROSA von Klaus Trumpf's Münchener Studenten, nahm Iowa City im Sturm...Diese Gruppe spielte nicht nur, sie legte eine große Show hin und stahl einigen jungen Männern im Publikum das Herz"

An dieser „Convention 1999" nahm auch aus München der damals 17-jähriger *Roman Patkoló* (Slowakei) teil und zwar am Wettbewerb in der Kategorie ‚unter 18'. Noch kannte niemand in der Kontrabasswelt seinen Namen. Auch er erwies sich als ein würdiger Vertreter unserer Delegation: Er erspielte sich den 1. Platz. Mit einem Schlage hatte er sich in die Aufmerksamkeit der Kontrabassistenwelt gespielt.

Zuhause in München ging es zur Tagesordnung über. Kaum einer nahm Notiz vom Erfolg in Amerika. Der Alltag zog wieder ein: Üben, Stücke erarbeiten, Vorspiele bewältigen, die nächsten Prüfungen bestehen.

Unbemerkt veränderte sich das Leben doch: Einige größere Agenturen hatten von *BASSIONA AMOROSA* gehört und fragten an. Münchens bekannteste Konzertagentur *Hörtnagel* nahm die Damen unter Vertrag. Eine der ersten von ihnen vermittelten Veranstaltungen fand im berühmten Schloss Elmau statt. Es sollte ein folgenreiches Konzert werden – die Agentur „Pro Arte" aus Kiel vermittelte noch viele Jahre die Gruppe - auch als längst nicht mehr ausschließlich Damen auf der Bühne standen. Die Formation veränderte sich. Als *BASSIONA* auch zur „Convention 2001" wieder eine Einladung in die USA, diesmal nach Indianapolis erhielt, standen bereits nicht mehr ausschließlich Damen auf der Bühne.

Zwischenlandung Chicago 2001: Ruslan Lutsyk, Roman Patkoló, Klaus Trumpf, I Shan Kao, knieend: Gisèle Blondeau

285

Und wir hatten das Repertoire erweitert. Mittlerweile gehörten *Roman Patkoló* und *Ruslan Lutsyk* (Ukraine) als feste Mitglieder dazu. Die Damenriege bestand jetzt aus *I Shan Kao* (Taiwan) und *Gisèle Blondeau* (Kanada), die seit geraumer Zeit in der Münchener Kontrabassklasse studierten. Ebenfalls bereits als Studenten hervorragende Spielerinnen!

Man sagte sich: Wenn wir schon die große Reise auf uns nehmen, dann nehmen wir auch am Wettbewerb teil! Spannung natürlich bei der Preisvergabe, denn die drei Teilnehmer aus München hatten es bis in die 3.Runde geschafft! Wie schon 1999 wurden wieder die Münchener bei der Preisverleihung nach vorn zitiert. Aufruf: 3. Preis an *I Shan Kao!* Große Freude. Nächster Aufruf: 2. Preis an *Ruslan Lutsyk!* Noch größere Freude. Jetzt konnte nur noch Roman für den 1. Preis aufgerufen werden! Wir waren einhellig der Meinung: Er hatte es verdient. Aber sein Name wurde nicht genannt. Wir waren enttäuscht. Nicht nur für uns war die Entscheidung damals unverständlich. Offensichtlich fand *Romans* virtuose, außergewöhnliche, sehr persönliche Spielweise nicht bei allen Juroren Zustimmung. Nicht immer sind Juroren und allgemeine Zuhörerschaft einer Meinung. Eine Erfahrung, die oft außergewöhnliche Spielerpersönlichkeiten bei vielen großen Wettbewerben machen müssen. Die Woche in Indianapolis war wie all diese Conventions in den USA von einer großen Welle des Enthusiasmus geprägt. Was gab es nicht alles für interessante Konzerte, Beiträge und Begegnungen!

Nach der Rückkehr in München ging das Leben gewohnt weiter. Die Entscheidung dieser Jury änderte nichts an *Romans* weiterem Lebensweg. Er sollte es ja eindrucksvoll beweisen!

Tom Martin - England, Teppo Hauta-aho - Finnland, Klaus Trumpf in Indianapolis 2001

Alle Vier gemeinsam hatten dann als Quartett *BASSIONA AMOROSA* bei ihrem Auftritt den großen Erfolg von 1999 nochmal wiederholt. Wieder gab es für das Ensemble Standing Ovations.

Anne-Sophie Mutter lädt ihren neuen Stipendiaten Roman Patkoló und seinen Lehrer K.T. in einen Münchener Biergarten ein, 1999

Die Anne-Sophie-Mutter-Stiftung

Unserer großen Nachwuchsförderin Anne-Sophie Mutter hatte ich *Roman Patkoló* als zukünftigen Stipendiaten ans Herz gelegt. Sie wollte *Roman* gern spielen hören und bot an, selbst in die Hochschule zu kommen. Aber ich solle es nicht an die große Glocke hängen. Vielleicht gäbe es einen Schleichweg um unbemerkt in die Hochschule zu gelangen? Natürlich gab es den. Und er lag sogar in der Nähe unseres Kontrabassrefugiums. Anne-Sophie Mutter fuhr mit ihrem Wagen dicht an diese Tür. Ich konnte sie, ohne größere Aufmerksamkeit zu erregen, die hinteren Gänge entlang führen und wir verschwanden in unserem Unterrichtsraum. *Roman* spielte vor. Es war kaum viel Zeit vergangen und schon fragte unsere große Geigerin, welche Hilfe er für sein Studium am nötigsten brauchte. Bereits einige Wochen später spielte Roman auf einem italienischen Kontrabass, den Anne Sophie Mutter für ihn aussuchte. Sie nahm sich die Zeit und war dafür wieder in die Hochschule gekommen.

Trotz aller Vorsicht war es in der Hochschule nicht verborgen geblieben, dass Anne-Sophie Mutter im Kontrabass-Unterrichtsraum war. Die Nachricht verbreitete sich wie ein Lauffeuer. Die Geiger spot-

teten: „… ja, morgen ist Weihnachten und im Himmel ist Jahrmarkt!" Es sei ja bekannt, dass die Kontrabassisten ein bisschen verrückt seien. Aber ein solches Hirngespinst in die Welt zu setzen, das gehe dann doch zu weit. Man schloss Wetten ab. Als Anne-Sophie Mutter wahrhaftig aus den Räumen der Bassgeigen herauskam, waren sie mehr als sprachlos. Wette verloren. Mir ist nicht bekannt, dass Anne-Sophie Mutter jemals bei den Discant-Geigern im Unterrichtsraum war.

Beratung über den zukünftigen Kontrabass für Roman, gestiftet von Anne-Sophie Mutter

Anne-Sophie Mutter besucht den Kontrabass-Unterrichtsraum von Klaus Trumpf, München 1999.

Der Jazz-Professor aus Graz *Wayne Darling* organisierte unter dem Motto „Bass Encounters" stilübergreifend Begegnungen zwischen Kontrabassisten. Im Jahr 2001 lud er BASSIONA AMOROSA zu einem Konzert nach Österreich ein mit der aktuellen Besetzung, wie sie gerade aus Amerika zurückkam: *Roman Patkoló, I-Shan Kao, Ruslan Lutsyk, Gisèle Blondeau*. Das spätere feste Mitglied *Jan Jirmasek* reiste hier noch als Gast mit. Eine Mitschnitt-CD legt Zeugnis von diesem Konzert in Graz ab.

Zwei Jahre vergingen wie im Fluge. Es war Zeit, sich auf die nächste USA-Convention vorzubereiten. *Roman* war mittlerweile 21 Jahre alt und tragendes Mitglied des Ensembles. *Jan* (23) gehörte inzwischen zur Stammbesetzung. Darüber hinaus waren *Artem Chirkov* (24) aus Russland, *Ljubinko Lazic* (23) aus Serbien, *Giorgi Makhohsvili* (25) Georgien , *Andrei Shynkevich* (22) aus Weissrussland und aus der Türkei *Onur Özkaya* (26) zusätzlich Mitglieder des Ensembles geworden. Noch in bester Erinnerung die fulminanten Ergebnisse von 1999 und 2001 wird es bei der nächsten „Convention 2003" in Richmond (Virginia) keine Steigerung mehr geben können - dachte ich bei der Hinreise im Flugzeug.

Wieder begann die Woche mit dem Wettbewerb. Alle Bewerber – der Wettbewerb war ja weltweit ausgeschrieben - hatten im Vorfeld Kassetten einschicken müssen. Zugelassen zur Finale-Teilnahme vor Ort waren nur 11 Spieler. Drei von ihnen gehörten zum *BASSIONA-Ensemble*. Nach der Finalrunde am Abend wurden die Preise vergeben. Wieder gab es Grund zum Jubeln: Der 2. Preis ging an *Artem Chirkov,* der 1. Preis an *Andrej Shynkevich*. Wieder waren Münchener Studenten in aller Munde.

2003: BASSIONA AMOROSA-Konzert in Richmond, USA

Und wieder sahen wir voller Freude und Optimismus unserem *BASSIONA*-Konzert am Mittwoch entgegen. Im Programm gab es die Quartettversion von *Giovanni Bottesinis* „Passione amorosa", den Hummelflug von Rimskij-Korsakow und mit dem Csárdás von Vittorio Monti glänzte *Roman*. Den Abschluss bildete der ebenfalls hochvirtuose, humorvolle Quartettsatz von *Bottesinis* „Carneval de Venice". Jedes Stück ein Knüller, Jubel, entsprechende Zugaben. Auch an den folgenden Tagen spürten wir noch die Begeisterung. Die Münchner Studenten waren in Richmond die Helden der nächsten Tage. Es verging keine Begegnung auf den Straßen, bei der ihnen nicht gehuldigt wurde. Sie waren wirklich die Stars dieser Tage.

Das Gästebuch von *BASSIONA* gibt davon ein beredtes Zeugnis: Das Lob reichte von einer Vorstellung „out of this world" bis zum Lob „Best Concert ever!". „Smile on my face and in my heart!" "We loved to see you and hear you again and again…"

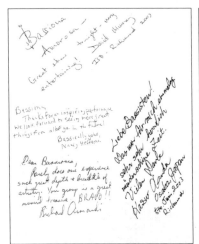
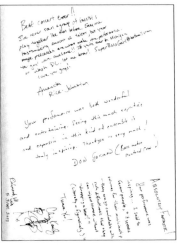

Aus einer solchen Wolke der Sympathie und des Erfolgs wieder in den Alltag mit seinen unzähligen Banalitäten zurückzukehren, ist nie einfach. Für zwei Mitglieder des Ensembles war es besonders schmerzhaft. Sie hatten sich um eine Praktikantenstelle beim Symphonieorchester des Bayerischen Rundfunks beworben. Unmittelbar nach Rückkehr aus Amerika war das Probespiel und dabei erfuhren sie, dass sie bereits in der ersten Runde ausgeschieden waren. In der Begründung, die überall hinpasst und auch keine weitere Erklärung zulässt, hieß es: Sie „passen nicht in die Gruppe".

Aber zu unserem Glück waren die schlechten Nachrichten nicht das einzige, was das Jahr 2003 weiterhin für die Mitglieder von *BASSIONA AMOROSA* bereithielt. Wir erhielten eine Einladung in die Schweiz zu einem sehr außergewöhnlichen Anlass. In Luzern wurden die diesjährigen „Europäischen Kulturpreise" verliehen. Neben Hochkarätern wie Placido Domingo, Wolfgang Wagner, Daniel Barenboim wurde *BASSIONA AMOROSA* mit diesem Preis geehrt.

Die Urkunde wurde durch den Präsidenten der Europäischen Kulturstiftung „PRO EUROPA" überreicht. Inmitten von führenden, verdienstvollen Künstlern, die ebenfalls ausgezeichnet wurden oder im Publikum saßen, nahmen am 13. September 2003 stellvertretend auch für andere bisherige Mitglieder *Roman Patkoló, Artem Chirkov, Andrei Shynkevich, Jan Jirmasek, Ljubinko Lazic* und *Ruslan Lutsyk* als eine Kontrabassgruppe, die ja noch „nur" aus Studenten bestand, diese Ehrenurkunde für den „Europäischen Quartettpreis" in Empfang. In der Begründung heißt es: *„In Würdigung für großes künstlerisches Talent und herausragende Virtuosität"*.

Verleihung ‚Europäischer Quartettpreis' an BASSIONA AMOROSA in Luzern 2003

Als besondere Sahnehäubchen oben drauf empfanden wir die an *BASSIONA AMOROSA* übertragenen ehrenvollen Aufgaben, folgende Feierlichkeiten musikalisch umrahmen zu dürfen. Für Wolfgang Wagner, der ebenfalls einen Europäischen Kulturpreis erhielt, spielte *BASSIONA* das Air von Johann Sebastian Bach und für Placido Domingo erklang der heitere, virtuose „Carneval de Venice" von *Bottesini*.

Mit Placido Domingo auf der Bühne des Schlosses Mainau

Im Anschluss waren alle Preisträger zur gemeinsamen Feier geladen. Uns allen sind die persönlichen Begegnungen unvergesslich. Gemeinsam mit Placido Domingo trugen die Mitglieder von *BASSIONA* noch einmal den „Carneval" vor. Placido Domingo sang seine Version, begleitet von BASSIONA AMOROSA.

Sehr froh war ich, dass diesmal meine Frau Liane auch dabei war, die so oft auf Gemeinsamkeiten zugunsten der BASSIONA-Aktivitäten verzichten musste. Hier hatte sie, wie wir auch, Gelegenheit mit Placido Domingo, Wolfgang Wagner, Anneliese Rothenberger und anderen, ins Gespräch zu kommen.

Liane nach dem freundlichen Gratulationsgespräch mit Placido Domingo im Schloss Mainau 2003

Anneliese Rothenberger und Placido Domingo im Gästebuch von BASSIONA AMOROSA, 2003

Nach dem Konzert für Wolfgang Wagner (erste Reihe sitzend), Luzern 2003

Und wieder kehrten wir in die Normalität, ins studentische Leben nach München zurück.

In großer Besetzung in Washington 2002. V.l.n.r.: Onur Özkaya, Andrei Shynkevich, Artem Chirkov, Jan Jirmasek, Roman Patkoló, Ljubinko Lazic, Giorgi Makhoshvili"

Klassenvorspiel in der Berliner Philharmonie

Das Jahr 2003 blieb für uns ein besonderes: Nach der erfolgreichen USA-Reise zur Double Bass Convention in Richmond und der Verleihung des „Europäischen Quartettpreis 2003" im September hätte es ruhiger werden können, hätten wir zur Normalität des Studienalltags zurückkehren sollen. Aber die außergewöhnlichen Entwicklungen und Ereignisse nahmen kein Ende: Nachdem BASSIONA bereits am 14. März dieses Jahres, einen sensationellen Erfolg im Konzerthaus Berlin verbuchen konnte, war die Berliner Konzertagentur Reimann auf die Kontrabassgruppe aus München aufmerksam geworden. Man fragte an, ob wir uns ein Konzert im Kammermusiksaal der Berliner Philharmonie vorstellen könnten.

Man fragte mich, den Lehrer. Wie sollte ich entscheiden? Fast ungläubig diskutierten wir darüber, ob so etwas möglich sei. Das Ensemble bestand ja ausschließlich noch aus Studierenden. Keiner hatte bisher seine Ausbildung abgeschlossen. Zudem waren alle noch sehr jung, Anfang 20. Sollte man es wagen öffentlich in der Berliner Philharmonie – zwar im kleineren Kammermusiksaal, aber immerhin 1000 Zuhörer fassend, zu gastieren? Die große „Generalprobe" im Konzerthaus endete ja auch mit ungezählten Zugaben … Wir sagten zu: *BASSIONA* würde in der Philharmonie spielen – man machte sich gegenseitig Mut und spielte das Vorhaben herunter als *„Klassenvorspiel in der Philharmonie"*.

Nun galt es ein neues Programm zu erstellen. Und es sollte dem Raum angemessen sein. Wir benötigten etwas Besonderes und entschieden uns u. a. für die Moses-Phantasie von Nicoló Paganini in der Fassung für vier Kontrabässe. *Roman Patkoló* übte die Zigeunerweisen von Pablo de Sarasate. Den Abschluss sollte die Ungarische Rhapsodie Nr. 2 von Franz Liszt für Klavier und Orchester bilden. Ein neues Arrangement für sechs Kontrabässe musste her für *Roman Patkoló, Artem Chirkov, Andrei Shynkevich, Ljubinko Lazic, Jan Jirmasek und Giorgi Makhoshvili* und natürlich Klavier mit *Milana Chernyavska*.

Aber noch standen wir nicht auf der Bühne - beinahe hätte es gar kein Konzert gegeben. Der Hochschulbetrieb in München erlaubte uns erst am gleichen Tag mit dem Bus anzureisen, immerhin 570 km. Ein Risiko, wie wir auf der Reise feststellten. Unterwegs hatte der Bus, wie kann es anders sein, eine Panne. Wir standen hilflos neben unserem Gefährt und mussten zusehen, wie die Minuten verstrichen.

Die Nervosität stieg. Vor allem bei Roman. Er hatte sein eigenes Instrument wegen eines Risses in der Decke nur einen Tag vor der Reise zur Reparatur bringen müssen. Nun hatte er auf eine ruhige Einspielzeit auf dem geliehenen Instrument in Berlin gesetzt. Nur eine Stunde vor Konzertbeginn trafen wir in Berlin an der Philharmonie ein. Zuversichtlich stürmten alle zur Bühne, aber der Klavierstimmer hatte seinen eigenen Zeitplan, die Bühne war also noch belegt. Nix mit gemeinsamen Einspielen. Alle sahen dem Konzert mit Bedenken entgegen: Wie sollte man nach der Aufregung und den kräftezehrenden Transportwegen mit den schweren Instrumenten in den weitläufigen Gängen der Philharmonie einen diffizilen Konzertabend gestalten? Aber niemand konnte uns helfen! Die Stunde bis zum Konzert verging wie im Fluge. Die Kontrabassisten und unsere Pianistin mussten nun raus auf die Bühne. Mir blieb nichts anderes übrig als verzweifelt die Daumen zu drücken und sich in betonter Gelassenheit zu üben.

Vielleicht forderten gerade die vertrackten Umstände zu Höchstleistungen? Als die mutigen Sieben die Bühne betraten, war von der Aufregung und den Widrigkeiten nichts mehr zu spüren. *Artem* legte eine der gelungensten Bach-Arioso-Interpretationen hin! *Roman* spielte die Zigeunerweisen geradezu atemberaubend. Milana triumphierte zum Schluss am Klavier temperamentvoll mit der Ungarischen Rhapsodie, tatkräftig unterstützt vom Orchester der *BASSIONA*-Mitglieder. Das Publikum muss begeistert gewesen sein, denn es erklatschte sich drei Zugaben. Begeisterter Beifall brandete auf, als *Jan* Yesterday singend, sich zwischen die Gruppe mischte. Und mit dem rasanten Schlusspunkt des „Hummelfluges" von Rimskij-Korsakow stellten die nun locker eingespielten Virtuosen beinahe noch einen Rekord auf: 63 Sekunden. David Garrett als Guiness-„schnellster Geiger" brauchte 58 Sekunden. Nachzuhören alles auf der Live-CD.

Mehr aus Gewohnheit hatten die Tontechniker der Berliner Philharmonie die Mikrofone angeschaltet und die Aufnahmetechnik mitlaufen lassen. So entstand in dem akustisch hervorragenden Saal ein Mitschnitt, der nicht nur uns noch an diesen Abend erinnert. Bis heute gehört diese Live-CD als eine der gelungensten Aufnahmen zu den Verkaufsschlagern während der Konzertpausen von *BASSIONA AMOROSA*.

Am gleichen Abend begann im großen Saal das Konzert der Berliner Philharmoniker, eine Stunde nach unserem Konzertbeginn. Der junge Kontrabassist *Edicson Ruiz* war neugierig geworden und hatte sich unser Konzert angehört. Im Anschluss besuchte er uns Backstage. Es freute uns, dass wir nicht nur vom Publikum, sondern auch von einem Kollegen wahrgenommen wurden. Wie gern hätte ich den Philharmoniker-Kollegen Hallo sagen wollen, sie mussten sich sicher intensiv auf ihr Konzert vorbereiten.... Normalität des Jobs. Jeder tut eben, was er tut. Vor der Abreise am nächsten Tag schossen wir noch ein Erinnerungsfoto.

2003 nach dem „Klassenvorspiel" in der Berliner Philharmonie
Mitglieder von BASSIONA AMOROSA: v.l.n.r.: Ljubinko Lazic, Roman Patkoló, Giorgi Makhoshvili, Andrei Shynkevich, Jan Jirmasek, Artem Chirkov

Patrick Süskind und sein „Kontrabass"

Es war ebenfalls im Jahre 2003, als es zu Begegnungen mit sehr markanten Schauspielern in München und Berlin kam. Und das lag an dem Erfolgsstück von Patrick Süskind „Der Kontrabass". Seit der unglaublich erfolgreichen Uraufführung 1981 mit Nikolaus Paryla im Münchener Cuvilliés-Theater, ist es nach wie vor das populärste und für einen Schauspieler das dankbarste Ein-Personen-Stück. Bisher in ca. 50 Sprachen übersetzt. Die Hassliebe des Protagonisten kann ein Schauspieler hier sehr deutungsvoll ausspielen. Mit enormer Sachkenntnis vom Autor dargestellt, leider mehr die negativen Seiten eines Orchesterkontrabassisten herausstellend, verlässt das Publikum das Theater mit einem eher mitleidigenden Gefühl gegenüber dem Musiker. Der dargestellte Menschentypus aus der hinteren Reihe des vertrackten Lebens verzweifelt an seinem gewählten Beruf, was Gottseidank bei den mit Herz und Blut engagierten Kontrabassisten niemals der Fall sein dürfte. Das unter Beweis zu stellen trat *BASSIONA AMOROSA* auf die Bretter, die die Welt bedeuten. In diesem Falle auf die von den Theatern in München und Berlin um mit den Schauspielern Nikolaus Paryla in München und Peter Bause in Berlin gemeinsame Sache, sprich einen gemeinsamen Auftritt zu machen.

Aufführung ‚Der Kontrabass' von Patrick Süskind gemeinsam mit Peter Bause im Goethe-Theater Bad Lauchstädt, 2011

Übrigens schon 1982 zu meiner Berliner Zeit hatte ich das Vergnügen und durfte dem Regisseur der Berliner Aufführung und Peter Bause ein paar handwerkliche Kontrabasskniffe zeigen. Nach seiner vorzüglichen Darstellung wurde Peter Bause schon bald zum Ehrenmitglied der Kontrabassgruppe der Staatskapelle Berlin ernannt und erhielt nach einer von der gesamten Staatskapellen-Kontrabassgruppe besuchten unvergesslichen Theatervorstellung einen Strick, das heißt eine alte Kontrabass-Darmsaite mit Steg um den Hals gebunden. Er verriet uns kürzlich - denn es gibt immer wieder gemeinsame Auftritte mit ihm - dass noch immer dieses Souvenir in seinem Hause hängt. Bereits bald wieder wird es, wie schon einige Male in Berlin im Köpenicker Rathaushof zur gemeinsamen Aufführung kommen.

Gemeinsamer Theaterabend mit Nikolaus Paryla am Volkstheater München, 2003

In gemeinsamen Aufführungen mit beiden Schauspielern in Berlin und München war es uns ein Bedürfnis die verkorkste Kontrabassistenfigur musikalisch wieder etwas auf die richtigen Beine zu stellen. Das Publikum nahm gerne die Variante unter dem Motto „Pro + Contra = Bass" an. Inzwischen gibt es sogar eine feinsinnige Inszenierung von Jürg Schlachter, bei der die Mitglieder von BASSIONA AMOROSA ins schauspielerische Fach wechseln und auf der Bühne nicht nur kontrabassistisch tätig sind, sondern mit kleinen Kommentaren den Schauspieler unterstützen.

Alexander Netschajew aus München, jetzt Intendant des Stendaler Theaters, gibt hier herrlich den frustrierten, desillisionierten Orchesterkollegen.

Die im Stück angehimmelte Sängerin Sarah, wird hier mit herrlicher Kastratenhöhe der BASSIONA-Mitglieder *Jan* oder *Andrew* zum Gaudi des Publikums interpretiert. Kein Wunder, dass es mit dem Kontrabassisten bei Süskind nichts werden kann!

Mit Alexander Netschajew in einer Inszenierung am Theater in Stendal, 2013

Das Jahr 2004

Zum ersten Mal wollten wir ein eigenes Konzert organisieren: einen Abend im Großen Konzertsaal der Musikhochschule München. Alles sollte Eigenregie sein: eigene Werbung, eigener Kartenverkauf. Der Saal fasst 600 Personen. Waren wir zu optimistisch? *BASSIONA* hatte sich auch in München schon einen Namen gemacht, hatte an vielen Spielstätten gewirkt. Das zeigte sich an diesem Abend. Es war ausverkauft. Der Erfolgsdruck war enorm. Es musste wieder Neues geboten werden. Neue Arrangements waren entstanden. Es wurde ein großer Erfolg, der in den Katakomben der Kontrabass-Unterrichtsräume gebührend gefeiert wurde.

München Musikhochschule Kontrabass-Unterrichtsraum U27 als Festsaal

Csárdás von Monti für eine Million

Das ZDF wurde auf *BASSIONA* aufmerksam. Man lud das Ensemble für April 2004 in die Sendung „Sunday Night Classics" ein. *Roman Patkoló* musizierte gemeinsam mit dem Violinvirtuosen Maxim Vengerov, begleitet von *Jan Jirmasek* und *Ljubinko Lazic* den „Csárdás" von Vittorio Monti. Der Geiger kam aus London. Er flog in letzter Minute ein. Es blieb gerade noch Zeit, das Arrangement zweimal durchzuspielen. Man verstand sich blendend – die Sprache der Verständigung war neben der Musik Russisch. Ehe man sich versah, ging es raus auf die Bühne. Gefühlte Zuschauerzahl: Fünftausend! Riesiger Saal. Von der kurzen Vorbereitungszeit spürte man nichts. Lächelnd und hochkonzentriert musizierte das junge Team. Die beiden Solisten warfen sich die virtuosen Passagen wie Bälle zu. Sie wurden mit tosendem Beifall des Publikums belohnt. Noch heute kann man bei Youtube weit über eine Million begeisterte Hörermeinungen nachlesen. Mit dem Einstellen des Videos schrieben sich *Roman* und auch *BASSIONA AMOROSA* mit einem Schlag in das Bewußtsein des Internet-Publikums ein!

Mit Stargeiger Maxim Vengerov und Roman Patkoló in der TV-Sendung Sunday Night Classic: Csárdás von Monti, 2004

Dies sollte nicht der einzige Höhepunkt 2004 bleiben. Im August reiste die Gruppe nach Spanien zum Dalí-Festival de Cadaqués. Das Ensemble trat in der Church of Santa Maria und dem Hause von Salvador Dalí auf. Die temperamentvollen spanischen Festivalgäste erklatschten sich Zugaben bis die Finger der Spieler streikten.

Das Jahr 2005

begann mit einer Konzertreise nach Serbien/Montenegro. *Ljubinko* hatte in seiner Heimat alte Verbindungen wiederbelebt und vier Konzerte gemeinsam mit der dortigen Künstleragentur organisiert: BASSIONA AMOROSA spielte zweimal in Belgrad, in Novi Sad und Stara Pazova. TV- und Radio-Mitschnitte bereiteten den Boden für Wiedereinladungen 2007 und 2009.

Eröffnung „Ludwig-Streicher-Saal"

Ludwig Streicher, einer der großen Kontrabass-Virtuosen war im Jahr 2003 verstorben. Sein Andenken sollte aber erhalten bleiben. Dafür setzte sich nicht zuletzt seine Witwe Herta Streicher, aber auch alte Freunde, musikbegeisterte Weggenossen und Vertreter seines Geburtsortes Ziersdorf bei Wien ein. Ihm zu Ehren erhielt der neu restaurierte Saal des Ortes, ein schöner Jugendstilbau aus dem ersten Jahrzehnt des 20. Jahrhunderts, den Namen *„Ludwig-Streicher-Saal"*. Die Eröffnung fand am 11. Juni 2005 statt. Frau Herta Streicher war natürlich Ehrengast. Auch Rundfunk und Fernsehen waren zur Stelle. Man lud *BASSIONA AMOROSA* zur musikalischen Umrahmung ein. Es war uns eine besondere Ehre, da alle *BASSIONA*-Mitglieder quasi Enkelschüler *Streichers* sind. Ich lernte seine Methode in vielen Kursen und dank unserer persönlichen Begegnungen und fachlichen Gespräche, übernahm ich sie und gab sie natürlich weiter.

Eröffnung des ‚Ludwig-Streicher-Saal' in Ziersdorf bei Wien, 2005 mit Alfred Planyavsky auf der Bühne.

Da das Konzert anscheinend einen nicht ganz schlechten Eindruck gemacht haben muss, erhielten wir schon ein Jahr darauf eine weitere Einladung mit unserem gesamten Programm und diesmal mit unserer Pianistin Milana noch einmal bei Wien zu gastieren.

v.l.n.r.: Andrew Lee, Jan Jirmasek, Ljubinko Lazic, Milana Chernyavska, Giorgi Makhoshvili, Artem Chirkov

FINAL-Konzert 2005

Für mich persönlich brachte das Jahr 2005 einen größeren Einschnitt: Sollte ich wirklich schon im Pensionärs-Alter und vielleicht im Lehnstuhl meine Tage verbringen? Stand mir vielleicht gar ein Leben ohne Musik und ohne Schüler bevor? Ich mochte es mir gar nicht vorstellen. 14 Jahre unterrichtete ich bereits an der Hochschule für Musik und Theater in München, davor 5 Jahre an der Musikhochschule in Saarbrücken, teilweise an beiden Hochschulen hin- und herfahrend und davor 22 Jahre lang an der Berliner Hochschule für Musik „Hanns Eisler". Der Einschnitt sollte in würdiger Weise begangen werden. Natürlich gehörten meine Studenten und *BASSIONA AMOROSA* dazu. Meine Klasse organisierte an einem Sonntag im Juni einen „Kontrabasstag", wieder in Eigenregie. Das Publikum sollte in zwei Konzerten um 11 Uhr und 17 Uhr den großen Konzertsaal füllen. Wird das gut gehen? Die üblichen Zweifel wieder. Bei Konzerten des Hochschulsinfonieorchesters war der Saal immer zur Hälfte gefüllt. Und dies war *ein* Hochschulkonzert an *einem* Tag. Und nun gleich *zweimal* Kontrabass-Klassenvorspiel an *einem* Tag?

Aber die Studenten ließen sich nicht entmutigen, auch ihr Lehrer nicht. Man bereitete fleißig vor. Programme, Plakate, Flyer – etwas Routine hatte man ja schon - wurden gedruckt. Es wurde eine Ausstellung in den Umgängen der Hochschule über *BASSIONA AMOROSA*, großartig und professionell vom Münchner Grafiker Walter Ruhland, einem besonderen Freund der Kontrabassklasse (kein Wunder, der Sohn Stephan ist Kontrabassist im Mozarteumorchester Salzburg), zusammengestellt. Lange vor dem Ereignis richtete sich die Aufmerksamkeit wieder einmal auf die bassschlüssellesenden Studenten aus dem Tiefparterre. Mit Fotos, Plakaten, Programmen, Kritiken wurde die knapp zehnjährige *BASSIONA*-Geschichte anschaulich nachgestellt. Die Ausstellung muss sehr überzeugend gewesen sein, nur ein einziger Lehrerkollege äußerte sich dazu…!?

Ausstellung in den Umgängen der Musikhochschule in München

Und dann kam der 19. Juni: Beide Konzerte waren fast ausverkauft! Im ganzen Haus herrschte eine wunderbare Atmosphäre! Studenten hielten Dankesreden. Auch der Rektor Prof. Dr. Siegfried Mauser würdigte die Arbeit der Kontrabassklasse : In seiner Rede erschien der

Satz zur Erheiterung des Publikums: Man habe „...an der Münchener Hochschule den Eindruck, Kontrabass sei das wichtigste Instrument schlechthin".

Viele ehemalige Studenten waren gekommen: *Soma Lajczik* aus Budapest, nun Solokontrabassist des MAV-Sinfonieorchesters, *Ruslan Lutsyk*-Züricher Oper und Prof. in Bern, *Vladimir Zatko,* jetzt an der Königlichen Oper in Kopenhagen, die aus Kanada stammende *Gisèle Blondeau*, zu dieser Zeit Solokontrabassistin der Bochumer Philharmoniker. *Zsuzsanna Juhasz* jetzt im Opernorchester Mainz, *Tae Bun Park*- Solokontrabassistin in Nürnberg, *Helena Mezej*- ebenfalls Solokontrabassistin des Rundfunksinfonieorchesters Zagreb/Kroatien. Und *Martina Zimmermann,* das bisher einzige deutsche, kurzzeitige Mitglied von *BASSIONA*.

An dieser Stelle muss erwähnt werden, dass leider niemals ein deutscher Student bei *BASSIONA AMOROSA* als festes Mitglied mitwirkte . Das hohe Niveau wurde bestimmt von den internationalen Studenten aus aller Herren Länder. Bestens verstanden sie sich in der Sprache der Musik.

Übrigens: das Sprechen in Deutsch erlernten sie alle durch Ehefrau Liane, die ihre Deutsch-Musiklehrerin-Kenntnisse hier gern und gezielt weitergeben konnte. Fast alle der ausländischen Studenten wurden in den ersten Jahren des Studiums von ihr unterrichtet. Ich weiß, wie dankbar sie alle bis heute dafür sind!

Jetzt an diesem Tage war die allumfassende Gemeinde also zu diesem Konzertereignis versammelt.

In alter Klangschönheit eröffneten die Gründungsmitglieder von einst mit dem Air von Johann Sebastian Bach das stimmungsvolle Konzert (auch heute noch auf Youtube zu sehen). Auf der Bühne stan-

...oder mit den vier Kontrabass-Quartetten beim Titel „Man and a Woman"

den nicht weniger als vier Kontrabassquartette und intonierten u.a. ein Standardstück aus dem *BASSIONA*-Repertoire „Man and a Woman". Atemberaubend wieder *Roman Patkoló* mit den Zigeunerweisen von Sarasate. Und als dann 20 ehemalige Studenten der Münchener Klasse gemeinsam den Hummelflug von Rimskij-Korsakow virtuosest darboten, gab es kein Halten mehr im Publikum...

Es war ein denkwürdiger Tag, immerhin mit zwei Konzerten von nur Kontrabässen an einem Tag im gleichen Haus - der mich tief berührte.

Dankes- und Abschiedsrede 2005

LOS ANGELES ist eine sehr große Stadt

Ohne Pannen im Musikerleben gäbe es nur halb so viel zu erzählen. Musikeranekdoten füllen ganze Bücherschränke. Nur, wenn man die Pannen gerade selbst und hautnah miterlebt, die dann später als Anekdoten erzählt werden, kann einem das wahre Grausen befallen.

Wieder eine Supereinladung aus den USA. Wir schreiben das Jahr 2006. Einer der führenden Pädagogen für Violine in Amerika ist Eduard Schmieder. Bekannt in Europa als Juror vieler Violinwettbewerbe, u.a. in Markneukirchen. Er gründete mit Unterstützung von Lord Yehudi Menuhin im Jahre 1991 das iPalpiti-Festival Young Artist International mit einem Orchester, welches nur aus Preisträgern internationaler Musikwettbewerbe besteht. Die Heimstatt dieser Unternehmung ist Los Angeles. Es brauchte nicht lange bis man auf *Roman Patkoló* stieß und ihn gemeinsam mit einem weiteren BASSIONA-Mitglied *Ljubinko Lazic* zur Mitwirkung einlud. Schon im darauffolgenden Jahr 2006 lud man dann zum Festival die gesamte

Gruppe BASSIONA AMOROSA für Konzerte ein. Eine erneute Herausforderung mit allem was dazu gehört! Die rührige Managerin vor Ort, Mrs. Laura Schmieder organisierte für die sechs Kontrabassisten die Instrumente – nur Roman sollte sein Instrument mitbringen, da für ihn besondere Aufgaben vorgesehen waren. Man erwartete, dass er neben der Paganini-Moses-Phantasie auch die Zigeunerweisen von Pablo de Sarasate spielen sollte. Das erste Konzert, gleich am Tage nach unserer Ankunft, sollte eine Rundfunk-Live-Sendung sein unter dem Motto „*Roman Patkoló* and friends". Naja, wir waren nun schon einiges gewohnt - und unternehmungslustig und risikobereit ist ja so eine junge Gruppe. Ankunft Samstag abends 23 Uhr Ortszeit (in Deutschland war es jetzt schon Sonntag 800 Uhr am Morgen). Die Unterkünfte in den Wohnstätten der Universität von Los Angeles liegen ja nun nicht gerade neben dem Flughafen. Also, ehe die Nachtruhe begann, aß man in München schon zu Mittag. Was stand an? Am nächsten Morgen mit rotunterlaufenen Augen mussten die vom größten Kontrabassshop Amerikas LEMUR ausgeliehenen 5 Kontrabässe ausprobiert werden. Noch am Abend unserer Ankunft war vom Flughafenpersonal angekündigt worden, dass *Romans* Instrument in das Quartier gebracht werden würde. Es konnte noch nicht entladen werden. Es war auch am darauffolgenden Morgen noch nicht entladen! Verzweifelte Anrufe beim Flughafen mit der Frage nach dem so dringend benötigten Instrument erbrachte nur die Aufforderung wieder in einer Stunde anzurufen. Dies wiederholte sich dreimal. *Roman* probierte schon für alle Fälle auf allen anderen Instrumenten, ob eines dabei wäre, auf dem man unter Umständen die Zigeunerweisen spielen könnte. Für Nichtmusiker: die Zigeunerweisen sind so mit das schwierigste was es für die Violine gibt – also kann man sich das ganze auf dem Kontrabass vielleicht annähernd vorstellen und dann ein fremdes Instrument! Die anderen Mitglieder der Gruppe hatten sich auf den neuen Instrumenten eingespielt – neu im wahrsten Sinne des Wortes – drei Kontrabässe waren wirklich werkstattneu, noch niemals gespielt – mit Orchestersaiten bezogen! Was das bedeutet, weiß nur der, der das durchgemacht hat. Und vor allem stand ja auf dem Programm ein Werk, speziell rausgesucht und mitgebracht für unseren Californischen Freund, Kontrabassisten und Komponisten *Arni Egilsson*, der mit einer seiner Kompositionen, abends im Publikum sitzend, überrascht werden sollte. Bis zum Konzertbeginn waren es noch 7 Stunden. Arrangiert hatte das *Egilsson*-Stück *Giorgi* auf dem Hinflug gestern in 10.000m Höhe.

Giorgi arrangiert auf dem Hinflug für die Rundfunk-Live-Übertragung am nächsten Tag in L.A.

Probiert wurde es so nebenbei beim Einspielen auf den neuen Instrumenten. Wo aber blieb *Romans* Kontrabass?
Vielleicht hilft ein persönliches Nachfragen am Flughafen selbst? Also ins Auto und hin.
Mit leerem Auto zurück!
Wie dem aufkeimenden Frust und der Nervosität begegnen? Noch 5 Stunden zum Radio-Live-Konzert. Ich spazierte etwas an frischer Luft. Die Jungs aber hatten eine bessere Idee: wir waren doch noch gar nicht im Pazifik baden! Also rauschten sie weg und ich bekam es erst zu erfahren, als sie mit badenassen Haaren zurückkamen. Wer einmal in L.A. war, weiß, wie weit es bis zum Strand ist!

An dieser Stelle muss jetzt berichtet werden, dass uns ein Filmteam aus München, welches vom BR den Auftrag hatte, einen Dokumentarfilm über BASSIONA AMOROSA zu drehen, die ganze Reise begleitete. Es hatte gerade die Kamera bereit, als ich die schwimmbegeisterten Heimkehrer vom Strand anbrüllte: in 3 Stunden habt Ihr vor den unbestechlichen Mikrofonen des Los Angeles-Radios ein fehlerfreies Konzert abzuliefern! Fällt Euch da nichts Besseres ein, als baden zu gehen? In dieser Szene, die im preisgekrönten 100-Min.-Dokufilm „BASSIONA AMOROSA" im Original festgehalten und auch breit erzählt wird, sehe ich nicht gerade sehr gut aus! Aber was soll's.

Jetzt schnell alles zusammenpacken, die Instrumente, Noten, Pulte in die Autos und Abfahrt: zwei Stunden bis zum Studio – L.A. ist eben kein Dorf!

Jetzt hieß es: Programm umstellen, denn *Romans* Kontrabass, wie wir inzwischen erfahren haben, wurde leider in eine Maschine nach Boston verladen und dort steht er jetzt verloren herum und wartet auf den Besitzer.

Enttäuschte Gesichter am L.A.-Flughafen: ‚Wo ist mein Instrument geblieben?'

Anstelle der Zigeunerweisen musste ein anderes virtuoses Stück aufs Programm. In solchen Fällen hilft immer *Bottesinis* „Carneval de Venice" in eigener Quartettversion. Virtuos und natürlich sehr schwer. Es stand ein Jahr lang nicht auf dem Programm, also schnell noch einmal durchspielen und schwierige Übergangsstellen probieren – es waren ja noch 15 Minuten Zeit! Der Moderator war bereits auf Sendung und kündigte BASSIONA AMOROSA an, während ich ihm die Programmänderungen per Zettel aufs Pult schob.

Sechs BASSIONA-Mitglieder spielten auf sechs fremden Instrumenten um ihr Leben und wenn es nicht das untrügliche Beweismittel des Radio-Live-Mitschnittes als CD gäbe, inzwischen einer unserer Verkaufsschlager, würde es niemand glauben. Selbst die Überraschung mit dem neuen Flugzeugarrangement vom *Arni Egilsson*-Stück gelang und verschlug dem im Publikum sitzenden Komponisten den Atem! Unvergessliches Los Angeles-Konzert!

HOLLYWOOD ist ein Stadtteil von Los Angeles

Nach der Aufregung beim Radio-Live-Konzert gab es erstmal richtige Entspannung beim Freund und Hollywood-Kontrabassisten *Arni Egilsson*. Er bot uns auf seiner Yacht eine aufregende Fahrt zu einer weit im Pazifik liegenden Ölplattform. Sechs BASSIONA-Mitglieder, das Filmteam, meine Frau Liane und ich, natürlich der Kapitän verbrachten einen gemütlichen Nachmittag auf einer eben nicht sehr kleinen Kontrabassisten-Yacht. Ebenfalls unvergesslich!. Ein großes Dankeschön an die charmante Hausherrin. Liebe Dorette, Du hast uns köstlich versorgt! Und ein Dank an *Arni* als zuverlässiger und kompaßkundiger Kontrabass-Kapitän!

Entspannende Bootsfahrt zum Pazifik

Am Abend hatte uns die Wirklichkeit und der Gedanke an den fehlenden *Roman*-Kontrabass wieder.

Wieder eine Fahrt zum Airport und eine lautstarke Beschwerde brachte einen Mitarbeiter dort auf die Idee uns eine größere Kiste zu zeigen, die seit Tagen in den weiten Hallen des Flughafens besitzerlos herumstand. Wir trauten unseren Augen nicht: es war der Formkasten eines Kontrabasses! Unser Kontrabass. *Romans* Kontrabass.

Nun konnte die Vorbereitung auf das morgige Konzert im berühmten Fordtheatre in Hollywood beginnen. Zwei Stunden Autofahrt und schon sahen wir die übergroßen - jedem bekannt - die Buchstaben am Berg der Welt-Filmmetropole: H O L L Y W O O D.

Hollywood ist eine Reise wert!

Das Publikum erwartete uns schon auf dem großzügigen Rund des Open Air Theaters. Und es war zum Schluss wieder sehr freundlich zu uns und forderte entsprechende Zugaben. Eindrücke von nachhaltiger Wirkung. Ein sehr herzliches Dankeschön an Laura Schmieder, die nicht nur das iPalpiti-Festival organisierte, sondern eben auch *BASSIONA* nach L.A. holte. Danke, danke, danke!

Leider bleibt nie genügend Zeit, alles intensiver zu betrachten – man ist ja immer in „höherer" Funktion auf solchen Reisen.

Das spürte auf dieser „Streßtournee" besonders Ehefrau Liane, die sich entschlossen hatte, diese USA-Reise mitzumachen – und auch mit einer gewissen Vorfreude. Bald aber bürgerte sich das Schlagwort

„häng Dich hinten dran" ein und das besagte nichts anderes, als dass es alles andere als eine angenehme Erholungstour wurde. Alles und jedes geschah in Hektik: Hotels ein- und auschecken, Bus rein raus, Instrumententransporte hin und her, Noten, Notenpulte, Abendkleidung, Bühnenaufbau, Programme sortieren, Soundchecks, Beleuchtungsproben, Zeitungsinterviews, Managergespräche, zwischendurch Essbares organisieren und und und...und bei allem sah natürlich Liane nicht zu, sondern half tatkräftig mit. Und alle Mitglieder von *BASSIONA* bewerten diese Unterstützung mit großer Dankbarkeit. Umso erfreulicher sind dann solche Momente, wenn z.B., wie nach dem Konzert in Hollywood der deutsche Konsul die gesamte Gruppe zu einem Dinner einlädt.

Einladung des deutschen Konsul nach dem Konzert in Hollywood 2006

Open Air-Konzert im berühmten Ford-theatre Hollywood

Eine andere Reise ging 2006 noch zum

WROCŁAW – „Weltkongress der Kontrabassisten"

nach Wroclav, in die ehemalige deutsche, wunderschöne Stadt Breslau. Im Kriege sehr zerstört, aber beachtenswert im alten Stil von den polnischen Restauratoren wieder aufgebaut. Organisiert wurde das Welttreffen von der rührigen und organisationstüchtigen Kontrabassistin *Irena Olkiewicz*. Sie hatte doch wirklich die halbe Welt der Kontrabassisten aus USA, Kanada, Asien und Europa zusammengetrommelt. Hut ab! Wer finanziert wohl so etwas im polnischen Nachbarland? Namhafte internationale Solisten unseres Instrumentes wie *Jorma Katrama, Miloslav Jelínek, Petja Bagowska, Milosalv Gajdoš, David Murray, Tom Kniffic, John Clayton, Renaud Garcia-Fonds, François Rabbath* fehlten nicht.

Double Bass World-meeting Wrocław 2006: BASSIONA AMOROSA mit Tom Knific, John Clayton, David Murray (alle USA)

SÜDKOREA – Seoul 2007

Das verhältnismäßig kleine Land Südkorea, seit dem unsäglichen Koreakrieg 1953 vom kommunistischen Norden strengstens geteilt, mit sehr starker Einwohnerdichte in einigen Millionenstädten, kommt auf eine Einwohnerzahl von 50 Millionen. Davon spielen nach meiner gefühlten Meinung 10 Prozent Kontrabass! An deutschen Musikhochschulen gibt es keine so stark vertretene Ausländergruppe wie die der Südkoreaner. Das trifft aber nicht nur auf die Kontrabassisten zu – in allen Instrumentengruppen ist es so und das Erstaunliche und Bewundernswerte ist, dass sie alle ein großes Maß an Können vorweisen. Ein Volk voller Talente für die Musik. Und ein fleißiges Volk! Ich habe viele koreanische Studenten gehabt und alle haben Großartiges erreicht.

Noch einmal etwas zu Land und Leuten: gegenüber einer Prozentzahl von 23, die sich als Buddhisten bezeichnen, ist die Zahl der Christen auf 30% gestiegen. Der aus China stammende Konfuzianismus, eine moderate Weltanschauung, die die Friedlichkeit und Liebe in den Mittelpunkt hebt, stellt eine weitere große Gruppe dar. Die aus diesen drei richtungweisenden Anschauungen geben vielleicht die Grundlage für eine ausgeglichene und immer freundliche Verhaltens-

2007 – erste Konzerte in Südkorea, hier: Kaiserpalast in Seoul

weise ab. Zumindest habe ich nur so die koreanischen Studenten erlebt, mit Achtung den Älteren gegenüber, respektvollem Benehmen. Dem Lehrer gegenüber sowieso – das Wort des Lehrers ist für sie Gesetz und daran wird nicht gerüttelt. Also Fazit: wenn man als Lehrer nichts Falsches vermittelt, verbunden mit der sprichwörtlichen Fleißigkeit der Koreaner, kommt es auch zu solch großartigen Ergebnissen.

Was allerdings die enorme Musikalität anbelangt, darüber müssten Ethnologen befinden. Denn die Musik der Asiaten hat ja zunächst mit europäischer Musikausübung ganz und gar nichts zu tun. Und wenn ein koreanischer Student, ein gläubiger Christ sagt, die klassische Musik konnte nur im christlichen Europa entstehen, jetzt gehört sie aber der ganzen Menschheit, dann zollt man dieser Ansicht Respekt.

Respekt also den vielen talentierten Musikern aus Korea, die den deutschen Studenten ein bisschen das Fürchten lernen. Als Beispiel soll für Vieles das eine stehen: beim Internationalen *Johann-Matthias-Sperger*-Wettbewerb 2010 schafften von 12 koreanischen Bewerbern 6 in die 2.Runde! - gegenüber den 4 (vier!) deutschen Teilnehmern überhaupt. Man bedenke: 24 deutsche Musikhochschulen! – wo seid Ihr deutschen Studenten? Frage an die Lehrer: warum motiviert Ihr nicht? Zum Schluss gewann die erst 17-jährige Koreanerin *Mikyung Soung*. Ihr Bruder *Min Jae Soung* hatte schon 2006 als 16-Jähriger den gleichen Wettbewerb für sich entschieden. Wenn schon von koreanischen Wettbewerbssiegern gesprochen wird, dann möge auch der *Sergej-Koussewitzky*-Wettbewerb 2007 in St. Petersburg genannt sein, wo die ersten drei Plätze ebenfalls von 3 (drei!) Koreanern belegt wurden! (s. S. 386 „Koussewitzky-Wettbewerb").

Einer der erfolgreichen koreanischen Studenten, die ich in meiner Meisterklasse hatte, *Ho Gyo Lee*, erhielt bald nach seiner Rückkehr nach Südkorea in Seoul an der Staatlichen Musikhochschule die Kontrabass- Professur. Seitdem schickt er zu allen Wettbewerben Scharen von ausgezeichneten jungen Kontrabassisten.

Natürlich war ich durch seine Vermittlung oft zu Meisterkursen in Korea und konnte an Ort und Stelle die Ausbildung voller Bewunderung verfolgen.

Auch seiner Initiative hat es *BASSIONA AMOROSA* zu verdanken, dass es dort erstmalig 2007 zu einem Gastspiel der Gruppe kam. Die Konzerte in Seoul und Daejeon in wunderbaren Konzertsälen und perfekter Organisation wurden von BASSIONA-Mitgliedern geradezu genossen!

Hochmotivierte Konzerte in Südkorea 2007

In ausverkauften Häusern und bejubelten Konzerten muss man sich wohl fühlen und auch zu Höchstleistungen auflaufen! Schon beim Erscheinen auf der Bühne wurden die sechs Kontrabassisten und unsere Pianistin Milana Chernyavska wie bei einem Popkonzert lautstark kreischend, pfeifend, rufend begrüßt. Man musste Bestes zeigen. Unvorstellbar der Jubel nach dem Hummelflug, den Jazzstücken von *Giorgi Makhoshvili* und den Sarasate-Zigeunerweisen von *Roman Patkoló*!.

Auch hier wieder wegen zu hoher Flugkosten für die Kontrabässe, spielten die Sechs auf geliehenen Instrumenten von der Musikhochschule Seoul. Dank für so gute Instrumente!

Auch eine oft gemachte Feststellung hier in Südkorea: alle Schüler und Studenten, die Orchestermusiker und Dozenten sowieso, besitzen sehr wertvolle Instrumente und oft beste Goldbögen. Für die Ausbildung und das dazu benötigte Handwerkszeug wird von den Eltern alles geopfert. Das Ergebnis zeigt es dann.

Durch meine sehr vielfältigen Kontakte zu diesem Land der besonderen musikalischen Begabungen, habe ich das Land, die Leute achten und schätzen gelernt.

SERBIEN und MONTENEGRO 2005, 2007 und 2009

Ein sehr guter Organisator ist *Ljubinko*. Er holte bereits 2005 und nun 2007 gelang es ihm durch seine guten Beziehungen wieder *BASSIONA* nach Serbien und Montenegro zu holen und Konzerte in seiner Heimat, in Novi Sad, Golubinci, Stara Pazova, Indjija auf die Beine zu stellen. Das gleiche sollte noch einmal 2009 gelingen. Er ist inzwischen 1.Solokontrabassist bei der Belgrader Philharmonie. Die Aufnahmebereitschaft und spontane Aufgeschlossenheit des dortigen Publikums ließen die mitgereisten Kontrabassisten wieder Wolke sieben fühlen. Ein umjubeltes Konzert fand im großen Saal der Philharmonie Belgrad statt.

Ausverkaufte Belgrader Philharmonie

Zu diesem Gastspiel gehörten auch Meisterklassen in Belgrad und an einer Spezialmusikschule für besonders begabten Streichernachwuchs in der Stadt Cuprija. Gerne habe ich hier für diesen vielversprechenden Kontrabass-Nachwuchs einen Bogen, Noten und CDs überreicht.

Nebenbei lernte ich Ljubinkos Zuhause kennen, wo er gerade begann, das alte Haus seiner Großmutter in ein neues zu verwandeln und eine private Musikschule zu installieren, was ihm in nur drei Jahren bravourös gelang. Er hat eine Menge Kontrabass-, Violin-, Klavier-, Gitarren- und Tambura-Schüler! - neben seinem Solokontrabassistendienst bei der Belgrader Philharmonie!.

NORWEGEN, Trondheim Chamber Music Festival 2007

Im Herbst 2006 war die Festival-Leitung vom berühmten Trondheim-Kammermusik-Festival auf BASSIONA AMOROSA aufmerksam geworden und fragte wegen eines Konzertes zum Festival 2007 an. Im Norden Europas gab es bisher noch keine BASSIONA-Konzerte. Zuerst wurde auf der Europa-Karte festgestellt, dass Trondheim noch ca. 500 km nördlicher als die nördlichste Hauptstadt Europas Oslo liegt, eine Jahresdurchschnittstemperatur von 5 Grad plus aufweist und fast ein Drittel des Jahres mit Schnee bedeckt ist. Na dann…..

Das sollte uns nicht abhalten. Noch dazu, wo solch namhafte Mitstreiter wie das weltberühmte Beaux Arts Trio, das Vogler-Quartett und die regelmäßig mit Anne-Sophie Mutter musizierenden Trondheim Solisten mit von der Partie sein sollten! Und da wir gemeinsam mit dem Geiger Daniel Hope den Eröffnungsabend gestalten sollten!

Mit Bravour legten wieder Violine und Kontrabass eine Wette um das schnellere Presto hin. *Roman* und Daniel Hope zündeten einen Publikumskracher.

Diesmal mit Daniel Hope: der Csárdás von Monti

Für die Zuhörer auf gar keinen Fall langweilig. Das gleiche Stück als Zugabe gleich noch einmal - von der ersten bis zur letzten Note!

Bevor es aber soweit war, gab es wieder die bekannten Kontrabass-Flugzeug-Transport-Probleme.

Die Maschine, die BASSIONA und den Kontrabass von *Roman* von Kopenhagen aus befördern sollte, war etwas zu klein geraten, so dass das Instrument mal wieder am Boden bleiben musste. Siehe Geschehnisse von Los Angeles 2006! Noch heute ein großes Dankeschön an die Kontrabassgruppe des Trondheim Symphony Orchestra für die ausgeliehenen, feinen Instrumente.

Roman kam auf dem geliehenen Kontrabass selbst mit den Zigeunerweisen gut zurecht! Milana Cernyavska glänzte wieder mit temperamentvoller Interpretation der Ungarischen Rhapsodie Nr.2 von Franz Liszt: wie immer nach dem letzten Akkord ein Aufschrei des begeisterten Publikums.

Wir fuhren mit den Eindrücken einer sehr sauberen, gepflegten und musikbegeisterten Stadt zurück.

Sauberes, wunderbares Trondheim, Norwegen 2007

Interludium

BASSIONA AMOROSA gastiert weiter. Neben den Konzerten im Ausland kam es natürlich immer wieder zu besonderen Konzerterlebnissen in Deutschland.

Es war nun, nachdem alle Mitglieder von BASSIONA AMOROSA ihre Studentenzeit hinter sich gelassen und alle super-Abschlüsse bei den Meisterklassen-Examina hingelegt hatten, eine etwas schwierige Situation entstanden. Die Organisation der immer noch relativ zahlreichen Konzerte gab jetzt die größten Probleme auf. Die BASSIONA-Mitglieder hatten jetzt fast alle gute Anstellungen in europäischen Orchestern.

Roman Patkoló bekam neben seiner Stellvertretenden Solostelle am Züricher Opernhaus (2007) als 25-Jähriger, und damit jüngster Kontrabass-Professor an einer deutschen Hochschule, die Berufung nach München (2007) – als mein Nachfolger und 2 Jahre später eine Professur in Basel. Mit Anne-Sophie Mutter führte er das den beiden Solisten gewidmete Doppelkonzert für Violine, Kontrabass und Orchester von Andrej Previn 2007 in Boston mit dem berühmten Boston Symphonie Orchestra in den USA urauf. Inzwischen wurden einige Violin-Kontrabass-Duo-Werke von Anne-Sophie Mutter in Auftrag gegeben, auf CD aufgenommen und in weltweiten Konzerten zur Aufführung gebracht. Komponisten sind keine Geringeren als Krzysztof Penderecki und Wolfgang Rihm u.a.

Artem Chirkov ist seit 2004 1. Solokontrabassist der St. Petersburger Philharmonie – in der Geschichte dieses Orchesters der jüngste Solokontrabassist. Sehr aktiv auf vielen Ebenen, gewann er u.a. den bisher höchstdotierten Internationalen Kontrabass-Wettbewerb der Bradetich-Foundation in den USA. Im Preis inbegriffen: Soloauftritte nicht nur in der Carnegie Hall in New York, sondern zahlreiche Konzerte und Leitung von masterclasses in den USA und eine Kontrabass-Solo-CD, Konzerte und masterclasses in vielen Ländern.

Ljubinko Lazic erhielt 2006 die Berufung als 1. Solokontrabassist an die Belgrader Philharmonie und ist äußerst aktiv bei der gezielten Ausbildung des Kontrabass-Nachwuchses in Serbien. Dafür baute er anstelle des alten Hauses seiner Großmutter ein Wohnhaus und richtete darin eine private Musikschule, an der er bereits 2014 44 Musikschüler betreute. Im gleichen Jahr erhielt er die Berufung auf eine Kontrabass-Professur an der Universität in Nis.

Jan Jirmasek ist seit 2007 beim Symphonie Orchester Karlovy Vary als Solokontrabassist und bei den BASSIONA-Konzerten der charmant-humorvolle Moderator mit böhmischem Akzent.

Giorgi Makhoshvili, inzwischen gefragter Jazzbassist in verschiedenen Gruppen, Ethno- Klezmer-, Weltmusik und erfolgreicher Lehrer an verschiedenen bayerischen Musikschulen, ist als Komponist das Aushängeschild des modernen Gesichtes von BASSIONA. Seine Stücke werden in eigener Reihe beim renommierten Hofmeister-Musikverlag herausgegeben und erleben auf den Bühnen wahre Erfolge. Weiterhin tätig beim Ingolstädter Kammerorchester.

Andrei Shynkevich trat 2007 beim Russian State Academic Orchestra in Moskau seine Stelle an, um dann 2008 wieder in Deutschland beim Württembergischen Kammerorchester in Heilbronn als Solokontrabassist zu arbeiten, dann bald bei der Philharmonie Hamburg. In seiner Heimatstadt Minsk kurzzeitig als freischaffender Musiker tätig, sehr aktiv im Solo- und Kammermusikspiel, erhielt er 2013 eine Anstellung als 1. Solokontrabassist im Sinfonieorchester Perm.

Andrew Lee (Südkorea) ist seit 2004 bei BASSIONA und erhielt nach seinem Studienabschluss in Salzburg eine Stelle bei den Bamberger Symphonikern und 2013 die Stellvertretende Solostelle bei den Wuppertaler Philharmonikern.

Als jüngstes Mitglied von BASSIONA ist seit 2010 immer öfter *Min Jae Soung* aus Südkorea mit von der Partie. Er errang bereits 16-jährig den 1. Preis beim Sperger-Wettbewerb 2006 und ein Jahr später den 1. Preis beim Sergej Koussewitzky-Wettbewerb in St.Petersburg. Er war es auch, der als erster Kontrabassist überhaupt, 18-jährig eine vielbeachtete Solo-CD bei der Deutschen Grammophon aufgenommen hat.

Als gerngesehene Gast-Mitglieder bei BASSIONA AMOROSA, die immer wieder in Konzerten, schon seit ihrer Studienzeit dabei sind:

Goran Kostic (Serbien) erhielt nach seinem Studium neben *Ljubinko Lazic* die koordinierte 1.Solokontrabassistenstelle bei den Belgrader Philharmonikern, bald danach eine Professur für Kammermusik an der Universität in Kragojevic .

Onur Özkaya (Türkei), ebenfalls, wie alle anderen, ehemaliger Meisterklassen-Absolvent meiner Klasse an der Münchener Musikhochschule, trat sofort nach Studiumende die Solokontrabassisten-Position beim Münchener Kammerorchester an und unterrichtet nun in seiner Heimatstadt Istanbul an der Musikakademie, mit späterer Professorenberufung.

Zsuzsanna Juhasz, jetzt verheiratet mit dem Kontrabassisten *Joachim Kölbl,* hat eine Stelle im Theaterorchester Mainz. Nach dreifachem Mutterglück ist sie als ehemaliges Gründungsmitglied von 1996 auch immer mal wieder bei Konzerten dabei.

Was wäre das Ensemble ohne Klavier? Wir sind glücklich, zwei so renommierte Pianistinnen als Mitglieder in den Reihen zu haben! Von der ersten Stunde des „Besonderen Streichquartettes", wie sich BASSIONA zu Beginn im Jahre 1996 nannte, war es Milana Chernyavska, mehrfache internationale Wettbewerbs-Preisträgerin, die fast bei jedem Konzert dabei war. Sie war auch die Korrepetitorin in meiner Hochschul-Kontrabassklasse. Bis heute brilliert sie immer wieder in Konzerten, soweit es ihre hauptamtliche Professur an der Musikakademie in Graz zuläßt.

Lilian Akopova, ebenfalls als Solistin international häufig unterwegs, Laureatin einiger internationaler hochangesehener Klavierwettbewerbe, ist nun seit einigen Jahren gern gesehene Virtuosin (Tastenbändigerin) bei BASSIONA-Konzerten. Ihr wurde 2013 eine Klavier-Professur in Busan/Südkorea angeboten.

Zurück zu den Überraschungen des Konzertlebens: ein aktuelles Beispiel, als ich diese Zeilen hier gerade niederschreibe (23.1.2013): Konzert am 20.1.2013 in Unna - ziemlich im Norden von München aus – ca. 600 km. Konzertbeginn 18 Uhr. Die Spieler für das heutige Konzert kommen aus Belgrad, Minsk, Karlovy Vary und München. Wetterbericht: Schneefall, minus 10 Grad.

Um pünktlich in Unna zu erscheinen: Abfahrt 7 Uhr; verschneite Autobahn – 600km liegen vor ihnen. In Frankfurt durch verspätete Ankunft des Fliegers aus Belgrad 3 weitere Stunden Zeitverlust. Es ist jetzt 15 Uhr. Noch 250 km – 18 Uhr Konzertbeginn!

Smoking ankleiden während der Fahrt im Bus und Noten sortieren für die Programmfolge.

Ankunft: 17 Uhr 50. Kontrabässe auspacken. 3 von den 4 Kontrabässen sind fabrikneue Instrumente, da nur diese jetzt zum Ausleih in München zur Verfügung standen. Das vorgesehene Einspiel auf den neuen Bässen muss nun vor dem Publikum auf der Konzertbühne geschehen. Der erste Ton auf dem fremden Instrument ist gleichzeitig der erste Ton des Bach-Arioso. Die Zuhörer kommen also in den Genuss die Musiker beim Kennenlernen ihres Handwerkzeuges zu erleben. Der Kritiker wird dann unter der Überschrift „Ein hinreißend schönes Kontrabasskonzert" festhalten: „…sehr melodiös begann das

Konzert mit dem langsamen Satz Johann Sebastian Bachs Arioso.... mit wunderbarem Schmelz spielte Shynkevich die Melodie, getragen von der sensiblen Begleitung der anderen..." Na, also, geht doch! Warum also viel früher da sein und die Zeit nutzlos vertun! Die zwei wunderbaren Kritiken aus Unna über dieses Konzert werden, wie so viele in dieser Art, einen Ehrenplatz in der Sammlung erhalten.

Es gab mal eine TV-Sendung „Herzklopfen kostenlos" –ich erlebe es an solchen Tagen am Telefon mit – und das Schlimmste ist, dass man in der Situation nichts tun kann! Was lehrt uns das? Ich kann die Konzerte so gut vororganisieren wie ich will, es kommt immer viel spektakulärer als man es sich vorstellen kann! Ob es das ist, was jung hält?

ÖSTERREICH, Wien 2008

Das Palais Liechtenstein in Wien, ein Museum mit erlesenen Möbeln, Gemälden, Waffen und Plastiken aus fünf Jahrhunderten, umfasst eine der größten und wertvollsten privaten Kunstsammlungen der Welt. Jeden Sonntag finden hier in dem herrlichen Barocksaal Konzerte statt. Unsere sehr guten Kontakte und Beziehungen zum Fürsten Hans Adam II. von und zu Liechtenstein durch seine langjährige Unterstützung des Sperger-Wettbewerbes (s. dazu bei Sperger-Wettbewerb S. 265), kam es auch zu einem Konzertauftritt in diesem ehrwürdigen Gebäude. Am 22.Juni, einem wunderbaren Sonnensonntag fuhren wir mit unserem Rent-a-Car-Bus durch das schmiedeeiserne Tor auf das achtunggebietende Palais zu, brachten die Instrumente die hochherrschaftliche Treppe, die wir aus den Fernsehübertragungen mit den Balletteinlagen des Wiener Neujahrskonzertes kannten, in den Herkulessaal. Die wahren Schätze dieses Museums nur mit einem Blick streifend, galt es nun, eine Anspielprobe für die beiden Konzerte hier zu absolvieren.

Dabei für mich das Unvergessliche: das himmlische Andante aus dem Mozart-C-Dur-Klavierkonzert auf einem Hammerklavier hier in Wien. In diesem Saal - und als Solist (!), da unsere Pianistin verhindert war. Ich wage es gar nicht niederzuschreiben, aber es war so – mit meinen ungeübten Klavierfertigkeiten. Nun muss man wissen, dass Mozart hier ein Wunder fertigbrachte: mit den einfachsten Mitteln, nämlich einen Finger rechts, einen Finger links, und damit eine grandiose Klangwelt herbeizauberte. Nie gibt es ein schlichteres Finger-

Ein Hammerklavier und fünf Kontrabässe im Wiener Palais Liechtenstein, 2008

spiel, bescheidenere technische Anforderungen bei gleichzeitig größter musikalischer Vollkommenheit. Und einen feinen, einen wirklichen Klangteppich legten die vier Kontrabässe hin, wie es eine Besucherin im Gästebuch festhielt: „Zum Hinknien schön". Unvergessliches Wien! Unvergessliches Palais Liechtenstein!

SCHWEIZ – Davos 2008

Weltwirtschaftsforum, Wintersport, Berge – das sind die Schlagworte für diesen herrlichen Ort in der Schweiz. Man weiß noch, dass Thomas Mann 1926 hier seinen „Zauberberg" schrieb und das hier hauptsächlich Engländer und die ultraorthodoxen Israeli ihren Urlaub verbringen. Aber neuerdings gibt es ein Musik-Festival – und bei diesem gestaltete BASSIONA AMOROSA gemeinsam mit einem einheimischen Schauspieler das Finalkonzert 2008.

Davos-Festival 2008

NORWEGEN – Stavanger 2009

Das 1991 gegründete Internationale Chamber Music Festival in Stavanger hatte sich die Anregung für einen Auftritt von BASSIONA vom Trondheim-Festival geholt. Stavanger im südlichen Teil Norwegens. Auch hier wieder große Namen, u.a. das Borodinquartett aus Russland. Dieses Streichquartett ist eines der am längsten bestehenden. Es wurde 1945 gegründet, feierte 2005 sein 60-jähriges Bestehen und zählt zu den berühmtesten Kammermusikvereinigungen überhaupt. Als die „Borodins" erfuhren, dass BASSIONA die „Zigeunerweisen" im Programm hatten, schauten sie ungläubig bis zu dem Moment beim Abendkonzert, als *Roman* dies in altbewährter Weise, diesmal mit Lilian Akopova am Flügel, hinblätterte. Sie applaudierten am lautstärksten! Und am Abend der Geselligkeit verstanden sich beide Ensembles blendend, da ja auch alle BASSIONA-Mitglieder russisch sprechen. Andrew Lee wird es noch lernen. Und bei solchen Gelegenheiten wird auch mal wieder gern ein Glas Wodka getestet.

Beim Stavanger-Festival: Begegnung mit dem berühmten Borodin-Quartett aus Russland

Übrigens waren die Kontrabässe auch wieder ein Leih-Geschenk der Stavanger Kontrabass-Kollegen – Nochmals DANK auch an sie!

SCHWEIZ – St. Gallen/Heerbrugg 2009

Ein kurzes Gastspiel erfolgte im August 2009 zu einer Galaveranstaltung im Schloss von Heerbrugg bei St.Gallen.

Hier half mal wieder Onur Özkaya aus

FRANKREICH – Saint-Yrieux 2009

Sommerzeit – Festspielzeit. Diesmal im Südwesten Frankreichs. In wunderbarem Festival-Ambiente, wie sich alte ehrwürdige Städte mit viel Altbausubstanz schnell verwandeln lassen, gibt es immer dieses besondere Etwas. Und dann in der entsprechenden südlichen Open Air – Atmosphäre. Hier hat wieder Onur Özkaya ausgeholfen, der nun schon viele Jahre Solobassist beim Münchener Kammerorchester ist – aber seit seinem Studium in München immer wieder bei BASSIONA AMOROSA dabei ist. Am Klavier hier Lilian Akopova, die jetzt immer öfter die vielbeschäftigte Milana vertritt. Kurze, aber auch unvergessliche Reise.

RUSSLAND - St. Petersburg - Moskau 2010

Eine Besonderheit gab es 2010: ein erster internationaler Wettbewerb - ausgeschrieben für „Quartett in beliebiger Besetzung, außer Streichquartett". Viele Quartette vom Akkordeon- bis zum Tubenquartett, echte Virtuosen aus aller Welt, wagten die Reise in die Stadt an der Newa. Die *BASSIONA-Gruppe,* diesmal in der Besetzung *Andrew, Giorgi, Ljubinko* und *Jan,* spielten mal wieder auf geliehenen Philharmonie-Instrumenten.

Sie erreichten die Hauptrunde und kehrten am Ende immerhin mit einem Diplom zurück.

Artem ist in St. Petersburg zuhause und er ist ebenfalls ein ideenreicher Organisator. Er brachte die Gruppe gleich mit den Aufnahmechefs vom Label „Melodia" zusammen - und so konnten in den Tagen nebenbei Video- und CD-Aufnahmen in den Räumen der Petersburger Philharmonie entstehen. Auch ein Konzert dort und ein weiteres in Moskau wurden von ihm organisiert. Die CD- und DVD-Aufnahmen sind inzwischen als Dokumente erhältlich und bei Youtube anzuklicken.

NEW YORK - ein Musikertraum wird wahr

Wohl jeder Künstler wünscht es sich, an den magischen Orten der Musik zu spielen. Es schafft eine Verbindung zu den Großen, zu den aufgrund ihrer Fähigkeiten Erfolgreichen. Jeder Musiker träumt davon. Und jeder weiß: Eigentlich ist es mehr als unwahrscheinlich, dass gerade du auserwählt bist.

Die „Carnegie Hall" in New York ist ein solcher Ort. Als man 1890 mit dem Bau des Konzerthauses begann, ahnte wohl niemand, welche Bedeutung die drei Säle, die Main Hall (der „Große Saal"), die Recital Hall (der „Kleine Saal") und die Chamber Music Hall (der „Kammermusiksaal") für Musiker heute haben würden. Bekannt ist vor allem der „Große Saal". Er verfügt über eine außergewöhnliche Akustik. Nach der Rettung des Hauses vor dem Abriss 1960 und der aufwändigen Renovierung von 1983 bis 1995 wurde der Saal zu Ehren Isaac Sterns, der gemeinsam mit einer Gruppe Gleichgesinnter den Verkauf des Hauses an die Stadt New York und die Vermietung an eine gemeinnützige Organisation initiierte, in „Isaac Stern Auditorium" umbenannt. Eine Einladung in der Carnegie Hall zu spielen, erhält damit einen Ritterschlag. Ein Auftritt ist quasi die Oscar-Verleihung für Musiker. Man träumt: Wie schön wäre es wohl ... Was aber wenn es real würde? Wenn tatsächlich ein Anruf, ein Brief käme, man eingeladen würde? Wie würde man reagieren?

Man kann es sich nicht wirklich ausmalen. Aber es passierte. Als *BASSIONA AMOROSA* Mitte 2009 eine Einladung vom New-York-Management für ein Konzert in diesen heiligen Hallen erhielt, klang es in den Ohren aller Mitglieder wie ein Märchen. Wunderschön und weit von jeder Realität entfernt! Es war besser, auf dem Boden zu bleiben. Und am besten war es wohl, die Anfrage nicht zu ernst zu nehmen. Ich dachte wirklich, hier will uns jemand auf den Arm nehmen. Ein Selbstschutz: Hätten wir daran geglaubt, und es hätte sich dann als Irrtum erwiesen, wären wir bitter enttäuscht gewesen. Wie viele Zuhörer fasst das „Isaac Stern Auditorium"? 1000? 2000? 2500? Nein, 2804 Zuhörer!

Vergessen konnten wir die Anfrage nicht. Aber wir vermieden es, darüber zu sprechen. Es war einfach kein Thema. Das New-York-Management aber vergaß uns ganz offensichtlich nicht: Man wünschte Programm-Vorschläge. Und zwei Werke von New Yorker Komponisten sollten in diesem Konzert uraufgeführt werden. Das war die Bedingung. Die Anfrage war ganz offensichtlich ernst gemeint: Wir sollten im Oktober 2010 im großen Saal der Carnegie Hall spielen. Wow!

Die Einladung stellte uns vor erhebliche Herausforderungen: Aus dem Quartett war ja inzwischen eine Gruppe von sieben Musikern aus sieben Ländern geworden. Sieben Kontrabassisten aus sieben Ländern, die ein Ensemble bilden! Wir haben keine regulären, normalen Probenmöglichkeiten. Für jedes der Länder haben die USA andere Einreisebedingungen. Wie sollen wir uns angemessen vorbereiten? Wie die organisatorischen Hürden überwinden? Allein der Transport der Kontrabässe – Erfahrung Los Angeles lässt grüßen!

Jeder informierte sich. Formulare für Visa wurden ausgefüllt, Flugtickets bereits vorbestellt. Etwa ein Jahr später, Anfang Juni 2010 trafen wir uns in München mit der Pianistin Jasna Popovic. Sie war unsere Co-Partnerin für alle Werke, für die eine Klavierbegleitung benötigt wurde. Und sie kümmerte sich vor Ort um die Organisation. Sie wird sich erinnern, wie ich sie sehr ernst beiseite nahm und fragte, ob es wirklich kein Spaß war. Sie informierte uns über die genaue Vorgehensweise. Der Termin stand fest: Am 22. Oktober 2010 wird das Konzert stattfinden. Wir sprachen die Programmfolge ab. Die Ausleihe der Instrumente musste organisiert werden: Sieben Kontrabässe wurden bei David Gage, dem größten New Yorker Kontrabass-Shop, angefragt. Wir erhielten die Noten für die Uraufführungen von zwei serbischen Komponisten, die in New York ihren Lebensunterhalt verdienten: Filip Mitrovic und Nicholas Csicsko. Allmählich verflog unsere Skepsis und wich einer Mischung aus Freude, Sorge und auch Aufregung: *BASSIONA* wird tatsächlich in der Carnegie Hall auftreten! BASSIONA *wird* tatsächlich in der Carnegie Hall auftreten! BASSIONA wird tatsächlich in der *Carnegie Hall* auftreten! Es sollten sich also die jahrelangen ernsthaften Bemühungen um stetige Verbesserung, Perfektion, interessantes Repertoire usw. auszahlen?

Ein paar Wochen später erhielten wir die Flugtickets München-New York. Wir wechselten Emails und telefonierten. Immer häufiger mussten wir Organisationsfragen bedenken. Die Visa waren zur rechten Zeit zu beantragen, nicht zu früh, nicht zu spät. Jeder musste in seinem Orchester Urlaub einreichen. Es war eine strategisch-logistische Herausforderung. Die Laptops in sieben Ländern liefen heiß … Nicht alles glückte. *Artem Chirkov* aus St. Petersburg erhielt trotz aller Anstrengungen kein Visum. Es war ein schwerer Schlag. Zumal er die Gründe nicht erfuhr und sich dementsprechend nicht wirklich wehren konnte. Und wir anderen in der Ferne konnten ihn auch kaum unterstützen.

Und dann war es für uns Glückliche wirklich soweit. Wir trafen uns am 17. Oktober 2010 am vereinbarten Treffpunkt auf dem Flughafen in München.

Abflug nach New York 2010

17.30 Uhr sollten wir abfliegen. Nach Wochen des organisatorischen Chaos' erschienen alle mit geordneten Reiseunterlagen rechtzeitig vor dem Abflug: *Roman* aus Zürich, *Giorgi* aus München, *Jan* aus Karlsbad, *Andrew* aus Salzburg, *Ljubinko* aus Belgrad, *Min Jae Soung* Südkorea und ich aus Berlin. Ohne Zweifel war ich als Lehrer, Begleiter und Manager das älteste Mitglied unserer Gruppe. Es waren meine Jungs. *Min Jae Soung* war das jüngste Mitglied von *BASSIONA AMOROSA*. Professor *Ho Gyo Lee* in Seoul, ein früherer Münchener Meisterklassen-Absolvent aus meiner Klasse, jetzt sein Lehrer, hatte ihn zum Studium nach München empfohlen.

Im Gepäck befanden sich neben den Noten der Uraufführungsstücke die Moses-Phantasie von Paganini, die vor ca. sechs Jahren das letzte Mal auf dem Programm standen. War die Entscheidung richtig? – aber wir brauchten etwas richtig Virtuoses. Nach reichlich neun Stunden Flugzeit landeten wir um 23 Uhr (Ortszeit) wohlbehalten in New York. Typisches Ankunftschaos: Einreiseformalitäten, Gepäck im Empfang nehmen, sich wiederfinden, die Organisatoren treffen. Drei Taxen verteilten die Übermüdeten in drei verschiedene Hotels. Handy-Nummern aktualisieren.

18. Oktober 2010, nächster Tag: Wir trafen uns, leidlich ausgeschlafen, um sechs Kontrabässe bei David Gage zu chartern. Diese

Klinikum Bass Repairing David Gage in New York

sollten wenigstens einigermaßen in Mensur und Qualität für den Auftritt in der Carnegie Hall in Frage kommen. Es war ein mehrstündiges Unterfangen!

19. Oktober 2010: Endlich konnten wir mit den Proben beginnen. Erst nach Ladenschluss in den Räumen des Bechstein-Hauses: die Uraufführungsstücke zuerst, dann reichte die Kraft gerade noch für ein erstes Durchspiel der Moses-Phantasie. Das Werk ist schon schwer genug für Violine – und nun das Arrangement für vier Kontrabässe! Doch es zeigte sich schnell, dass ich mir unnötig Sorgen machte. Dank der virtuosen Könnerschaft von *Min Jea* und *Andrew* am 1. und 2. Kontrabass und der Erfahrung von *Ljubinko* und *Jan* konnten wir, trotz der kurzen Probenzeit, die Aufführung wagen.

Zwischenspiel: masterclass an der Juilliardschool

Damit auch ich nicht ganz aus der Übung komme, haben sich die Kontrabass-Professoren der Juilliard-School, die ja nun bekanntermaßen, so wie die Carnegie Hall, zu den auserwählten Musiktempeln gehört, eine Einladung für mich zur Leitung einer „masterclass" ausgedacht. Damit ich nicht zu viel Freizeit in NY habe, luden sie mich an einem der freien Nachmittage ein und so unterrichtete ich mehrere Studenten der Professoren *Eugene Levinson* und *Tim Cobb*. Ich muss konstatieren: hohes Niveau! Was mich auch faszinierte, war die Organisation dieses Unterrichtsnachmittages.

Masterclass an der Juilliardschool in New York

Alle Anwesenden, und es waren ca. 40 Studenten verschiedener Instrumente anwesend, saßen diszipliniert in Reih und Glied mit einer namentlichen masterclass-Planung in der Hand.

Jeder wusste dadurch Studienjahr, Lehrer des Studenten, Repertoire. Da mein DDR-Englisch nicht jeden Amerikaner überzeugte, übersetzte eine deutsche Violoncello-Studentin. Zum Schluss großes Dankeschön, Händeschütteln, Erinnerungsfotos. Die unterrichteten Studenten wollen zum nächsten Sperger-Wettbewerb kommen.

Noch zweimal vier Stunden Probenzeit und dann kam der Tag der Tage, der 22. Oktober 2010.

Auf dem Weg zur berühmtem Halle

entdecken wir am Broadway die entsprechende Reklame

Bühneneingang der eingerüsteten Carnegie Hall, Andrew Lee, R.Patkoló, G.Makhoshvili, Min Jae Soung, L.Lazic, J.Jirmasek

Ab 16.00 Uhr durften wir die heiligen Hallen betreten. Der ausgehängte Tagesplan der Carnegie Hall bestimmt auf die Minute genau den Ablauf des ganzen Hauses.

Timetable Carnegie Hall Isaak Stern Audtorium (großer Saal)

Da standen wir nun. Genau auf der Bühne, auf der auch Enrico Caruso, Leonard Bernstein, Herbert von Karajan, Yehudi Menuhin, Anne-Sophie Mutter, Miles Davis gestanden hatten. Diesen Moment wollten wir festhalten. Aber als wir den Photoapparat zückten, erschien innerhalb von Sekunden, als ob sie darauf gewartet hätten, die Direktion: Bild-, Film- und Tonaufnahmen strengstens verboten! Ja, darunter fielen auch Erinnerungsfotos. Ja, aber wer glaubt uns denn dann, dass wir als ein Kontrabass-Ensemble hier die Ehre hatten zu spielen? Genau dort, wo sonst nur die Erlauchten stehen?! Und dafür hatte ich doch extra meine Tochter Kristin (37) aus Deutschland mitgenommen und mit Foto und Kamera ausgestattet. Nein, es sei unmöglich, beschied man uns.

Wir mussten uns damit abfinden. Als Beleg blieben uns ja zumindest ein ausführliches Programmheft – und welch segenreiche Erfindung: unsere Handys! Wir konnten es doch nicht lassen, ab und an heimlich das Handy zu zücken und den einen oder anderen Augenblick für die eigene Erinnerung und für die Daheimgebliebenen aufzunehmen. Wenn es auch keine Meisterfotografien wurden, sind es immerhin Belege. Dagmar Koller, die Sängerin aus Wien erzählte, dass sie dem Bühnenmeister eine Ohrfeige verpasste, der sie daran hindern wollte, mit ihrem Cassettenrecorder einen Privatmitschnitt zu machen. Dieser war so verdutzt, dass die Aufnahme zustande kam.

Nun die bange Frage: Wie viele Besucher werden kommen? Wird denn der große Saal einigermaßen gefüllt sein? Wir waren doch nur in Fachkreisen bekannt. Gab es hier ein Publikum, das sich auch für unbekannte, etwas seltsam anmutende Ensembles interessierte? Wir trösteten uns gegenseitig: Wenn die ersten drei Reihen besetzt sind, ist das schon großartig für eine unbekannte Gruppe hier!

Plötzlich verging die Zeit rasend schnell. Die ersten Vortragenden mussten auf die Bühne. Die Hände schwitzten, das Herz raste. Jetzt oder nie. Jedenfalls waren genug Gäste gekommen, so dass der Abend nicht ausfallen musste. Gegen das Licht war kaum zu erkennen, wie gut der Raum besetzt war. Wir mussten uns auf unsere Ohren verlassen. Begrüßungsbeifall. Das waren keinesfalls nur ein paar Leute in den ersten drei Reihen. Das mussten mehr sein, viel mehr. Es war unfassbar: Es waren, wie wir später erfuhren, weit über tausend Besucher gekommen, um *BASSIONA AMOROSA* zu hören. Todesmutig stellten sich die Kontrabassisten dem ersten Stück, dem rasanten Hummelflug von Rimskij-Korsakov

2010: Carnegie Hall, Großer Saal, Standing Ovations – Leider nur eine Handy-Aufnahme – Fotografierverbot!

Die Besucher unserer Konzerte schätzten vor allem die abwechslungsreiche Programmgestaltung, die verschiedenen Musikstilrichtungen, die wir in unserer besonderen Besetzung verfolgten. Dementsprechend hatten wir die Programmfolge auch hier in gewohnter Weise gestaltet - das Arioso von Bach, virtuose Paganini- und *Bottesini*-Stücke, Jazz-Arrangements des Ensemble-Mitglieds *Giorgi Makhoshvili*, und das rasante Finalstück, die Ungarische Rhapsodie Nr. 2 von Franz Liszt. Besonders die Jazz-Arrangements provozierten stets unglaublichen Beifall. Die Pianistin Jasna Popovic hatte sich nicht nur für die Uraufführungsstücke der Komponisten Filip Mitrovic und Nicholas Csicsko engagiert. Sie stand dem Ensemble in außergewöhnlich sensibler Wahrnehmung der Eigenheiten zur Seite. Gemeinsam gelang es, das Publikum auch hier, an diesem legendären Ort, zu überzeugen: brausender Beifall, Rufe und spontane Standing Ovations. Das war weit mehr, als wir erwartet hatten. Und wie glücklich alle Beteiligten waren, kann man nicht beschreiben! Ein begeisterungsfähiges Publikum nahm uns in sein Herz auf. Oh, wie liebten wir das New Yorker Publikum! Unter ihnen waren die Kulturattachés der Länder, aus denen die Ensemble-Mitglieder kamen. Und natürlich lauschten viele Studenten und Kontrabassisten der New Yorker Orchester.

Auch nach der zweiten Zugabe................

Das Publikum erklatschte sich zwei Zugaben. *Jan* sang „Co Teds Tim" (Ja, so ist das Leben), *Ljubinko* griff zur Tambura. Während die Bühnentechniker schon begannen, die Bühne aufzuräumen und die Lichter zu löschen, verabschiedete sich BASSIONA AMOROSA vom stehenden Publikum, Glücklich und dankbar ließen wir den Abend ausklingen. Ein Musikertraum hatte sich erfüllt.

Am Time Square in New York, 2010

SÜDKOREA – Seoul, Deajeon, 2010

Das bemerkenswerte Jahr 2010 war noch nicht zu Ende. Es sollten noch erlebnisreiche Dinge auf BASSIONA zukommen. War schon die erste Südkorea-Tournee 2007 ins Gedächtnis eingebrannt, so sollte es die nächste ebenfalls werden. Wieder hatte *Ho Gyo Lee*, der äußerst erfolgreiche Kontrabass-Professor an der Staatlichen Hochschule in Seoul eine fünf—Konzerte-Tournee zusammengestellt. Drei Konzerte in Seoul, zwei in Daejeon. Seoul die zweitgrößte Stadt der Welt mit 24,5 Millionen Einwohnern in der Region – allein der „Stadtkern" beherbergt 10 Millionen! Daejeon als fünftgrößte Stadt Südkoreas immerhin etwa so groß wie Hamburg. Diesmal war es eine angenehme Reisezeit: im November nicht mehr so heiß, noch nicht zu kalt.

Daejeon's herrliche Parks und Tempel

Wieder begann es mit dem Aussuchen und Ausprobieren der Leih-Kontrabässe in der Staatlichen Musikhochschule in Seoul. Ein Glücksfall hier: die vielen guten Instrumente. Die fünf mitgereisten *BASSIONA*-Mitglieder *Giorgi, Ljubinko, Jan* und die beiden Südkoreaner *Andrew* und *Min Jae Soung* fanden auch schnell das Richtige. Für die Koreaner war diese Konzertreise ein Heimspiel. *Min Jae* genießt ja in Korea höchstes Ansehen als Kontrabass-Solist. Viele Konzerte, Fernsehauftritte, CDs machten ihn trotz seines jugendlichen Alters bekannt. *Andrew*, zwar in den USA geboren und neben seiner koreanischen auch die amerikanische Staatsbürgschaft, hier ebenfalls kein Unbekannter. BASSIONA von der ersten Tournee noch in bester Erinnerung, wurde wieder herzlichst begrüßt. Für diese Reise musste natürlich ein völlig neues Programm zusammengestellt werden. Da uns die beruflichen Verpflichtungen von sechs *BASSIONA*-Mitgliedern bei sechs Orchestern in sechs verschiedenen Ländern permanente Schwierigkeiten bei der Probenplanung verursachen, bleibt dann Vieles bis kurz vor den Konzerten aufgeschoben. So war es auch hier mit dem Grand Duo von *Giovanni Bottesini*, welches wir hier erstmalig in der Bearbeitung für Kontrabass-Quartett darbieten wollten. Für die, die es nicht wissen können: eines der schwierigsten Kontrabass-Solostücke. Und jetzt noch dazu für Vier! Jeder hatte seine Stimme per PC zugeschickt bekommen. Nun aber das Zusammenspiel, die Tempi, die Agogik, die Übergänge, die Dynamik! *Ho Gyo Lee*, der bei der Probe zuhörte, standen die Haare zu Berge ob der Gelassenheit, wie *BASSIONA* ein neues Werk ein paar Stunden vor der Aufführung in ihr Repertoire aufnimmt. Auch mir war es etwas ungeheuer, verließ mich aber auf die ansteckende Ruhe der Ausführenden. Und was ist von der „Uraufführung" zu berichten? Es lief, wie nicht anders zu vermuten war, perfekt. *Min Jae* und *Andrew*, unsere beiden „Heimspieler" bestritten die Stimmen eins und zwei und warfen sich die Bälle zu, als sei es die 100.Aufführung. Es kamen auch ein paar neue Kompositionen von *Giorgi* zur Aufführung. *Giorgi* hatte sich zum Hauskomponisten von BASSIONA gemausert und seine zwischen eingängiger Melodik und zündendem Jazzrhythmus angesiedelten Titel wurden hier und werden überall mit Jubel aufgenommen. Von Seoul ging es zum Konzert nach Daejeon, 200km südlich von der Hauptstadt. Der Empfang durch die Schüler und Lehrer der Spezialmusikschule glich einer Triumph-Begrüßung bereits bei unserer Ankunft mit dem Bus vor der Schule. Blumen, Worte der herzlichen Begrüßung, Empfangsdiner! Das Konzert am nächsten Tag unvergesslich und die gemeinsame Schlusshymne mit dem äußerst disziplinierten Chor und kleinem Orchester der Schule plus BASSIONA–Quartett wurde zum emotionalen Höhepunkt.

Beim anschließenden Festschmaus eine kurze Mitteilung der Schulleitung: ich sei morgen früh 8 Uhr doch herzlich eingeladen einen musikalischen Vortrag vor den Schülern aller Jahrgänge zu halten. Thema kann ich selbst wählen. Vielleicht: „Europäische Musikgeschichte"? Nun gut, ich hatte ja noch eine lange Nacht vor mir.

Gemeinsamer Auftritt mit dem perfekten, disziplinierten Chor der Spezialmusikschule in Daejeon

Es erwartete mich dann am nächsten Morgen 8 Uhr ein Saal voller erwartungsfreudiger Schüler in einheitlicher, sauberer Schulkleidung, die Jungs in Anzug und Krawatte, die Mädchen in Rock und Bluse. Mit Disziplin und interessierter Mitarbeit stellten sie Fragen und gaben kluge Antworten! Und das Erfreuliche für das Schulorchester: das Vorabendkonzert mit BASSIONA AMOROSA bewirkte, dass gleich drei Schüler zum Kontrabass wechseln wollten!

Vorbildliche Disziplin beim Vortrag an der Spezialmusikschule in Daejeon - Südkorea 2010

Zurück in Seoul erwartete uns der Auftritt in der riesigen Olympiahalle, hier gemeinsam mit dem Chor aus Daejeon. Das erste Konzert für BASSIONA vor fast 5000 Zuhörern! Was waren die beeindruckenden Erlebnisse der Tage in Südkorea? Welche Schlagworte fallen einem ein? Disziplin, Sauberkeit, beste Organisation, kein Graffiti in der 24-Millionenstadt!, Strafe für weggeworfene Zigaretten, modernste Kaufhäuser mit Überangeboten, modern und schick gekleidete Jugend, einheitliche sympathische Schulkleidung, Taxis preiswert. Das koreanische Essen wäre einen Sonderartikel wert – schmackhaft, gesund, phantasie- und abwechslungsreich – nur die Essenshaltung am typischen niedrigen Tisch und am Fußboden sitzend, verschafft den Europäern eine strapazenreiche Mahlzeit. Nur die köstlichen vielen kleinen Portionen in ca. 20-30 Schälchen und Tellerchen pro Gast helfen einem darüber hinweg. Beim Aufstehen erst spürt man, wie verbogen der Körper jetzt ist!

Man hätte sich etwas mehr Gebäude im alten asiatischen Stil gewünscht – hier hat sicher der unsägliche Korea-Krieg von 1953 furchtbares Unheil angerichtet. Die Stadt ist modern, großzügig auf stärksten Autoverkehr ausgerichtet. Wir verließen Seoul mit einer gewissen Wehmut, da alles sehr perfekt verlief, die Konzerte unvergesslich waren, mit der grandiosen Organisation und Begleitung von *Ho Gyo Lee* und Hilfe seiner Studenten. Ein großes Dankeschön!

Seoul 2010, im Publikum auch viele Korean Airlines-Stewardessen

Gleich von hier aus ging es nach China weiter..........

CHINA – Peking 2010

China – Peking – lang gehegter Wunsch. Er sollte sich erfüllen, im Zusammenhang mit dem Gastspiel im Nachbarland Südkorea. Peking hing sich dran und organisierte den Weiterflug von Seoul nach Beijing. Nun gehört ja für China noch so alles dazu, was eine Einreise ausmacht. Gültiges Visum für jeden, mit allen Formalitäten. Das hieß also wieder schon im Vorfeld alles Mögliche beantragen, ausfüllen und beachten. Der rührige führende Kontrabass-Professor *Jun-Xia Hou* am Staatlichen Konservatorium in Beijing organisiert seit Jahren das Beijing International Double Bass Festival. Er legte sogar den Termin passend zur Koreareise von BASSIONA AMOROSA fest. *Giorgi, Ljubinko, Jan* und *Andrew* war nun die Quartettbesetzung, die in Peking auftreten sollte. *Min Jae* musste zu einem Solokonzert in Tel Aviv mit der Israel-Philharmonie. *Andrew* nahm natürlich an, dass er in Korea ganz fix von heut auf gestern das Visum bekommt! Da wollte aber das chinesische Konsulat in Seoul nicht so richtig mitspielen. Herr Lee, in Ihren Papieren steht als Geburtsort Louisiana und das liegt in den USA! Da halfen also alle Beziehungen und Versuche nichts – das Visum wollte bis zum Abflug der Truppe nach Beijing einfach nicht auftauchen. Was nun? Im Trio anreisen? Für Terzett war das Repertoire zu dürftig. Eine Katastrophe bahnte sich an. Eine Lösung musste her! *Min Jae* hatte in 2 Tagen sein Konzert in Tel Aviv. Auf Knien und mit Händen flehend baten wir *Min Jae* sein Konzert in Israel doch nicht so ernst zu nehmen und lieber mit nach Peking zu kommen „Du hast doch Peking noch nicht gesehen und wolltest doch schon immer mal da hin!". Meine Hoffnungen auf ein erfolgreiches Konzert dort schwanden immer mehr. *Min Jae* hatte Erbarmen, besorgte sich umgehend ein Visum, sogar ein Flugticket war noch zu haben. Das auf Trio geschrumpfte BASSIONA-Ensemble flog schon mal nach Peking. Die erwartungsfroh gestimmten Chinesen mussten nun bei unserer Ankunft erfahren, dass weder *Roman Patkoló*, auf den sie so gehofft hatten, noch der vierte Mann des Quartettes dabei sind. Ich sehe heute noch die Enttäuschung im Gesicht von *Prof. Xia Hou*. Es war Mittag 12 Uhr am Tage des Abendkonzertes. Um 14 Uhr kam ein Handy-Anruf von der geglückten Landung, nicht auf dem Mond, sondern von *Min Jae* am Flughafen in Beijing. Wenigstens schon mal in der Stadt! Ca. 2 Stunden Autofahrt trennten ihn jetzt nur noch vom Konzertsaal. Gegen 17 Uhr Ankunft im Konservatorium. Es waren ja noch 2 Stunden bis zum Konzert! Welch ein Geschenk. Schnell ein Instrument auf einigermaßen Spielbarkeit überprüfen. Programm festlegen, Probe machen, Umziehen und 19 Uhr war Konzertbeginn im vollbesetzten Konzertsaal des Konservatoriums. Yoga- und Tai Chi-Übungen halfen wenig, die angestaute Aufregung in den Griff zu bekommen – aber in alter Los Angeles-Manier wurde auch dieses Konzert, was wirklich auf der Kippe stand, meisterlich bewältigt.

Morgens in Seoul noch kein Visum, abends auf der Konzertbühne in Peking im November 2010!

Die ganze Truppe in Höchstform, *Min Jae* triumphierte perfekt mit dem Csárdás von Monti auf fremdem Instrument, *Giorgis* neue Kompositionen begeisterten das chinesische Publikum, *Jan* traf mit seinem Zugabe-Lied „Co TedsTim" genau die Stimmung (Übersetzung: „Ja, so ist das Leben"). Wieder eine Schlacht geschlagen und gewonnen! Alle ziehen den Hut vor dieser Leistung – besonders, wenn man die Umstände kennt! Unsere Gastgeber hatten natürlich nicht nur das Konzert vorbereitet. Während der Festivalwoche sollte Roman und ich masterclasses geben. Da Roman von seiner Züricher Oper keinen Urlaub bekam, hatte ich das Vergnügen einzuspringen und dadurch Gelegenheit 2 Tage lang zwischen 100 bis 200 Kontrabass-Studenten aus der ganzen Volksrepublik zu unterrichten.

Quartett-Probe am Konservatorium in Peking 2010

Für Überraschungen sind ja die Chinesen immer gut: in der ersten Stunde stellte mir Prof. *Hou* drei Kontrabass-Quartette in unterschiedlichen Jahrgangsformationen vor: die Jüngeren erstaunten schon in ausgefeilter Probenarbeit, die nächsthöhere Stufe natürlich noch mehr und bei den „Meisterschülern" dachte ich, es spiele *BASSIONA AMOROSA*. Das Geheimnis: sie hatten die CDs von *BASSIONA* so oft abgehört, dass bei diesen fortgeschrittenen Studenten in asiatischer Manier eine grandiose Leistung rüberkam. Respekt, Respekt!

Meisterklassen-Teilnehmer 2010, aktive und passive

Im Freizeitprogramm waren natürlich Besuche in der Verbotenen Stadt und an der Chinesischen Mauer vorgesehen.

Besuch in der ‚Verbotenen Stadt' in Peking mit ihren 890 Palästen

„Verbotene Stadt", da zu den Zeiten der chinesischen Kaiser nie jemand dieses geheimnisumwitterte Refugium betreten durfte. Ein großzügig angelegter Park mit hochherrschaftlichen typisch chinesischen Palästen, zum Teil mit vergoldeten Dächern. Einige Zahlen mögen den Umfang des Gebäudekomplexes belegen: 890 Paläste mit unzähligen Pavillons und 9.999 und einen halben Raum! 1406 mit dem Bau begonnen und bereits 1420 abgeschlossen. Bauherren waren die der Ming-Dynastie, die bis 1644 regierte, bevor in diesem Jahr die Qing-Dynastie den Kaiser stellte. Bis zum Jahre 1912 und ab 1924 wurde das gesamte Gelände für die Bevölkerung geöffnet. Ein gewisser Glücksfall, dass während der unsäglichen Kulturrevolution 1966-1977, ausgelöst vom Kommunistenführer Mao Tsedong, dieses chinesische Kulturgut geschützt und erhalten bleiben konnte!

Die nächste Pflichttour, die auch großzügig vom Konservatorium organisiert wurde, führte uns an die Chinesische Mauer, dem größten, längsten Bauwerk der Welt – selbst aus dem Weltall sichtbar. Begonnen im 7.Jahrhundert v.Ch. als Schutz gegen vom Norden einfallende Stämme der Mongolen, fast 22.000km lang.

2000 Jahre-lange Bauzeit:
Chinesische Mauer

Unvorstellbar. Wenn man auch nur an einem einzigen Punkt steht, etwas breiter als eine Autobahnspur, festeste Granitrechtecke, jedes von der Größe eines mittleren Koffers, rechts und links erhöhte Abgrenzungen, das gesamte Mauerwerk stellenweise bis zu 20m hoch, Milliarden und Abermilliarden dieser Blöcke maßgerecht zusammengefügt, kann man sich die Armeen von Arbeitern vorstellen, die dieses errichteten. Zur Mongolenseite hin mit Schießscharten versehen, zur Landesinnenseite hin gerade und gleichmäßig mit gefugten Abschlusssteinen abgedeckt, ist es eine Weltwunder-Ingenieurleistung allererster Größenordnung. Ohne Rücksicht auf Bergrücken aufwärts, abwärts, gewaltigste Höhenunterschiede überwindend – soweit das Auge sehen kann. Wir waren beeindruckt.

Über Berg und Tal

Beeindruckt hatten uns schon viele Dinge, die wir bei der Fahrt vom Flughafen beobachteten, als uns Studentinnen mit ihren Autos vom Flughafen zum Konservatorium chauffierten. Ordentlich breite Straßen, alle neu, teilweise mit Blumenrabatten. Wir waren überrascht von den Anlagen, vom enormen Verkehr. Was früher die Fahrräder in China waren, sind jetzt die Mercedese, Volkswagen, Renaults, BMWs, Hundays, Opel… Ein Bild, welches beeindruckt, aber sicher auch blendet – wo sind die typischen chinesischen Häuser, Gebäude mit den geschwungenen Dächern? Wo die kleinen Gassen? Ob die Bewohner dieser Gegenden mit ihren erzwungenen Umzügen immer glücklich waren? Ein so radikaler Fortschritt hat sicher seinen menschlichen Preis.

Was man aber bei allen Fragezeichen feststellen darf, China ist nun ein Land, auch der unbegrenzten Möglichkeiten. Dieses spürten wir auch und besonders beim Um- und Aufbruch im Konservatorium: modernster Konzertsaal, Kammermusiksaal, moderne Unterrichtsräume, ausgestattet mit teilweise bestem Instrumentarium.

Nagelneues Instrumentarium im gesamten China Conservatory Beijing 2012

Peking Double Bass Festival 2012

Zwei Jahre später beim nächsten Double Bass Festival - diesmal gemeinsam mit *Roman Patkoló, Catalin Rotaru* (Rumänien/USA) *und Hans Roelofsen* (Niederlande) als Dozenten. Wieder weitere Überraschungen bei der Ausstattung im Konservatorium, auf allen Gebieten!

2012, wieder zahlreiche Interessenten bei der masterclass

Asiatischer Fleiß und Wissbegierde. Die Säle voll bei allen Meisterklassen-Unterrichtsstunden, großes Interesse, Aufnahmebereitschaft! Organisationstalent Kontrabassprofessor Hou und seine wache Dolmetscherin Xiao Chen sorgten für einen Rundum-Wohlfühlaufenthalt einschließlich köstlichster chinesischer Kost! Nach beiden Festivals verabschiedeten wir uns mit der Überzeugung, einer sehr ernst zu nehmenden Konkurrenz auf musikalischem Sektor begegnet zu sein. Werden die Europäer diesem Leistungsdruck auf die Dauer etwas entgegen zu setzen haben?

Ausflug mit masterclass-Kollegen H.Roelofsen, R.Catalin, R.Patkoló an die Chinesische Mauer auch 2012 –

Ein Vortrag über Johann M. Sperger durfte nicht fehlen.

ITALIEN – Südtirol – Meran 2011

Zu einem der bedeutendsten Klassik-Musikfestspiele in Europa hat der rührige künstlerische Leiter Andreas Cappello das SÜDTIROL CLASSIC FESTIVAL gemacht. Im August 2011 gaben sich im idyllischen Ort Meran - vor dem ersten Weltkrieg zu Österreich gehörig, wo früher die Kaiserin Sissy ein Schloss hatte, welches heute mit einem wunderschönen Park zum Besuch einlädt - viele Künstler die Festspielklinke in die Hand. St. Petersburger-, Londoner- und Tschechische Philharmonie, Budapester Festival Orchester, Mozarteumorchester Salzburg - und dazwischen ein Kontrabass-Ensemble. Das war schon eine Verpflichtung! Und so waren wir voller Spannung, wie und ob überhaupt einige Besucher zu erwarten waren. Aber sie kamen. Das erwartungsvolle Publikum erschien an einem wunderschönen Sonntagvormittag zur Matinée classique im herrlichen Pavillon des Fleurs des Jugendstilkurhauses.

Jan, Giorgi, Andrej, Min Jae Soung und die Pianistin Lilian Akopova in Meran 2011

Alle fünf in üblicher Höchstform: temperamentvoll *Min Jae* mit dem umjubelten Csárdás von Monti und Lilian in der Ungarischen Rhapsodie Nr.2 von Franz Liszt. Zuverlässig und sicher wie immer *Andrej*. *Giorgis* neue Jazz-Kompositionen trafen den Nerv des aufnahmebereiten Matinee-Publikums genauso wie *Jan's* charmante Moderation. Was soll ich sagen: Ende mit Standing Ovation und einigen Zugaben.

Matinee beim Meran-Klassik-Festival 2011

Glücklich und zufrieden trafen wir uns gemeinsam zum Mittagsmahl. Ich hatte mit Liane, meiner lieben Frau, Quartier genommen in der sehr persönlichen Pension Freiheim und verbrachte noch herrliche Tage im schönen Südtirol. Wunderschöne Ausflugsziele sind neben dem Sissi-Schloss der Ort Tirol und die vielen Burgen in der Umgebung, die alle noch viel Originales aus den Entstehungsjahrhunderten zeigen.

LIECHTENSTEIN – Vaduz 2011

Kleines Land, ein Fürstentum – aber welch großer Klang!. Für mich besonders, da es eine enge Beziehung zum jetzigen Fürsten Hans Adam II. von und zu Liechtenstein gibt. Wie im Kapitel des Internationalen Johann-Matthias-Sperger-Wettbewerbes näher beschrieben, hier nur kurz. Bis 1945 gehörte das Schloss in Feldsberg der Fürstenfamilie von Liechtenstein. Es war das Mutterschloss der alten ehrwürdigen Adelsfamilie. Immer zu Niederösterreich gehörig. Der Ort liegt ca. 60 km nördlich von Wien. Durch den Umstand, dass durch die Neuordnungen nach dem ersten Weltkrieg eine Bahnlinie, nun von einem tschechischen Ort zum anderen durch das Gemeindegebiet verlief, wurde es einfach zur neuentstandenen Tschechoslowakei zugeschlagen und hieß nun Valtice. In diesem Ort sank die deutschsprachige Bevölkerung zwischen 1910 und 1930 von 97% auf 57%. 1945 musste die Familie von Liechtenstein das Schloss verlassen und es gehört seitdem dem tschechischen Staat. In langer Vorzeit, 1750, also noch zur Zeit als es Feldsberg hieß, wurde hier *Johann Matthias Sperger* geboren, der vom damaligen Fürsten-Mäzen Liechtenstein zum Studium nach Wien geschickt wurde. Mit diesem Wissen vertraut, unterstützt Fürst Hans Adam den Sperger-Wettbewerb seit Beginn im Jahre 2000.

Marie Fürstin von und zu Liechtenstein und Erbprinzessin Sophie von Liechtenstein im Theater Vaduz-Schaan in Liechtenstein 2011

Durch diese Kontakte kam es nun im September 2011 durch Vermittlung des Fürsten zu einem wundervollen Auftritt im Theater Vaduz/Schaan in Anwesenheit der Fürstin Marie und der Erbprinzessin von und zu Liechtentein. Ein weiterer Höhepunkt in der Historie von BASSIONA AMOROSA! Bei dieser Gelegenheit konnten wir uns bei der Familie vom Hause Liechtenstein für die Unterstützung der Sperger-Wettbewerbe von der Bühne aus bedanken - da ja allein 3 erste Preisträger der Sperger-Wettbewerbe Mitglieder des Ensembles sind (Roman 2000, Artem 2002 und Min Jae Soung 2006). „Der Funke sprang über" titelte eine Zeitung den Abend. Die Begegnungen und Gespräche mit beiden Hoheiten verliefen so persönlich und angenehm, wie man es sich nur wünschen kann und als kennten wir uns aus Spergers Zeiten! Schon in der Pause richtete die Fürstin die Frage an mich, ob wir denn bereit wären bei der Eröffnung des Liechtenstein-Museums für moderne Kunst in Wien zu spielen. Nichts täten wir lieber, als bald dort wieder Gast zu sein. Wir sind weiter im Kontakt.

Liechtenstein: Theater am Kirchplatz in Vaduz-Schaan

TSCHECHIEN – Schloss Jicinéves 2011

Zu einer außergewöhnlichen Einladung kam es im Oktober 2011. Eine begeisterte frühere Besucherin eines BASSIONA-Konzertes in einem Münchener Prominentenclub lud uns ein, die Feierlichkeit des 20-jährigen Jubiläums der Rückübertragung eines Schlosses im früheren Böhmen, im jetzigen Tschechien, zu umrahmen. Es war die Gräfin Schlik zu Bassano und Weisskirchen, die ihr früheres Anwesen mit ihrem Mann bei Annahme der tschechischen Staatsbürgerschaft, in Eigenverantwortung wieder aufbauen und bewohnen durfte. Die Einladung beinhaltete die Bemerkung: Smoking, langes Abendkleid. Nichtsahnend, was uns wirklich erwartete, machte uns dieser Hinweis neugierig. Wir trafen uns in kleiner „Quartett"-Besetzung, nämlich einem BASSIONA-Trio mit *Giorgi*, *Jan* und *Andrew* im Schloss Jicinéves. Es liegt im weitesten zwischen Prag und Brünn. Das Schloss empfing uns, bewundernswert in den 20 Jahren hergerichtet - bis auf die ehemalige dazugehörige Kirche, die von der atheistischen Gesellschaft während der sozialistischen Ära zur Turnhalle umgebaut worden war. Sogar die Nebengebäude, die Kavaliershäuser, strahlten nun im gastfreundlichen Ambiente. Allmählich richtete sich alles auf den Abend ein, der ein geselliges Beisammensein mit Dinner und Tanz vorsah. Erst jetzt verstanden wir die betreffende Bemerkung auf der Einladung: Smoking, langes Abendkleid. Wir staunten nicht schlecht! Nicht weniger als knapp einhundert Gäste aus vornehmsten Häusern und Familien des alten Böhmens, Wien-Österreich bis Italien trafen allmählich ein. Ein Glück, dass wir uns doch noch zur Mitnahme dieser besagten Gewandungen durchgerungen hatten. Bei lockerer, vornehmer Vorstellungszeremonie lernten wir u.a. kennen die Grafen und Gräfinnen von Kinsky, von und zu Schlik, von Bredow, von Podatzky Lichtenstein, die Fürsten und Fürstinnen von Lobkowicz, von Colloredo Mansfeld, Freiherr von Aretin, Prinz zu Sayn-Wittgenstein, den Freiherr von Aretin, die Freiin von Branca usw. usw....Alles war wie aus einer versunkenen Welt – aber doch sehr diesseitig. In den vielen Gesprächen, die übrigens je nach Herkunft in deutsch, französisch, italienisch, englisch, tschechisch gehalten wurden, erfuhr man, dass sie alle in normalen, natürlich gehobenen Stellungen, ihren gesellschaftlichen Beitrag leisteten und ihren Lebensunterhalt verdienten. Was meiner Frau

Schlosskonzert Jicineves 2011

besonders imponierte, war die Tatsache, dass vermutlich Freiherr von Knigge alles beobachtete und lenkte. Hier hätte sich unsere jugendgeprägte Pop- und Rock-Gesellschaft Erfahrung in achtungsvollem Miteinander und Benehmen abgucken können!
Unser BASSIONA-Trio nahm Aufstellung und erfreute das aufmerksame Publikum auch in dieser Besetzung. Es war insofern doch ein Konzert außerhalb der Normalität. Auch wieder ein unvergessliches Erlebnis in der Ensemble-Geschichte. Um die gediegene Sache dieser Jubiläumsfeier abzurunden, traf sich am nächsten Sonntagmorgen die gesamte Gästeschar zum katholischen Gottesdienst in der Kirche des größeren Nachbarortes, in der Stadt Jicin und zum anschließenden Katerfrühstück wieder im Schloss Jicinèves. Beglückend diese Begegnungen!

SCHWEIZ – Schaffhausen 2012

Der Rheinfall von Schaffhausen, der größte Wasserfall Europas mit 23 m Höhenunterschied und einer Breite von 150m ist vielleicht das erste, was einem zu der nördlichsten Stadt in der Schweiz einfällt. Faszinierend der Anblick! Daneben die schöne Altstadt mit den ehrwürdigen Renaissancegebäuden und den auffallend vielen herrlichen Erkern aus dieser Zeit. Mit dem regen Konzertorganisator Heini Stamm war ich seit dem ARD-Wettbewerb 2003 in Kontakt, bis es endlich dazu kam, sein wiederholtes Angebot, BASSIONA AMOROSA einzuladen, im Februar 2012 wahrzumachen. Während draußen nicht zu überhörende Fassnachtsumzüge tobten, probierten wir im zum Konzerthaus hergerichteten Saal der Kirche St. Johann. Unsere Vermutung, kaum einen Zuhörer beim abendlichen Auftritt begrüßen zu können - eben wegen der Faschingszeit - bewahrheitete sich in keinster Weise und das seriöse Publikum der 600 Abonnenten füllte den Saal bis auf den letzten Platz. Tolle Stimmung, Spannung lag in der Luft, wahrhaftige Konzertatmosphäre. „Wunderbar tragender und lichtvoller Klang der Kontrabässe begeisterten das Publikum im abwechslungsreichen Konzert…." war am nächsten Tag in der Zeitung zu lesen. Die Fastnachtsnarren hatten sogar bei ihrem lautstarken Treiben den weitläufigen Raum rund um die Kirche ausgespart. Erwähnenswert das vom Konzertverein organisierte generöse Dinner nach dem Konzert in einem der ältesten Häuser der Stadt. Ebenfalls unvergesslich!

FRANKREICH – Menton – Festival 2012

Eines der bedeutendsten Musikfestivals in Frankreich ist das von Menton. In diesem Jahr zum 63e Festival de Musique wurde BASSIONA AMOROSA eingeladen. Zur beliebten Festspielzeit Ende Juli/Anfang August in eine der landschaftlich reizvollsten Gegenden, an die Côte d'Azur.

Frankreich, Menton-Festival 2012 - mit Pianistin Lilian Akopova

Was kann es besseres geben? Vier Kontrabassisten und Lilian Akopova als Pianistin machten sich auf, um im Reigen hervorragender Künstler mitzuwirken. Zwei intensive Festwochen waren mit täglich 3-4 Konzerten auf hohem Niveau angefüllt. Neben den Orchestern Philharmonie de Monte-Carlo, Orchestre National de Hongrie, Sinfonieorchester Warschau, einigen Klaviersolisten, war einer der Hauptgäste der junge Violinvirtuose Vadim Repin. Das Konzert von BASSIONA AMOROSA war am gleichen Tage, an dem das Borodin-Quartett auftrat. Bereits 2009 kam es bei dem Stavanger-Festival in Norwegen zu einer sehr freundschaftlichen Begegnung mit dem weltberühmten Quartett aus Russland. Jubel nach jeder Darbietung bis die zwei Höhepunkte des Abends, der Csárdás von Monti durch *Min Jae Soung* und die Ungarische Rhapsodie von Franz Liszt, mit Lilian dargeboten, den Saal zum Toben brachte. Beifall, Zugaben, Beifall ohne Ende. Resultat: Wiedereinladung. Gerade ist eine Anfrage für ein Konzert in Paris eingetroffen…

Nicht weit von der Côte d'Azur: Festival in Menton-Frankreich 2012

DEUTSCHLAND – Konzerte hier

Nach diesen Berichten über die Auslandskonzerte könnte man jetzt annehmen, BASSIONA spiele überhaupt nicht mehr in Deutschland. Das ist bei weitem nicht der Fall. Nur ranken sich nicht so viele Geschichten darum. Es gibt noch immer zwischen 20-30 Konzerte im Jahr. Jedes einzelne ist eine Herausforderung. Im Moment haben wir in dem Spieler-Mitglieder-Pool neun Kontrabassisten, die alle das Repertoire gut kennen. Sie leben und arbeiten in 7 verschiedenen Ländern. Und haben dort alle feste Verträge in Orchestern. Die Konzerte, die ich nun als „Manager" organisiere – dafür habe ich mir ein Büro gemietet – werden oft zwei Jahre im Voraus vertraglich fixiert. Natürlich ohne zu wissen, wer wird bei welchem Konzert dabei sein. Ein Glücksfall: jeder einzelne ist an jeder Position einsetzbar. Das dürfte sehr einmalig sein in einer Kammermusikvereinigung. Natürlich bleiben Titel wie der Csárdás von Monti oder die Zigeunerweisen von Sarasate, einige Jazz- oder Gesangsstücke auf bestimmte Mitglieder beschränkt.

Nicht beschränkt auf eine bestimmte Besetzung bleibt eine in die Tat umgesetzte Idee: *Giorgi* konnte mit einem großartigen Schauspieler und einem phantasievollen Regisseur das Einpersonenstück von Patrick Süskind „Der Kontrabass" zu einem genialen Theaterstück in Kombination mit BASSIONA auf die Bühne bringen. Die vier gut aufgelegten Bassisten kommentieren die launigen Sprüche des Protagonisten mit entsprechender Musik oder Worteinwürfen. Und wenn *Jan* oder *Andrew* eine Mozartarie im Falsett imitiert, überschlagen sich die Kritiken und das Publikum im Theater trampelt am Schluss ohne Ende!

In Potsdam gibt es die inzwischen zum Publikumsmagneten avancierte „Schlössernacht" zu der dreißigtausend Karten im Handumdrehen verkauft werden. Und wenn dann das Management nach dem Auftritt 2011 an BASSIONA schreibt: „...noch heute erhalten wir begeisterte Zuschriften von Besuchern über den Auftritt von BASSIONA AMOROSA" lässt einem das dann die aufwendige organisatorische Vorarbeit schnell vergessen.

Das ganz normale Organisationschaos

Es beginnt damitt: einen Veranstalter finden, der den Mut hat, ein Kontrabass-Ensemble einzuladen. Von ca. 50 Angerufenen, die erstmal eine Mail als Vorinformation, dann eine Werbemappe per Post wünschen, ist gerade mal einer bereit, sich auf das „Risiko" einzulassen, einen Vertrag mit einer Kontrabass-Vereinigung abzuschließen „...*können denn Kontrabässe ein richtiges Konzert gestalten?*" Nachdem der passende Termin gefunden ist, erwartet der Veranstalter einige Programmvorschläge zur Auswahl. Nach der Festlegung braucht er dann die Namen der Spieler, die an diesem Abend (vielleicht in 2 Jahren!) dabei sein werden. Diese werden aber bis zum Konzerttermin noch mehrfach geändert. Fotos der Mitspieler und die detaillierten Lebensläufe der Akteure werden verlangt. Fotos bitte mit den richtigen Spielern und in hoher Auflösung! Kurz vor dem Konzert kreuzen Telefonate, Emails, SMSs zwischen den Mitgliedern und mir hin und her. Die Veranstalter schicken inzwischen die gedruckten Programme zur Korrektur. Zwischendurch wurden die Flugtickets geordert, die Hotelzimmer reserviert, die Fahrmöglichkeiten mit Bus, Bahn oder PKW ausgelotet. Wenn nötig, wird der Bus bei AVM (Autovermietung München) bestellt. Dann wird bestimmt, wer die Noten, die Notenpulte, die CDs zum Verkauf mitbringt. Wenn dann so alles richtig brodelt, muss ein vorgesehener Spieler wegen Dienständerung in seinem Orchester absagen und die Suche nach Ersatz für das BASSIONA-Konzert beginnt. Im Vorfeld wurde besprochen wer auf welchem Instrument heute Abend spielt und wie diese Instrumente überhaupt an den Ort des Geschehens gelangen. Denn aus ihren

Ländern können sie ja die Riesenkisten nicht mitschleppen! Hätten wir doch nur Flöte gelernt oder ein Pfeifkonzert organisiert! Und wenn dann alles unter Dach und Fach ist und alle gemeinsam im gemieteten Bus von München aus zum Konzertort sitzen, werden die Noten für das Abendprogramm sortiert. Und alles hofft auf eine staufreie Autobahn, damit wenigstens noch eine Stunde zum Anspielen bleibt – von einer geordneten Probe in Ruhe ganz zu schweigen! Und so wird dann schnell in die Konzertkleidung geschlüpft und das erwartungsvolle Publikum mit einem freundlichen, entspannten Gesicht begrüßt. Vergessen sind alle Strapazen und wenn es dann in der Kritik heißt, wie kürzlich „Ein wunderschönes Kontrabasskonzert" oder „Gute Laune aus dem Kontrabass…Kunst und Unterhaltung auf höchstem Niveau!..." oder wie die Süddeutsche titelt: „Das reine Vergnügen". - Was will man dann mehr? Morgen beginnt alles von vorn.

Nun sind wir inzwischen im Jahr 2014

Wieder ist vieles geschehen. Einer der Höhepunkte war im Mai ein Konzert in Heilbronn unter dem Motto: „Kontrabass-Festival" – eine Idee des Orchesters, Instrumente in den Mittelpunkt zu stellen, die sonst nicht sehr oft solistisch wirksam sind. Man bat mich zu moderieren und das Instrument Kontrabass vorzustellen.

Gemeinsam mit dem Heilbronner Sinfonieorchester, 2014

Nun habe ich das oft gemacht, aber als ich hier auf die Bühne trat und einen Saal von annähernd 2000 Menschen vor mir hatte, schlug das Herz doch etwas schneller. Gemeinsam mit dem Orchester, den Heilbronner Sinfonikern spielte BASSIONA AMOROSA einige markante Solostücke.

Der Beifall und die Zugaben wollten kein Ende nehmen, so dass bei anschließenden geselligem Beisammensein bereits über das nächste gemeinsame Konzert gesprochen wurde.

Im August 2014 gab es wieder die Einladung zur Mitwirkung bei der Potsdamer Schlössernacht. Und hier wieder ein Kuriosum: wir wurden eingeteilt auf der Hauptbühne im Wechsel mit der Gruppe KLAZZBROTHERS zu musizieren.

BASSIONA AMOROSA gemeinsam mit Kilian Forster 2014

Diese wird geleitet von meinem ehemaligen Meisterklassen-Studenten aus München *Kilian Forster* - und natürlich nutzten wir die Gelegenheit, etwas gemeinsam zu musizieren. Nach kürzester Probenzeit gelangten dann drei publikumswirksame Stücke wie der Hummelflug zur umjubelten Aufführung.

Nur einen Tag später folgte ein Konzert beim WORLD DOUBLE BASS FESTIVAL in Breslau/Wrocław in Polen, wieder bravourös organisiert von *Irena Okliewicz*. Ein Konzert mit nichtendenwollenden Zugaben.

Konzert beim World Double Bass Festival Wrocław 2014

EIN HOHER PREIS

Heimgekehrt von dieser Reise erfreute uns die vielleicht schwerstwiegende, auf alle Fälle beglückendste Nachricht: BASSIONA AMOROSA wird nach Einreichung ihrer neuesten CD „boundless", in guter Zusammenarbeit mit dem *Label Nasswetter music group* entstanden, mit dem ECHO KLASSIK PREIS 2014 in der Kategorie „Klassik ohne Grenzen" ausgezeichnet. Zwar erhofft, aber dann doch Wirklichkeit geworden, versetzt es einen in einen Freudentaumel! Ein reines Kontrabass-Ensemble ausgezeichnet mit dem bedeutendsten europäischen, man sagt sogar weltweiten Musikpreis – das ist mehr als beglückend! Hat es sich doch gelohnt, soviel Energie, Zeit und auch Fleiß in dieses Projekt zu stecken. Es liegen jetzt 18 Jahre immerwährender Arbeit hinter dem Ensemble. Mit gewissem Stolz können wir auf jetzt ca. 600 Konzerte zurückblicken, bei dem nicht ein einziges ohne Zugaben zu Ende ging. Standing Ovation bis zur Carnegie Hall in New York und in der Berliner Philharmonie, in den USA, in China, Korea und fast ganz Europa. Auf genau 20 CDs ist das gesamte Repertoire festgehalten, der anderthalbstündige Dokumentarfilm „BASSIONA AMOROSA" wurde mehrfach auf Filmfestspielen ausgezeichnet und für das 20-Jahr-Jubiläum 2016 (Jubiläumskonzert am 20. März 2016 in der Berliner Philharmonie) haben acht namhafte Komponisten neue Stücke zugesagt, die dann auf einer CD erscheinen werden. Dieser

ECHO KLASSIK-Preis wird die Gruppe weiter zusammenhalten und zu weiteren Höhepunkten führen. Die neun Kontrabass- und zwei Klaviermitglieder von BASSIONA AMOROSA aus 10 verschiedenen Ländern, werden weiter immer wieder die Schwernisse der Anreisen auf sich nehmen und mit Freuden weiter dabei sein.

Wie kürzlich ein Zeitungskritiker formulierte: „ Das wahrscheinlich ungewöhnlichste Streichquartett der internationalen Musiklandschaft" – es wird weiter musizieren, Maßstäbe im Kontrabass-Ensemblespiel setzen und zur Freude des Publikums Konzerte geben.

Heute ist der 26.Oktober 2014 – die heißersehnte Trophäe des ECHO-Klassik-Preises wurde uns übergeben. In einer großen ECHO-Gala mit dem ZDF auf der Bühne der Münchener Philharmonie neben den diesjährigen Preisträgern Anne-Sophie Mutter, Nikolaus Harnoncourt, Anna Netrebko, Cecilia Bartoli, Jonas Kaufmann und anderer Musikergrößen dieser Zeit.

ECHO KLASSIK Preis 2014

Ein Traum ging in Erfüllung – aus Spaß wurde Ernst – aus Ernst Freude.

Ein Kontrabass-Ensemble auf dem Roten Teppich

Keine unbekannten Namen der letzten Jahrzehnte

ANHANG

Internationale Kontrabass-Wettbewerbe in Genf/Schweiz ab 1969

In Genf gab es den ersten internationalen Wettbewerb für Kontrabass überhaupt. Er fand 1969 statt.

1. Kontrabass-Wettbewerb in Genf 20.9.-4.10.1969

Concours International d'Exécution Musicale

Jury:
Hans Fryba - Schweiz, *Pierre Delescluse* - Frankreich, *Franco Petracchi* - Italien und Julien-Francois Zbinden.

Teilnehmer:
34 aus 10 Ländern: *Martin Humpert, Günter Klaus, Gerd Reinke* aus Deutschland, *Klaus Trumpf* - damals DDR, *Fernando Grillo* - Italien, *Ferenc Czontos* - Ungarn, *Entcho Radoukanov* - Bulgarien, *Christina Beltschewa* - Bulgarien, *Andrzej Kalarus* - Polen, *Yoshinori Suzuki* - Japan, *Harvey Kaufmann, Richard Frederickson, Dennis James* und *Burris Curtis* aus den USA, *Milan Sagat, Vaclav Carnot, Vit Mach* und *Thomas Lom* aus der Tschechoslowakei, *Leonardo Colonna, Benito Ferraris* und *Ezio Pederzani* aus Italien, *Chantal Raffo, Bernard Cauzaran* und *Gabin Lauridon* aus Frankreich, *Onozaki Mitsuru* - Japan, *Christian Mesdom* - Belgien und *Gabor Zenke* - Ungarn.
Es fehlen leider ein paar Namen, die nicht in Erfahrung zu bringen waren.

Diplome:
Martin Humpert - Deutschland, *Bernard Cauzaran* - Frankreich

Preisträger:
bei Nichtvergabe des 1. Preises (alphabetisch):
2. Preis: *Andrzej Kalarus* - Polen
2. Preis: *Günter Klaus* - Deutschland
2. Preis: *Entcho Radoukanov* - Bulgarien

2. Kontrabass-Wettbewerb in Genf 15.-29.9.1973

Jury:
Ludwig Streicher (Wien), *Lajos Montag* (Budapest), *Franco Petracchi* (Rom), *Mr. Logerot* (Paris), der Komponist *Julien-Francois Zbinden* (Schweiz).

Teilnehmer:
(alphabetisch, nicht vollständig): *Rustem Gabdullin* (UdSSR), *Teppo Hauta-aho* (Finnland), *Krassimira Kaltschewa* (Bulgarien), *E. Markov Minev* (Bulgarien), *Manfred Pernutz* (DDR), *Klaus Trumpf* (DDR), *Boris Koslow* (UdSSR).
2. Runde: *Masuo Niino* (Japan), *Clark E. Suttle* und *Lawrence Wolfe* aus den USA, *Boris Koslow* aus Leningrad/Sowjetunion.

/ Internationale Kontrabass-Wettbewerbe

Preisträger:
1. Preis: *Ivan Kotov* - Moskau   Finalrunde „Divertimento op.10" von J.F. Zbinden
2. Preis: *Wolfgang Güttler* - Rumänien Divertimento von J.F. Zbinden.
3. Preis: *Bernard Cazauran* - Paris   K.D. von Dittersdorf-Konzert E-Dur
Die letzte Runde wurde vom L'Orchestre de la Suisse Romande unter Armin Jordan begleitet.

3. Kontrabass-Wettbewerb in Genf 1978

Jury:
Alfred Planyavsky - Wien, *Franco Petracchi* - Rom, *Jean-Marc Rollez* - Paris, *Martin Humpert* - Genf, *Ion Goilav* - Winterthur, *Klaus Trumpf* - Berlin/DDR und Komponist *Julien-Francois Zbinden*.

Teilnehmer:
25 aus 16 Staaten: je 4 aus Japan und Frankreich, je 2 Kandidaten aus Italien, Schweiz, Bundesrepublik Deutschland. Jeweils ein Teilnehmer aus: USA, Kanada, England, Spanien, Belgien, Ungarn, Bulgarien, Tschechoslowakei, Polen, Rumänien, DDR.
2. Runde: *Eustasio Cosmo* (Italien), *Ichiro Noda* (Japan), *Dorin Marc* (Rumänien), *Joel Jenny* (Schweiz), *Piotr Czerwinski* (Polen), *John Feeney* (USA).

Preisträger:
kein 1. Preis
2. Preis: *Y.Kawahara* (Japan) Finalrunde: Giovanni Bottesini Konzert h-Moll
2. Preis: *J.A.Quarrington* (Kanada)   Giovanni Bottesini Konzert h-Moll
Silbermedaille: *Angelika Lindner* (Berlin/DDR) Carl Ditters von Dittersdorf Konzert E-Dur

4. Kontrabass-Wettbewerb in Genf 1998

Jury der Vorrunde:
Franco Petracchi - Italien, *Alain Ruaux* - Frankreich, *Christian Sutter* - Schweiz.

Jury des Wettbewerbes:
Bernard Cazauran - Frankreich, *Giuseppe Ettorre* - Italien, *Miloslav Gajdoš* - Tschechische Republik, *Thomas Martin* - England, *Fumio Shirato* - Japan, *Klaus Trumpf* - Deutschland
Von 40 Bewerbern waren 20 für den Wettbewerb zugelassen:

Teilnehmer:
Seon-Deok Baik (Südkorea), *Nadja Bojadgieva* (Bulgarien), *Svetoslav Dimitriev* (Bulgarien), *Petru Iuga* (Rumänien), *Teemu Kauppinen* (Finnland), *Owen Lee* (USA), *Shinji Nishiyama* (Japan), *Miloslav Raisigl* (Tschechien), *Valeria Thierry-Palomino* (Mexiko), *Jerzy Trefon* (Polen).
In der **2. Runde** spielten und erhielten ein Diplom: *Jean-Edmond Baquet* (Frankreich), *Ioan-Christian Braica* (Rumänien), *Zsolt Fejervari* (Ungarn), *Nobuaki Nakata* (Japan), *Tae Bun Park* (Südkorea), *Emanuele Pedrani* (Italien), *Alessandro Serra* (Italien).
Die drei Finalisten spielten mit Orchester: Giovanni Bottesini, Grande Allegro di Concerto „Alla Mendelssohn"

Preisträger 1998:
1. Preis *Janusz Widzyk* - Polen
2. Preis: *Francesco Siragusa* - Italien
3. Preis: *Michael Sandronow* - Weissrussland/München

Internationale Wettbewerbe für Kontrabass in Markneukirchen, ab 1975

In den Jahren von 1975-2011, also innerhalb von 36 Jahren, fanden in Markneukirchen 11 (elf) Kontrabass-Wettbewerbe statt. Anmeldungen gab es weit über 400 aus Europa, Asien, den USA und Südamerika – 300 aktive Teilnehmer spielten um die Preise.
Die letzte Runde war jeweils eine von einem Orchester begleitete. Der Markneukirchener Kontrabass-Wettbewerb war nach den ersten beiden internationalen Wettbewerben in Genf (1969 und 1973) der dritte Wettbewerb für Kontrabass (seit 1975) und entwickelte sich zu einem der angesehensten Kontrabass-Wettbewerbe überhaupt. Alle Preisträger erreichten in ihrer Berufskarriere Spitzenpositionen in Orchestern oder sind als Professoren an Musikhochschulen tätig.
Hier eine Übersicht über die Internationalen Wettbewerbe für Kontrabass in Markneukirchen:

1. Internationaler Wettbewerb Markneukirchen 11.-17. Mai 1975

Dieser Wettbewerb war der dritte internationale Kontrabass-Wettbewerb überhaupt, nach den beiden Wettbewerben in Genf 1969 und 1973.

Jury:
Heinz Herrmann (Dresden) - Vorsitzender, *Andrej Astachov* (Moskau, Sowjetunion)), *Lajos Montag* (Ungarn), *Konrad Siebach* (Leipzig), *Todor Toschev* (Sofia), *Klaus Trumpf* (Berlin).

Teilnehmer:
13 (alphabetisch): *Boika Dimitrowa* - Bulgarien, *P.Czerwinski* - Polen, *F.Czontos* - Ungarn, *R.Füssel* - DDR, *D.Heinrich* - DDR, *R.Hucke* - DDR *G.Müller* - BRD, *Z.Prochownik* - Polen, *F.Totan* - Rumänien.

Das Programm 1975:
1. Runde: a)Fryba-1.Satz, b)Bottesini-Tarantella, c)Hoffmeister- oder Händel-Konzert oder Lischka- oder Röttger-Concertino.
2. Runde: a)Pflichtstück Gerhard Weiß „Suite für Kontrabass allein", b)Dittersdorf-E-Dur-Konzert.
3. Runde: Vanhal- oder Dragonetti-Konzert mit Orchester

Preisträger:
1. Preis: *Alexander Michno* - Moskau
2. Preis: *Nicolai Gorbunow* - Moskau
3. Preis: *Heiko Herrmann* - Dresden
4. Platz: *Jiri Hudec* - Prag

I Internationale Kontrabass-Wettbewerbe

2. Internationaler Wettbewerb Markneukirchen 6.-14. Mai 1977

Jury:
Konrad *Siebach* - Leipzig - Vorsitzender, *Heinz Herrmann* - Dresden, *Lajos Montag* - Budapest, *Ludwig Streicher* - Wien, *Todor Toschev* - Sofia, *Tadeus Pelczar* - Warschau, *Pavel Novak* - Polen, *Heinz Nellesen* - Hamburg und *Horst-Dieter Wenkel* - Weimar.

Programm 1977:
1. Runde: a) Rainer Hrasky Solosuite, Pflichtstück
   b) *Domenico Dragonetti:* Andante und Rondo
   c) Eine Sonate von Henry Eccles, *František Hertl* oder Paul Hindemith
2. Runde: a) Konzert von Franz Anton Hoffmeister oder Antonio Capuzzi
   b) Konzert von *Sergej Koussewitzky* (mit Orchester)
   c) Komposition des 20. Jahrhunderts aus dem Lande des Teilnehmers
3. Runde: Konzert von .Poradowsky, *Domenico Dragonetti* oder Karl Ditters von Dittersdorf

Preisträger:
1. Preis: *Rainer Hucke* - Weimar (später Solokontrabassist des Gewandhausorchesters Leipzig)
2. Preis: *Jiri Hudec* - Prag (später Solokontrabassist der Prager Philharmoniker)
3. Preis: *Rolf Füssel* - Dresden
Die Plätze 4 - 6 belegten:
Miloslav Gajdoš - CSSR, *Josef Niederhammer* - Wien, *Klaus Niemeier* - Berlin.

3. Internationaler Wettbewerb Markneukirchen 12.-17. Mai 1979

Jury:
Heinz Herrmann, Konrad Siebach und Klaus Trumpf (alle DDR), *Lajos Montag* - Ungarn, *Todor Toschev* - Bulgarien, *František Pošta* - Tschechoslowakei, *Rodney Slatford* - England, *Masahiko Tanaka* - Japan, *Horst Stöhr* - BRD.

Programm 1979:
1. Runde: a) Pflichtstück „Passacaglia" von Erwin Kestner, b)Konzertstücke von *Franz Simandl* op.34 oder *Emanuel Storch* oder Konzert Nr.2 von *František Černý*
2. Runde: a) Konzerte von Franz Anton Hoffmeister Nr.1 oder *Domenico Dragonetti-Nanny*
   b) Konzert Nr.1 Es-Dur von Carl Ditters von Dittersdorf
3. Runde: a) Ein modernes Werk, nach Möglichkeit aus dem Lande des Teilnehmers;
   b) Konzert von Jan Krtitel Vanhal oder *Giovanni Bottesini* h-Moll oder *František Hertl*

Teilnehmer
(29 Anmeldungen aus 10 Ländern, teilgenommen haben): *Bartanyi, Istvan* - H, Debreczeni, Laszlo - H, *Veleja, Bujor* - RO, *Zalud, Radomir* - CSSR, *Zickenrodt, Ulrich* - DDR,
Die 2.Runde erreichten 13 Bewerber, darunter einige Namen, von denen später noch viel zu hören sein wird, wie (hier alphabetisch): *Bagowska, Petya* - BG; *Bunya, Michinori* - N; *Gajdoš, Miloslav* - CZ; *Kostyak, Botond* - Ro; und *Miloslav Bubenicek* - CZ, *Holger Herrmann* - D, *Joachim Klier* - D, *Bujor Velea* - Ro, , *Radomir Zalud* - CZ, *Ulrich Zickenrodt* - D;

Preisträger:
1. Preis: *Angelika Lindner* (jetzt Starke) - Deutschland, später: 1.Solokontrabassistin des BSO, Berliner Sinfonieorchester.
2. Preis: *Dorin Marc* - Rumänien, später: Solokontrabassist der Münchener Philharmoniker danach Professor an der Musikhochschule Nürnberg.
3. Preis: *Ichiro Noda* - Japan, später Solokontrabassist der Oper in Frankfurt/Main.

s. auch: Artikel aus ISB-Heft 7/1 1980 (Rodney Slatford und Klaus Trumpf) S

4. Internationaler Wettbewerb Markneukirchen 8.-18.Mai 1981

Jury:
Konrad Siebach (Vorsitz), Heinz Herrmann, Klaus Trumpf (alle DDR), Lajos Montag - Ungarn, František Pošta - Tschechoslowakei, Rodney Slatford - England, Todor Toschev - Bulgarien, David Walter - USA.

Programm 1981:
1. Runde: a) *Fryba:* Suite im alten Stil, Präludium und Gavotte I und II
   b) *Bottesini* „Nel cor più non mi sento" oder
   Konzerte von E.Stein, A.Capuzzi, F.Cerny
   c) Auftragswerk (?)
2. Runde: a) *Sperger*-Sonate E-Dur
   b) Hoffmeister-Konzert Nr.1
   c) Eine Komposition des 20.Jh., nach Möglichkeit aus dem Lande des jeweiligen Teilnehmers
3. Runde: Eines der Konzerte von Lars Eric Larsson oder Giambattista Cimador oder
   Giovanni Bottesini h-Moll oder *František Černý*

Abschlusskonzert das Konzert Nr.1 von Franz Anton Hoffmeister

Teilnehmer 1981:
Erich Buchmann - A, Janos Körber - H, Raimund Mossbauer - D, Cornel Racu - Ro, Hiromi Sudo - N, Frank Thierbach - D, Attila Kovacz - H,
2.Runde erreichten (alphabetisch): *Petya Bagowska* - Bulgarien, *Radoslav Šašina* - Tschechoslowakei, *Adachi Akihiro* - N, *Istvan Bartanyi* - H, *Miloslav Bubenicek* - CZ, *Alexandru Chis* - Ro, *Peter Frey* - USA, *Claudia Hinke* - DDR, *Alajos Horvath* - H, *Petjo Kalomenski* - P, *Krysztof Krolicki* - P, *Rainhard Leuscher* - DDR, *Marian Novakowski* - P, *Nicolae-Vasile Pop* - Ro, *Ingo Poser* - DDR und *Thomas Strauch* - DDR.

Preisträger:
1. Preis: *Dorin Marc* - Rumänien (s. beim Wettbewerb 1979)
2. Preis: *Holger Herrmann* - DDR (später Münchener Philharmonie)
3. Preis: *Botond Kostyak* - Rumänien (später Solokontrabassist im Orch. National de Lyon)

I Internationale Kontrabass-Wettbewerbe

5. Internationaler Wettbewerb Markneukirchen
7.-13. Mai 1983

Jury:
Heinz Herrmann, Konrad Siebach, Horst-Dieter Wenkel, František Pošta - Tschechoslowakei, David Walter - USA, Ion Cheptea - Rumänien, Fernando Grillo - Italien.

Teilnehmer:
Miloslav Jelínek - CZ, Radoslav Šašina - SL, Fritjof Grabner - DDR, *Jörg Lorenz* - DDR, Peter Kubina - H, Georgi Balsew - BG, Christoph Bechstein - DDR, Vilmos Buza - H, Ronald Dangel - CH, Judith-Meriel Evans - GB, Sandra Grigorowa - BG, Thomas Grosche - DDR, Jochen Hentschel - DDR, Alajos Horvath - H, Petjo Kalomenski - BG, Roman Koudelka - CZ, Hisaaki Kitabayashi - N, Nicolae-Vasile Pop - Ro, Ingo Poser - DDR, Boguslaw Pstras - P, Martti Pyrhönen - FI, Thomas Schicke - DDR, Ruzena Sipkova - CZ, Paul Speirs - GB, Waldemar Tamowski - PL, Manuel Valdes-Argudin - Kuba, Chihiro Waragai - N, Stefan Petzold - DDR.

Preisträger:
1. Preis: nicht vergeben
2. Preis: *Lucian Ciorata* - Rumänien (später Solokontrabassist Orchestra Sinfonica di Sevilla)
3. Preis: *Esko Laine* - Finnland (später Solokontrabassist der Berliner Philharmoniker)
3. Preis: *Ovidiu Badila* - Rumänien (Professor in Trossingen und Basel)
Förderpreise: *Patrick Neher* - USA (später Karriere in den USA), *Jochen Hentschel* - DDR
Zum Abschlusskonzert des Wettbewerbes spielte *Lucian Ciorata* das h-Moll-Konzert von *Giovanni Bottesini* mit Orchester

6. Internationaler Wettbewerb Markneukirchen
10.-17. Mai 1985

Jury:
Konrad Siebach(Vorsitz), Heinz Herrmann, František Pošta, Masahiko Tanaka, Ion Cheptea, Rainer Zepperitz, Barbara Sanderling.

Teilnehmer:
(alphabetische Reihenfolge): Stefan Adelmann - BRD, Ovidiu Badila - Ro, Christoph Bechstein - DDR, Tadeusz Bohuszewicz - P, Zbigniew Borowicz - P, Miloslav Bubenicek - CSSR, Andreas Cincera - CH, Silvio Dalla-Torre - BRD, Pierre Feyler - F, Francesco Fraioli - I, Sergio Glaser - DDR, Frithjof-Martin Grabner - DDR, Nick de-Grot - N, Dominique Guerouet - F, Jochen Hentschel - DDR, Johannes Hugot - BDR, Karl Jackel - BRD, Miloslav Jelínek - CSSR, Agniczka Kitabayashi - N, Botond Kostyak - Ro, Roman Koudelka - CSSR, Peter Kubina - H, Istvan Kunsagi - H, Bernd Meier - DDR, Tetsuro Miyoshi - N, Christian Ockert - DDR, Vincent Pasquier - F, Nicolae-Vasile Pop - RO, Kazimierz Pyzik - PL, Catalin-Ioan Rotaru - Ro, Cornelia Roth - BRD, David Chandler Ruby - Can, Radoslav Šašina - CSSR, Anton Schachenhofer - A, Thomas Schicke - DDR, Ulrich Schreiner - BRD, Veit-Peter Schüßler - BRD, Simone Simon - DDR, Janet Skolnick - USA, Anghel Urs - Ro, Chihiro Waragai - Japan.

Programm 1985:

1. Runde: a) Pflichtstück: Rainer Lischka „Konzertante Kammermusik" für Kontrabass und Klavier b)Hans Fryba: Konzertetüde,
c) Domenico Draonetti: Konzert A-Dur oder Konzert von J.B.Vanhal oder E.Tubin oder Nanny-Caprice Nr.5
2. Runde: a) J.F.Zbinden „Hommage à J.S.Bach"
b) G.Bottesini oder R.Gliere: „Tarantella" oder E.Misek: eine Sonate
3. Runde: Giovanni Bottesini: „Konzert fis-Moll"

Preisträger:

1. Preis: *Ovidiu Badila* - Rumänien (später solistische Karriere, Prof. in Trossingen, Basel)
2. Preis: *Frithjof-Martin Grabner* - DDR (jetzt Professor in Leipzig)
3. Preis: *Veit-Peter Schüßler* - BRD (jetzt Professor in Köln)
Förderpreis: *Vincent Pasquier* - Frankreich

7. Internationaler Wettbewerb Markneukirchen 12.-19.Mai 1989

Jury:

Klaus Trumpf - Vorsitz, *Konrad Siebach* - DDR, *František Pošta* - Tschechoslowakei, *Ion Cheptea* - Rumänien, *Barbara Sanderling* - DDR, *Lev Rakov* - Sowjetunion, *Georg Hörtnagel* - BRD, *Martin Humpert* - Schweiz und *Thomas Martin* - England.

Anmeldungen für Teilnahme 1989

(alphabetisch): *Orest-Vasile Acsinte* - RO, *Frederic Alcazer* - F, *Alexander Alekeew* - UdSSR, *MaufusuoAlwaddasin* - UdSSR, *Alberto Bocini* - I, *Tadeusz Bohuszewicz* - PL, *Vilmos Buza* - H, *Anita Chinkowa* - BG, *Alexandru Chis* - RO, *Andreas Cincera* - CH, *Martin Fendrych* - CSSR, *Leonid Finkelstein* - UdSSR, *Boguslaw Furtok* - PL, *Matthew James Gibbon* - GB, *Tobias Glöckler* - DDR, *Wladimir Gorjatschew* - UdSSR, *Herve Granjon* - F, *Kalina Gudewa* - BG, *Wolfgang Hessler* - BRD, *Simone Heumann* - DDR, *Christoph Hildebrand* - CH, *Christine Hoock* - BRD, *Johannes Hugot* - BRD, *Dan Ishimoto* - N, *Norbert Jorzik* - BRD, *Manuel Jouen* - F, *Krzysztof Kafka* - P, *Lübima Kalinkova* - BG, *Damian Kalla* - P, *Kirill Jarikow* - UdSSR, *Pavel Klečka* - CSSR, *Botond Kostyak* - RO, *Peter Kubina* - H, *Andreas Künzel* - DDR, *Libero Lanzilotta* - I, *Zwetomir Lasarow* - BG, *Piotr Leroch* - PL, *Corin Long* - GB, *Jörg Lorenz* - DDR, *Zoran Markovic* - YU, *Leonid Markowitsch* - UdSSR, *Jacek Mirucki* - PL, *Tibor Nagy* - CSSR, *Marius van Norden* - N, *Radim Otepka* - CSSR, *Jesper Egelund Pedersen* - DK, *Nicolae-Vasile Pop* - RO, *Andrej Prokin* - UdSSR, *Stefanie Rau* - BRD, *Cornelia Roth* - BRD, *Constantin Rusu* - RO, *Annette Schilli* - BRD, *Joachim Schuls* - BRD, *Georg Schwärsky* - DDR, *Robert Seltrecht* - DDR, *Dragos Serbanescu* - RO, *Joachim Sewenic* - P, *Sandel Smarandescu* - Ro, *Daisuke Soga* - N, *Piotr Stefaniak* - P, *Wolfgang Steike* - DDR, *Masea Suzaki* - N, *Ivan Sztankov* - H, *Sandor Tar* - H, *Mariano Tertulian* - Kuba.

Programm 1989:

1. Runde: a) Konzert J.B.Vanhal oder *J.M.Sperger* A-Dur oder F.A.Hoffmeister
   b) *G.Bottesini*: Elegie
   c) Sonate K.Dillmann oder H.Genzmer oder *F.Hertl* oder P.Hindemith oder F.Proto oder Concertino von L.E.Larsson oder Divertimento von N.Rota
2. Runde: a) F.Schubert „Arpeggione"
   b) *G.Bottesini*: ein virtuoses Werk
   c) Pflichtstück eines Komponisten der DDR (wird zugeschickt)
3. Runde: Konzert von K.D.v.Dittersdorf E-Dur oder *G.Bottesini* h-Moll

Preisträger:

1. Preis: *Boguslaw Furtok* - Polen (später Solokontrabassist des Sinfonieorchesters des Hessischen Rundfunks Frankfurt/M.).
2. Preis: *Andreas Wylezol* - DDR (später Solokontrabassist der Staatskapelle Dresden).
3. Preis: *Christine Hoock* - Bundesrepublik Deutschland (später Stellv.Solokontrabassistin beim Symphonieorchester des WDR Köln und Professorinfür Kontrabass in Salzburg).

Großer Einschnitt: Wende in Deutschland 1989

8. Internationaler Wettbewerb Markneukirchen 5.-15. Mai 1993

Jury:

Barbara Sanderling - Berlin (Vorsitz), *Ion Cheptea* - Bukarest, *Achim Beyer* - Leipzig aus Leipzig, *Jorma Katrama* - Helsinki, *Günter Klaus* - Frankfurt/M., *Andreas Krüger* - Schweiz, *Saulus Sandecki* - Litauen und *Josef Niederhammer* - Österreich.

Anmeldungen 1993:

(alphabetisch): *Ioan Baranga* - RO, *Jean-Edmond Baquet* - F, *Ekkehard Beringer* - D, *Ioan-Cristian Braica* - RO, *Ilka Emmert* - D, *Ulrich Franck* - D, *Tobias Glöckler* - D, *Vladimir Goriatchev* - RU, *Lisa Hertsch* - D, *Simone Heumann* - D, *Simon Jäger* - A, *Lukasz Jamer* - PL, *Grigori Katz* - RU, *Pavel Klečka* - CZ, *Frank Lässig* - D, *Martin Langgartner* - D, *Alexander Matschinegg* - A, *Claus-Peter Nebelung* - D, *Michael Pfannschmidt* - D, *Cosmin Puican* - RO, *Slawomir Rozlach* - PL, *Axel Scherban* - D, *Sebastian Schick* - D, *Joachim Schulz* - D, *Ioan-Antonio Sekaci* - RO, *Sandel Smarandescu* - RO, *Martin Šranko* - H, *Georg Straka* - A.

Preisträger:

1. Preis: *Ilka Emmert* - Deutschland
2. Preis: *Jean-Emond Baquet* - Frankreich
3. Preis: *Georg Straka* - Österreich

9. Internationaler Wettbewerb Markneukirchen 4.-15. Mai 1999

Jury:
Barbara Sanderling - Vorsitzende, Achim Beyer - Leipzig, Ion Cheptea - Bukarest, Günter Klaus - Frankfurt/M., Thomas Martin - England und Saulus Sondeckis - Litauen, Michinori Bunya - Japan/Würzburg, Bernd Haubold - Dresden und Miloslav Gajdoš - Tschechien.

Teilnehmer:
Ainali, Petri Sulevi (Finnland), Balazs-Piri, Zsolt (Ungarn), Braica, Ioan-Christian (Rumänien), Dietze, Stefan (Deutschland), Graf, Peter (Deutschland), Guzowski, Szymon (Polen), Hec, Radovan (Tschechien), Henninger, Verena (D), Iuga, Petru (Rumänien), Jirmasek, Jan (Tschechien), Kim, Song-Ki (Südkorea), Kotula, Jan (Polen), Kozak, Zoltan (Ungarn), Mazanek, Aleksander (Polen), Mihaescu, Radu Lucian (Rumänien), Mihai, Yuan-Chuan (Taiwan), Papai, Veronika (Ungarn), Park, Dae-Kyu (Südkorea), Philipsen, Holger (D), Racz, Antal (Ungarn), Ries, Petr (Tschechien), Sandu, Catalin (Rumänien), Smychliaev, Dmitri (Russland), Sobus, Michal (Polen), Stelma, Jurica (Kroatien), Chirkov, Artem (Russland), Trifonov, Kaloyan (Bulgarien), Vuolanne, Risto (Finnland), Wand, Benjamin (D), Wypych, Sebastian (Polen).

Programm 1999
1. Runde: a) J.S.Bach-Gambensonate Nr.2;
b) Konzert von C.D.v.Dittersdorf oder J.K.Vanhal oder F.A.Hoffmeister
2. Runde: a) Sonate nach eigener Wahl von P.Hindemith, A.Misek, T.Kawakami;
b) G.Bottesini-Tarantella oder „Nel cor più non mi sento" oder Gliere-Tarantella;
c) H.Fryba-Suite, Präludium;
d) Ellis-Sonate oder J.Francaix-Theme Varie oder K.Güttler-Greensleeves oder T.Hauta-aho-Cadenza oder E.Tabakov-Motivi oder H.W.Henze-Serenade oder W.Jentsch-Solosonate.
3. Runde: F.Schubert-Arpeggione oder F.Zbinden-Hommage á J.S.Bach
Orchesterfinale: Giovanni Bottesini h-Moll-Konzert

Preisträger:
1. Preis: Petru Iuga - Rumänien, später Prof. in Mannheim
2. Preis: Ioan-Cristian Braica, Stllv. Solokontrab. Radio-Sinfonieorchester Frankfurt/M.
3. Preis: Jan Kotula - Polen

10. Internationaler Wettbewerb Markneukirchen
19.-28.Mai 2005

Jury:
Barbara Sanderling, Ion Cheptea, Michinori Bunya, Miloslav Gajdoš, Jeff Bradetich - USA, Dorin Marc - Rumänien/München, Frithjof-Martin Grabner - Leipzig.

Teilnehmer
(alphabetisch): *Anishchanka, Stanislaus* (Weissrussland), *Cabrera, Luis* (Spanien), *Chirokoliyska, Maria* (Bulgarien), *Cho, Jae Bok* (Südkorea), *Cho, Jung-Min*, (Südkorea), *Dimen, Csaba-Zsolt* (Rumänien), *Evaev, Stanislav* (Russland), *Eliseev, Igor* (Russland), *Enger, Philipp* (D), *Faller, Jürgen* (D), *Firlus, Krzysztof* (Polen), *Gillett, Meherban* (GB), *Greger, Dominik* (D), *Guo, Shengni* (China), *Hei, Ryutaro* (Japan), *Hübner, Benedikt* (D). *Ivanov, Vitan* (Bulgarien), *Jablczynski, Pawel* (Polen), *Jaro, Anton* (Slowakei), *Keim, Sebastian* (D), *Kim, Nam-Gyun* (Südkorea), *Kurokawa, Fuyuki* (Japan), *Lee, Andrew-Eun* (USA/Südkorea), *Leser, Jan Georg* (D), *Liarmakopoulos, Vasilis* (Griechenland), *Marlali, Burak* (Türkei), *Medvedev, Ivan* (Russland), *Moritake, Yamato* (Japan), *Popov, Dmitry* (Russland), *Prokopetz, Igor* (Israel), *Pyun, Choul-Won* (Südkorea/D), *Racz, Antal* (Ungarn), *Sadoya, Ayako* (Japan), *Sano, Nakako* (Japan), *Scott, Alexandra* (GB), *Shang, XiaoGing* (China), *Slavik, Jiri* (Tschechien), *Staas, Gregory* (USA), *Stubenrauch, Philipp* (D), *Sumito, Hiroyasu* (Japan), *Tsai, Hui-Hsun* (Taiwan), *Vacariu, Gabriel* (Rumänien), *Vela Vico, Priscilla* (Spanien), *Wand, Benjamin* (D), *Wasik, Krzysztof* (Polen), *Alcantara, Samuel* (Venezuela).

Programm 2005:
1. Runde: a) J.S.Bach g-Moll-Gambensonate, 1.Satz;
  b) H.*Fryba*-Suite, Präludium;
  c) Ellis-Sonate oder J.Francaix-Theme Varie oder *M.Gajdoš*-Invocation oder K.Güttler-Greensleeves oder *T.Hauto-aho*-Cadenza oder *E.Tabakov*-Motivi oder *P.Vasks*-Bass-Trip.
2. Runde: a) J.F.Zbinden-Hommage á J.S.Bach;
  b) eine Sonate nach eigener Wahl: H.Genzmer, F.*Hertl*, P.Hindemith, T.Kawakami, A.*Misek*, F.Proto;
  c) *G.Bottesini:* Tarantella oder „Nel cor più non mi sento" oder R.Gliere-Intermezzo und Tarantella oder *E.Madenski*-Tarantella oder C.Franchi-Introduktion und Tarantella.
3. Runde: Konzert von C.D.v.Dittersdorf oder J.K.Vanhal
Orchesterfinale: Konzert h-Moll von *G.Bottesini*

Jury:
Barbara Sanderling, Ion Cheptea, Michinori Bunya, Miloslav Gajdoš, Jeff Bradetich-USA, Dorin Marc - Rumänien/München, Frithjof-Martin Grabner - Leipzig.

Preisträger:
1.Preis: *Benedikt Hübner* - Deutschland,
2.Preis: *Dominik Greger* - Deutschland
3.Preis: *Gabriel Vacariu* - Rumänien.

11. Internationaler Wettbewerb Markneukirchen 5.-14. Mai 2011

Jury:

Barbara Sanderling (Vorsitz) - Deutschland, *Jeffrey Bradetich* (USA), *Michinori Bunya* (Japan/Deutschland), *Paul Erhard* (USA), *Miloslav Gajdoš* (Tschechien), *Frithjof Grabner* (Deutschland), *Petru Iuga* (Rumänien/Deutschland), *Dorin Marc* (Rumänien/Deutschland), *Thomas Martin* (England).

Teilnehmer

(alphabetisch): *Ahn, Soo Hyun* (Südkorea), *Bae, Kitae* (Südkorea), *Bak, Michal* (Polen), *Chang, Che-Yu* (Taiwan), *Choi, Hyojeong* (Südkorea), *Clemente Riera, Joaquin F.* (Spanien), *Cobalis, Jacy* (USA), *Cozmatchi, Ilie* (Rumänien), *Cywinski, Jakub* (Polen), *de Boevé, Wies* (Belgien), *Efaev, Stanislav* (Russland), *Fan, Yiming* (China), *Feldman, Shaia* (Frankreich/Israel), *Feng, Xiaoyin* (China), *Fortuna, Jakub (Polen), Hei, Ryutaro* (Japan), *Hengstebeck, Alexandra* (D), *Hoppe, Ruben* (D), *Hur, Kyoung Ho* (Südkorea), *Jung, Ha Young* (Südkorea), *Klingner, Simon* (D), *Kober, Franziska* (Österreich), *Kowal, Karol* (Polen), *Koyama, Takanari* (Japan), *Kwon, Oh Jung* (Südkorea), *Lee, Joon-Soo* (Südkorea), *Lee, Samuel* (Südkorea), *Li, Yongrui* (Singapur), *Matero, Tuomo* (Finnland), *Medvedev, Ivan* (Russland), *Monievski, Witold* (Polen), *Moritake, Yamato* (Japan), *Nasilowski, Karol* (Polen), *Petzold, Franziska* (D), *Polak, Dominik* (Polen), *Posselt, Markus* (D), *Rodriguez Romanos, Eduardo* (Spanien), *Romanowski, Marek* (Polen), *Rosenkranz, Jan* (D), *Rubido Gonzales, Damian* (Spanien), *Schneider, Eva* (D), *Semeleder, Josef* (Österreich), *Seo, Jee Eun* (Südkorea), *Soung, MinJae* (Südkorea), *Thomson, Blake* (USA), *Tolonen, Otto* (Finnland), *Toma, Vladimir* (Rumänien), *Vacariu, Valentin-Cristian* (Rumänien), *Voisin, Théotime* (Frankreich), *Waldmann, Filip* (Tschechien), *Wasik, Krzysztof* (Polen).

Preisträger:

1. Preis: *Jakub Fortuna* (Polen)
2. Preis: *Wies de Boevé* (Belgien)
3. Preis: *Min Jae Soung* (Südkorea)
4. Platz: *Filip Waldmann* (Tschechien)

1978 Isle of Man International Double Bass Competition and Workshop

Nach dem 1. Internationalen Treffen der Kontrabassisten 1973 in Berlin war es das nächste, aber weitaus größere Treffen der damals prominenten Kontrabasswelt. Die Idee dazu und Organisation hatte *Rodney Slatford*, aktiver Kontrabassist aus London, Gründer des Kontrabass-Verlages York Edition.

Was zu dieser Zeit im Bereich Kontrabass Rang und Namen hatte, war in Isle of Man 1978 anwesend. Unter anderen diese Vertreter, die Konzerte gaben, Vorträge hielten und in Meisterklassen unterrichteten: *David Walter* - USA, *Gary Karr* - Kanada, *Franco Petracchi* - Italien, *Jean-Marc Rollez* - Frankreich, *Lajos Montag* - Ungarn, *Barry Green* - USA, *Frank Proto* - USA, *Paul Ellison* - USA, *Anthony Scelba* - USA, *Barry Guy* - England, *Bertram Turetzky* - USA, *Murray Grodner* - USA, *Yoan Goilav* - Schweiz, *Klaus Stoll* - Deutschland, *Lucio Buccharella* - Italien, *Knut Güttler* - Norwegen, *František Pošta* - Tschechoslowakei, *Vaclav Fuka* - Tschechoslowakei, *Jevgeny Kolosov* - Sowjetunion, *Klaus Trumpf* - DDR und die

Juroren des Wettbewerbes Isle of Man 1978:

Adrian Beers - London, *Lucio Buccharella* - Rom, *Vaclav Fuka* - Prag, *Yoan Goilav* - Armenien/Bukarest/Schweiz, *Knut Güttler* - Oslo, *Gary Karr* - Kanada, *Konrad Siebach* - Leipzig.
Pflichtstück: Solosonate von David Ellis

Wettbewerbs-Teilnehmer

(alphabetisch): *Adachi Akihiro* - N, *Engin Babahan* - Türkei, *John Barker* - USA, *Mark Bernat* - USA, *Lisa Bogardus* - USA, *Mutthie Bonitz* - D, *Nicole-Anne Boyesen* - USA, *Jeffrey Bradetich* - USA, *Pietro Brigantino* - I, *Peter Buckoke* - GB, *Michinori Bunya* - N, *Eustasio Cosmo* - I, *Michel Crenne* - F, *Roger Dean* - GB, *Gerald Dufurne* - F, *Jean-Loup Dehant* - F, *James van Demark* - USA, *Bruno Duval* - F, *Larry Epstein* - USA, *Magnus Eriksson* - SWE, *John Feeney* - USA, *Peter-Martin Frey* - USA, *Harald Friedrich* - D, *Miloslav Gajdoš* - CZ, *Dale Gold* - USA, *Patrick Hardouineau* - F, *Iwaki Haruhiko* - N, *Anthony Houska* - GB, *Jiri Hudec* - CZ, *Mario Ivelja* - YU, *Joel Jenny* - CH, *John Lunn* - SCOTL, *Daniel Marillier* - F, *Stephen Martin* - AUSTRALIA, *Dennis Masuzzo* - USA, *Duncan McTier* - GB, *Dennis Milne* - SCOTL, *Karen Newham* - GB, *Deborah Newmark* - USA, *Bjarne Nielsen* - DK, *Troels Nielsen* - DK, *George Peniston* - GB, *Joel Quarrington* - CAN, *Zalud Radomir* - CZ, *Entscho Radoukanov* - BG, *Jaime Robles* - E, *Hans Roelofsen* - N, *Glenn Rubin* - USA, *Kevin Rundell* - GB, *Marc-Robert Saey* - BELG, *Rudolf Senn* - N, *Etienne Siebens* - BELG, *Alan-Clement Stevenson* - GB, *Christian Sutter* - CH, *Heather-Anne Swinburne* - GB, *John Tattersdil* - GB, *Dennis Trembley* - USA, *Leonid Turchinski* - USA, *Alexis du Pont Valk* - USA, *Dennis Vaughan* - NEWZEAL, *Martin Vigay* - GB, *Matthias Weber* - D, *Michael Wright* - GB.

Von diesen 63 Anmeldungen (anwesend?) kamen in die 2.Runde (alphabetisch): *Mark Bernat* - USA, *Jeffrey Bradetich* - USA, *Michinori Bunya* - N, *John Feeney* - USA, *Jiri Hudec* - CZ, *Joel Quarrington* - CAN, *Entscho Radoukanov* - BG.

Hier fand die Uraufführung der „Sinfonia Piccola" für 8 Kontrabässe von Bertold Hummel statt.

Preisträger 1978 in Isle of Man:

1.Preis (1.500 engl.pounds): *Jiri Hudec* - später Solokontrabassist der Tschech. Philharmonie
2.Preis (750 engl.pounds): *Dennis Trembley* - später Solokontrabassist der L.A.-Philharmonie
3.Preis (500 engl.pounds): *Entscho Radoukanov* - später Solokontrabassist des Radio-Sinfonieorchesters Stockholm

1982 Isle of Man
International Double Bass Competition
and Workshop

Wie schon 1978 organisierte *Rodney Slatford* wieder das Internationale Treffen der Kontrabassisten „**International Double Bass Competition and Workshop**" in Isle of Man. Nicht ganz so viel Prominenz wie 1978 fand sich zusammen, aber es war wieder eine große internationale Begegnung.
Konzerte, Vorträge und Meisterklassen gaben:
aus den USA: *Barry Green, Paul Ellison, Frank Proto, David Walter, Wayne Darling* (Jazz).
Fernando Grillo - Italien, *Jiri Hudec* - Prag, *Vaclav Fuka* - Prag, *Frank Proto* - Cincinnati, *Lawrence Wolfe* - Boston, *Joelle Leandre* - Frankreich, *Yoshio Nagashima* - Tokio, *Edward Krysta* - Polen, *Klaus Trumpf* - DDR, *František Pošta* - Tschechoslowakei und *Rodney Slatford* - GB.

Wettbewerbs-Teilnehmer 1982,
(alphabetisch): *Sjur Bjaerke* - N, *Carolyn W.Buckley* - USA, *Andrew R.Dewitt* - USA, *Frances M.Dorling* - GB, *Judih M.Evans* - GB, *Richard Fredrickson* - USA, *Mette Hanskov* - DK, *David Heyes* - GB, *Hisaaki Kitabayashi* - N, *Esko Laine* - FI, *Duncan McTier* - GB *Edmund K.Morris* - GB, *Ichiro Noda* - N, *Chi-Chi Nwanoku* - GB, *Josef Niederhammer* - A, *Jiri O.Parviainen* - FI, *Harold H.Robinson* - USA, *Hans Roelofsen* - N, *Helen C. Rowlands* - GB, *Kenichi Saito* - N, *Rudolf Senn* - N, *Etienne H.E.Siebens* - BE, *Paul K.Speirs* - GB, *Matthias Weber* - D, *Michael B.Wolf* - USA, *Osamu Yamamoto* - N, *Hideyuki Yoshikawa* - N
Jury: *Joelle Leandre* - Frankreich, *Gerald Drucker* - England, *Yoshio Nagashima* - Japan, *František Pošta* - Tschechische (Sozialistische) Republik, *Klaus Trumpf* - DDR, *Lawrence Wolfef* - USA und *Wei Bao Zheng* - China.

Die 2.Runde hatten erreicht: *Ichiro Noda* - Japan, *Josef Niederhammer* - Österreich, *Harold H.Robinson* - USA, *Esko Laine* - Finnland, *Mette Hanskov* - Dänemark, *Duncan McTier* - England, *Richard Fredrickson* - USA und *Hans Roelofsen* - Niederlande.
Verschiedene Sonderpreise gingen an die Teilnehmer: *Rudolf Senn* - Niederlande, *Jiri O.Parviainen* - FI, *B.Wolf* - USA, *W.Buckley* - USA, *Chi-Chi Nwanoku* - GB, *Matthias Weber* - Deutschland.

Preisträger Isle of Man 1982:
1. Preis: *Duncan McTier* - England, zunächst Solokontrabassist in den Niederlanden, später Professor an den Hochschulen in Manchester, London, Winterthur, Madrid, verdienstvoller Solist, der einige Komponisten für Solowerke für Kontrabass anregte und erfolgreich uraufführte
2. Preis: *Esko Laine* - Finnland, später Solokontrabassist der Berliner Philharmoniker und Honorar-Professor an der Berliner Hochschule „Hanns Eisler"
3. Preis: *Harold H. Robinson* - USA

I Internationale Kontrabass-Wettbewerbe

ARD-Wettbewerbe in München ab 1979

1. ARD-Wettbewerb München 1979

Jury:
Vorsitzender *Räto Tschupp* - Schweiz, *Yoan Goilav* - Schweiz, *Fernando Grillo* - Italien, *Franz Högner, Günter Klaus, Rainer Zepperitz* und *Berhard Mahne* aus der Bundesrepublik Deutschland, *Alfred Planyavsky* - Österreich, *Rodney Slatford* - England, *Klaus Trumpf* - DDR und *Andrew Woodrow* - England

Teilnehmer
Von 28 Anmeldungen reisten **23 Teilnehmer aus 12 Ländern** an (alphabetisch):
Akihiro Adachi - Japan, *Jean-Luc Bassuel* - Frankreich, *Marc Bernat* - USA, *Laszlo Debreczeni* - Ungarn, *Gottfried Engels* - BRD, *Nicolai Herseni* - staatenlos, *Franz Mayr* - BRD, *Enno Senft* - BRD, *Fumio Shirato* - Japan.
In die 2. Runde kamen: *Norbert Brenner* - BRD, *Yasuhide Hirose* - Japan, *Rainer Hucke* - DDR, *Andrzej Kaczanowski* - Polen, *Hans Roelofsen* - Niederlande, *Helmut Wichmann* - BRD, *Steven Zlomke* - USA.

3. Runde:
Ichiri Noda - Japan, *Kazuo Okuda* - Japan und die späteren Preisträger:

Preisträger:
1. Preis: nicht vergeben
2. Preis: *Michinori Bunya* - Japan (später Professor in Würzburg)
3. Preis: *Jiri Hudec* - Tschechoslowakei (später Solokontrabassist Tschechische Philharmonie)
   Josef Niederhammer - Österreich (später Professor Musikakademie Wien)
Förderpreise erhielten: *Angelika Lindner* - DDR und *Dorin Marc* - Rumänien.

2. ARD-Wettbewerb München 1985

Jury:
Franco Petracchi - Italien, *Frantisek Poszta* - Tschechoslowakei, *Jean-Marc Rollez* - Frankreich, *Rodney Slatford* - England, *Günter Klaus* und *Klaus Stoll* aus der BRD und *David Walter* aus den USA.

Teilnehmer
54 aus 21 Ländern (habe nur die Namen: *Matthias Winkler, Christian Horn*/DDR)

Preisträger:
1. Preis: nicht vergeben
2. Preis: *Esko Laine* - Finnland (später Philharmonie Berlin) und *Dorin Marc* - Rumänien
   (später Professor in Nürnberg)
3. Preis: *Haken Ehrén* - Norwegen (später Solokontrabassist Oslo Philharmonie) ?

I Internationale Kontrabass-Wettbewerbe

3. ARD-Wettbewerb München 1991

Jury:
Klaus Stoll aus Berlin als Vorsitzender, *Adrian Beers* - Großbritannien, *Michinori Bunya* - Japan, *Ion Cheptea* - Rumänien, *Yoan Goilav* - Schweiz, *Lawrence Hurst* - USA, *Alexander Michno* - UdSSR, *Josef Niederhammer* - Österreich.

Teilnehmer
(alphabetisch): *Anthony Alcock* - GB, *Vitali Ju Belewitsch* - UdSSR, *Alberto Bocini* - I, *Vilmos Buza* - H, *Claudio Campadello* - I, *Pascale Delache-Feldmann* - F, *Ilka Emmert* - D, *Giuseppe Ettore* - I, *Zsolt Fejerväri* - H, *Kilian Forster* - D, *Bugoslaw Furtok* - P, *Kai von Goetze* - D, *IgorGolovanov* - UdSSR, *Bernd Gottinger* - D, *Kalina Goudeva* - BG, *Slawomir Grenda* - P, *Niek de Groot* - NL, *Christian Hellwig* - D, *Klaus Hörbig* - D, *Christine Hoock* - D, *Alajos Horváth* - H, *Johannes Hugot* - D, *Shigeru Ishokawa* - N, *Ludo Joly* - BEL, *Grigori Katz* - UdSSR, *Takshi Konno* - N, *Chih-Hua Kuo* - TAIW, *Iwahisa Kuroki* - N, *Aleksej Lawrow* - UdSSR, *Burkhard Mager* - D, *Jacek Mirucki* - P, *Dariusz Mizera* - P, *Kagegi Nagao* - N, *Božo Paradžik* - YU, *Cosmin Puican* - RO, *Cornelia Roth* - D, *Constantin Rusu* - RO, *Janne Saksala* - FI, *Véronique Sauger* - F, *Axel Scherka* - D, *Sebastian Schick* - D, *Joachim Schulz* - D, *Michael Seifried* - A, *Joachim Sewenic* - P, *Wiktor Skorokitchska* - UdSSR, *Sándel Smámrándescu* - RO, *Piotr Stefaniak* - P, *Matthieu Sternat* - F, *Shigenori Sugihara* - N, *Knut Sunquist* - NO, *Svetozar Vujic* - YU, *Ernst Weissensteiner* - A, *Andreas Wylezol* - D.

Preisträger:
1. Preis: nicht vergeben
2. Preis: *Giuseppe Ettore* - Italien (später Mailänder Scala) ?
3. Preis: *Janne Saksala* - Finnland (später Berliner Philharmoniker)

4. ARD-Wettbewerb München 2003

Jury:
Sir John Manduell - GB (Vorsitz), *Miloslav Gajdoš* - CR, *Yasunori Kawahara* - N, *Günter Klaus* - D, *Esko Laine* - FI, *Thomas Martin* - GB, *Alois Posch* - A, *Jean-Marc Rollez* - F, *Klaus Trumpf* - D.

Teilnehmer:
27 zugelassen nach Vorausscheid per Audio (alphabetisch):*Stanislav Anischenko-Weiss* - R, *Artem Chirkov* - R, *Nir Comforty* - Israel, *Yann Dubost* - F, *Igor Eliseev* - R, *Dominik Greger* - D, *Benedikt Hübner* - D, *Yu-Wie Hung* - TAIW, *I-Shan Kao* - TAIW, *Goran Kostic* - SERB, *Dragan Loncina* - KROAT, *Ruslan Lutsyk* - UKR, *Burak Marlali* - TÜRK, *Orcun Mumcuoglu* - TÜRK, *Roman Patkoló* - SLO, *Chou-Won Pyun* - D, *Ödön Rácz* - H, *Petr Ries* - CR, *Nakako Sano* - N, *Nabil Shehata* - D, *Andrei Shynkevich* - BELR, *Chi-Ho Son* - KOR, *Philipp Stubenrauch* - D, *Yun Sun* - CH, *Chia-Chi Sung* - TAIW, *Gabriel Vacariu* - RO, *Reo Watanabe* - N.

Preisträger:
1. Preis: *Nabil Shehata* - D (später Prof. München)
2. Preis: *Roman Patkoló* - SLO (später Prof. Basel)
3. Preis: *Ödön Rácz* - A (später Solokontrabassist Wiener Philharmoniker)

I Internationale Kontrabass-Wettbewerbe

5. ARD-Wettbewerb München 2009

39 Kandidaten aus 19 Ländern.

Jury:
Vorsitzender Nichtkontrabassist *Reinhart von Gutzeit, Miloslav Gajdoš, Yasunori Kawahara, Thomas Martin, Esko Laine* und die auf internationaler Ebene weniger bekannten *Heinrich Braun* - München und *Roberto di Ronza* - München.

Teilnehmer
(alphabetisch): *Stanislau Anishchanka* - WRUSS, *Lae-Bok Cho* - SKOR, *Jakub Cywinski* - PL, *Wies de Boevé* - BELG, *Yann Dubost* - F, *Igor Eliseev* - RU, *Jakub Fortuna* - PL, *Kurokawa Fuyuki* - N, *Wolfgang Güntner* - D, *Shengni Guo* - CHIN, *Ryutaro Hei* - N, *Itzok Hrastnik* - SLOW, *Ha Young Jung* - SKOR, *Batyrkhan Khassenow* - KASACH, *Namgyun Joshua Kim* - SKOR, *Franziska Kober* - AUS, *Grigory Krotenko* - RU, *Andrew Eunki Lee* - SKOR, *Dragan Loncina* - KROAT, *Szymon Marciniak* - PL, *Stephanie Oszwald* - D, *Petr Popelka* - CR, *Thierry Roggen* - CH, *Ayako Sadoya* - N, *Lars Olaf Schaper* - D, *Ludwig Schwark* - D, *Alexandra Scott* - GB, *Young Il Seo* - SKOR, *Minjae Soung* - SKOR, *Yun Sun* - CHIN, *Olivier Thiery* - F, *Gunars Upatniks* - LETT, *Ulysse Vigreux* - F, *Filip Waldmann* - CR, *Christoph Wimmer* - AUS, *Tzu-Hsien Yang* - TAIW, *Duckkyu Yoon* - SKOR, *Keasen Zagorski* - BG, *Ivan Zavgorodniy* - UKR.

Preisträger:
1. Preis: *Gunars Upatniks* - Lettland
2. Preis: *Stanislau Anishchanka* - WRUSS,
3. Preis: *Olivier Thiery* - Frankreich,
3. Preis: *Ivan Zavgorodniy* - Ukraine.

Juroren der Internationalen Kontrabass-Wettbewerbe „Franz Gregora" in Kroměříž von 1982-2002

u.a. Miloslav Gajdoš, Miloslav Bubenicek, Jiri Bortlicek, Karol Illek, Karoly Saru, Radomir Zalud, Pavol Profant, Ladislav Lanca,. Radoslav Šašina, Dariusz Ceglinski, Lajos Montag, Paul Erhard, Wenecjusz Kurzawa, Gregory Sarchet, Zi-Ping Chen, Radovan Krstic, Roman Koudelka, Jiří Valenta, Klaus Trumpf, Alexandr Michno, David Heyes, Ovidiu Badila.

Die Preisträger 1982-2002:

u. a. Zbigniew Borowitz, Mateusz Diehl, Boguslaw Furtok, Slawomir Grenda, Klaudia Hinke, Miloslav Jelínek, Jan Jirmasek, Zsuzsanna Juhasz, Karol Kinal, Pavel Klečka, Joanna Krempec, Ulf Kupke, Peter Lökös, Ljubinko Lazic, Szymon Marciniak, Radim Otepka, Onur Özkaya, Tae-Bun Park, Dae-Kyu Park, Roman Patkoló, Jesper Pedersen, Miloslav Raisigl, Petr Ries, Ida Rostrup, Ivan Stankov, Piotr Stefaniak, Eva Sasinkova, Henry Schwarzkopf, Martin Šranko, Thomas Schicke, Nabil Shehata, Andrej Shynkevich, Jiri Valicek Robert Vizvari, Vladimir Zatko.

Kroměříž „Franz-Gregora-Wettbewerb" 1997

Die Juroren der beiden Wettbewerbs-Kategorien 1997:
Alexander Michno - Russland/Spanien, *Radoslav Šašina* - Bratislava, David Heyes - England, *Gregory Sarchet* - Chicago, Wenecjusz Kurzawa - Polen, *Piotr Kurzawa* - Polen, Ján Krigowski - Slowakei, *Zi-Ping Chen* - China, Dan Vlcek - Tschechien, *Károly Saru* - Budapest, Lubomir Gubás - Slowakei, *Miloslav Bubenicek* - Tschechien. Klaus Trumpf - Deutschland.

Wettbewerbs-Teilnehmer 1997:
Gruppe unter 18 Jahre (alphab.):
Brent Bulmann - Chicago, *Albert Chudzik* - Torun, Jan Hajny - Kroměříž, *Milan Holomek* - Kroměříž, Leopold Hrdý - Kroměříž, *Jan Jirmasek* - Karlovy Vary, Peter Jurcenko - Kosice, *Karol-Pavel Kinal* - Bydgoszcz, Radim Kovárnik - Kroměříž, *Hana Mareckova* - Kroměříž, Jaroslav Panus - Kroměříž, *Roman Patkoló* - Zilina, Michal Reich - Kroměříž, *Petr Ries* - Kroměříž, Jan Stanek - Kroměříž, *Pavel Trkan* - Brünn, Romana Urbanková - Kroměříž, *Vladimir Zatko* - Zilina.

Preisträger
der Gruppe unter 18 Jahre:
1. Preis: *Petr Ries* - Tschechien/Kroměříž (jetzt: 1.Solokontrabass. Tschechische Philharmonie)
   Pavel Kinal - Polen/Bydgoszcz
2. Preis: *Peter Jurcenko* - Slowakei/Bratislava
3. Preis: *Jan Jirmasek* - Tschechien (jetzt: Solokontrabassist Sinfonieorchester Karlovy Vary
   Roman Patkoló - Slowakei/Zilina (jetzt: Prof. in Basel und am Opernhaus in Zürich)

I Internationale Kontrabass-Wettbewerbe

Teilnehmer der Gruppe ab 18 Jahre (alphab.):
Karin Auerswaldova - Bratislava, *Samuel Jónás* - Debrecen, *Zsuzsanna Juhasz* Ungarn/ München, *Radoslav Manthey* - Bydgoszcz, *Anna Markovicova* - Zilina, *Helena Mezej* - Kroatien/ München, *Christopher Ordlock* - DeKalb, *Tae-Bun Park* - Südkorea/München, *Miloslav Raisigl* - Tschechien/Kroměříž, *Wei Ren* - China, *Oto Seres* - Bratislava, *Jiri Valicek* - Tschechien/Kroměříž, *Ludek Zakopal* - Prag, *Martin Zelenka* - Prag, *Martin Zpevák* - Kroměříž.

Preisträger
der Gruppe ab 18 Jahre:
1. Preis: *Tae-Bun Park* - Südkorea/München (jetzt: Solokontrabassistin an der Oper Nürnberg)
   Jiri Valicek - Tschechien/Kroměříž
2. Preis: *Zsuzsanna Juhasz* - Ungarn/München (jetzt: Theaterorchester Mainz)
3. Preis: *Miloslav Raisigl* - Tschechien/Kroměříž (jetzt: Brünner Philharmonie, Kompon., Prof.)
   Samuel Jónás - Ungarn/Debrecen

Als Gäste dieser Woche 1997 in Kroměříž waren anwesend die immer wieder aktiven Kontrabassisten:
Petja Bagowska - Kb.-Prof. in Sofia; *Jiří Valenta* von der Tschechischen Philharmonie Prag, *Pavel Klečka* und *Roman Koudelka*, *Miloslav Jelínek* und *Martin Šranko* von der Philharmonie Brünn, *Vitezslav Pelika* und *Michal Pásma* von der Philharmonie in Zlin (Tschechien).

Wettbewerb Reims/Frankreich 1988

Jury:
Vorsitzender *Jean Marc Rollez* - Frankreich, *Lev Rakov* - Moskau, *Jorma Katrama* - Finnland, *Yoan Goilav* - Schweiz, *Paul Ellison* - USA, *Klaus Trumpf* - damals noch DDR und die französische Komponistin Franzise Aubin,

Preisträger:
1. Preis: *Ovidiu Badila* - Rumänien
2. Preis: *Vincent Pasquier* - Frankreich
3. Preis: *Hakan Ehren* - Schweden

Avignon 1994:
Festival International de Contrebasse

Hauptorganisator:
Barre Phillips

Teilnehmer, Konzertsolisten, Leiter von Meisterklassen, Lecturer
Aus Frankreich: *Jean-Marc Rollez, Barre Phillips, Thierry Barbé, Bernard* und *Jaques Cazauran, Renaud Garcia-Fons, Joelle Leandre, Gabin Lauridon, Vincent Pasquier, François Rabbath, Bernard Abeille, Jean-Edmond Baquet, Bruno Chevillon, Trio Celea-Chevillon-Pifarély, Dominique Desjardins, Michel Dutriez, Gruss Renaud, Pierre Héllouin, Jean-Francois Jenny-Clark, Francois Mechali, Frédéric Stochl, Claude Tchamitchian,* **Orchestre de Contrebasse:** *Frédéric Alacaraz, Thibault Delor, Christian Gentet, Olievier Moret, Yves Torchinsky* und *Jean-Philippe Viret.*
Aus den USA: *Paul Ellison, Barry Green, Patrick Neher, David Neubert, Bertram Turetzky, Bob Drewry, David Ruby,*
Aus Dänemark: *Mette Hanskow* und *Frank Christensen, Morten Hansen, Johnny Solvberg*
Aus England: *Duncan McTier, Timothy David Gibbs*
Aus Japan *Jasunori Kawahara, Keizo Mizoiri, Tetsu Saitoh, Mottoharu Yoshizawa*
Aus Norwegen: *Knut Güttler, Bjorn Ianke,*
Aus Deutschland: *Klaus Trumpf, Wolfgang Stert, Eberhard Weber*
Jorma Katrama - Finnland, *Fausto Borem* - Brasilien, *Wayne Darling* - USA/Österreich, *Arni Egilsson* - Island/USA, *Christian Sutter* - Schweiz,
Corado Canonici - Italien,

Jury des Jazz-Wettbewerbes:
Jean-Paul Celea, Wayne Darling, David Friesen und *Jean-Francois Jenny-Clark*

Jury des Klassik-Wettbewerbes:
Vorsitzender *Jean-Marc Rollez* - Frankreich, *Jaques Cazauran* - Frankreich, *Knut Güttler* - Norwegen, *Jorma Katrama* - Finnland und *Klaus Trumpf* - Deutschland.

Wettbewerbsteilnehmer:
Dursen Ayrut, Marcel Becker, Marc-Antoine Bonanomi - Italien, *Francisco Catala, Paolo Cocchi, Ayako Dokiya, Maria Frankel* - Dänemark, *Tobias Glöckler* - Deutschland, *Kalina Goudeva, Alexander Henery, Shigeru Ishikawa* - Japan, *Olivier Talpaert* - Frankreich, *Tomas Wanhlund* - Schweden, *Jumie Kobayashi* - Japan, *Richard Bubugnon, Gilbert Dinaut, Junho Lee, Carlos Mendez, Georgi Lombaridze* - Russland, *Herve Moreau, Piermario Murelli, Nakata Nobuak* - Japan, *David Phillips, Eva Sasinkova* - CR, *Sebastian Schick* und *Gregory Katz* - Deutschland.

Preisträger:
1. Preis: *Olivier Talpaert* - Frankreich,
2. Preis: *Marc-Antoine Bonanomi* - Italien
3. Preis: zu gleichen Teilen an *Eva Sasinkowa* - CR und an den Japaner *Shigeru Ishikawa.*

Internationale Kontrabass-Wettbewerbe „Sergej Koussewitzky" ab 1995

1. Koussewitzky-Wettbewerb für Kontrabass 29.7.-5.8.1995 Moskau

Jury:
Komponist *Andrei Eschpai* (Vorsitz), *Lev Rakov* - Moskau, *Evgeny Kolossov* - Moskau, *German Lukianin* - St.Petersburg, *Thomas Martin* - England, *Jorma Katrama* - Finnland, *Klaus Trumpf* - Deutschland

23 Teilnehmer
aus 9 Ländern (alphabetisch): *Vladimir Aldukhov* - RU, *Ablardo Alfonso Lopez* - KUBA, *Dmitri Babushkin* - RU, *Alberto Bocini* - I (nicht angereist), *Peter Boldoghy* - H, *Hui Chao* - CHINA, *Vitaly Gaiduk* - RU, *Oleg Golovin* - RU, *Vladimir Goryatcheov* - RU, *Pavel Iziumsky* - RU, *Teemu Kauppien* - FI, *Ilia Komachkov* - RU (nicht angereist), *Sami Peteri Koivukangas* - FI, *Gennadi Krutikov* - RU, *Aleksei Lavrov* - RU, *Soma Lajcsik* - H, *Ho Gyo Lee* - KOR, *Georgy Lombaridze* - GEORGIA, *Evgeny Mamontov* - RU, *Dmitry Rosenzweig* - RU, *Victor Skorikov* - W-RU, *Evgeny Stoiko* - RU, *Rustem Shagimardanov* - RU, *Andrei Shakhnazarov* - RU, *Dmitry Usanov* - RU, *Stacey Richard Watton* - GB.

Preisträger:
1. Preis: *Vladimir Goryatcheov* - St. Petersburg
2. Preis: *Gennady Krutikov* - Moskau
3. Preis: *Georgy Lomdaridze* - Georgien/Tbilissi
Sonderpreise: *Ho Gyo Lee* - Korea/München und *Rustem Shagimardanov* - Moskau

2. Koussewitzky-Wettbewerb 2007 in St. Petersburg

Jury:
Alexander Shilo und *Lev Rakov* - Russland, *Thomas Martin* - England, *Jorma Katrama* - Finnland, *Arni Egilsson* - USA und *Klaus Trumpf* - Deutschland.

23 Teilnehmer
aus 8 Ländern (alphabetisch): *Timur Babashin* - UKR, *Marine Clermont* - F, *Alexei Davydov* - RU, *Igor Eliseev* - RU, *Ilja Finkelstein* - RU, *Meherban Gillett* - GB, *Ha-Young Jung* - KOR, *Sergej Konyakhin* - UKR, *Alexander Kuznetsov* - RU, *Andrew Lee* - KOR, *Ivan Medvedev* - RU, *Jang-Kyoon Na* - KOR, *Nikita Naumov* - RU, *Vladimir Nefedov* - RU, *Dmitri Oleynik* - UKR, *Sergej Panov* - RU, *Evgeny Ryzhkov* - RU, *Adil Sadibaldinov* - KAS, *Vladimir Shubin* - RU, *Andrei Shynkevich* - W.-RU, *Min Jae Soung* - KOR, *Alexei Vlasov* - RU, *Ivan Zavgorodniy* - UKR.

Preisträger:
1. Preis: *Min Jae Soung* - 17 Jahre, 5000 Dollar (Student bei Ho Gyo Lee in Seoul)
2. Preis: *Ha-Young Jung* - 17 Jahre, 3000 Dollar (Studentin bei *Rinat Ibragimov* in London)
3. Preis: *Andrew Lee* - 21 Jahre, 1000 Dollar (Student bei Klaus Trumpf in München)

I Internationale Kontrabass-Wettbewerbe

3. Koussewitzky-Wettbewerb 31.10.-7.11.2009 in St. Petersburg

Schirmherr:
Juri Temirkanov

Jury:
Lev Rakov - Moskau, *Alexander Shilo* - St.Petersburg, *Rinat Ibragimov* - Russland/Großbritannien, *Klaus Stoll* - Berlin, *Arni Egilsson* - Island/USA.

12 Teilnehmer aus 4 Ländern:
(alphabetisch): *Kyrill Dubovik* - RU, *Igor Eliseev* - RU, *Yuri Gladkov* - RU, *Kyoung Ho Hur* - KOR, *Victor Kononenko* - RU, *Grigori Krotenko* - RU, *Alexander Kuznetsov* - RU, *Nikita Naumov* - RU, *Paulina Skrzypek* - PL, *Roman Zastavniy* - RU.

Preisträger:
1. Preis: *Grigori Krotenko* - RU,
2. Preis: nicht vergeben
3. Preis: *Maria Shilo* - RU,
Diplom: *Yury Gladkov* - RU

4. Koussewitzky-Wettbewerb 4.-12.2011 in St. Petersburg

Schirmherr:
Valeri Giergiev

Jury:
Vorsitz Komponist *Alexander Kobljakov*, *Thierry Barbé* - F, *Rinat Ibragimov* - RU/GB, *Evgeny Levinson* - RU/USA, *Evgeny Kolossov* - RU, *Catalin Rotaru* - RO/USA, *Christine Hoock* - D, *Alexander Shilo* - RU.

34 Teilnehmer aus 11 Ländern
(alphabetisch): *Anton Afanasenko* - W.-RU, *Timur Babashin* - UKR, *Donathas Bagurskas* - LIT, *Andrei Berdinkov* - RU, *Alexei Vlasov* - U, *Yuri Gladkov* - RU, *Nurlan Dvessov* - KAS, *David Desimpleare* - BELG, *Kyrill Dubovik* - RU, *Igor Eliseev* - RU, *Donat Zamiara* - PL, *Luis Maria Cabrera Martin* - E, *Corrado Carasi* - I, *GennadyKarasev* - RU, *Alexander Kuznetsov* - RU, *Sophie Lücke* - D, *Nikita Makin* - RU, *Timofei Matveev* - RU, *Rustam Murtazin* - RU, *Nikita Naumov* - RU, *Artem Nikolaevskiy* - RU, *Sergej Panov* - RU, *Ander Perrino Cabello* - E, *Anton Pushkin* - RU, *Paulina Roslaniec* - PL, *Evgeny Ryzhkov* - RU, *Rustam Salmankhanov* - RU, *Yermek Sarsembayev* - KAS, *Damian Sobkowiak* - PL, *Kyrill Sobolev* - RU, *Dmitri Stasevic* - W.-RU, *Nazariy Stets* - UKR, *Oleg Trusov* - RU, *Jaehong Yu* - KOR.

Preisträger:
1.Preis: *Igor Eliseev* - RU,
2.Preis: *Nikita Namov* - RU
3.Preis: *David Desimpleare* - BELG
2 Diplome: *Krysztof Zamiera* - PL, *Paulina Roslaniec* - PL

5. Koussewitzky-Wettbewerb 4.-11.12.2013 in St. Petersburg

Jury:
Eugene Levinson - USA - früher St.Petersburg; *Catalin Rotaru* - USA, früher Rumänien; *Miloslav Jelínek* - CR; *Christine Hoock* - Deutschland/Salzburg; *Alberto Bocini* - Florenz und Genf; *Kolossow* - Moskau; *Rostislav Yakovlev* - St. Petersburg; *Klaus Trumpf* - Deutschland. Vorsitzender der Jury: *Alexei Vasiliev*, Solocellist bei der St. Petersburger Philharmonie.

17 Teilnehmer aus 9 Ländern
(alphabetisch): *Arkadi Aberjanov* - RU, *Almas Baigozhin* - KASACH, *Roman Budagaev* - RU, *Maria Korzun* - RU, *Juri Gladkov* - RU, *Vladimir Schubin* - RU, *Yu Jaehong* - KOR,

Die zweite Runde hatten erreicht:
Ana Cordova - E, *Carlos Sanches* - Costa Rica, *Victor Osokin* - UKR, *Claudio Hernandez* - Venezuela und *Ivan Medvedev* - RU.

Preisträger:
1. Preis: *Evgeny Ryshkov* - Russland,
2. Preis: *Nikolai Schachow* - Ukraine,
3. Preis: *Marek Romanowski* - Polen
3. Preis: *Ander Ander Perrino Cabello* - Spanien.
Diplom: *Theotime Voisin* - Frankreich.

I Internationale Kontrabass-Wettbewerbe

Brünn/Brno Wettbewerbe und Kurse ab 1998

Brünn/Brno 1998 - Wettbewerb

Jury:
(alphabetisch): *Josef Niederhammer* - Wien (Vorsitz), *Jiri Hudec* - Prag, *Miloslav Jelínek* - Brno, *Radoslav Šašina* - Bratislava, *Rodney Slatford* - London, *Klaus Trumpf* - München, *Rainer Zepperitz* - Berlin.

Teilnehmer:
(alphabetisch): *Christian Bergmann* - D, *Szymon Guzowski* - PL, *Radovan Hec* - CR, *Verena Henniger* - D, *Jan Jirmasek* - CR, *Zsuzsanna Juhasz* - H, *Alexander Khaindrava* - RU, *Gergana T. Marinova* - BULG, *Jaroslav Panus* - CR, *Victor Sazonenko* - WeissRU, *Barbora Slámová* - CR, *Jan Stanek* - CR, *Jurika Stelma* - KROAT, *Vit Sujan* - CR, *Alexander Parsadanov* - RU, *Roman Patkoló* - SLOW, *Miroslav Raisigl* - CR, *Petr Ries* - CR, *Ludek Zakopal* - CR,

Preisträger:
1. Preis: nicht vergeben
2. Preise: *Radovan Hec, Petr Ries*
3. Preise: *Roman Patkoló, Miloslav Raisigl*

Brünn/Brno 1999, 2000, 2001, 2002 Treffen/Conventions:

wurden von *Miloslav Jelínek* organisiert - mit internationaler Beteiligung; Meisterkurse, Konzerte.

Brünn/Brno 2003 - Wettbewerb

Jury:
Klaus Trumpf - Vorsitzender, *David Heyes* - England, *Jiri Hudec* - Prag, *Lev Rakov* - Moskau, *Miloslav Jelínek* - Brno, *Teppo Hauta-aho* - Helsinki, *Horst-Dieter Wenkel* - Weimar

Teilnehmer:
20 aus 8 Ländern (alphabetisch):
Rudolf Andrs - CR, *Artem Chirkov* - RU, *Justyna Grudzinska* - PL, *Jan Hajný* - CR, *Ryutaro Hei* - N, *Benedikt Hübner* - D, *Anton Jaro* - CR, *Goran Kostic* - SERB, *Ljubinko Lazic* - SERB, *Gragan Loncina* - KROAT, *Burak Marlali* - TÜRK, *Orcun Mumcuoglu* - TÜRK, *Janos Musial* - PL, *Onur Özkaya* - TÜRK, *David Pavelka* - CR, *Natalia Maria Radzik* - PL, *Petr Ries* - CR, *Siri Sicha* - CR, *Lukas Tinscherl* - PL, *TomokoTadokoro* - N.

Preisträger:
1. Preis: *Artem Chirkov* - St. Petersburg
2. Preis: *Petr Ries* - Prag
3. Preis: *Benedikt Hübner* - Leipzig

In der Final-Orchesterrunde wurde das Konzert von Franz Anton Hoffmeister Nr.3 gespielt.

Brünn/Brno 2004
Double Bass Convention und Wettbewerb

Jury:
Klaus Trumpf - Vorsitz, Lev Rakov - Moskau, Teppo Hauta-aho aus Finnland, Bela Ruzsonyi - Budapest, Horst-Dieter Wenkel - Weimar, Miloslav Gajdoš - CR und Martin Šranko - Brno.

Teilnehmer:
(alphabetisch): Diego Caruso - Brasilien, Jakub Cywinski, Krzysztof Firlus, ...Fochtikova, Jan Hajni, Franticek Machac, Michal Novak, Marek Švestka, Kateřina Truksová, Sun Yun - China, Vojtěch Velíšek, Frantisek Vyrostko.

Preisträger:
Sun Yun - China, Krzysztof Firlus - Polen und die beiden Tschechen Vojtěch Velíšek - CR und Michal Novak - CR.

Brünn/Brno 2005, 2006, 2007
Treffen/Conventions:

wurden von Miloslav Jelínek organisiert - mit internationaler Beteiligung; Meisterklassen, Konzerte.

Brünn/Brno 2008 - Wettbewerb

Jury:
David Heyes - GB (Vorsitz), Jiri Hudec - CR, Miloslav Jelínek - CR, Nikolay Krivoscheev - Belaruss, Dorin Marc - RO/D, Irena Olkiewicz - PL.

Preisträger:
1. Preis: *Stanislaw Anishanka,*
2. Preis: *Gunars Upatnieks,*
3. Preis: *Vojtech Velíšek.*

Brünn/Brno 2009, 2010 Treffen/Convention

wurden von Miloslav Jelínek organisiert - mit internationaler Beteiligung; Meisterklassen, Konzerte.

Brünn/Brno 2011 Double Bass Convention und Wettbewerb

Konzertierende, Vortragende, Juroren:
Miloslav Jelínek - CR, Thierry Barbé - F, Ekkehard Beringer - D, Miloslav Gajdoš - CR, Irena Olkiewicz - PL, Jan Krigowski - SLOW, Tzvetomir Lazarov - BG, Tom Martin - GB, Jiri Hudec - CR, Josef Hanák - CR, Pavel Horak - CR, Dan Styffe - NORW, Jiří Valenta - CR, Einars und Gunars Upatnieks - LETT, Jakub Waldmann - CR, Petr Korinek - CR, Klaus Trumpf - D.

Wettbewerbsteilnehmer

14 aus 6 Ländern (alphabetisch): *Aija Beitika* - LETT, *Oskars Bokanovs* - LIT, *Donatas Butkevicius* - LIT, *Edgar Dlugosz* - PL, *Dorota Jojko* - PL, *Balázs Orbán* - H, *Martin Raška* - CR, *Marek Romanowski* - PL, *Dainivs Rudvalis* - LIT, *Augustinas Treznickas* - LIT, *Karolina Tukaj* - PL, *Petr Vašinka* - CR, *Deyan Velikov* - BG, *Piotr Zimnik* - PL.

Preisträger:
1. Preis: *Petr Zimnik* - PL,
2. Preis: *Balász Orbán* - H,
3. Preis: *Petr Vašinka* - CR,
4. Platz: *Dainius Rudvalis* - Litauen.

Brünn/Brno 2012 Convention,
organisiert von *Miloslav Jelínek*; Meisterklassen, Konzerte.

Brünn/Brno 2013 Internationaler Kontrabass-Wettbewerb

16.–22. September
Oranisiert von der Faculty of Music, Janáček Academy of Music and Performing Arts Brno, von *Miloslav Jelínek* initiiert.

Jury:
Matthew McDonald (Australia – Germany, Chairman), *Irena Olkiewicz* (Poland), *Gunars Upatnieks* (Latvia – Germany), *Song Yi* (China), *Miloslav Gajdoš* (Czech Republic), *Jiří Hudec* (Czech Republic) und *Miloslav Jelínek* (Czech Republic).

Teilnehmer beim Janáčeks Wettbewerb in Brno 2013
32 aus 15 Ländern (alphabetisch):
Yannick Adams Kroon (Nizozemsko / Netherlands), *Kumiko Afuso* (Japonsko / Japan), *Luis Arias Polanco* (Ekvádor / Ecuador), *Klaudia Baca* (Polsko / Poland), *Aija Beitika* (Lotyšsko / Latvia), *Per Björkling* (Švédsko / Sweden), *Oskars Bokanovs* (Lotyšsko / Latvia), *Donatas Butkevicius* (Litva / Lithuania), *Krzysztof Bylica* (Polsko / Poland), *Michael Karg* (Německo / Germany), *Jakub Langiewicz* (Polsko / Poland), Anselm Legl (Německo / Germany), *Chia-chen Lin* (Tchaj-wan / Taiwan), *Tuomo Matero* (Finsko / Finland), *Anna Mittermeier* (Rakousko / Austria), *Petr Pavíček* (Česká republika / Czech Republic), *Martin Raška* (Česká republika / Czech Republic), *Milena Röder-Sorge* (Německo / Germany), *Marek Romanowski* (Polsko / Poland), *Iker Sánchez Trueba* (Španělsko / Spain), *Michail-Pavlos Semsis* (Řecko / Greece), *Nanako Shirai* (Japonsko / Japan), *Felix Schilling* (Německo / Germany), *Damian Sobkowiak* (Polsko / Poland), *Krzysztof Sokołowski* (Polsko / Poland), *Marek Švestka* (Česká republika / Czech Republic), *Kotaro Tanaka* (Japonsko / Japan), *Nora Petrova Vasileva* (Bulharsko / Bulgaria), *Petr Vašinka* (Česká republika / Czech Republic), *Marvin Wagner* (Německo / Germany), *Dominik Emanuel Wagner* (Německo / Germany), *Piotr Zimnik* (Polsko / Poland)

Preisträger:
1. Preis: *Piotr Zimnik* (Poland),
2. Preis: *Michael Karg* (Germany),
zwei 3. Preise an: *Petr Vašinka* (Czech Republic) und *Dominik Emanuel Wagner* (Germany)
Ehrenpreise: *Donatas Butkevicius* (Lithuania) und *Marek Romanowski* (Poland)

I Internationale Kontrabass-Wettbewerbe

1999 Iowa-City, Iowa-USA, Double Bass Convention

Alle 2 Jahre gibt es in den USA, jeweils an einer anderen Universität die „Double Bass Convention". Konzerte, Vorträge, Meisterklassen, einen internationalen Wettbewerb, Ausstellungen.
Verteilt über eine Woche kamen einige Hundert Kontrabassisten aus vielen Ländern:
Hier einige namhafte Teilnehmer aus den USA: *Gary Karr, David Walter, Stuart Sankey, Arni Egilsson, Patrick Neher, David Murray, Paul Ellison, Diana Gannett, Barry Green, Larry Hurst, Mark Morton, Frank Proto, David Neubert, Bert Turetzky, Paul Erhard, Jack Budrow, Hans Sturm, Paul Robinson, Murray Grodner, Chris Brown, Mark Deutsch, Georg Vance, John Kennedy, David Young, Mark Dresser, Kristin Korb, Rufus Reid, Michael Moore.*
Aus Frankreich: *Joelle Leandre, Jean-Marc Rollez, Daniel Marillier, Barre Phillips.*
Aus Italien: *John Patitucci, Stefano Scondanibbio,* Österreich (born in Iowa): *Wayne Darling,*
Aus Tschechien: *Miloslav Gajdoš,* Brasilien *Ricardo Vasconcellos,* Die beiden Gewinner des Wettbewerbes 1997 *Jeremy Kurtz* und *Timothy Gibbs.*
Jerry Fuller gemeinsam mit *James Barket* hielten einen Vortrag unter dem Titel „*Alfred Planyavsky* und die Wiener Stimmung", *Joelle Morton* befasste sich mit europäischer Kontrabass-Geschichte, *Tobias Glöckler* aus Deutschland hatte über das Original der Mozart-Arie gesprochen, *Florian Pertzborn* über den Kontrabass in Portugal.

Internationaler Wettbewerb
(Altersgruppe bis 18 Jahre):
1. Preis: *Roman Patkoló*

Leider fehlen weitere Angaben zu diesem Wettbewerb 1999.
Das damals noch junge Internationale Kontrabass-Ensemble BASSIONA AMOROSA gastierte hier zum ersten Male vor großem Fachpublikum. Damalige Mitglieder waren die Münchener Studenten: *Zsuzanna Juhasz, Helena Mezej, Sandra Cvitkovac, Martina Zimmermann* und als einziger männlicher Vertreter: *Vladimir Zatko.* Die ISB-Zeitung berichtete damals über den Auftritt unter Überschrift: „Iowa wurde im Sturm genommen!"

2001 Convention in Indianapolis/USA

Teilnehmer (alphabetisch):
Nico Abandolo, Jahn Adams, Joef Quer Agusti, Valerie Albright, David Anderson, Lawrence Angell, Richard Appleman, Stewart Arfman, Ovidiu Badila, BASSIONA AMOROSA, *Keter Betts, Anthony Bianco, Nancy Bjork, Robert Black, Fausto Borem, Zibignew Borowcitz, Jeff Bradetich, Bruce Bransby, Chris Brown, Jack Budrow, Jeff Campbell, John Clayton, Ture Damhus, Wayne Darling, Mark Deutsch, Virginia Dixon, Deborah Dunham, Arni Egilsson, Paul Ellison, Gottfried Engels, Rolf Erdahl, Jim Ferguson, Isao Fukazawa, Jerry Fuller, Tom Gale, Diana Gannett, Bruce Gertz, Tobias Glöckler, Eddie Gomez, Barry Green, Hill Greene, Murray Grodner, William Guettler, Scott Haigh, Peter Hansen, Richard Hartshorne, Teppo Hauta-aho, Peter Herbert, Lawrence Hurst, Larry Marshall Hutchinson, Chuck Israels, Marc Johnson, David Kaczoro, Gary Karr, John Kennedy, Sidney King, Michael Klinghofer, Tom Kniffic, William Koehler, Chris Kosky, Kristin Korb, Peter Kowald, James Lambert, Jim Leitham, Ju Fang Liu, Peter Lloyd, Daniel Marillier, Tom Martin, Linda McKnight, Peter McLachlan,*

Duncan McTier, Joelle Morton, Mark Morton, David Murray, Patrick Neher, David Neubert, Irena Olkiewicz, Robert Oppelt, Volkan Orhon, OUTERBASS, Fiona Palmer, Lou Pappas, Roman Patkoló, Gary Peacock, Florian Pertzborn, Barre Phillips, Bob Phillips, Fransz Pillinger, Frank Proto, Sonia Ray, Steve Reeves, Rufus Reid, Steve Reinfrank, Vitold Rek, Bill Ritchie, Paul Robinson, Roger Ruggeri, Barbara Sanderling, Li Ting Sankey, Stefano Sciascia, Stefano Scodannibio, Shawn Sommer, Alice Spatz, Donovan Stokes, Harvie Swartz, Dennis Trembly, Klaus Trumpf, Mark Urness, George Vance, David Walter, Dennis Whittacker, Dustin Williams, Martin Wind, Inez Wyrick.

Am **Wettbewerb** waren nach Audio-Einsendungen ausgewählt und nahmen teil:
Jeffrey Beecher, Joeseph Everitt, Matt Hare, Ma'ayan Jacobssohn, Brandon McLean, Borgar Magnason, Roman Patkoló, Brian Perry, Brett Shurtliffe, Bryan Thomas,

Preisträger:
1. Preis: *Daxun Zhang* - China/USA
2. Preis: *Ruslan Lutsyk* - Ukraine/München
3. Preis: *I-Shan Kao* - Taiwan/München

Convention Richmond/Virginia-USA

Teilnehmer
(alphabetisch): *John Adams, Joef Quer Agusti, David Anderson, Richard Appleman, Peter Askim, Curtis Bahn, BASSIONA AMOROSA, Keter Betts, Anthony Bianco, Robert Black, Zibignew Borowicz, Jeff Bradetich, Chris Brown, Jack Budrow, Jeff Campbell, Michael Caneron, John Clayton, Ture Damhus, Wayne Darling, Virginia Dixon, Mark Dresser, Arni Egilsson, Paul Ellison, Gottfried Engels, Jim Ferguson, Tim Froncek, Jerry Fuller, Miloslav Gajdoš, Tom Gale, Diana Gannett, Bruce Gertz, Tobias Glöckler, Barry Green, Fernando Grillo, Murray Grodner, Scott Haigh, Teppo Hauta-aho, Mark Helias, Lawrence Hurst, Miloslav Jelínek, Jorma Katrama, John Kennedy Robert Kesselmann, Sidney King, Tom Kniffic, Jeffrey Koczela, Andre Kohn, Kristin Korb, Chris Kosky, Jeremy Kurtz, James Lambert, Joelle Leandre, Tod Leavitt, Owen Lee, Jay Leonhart, Nilson Matta, Mike Marschall, Linda McKnight, Norman Ludwin, Edgar Meyer, Glen Moore, Yasuhito Mori, Joelle Morton, David Murray, Robert Nairn, Patrick Neher, David Neubert, Kazuo Okuda, Irena Olkiewicz, Brad Opland,, Volkan Orhon, Nikolaus Pap, Roman Patkoló, Don Payne, Igor Pecevski, Franz Pillinger, Frank Proto, John Previti, Sonia Ray, Steve Reeves, Rufus Reid, Steve Reinfrank, Paul Robinson, Tetsu Saitoh, Kazue Sawai, Antony Scelba, Stefano Sciacia, Lynn Seaton, Scott Slapin, Anthony Stoops, Hans Sturm, John Sullivan, Daniel Swaim, Steve Traeger, Dan Trueman, Klaus Trumpf, Quirijn van Regteren Altena, North Texas Bass Quartett, David Walter, Derek Weller, Martin Wind, Daxun Zhang.*

Am **Wettbewerb 2003** waren nach Audio-Einsendung ausgewählt und nahmen teil (alphabetisch): *Nicolas Bayley, Ted Botsford, Noel Dasalla, Onur Özkaya, Hacer Ozlu, Brett Shurtliffe, Andrew Stalker, Ali Yazdanfar*

Preisträger:
1. Preis: *Andrei Shynkevich* - Weissrussland/München,
2. Preis: *Artem Chirkov* -Russland/München,
3. Preis: *Karol Kowal* - Polen.

Internationale Johann-Matthias-Sperger-Wettbewerbe ab 2000

Der Internationale Johann-Matthias-Sperger-Wettbewerb für Kontrabass wurde im Jahre 2000 von Klaus Trumpf gegründet. Bis zum Zeitpunkt dieser Niederschrift (September 2014) ist er als Leiter, Organisator und als künstlerischVerantwortlicher tätig.

1. Internationaler Johann-Matthias-Sperger-Wettbewerb

27.5.-4.6.2000 in Woldzegarten-Deutschland (Mecklenburg-Vorpommern)

Schirmherr:
Zubin Mehta;

Teilnehmer:
65 aus 18 Ländern (D=18, RU=8, CR=7, H=7, SLO=4, BG=3, PL=3, je 2 aus I, CH, Südkorea, TAIW, je 1 aus Beloruss., Spanien, GB, MEX, RO, Jap., SLOW, Ukraine).
Alter zwischen 17-35, männlich 57, weiblich 8, Deutsche Bogenhaltung=49, französischer Bogen=16, Im Stehen spielten 34, im Sitzen 31.

Jury:
Alfred Planyavsky - Wien Vorsitzender, *David Walter* - USA, *Lev Rakov* - Moskau, *Miloslav Gajdoš* - CR, *Ovidiu Badila* - Rumänien/Deutschland, *Paul Erhard* - USA, *Miloslav Jelínek* - CR, *Radoslav Šašina* - Slowakei und *Karoly Saru* - Budapest.

Preisträger:
1. Preis: *Roman Patkoló* - Slowakei (später Opernhaus Zürich und Professor in Basel)
   (Preis: Kontrabass von Luciano Golia)
2. Preis: *Ion Christian Braica* - Rumänien (Stllv.Solo Radiosinfonieorchester Frankfurt/M)
3. Preis: *Ruslan Lutsyk* - Ukraine (später Opernhaus Zürich und Professor in Bern)
4. Platz: *I-Shan Kao* - Taiwan einen Pfretzschner-Goldbogen
5. Platz: *Artem Chirkov* (später 1.Solokontrabassist St. Petersburger Philharmonie)
   (Preis: einen Penzel-Silberbogen)

Teilnehmer
(alphabetisch, leider ist die Gesamt-Teilnehmerliste nicht mehr vorhanden):
Christoph Anacker - D, *Vassili Andreev* - RU, *Maria Chirokollyska* - Bulg., *Igor Eliseev* - RU, *Kilian Forster* - D, *Szymon Guzowski* - PL, *Pavel Harnoš* - CR, *Grigori Katz* - D, *Marreo Liuzzi* - I, *Zoran Markovic* - SLOW, *Mathej Nemeth* - H, *Yuan-Chuan Pan* - TAIW, *Dae-Kyu Park* - SKor., *Miloslav Raisigl* - CR, *Pavel Stepin* - RU, *Robert Vizvari* - SLOW, *Corinna Zimprich* - D

Alle 3 Wettbewerbsrunden waren öffentlich. Die 3 Finalisten der Orchesterrunde wurden vom Mecklenburgischen Kammerorchester Schwerin unter der Leitung von Georg Hörtnagel begleitet. Die drei Teilnehmer konnten wählen zwischen den Konzerten D-Dur Nr.2 (T2) und A-Dur Nr.11 (T11) für Kontrabass und Orchester von *Johann Matthias Sperger*.

I Internationale Kontrabass-Wettbewerbe

2. Internationaler Johann-Matthias-Sperger-Wettbewerb

27.5.-2.6.2002 im Kloster Michaelstein/Blankenburg

Schirmherr:
Zubin Mehta

Jury:
Werner Zeibig - Deutschland - Vorsitzender, *Petya Bagovska* - Bulgarien, *Paul Erhard* - USA, *Miloslav Gajdoš* - CR, *Miloslav Jelínek* - CR; *Lev Rakov* - Russland, *Hans Roelofsen* - Niederlande, *Karoly Saru* - Ungarn, *Radoslav Šašina* - Slowakei.

Teilnehmer
25 aus 15 Ländern, (alphabetisch): *Pei-Ju Liao* - TAIW, *Todd Lockwood* - England, *Franticek Machac* - CR, *Thomas Otevrel* - H, *Natalia Radzik* - PL, *Lars Schaper* - D, *JoonMan Son* - S-KOR, *Christoph Winkler* - D,

2.Runde:
Yuri Boyko - UKR, *Joel Gonzales* - MEX, *Pavel Harnoš* - CR, *I-Shan Kao* - TAIW, *Jan Jirmasek* - CR, *Soma Lajcsik* - H, *Ljubinko Lazic* - SERB, *Ruslan Lutsyk* - UKR, *Onur Özkaya* - TÜRK, *Dae-Kyu Park* - S-KOR, *Nabil Shehata* - D, *Andrei Shynkevich* - BELO-RU, *Jan Stanek* - CR, *Reo Watanabe* - N.

Preisträger:
1. Preis: *Artem Chirkov* - Russland (Preis: Kontrabass von Luciano Golia)
2. Preis: *Petr Ries* - Tschechien (Thomastik-Infeld-Preis)
3. Preis: *Dominik Greger* - Deutschland (Preis der Sperger-Gesellschaft)

Sonderpreise:
Joel Gonzales (Mexiko/Kopenhagen) Penzel-Bogen
Nabil Shehata (Ägypten/Würzburg) Pfretzschner-Bogen
Ruslan Lutsyk (Ukraine/München) Konzertangebot mit Neubrandenburger Philharmonie „Beste Interpretation eines *Sperger*-Konzert"
I-Shan Kao (Taiwan/München) „Virtuosenpreis"
Andrej Shynkevich (Weißrußl./München) „Virtuosenpreis"
Onur Özkaya (Türkei/München) „Sonderpreis Wiener Kontrabassarchiv"
Jan Stanek (Tschechische Republik) „Hervorragende Leistung"
Je einen Satz Pirastro-Saiten erhielten: *Dae-Kyu Park* (Südkorea/Trossingen), *Ljubinko Lazic* (Yugoslawien/München), *Jan Jirmasek* (Tschechische Republik//München), *Pavel Harnoš* (Tschechische Republik/Kroměříž), *Reo Watanabe* (Japan), *Soma Lajczik* (Ungarn), *Yurij Boyko* (Ukraine)
Alle 3 Wettbewerbsrunden waren öffentlich; die 1.Runde wurde anonym hinter dem Vorhang gespielt. Die 3 Finalisten der Orchesterrunde wurden vom Philharmonischen Kammerorchester Wernigerode unter der Leitung von MD Christian Fitzner begleitet. Die drei Teilnehmer konnten wählen zwischen den Konzerten D-Dur Nr.2 (T2), A-Dur Nr.11 (T11) oder Konzert D-Dur Nr.15 (T 15) für Kontrabass und Orchester von *Johann Matthias Sperger.*

I Internationale Kontrabass-Wettbewerbe

3. Internationaler Johann-Matthias-Sperger-Wettbewerb

24.-30.5.2004 in Ludwigslust

Schirmherr:
Zubin Mehta.

Jury:
Wolfgang Harrer - Österreich – Vorsitzender, *Thomas Martin* - England, *Jorma Katrama* - Finnland, *Hans Roelofsen* - Niederlande, *Alexander Michno* - Russland/Spanien, *Irena Olkiewicz* - Polen, *S. Dalla Torre* - Deutschland, *Miloslav Gajdoš* - Tschechische Republik.

Teilnehmer
38 aus 14 Ländern,
36 Teilnehmer in Kategorie I: Je 6 Bewerber aus Deutschland und Polen, 5 aus Südkorea, 4 aus Japan; je 2 Kandidaten aus Tschechischer Republik, Slowakei, Rumänien, Bulgarien und Serbien; je 1 Teilnehmer aus Russland, Weissrussland, USA, China und Türkei.
2 Teilnehmer in Wiener Stimmung; 1 Deutschland, 1 Tschechische Republik.

Preisträger:
1. Preis: *Szymon Marciniak* - Polen (Kontrabass der Firma Paesold) – später Solokontrabassist Philharmonie in Den Haag
2. Preis: *Benedikt Hübner* - Deutschland (Peter-Pirazzi-Stiftung) - später Solokontrabassist Dresdner Philharmonie
3. Preis: *Fuyuki Kurokawa* - Japan (Thomastik-Infeld-Preis)

Ergebnis der Kategorie II (Wiener Stimmung):
Anerkennungspreis: *František Machač* - Tschechische Republik

Sonderpreise:
Kontrabass-Bogen der Firma Pfretzschner: *Vitan Ivanov* - Bulgarien;
Kontrabass-Bogen der Firma Penzel: *Karol Kowal* - Polen.

Gestiftete Sonderpreise der ISG:
Sonderpreise für herausragende Leistung und Virtuosenpreis: *Andrei Shynkevich* - Weissrussland; Virtuosen-Preis: *Benedikt Hübner* - Deutschland
Preis für den jüngsten Teilnehmer der 2.Runde: *Andrew Eun Lee* - Südkorea/München
Preis für beste Interpretation des Pflichtstückes „GEH" von Stefan Schäfer (gestiftet vom Komponisten): *Szymon Marciniak* - Polen;
Preise für beste Interpretationen einer Sperger-Sonate (gestiftet vom Hofmeister-Musikverlag: *Szymon Marciniak* und *Fuyuki Kurokawa*
Preis für beste Interpretation der Orchesterstelle: *Stephan Buckley* - USA.
Mehrere Sätze Saiten, gestiftet von den Firmen Pirastro, Thomastik-Infeld, Corelli an: *Stanislav Efaev* - Rußland, *Gabriel Vacariu* - Rumänien, *Yun Sun* - China, *Stephen Buckley* - USA, *Ljubinko Lazic* - Serbien, *Jae John Lee* - Südkorea, *Monika Kinzler* - Deutschland, *Alexander Göpfer*t - Deutschland, *Szymon Marciniak, Fuyuki Kurokawa, Pavel Harnoš* - Tschechische Republik, *Stanislav Pajak* - Polen, *Orcun Mumcuoglu* - Türkei, *Vojtěch Velíšek* - Tschechische Republik.

Alle 3 Wettbewerbsrunden waren öffentlich; die 1.Runde wurde anonym hinter dem Vorhang gespielt. Die 3 Finalisten der Orchesterrunde wurden vom Mecklenburgischen

Kammerorchester Schwerin unter der Leitung von Johannes Moesus begleitet. Die drei Teilnehmer konnten wählen zwischen Konzert A-Dur Nr.11 (T11) oder Konzert D-Dur Nr.15 (T 15) für Kontrabass und Orchester von *Johann Matthias Sperger*.

4. Internationaler Johann-Matthias-Sperger-Wettbewerb

30.10.-5.11.2006 in Ludwigslust

Schirmherrin:
Anne-Sophie Mutter

Jury:
Miloslav Gajdoš - CR - Vorsitzender,*Günter Klaus* - Deutschland, *Paul Erhard* - USA, *Martin Humpert* - Schweiz, *Miloslav Jelínek* - CR, *Daniel Marillier* - Frankreich, *Radoslav Šašina* - Slowakei, *Angelika Starke* aus Berlin.

Teilnehmer
26 aus 12 Ländern (alphabetisch): *Stanislav Efaev* - Russland, *Konrad Fichtner* - D, *Maherban Gillett* - England, *Zhai Hang* - China, *Pavel Harnoš* - CR, *Petar Holik* - Serb, *Anton Jaro* - Slowakei, *Ha-Young Jung* - Korea, *Sergej Karachun* - RU, *Yang Ke* - China, *Bu-Hyun Ko* - Korea, *Andrew Lee* - Korea, *You Young Lee* - Korea, *Kaspar Loyal* - Deutschland, *Franticek Machac* - Slowakei, *Nicola Malagugini* - Italien, *Zhang Meng* - China, *Paul Schimmelpfennig* - D, *Gunnar Upatnieks* - Lettland, *Kijoo Park* - Korea, *Choul-Won Pyon* - China, *Yao Yao* - Singap, *Xin Wei* - China, *Ke Yang* - CH,

Preisträger:
1. Preis: *Min Jae Soung* - Korea (16 Jahre) (Pirastro-Preis)
2. Preis: *Marie Clement* - Frankreich (Thomastik-Infeld-Preis)
3. Preis: *Vojtech Velicek* - CZ (Pfretzschner-Silberbogen)
Die 3 Finalisten der Orchesterrunde wurden vom Mecklenburgischen Kammerorchester Schwerin unter der Leitung von Johannes Moesus begleitet. Alle drei Teilnehmer spielten das Konzert D-Dur Nr.3 für Kontrabass und Orchester von Franz Anton Hoffmeister.

5. Internationaler Johann-Matthias-Sperger-Wettbewerb

29.9.-5.10.2008 in Ludwigslust

Schirmherrin:
Anne-Sophie Mutter

Jury:
Paul Ellison - USA; *Miloslav Gajdoš* - Czech Republic, *Christine Hoock* - Österreich/ Deutschland; *Ho Gyo Lee* - Südkorea; *Thomas Martin* - England; *Frank Proto* - USA; *François Rabbath* - Frankreich; *Alexander Shilo* - Russland

I Internationale Kontrabass-Wettbewerbe

Anmeldungen

2008: 52 Bewerber aus 27 Ländern (34 teilgenommen)
Südkorea (12): *Na Jang-Kyoon, Soung Mi Kyung, Jang Eun Seon, Kim Kyoung-Hwa, Kim Sang Hoon, Park Youn Hee, Bae Kitae, Han You-Kyung, Chun Sukyung South, Lee Andrew;* **Deutschland (8):** *Robert Amberg, Christopher Beuchert, Wolfgang Güntner, Kaspar Loyal, Sophie Lücke, Friedemann Schneeweiß, Eva Schneider, Ludwig Schwark,* **Österreich:** *Franziska Kober, Markaryan Yuriy, Kuan-Miao, Yoon Duckkyu,* **Japan:** *Okamoto Noriko, Yoshikawa Fumitaka, Aoe Hiroaki,* **USA:** *Aleksey Klyushnik, Kevin Jablonski, Blake Taylor Thomson,* **Taiwan:** *Chang Wan-Chen, Lin Kuan-Miao,* **Rumänien:** *Vladimir Toma, Iordache-Adam Cristian, Márton-Akos Kostyk* **Italien:** *Vieri-Marco Giovenzana, Enrico Fagone, Giuseppe Martino;* **Griechenland:** *Nikos Tsoukalas, Angelos Koulouris,* **Ukraine:** *Yury Markaryan, Aleksey Klyushnik,* **Türkei:** *Onur Özkaya, Isik Kadir Keskin,* **Spanien:** *Luis Augusto Fonseca, Ander Penno Cabello, Ruiz Beltane, Raquel de la Cruz,* **Russland:** *Stanislav Efaev, Batyrkhan Khassenov, Yury Gladkov, Ivan Medvedev, Dmitry Visotzky, Igor Elissev,* **Frankreich:** *Marine Clermont, Edouard Macarez, Ulysse Vigreux,* **Serbien:** *Goran Kostic,* **Tschechien:** *František Machač,* **Slowakei:** *Anton Jaro,* **Kanada:** *Nicholas Chalk,* **South Africa:** *James Oesi,* **Brasilien:** *Luis Augusto da Fonseca,* **China:** *Choi Ji Won,* **Kasachstan:** *Batyrkhan Khassenov,* **Schweiz:** *Thierry Roggen,* **Mexiko:** *Joel González,* **Kolumbien:** *Jaime Ramírez-Castilla,* **Lettland:** *Gunar Upatnieks;*

Preisträger:

1. Preis: Gunar Upatnieks - Lettland (Peter-Pirazzi-Stiftungs-Preis) - später Berliner Phil.
2. Preis: Kevin Jablonski - USA (Thomastik-Infeld-Preis)
3. Preis: Thierry Roggen - Schweiz (Seifert-Silberbogen)

Die 3 Finalisten der Orchesterrunde wurden vom Mecklenburgischen Kammerorchester Schwerin unter der Leitung von Judith Kubitz begleitet. Die drei Teilnehmer konnten wählen zwischen Konzert A-Dur Nr.11 (T11) oder Konzert D-Dur Nr.16 (T 16) für Kontrabass und Orchester von *Johann Matthias Sperger*.

6. Internationaler Johann-Matthias-Sperger-Wettbewerb

12.-19.9.2010 in Andernach/Schloss Burg Namedy

Schirmherr:

Nikolaus Harnoncourt

Jury:

Günter Klaus - Deutschland (Vorsitz), *Thierry Barbé* - Frankreich, *Arni Egilsson* - USA/Island, *Miloslav Jelínek* - Tschechische Republik, Ho Gyo Lee-Südkorea, *Dorin Marc* - Rumänien/Deutschland, *Roman Patkoló* - Slowakei/Schweiz, *Radoslav Šašina* - Slowakei; *Alexander Shilo* - Russland

Anmeldungen: 55 aus 18 Ländern

Teilnehmer:

36 aus 12 Ländern = gesamt 20 Nationalitäten (mit Juroren)
10 Teilnehmer aus Südkorea, je 4 aus Frankreich, Deutschland, Russland, 3 aus Polen, je 2 aus Tschechische Republik, Serbien, Rumänien, Türkei und je 1 aus Belgien, Spanien und England.

2. Runde:
17 Kandidaten.
Die 3 Finalisten der Orchesterrunde wurden vom Staatsorchester Rheinische Philharmonie Koblenz unter der Leitung von Alexander Merzyn begleitet:
Konzert Nr.11 (T11) A-Dur für Kontrabass und Orchester von *J. M. Sperger.*

Preisträger:
1. Preis: *Mikyung Soung* - Südkorea (5000,- € „Pirastro-Preis")
2. Preis: *Krystoph Firlus* - Polen (3500,- € „Thomastik-Infeld- Preis")
3. Preis: *Jakub Fortuna* - Polen („Penzel-Silberbogen")

Sonderpreise:
Kontrabass-Bogen der Firma Lothar Seifert: *Valentin Vacariu* - Rumänien
Konzertangebote verschiedener Orchester und Veranstalter:
Rheinische Philharmonie Koblenz: *Mikyung Soung* - Südkores
Philharmonie Neubrandenburg: *Mikyung Soung* - Südkorea
Anhaltische Philharmonie Dessau: *Mikyung Soung* - Südkorea
A.-Rubinstein-Philharmonie Lodz/Polen: *Krystoph Firlus* - Polen
Festspiele Mecklenburg-Vorpommern: *Jakub Fortuna* - Polen
Klassik Ostrach: *Valentin Vacariu* - Rumänien

Sonderpreise der ISG:
Virtuosen-Preis (gestiftet von *Gary Karr*): *Mikyung Soung* - Südkorea 300€
Preis für jüngsten Teiln. der 2.Runde (*Gary Karr*): *Mikyung Soung* - Südkorea 100€
Preis für beste Interpretation einer Sperger-Sonate *Valentin Vacariu* - Rumänien 250€
Preis für beste Interpretation des Pflichtstückes von Arni Egilsson (gestiftet vom Komponisten): *Theotime Voisin* – Frankreich 250€
Preis für herausragende Leistung: *Goran Kostic* - Serbien 200€
Mehrere Sätze Saiten, gestiftet von den Firmen Pirastro, Thomastik-Infeld, Corelli an:
Youn Hee Park, Maria Shilo, Goran Kostic, Ulysse Vigreux, Onur Özkaya, Mikyung Soung, Krystoph Firlus, Jakub Fortuna, Alexandra Hengstebeck, Marek Švestka, Magor Szasz, Soo Hyun Ahn, Namgyun-Joshua Kim, Wie de Boevé, Jee Eun Seo, František Machač, Yuri Gladkov, Sergej Panov,
Die 3 Finalisten der Orchesterrunde wurden vom Staatsorchester Koblenzer Philharmonie begleitet. Alle drei Teilnehmer spielten das Konzert A-Dur Nr.11 (T11) für Kontrabass und Orchester von *Johann Matthias Sperger.*

7. Internationaler Johann-Matthias-Sperger-Wettbewerb
16.-23.9.2012 in Andernach/Schloss Burg Namedy

Schirmherr:
Nikolaus Harnoncourt

Jury:
Günter Klaus - Deutschland, *Stefan Schäfer* - Deutschland, *Thierry Barbé* - Frankreich, *Arni Egilsson* - USA/Island, *Teppo Hauta-aho* - Finnland, *Jun Xia Hou* - China, *Eugene Levinson* - USA/Russland, *Roman Patkoló* - Schweiz/Slowakei, *Werner Zeibig* - Deutschland
Künstlerische Leitung: *Klaus Trumpf, Gottfried Engels.*

I Internationale Kontrabass-Wettbewerbe

Teilnehmer:
36 aus 19 Ländern, neben Europa: New York, Mexiko, Brasilien, Singapure, Kolumbien, Taiwan, Japan, Südkorea, China, Israel, Russland.

Aydogmus, Ilkhan - Türkei; *Barboza, Randy* - Venezuela; *Beuchert, Christopher* - Deutschland; *Bruckmann, Juliane* - Deutschland; *Chung, Doowoong* - Südkorea; *Contreras, Angela* - Kolumbien; *Desimpelaere, David* - Belgien; *Efaev, Stanislav* - Russland; *Feng, Xioyin* - China; *Gladkov, Yury* - Russland; *Harris, Benjamin* - Mexiko/American; *Herruzo, José Vilaplana* - Spanien; *Hille, Thomas* - Deutschland; *Jablczynski, Pawel* - Polen; *Jiang, Lan* - China; *Kang, Ning* - China; *Karabacak, IsmailSeyit* - Türkei; *Karg, Michael* - Deutschland; *Kim, Hyosun* - Südkorea; *Kostic, Goran* - Serbien; *Lang, Lukas* - Deutschland; *Li, Rui* - China; *Liu, Yimei* - China; *Medvedev, Ivan* - Russland; *Mesquita Xavier de Almeida, Caio* - Brasilien; *Moritake, Yamato* - Japan; *Na, Jang-Kyoon* - Südkorea; *Neunteufel, Dominik* - Österreich; *Raska, Martin* - Tschechien; *Romanowski, Marek* - Polen; *Schönfelder, Michael* - Deutschland; *Schwarzwald, Talia* - Israel; *Sokolowski, Christoph* - Polen; *Souidi, Sara* - Slovenien; *Torun, Ertug* - Türkei; *Toshiyasu, Okuda* - Japan; *Tzu-Hsien, Yang* - Taiwan; *Vasinka, Petr* - Tschechien; *Velisek, Voytech* - Slowakei; *Wang, Mengxi* - China; *Yang, Xun* - Singapur; *Yoshida, Arisa* - Japan; *Yu, Xin* - China; *Zimnik, Petr* - Polen.

Preisträger:
1. Preis: *Michael Karg* - Deutschland (Meisterkontrabass von Björn Stoll, Markneukirchen)
2. Preis: *Thomas Hille* - Deutschland (Thomastik-Infeld-Preis: 3500,-€)
3. Preis: *Piotr Zimnik* - Polen (Gillet-Stiftung: 2500,-€)

Alle drei Teilnehmer spielten das Konzert D-Dur Nr.15 (T15) für Kontrabass und Orchester von *Johann Matthias Sperger*.

Sonderpreise:
Michael Karg (1.Preis) Solokonzerte: Neubrandenburger Philharmonie, Brandenburgisches Staatsorchester Frankfurt/Oder, Philharmonisches Orchester der Stadt Trier, Festspiele Mecklenburg-Vorpommern

Thomas Hille (2.Preis): Neue Lausitzer Philharmonie Görlitz, Soloabend Stadt Ludwigslust
Piotr Zimnik (3.Preis): Mitteldeutsche Kammerphilharmonie Schönebeck, Soloabend Ostrach.

Roland Penzel-Bogen für 4.Platz: *Marek Romanowski*
Gary Karr-Virtuosenpreis: *Liu, Yimei ; Kang, Ning*
Pirastro: Beste Interpretation einer *Sperger*-Sonate: *Thomas Hille*
Pirastro: Beste Interpretation des Pflichtstückes: *Marek Romanowski; Liu, Yimei*
Pirastro: mehrere Sätze Saiten: *Michael Karg, Thomas Hille, Piotr Zimnik, Marek Romanowski*
Thomastik-Infeld/Österreich: mehrere Sätze Saiten: *Goran Kostic, Liu Yimei, Jose Vilaplana, Petr Vašinka, Ning Kang,*
Corelli/Frankreich: mehrere Sätze Saiten: *David Desimplare, Jang Kyoon Na, Pawel Jablczynski, Xiaoyn Feng, Angela Contreras, Seyithan Karabacak*
Supraeme/USA: mehrere Sätze Saiten: *Stanislaw Efaev, Xavier de A.Mesquita, Yamoto Moritake, Ivan Medvedev, Christopher Beuchert, Benjamin Harris*
International Society of Bassists/USA: 3-Jahres-Mitgliedschaft und ISB-Zeitschriften: *Michael Karg.*

I Internationale Kontrabass-Wettbewerbe

8. Internationaler Johann-Matthias-Sperger-Wettbewerb

14.-21.9.2014 in Andernach/Schloss Burg Namedy

Schirmherr:
Nikolaus Harnoncourt

Jury:
Stefan Schäfer - Vorsitz - Deutschland, *Miloslav Gajdoš* - Tschechien, *Miloslav Jelínek* - Tschechien, *Thomas Martin* - Großbritannien *Catalin Rotaru* - USA/Rumänien, *Alexander Shilo* - Russland, *Werner Zeibig* - Deutschland.

Anmeldungen: 87

Teilnehmer,
endgültig: 44 aus 20 Ländern:
Adams KroonYannick - Niederlande, *Atlas, Yuval* - Israel, *Botzet, Matthias* - Deutschland, *Büscher, Benedikt* - Deutschland, *Bylica, Krzysztof* - Polen, *Delfin, Simon* - Frankreich, *Dubovik, Kirill* - Russland, *Duck,Kyu-Yoon* - Südkorea, *Edelmann, Alexander* - USA, *Ehelebe, Andreas* - Deutschland, *Gladkow, Yury* - Russland, *Goetze, Nicola von* - Deutschland, *Haas, Christoph* - Deutschland, *Hernandez, Claudio* - Venezuela, *Hetman, Piotr* - Polen, *Javadzade, Javad* - Aserbaidschan, *Ji, Yuyao* - Singapur, *Koyama, Takanari* - Japan, *Liu Yimei* - China, *Liu Zhixiong* - China, *Marada, Vojtech* - Tschechien, *Matukhna, Yulya* - Ukraine, *Matuska, Martin* - Tschechien, *Pavisek, Petr* - Tschechien, *Peach, Caroline* - Kanada, *Popescu, Razvan* - Rumänien, *Qiu, Yunliang* - China, *Raska, Martin* - Tschechien, *Richter, Lukas* - Deutschland, *Röder-Sorge, Milena* - Deutschland, *Romanowski, Marek* - Polen, *Ryu, Ji Euy* - Südkorea, *Sejkora, Ondrej* - Tschechien, *Semsis, Michael-Pavlos* - Griechenland, *Sokolowski, Krzysztof* - Polen, *Szasz, Magor* - Ungarn, *Tomecek, Miroslav* - Tschechien, *Treutlein, Johannes* - Deutschland, *Veleta, Jakub* - Tschechien, *Wagner, Dominik* - Österreich, *Wagner, Marvin* - Deutschland, *Wielgorecka, Klaudia* - Polen, *Zhou, Yuanlong* - China, *Zimnik, Piotr* - Polen.

Preisträger:
1. Preis: *Marvin Wagner* - Deutschland (Kontrabass der Firma Roland Wilfer)
2. Preis: zweimal: *Razvan Popescu* - Rumänien (Pirastro-Preis 3.500 €)
    Dominik Wagner - Österreich (Thomastik-Infeld-Preis 3.500 €)
3. Preis: *Martin Raška* - Tschechien (Preis der Gillet-Stiftung 2.500 €)

Die Finalrunde begleitete das Staatsorchester Rheinische Philharmonie Koblenz. Alle 4 Finalisten spielten das Konzert h-Moll Nr.18 von *Johann Matthias Sperger* (T18). Es erklang hier in der Fassung für modernen quartgestimmten Kontrabass zum ersten Male seit der Uraufführung im Jahre 1812, vor genau 202 Jahren. Die Kadenzen komponierte *Miloslav Gajdoš.*

Sonderpreise:
Kontrabass-Bogen der Firma Roland Penzel: *Michael-Pavlos Semsis* - Griechenland
Konzertangebote verschiedener Orchester und Veranstalter:
Göttinger Symphonieorchester: *Marvin Wagner* - Deutschland
Brandenburger Symphoniker: *Marvin Wagner* - Deutschland
Neue Lausitzer Philharmonie Görlitz: *Razvan Popescu* - Rumänien
Stadt Ludwigslust, Soloabend: *Martin Raška* - Tschechien

I Internationale Kontrabass-Wettbewerbe

Sonderpreise der ISG:

Preis der künstlerischen Leiter:
 Marek Romanowski - Polen
 Javad Javadzade - Aserbaidschan
Virtuosen-Preis:
 Martin Raška - Tschechien
 Liu Zhixiong - China
Preis für jüngsten Teilnehmer der 2.Runde:
 Qiu Yunliang - China (15 J.)
Preis für beste Interpretation einer *Sperger*-Sonate:
 Marek Romanowski - Polen
 Martin Raška - Tschechien,
Preis für beste Interpretation des Pflichtstückes von *Giorgi Makhoshvili*:
 Vojtech Marada - Tschechien
 Dominik Wagner - Österreich
 Christoph Haas - Deutschland
Preis für beste Interpretation des *Sperger*-Konzertes:
 MarvinWagner - Deutschland
Mehrere Sätze Saiten, gestiftet von den Firmen Pirastro, Thomastik-Infeld, Corelli an Teilnehmer der 2.Runde.

Der Internationale *Johann-Matthias-Sperger*-Wettbewerb ist seit April 2012 als einziger eigenständiger Kontrabass-Wettbewerb als Mitglied in die WORLD FEDERATION OF INTERNATIONAL MUSIC COMPETITIONS in Genf aufgenommen worden. Die jährliche Beitragssumme von 2500€ wird von der Rhodius-Stiftung dankenswerterweise übernommen. Seit Gründung dieses Wettbewerbes durch *Klaus Trumpf* im Jahre 2000 übernahmen die Schirmherrschaft: Zubin Mehta (2000-2006), Anne-Sophie Mutter (2006-2010) und Nikolaus Harnoncourt (ab 2010).

Bei den bisherigen 8 Wettbewerben zwischen 2000 und 2014 haben 304 Bewerber teilgenommen. Das Niveau entspricht den großen internationalen Wettbewerben in Genf, beim ARD-Wettbewerb in München und dem Instrumentalwettbewerb in Markneukirchen. Zu beobachten ist, dass das Spitzenfeld immer größer und das Niveau in der Breite höher wird, wobei das Können der Preisträger von Beginn an dem der letzten Wettbewerbe entspricht. Die Preisträger aller Wettbewerbe haben inzwischen führende Positionen in Spitzenorchestern oder sind als Professoren tätig.

Der Sperger-Wettbewerb verfolgt von Beginn an in Sachen Repertoire eine ganz konsequente Linie: keine Bearbeitungen, nur Original-Literatur steht auf dem Programm. Zusätzlich wird jeweils ein Komponist beauftragt, ein Werk für Solo-Kontrabass zu schreiben, was als Pflichtstück von jedem der Teilnehmer in der ersten Runde gespielt werden muss. Einige dieser Werke sind bereits ins Repertoire eingegangen. Die Komponisten dieser Pflichtstücke waren: Miloslav Gajdoš, Stefan Schäfer, Siegfried Matthus, Frank Proto, Arni Egilsson, Teppo Hauta-aho und Giorgi Makhoshvili

Es wäre wünschenswert, wenn der *Sperger*-Wettbewerb, der als einziger Kontrabasswettbewerb regelmäßig aller zwei Jahre stattfindet, weiter bestehen bliebe!

„Franz-Simandl-Wettbewerb für Kontrabass"

gründete in Blatna, der Geburtsstadt Simandls, im Jahr 2002 *Prof. Jiří Pichlík*, der Kontrabassist in der Kammerphilharmonie České Budějovice und Kontrabasslehrer am dortigen Konservatorium. Den Wettbewerb organisierte er 5 Mal bis zum Jahre 2010. Seit 2012 organisiert diesen Wettbewerb *Jakub Waldmann*, Prag.

1. Simandl-Wettbewerb

21.-23.6. 2002 (gewidmet zum 90. Todestag von Franz Simandl).

Jury:
Miloslav Jelínek - Brno, Vorsitzender, *Miloslav Hrdlík* - USA, *Pavel Klečka* - Brno, *Helena Navrátilová* - Pardubice, *Jiří Pichlík* - České Budějovice

Preisträger:
Kategorie bis 15 Jahre:
1. Preis: *Tomaš Široký,*
2. Preis: *Milan Gablas,*
3. Preis: *Lenka Hajnová* und *Jan Grufík*

Kategorie bis 19 Jahre:
1. Preis: *Marek Švestka,*
2. Preis: *Kateřina Truksová,*
3. Preis: *Miroslav Dočekal,*
Ehrenpreis *Miloslav Feltl*

Kategorie bis 25 Jahre:
1. Preis: *Pavel Harnoš,*
2. Preis: *Václav Mareček,*
3. Preis: *František Machač,*
Ehrenpreis: *Ján Prievozník*

2. Simandl-Wettbewerb

18.-20.6. 2004 (gewidm. Adolf Míšek, Schüler von Franz.Simandl)

Jury:
Miloslav Jelínek - Brno, Vorsitzender, *Radoslav Šašina* - Bratislava, *Jiří Valenta* - Praha, *Martin Šranko* - Brno, *Helena Navrátilová* - Pardubice, *Miloslav Gajdoš* - Kroměříž, *Thomas Lom* - Stuttgart/CR

Preisträger:
Kategorie bis 15 Jahre:
1. Preis: *Tomáš Burian,*
2. Preis: *Přemysl Rubeš, Milan Gablas,*
3. Preis: *Jan Špaček,*
Ehrenpreis *J. Šimorda*

Kategorie bis 19 Jahre:
1. Preis: *Petr Popelka,*
2. Preis: *Patrik Jarolím,*
3. Preis: *Veronika Létalová,*

I Internationale Kontrabass-Wettbewerbe

Ehrenpreise: *Filip Waldmann, Petr Sládek*
Kategorie bis 25 Jahre:
1. Preis: *Vojtěch Velíšek,*
2. Preis: *Marek Švestka,*
3. Preis: *Tomáš Otevřel,*
Ehrenpreise: *Lukasz Wasiljev* - Polen, *František Machač*

3. Simandl-Wettbewerb

22.-25.2006 (International Wettbewerb, gewidmet *František Hertl* zum 100. Geburtstag)

Jury:
Miloslav Jelínek - Brno, Vorsitzender, *Klaus Trumpf* - München, *Anton Schachenhofer* - Linz, *Jakub Waldmann* - Prag, *Pavel Klečka* - Brno

Preisträger:
Kategorie I/A:
1. Preis: *Tomáš Karpíšek, Anna Blažková,*
2. Preis: *Linda Sáričková,*
3. Preis: *Jonatán Novák, Šimon Bím,*
Kategorie I/B:
1. Preis: Preis *Martin Raška,*
2. Preis: *Vladimír Moravec,*
3. Preis: *Kateřina Dudová,*
Kategorie II:
1. Preis *Milan Gablas, Filip Waldman,*
2. Preis: *Petr Vašinka,*
Ehrenpreise: *Libor Heřman, Jan Vaculík.*
Kategorie III:
1. Preis: *Andrew Eunki Lee* - Korea/München,
2. Preis: *František Machač,*
3. Preis: *Anežka Moravčíková,*
Ehrenpreise: *Petr Sládek, Kateřina Truksová*

4. Simandl-Wettbewerb

13.-15.6. 2008 (gewidmet *Miloslav Gajdoš* zum 60.Geburtstag)

Jury:
Miloslav Jelínek - Brno, Vorsitzender, *Miloslav Gajdoš* - Kroměříž, *Petja Bagovska* - Sofia/ Bulgarien, *Anton Schachenhofer* - Linz, *Radek Šašina* - Bratislava/Slowakai, *Jakub Waldmann* - Praha, *Lubor Bořek* - Police nad Metují

Preisträger:
Kategorie I/A:
1. Preis: *Zdeněk Pazourek*
2. Preis: *Anna Blažková,*
3. Preis: *Tereza Brožová, Ondřej Doubek,*

Ehrenpreis: *Vojtěch Škráček, Matěj Zálešák, Josef Grmolec,*
Kategorie I/B:
1. Preis: *Eva Hubner* - Linz,
2. Preis: *Linda Sáričková,*
3. Preis: *Kateřina Dudová,*
Kategorie II:
1. Preis: *Martin Raška,*
2. Preis: *Milan Gablas,*
3. Preis: *Tomáš Karpíšek,*
Kategorie III:
1. Preis: *Upatnieks Gunárs, Filip Waldman,*
2. Preis: Preis nicht vergeben,
3. Preis: *Marek Švestka,*
Ehrenpreis: *Sai Ma* - China

5. Simandl-Wettbewerb

25.-27.6. 2010 (letztmalige Leitung durch Jiří Pichlík)

Jury:

Irena Olkiewicz - Polen Vorsitzende, *Miloslav Jelínek* - Brno, *Alexander Michno* - Russland/ Spanien, *Anton Schachenhofer* - Linz, *Radoslav Šašina* - Bratislava, *Martin Šranko* - Brno, *Petr Popelka.*
Leider fehlen die Angaben über die Preisträger.

6. Simandl-Wettbewerb

Den 6.Simandl-Wettbewerb 2012 organisierte *Jakub Waldmann* - Prag.

Wettbewerb Lviv/Ukraine 6.-12.11.2013

- es war der erste Internationale Kontrabass-Wettbewerb in der Ukraine, organisiert von *Ruslan Lutsyk* - Ukraine/Oper Zürich.

Jury:
Ruslan Lutsyk - Zürich, Igor Pylatiuk - Lviv (Rektor der Musikakademie Lviv), *Oleg Luchanko* - Lviv, *Irena Olkiewicz* - Wrocław, *Ziping Chen* - Beijing, *Roman Patkoló* - Zürich, *Klaus Trumpf* - Deutschland.

Teilnehmer:
aus der Ukraine: *Yulia Matukhna, Anton Marchenko* und *Nazariy Stets*.
Anna Mittermeier - Deutschland, *Ji Euy Ruy* - Südkorea, *Iskhan Aydormiju* - Türkei, *Li-Geng Pei* - China.
In der 2.Runde spielten: *Nikolai Shahow* - Ukraine, *Pavel Prucnal* - Polen, *Evgeny Ryshkov* - Russland, *Klaudia Baca* - Polen, *Nikita Makin* - Russland, *Nazar Novakovych* - Ukraine, *Jacek Karwan* - Polen.

Preisträger:
1. Preis: *Dominik Wagner* (Wien) spielte mit der Lviver Phil. das Divertimento concertant von Nino Rota;
2. Preis: *Viktor Osokin* (Ukraine - ebenfalls Nino Rota),
3. Preis: *Martin Rodrigo Moro (*Spanien - Carmen-Phantasie von Stuart Sankey).
Diplome: Marek Romanowski - Polen und Jim Vandespar - England.

1974 Breslau/Wrocław Symposium

Insgesamt nahmen ca. 50 Kontrabassisten an dem 1.Kontrabass-Symposium in Wrocław teil.

Vortragende, Solisten, Pädagogen:
Alfred Planyavsky - Wien, *Lajos Montag* - Budapest, *Heinz Herrmann* - Dresden, *Tadeusz Pelczar* - Warschau, *Wiktor Gadzinski* - Katowice, *Edward Krysta* - Wrocław, *Jerzy Gawenda* - Wrocław, *Ryszard Daun* - Krakow, *Gerhard Przybyla* - Bytom, *Klaus Trumpf* - Berlin, *Irena Olkiewicz* - Wrocław. Einige der Studenten, die sich auch solistisch hören ließen: *Stanislaw Pasierski, Krzyszof Mroz, Jerzy Tokarczyk, Tadeusz Gorny.*

1978 Poznan, Nationaler Kontrabasswettbewerb

Juroren:
Wiktor Gadzinski, Edward Krysta, Wenancjusz Kurzawa, Joachim Marczynski neben einigen Cellisten.

Teilnehmer:
14 Studenten von den Hochschulen Polens: Wrocław (5), Warszawa (1), Katowice (1), Bydgoszcz (2), Poznan (2), Bielsko Biala (1), Krakow (1) und Kutno (1):
Harry Anderwald, Miroslaw Czerniawski, Irena Hawelka, Andrzej Kaczanowski, Leszek Kasprzak, Abnieszka Kazimierska, Krzysztof Krolicki, Marek Mieckowski, Krzysztof Mroz, Marian Nowakowski, Zygmunt Podbilski, Krzysztof Stawicki, Josef Szafranski, Marian Wisniowski.

2000 Breslau/Wrocław - Wojnowice

Dozenten:
Irena Olkiewic - Polen, *Miloslav Gajdoš* - CR, *Bonawentura Nancka* - Solobassist des Radio Symphonieorchesters Katowice, *Gottfried Engels* - Deutschland, *Klaus Trumpf* - D.

Teilnehmer:
aus der Türkei, Australien, Serbien, Montenegro, Portugal und Russland. Aus St. Petersburg ein Kontrabassquartett mit *Artem Chirkov, Maria Shilo,...*
Aus der Türkei: *Onur Özkaya, Fora Baltacigil...*

2004 Breslau/Wrocław – 1. WORLD Bass Festival

Irena Olkiewicz, die aktive Kontrabassistin und Dozentin an der Musik-Akademie in Wrocław, organisierte dieses weltweite Treffen in Wrocław, was ein großer Erfolg wurde.

Solisten, Meisterklassendozenten, Vortragende
waren neben vielen Studenten:
Aus den USA: *David Murray, Jeff Bradetich, Peter Askim, Diana Ganett, Tom Knific, Linda McKnight*. Aus Canada *Eric Hansen*, aus Tschechien *Miloslav Gajdoš*, aus Niederlande *Loek van Hall, Nicholas Pap*, aus Frankreich *François Rabbath, Jorma Katrama* - Finnland.
Und die große Zahl polnischer Kontrabassisten: u.a. *Irena Olkiewicz, Aleksander Gabrys, Adam Cigielski, Jacek Grzegorz Niedziela, Kazimir Pyzik, Boguslaw Szczepaniak, Zbigniew Wegehaupt, Janus Widzyk, Roman Ziobro, das Jagodzinski-Trio*, und nicht zuletzt *Andrzej Kalarus*, der Preisträger des ersten Internationalen Kontrabass-Wettbewerbes in Genf 1969 und nun in Mexiko.
Irena Olkiewicz hatte in ihrer Klasse ein Kontrabassquartett gegründet mit dem Namen BASSIONA POLACCA mit den Mitgliedern *Karol Kowal, Natalia Radzik, Lukas Tinschert* und *Satoko Waizumi* und gab ein Konzert.

2006 Breslau/Wrocław – 2. WORLD Bass Festival

Solisten, Meisterklassen-Dozenten, Vortragende:
Renauld Garcia-Fons aus Frankreich. *Petya Bagowska* aus Sofia, mit dem bekannten *Miloslav Gajdoš, Fernando Grillo, Miloslav Jelínek. Franco Petracchi, David Murray* - USA, *Jorma Katrama* - Finnland, Ein Kontrabassquartett: „Bad Boys" mit den Solisten *David Murray, Volkan Orhon, Anthony Stoops, Paul Sharpe* aus den USA, das Internationale Kontrabass-Ensemble *BASSIONA AMOROSA* mit *Roman Patkoló, Artem Chorkov, Andrei Shynkevich, Giorgi Makhoshvili, Jan Jirmasek, Ljubinko Lazic*.
Die Jazz-Bassisten *John Clayton* und *Tom Knific* aus den USA.
Meisterklassen, Vorträge, Ausstellungen von Instrumentenmachern usw. ergänzten das Programm und sorgten wieder für eine erlebnisreiche Woche mit vielen Studenten, leider wieder ohne deutsche Beteiligung!

2008 Breslau/Wrocław – 3. WORLD Bass Festival/Wettbewerb

Solisten, Meisterklassendozenten:
Rumäne *Catalin Rotaru, Dariusz Mizera* - Züricher Oper, aus den USA: *Frank Proto, Barry Green, Jeff Bradetich, Peter Askim* und *Hans Sturm*. Jazzbassisten: *Ron Carter* - USA, *Renaud Garcia-Fons* - Frankreich, *Barre Phillips* - Frankreich, *Tom Kniffic* - USA und viele andere und Studenten..

2010 Breslau/Wrocław – 4. WORLD Bass Festival/Wettbewerb

Solisten, Meisterklassendozenten, Juroren:
Joel Quarrington - Kanada, aus Polen: *Tadeusz Górny* und *Pawel Jablczynski, Hans Roelofsen* - Niederlande, *Eric Hansen* - Kanada, *Jun Xia Hou* - Peking; aus Deutschland: *Ekkehard Beringer* - Hamburg, *Gottfried Engels* - Köln, *Kilian Forster* - Dresden.
In diesem Jahr ein Wettbewerb verschiedener Altersgruppen: Jury u.a.: *Giselè Blondeau* - Kanada/Bochum. Beim Jazz-Wettbewerb u.a. in der Jury: *Kristin Korb* - USA/Dänemark und *Rufus Reid* - USA.

2013 Breslau/Wrocław Symposium/Wettbewerb Mai

Meisterklassen, Vorträge, Juroren:
Irena Olkiewicz, Pavel Jablziensky, Waldemar Tamowski, Jakub Olejnik, Wojciech Bergander, Stanislaw Leszczynski, Gerard Przybyla, Robert Piekos und *Czeslaw Zabek* aus Polen, *Tom Martin, Miloslaw Gajdoš, Miloslaw Jelinek, Thierry Barbé, Ján Prievozník* und *Jan Krigowski* - Slowakei *Kálmán Kapusi* - Debrecen/Ungarn, *Song Yi* - China, *Karaagac Burak* - Türkei, *Sonia Ray* - Brasilien, *Klaus Trumpf.*

Wettbewerbs-Teilnehmer
(alphabetisch): (aus Polen): *Grzegorz Abreu-Krystofiak, Claudia Baca, Woiciech Bergander, Krzystof Bylica, Nikodem Chaim, Piotr Hetman, Michal Kazimierski, Mateus Kucuk, Kamil Lomasko, Loska Mateusz, Lukasz Mazanek, Albert Myczkowski, Marcel Niedzwiecki, Pawel Prucnal, Marek Romanowski, Paulina Roslaniec, Damian Sobkowiak, Maria Szymkiewicz, Piotr Zimnik;*
Evren Sen - Türkei, *Firat Korkmaz* - Türkei, *Donatas Butkevicius* - CR, *Yannich Adams* - CR, *Herruzo Jose Vilaplana* - Spanien.

2014 Double Bass Festival Breslau/Wrocław

Konzerte, Meisterklassen, Wettbewerbe
Internationaler Wettbewerb für Kontrabass:
Kategorie 19 – 26 Jahre

Jury:
Boguslaw Furtok (Frankfurt, Germany) - **Chairman**, *Michael Cameron* (Illinois, USA) *Miloslav Gajdoš* (Kromeriž, Czech Rep.), *David Murray* (Indianapolis, USA), *Czesław Zabek* (Krakow, Poland), Secretary: *Irena Olkiewicz* (Wrocław, Poland)

I Internationale Kontrabass-Wettbewerbe

Preisträger:
1. Preis: *Piotr Zimnik* (Poland)
2. Preis: *Pawel Prucnal* (Poland)
2. Preis: *Evren Sen* (Turkey)
3. Preis: *Rafal Kierpiec* (Poland)
3. Preis: *Vojtech Marada* (Czech Rep.)
3. Preis: *Takanari Koyama* (Japan)

Jury jüngere Kategorien:
Miloslav Jelínek (Brno, Czech Rep.) – **Chairman;** *Eric Hansen* (Provo, USA), *Andrzej Jekielek* (Warszawa, Poland), *Burak Karaagac* (Ankara, Turkey), *John Schimek* (Oklahoma City, USA), Secretary: Marcin Wilinski (Warszawa, Poland)

Kategorie 15 - 18 Jahre
1. Preis: *Gizem Sozeri* (Turkey)
2. Preis: kein Preis
3. Preis: *Natalia Midek* (Poland)

Kontrabass-Ensemble:
1. Preis: Double Bass Quartet (Poland) teacher: *Irena Olkiewicz* (Wrocław, Poland)
1. Preis: Double Bass Duo (Poland) teacher: *Gerard Przybyla* (Bytom, Poland)

Kategorie under 14 years
1. prize: *Tunkay Iptes* (Turkey) teacher: *Burak Karaagac* (Ankara, Turkey)
2. prize: *Grzegorz Marcinowski* (Poland) teacher: *Gerard Przybyla* (Bytom, Poland)
2. prize: *Adam Kadłubiec* (Poland) teacher: *Gerard Przybyla* (Bytom, Poland)
2. prize: *Antoni Trzesniewski* (Poland) teacher: *Grzegorz Frankowski* (Krakow, Poland)
3. prize: *Stanislaw Andrzej Chylinski* (Poland) teacher: *Beata Leszczynska* (Gdansk, Poland)
3. prize: *Patryk Wrosz* (Poland) teacher: *Beata Leszczynska* (Gdansk, Poland)
3. prize: *Piotr Dziedzic* (Poland) teacher: *Grzegorz Frankowski* (Krakow, Poland)

Special Prize for Youngest Participant of the Anniversary Double Bass Competition:
Antoni Trzesniewski (Poland) – **6 years old! teacher:** *Grzegorz Frankowski* (Krakow, Poland)

I Internationale Kontrabass-Wettbewerbe

Debrecen-Symposien

Der Solokontrabassist des MAV-Symphonieorchesters Budapest und Professor für Kontrabass an der Musikakademie Debrecen *Karoly Saru* organisierte dort Kontrabass-Symposien, die jährlich stattfanden.

1980:
Erstes Kontrabass-Symposium in Debrecen - Ungarn
1983:
Symposium in Debrecen/Ungarn
Solisten:
Lajos Montag, Csontos Ferenc, Szentirmai Antal, Lökös Péter, Vadász Ilona, Enreiter Istvan, Horváth Alajos, Harsányi István, Zsigrai László.
Als Gäste aus dem Ausland: *Miloslav Gajdoš* - Tschechoslowakei, *Klaus Trumpf* - DDR.
1984:
V. Nagybögös Találkozó – 5. Kontrabassistentreffen in Debrecen.
Ähnliche Solisten-Namen: Ein Kontrabassquartett mit *Horti Gabor, Bör Judit, Gál Ágnes* und *Sandor Tar. Enreiter Istvan, Csontos Ferenc, Lökös Peter*. Aus Rumänien: *Dorin Marc* und *Istvan Thomasz.*
Der Kontrabassist und Historiker *Bordás Tibor*, als Verfasser eines Buches über die Kontrabassgeschichte war anwesend.
1985:
Professoren-Team: *Alexander Michno* (Szovjetunión), *Miloslav Gajdoš* (Czehszlovákia), *Peter Krauss* (NDK, also DDR), *Thomas István* (Románia), *Todor Toschev* (Bulgária) und *Klaus Trumpf* (NDK).
1987:
Vom 11.-13.9. liegt nur das Datum vor. Es war bereits das VIII. Debrecen-Symposium.
1988:
IX. Debrecen-Symposium
1989:
7.-9.4., X. Symposium. Solisten: *Ludwig Streicher* - Wien, *Paul Erhard* - USA, *Miloslav Gajdoš* - Tschechoslovakei, *Klaus Trumpf* - DDR.
1997
gab es in Debrecen einen internationalen Wettbewerb mit umfangreichem Programm in zwei unterschiedlichen Altersgruppen.
Jury:
Vorsitzender *Lev Rakov* - Moskau; weitere Jurymitglieder waren: *Saru Károly, Ruzsonyi Béla, Szentirmai Antal, Kubina Péter, Gallai Attila, Járdányi Gergely, Miloslav Gajdoš, Miloslav Jelínek, Dan Vlcek, Lubomir Gubás* und *Miloslav Bubenicek* aus Tschechien, aus Russland kam der jetzt in Spanien tätige *Alexander Michno*, aus der Slowakei *Radoslav Šašina* und *Jan Krigowski*, aus Polen *Wenecjusz* und *Piotr Kurzawa, David Heyes* - England, *Petja Bagowska*-Bulgarien, aus USA *Paul Erhard* und *Greg Sarchet* und *Klaus Trumpf* - D.
Preisträger der älteren Gruppe:
1. Preis: *Tae Bun Park* - Südkorea/München
2. Preis: *Zsuzsanna Juhsz* - Ungarn/München
3. Preis: *Miloslav Raisigl* - Tschechoslowakei/Kroměříž
Preisträger der jüngeren Gruppe:
1. Preis: Peter Petrak - Ungarn,
2. Preis: Jozsef Horvath - Ungarn,
3. Preis: Bence Horvath - Ungarn
2000:
Debrecen-Symposium, keine Aufzeichnungen.

I Internationale Kontrabass-Wettbewerbe

Mittenwald 1991, Internationale Kontrabasswoche

Nach dem Vorbild der Double Bass-Conventions in den USA organisierte der Aachener Kontrabassist *Klaus Schruff* eine große Internationale Kontrabasswoche in Mittenwald mit vielen Kursen, Meisterklassen, Vorträgen, Konzerten. Daneben Wettbewerbe in unterschiedlichen Kategorien und Altersgruppen, Klassik und Jazz. Ausstellungen von Instrumenten- und Bogenmachern, Verlagen usw. Ein großes Treffen, zu dem Hunderte von Kontrabassisten anreisten und das Angebot annahmen. Als Mitorganisatoren vor Ort fungierten die Mittenwalder Kontrabassbauer-Familie Krahmer-Pöllmann und die Geigenbauschule Mittenwald.

Solisten in Konzerten, Meisterklassen und Vorträgen
(alphabetisch): *Rodion Asarchin* (Sowjetunion/Russland), *Ingo Burghausen* (Deutschland), *Ion Cheptea* (Rumänien), *Korneel Le Compte* (Belgien), *Arni Egilsson* (Island/USA), *Paul Ellison* (USA), *Caroline Emery* (England), *Josef Focht* (Deutschland), *Harald Friedrich* (Schweiz), *Miloslav Gajdoš* (Tschechien), *Mette Hanskov* (Dänemark), *Teppo Hauta-aho* (Finnland), *Jorma Katrama* (Finnland), *Joelle Leandre* (Frankreich), *Thomas Martin* (England), *Lajos Montag* (Ungarn), *Josef Niederhammer* (Österreich), *Alfred Planyavsky* (Wien), *François Rabbath* (Frankreich), *Lev Rakov* (Russland), *Paul Robinson* (USA), *Konrad Siebach* (Deutschland), *David Sinclair* (USA/Frankreich), *Christian Sutter* (Schweiz), *Duncan McTier* (England), *Todor Toschev* (Bulgarien) *Klaus Trumpf* (Deutschland), *Ian Webber* (Australien).
Die Jazzbassisten *Sigi Busch* (Berlin), *John Clayton* (USA), *Wayne Darling* (USA/Österreich), *David Friesen* (USA), *Red Mitchell* (USA), *Barre Phillips* (Frankreich).
L'Orchestre de Contrabasses (Frankreich), mit den Mitgliedern *Frederic Alcaraz, Thibault Delor, Renaud Garcia-Fons, Christian Gentet, Olievier Moret, Yves Torchinsky* und *Jean-Philippe Viret.*
Kontrabassquartett „*Circus Bassissimus*" mit den Mitgliedern zu dieser Zeit: Gründer (1983) und Leiter *Franz Pillinger, Rudolf Thaussing, Christian Berg* und *Helmut Stockhammer.*

Ausstellungen:
Walter Ruhland-Sammlung „Der Kontrabass in Kunst und Kommerz", *Trumpf*-Kontrabassbogen-Sammlung.
Von den ganz großen Namen in der Reihe der Solisten fehlten eigentlich nur *Ludwig Streicher* (Österreich) und *Garry Karr* (Kanada).

Wettbewerbe
In zwei Kategorien: Klassik und Jazz.

Klassik-Jury:
Klaus Trumpf (Vorsitz), *Ion Cheptea* (Rumänien), *Paul Ellison* (USA), *Miloslav Gajdoš* (Tschechien), *François Rabbath* (Frankreich), *Lev Rakov* (Moskau), *Todor Toschev* (Sofia), *Konrad Siebach* (Leipzig).

Jazz-Jury:
Wayne Darling (Vorsitz), John Clayton (USA), *Arni Egilsson* (USA), *Red Mitchell* (USA) *und Barre Phillips* FRankreich).

Wettbewerbs-Teilnehmer Klassik
(alphabetisch): *Michael Bladerer* - Österreich, *Michael Brzoska* - Deutschland, *Kilian Forster*

I Internationale Kontrabass-Wettbewerbe

- Deutschland, Daniela Georgieff - Bulgarien(?), *Tobias Glöckler* - Deutschland, *Klaus Hörberg* - Deutschland, *Björn Jensen* - Norwegen, *Botond Kostyak* - Rumänien, *Dorin Marc* - Rumänien, *Holger Michalski* - Deutschland, *John Ortiz* - (?), *Constantin Rusu* - Rumänien, *Eva Sasinkova* - Tschechien, *Andrej Schachnazarov* - Georgien, *Joachim Schulz* - Deutschland, *Cheng Ziping* - China.

Preisträger Klassik:
1. Preis: *Dorin Marc* (Rumänien),
2. Preis: Botond Kostyak (Rumänien),
3. Preis: *Holger Michalski* (Deutschland),
Sonderpreis: *Eva Sasinkova* (Tschechien).

Alles in allem eine große Kontrabasswoche, von der noch immer wieder in den Kreisen gesprochen wird, die das miterleben durften.

Nochmals: *Klaus Schruff* war es gelungen in dieser Woche eine Atmosphäre der freundschaftlichen Begegnungen zu schaffen, was weit in die Zukunft ausstrahlte.

Zwei markante Kontrabass-Persönlichkeiten: Rodion Asarchin(re.) aus Russland und Francois Rabbath aus Frankreich (geb. Syrien) im friedlichen Kontrabass-Duell, Mittenwald 1991

II Internationale Symposien/Meisterklassen

Kontrabass-Kurse im Kloster Michaelstein 1982-2007
Teilnehmer und Dozenten ab 1982

1982 fand der erste Kontrabass-Kurs im Kloster Michaelstein statt. Es sollen hier die Namen genannt werden, die bis zum Jahre 2007 als aktive oder passive Teilnehmer, als Dozenten oder als KorrepetitorInnen anwesend waren. Die damaligen Studenten haben heute (2014), alle etwa fünfzig-jährig, inzwischen ihre beruflichen Ziele erreicht. Viele fanden den Weg in die großen Orchester, einige auch in Solopositionen. Es folgen in alphabetischer Reihenfolge die Namen:
Karsten Dörrwald, Ulrich Ehrentraut (DEFA-Filmorchester Babelsberg), **Sigrid Hammer** (Theater Stralsund), **Christian Horn** (Solo Komische Oper Berlin, jetzt Braunschweig), **Martina Kurth, Ulf Kupke** (Theater Cottbus), **Jörg Lorenz** (Solo Komische Oper Berlin), **Bernd Meier** (Solo Gewandhaus Leipzig), **Carsten Muttschall, Christian Schneeweiß, Manuela Nordus, Dirk Paulenz, Stephan Petzold** (Solo Konzerthausorchester Berlin), **Jörg Potratz** (ehem. Großes Rundfunkorchester Berlin), **Bärbel Richter** (Theater Weimar), **Klaus Sellmons, Robert Seltrecht** (Staatsoper Berlin), **Simone Simon** (Großes Rundfunkorchester Berlin), **Fred Weiche** (Staatskapelle Dresden), **Wolfram Wessel** (Theater Magdeburg).

1983: 25 Teilnehmer. Zu den Teilnehmern **K. Dörrwald, Ch. Horn, J. Lorenz, B. Meier, C. Muttschall, S. Petzold, J. Potratz, B. Richter, S. Simon, Ch. Schneeweiß, R. Seltrecht, F. Weiche, W. Wessel**, die bereits 1982 dabei waren, kamen neu dazu: **Horst Adler, Maik Buttler, Frithjof Grabner** (Solo Rundfunksinfonieorchester Berlin, jetzt Prof. in Leipzig), **Klaudia Hinke** (Solo Rostock, später Gitarrenpädagogin), **Manuela Krauß, Alf Moser** (Staatsoper Berlin), **Karl-Heinz Poser, Alexander Prokop, Thomas Schicke** (Rundfunkorchester Leipzig), **Henry Schwarzkopf** (Theater Rostock), **Harald Winkler** (Staatsoper Berlin), **Siegfried Wohmann** (Sinfonieorchester Frankfurt/O.).

Teilnehmerzahlen lagen in den Jahren bis 1989, dem Jahr der großen politischen Wende, jährlich immer zwischen 20-30.
Hier folgen jetzt für interessierte Statistiker die Teilnehmer in alphabetischer Reihenfolge mit den Jahreszahlen ihrer Teilnahme.

Horst Adler (1983), **Matthias Baumgartner** (1989), **Anke Besser** (1984, 1987, 1989), **Nicola Bogdanow** (1985, 1986, 1987), **Annegret Bohrig** (1988), **Katharina Bunners** (1988, 1989), **Ingo Burghausen** (1987, 1992, 1994), **Maik Buttler** (1983), **Vilmos Buza** (1986), **Andreas Chray** (1987), **Anne Dietrich** (1987), **Karsten Dörrwald** (1982, 1983), **Livin Dumitrasku** (1988), **Ulrich Ehrentraut** (1982, 1984, DEFA-Filmorchester Potsdam-Babelsberg), **Radames Ehrlich** (1986, 1989), **Martin Eschenburg** (1986, 1987), **Julita Fasseva** (1989), **Andreas Fischer** (1986, 1987), **Tamara Franzova** (1987), **Jörg Fröhlich** (1989, 1991, 1992, 1993), **Timo Galetzki** (1988, 1989, 1991), **Thomas Garfs** (1985), **Sergio Glaser** (1985, 1987), **Tobias Glöckler** (1986, 1987), **Fridjof Grabner** (1983, 1984, Solo Rundfunksinfonieorchester Berlin, jetzt Prof. in Leipzig), **Antje Grunert** (1989, 1991), **Alrun Grundig** (1985), **Ronald Güldenpfennig** (1989), **Horst Günter** (1984, 1985), **Ralf Hamel** (1984), **Sigrid Hammer** (1982, Theater Stralsund), **Maren Heinrich** (1989, 1991, 1992, 1993), **Klaudia Hinke** (1983, 1984, Solo Rostock, später Gitarrenpädagogin), **Cordula Hoffmann** (1987, 1988, 1989), **Ulla Hoffmann** (1989), **Torsten Hoppe** (1988), **Christian Horn** (1982, 1983, Solo Komische Oper Berlin, jetzt Braunschweig), **Dirk**

II Internationale Symposien/Meisterklassen

Hübner (1984), **Michael Jacob** (1986), **Gottfried Jedwillat** (1985), **Olaf Jossunek** (1985), **Anna Kostova** (1989), **Fredericke Krafft** (1986), **Manuela Krauß** (1983), **Walter Kriesel** (1984, 1985), **Martina Kurth** (1982) , **Ulf Kupke** (1982, 1985, 1987, 1988, 1992, 1999, Theater Cottbus), **Benjamin Langhammer** (1986, 1987), **Frank Langosch** (1987), **Karsten Lauke** (1987, 1988, 1989, 1991, 1992, 1993), **Matthias Linke** (1984, 1989, 1993), **Jörg Lorenz** (1982, 1983, 1984, Solo Komische Oper Berlin), **Karel Malana** (1988?), **Bernd Meier** (1982, 1983, 1984, Solo Gewandhaus Leipzig), **Christoph Mitulla** (1989), **Raimund Moosbauer** (1985), **Alf Moser** (1983, 1984, 1986, 1987, Staatsoper Berlin), **Dieter Müller** (1985), **Lutz Müller** (1985, 19888, 1989), **Carsten Muttschall** (1982, 1983, 1985), **Christian Schneeweiß** (1982, 1983), **Claus-Peter Nebelung** (1987), **Ralf Noack** (1989,1991, 1992, 1993, 1994, 1997, 1999), **Manuela Nordus** (1982, 1983), **Christian Ockert** (1986, 1987), **Matthias Pagenkopf** (1989, 1991, 1992, 1993, 1994, 1995, 1996), **Dirk Paulenz** (1982), **Stephan Petzold** (1982, 1983, 1984, 1987, 2003 Solo Konzerthausorchester Berlin), **Heiko Polte** (1988, 1989, 1996, 1999), **Michael Poscharsky** (1987), **Karl-Heinz Poser** (1983), **Jörg Potratz** (1982, 1983, ehemals Großes Rundfunkorchester Berlin), **Alexander Prokop** (1983, 1984), **Anette Reinfurt** (1987), **Markus Rex** (1985, 1987, 1988, 1989, 1992, 1994, 1998), **Bärbel Richter** (1982, 1983, Theater Weimar), **Martin Schaal** (1987, 1988, 1989, 1992, 1994, 1998), **Axel Scherka** (1987, 1989), **Thomas Schicke** (1983, 1984, Rundfunkorchester Leipzig), **Bernd Schliephake** (1989), **Anetta Schmidt** (1986), **Tino Scholz** (1988?), **Peer Schreier** (1985, 1986),.**Holger Schultchen** (1987), **?Schulz** (1985), **Georg Schwärsky** (1987), **Henry Schwarzkopf** (1983, 1984, 1987, Theater Rostock), **Klaus Sellmons** (1982), **Robert Seltrecht** (1982, 1983, 1984, 1987, Staatsoper Berlin), **Dorthea Siegel** (1986,1987), **Simone Simon** (1982, 1983, 1984, Großes Rundfunkorchester Berlin), **Steffen Slowik** (1984, 1985, 1986, 1987), **Hans-Christian Spree** (1984), **Eberhard Spree** (1984), **Wolfgang Steike** (1987, 1988), **Martina Streiter** (1987, 1988, 1989), **Horst Strogaly** (1985, 1986, 1987, 1988, 1991), **Sandor Tar** (1985, 1986, 1987, 1995), **Christian Theise** (1989, 1991, 1992, 1993), **Horst Thurmann** (1985), **Martin Ulrich** (1987, 1988, 1989), **Fred Weiche** (1982, 1983, 1984, Staatskapelle Dresden), **Wolfram Wessel** (1982, 1983, Theater Magdeburg), **Harald Winkler** (1983, Staatsoper Berlin), **Siegfried Wohmann** (1983, 1986, Sinfonieorchester Frankfurt/O.), **Andreas Wylezol** (1985, 1987), **Hartmut Zell** (1988).

Bis hierher, bis zum bedeutenden Einschnittsjahr 1989, nahmen die oben genannten Teilnehmer am „Seminar für Kontrabass" im Institut für alte Aufführungspraxis Michaelstein teil. Es waren insgesamt 107 Kontrabass-Studenten, teilweise auch schon im Orchester Tätige. Die Studenten kamen in der Regel von den 4 Musikhochschulen der DDR: Berlin, Leipzig, Weimar und Dresden.

Zwar erreichte die Teilnehmerzahl des ersten Jahres 1982 nur 20 – es sollte sich dann in den folgenden Jahren bis zu 70/80 Teilnehmern steigern.
Die Aufzählung der Teilnehmer nach 1989 erfolgt auch hier alphabetisch. Wenn kein Herkunftsland angeführt ist, kommen sie aus Deutschland.

Christoph Anacker (2000, 2001), **Karin Auerswaldová** (Polen, 2000), **Joel Pedro Azevedo** (Portugal, 2000), **Giannis Babaloukas** (Griechenland, 2004), **Timur Babschin** (Ukraine, 2007), **Paolo Badiini** (? 2002), **Zsolt Bálasz-Piri** (Ungarn, 1998, 1999), **Orban Balacz** (Ungarn, 2005, 2006, 2007), **Bors Balogh** (Ungarn, 1997, 1998, 1999), **Eugenia Bardarova** (Bulgarien, 2000), **Judit Baross** (Ungarn, 1996), **Flora Bartyani** (Ungarn, 2006), **Reka Bartányi** (Ungarn, 2004), **Stefan Bauer** (1997), **Fekix Behrendt** (2001), **Stefan Beinlich** (1992), **Bade Bayazitoglu** (Türkei, 2003, 2007) **Michael Bellmann** (1993), **László Benczö** (1997), **Wojtek Bergander** (Polen, 2007), **Hanneke Berghuis** (Niederlande, 2006), **Dorothea Berndt** (1997, 1998, 1999, 2000, 2001, 2002), (Ungarn, 1993, 1994), **Dominik Billinger** (2005, 2006), **Michael Binder** (1999), **Giselé Blondeau** (Kanada,

II Internationale Symposien/Meisterklassen

2001), **Zoltan Biro** (Ungarn, 1997, 1999), **Ulrich Bohnacker** (2000), **Annegret Bohrig** (1997), **Nikola Boskovis** (Serbien, 2001), **Bence Botar** (Ungarn, 2006), **Yuri Boyko** (Ukraine, 2001, 2002), **Svoboda Bozduganova** (Bulgarien, 2004), **Thomas Bronkowski** (? 2005), **Lukas Brostek** (2000), **Eva Brüstle** (1999), **Sara Maria Buschkühl** (2005), **Horst Butter** (1993, 1996), **Aleksandru Cebanica** (Serbien, 1999), **Juraj Cerny** (? 2005), **Eunhye Chang** (Südkorea, 2006), **Artem Chirkov** (Russland, 2000, 2001, 2002, 2003), **Jae-bok Cho** (Südkorea, 2005, 2006, 2007), **Pop Christ** (1999), **Stanislav Cirh** (Serbien, 2004, 2005), **Akos Cseh** (Ungarn, 2007), **Sandra Cvitkovac** (Serbien, 1996, 1997, 1998, 1999), **Peter Czaczar** (Ungarn, 1994, 1997, 2000, 2001), **Urszula Czerniak** (Polen, 2003, 2004), **Ömer Faruk Dede** (Türkei, 2006), **Borna Dejanovic** (Serbien, 2006), **Gabor Devenyi** (Ungarn, 1993, 1994, 1999), **Mateuz Diehl** (Polen, 2003, 2004), **Svetoslav Dimitriev** (Bulgarien, 1998), **Nemanja Djordjevic** (Serbien, 2001, 2003, 2005, 2006), **Miroslav Drahan** (? 2002), **Prof. Wolfgang Dreysse** (2001, 2002, 2003), **Claudius Eisele** (1994), **Igor Eliseev** (Russland, 2001), **Philipp Enger** (2004, 2005), **Mareike Felsch** (1993, 1996, 1997), **Csaba Fervagner** (Ungarn, 2001, 2003), **Miloslav Fettl** (Tschechien, 2004), **Kilian Forster** (1991), **Anni Foutekowa** (Bulgarien, 1996), **Maximilian Fraas** (2006), **Mark Gajdoš** (Ungarn, 2003, 2004, 2006), **Andrea Gehring** (2000), **Ants Geisler** (1992), **Aleksandrina Genova** (Bulgarien, 2007), **Gerold Genßler** (2003), **Albrecht Goede** (1995, 1996, 1997, 1998), **Marco Göhre** (2005), **Luuk Godwaldt** (Niederlande, 2001), **Peter Goguitidse** (Russland, 2001), **Joel Gonzales** (? 2003), **Lena Gorbatyuk** (Bulgarien, 2003, 2004), **Peter Graf** (1999, 2000), **Jan Grüntjes** (1992), **Justyna Grudzinska** (Polen, 2004), **Ronald Güldenpfennig** (2005), **Wolfgang Güntner** (2005), **Robert Gyurian** (Ungarn, 2003, 2004), **Jan Hajny** (Tschechien, 1999, 2000, 2003, 2004), **Youk Kung Han** (Südkorea, 2005, 2006), **Pavel Harnoš** (Tschechien, 1999, 2000, 2001, 2002, 2003, 2004, 2005), **Laszlo Heigl** (Ungarn, 2004), **Alexandra Hengstebeck** (2004), **D.Henni** (2000), **Karsten Heyder** (1993), **Silke Heyn** (1996, 1997), **Angelika Hircsu** (Ungarn, 1995, 1996), **Paul Hoffmann** (1995), **Anne Hofmann** (1996), **Sven Holscher** (2005, 2006), **Petar Holik** (Serbien, 2004, 2005, 2006, 2007), **Günter Holzhausen** (1993), **Johannes Hugot** (1997), **James Hornsby** (USA, 1995), **Guyla Horvath** (Ungarn, 2000), **Zoltan Horvath** (1997), **Benedikt Hübner** (2000, 2001), **László Illes** (1997, 1998), **Pajus Indrek** (Estland, 2001), **Ilja Iwanov** (?, 1998), **Dominik Jablkowski** (Polen, 2000), **Bruno Jakobfeuerborn** (1993), **Harry Jansen** (Niederlande, 2003), **Rolf Jansen** (1995, 1996), **Anton Jaro** (Slowakei, 2003, 2004, 2005, 2006), **? Jasnek** (? 2002), **Björn Jensen** (Norwegen, 1995), **Jan Jirmasek** (Tschechien, 2000, 2001, 2002, 2003, 2004, 2005), **Samuel Jonas** (Ungarn, 1993, 1996, 1999), **Peter Josiger** (2007), **Ana Jovanovic** (Serbien, 2006), **Uros Jovanovic** (Serbien, 2006), **Zsuzsanna Juhasz** (Ungarn, 1993, 1994, 1996, 1997, 1999, 2000), **Peter Jurcenko** (Slowakei, 1997, 2000), **I-Shan Kao** (1999, 2000, 2001, 2002), **Kalman Kapusi** (Ungarn, 2004, 2006, 2007), **Grigori Katz** (Schweiz, 1999), **Tamas Keller** (Ungarn, 1996, 1997, 2000, 2001, 2003), **Kadir Keskin** (Türkei, 2003, 2004), **Chul-Mo Kim** (Südkorea, 2000), **Kyeonga Kim** (Südkorea, 2006), **Moon Jung Kim** (Südkorea, 1992, 1993, 1995), **Young Min Kim** (Südkorea, 2007), **Frank Kistner** (1993), **Frank Knapp** (1992, 1993), **Bu-hyun Ko** (Südkorea, 2006, 2007), **Imre Kövari** (Ungarn, 1999, 2000, 2003, 2004), **Sergej Konhyakhin** (Ukraine, 2006), **Jakub Korzynski** (Polen, 2007), **Apostol Kossev** (? 2002), **Goran Kostic** (Serbien, 2001, 2003, 2005, 2006), **Jovan Kostic** (Serbien, 2005), **Karol Kowal** (Polen, 2003, 2005), **Zoltan Kozak** (Ungarn, 1994), **Martin Krakowski** (Slowakei, 2001), **Stefan Krattenmacher** (1999), **Susanne Kraus** (1999), **Vitalij Kraftschenko** (Schweiz, 2003), **Cordula Kreschel** (2005), **Radovan Krstic** (1999, 2001), **Kosugi Ksichi** (Japan, 2006), **Philipp Kümpel** (1992, 1993), **Johannes Kühn** (1999), **Konrad Kühn** (2000, 2001, 2004, 2006), **Manuel Kuhn** (1999), **Detmar Kurig** (1999), **Andreas Kurz** (2001), **Sae Lom Kwon** (Südkorea, 2006), **Daniel Lajcsik** (Ungarn, 1995, 1996, 1997, 1998), **Soma Lajcsik** (Ungarn, 1993, 1994, 1995, 1996, 2000, 2002), **Ruben Lang** (Tschechien, 2005, 2007), **Ljubinko Lazic** (Serbien, 2001, 2002, 2003, 2004, 2005), **Andrew**

II Internationale Symposien/Meisterklassen

Eun-ki Lee (Südkorea, 2005, 2006), Chien-Chien Lee (Südkorea, 2001), Hang-Ji Lee (Südkorea, 2006), Ho Gyo Lee (Südkorea, 1995), Jung-Woo Lee (Südkorea, 2006), Dominik Lendi (1998), Ines Leske (2000), Laszlo Levai (Ungarn, 1993, 1994, 1996, 1997), Gyula Lazar (Ungarn, 2003), Pei-Ju Liao (Taiwan, 2001, 2002, 2004), Boris Lichtmann (1999), Todd Lockwood (England, 2002), Peter Lökös (Ungarn, 2000), Pal Lombos (Ungarn, 2001, 2003, 2004, 2005), Kaspar Loyal (2005), Marek Lustig (Tschechien, 2003), Ruslan Lutsyk (2000, 2001, 2002), Witalij Lutsyk (Ukraine, 2003, 2005), Stefan Lyon (1994), František Machač (Tschechien, 2001, 2002, 2003, 2004, 2005), Elias Mai (2003), Margaarethe Maierhofer (? 2005), Giorgi Makhoshvili (Georgien, 2001, 2004, 2005), Son Joon Man (? 2002), Radoslav Manthey (Tschechien, 1998), Hanna Mareckova (Tschechien, 1999), Prof. Eliska Maresová (Tschechien, 1999), Hanna Mareckova (2000), Josie Marek (1997, 2001), Maria Marinowa (Bulgarien, 1999), Anna Markovicová (2000), Stefan Matthes (1991), Stefan Meixner (1999), Uta Mempel (1992), Janos Meszaros (Ungarn, 1993, 1994), Helena Mezej (Kroatien, 1993, 1996, 1997, 1998, 2001), Holger Michalski (1993, 1995, 1996, 1997), Tatjana Mihic (Serbien, 2001), Michael Mikulas (Tschechien, 1999), Filip Miller (Polen, 2002, 2003, 2004), Milos Milovanovic (Serbien, 1999, 2001), Aleksander Miskovic (Serbien, 1999, 2001, 2003), Bartoz Mlejnek (? 2005), Maria-Teresa Molina (2003),Sebastian P.Molsen (1999), Oleg Moznaim (Russland, 1999), Vaclav Mraz (Slowakei, 2003), Alper Müffetisoglu (Türkei, 1996, 1997, 1998), Orcun Mumcuoglu (Türkei, 2003, 2004), Jang Kyoon Na (Südkorea, 2007), Yoshi Nagata (Japan, 2007), Michael Naebert (2005, 2006), Ference Nagy (Ungarn, 1996, 1997), Tchavdar Natchev (Bulgarien, 1998), Iveca Nestic (Kroatien, 1997), Igor Nikolic (Serbien, 2006), Jan Niedzwiecki (Polen, 2003), Onur Özkaya (Türkei, 2002, 2003, 2005), Jakub Olejnik (Polen, 2000), Laszlo Onodi (Ungarn, 2004, 2006), Christopher Ordlok (USA, 1997), Tomáš Otevřel (? 2002), Andras Páal (Ungarn, 1994, 1995, 1996), Renate Pabich (2002), Thomas Paffrath (1993, 1994), Lombos Pal (Ungarn, 2000), Sanda Pal (Ungarn, 1997, 1998), Sergej Panov (Russland, 2007), Sofi Pantinshenko (Bulgarien, 2003), Veronika Papai (1996, 1997), Dae Kyu Park (Südkorea, 1996, 1997, 1999, 2000, 2002), Kijoo Park (Südkorea, 2003), Tae Bun Park (Südkorea, 1996, 1997, 2001), Roman Patkoló (Slowakei, 1999, 2000, 2001, 2002, 2003, 2004), Nebosja Pavic (Serbien, 2006), Dmytro Pavlovsky (Ukraine, 2001), Katja Pendzig (1992, 1995), Nemanja Petkovic (Serbien, 2006), Peter Petrak (Ungarn, 1994, 1996, 1997, 1999), Prof. Piri Pichlik (Tschechien, 1999, 2000), Gabor Pinkovic (Ungarn, 2000, 2001), Nina Polaschegg (2003), André Polk (2006, 2007), Peter Portee (1991), Marcus Posselt (2005), Corneliu Cosmin Puican (? 2002), Gabor Piukovics (Ungarn, 2003), Kazimierz Pyzik (Polen, 2005), Stjepan Rabuzin (Serbien, 2005), Nenova Rada (Bulgarien, 2001), Felix Raddatz (1991), Milan Radojicic (Serbien, 2006), Nadja Radtke (1999), Natalia Radzik (Polen, 2001, 2002, 2003, 2005), Miloslaw Raisigl (Tschechien, 1997), Petr Ries (Tschechien, 1997, 2002), Prof. Miloslav Ristanovic (Serbien, 1999, 2001), Andreas Rodzaj (? 1999), Cornelia Roth (1991), Fridtjof Ruppert (2006), Silvet Salieva (Bulgarien, 2007), Jonas Samuel (Ungarn, 1997), ?Sandai (1999), Michael Sandronow (Weißrussland, 1994), Masa Tosi Saito (Japan, 1992, 1996), Tsui Sanae (Japan, 1999), Greg Sarchet (USA, 1996), Andrei Sarafie (? 1999, 2002), Eva Sasinkova (Tschechien, 1994), Waizumi Satoko (Japan, 2004), Matthias Sauerzapfe (1993), Slaveyko Savov (Bulgarien, 2004), Andrej Schachnazarow (Georgien, 1994, 1995), Stefan Schäfer (1999), Thomas Schäfer (1993), Lars Olaf Schaper (2002), Paul Schimmelpfennig (2006), Wolfgang Schindler (1993, 1996), Dietmar Schmidt (1991), Waldemar Schmidt (1992), Reinhard Schmid (1992), Friedemann Schneeweiß (2007), Stefan Schoenefeldt (1992, 1993), Michael Schönfelder (2007), Rico Scholz (1996, 1997, 1998, 1999), Konstanze Schramm (1991, 1993), Klaus Schruff (1992), Wolfgang Schüle (1996), Philipp Schulte (2005), XiaoQing Shang (China, 2005, 2006), Sheljasko Sheljasov (Bulgarien, 1997, 1999, 2003, 2006), Maria Shilo (Russland, 2001), Hyung Sung Shin (Südkorea, 2006), In-Sun Shin (Süd-

II Internationale Symposien/Meisterklassen

korea, 2006), **Andrei Shynkevich** (Weissrussland, 2002, 2003, 2004, 2005), **Jurica Selma** (Kroatien, 1997), **Uwe Siewert** (1993), **Hye-won Sim** (Südkorea, 2005, 2006), **Jasper Slotboom** (? 2002), **Sebastian Slupski** (Polen, 2003), **Mihajlo Soskic** (Serbien, 2006), **Jan Stanek** (19989, 2002), **Janis Steinbergs** (? 1999), **Djordje Stjepovic** (Serbien, 1999, 2001), **Prof. Srjdan Stošić** (Serbien, 1999, 2001, 2005, 2006), **Christian Sutter** (Schweiz, 1999), **Torben Svendsen** (Schweden, 1992), **Balazs Szabo** (Ungarn, 2000), **Attila Szilagyi** (Ungarn, 2003, 2004, 2005, 2006), **Hiromi Taniguchi** (Japan, 2000, 2001, 2004), **Matt Tavilson** (USA, 2003), **Rainer Terhaerst** (1999, 2000, 2005), **Detlef Thönnessen** (Niederlande, 1999), **Stefan Thomasz** (Rumänien 2000), **Arne Tigges** (1992), **Lukasz Tinschert** (Polen, 2000, 2001, 2003, 2004), **Felix von Tippelskirch** (1993, 1995, 1996), **Sandor Török** (Ungarn, 2003, 2004), **Balász Toth** (Ungarn, 1999), **Gergö Toth** (Ungarn, 1997), **Kaloyan Trifonow** (Bulgarien, 1997, 1998), **Kateřina Truksová** (Tschechien, 2007), **Hui-Hsun Tsai** (Taiwan, 2001, 2003, 2005), **Diljana Tschervenkova** (Bulgarien, 1997, 1998), **Miroslav Tubic** (? 2005), **Beate Ullrich** (1993), **Gabriel Vacariu** (? 2002), **Özgir Uluzinar** (Türkei, 2003), **Devrim Umarer** (Türkei, 2006), **Christian Undisz** (2003), **Gunar Upatnieks** (Lettland, 2007), **Jiri Valicek** (Tschechien, 1995, 1996), **Joan Marius Vancea** (? 2002), **László Varadi-Szabo** (Ungarn, 1999), **Sarolta Varadi** (Ungarn, 1996, 1997, 1999), **Katalin Varga** (Ungarn, 1993), **Marian Vavro** (Slowakei, 2003), **Vojtěch Velíšek** (Tschechien, 2004), **Gerard Vidal** (? 1999), **Michael v. Villiez** (Niederlande, 2001), **Róbert Vizvary** (Slowakei, 2000), **Benedikt Vonder Müll** (Niederlande, 1999), **Frantisek Vyrostko** (Slowakei, 2003, 2004, 2005), **Norbert Wahren** (1994), **Torsten Waibel** (1996), **Fred Weiche** (1997), **Edgar-Berthold Weidert** (2000), **Jeanette Welch** (USA, 1993, 1994), **Grzegorz Wieczorek** (Polen, 2003, 2004), **Christoph Winkler** (1997, 2000, 2002), **Aische Elise Wirsig** (2005), **Frank Wittich** (2006), **Mirjam Wittulski** (1993, 1994), **Andreas Wylezol** (1997), **Fumitaka Yoshikawa** (Japan, 2005), **Ludek Zakopal** (Tschechien, 1995, 1996), **Zoran Zakrajsek** (Serbien, 2001), **Attila Kristof Zambo** (Ungarn, 2004, 2006), **Donat Zamira** (? 2002), **Vladimir Zatko** (Slowakei, 1998, 1999, 2000, 2001), **Wolfgang Zell** (1999, 2000), **Matyas Zilahy** (Ungarn, 2006), **Esther Zimmermann** (1995), **Martina Zimmermann** (1998, 1999), **Frank Zocher** (1992, 1997), **Antje Zott** (2000, 2001, 2002, 2003, 2004, 2006), **Ulrike Zott** (1998, 1999, 2000, 2001), **Martin Zpevak** (Tschechien, 1997, 1998),

Dozenten:

Ovidio Badila – Rumänien/Trossingen (1998, 1999, 2000, 2001),
Petya Bagovska – Sofia (1996, 1997, 1998, 1999, 2000, 2001, 2002, 2003, 2004, 2006, 2007),
Chun-Shiang Chou – Taiwan (1999, 2001),
Paul Erhard – USA (1996, 1998, 2001, 2002, 2006),
Miloslav Gajdoš – Kroměříž(1994, 1995, 1996, 1997, 1998, 1999, 2000, 2001, 2002, 2003, 2004, 2005, 2006, 2007),
Mette Hanskow – Kopenhagen (1998),
Wolfgang Harrer – Saarbrücken (1999, 2001, 2003, 2006),
David Heyes – England (1998),
Miloslav Jelínek – Brünn (1998, 1999, 2001, 2002, 2003, 2004, 2005, 2006, 2007),
Daniel Marillier – Paris, (1999, 2001, 2005),
Alexander Michno – Russland/Spanien (1997, 1998, 1999, 2001, 2003, 2006, 2007),
David Neubert – USA (1996, 2006),
Irena Olkiewicz – Polen (2000, 2001, 2003, 2004, 2006, 2007),
Vassili Papavassiliou – Griechenland (2007)
Božo Paradžik – Kroatien/Freiburg (2005),
Lew Rakov – Moskau (1996, 1998, 1999, 2002, 2006),
Gerd Reinke – Berlin (1996),

Hans Roelofsen – Amsterdam (1998, 1999, 2000, 2001, 2002, 2003, 2006, 2007),
Bela Ruzsonyi – Budapest (2003),
Stefan Schäfer – Hamburg (2005, 2006),
Rudolf Senn – Amsterdam (1998, 1999, 2001, 2006),
Karoly Saru – Budapest (1998, 1999, 2000, 2001, 2002, 2003, 2006, 2007),
Radoslav Šašina – Bratsilava (1998, 1999, 2001, 2002, 2003, 2004, 2005, 2006, 2007),
Alexander Shilo – St.Petersburg (2005, 2006),
David Sinclair – Paris/Basel (2005, 2006)
Antal Szentirmai – Ungarn (1998, 2000, 2001, 2004, 2006),
Klaus Trumpf – Berlin/München (1982 bis 2007, ohne Unterbrechung),
Werner Zeibig – Dresden, (2002, 2003, 2004, 2006, 2007)

Pianisten:
Milana Chernyavska (Ukraine, München 1997, 1998, 2000, 2001),
Zuzana Gajdošova (Tschechien, 2004),
Marcela Jelinkova (Brünn, 1998, 1999, 2001, 2002, 2003, 2004, 2005, 2006),
Klaus Kirbach (Berlin, 1982, 1984, 1985, 1986, 1987, 1989, 1993, 1995, 1996),
Marianne Roterberg (Berlin, 1983, 1994, 1997, 1998, 2006),
Dana Sasinova (Bratislava, 1998, 1999, 2000, 2001, 2002, 2003, 2004, 2005, 2006),
Vaughan Schlepp (Amsterdam, 1999, 2003),
Edwin van der Berg (Amsterdam, 2003),

II Internationale Symposien/Meisterklassen

Meisterkurse in Weimar

Kursleiter:
Lajos Montag - Budapest (1970), *Todor Toschew* - Sofia (1971-1972), *Ludwig Streicher* - Wien (1974-1979).

Teilnehmer
der Meisterkurse (aktive und passive 1970-1979) in Weimar:
Die Teilnehmerzahlen lagen jeweils zwischen 15-25.
DDR: *Dieter Uhlmann, Ralf Füssel, Harald Friedrich, Hans Sturm, Hugo Lorenz, Uwe Schmidt, Sheljasko Sheljasov, Walter Klier, Manfred Pernutz, Helmut Radenz, Werner Zeibig, Dietmar Heinrich, Peter Krauß, Klaudia Hinke, Angelika und Eberhard Lindner, Klaus Trumpf, Dagmar Tewes, Andreas Recknagel, Rainer Hucke, Bernd Haubold, Horst Würzebesser, Rainer Barchmann, Christian Rolle, Bernhard Petermann, Bringfried Seifert, Matthias Winkler, Werner Zeibig.*
BRD: *Timm Trappe, Jürgen Normann*
Österreich: *Ferray Landway*
Sowjetunion: *Alexander Michno*
Bulgarien: *Nelly Detscheva, Ekaterina Iwanowe*
Rumänien: *Wolfgang Güttler*
CSSR: *Miloslav Gajdoš, Radomir Zalud, Milan Kolman, Milos Petrak, Miloslav Bubenicek, Jelinek*
Finnland: *Olli Wasama und Pyrhönen*
Japan: *Yoshio Nagashima, Hiromi* Sudo
Niederlande: *v.d.Schaaf*
Polen: *Irena Hawelka (Olkiewicz), E. Marzynsky, Edward Krysta, Mikolajzyk, Zygmunt Podbilski, Andrzej Fraczek, Lech Straczynsli, Wojciech Zielczinski, Zenon Kazimierz, Marian Wisniowski*
Schweden: *Mats Karlsson, Alf Sundin*
Ungarn: *Ferencz Csontos, Ilona Vadasz, Peter Lökös, Takacz Katalin, Istvan Bartanyi, Attila Kovaczs, Zsuzsanna Szalanczy, Laszlo Nagy, Helena Vadacz, Esther Kadar*
USA: *Randall Nordstrom*
Yugoslawien: *Mario Bellotti*

II Internationale Symposien/Meisterklassen

„Erstes Internationales Treffen der Kontrabassisten" Berlin 5.-6.5.1973

Dieses Treffen war eines der ersten größeren internationalen Zusammenkünfte von Kontrabassisten – mit Vorträgen und einer großen Kontrabass-Konzert-Matinee im Apollosaal der Deutschen Staatsoper Berlin; organisiert von *Klaus Trumpf* und der Kontrabassgruppe der Staatskapelle Berlin. Begegnungen, Vorträge u.a. von *Alfred Planyavsky:* „Jeder kennt die Bassgeige – aber was kann der Kontrabass wirklich".

Teilnehmer:

Alfred Planyavsky - Wien, *Hans Fryba* - Genf, *Lajos Montag* - Budapest, *Todor Toscheff* - Sofia, *Masahiko Tanaka* - Tokio, *Krassimira Kaltschewa* - Sofia, *Gonzales de Lara* - Brüssel, *Konrad Siebach* - Leipzig, *Heinz Herrmann* - Dresden, *Rainer Zepperitz* - West-Berlin, *Günter Klaus* - Frankfurt, *Timm Trappe* - Frankfurt, aus Dresden: *Werner Zeibig, Peter Krauß, Gerhard Neumerkel, Eugen Röder, Heiko Herrmann; Dieter Uhlmann* - Jena, *Gero Bodenstein und Horst Goltz* aus West-Berlin, *Fritz Maßmann* - Stuttgart, aus den Berliner Orchestern: *Barbara Sanderling, Dietmar Heinrich, Sheljasko Sheljasov*, die Kontrabassisten der Staatskapelle Berlin: *Horst Butter, Walter Klier, Manfred Pernutz, Heinz Zimmer, Klaus Trumpf* und vielen Kontrabassisten aus verschiedenen Orchestern der DDR.

II Internationale Symposien/Meisterklassen

1987 Sperger-Symposium anläßlich des 175. Todestages und Nationaler Sperger-Wettbewerb

Vorträge hielten:
Dr. Eitelfriedrich Thom - Michaelstein (Musikwissenschaftler), Dr. Adolf Meier - Worms (Musikwissenschaftler), *Lajos Montag* - Budapest, *Alf Petersen* - Stockholm, *Klaus Trumpf* - Berlin.

Konzert-Solisten:
Josef Niederhammer - Wien, *Miloslav Gajdoš* - Kroměříž/CR, , *Angelika Starke* - Berlin
Als Gast: *Josef Focht* - München, später Musikwissenschaftler.

Jury des Wettbewerbes:
Barbara Sanderling - Berlin, *Horst-Dieter Wenkel* - Weimar, *Konrad Siebach* - Leipzig, *Angelika Starke* - Berlin, *Rainer Hucke* - Leipzig. Vorsitzender: *Klaus Trumpf* - Berlin.
In zwei unterschiedlichen Altersgruppen bewarben sich 20 Studenten um die Preise mit folgendem Ergebnis:

Altersgruppe ab 4.Studienjahr:
1. Preis: *Christian Ockert* - Weimar (später Solobassist Gewandhausorchester Leipzig)
2. Preis: *Martin Eschenburg* - Berlin (später Stellv. Solobassist Rdf.-Sinf.-orch. Leipzig)
3. Preis: *Robert Seltrecht* - Berlin (später Staatskapelle Berlin)
Diplome: *Ingo Burghausen* - Weimar und *Frank Langosch* - Leipzig

Altersgruppe bis 3.Studienjahr:
1. Preis: *Wolfgang Steike* - Berlin (später Symphonieorchester Singapur?)
2. Preis: *Andreas Wylezol* - Weimar (später Solokontrabassist der Dresdener Staatskapelle)
3. Preis: *Georg Schwärsky* - Berlin (später Rundfunksinfonieorchester Berlin)
4. Platz: geteilt: *Tobias Glöckler* - Dresden, *Sandor Tar* - Berlin, *Holger Schultchen* - Dresden
Diplom: *D. Siegel* - Weimar

Nationaler „Carl-Maria-von Weber-Wettbewerb" in Dresden 1963

Einer der ersten nationalen Wettbewerbe, bei dem der Kontrabass neben den anderen Streichinstrumenten vertreten war. Teilnehmer waren Studenten und junge Kontrabassisten aus Orchestern der DDR.

Jury:
Neben anderen Streichern die Kontrabassisten *Heinz Herrmann* - Dresden und *Konrad Siebach* - Leipzig.

Preisträger:
1. Preis: *Achim Meyer* - Solokontrabassist des Berliner Sinfonieorchesters
2. Preis: *Werner Zeibig* - Solokontrabassist Staatskapelle Dresden

Die nationalen Treffen der Kontrabassisten 1971-1972

In Eigenregie organisierten interessierte junge Kontrabassisten aus Berlin und Dresden diese Treffen:
07.03.1971 Matinee im Apollosaal der Staatsoper Berlin
16.04.1972 Matinee im Kammermusiksaal der Philharmonie Dresden

Teilnehmer:
Berliner Staatsopern-Kontrabassisten *Klaus Trumpf, Walter Klier, Manfred Pernutz,* aus Berliner Orchestern: *Sheljasko Sheljasov, Helmut Radenz, Rainer Barchmann, Horst Würzebesser. Klaus Niemeier.*
Aus Dresden: *Werner Zeibig, Peter Krauß, Christian Rolle, Eugen Röder, Gerhard Neumerkel, Holger Herrmann*
Als internationale Gäste konnten dazu in Dresden begrüßt werden: *Lajos Montag* - Budapest und *František Hertl* - Prag.

III Wettbewerbe/Symposien in der ehemaligen DDR

Ständige Jury
Violoncello/Kontrabass 1974-1989

Ein Professoren-Gremium, das bei zentralen Vorspielen entschied, wer zu internationalen Musikwettbewerben zugelassen wurde.
Hier folgen Namen, die sich der „Ständigen Jury" stellten. Über die Jahre ergab sich ein übersichtliches Bild des Nachwuchses und heute rückblickend sind aus all denen, die sich damals bereits an der Spitze zeigten, führende Musiker, Solocellisten, Solokontrabassisten oder Professoren geworden. Zum Teil mit internationalem Renommee. Natürlich auch sehr viele hervorragende Orchestermusiker ohne einen besonderen Status.

Violoncellisten,
die sich in den Jahren von 1974-1989 der Ständigen Jury stellten (alphabetisch):
Michael und Jochen Ameln, Thomas Bäz, Brunhard Böhme, Matthias Bräutigam, Peter Bruns, Kleif Carnarius, Christian Erben, Hans-Joachim Eschenburg, Kerstin Feltz, Stefan Forck, Reiner Ginzel, Andreas Greger, Gabriele Heinig, Martin Jungnickel, Jens Naumilkat, Michael Nellesen, Johannes Petersen, Michael Sanderling, Egbert Schimmelpfennig, Jürnjakob Timm, Jan Vogler, Ute Wiesenhütter, Peter Wöpke.

Kontrabassisten,
die vor der Ständigen Jury spielten (alphabetisch):
Christoph Bechstein, Helmut Branny, Katherina Bunners, Ingo Burghausen, Martin Eschenburg, Rolf Füssel, Sergio Glaser, Tobias Glöckler, Fritjof Grabner, Thomas Grosche, Heiko und Holger Herrmann, Dietmar Heinrich, Jochen Hentschel, Claudia Hinke, Christian Horn, Rainer Hucke, Joachim Klier, Peter Krauß, Andreas Künzel, Frank Langosch, Angelika Lindner, Eberhard Lindner, Jörg Lorenz, Bernd Meyer, Alf Moser, Raimund Moßbauer, Werner Müller, Klaus Niemeyer, Manuela Nordus, Christian Ockert, Stephan Petzold, Ingo Poser, Jörg Potratz, Reimond Püschel, Annette Reinfurt, Markus Rex, Bärbel Richter, Frank Ringleb, Axel Scherka, Thomas Schicke, Jörg Scholz, Holger Schultchen, Georg Schwärsky, Henry Schwarzkopf, Robert Seltrecht, Simone Simon, Eberhard und Hans-Christian Spree, Wolfgang Steike, Markus Strauch, Sandor Tar,, Frank Thierbach, Fred Weiche, Matthias Winkler, Andreas Wylezol, Ulrich Zickenrodt,

Internationale Wettbewerbe,
für die die Ständige Jury die Vorauswahl traf:
Belgrad, Genf, Leipziger Bach-Wettbewerb, Prager Frühling, Markneukirchen, Moskau-Tschaikowski-Wettbewerb, Budapest, Barcelona, Toulouse, Paris, München-ARD, Sofia, Usti nad Labem, Michaelstein (nationaler Sperger-Wettbewerb), Reims, Parma.

IV Instrumentenbau

Liste der Markneukirchener Bogenmacher und Bassbauer

Bogenmacher:
Bernd und Michael Dölling,
Uwe Dürrschmidt,
Günter, Matthias und Willy Hoyer,
Steffen Kuhnla,
Michael Mönnig,
Jens Paulus,
Rüdiger Pfau,
Heinz und René Pfretzschner,
Ratz & Pschera-GmbH,
Kurt und Dietmar Schäffnet,
Michael Thomae,
Klaus Uebel,
Heiko Wunderlich.

Kontrabassbauer:
Alfred Meyer-Werkstatt: Günter und Marco Focke,
Josef Saumer,
Björn Stoll
Holger Krupke

(Stand November 2014, nach dem Markneukirchener Verzeichnis im Internet)

Johann Sperger

By
Klaus Trumf

(Translated by Sharon Brown)

Significant Contrabass Player and Composer of the 18th Century

The 225th birthday of J. M. Sperger is an occasion to think about one of the most significant personalities in the history of the contrabass. Sperger, who stood in the shadow of the great personalities of the Classical Period, has received little attention in the history of music. Our attention is brought directly to this musician of many-faceted creativity who is of extraordinary significance to this instrument by the basic, all-encompassing work of Alfred Planyavsky, "Geschichte des Kontrabasses" 1 (History of the Contrabass), and the detailed work of Adolf Meier, "Konzertante Musik fur Kontrabass in der Wiener Klassik" 2 (Concert Music for Contrabass in the Viennese Classic). The fact that a great number of the concert works for contrabass which originated at this time were in Sperger's repertory shows the important roll that he played as an outstanding virtuoso of his time. We are indebted to Sperger alone for passing on almost all of the classical contrabass concertos of the Viennese School which we have today. Besides these two works and those of the Italians Antonio Capuzzi (1755-1818), Giovanni Battista Cimador (1761-1808), and Domenico Dragonetti (1763-1846), no further research is known of to date.

Unfortunately the Contrabass Concerto of J. Haydn is still missing. The first few measures are found in his catalog of themes:

The works of Dittersdorf, Pichl, Vanhal, Zimmermann and Hoffmeister were preserved in Sperger's library, not to mention his own extensive works. Sperger undoubtedly received the copies of the Dittersdorf and Pichl concertos from his instrumental teacher, Friedrich Pischelberger 3 (1741-1813). The Zimmerman and Vanhal concertos as well as the first Hoffmeister concerto, however, were dedicated to Sperger himself, for he evidently lived and worked in the same area as they did.

In view of his countless appearances in concerts (more on this to follow), his extensive work as a composer, and his participation in the center of the musical culture of his time, J. M. Sperger can be considered a central figure of solo contrabass playing which was flourishing at that time.

Instruction and Musical Influences

Sperger was born on March 23, 1750 in Feldsberg (presently Valtice in the USSR) as the third child of Stephan and Barbara Sperger who were farmers. He spent his childhood (until about 1767)4 in this city which furthered musical culture. (There was a Royal Theater with a first-rate musical group, a vocal school, and the orchestra at the monastery.)

That Sperger had his first theory instruction here is evidenced by his autograph "Wegweiser auf die Orgel"5 (1766) and his "Gradus ad Parnassum oder Anfuhrung zur Regelmesigen Composition"6 (before 1766).

Sperger moved to Vienna where Johann Georg Albrechtsberger (1736-1809) was presumably his theory teacher beginning in 1767.7 It can also be assumed with relative certainty that Friedrich Pischelberger was Sperger's contrabass teacher. (Unfortunately there is no absolute proof of this.) Pischelberger is best known to us as the soloist who first performed the Mozart aria "Per questa bella mano" KV 612 for bass and contrabass obligato, and the contrabass concertos of Dittersdorf and Pichl. He and these latter two played together in the episcopal orchestra at Grosswardein. In 1769 Pischelberger, whose achievements as a solo contrabass player and orchestra member were continually praised by Dittersdorf, came to Vienna where he met Sperger. Sperger's countless handwritten additions to the works of Dittersdorf and Pichl which were dedicated to Pischelberger show that he had intensive discussions with these two. Also, this in turn had an influence on the technical and stylistic characteristics of Sperger's works. (His first contrabass concerto was composed in 1777.)

In this connection, the significance of solo contrabass playing in Vienna between 1765 and 1800, of which Sperger is undoubtedly the most outstanding example, should be pointed out. A. Meier says this about it:8 "If one looks at the extent of the compositions for solo contrabass, one can justifiably assume the existence of a regular school. Also, so intensive a cultivation of solo contrabass playing can be found in no later period, nor in such a limited geographical area. The unity of this school, is also obvious in all the existing compositions from there, which are all based on the same concept of playing technique which presupposes a five-stringed contrabass—a special form of contrabass limited to the Vienna area. A final basis for the assumption of such a school is the concentration of excellent contrabass players in this one area at that time."

Names of other traveling contrabass soloists which appeared frequently in the newspapers besides Pischelberger and Sperger are: J. Kampfer, J. B. Lasser, J. Mannl, and I. Woschitka.

Sperger-Artikel aus der USA-BASS WORLD-Zeitung (engl.) 1975

First Employment

Sperger evidently obtained his first post in 1777 in the Pressburg orchestra of Archbishop and later Cardinal of Hungary, Joseph P. Earl of Batthyany. (Pressburg—now Bratislava USSR—was the capital of Hungary from 1526 to 1784.) The following six years were ones of fruitful creativity (about 7 contrabass concertos and 18 symphonies etc.)9 and concertising for Sperger. Sperger met a great many outstanding instrumentalists in the Pressburg orchestra, and their accomplishments undoubtedly inspired him to write countless solo concerto works and chamber music of varied instrumentation. To name a few of these instrumentalists: J. Zistler (violin), Xaver Hammer (cello), Anton and Ignaz Bock (horn), Joseph Kampfer (contrabass), Grindler (viola), and F. Faber (trumpet). Another prominent figure was the Kapellmeister and composer Anton Zimmermann (1741-1781), who wrote a contrabass concerto for Sperger between 1777-1781. This was the review of a contemporary: "... it is an orchestra which has so many great men and viruosos that surely no other orchestra in all of Europe could compare ... ; splendid works were heard including those of our own Zimmermann and Sperger ..." Sperger received special priase in another review:10 "Sperger, contrabass virtuoso, received from all Vienna the applause which he had earned from his prince and the local musical connoisseurs. All cheered when they heard him in Vienna ... ; his creative spirit doesn't stop with his knowledge of his instrument, for he is also a good composer ... His work should be applauded anew."

One proof of the recognition and worth accorded to Sperger by the royalty was his income of 500 florins per year from the first year on. Others had to be satisfied with 180, 240 or 300 florins.

Presently only two reports exist concerning solo concert tours made by Sperger during these years: In 1778 he proposed to the members of the Vienna Musicians Society (Wiener Tonkunstler-Societat) "... that he pay his own expenses to appear at the yearly conferences desired by the Society where he would play a concerto with a contrabass, or at the discretion of the Society he would compose something for these conferences."11 The program of the first appearance of Sperger at the conference of December 10, 1778 included: #1. a long, new symphony by Sperger, and #4. a newly composed concerto for contrabass performed by Sperger himself. Another program mentions that again on December 22, 1778 "a concerto for contrabass played by Mr. Johann Sperger, a member of the society" was heard.

Concert tours brought him at least once (1781) to Brunn, which is corroborated by a report in the Brunner Zeitung on March 9, 1782: "Sperger ... on a five-stringed contrabass."

The often expressed presumption that Sperger was a member of the orchestras in Eisenstadt and Esterhazy under Joseph Haydn was disproved by A. Meier when he demonstrated that Sperger took a position in the orchestra of the Earl of Erddody from 1783 to 1786 immediately after the disbandment of the Batthyan orchestra in Pressburg. Sperger shows up in the Pressburg sovereign accounts until 1783.

Unfortunately in 1783 the orchestra of Cardinal Batthyany, in which Sperger had found so much inspiration for creative work and solo concertising, was dissolved. However, he immediately found a new position in Fidisch by Eberau with Earl Erddody.12 Characteristic of this period are Sperger's choral works.13 Also, he belonged to a Lodge which had been established by his employer. The well-known composer Ignaz Pleyel was also a member of this lodge.

In 1786, after the disbandment of this orchestra too, Sperger went to Vienna although he did not have immediate employment there so far as is known. It is noteworthy that during this period he dedicated many of his works to influential people and sent the works to them, for example the King of Prussia, the Czar of Russia, and a Princess in Pressburg, from whom he undoubtedly hoped to obtain employment.

There is evidence that Sperger took a long trip between December, 1787 and June, 1788. He traveled through Brunn, Prag and Dresden to Berlin where, on January 26, 1788, he played for the first time before the music-loving king to whom he also presented several symphonies. Sperger must have made quite an impression on the king, for he played for him six more times. Unfortunately Sperger's hope for employment was disappointed here too, because there were already four contrabass players in the great Berlin Court Orchestra which was a sufficient number. Nevertheless, his appearance in Berlin played a decisive role in Sperger's life. Influential people who had heard Sperger play—the famous Kapellmeister Johann Friedrich Reichardt (1752-1814) among others—sent recommendations to the Duke of Mecklenburg-Schwerin encouraging him to accept Sperger in his orchestra. Reichardt's letter:

> His Grace the Duke,
>
> May his Highness permit me to recommend Mr. Sperger of Vienna as an extraordinary contrabass player. The king heard him seven times with great pleasure, and I am certain that he would also please your Highness.
>
> With all due respect I remain humbly yours,
>
> Reichardt, Berlin, the 15th of March, 1788

Sperger played for the Duke in April of the same year. He did not receive the desired employment, however, until early in 1789, after he sent another letter of application, together with the dedication of three more symphonies, to the Duke

In the meantime (December 22, 1788), Sperger played the concert which is mentioned above at the conference of the Musicians Society in Vienna, at which time he performed another of his contrabass concertos.

In 1789 he made a trip to Italy where he evidently stopped in Parma and Triest (where the Sonata for Contrabass and Viola was composed).

At the Court of Schwerin—Ludwugslust Court Orchestra.

From the middle of 1789 Sperger was a member of the Ludwugslust Court Orchestra of Duke Friedrich Franz of Mecklenburg-Schwerin where he spent 23 years of his life until his death in 1812. These years were filled with many artistic appearances and solo concerts, although unfortunately less fruitful in the field of composition.

The orchestra of Schwerin moved to the Ludwigslust Castle which was built in the 1780's. It gives one a strange feeling to walk through the rooms of the castle, some of which have been preserved in their original state, and especially through the "Golden Hall" where Sperger played many a concert.

(A few years ago I got to admire the original chandelier which was lighted with candles and suspended on heavy wire so it could be lowered, and also many pieces of furniture from this period.) Unfortunately Sperger's remaining papers give no evidence about the particular instrument he used or other articles with the exception of a fantastic contrabass bow (see picture) which he used according to all evidnece. This bow has a light, elastic stick, a wonderful whirled tip, and an ivory screw—all characteristics which point to ibe being, for that time, a special (Viennese) contrabass bow. The bow was an amazing elasticity despite the convex-shape of the stick.

The directorship of this orchestra—originally founded in 1701—was taken over by the well-known Franz Anton Rosetti (1750-1792) in 1789, the same year Sperger began to play with the group. Rosetti's direction undoubtedly had a great deal to do with the good reputation which the orchestra enjoyed. Sperger was one of the most versatile and distinguished musicians of the orchestra. This has been established by various sources. He repeatedly played his own works ("Praludien", "kleine Orgelstucke" etc.) as well as those of others on the organ in church. He also took on the job of piano tuner and taught oboe and bassoon. In 1798 he composed his bassoon concerto. Unfortunately

V Rezensionen/Artikel/Kontrabass-Nachwuchs

it is not known whether he ever gave contrabass lessons. This is unfortunate, for as a result of his fingerings (scantily preserved) he had what one would call a modern way of playing which undoubtedly was influenced by his teacher Pischelberger and the advanced state of Viennese contrabass playing. (See fingering example below.)

In 1792 Sperger petitioned the Duke for an increase in salary (see illustration). The Duke initially denied this request "... because I do not presently see myself in a position to grant your request." At the same time, however, the Duke expressed his praise for the contrabass player "... it is doubly unpleasant to have to deny Sperger's petition, for he is my best virtuoso." Another member of the orchestra wrote: "in his capacity for work Sperger is a giant ..." The regard in which Sperger was held is also evident in his salary which was initially 400 thalers, and later increased to 500 thalers per year. In comparison, the concert master Stievenard received only 300 thalers. The Duke had also immediately ordered a contrabass to be made by a Viennese instrument maker which cost him 64 thalers and which he gave to Sperger in 1792. Surely there was an instrument available in Ludwigslust—one can at least assume that there was an instrument left from Weber whose position Sperger took over when Weber died in 1789, but this contrabass did not meet Sperger's requirements, all the more so because Sperger required two instruments, one for orchestral playing and one for solo work.

The Viennese Solo Contrabass

One reliable indication of the strict separation of the instruments and even of the use of qualitatively different sets of strings is a request of Rosetti to the Duke for money for strings (see illustration): *"Sperger has 2 basses for which we need strings, one for solo work and one for the orchestra;* Sedlaczeck (the second contrabass player in Ludwigslust) also has 2 basses, one for the orchestra and one which he uses to play for balls, *although he doesn't need as fine, expensive strings as Sperger."* This reference is of special significance, because nowhere in the history of music is there a clearer mention of the question of instruments and especially of the stringing of the instruments. Sperger quite clearly differentiated between the orchestra—and the solo-contrabass in his compositions. In the second half of the 18th century in the area of Vienna a second type of contrabass (in addition to the orchestra contrabass) was developed which had a particular tuning which made it possible for players and composers to evolve a great virtuosity within the framework of the classical style and criterion of composition. A contrabass with third/fourth tuning to this degree of perfection could only be a product of this period, wherein passages, melody lines, double stops, etc. were based primarily on triadism. 14 For example:

The mutual effect which the possibilities of the instrument and the style of composition had on one another influenced and determined this special kind of composition. Of necessity the contrabass with this tuning disappeared with the transition to the music of the Romantic period and soon vanished into oblivion. Many a contrabass player has asked himself how the soloists of that time managed to play the difficult part of the Mozart Aria, the chords of the Dittersdorf Concerto, and the double-stop passages of the Sperger works etc. The key lies in the tuning of the contrabass:

Sounds one octave lower

This is the so-called third/fourth tuning (Viennese five-stringed contrabass). There is no proof from the Ludwigslust period, however, that Sperger used a five-stringed contrabass. It is known that several contrabass concertos of this period have contra A as the lowest note.

sounds one octave lower

For a long time doubt existed concerning this tuning15 but several examples can be given as proof:

The double-stops in the "Quartet" (see illustration) provide clear information about this tuning.

Sperger-Concerto Nr. 13
Solo-contrabass

Original fingerings of Sperger: Proof of the F♯ string.

Sperger-Concerto Nr. 1
Solo-contrabass

Mozart-Aria KV 612
Solo-Contrabass

Dittersdorf-Concerto E
Solo-Contrabass

Sperger-Quartet
Solo-Contrabass

J-16

Sperger-Artikel aus der USA-BASS WORLD-Zeitung (engl.) 1975

Dittersdorf-Concerto
Solo-contrabass

Naturally this resulted in the keys favored for contrabass concertos: D and A major. However, to achieve more diversity several concertos have the orchestra part written in E♭ or B♭ major in which case the contrabass is tuned a half step higher. For example both the Dittersdorf and Vanhal concertos sound in E♭ major, but the contrabass player reads his part and fingers in D major.

One interesting proof of the treatment of the solo contrabass in contrast to the orchestra contrabass is provided by the two cassations for viola, 2 horns and contrabass (T 32 and 33).16 They were originally written for the orchestra contrabass and later reworked by Sperger for solo contrabass with the tuning A D F♯ A to include the contrabass solos so typical of Sperger. By the way, all solos were notated in the treble clef which served to indicate to the player when he had to play out. The sound was two octaves lower than written:

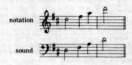

(see also the illustration of the title page of the "Quartet")

In the cassations mentioned above the original highest note was: ![notation], but the solos which were added went above this, and the lowest tone was then A: ![notation] . Notes which went lower than this A were then played an octave higher.

Also several fingerings which are preserved in the original from Sperger gave us a further insight into his method of playing:

Contrabass part of a Sperger Symphony

Contrabass Concerto Nr. 18

In the lower register Sperger used the 1st, 2nd and 4th fingers omitting the weak 3rd finger), which later became established as the physiologically most favorable fingering in the pioneering method of Hause beginning in 1827 and continuing into the present. In the upper register the 3rd finger was used, and for harmonies the thumb was employed.

J-17

Reviews

In the reviews which have been preserved Sperger always received unqualified praise as a contrabass player. Not all critics appreciated the solo contrabass, but everyone admired Sperger's tone and technique.

It is also clear from reviews that there was less negative reaction in the cities where solo contrabass playing was cultivated (i.e., in the area around Vienna) than there was in villages which seldom heard a solo player. We know from the "Ludwigsluster Diarium", which was conscientiously directed by the concert master L. Massonneau beginning 1803, that as a soloist Sperger constantly played his own works: According to this listing alone beginning in 1803 9 countrabass concertos, 2 quartets with solo bass, and 22 symphonies (all Sperger's works) were performed at the concerts at Ludwigslust. Even when he was 62 (the year he died) Sperger performed a concerto for contrabass. This is all the more admirable considering the fact that "although he was by nature a lively person, Sperger was a weak man" as we know from an entry in the death register.

Three additional concert tours are known to have taken place during the Ludwigslust period. An announcement of a concert in Lubeck in 1792 included this:17 "Mr. Sperger of Vienna, a rare and unusual virtuoso on the contrabass, gives humble notice to the honorable public that on this Saturday, the 14th, there will be a large musical conference held at the Opera house. He will perform on this large instrument in the best fashion which human diligence has to date been able to accomplish. Note: All works to be heard at the conference are his own. More information can be obtained from the poster of the Musical Conference ... "

In 1793 Sperger brought to the king in Berlin two symphonies which the latter had commissioned. Surely Sperger took this opportunity to play for the king once again.

During another concert tour he played in the merchants' market at Leipzig. We can read about it in the AMZ:18 "... he accomplished everything which one could ask for on this instrument which wasn't created as a solo instrument, and then some ... but in the splendidly performed Andante Mr. Sperger brought forth from the instrument a tone uniquely his own and very pleasing."

Sperger also sent several symphonics from Ludwigslust to various sovereigns, for example the Duke of Strelitz, the Czar of Russia, and the King of Prussia. Were these all commissioned works? Or what is the reason behind the dedications?

* * *

Sperger-Artikel aus der USA-BASS WORLD-Zeitung (engl.) 1975

Among Sperger's symphonies there is one which is particularly interesting, namely as the exact opposite of Haydn's "Farewell Symphony." Sperger had 2 violin players begin by themselves and gradually added the other musicians "...so that it could be easily put into effect, I have chosen variations on it."

Among other works, seven contrabass concertos were composed in Ludwigslust. Few works can be found which were composed after 1800. It is appropriate to wonder why a composer who was so productive up to this point (45 symphonies, about 30 concertos for various instruments—contrabass, cello, viola, trumpet, horn, flute, bassoon—, chamber music, etc.) did not remain creative in his later years. To be sure, he was very active in solo work during these later years. Perhaps this sapped his strength, for we read in his petition to the Duke in 1792: ... my body, which didn't grow enough for the instrument which I have chosen ..." (see illustration).

We do want to thank Sperger, however, for the numerous interesting compositions which he wrote for solo contrabass. "His inexhaustible gift for finding new and interesting melodies is evident in the divertimento-like characteristics of his works." (Meier) His virtuosity together with the realities of the instrument explain the unusual demands of his solos and would seem to make a more thorough attention to his works a worthwhile endeavor.

As mentioned above, Sperger played a central role in the history of the contrabass.

Johann Matthias Sperger died on May 13, 1812. "The orchestra thereby lost one of its best members..." said his eulogy. Nothing makes more clear the high esteem and regard in which he was held at the Ludwigslust court than the fact that the Mozart Requiem was played on the occasion of his death.

December 1974 Klaus Trumpf, member of the State Orchestra of Berlin

FOOTNOTES

1. Published by Hans Schneider - Tutzing, 1970
2. Published by E. Katzbichler - Giebing uber Prien am Chiemsee, 1969
3. There are various pieces of evidence that Pischelberger was Sperger's contrabass teacher (Meier, page 121).
4. Meier, page 161
5. Landesbibliothek (County Library) Schwerin, Mus 5121.
6. Landesbibliothek (County Library) Schwerin, Mus 5130.
7. Meier, page 161
8. Meier, page 54.
9. Meier, page 170.
10. Meier, page 113
11. Meier, page 189
12. Meier, page 172.
13. Meier, page 174.
14. For example, Mozart took this fact into account in his Aria KV 612 and understood how to make full use of the possibilities of the instrument with regard to harmonics, double stops, cantilena, and technique.
15. See also Planyavsky and Meier.
16. See Planyavsky "Geschichte," page 171, footnote 79.
17. Lubecker Anzeiger, January 11, 1792.
18. AMZ, Year no. 4 1801-1802, 251.

Title Page—Sperger Quartet

Double Stops in Sperger Quartet

Sperger-Artikel aus der USA-BASS WORLD-Zeitung (engl.) 1975

V Rezensionen/Artikel/Kontrabass-Nachwuchs

Klaus Trumpf

Johann Matthias Sperger – Kontrabassist und Komponist

Die Wiederkehr des 225. Geburtstages von Johann Matthias Sperger sollte Anlaß sein, einer der bedeutendsten Persönlichkeiten der Kontrabaß-Geschichte zu gedenken. Von der Musikforschung wenig beachtet, immer im Schatten der Großen der Klassik stehend, wurde erst dank der grundlegenden Arbeit von Alfred Planyavsky, „Geschichte des Kontrabasses"[1]), und der detaillierten Untersuchung von Adolf Meier, „Konzertante Musik für Kontrabaß in der Wiener Klassik"[2]), in jüngster Vergangenheit auf einen vielseitig-schöpferischen, ausübenden Musiker aufmerksam gemacht, der für dieses Instrument von außergewöhnlicher Bedeutung ist. Die Tatsache, daß eine große Anzahl der konzertanten Werke für Kontrabaß, die in dieser Zeit entstanden ist, in seinem Repertoire zu finden war, weist auf die große Rolle hin, die Sperger als Virtuose seiner Zeit spielte. Wir verdanken Sperger die Überlieferung fast aller in unsere Zeit überkommenen klassischen Kontrabaß-Konzerte der Wiener Schule. Außer diesen und denen der Italiener Antonio Capuzzi (1755–1818), Giovanni Battista Cimador (1761–1808) und Domenico Dragonetti (1763–1846) sind der Forschung bisher keine weiteren bekannt. Leider gilt das Kontrabaß-Konzert von Joseph Haydn noch immer als verschollen. Die Anfangstakte sind uns in seinem Themenkatalog überliefert:

Joseph Haydn: Kontrabaß-Konzert

Die Dittersdorf-, Pichl-, Vanhal-, Zimmermann-, Hoffmeister-Werke für Kontrabaß sind im Nachlaß Spergers erhalten geblieben, ganz zu schweigen von seinem eigenen umfangreichen Œuvre. Wahrscheinlich hat Sperger die Abschriften der Dittersdorf- und Pichl-Konzerte von seinem Instrumentallehrer Friedrich Pischelberger (1741–1813)[3]) erhalten; das Zimmermann-, Vanhal- und das erste Hoffmeister-Konzert könnten Sperger gewidmet sein, da er nachweislich mit allen drei Komponisten an gleichen Orten wirkte. In Anbetracht seiner regen Konzerttätigkeit und seiner umfangreichen kompositorischen Arbeiten kann er als eine Zentralfigur des Kontrabaß-Solospiels, welches zu dieser Zeit allgemein in hoher Blüte stand, bezeichnet werden.

Am 23. März 1750 in Feldsberg (das heutige Valtice/ČSSR) als drittes Kind seiner in der Landwirtschaft tätigen Eltern Stephan und Barbara Sperger geboren, verbrachte Sperger seine Kindheit (bis etwa 1767)[4]) in einer für die Musikpflege aufgeschlossenen Stadt (fürstliches Theater mit „trefflicher Musikkapelle", Singschule, Orchester des Klosters). Den ersten Theorieunterricht belegen die Autographe „Wegweiser auf die Orgel" 1766[5]) und sein „Gradus ad Parnassum oder Anführung zur Regelmesigen Composition" (vor 1766)[6]). Dann siedelte er nach Wien über, wo

vermutlich Georg Albrechtsberger ab 1767 sein Theorielehrer wurde[7]).

Mit ziemlicher Sicherheit darf angenommen werden, daß Friedrich Pischelberger der Kontrabaßlehrer Spergers war (Beweise fehlen leider). Pischelberger ist uns vor allem bekannt als der Solist der Uraufführung der Mozart-Arie „Per questa bella mano" KV 612 für Baß und obligaten Kontrabaß und der Kontrabaßkonzerte von Dittersdorf und Pichl. Mit den beiden letztgenannten Komponisten wirkte Pischelberger an der gleichen bischöflichen Kapelle zu Großwardein. 1769 ging er, dessen Leistungen als Kontrabassist und Konzertist von Dittersdorf immer wieder gewürdigt wurden, nach Wien, wo sich sein Lebensweg mit dem Spergers kreuzte. Zahlreiche handschriftliche Zusätze Spergers in den Pischelberger dedizierten Werken von Dittersdorf und Pichl beweisen, daß sich Sperger mit diesen

539

Sperger-Artikel aus „DAS ORCHESTER" 1975 (deutsch)

intensiv auseinandergesetzt hat und diese nicht ohne Einfluß auf spieltechnische und stilistische Eigenheiten im Schaffen Spergers (sein erstes Kontrabaßkonzert entstand 1777) geblieben sind.

Die Bedeutung des Solospiels auf dem Kontrabaß in Wien zwischen 1765 und 1800, welches in Sperger seinen hervorragenden Vertreter hatte, betont A. Meier, wenn er sagt[8]): „Überschaut man den Umfang der Kompositionen für Solo-Kontrabaß, so ist die Annahme der Existenz einer regulären Schule gerechtfertigt; hinzu kommt, daß in keinem späteren Zeitraum und in keinem geographisch so geschlossenen Raum eine derart intensive Pflege des solistisch-konzertanten Kontrabaß-Spiels bemerkt werden kann. Die Einheit dieser Schule rechtfertigt sich auch durch die allen überlieferten Werken zugrunde liegende gleichartige spieltechnische Konzeption, welche die auf den Wiener Raum begrenzte Sonderform des fünfsaitigen Kontrabasses voraussetzt. Schließlich begründet die auffallende Konzentration von ausgezeichneten Kontrabassisten die Annahme der genannten Schule." Einige der in Zeitungsberichten immer wieder auftauchenden Namen von reisenden Kontrabaßsolisten sind außer denen von Pischelberger und Sperger u. a.: J. Kämpfer, J. B. Lasser, J. Mannl, I. Woschitka.

Seine erste nachweisbare Anstellung erhielt Sperger 1777 in der Preßburger Kapelle des Erzbischofs und späteren Kardinals von Ungarn, Joseph Graf von Batthyany. Für Sperger waren es sechs überaus fruchtbaren Schaffens (etwa sieben Konzerte, 18 Sinfonien usw.)[9]) und Konzertierens. In der Preßburger Kapelle traf Sperger mit einer Reihe ausgezeichneter Instrumentalisten zusammen, deren Leistungen ihn sicher zu zahlreichen Kompositionen von Solokonzerten, Kammermusikwerken in den verschiedensten Besetzungen usw. angeregt haben. Hervorgehoben sei der Kapellmeister und Komponist Anton Zimmermann (1741 bis 1781), der für Sperger ein Kontrabaßkonzert schrieb. Über die Leistungsstand dieser Musiker ist einem zeitgenössischen Bericht zu entnehmen: „... hat eine Capelle, wo gewiß schwerlich in ganz Europa eine so viele starke große Männer und Virtuosen aufzuweisen hat, als diese...: vorzügliche Stücke höret, auch unseres Zimmermann und Spergers..."

Eine besondere Würdigung erfuhr Sperger in einer anderen Rezension[10]): „Sperger, Virtuos auf dem Violon-Baß... Beifall, so wie ganz Wien, ihm gegeben, hat er lange bei seinem Fürsten und bei den hiesigen Kennern der Musik verdient und erhalten; alles schrie, als er sich in Wien hören ließ..., sein schöpferischer Geist begnügt sich nicht nur mit der großen Kenntnis seines Instrumentes, sondern er ist selbst ein guter Compositor... seine Arbeit mit neuen Gedanken vollgepfropft seyn soll."

Ein Hinweis auf die Anerkennung und Wertschätzung, die Sperger von fürstlicher Seite her genoß, mag die Zubilligung von 500 fl. Jahresgehalt im ersten Jahr an sein, im Verhältnis zu anderen, die mit 180, 240 oder 300 fl. zufrieden sein mußten.

Über Konzertreisen, die Sperger in diesen Jahren unternommen hat, liegen bisher über zwei solistische Auftritte Belege vor: 1778 stellte er bei der Wiener Tonkünstlersocietät den Antrag auf Mitgliedschaft: „... daß er auf allmaliges Verlangen der Societät bei jährlich abzuhaltenden Akademien um ein Konzert für Kontrabaß zu spielen auf eigene Unkosten erscheinen, oder zu eben selben Akademien nach Gutbefinden der Societät etwas komponieren wolle[11])." Das Programm des ersten Auftretens Spergers innerhalb der Akademie vom 10. 12. 1778 beinhaltet: „1. eine neue große Sinfonie in Eisenstadt und Esterházy angehört, hat A. Meier widerlegt in seinem Nachweis der Anstellung Spergers in der Kapelle des Grafen von Erdödy 1783 bis 1786, sofort nach Auflösung der Batthyanischen Kapelle in Preßburg, in deren Hofkasserechnungen er bis 1783 geführt wird.

Leider war es 1783 zur genannten Auflösung der Kapelle des Kardinals Batthyany gekommen, in der Sperger soviel Anregung zu schöpferischer Arbeit und solistischem Konzertieren erhalten hatte. Er fand aber sofort eine neue Anstellung in Fidisch b. Eberau beim Grafen v. Erdödy[13]). Hier gehörte Sperger einer von seinem Dienstherrn gegründeten Loge an, zu deren Mitgliedern auch der Komponist Ignaz Pleyel zählte.

Im Jahre 1786, nachdem auch diese Kapelle aufgelöst wurde, wendet sich Sperger nach Wien, ohne jedoch sofort Aufnahme in einem Orchester zu finden. Auffallend ist, daß er in dieser Zeit einige seiner Werke einflußreichen Persönlichkeiten dediziert und zuschickt, so z. B. dem König von Preußen, dem Zaren von Rußland, einer Fürstin nach Preßburg, wobei er sich gewiß eine Anstellung erhoffte. In diese Zeit (Dezember 1787 bis Juni 1788) fällt eine größere Reise über Brünn, Prag und Dresden nach Berlin, wo er am 26. 1. 1788 das erste Mal vor dem musikliebenden König spielte, dem er auch einige Sinfonien überreichte. Sperger muß beim König außerordentlichen Eindruck gemacht haben, denn er spielte noch sechsmal vor ihm. Leider wurde aber auch hier aus der erhofften Anstellung nichts, die vier Kontrabassisten des großen Berliner Hoforchesters genügten den Ansprüchen; aber dennoch war sein Berliner Auftreten von einschneidender Bedeutung für seinen weiteren Lebensweg.

Einflußreiche Persönlichkeiten, die Sperger hier gehört hatten, u. a. Johann Friedrich Reichardt, setzten sich mit Empfehlungsschreiben beim Herzog von Mecklenburg-Schwerin für eine Aufnahme Spergers in dessen Hoforchester ein:

„Durchlauchtigster
Gnädigster Herzog und Herr.

Eure Hochfürstlichen Durchlaucht erlauben mir gnädigst Hr. Sperger aus Wien als einen ganz außerordentlichen braven Concertspieler auf dem Contrabaß zu empfehlen.

Sperger-Artikel aus „DAS ORCHESTER" 1975 (deutsch)

V Rezensionen/Artikel/Kontrabass-Nachwuchs

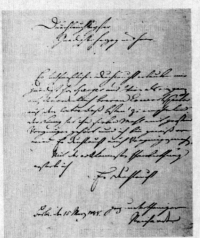

Empfehlungsschreiben von Johann Friedrich Reichardt an den Herzog von Mecklenburg-Schwerin

Der König hat ihn sieben Mahl mit großem Vergnügen gehört und ich bin gewiß er wird Eure Durchlaucht auch Vergnügen machen.

Mit der vollkommensten Ehrerbietung ersterbe ich
Berlin, den 15. März 1788"

          Eure Durchlaucht ganz unterthäniger
          Reichardt

Sperger spielte im April des gleichen Jahres vor dem Schweriner Herzog; die erhoffte Anstellung kam aber erst im Frühjahr 1789 zustande, nachdem er nochmals ein Bewerbungsschreiben, verbunden mit der Widmung von drei weiteren Sinfonien, an den Herzog geschickt hatte.

Ab Sommer 1789 ist Sperger Mitglied der Ludwigsluster Hofkapelle des Herzogs Friedrich Franz von Mecklenburg-Schwerin, in der er bis zu seinem Tode 1812 verblieb.

Das Ludwigsluster Schloß war in den 80er Jahren erbaut worden, wohin die Kapelle von Schwerin aus übersiedelte. Noch heute kann man die zum Teil original erhaltenen Räume des Schlosses mit dem wunderschönen großen „Goldenen Saal" besichtigen, in dem Sperger so manches Konzert gespielt hat. Leider ist kein Hinweis auf sein Instrument oder sonstige Gegenstände aus dem Nachlaß Spergers zu finden, bis auf einen Kontrabaßbogen, der allen Indizien zufolge von Sperger benutzt wurde. Er besitzt eine leichte, konvex geschnittene, elastische Stange, eine wunderbar geschwungene Spitze und eine Elfenbeinschraube; alles Merkmale, die ihn als einen besonderen Kontrabaßbogen auszeichnen.

Im Antrittsjahr Spergers hatte die Leitung der 1701 gegründeten Kapelle der bekannte Franz Anton Rosetti übernommen, der viel für den guten Ruf, den das Orchester besaß, beigetragen hat. Sperger selbst war einer der vielseitigsten und angesehensten Musiker des Orchesters. Dies geht aus verschiedenen Belegen und Urteilen hervor. Er spielte wiederholt in der Kirche auf der Orgel neben Werken anderer Komponisten eigene Stücke: „Präludien", „kleine Orgelstücke" usw., das Amt des Klavierstimmers wurde ihm übertragen, und er erteilte einem Oboisten Fagott-Unterricht(!). (1798 entstand das Fagott-Konzert!) Leider ist nicht bekannt geworden, ob er jemals Kontrabaß-Unterricht erteilt hat, was zu bedauern ist, da er, seinen (spärlich erhaltenen) Fingersätzen nach zu schließen, eine modern zu nennende Spielweise hatte, die wohl auf seinen Lehrer Pischelberger und den fortgeschrittenen Stand des Wiener Kontrabaßspiels zurückgeht.

Auf ein Gesuch Spergers aus dem Jahre 1792, in dem er um eine Gehaltszulage bittet, antwortete der Herzog zunächst mit einer Absage: „... da ich vorderhand mich außerstand sehe, seiner Bitte zu willfahren", bestätigt aber gleichzeitig seine Hochschätzung gegenüber seinem Kontrabassisten: „... und doppelt unangenehm, Spergers Gesuch abzuschlagen, da er einer meiner besten Virtuosen sey". (Ein Kapellenmitglied schrieb: „In puncto Leistungsfähigkeit ist Sperger ein Riese...") Diese Wertschätzung

Bogen – vermutlich von Sperger benutzt. Gesamtlänge: 75 cm, Strichlänge: 55 cm, Spitze (Höhe): 5 cm. Frosch (Höhe): 5 cm, Gewicht: 135 g.

Sperger-Artikel aus „DAS ORCHESTER" 1975 (deutsch)

V Rezensionen/Artikel/Kontrabass-Nachwuchs

drückte sich auch u. a. in seiner Besoldung aus, die zunächst mit 400 Reichstalern jährlich, später dann sogar mit 500 Rtl. festgesetzt war, wogegen der Konzertmeister Stievenard nur 300 Rtl. erhielt. Der Herzog hatte auch sofort die Bestellung eines Kontrabasses bei einem Wiener Instrumentenmacher bewilligt, den Sperger im Jahre 1792 erhielt und der den Herzog 64 Rtl. kostete. Offensichtlich genügte der Orchester-Kontrabaß den Ansprüchen Spergers nicht, zumal er ein besonderes Instrument für das Solospiel benötigte.

Einen wertvollen Hinweis auf die strikte Trennung der Instrumente und selbst auf Benutzung von qualitativ unterschiedlichen Saitenbezügen gibt uns ein schriftliches Gesuch Rosettis beim Herzog um Saitengelder, in dem es heißt: „Sperger, der 2 Bässe, einen zum Concert, den zweyten zum Orchestre bezogen halten muß; Sedlaczeck (der zweite Kontrabassist in Ludwigslust) eben dieser hält 2 Bässe, einen zum Orchestre, den zweyten zum Ball spielen; bedarf aber nicht so feine, kostbare Saiten wie Sperger". Dieser Beleg hat für uns eine um so größere Bedeutung, als es in der gesamten Musikgeschichtsliteratur keinen deutlicheren Hinweis zu Fragen der Kontrabaßinstrumente und der Besaitung gibt.

Die historische Entwicklung hatte in der zweiten Hälfte des 18. Jahrhunderts im Wiener Raum neben dem Orchester-Kontrabaß ein Instrument (mit einer besonderen Stimmung) hervorgebracht, welches es Spielern und Komponisten ermöglichte, eine große Virtuosität im Rahmen der klassischen Komposition zu entfalten. Der Kontrabaß mit der Terz-Quart-Stimmung (auch Terz-Quart-Violon genannt) in dieser Vollendung konnte nur ein Produkt dieser Zeit sein, wo Passagen, Melodieführungen, Doppelgriffe usw. hauptsächlich auf Dreiklangsmotivik basierten. Beispielgebend hat Mozart in seiner Arie KV 612 diesem Umstand Rechnung getragen und es meisterlich verstanden, die instrumentalen Möglichkeiten in Harmonik, Doppelgriffen, Cantilene und Technik auszuschöpfen.

W. A. Mozart: Arie KV 612

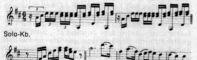

Solo-Kb.

Zwangsläufig verschwand der Kontrabaß in dieser Stimmung mit dem Übergang zur Romantik und geriet bald ganz in Vergessenheit. Bis heute fragen sich viele Kontrabassisten, wie damalige Solisten den schwierigen Part der Mozart-Arie, die Akkorde der Dittersdorf-Konzerte, die Doppelgriffe der Sperger-Werke usw. bewältigten.

Der Schlüssel dazu ist die Stimmung des Kontrabasses in:
(F) A D Fis A

 Klang: 1 Oktave tiefer

die sogenannte Terz-Quart-Stimmung (Wiener Fünfsaiter). In der Ludwigsluster Zeit findet sich kein Hinweis, daß Sperger einen Fünfsaiter benutzte; auch ist bekannt, daß sämtliche Kontrabaßkonzerte dieser Epoche als untere Grenze das Kontra-A aufweisen.

Klang: 1 Oktave tiefer. Es gab lange Zeit Zweifel über diese Stimmung[13]), als Beweise können die Doppelgriffe in dem Sperger-Quartett gelten, die eindeutig Auskunft über diese Stimmung geben.

Sperger, Konzert Nr. 13

Sperger, Konzert Nr. 1

Dittersdorf, Konzert in E

Notation:

Klang:

Daraus resultieren natürlich auch die bevorzugten Tonarten für die Kontrabaß-Konzerte: D- und A-Dur. Um aber wiederum mehr Abwechslung zu erreichen, wurde bei einer Reihe von Konzerten der Orchesterpart z. B. in Es- oder B-Dur geschrieben, bei denen der Solokontrabaß um einen halben Ton höher zu stimmen ist. So stehen beide Dittersdorf-Konzerte und das Vanhal-Konzert klingend in Es-Dur. Der Kontrabassist liest und greift seinen Part in D-Dur.

Interessante Hinweise für die Behandlung des Solokontrabasses im Verhältnis zum Orchesterbaß geben auch die beiden Kassationen für Viola, zwei Hörner und Kontrabaß von Sperger (T 32 und T 33)[14]). Sie waren ursprünglich für Orchesterbaß geschrieben und später von ihm selbst für Solokontrabaß umgearbeitet worden, und zwar in der Stimmung: A D Fis A mit hinzugefügten typischen Sperger-Soli. Übrigens wurden bei all diesen Werken die Soli immer im Violinschlüssel notiert, was dem Spieler anzeigte, wann er hervorzutreten hatte. Der Klang ist dabei 2 Oktaven tiefer:

Bei den obengenannten Kassationen war die ursprüngliche Grenze nach oben das kleine a

---

Sperger-Artikel aus „DAS ORCHESTER" 1975 (deutsch)

die dann bei den dazukomponierten Soli überschritten wurde. Die untere Grenze lag bei A.

Töne, die vorher unter dieses A gingen, wurden oktaviert. Einige Fingersätze, die original von Sperger erhalten sind, geben weitere Einblicke in seine Spielweise:

Basso-Stimme einer Sinfonie

Sperger, Konzert Nr. 18

Sperger verwendet in den unteren Lagen die Finger: 1, 2, 4 (Weglassen des schwachen 3. Fingers), wie bei der späteren bahnbrechenden Methode von Wenzel Hause (1764 bis 1847), die sich ab 1828[15]) bis in die heutige Zeit als die physiologisch günstigste durchsetzen. Sperger benutzt in den oberen Lagen den 3. Finger und ab Oktav-Flageolett den Daumen.

In den überkommenen Kritiken erhielt Sperger als Kontrabaß-Solist uneingeschränktes Lob. Nicht alle Rezensenten konnten sich mit dem konzertierenden Kontrabaß anfreunden, aber über den schönen Ton Spergers, seine Technik gab es keine Zweifel. Auch fällt auf, daß an Stätten der Kontrabaß-Solo-Pflege (Wiener Raum) weniger Ablehnung zu lesen ist als an Orten, an denen sich selten ein Solospieler hören ließ.

Daß Sperger immer wieder als Solist seiner eigenen Werke auftrat, ist uns aus dem „Ludwigsluster Diarium", welches der Konzertmeister Massonneau ab 1803 gewissenhaft führte, bekannt: so erklangen allein nach dieser Aufstellung seit 1803 neun Kontrabaß-Konzerte, zwei Quartette mit Solo-Kontrabaß und 22 Sinfonien von Sperger bei Schloßkonzerten in Ludwigslust. Er spielte noch in seinem 62. Lebensjahr (seinem Todesjahr) ein Konzert auf dem Kontrabaß; dies ist um so mehr zu bewundern, da er zwar „ein von Natur lebhafter, aber dabei doch schwächlicher Mann" war, wie es eine Eintragung im Sterberegister besagt.

Aus der Ludwigsluster Zeit sind drei Konzertreisen bekannt geworden: für ein Konzert in Lübeck heißt es 1792 in der Ankündigung[14]): „Herr Sperger aus Wien, ein seltener und unnachahmlicher Virtuose auf dem Kontrabaß, gibt einem sehr verehrungswürdigen Publikum zur ergebensten Nachricht: daß selbiger Sonnabend als den 14. diesen Monats, eine große musikalische Akademie auf dem Opernhause halten wird; auch verspricht solcher im voraus, sich auf diesem großen Instrumente zu zeigen, als der menschliche Fleiß noch bis itzige Zeiten es hat bringen können. NB. Alles was in der Musikalischen Akademie aufgeführt wird, sind seine eigenen Compositionen. Das mehrere wird der Musikalische Akademie-Zettel anzeigen..."
1793 überbrachte er dem König in Berlin zwei Sinfonien, die dieser in Auftrag gegeben hatte.

Während einer weiteren Reise, die bis Wien geplant war, konzertierte er am 26.11.1801 im Gewandhaus Leipzig, worüber in der AMZ[17]) zu lesen ist „... er leistete auf diesem zum Konzertspiel nicht geschaffenem Instrument, alles, was man nur verlangen konnte, und noch etwas mehr..."

Unter Spergers Sinfonien dürfte zumindest eine besonderes Interesse finden: nämlich das Gegenstück zu Haydns Abschiedssinfonie, in der Sperger zwei Geiger allein beginnen und nach und nach die anderen Musiker hinzutreten läßt „... damit es leicht in Ausführung gebracht werden kann, habe ich Variationen dazu gewählt".

Nach 1800 lassen sich nur noch wenige Kompositionen nachweisen. Mit Recht muß man nach den Gründen fragen, weshalb er bis dahin doch recht produktiver Komponist (45 Sinfonien, fast 30 Konzerte für verschiedene Instrumente [Kontrabaß, Violoncello, Viola, Trompete, Horn, Flöte, Fagott], Kammermusik in verschiedensten Besetzungen, Arien, Kirchenmusik usw.) in seinen späteren Jahren nichts mehr schreibt. Sicher war er gerade in jenen Jahren solistisch besonders rege und diese Tätigkeit zehrte an seinen Kräften. Schon 1792 lesen wir in seinem Gesuch an den Herzog: „... meinen Körper, der nicht genug gewachsen ist, gegen dem Instrument, welches ich mir gewählet..."

Johann Matthias Sperger starb am 13. Mai 1812. „Das Orchester verliert an ihm eines seiner vorzüglichsten Mitglieder..." heißt es im Nachruf, und nichts mag deutlicher seine Hochschätzung und Achtung, die er am Ludwigsluster Hof genoß, belegen, als die Aufführung des Mozart-Requiems anläßlich seines Todes.

Anmerkungen
[1]) Musikverlag Hans Schneider, Tutzing 1970
[2]) Musikverlag Emil Katzbichler, Giebing ü. Prien/Chiemsee 1969
[3]) Meier S. 121
[4]) Meier S. 161
[5]) Landesbibliothek Schwerin Mus. 5121
[6]) Landesbibliothek Schwerin Mus. 5130
[7]) Meier S. 161
[8]) Meier S. 54
[9]) Meier S. 170
[10]) Meier S. 113
[11]) Meier S. 189
[12]) Meier S. 172
[13]) Siehe auch Planyavsky und Meier
[14]) Siehe Planyavsky „Geschichte" S. 171, Anm. 79
[15]) Planyavsky S. 225
[16]) Lübecker Anzeiger 11. 1. 1792
[17]) AMZ Jg. 4 1801/02, 251

Sperger-Artikel aus „DAS ORCHESTER" 1975 (deutsch)

V Rezensionen/Artikel/Kontrabass-Nachwuchs

by Klaus Trumpf (translated by Jeanette Welch)

*I*n the second half of the eighteenth century during the Vienna Classical Period, contrabass virtuosity reached a peak. Not only was this a period of outstanding solo performance, but also of radically changing instrument development. In particular, there was a fundamental change from the fretted, five or six string violone of the Baroque era to the standard four string bass with the E-A-D-G tuning that is used today. An example of this change is found on the original title page of the first contrabass concerto by Johann Matthias Sperger (1777). He crossed out the original instrumentation, which read *Concerto per il Violone*, and replaced "violone" with "contrabasso". This may be understood as implying that frets were to be omitted.

Prior to the eighteenth century, there was a confusing diversity of contrabass instruments, with innumerable different tunings and quite a variety of names. As mentioned previously, this was followed by the bass tuned in fourths in 1800. In Italy, France and England, the three-stringed bass was only gradually given up in favor of the standard four (or five, with C) string bass.

The Viennese school of violin-making, which at the end of the seventeenth century was strongly influenced by Jakob Stainer as well as the influx of violin makers from the tradition-rich Füssener school, began to open itself up to comparison with the Italian school of violin making at the end of the eighteenth century. This change to the Italian style included vaulted backs, detailed violin corners, wide shoulders, etc. Characteristics of the Füssener style, such as the slender "Wappenform" of the upperbout, the unique serrated tuning peg profile, non-existent edges around the bass, flat back, and high, vaulted top, make the Viennese bass recognized. The Viennese bass is always connected with the gamba style. All have characteristics of this sort: five to six strings, frets, fourth-third tuning, tapered upper neck, flat back with a break, etc.

In the middle of the 17th century, this violone with the tuning F-A-D-F#-A was still equipped with frets, and was said to be that which the masters of the Viennese Classical Period used to enliven chamber music or solo works for contrabass.

The development of a musical instrument is the result of instrument builders and players working together. Change occurs from the artistic aesthetic as well as physical demands, and, in particular, from the steadily changing tastes, listening habits and demands of audiences, musicians and composers.

The technique and development of instrument building had to follow the changing demands of the universal musical aesthetic. The interpreters and composers then utilize the newly available instrument capabilities.

All compositions for the chamber music and the solo music for contrabass of this epoch (the second half of the 18th century) were written for the Viennese Contrabass Tuning, F-A-D-F#-A. The masters of Viennese Classical Period made rich use of this tuning for triad motifs, arpeggios, double stops, bariolage and frequent harmonics.

In order to be able to play this literature on the modern, fourth-tuned contrabass, some modifications to the solo parts are necessary. Those who do not wish to play F-A-D-F#-A tuned Viennese contrabasses (with gut strings and frets) must accept some changes. Along with these alterations, it is necessary to take into account the performance style of the time in which the music was written. Thought must also be given to the fact that the basses of today have steel strings and thus a stronger tone than the basses of earlier times. Without these changes and considerations, this literature cannot truly be integrated into modern practice. An editor must have a large reserve of empathy, restraint, and a sense of clarity in order to select intelligently from all the possible revisions.

The Vienna tuning was not transposed, in contrast to today's solo tuning. When the bassist of the 18th century read "A" it sounded as "A", although an octave lower. When bassists using modern solo tuning read this same "A", they finger "A", but it sounds as "B". So, when playing this literature on modern instruments, one must transpose everything one whole step lower. If it is said to sound in D major, then it must be written and read in C major.

The starting point and criterion for any attempt at a new edition for the modern solo tuned contrabass (F#-B-E-A) must be the search for a common point between the two tunings. It is not difficult to recognize the high A string. This is naturally a convenient common point because most of the soloistic playing takes place on this string. Melodic and technical passage work on this string can be played without changes.

Adaptation and revision are unfortunately required where the original tuning in thirds allowed a very convenient left hand position for playing double stops, chords, arpeggios, and harmonic passages. This preferred "grip technique," by which a constant left hand grip would produce a chord across the three strings, allowed a diversion of attention to virtuosic right hand playing due to the simplified left hand technique. Passage work requiring a constantly changing left hand position had not yet manifested itself much at the time of Dittersdorf.

In the case of the second bass concerto from Karl Ditters von Dittersdorf, I would like to lay out some of the thought and reasoning behind the new edition of this concerto. This concerto was played like no other during the 18th century, but only since 1930 has it played a leading role in our century, when the bassist Franz Tischer-Zeitz first published his E major version. Since this time it has belonged to the standard repertoire of every bassist. The publisher of this concerto was a true pioneer, because it was the first

---

ISB-USA-Zeitung: Neue Dittersdorf-Ausgabe 1994 (S.1-4) in engl.

publication of a bass concerto from the Vienna Classical Period. With this piece, the door was opened and the process of rediscovery and recollection of the contrabass music of this important epoch began.

Until the 1930's, these works had not been played since the time of their composition. Those of the Romantic era had little interest in this music, and there were few soloists who would revise the literature so that it could be played on modern instruments. Additionally, the "key" was lost - in the truest sense of the word - of what the correct performance practice was. And unfortunately, the first publisher of the Dittersdorf Concerto, Tischer Zeitz, wasn't able in 1938 to utilize this instrumental and historical knowledge, so he based his edition on a false foundation.

The composers of the Vienna Classical Period understood that the D Major tuning was the most successful at helping the solo bass to sound best, particularly for left hand technique. The occasional predetermined scordatura of a half tone higher broadened the perceived sense of key without relinquishing the advantages of playing in D major. The bass sounded in Eb major while the soloist was playing in D major. The only problem was that the accompaniment had to be transposed. By the 19th century, this was always the case with the so-called "solo tuning". This tuning was accomplished by tuning the standard orchestra tuning a whole step higher to F#-B-E-A.

As I mentioned previously, the high A string was common to both the tuning of the 18th century and the solo tuning of the 20th century. Taking this into account, a look at the thematic construction of the beginning of the concerto shows clearly that the third-fourth tuning was used. The six bar opening theme is to be played in one "grip", i.e., one position. In the last part of this phrase, only two notes are fingered. All the rest are open strings or harmonics. The "grip technique" was used with relatively little passage work and thus the technical problems were focused on the right hand bow technique.

At this point, I would like to explain further, that the A one octave above the open A string is the highest note of the whole concerto, with two minimal exceptions. The first example is in the second movement towards the cadenza. The high point is the D above

ISB-USA-Zeitung: Neue Dittersdorf-Ausgabe 1994 (S.1-4) in engl.

posed for the triad-tuned violone, as previously discussed, have required the most thought from the editor and have forced some unavoidable revisions for the modern, fourth-tuned contrabass. Dittersdorf utilized open strings (A-D-F#-A) to allow a pedal tone around which arpeggios and chords are played (see Examples 5 and 6). These arpeggios are played around the basic harmonic movement of the orchestra. However, they are very deep in tone, and their clarity is always somewhat unsatisfactory.

The example shown in Figure 5 was not technically possible in the E major edition of the Tischer-Zeitz edition, so the publisher crossed out these bars. These orchestral transition measures before the reprise of the first movement, which are indispensable for the musical form, appear once again in the new edition.

What is the most sensible way to reintroduce these arpeggios? In the last movement Dittersdorf had two examples of transparent arpeggio passages (third movement, measures 83-90 and measures 211-218) that sound light and clear and are played in the upper harmonic region. Thus the editor felt that it was legitimate to move the low and unsatisfactory sounding arpeggios into the higher octave, striving for more clarity and transparency, so as to better realize the composer's goal of virtuosity.

this A, which completes a triad. The second example is in the third movement. The harmonic passages sound higher but are fingered in the normal positions at the fourth, fifth and octave of the open string.

Two further points should be clarified as to how the concerto in C Major (F#-B-E-A tuning) should be played. The example shown in Example 1 utilizes the high open A string like the original, and in this way makes it problem-free to play. Additional examples are also shown in Examples 2-4.

Every bassist, when faced with such a passage that is well known to be technically uncomfortable, and which previously could only be overcome with some restrictions, can now use open strings to play this passage satisfactorily. There are many more such examples in which absolutely no changes were necessary from the original - on the contrary, by recovering the use of grip techniques the new edition is closer to the original.

The performance of the arpeggio passages, which were commonly com-

ISB-USA-Zeitung: Neue Dittersdorf-Ausgabe 1994 (S.1-4) in engl.

V Rezensionen/Artikel/Kontrabass-Nachwuchs

Besides the arpeggios, it should also be mentioned that two other areas also required some revision: the inserted harmonics in the first movement and the double stops at the beginning of the last movement (Examples 7-8).

In the manuscript belonging to Sperger's estate (solo part and orchestra score), the dynamic markings are sparse. Only in the tutti section do a few fortes and pianos appear; in the solo part, virtually no dynamics appear. These were added by the editor. These were identified by type and are understood to be only suggestions. There are also hints for phrasing and articulation; only sporadic slurred bowing markings allow more flexibility in performance. Here the editor followed the proven and musically defensible suggestions of the first edition by Tischer-Zeitz.

The cadenzas, which were also added in the E Major edition come from Sperger; they have been preserved in his handwriting. Next to these, two cadenzas by Miloslav Gadjos have been inserted, which were graciously composed for this new edition.

Finally, I would like to establish, for the sake of bringing the performance technique of the new edition closer to the original and carrying out Dittersdorf's original intent, that the bassist should use today's solo tuning and read the concerto in C major (sounding in D major).

For many years, thoughts of publishing a new edition, for the historically compelling reasons discussed above, have presented themselves. However, it is clear that a new edition of such a standard work must be discussed, as I have attempted to do here. I can only hope that this makes clearer the ideas behind the choices made in producing the new edition.

In recent years, more and more players are following the authentic performance practice by playing original instruments. At the same time, most performers still play with the standard tuning. So we search for a new orientation. For the player of the third-fourth tuned violone and for others who are interested, a facsimile of the original edition is available. The new edition of the Dittersdorf Concerto No. 2, edited by Klaus Trumpf, is now available from Hofmeister Musikverlag, #FH2081.

(Klaus Trumpf is an internationally known performer and clinician. He is professor of double bass at schools in Saarbrucken and Munich, and has edited many volumes of masterworks for Breitkopf & Hartel. Professor Trumpf is a frequent contributor to the International Society of Bassists magazine.)

Thomas Metzler Violin Shop
Basses & Bows
Bought & Sold
repairs
rentals
appraisals

604 South Central Ave.
Glendale, CA 91204

Discount Prices
30% off Strings
25% off Bass Bags
15% off Accessories
10% off Books
and Magazines

818-246-0278
fax: 818-246-8697

ISB-USA-Zeitung: Neue Dittersdorf-Ausgabe 1994 (S.1-4) in engl.

Klaus Trumpf

Von Stimmungen und Drei-Saitern

Zur Neuausgabe des Kontrabaß-Konzertes Nr. 2 von Karl Ditters von Dittersdorf

Professor Klaus Trumpf ist Lehrer für Kontrabaß an den Musikhochschulen Saarbrücken und München. Vorher war er Solokontrabassist in der Berliner Staatskapelle und langjähriger Dozent an der Berliner Musikhochschule „Hanns Eisler".

In der zweiten Hälfte des 18. Jahrhunderts, während der Wiener Klassik, gelangte die Kontrabaß-Virtuosität zu hoher Blüte. Ausgerechnet in einer Phase des Umbruchs der Instrumentenentwicklung, nämlich der fundamentalen Wandlung von dem mit Bünden versehenen fünf- bis sechssaitigem Violone der Barockzeit zum normierten viersaitigen Kontrabaß mit der Einheitsstimmung E_1-A_1-D-G, war es zu diesem Höhenflug des solistischen Spiels gekommen. Dazu ein Zeitdokument: Auf dem Titelblatt seines ersten Kontrabaß-Konzertes von 1777 streicht Johann Matthias Sperger die ursprüngliche Instrumentenbezeichnung „Concerto per il Violone" durch und ersetzt „Violone" durch „Contrabasso", was eventuell auch als Hinweis auf das Weglassen der Bünde zu verstehen ist.

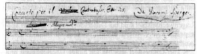

Ausschnitt aus dem Titelblatt von Johann Matthias Spergers 1. Kontrabaß-Konzert (1777) mit geänderter Instrumentenbezeichnung von eigener Hand

Nach der verwirrenden Vielfalt des Kontrabaß-Instrumentariums noch bis ins 18. Jahrhundert mit den ungezählten, verschiedenen Stimmungen (siehe Kasten) und dem bunten Vokabular seiner Bezeichnungen[1], erfolgte um 1800 eine Beschränkung auf die oben genannte Quartstimmung, wobei die in der italienischen, französischen und englischen Praxis verfolgbaren Drei-Saiter erst allmählich zugunsten der Vier- und Fünf-Saiter (mit C_1) aufgegeben wurden.
Der Wiener Geigenbau, der zum Ende des 17. Jahrhunderts von Jakob Stainer sowie durch den Zustrom von Geigenmachern der traditionsreichen Füssener Schule seinen Stempel aufgedrückt bekam, öffnete sich am Ende des 18. Jahrhunderts gegenüber dem italienischen Instrumentenbau: gewölbter Boden, ausgearbeitete (Violin-)Zargenecken, breite Schultern usw. Füssener Stilmerkmale, wie schlanke „Wappenform", gezacktes Wirbelkastenprofil, fehlender Randüberstand, gerader Boden und hochgewölbte Decke lassen den Kontrabaß aus Wien und Umfeld erkennen. Der Wiener Kontrabaß blieb immer dem Gamba-Typ verbunden. Wir finden bei ihm alle Merkmale dieser Gattung: die fünf- bis sechssaitige Bespannung, Bünde, Quart-Terz-Stimmung, spitzzulaufende Oberzargen, den flachen, meist abgeknickten Boden usw.
Dieser Violone mit der um die Mitte des 17. Jahrhunderts (Prinner) gefestigten Stimmung F_1-A_1-D-Fis-A

NB 1

war noch lange mit Bünden versehen und sollte das Instrument werden, das die Meister der Wiener Klassik zu ihren Kammermusik- oder Solowerken für Kontrabaß angeregt hatte.
Die Entwicklung eines Musikinstrumentes ist das Ergebnis der Zusammenarbeit von Instrumentenbauern und -spielern. Die Veränderung geschieht in erster Linie nach den künstlerisch-ästhetischen sowie physikalischen Anforderungen, den sich stetig wandelnden Geschmacksvorstellungen, Hörgewohnheiten und schließlich den Ansprüchen des Publikums, der Musiker und Komponisten.
Die Technik und die Entwicklung des Instrumentenbaus

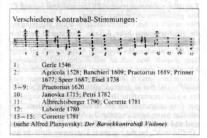

Verschiedene Kontrabaß-Stimmungen:

1: Gerle 1546
2: Agricola 1528; Banchieri 1609; Praetorius 1619; Prinner 1677; Speer 1687; Eisel 1738
3–9: Praetorius 1620
10: Janovka 1715; Petri 1782
11: Albrechtsberger 1790; Corrette 1781
12: Laborde 1780
13–15: Corrette 1781
(siehe Alfred Planyavsky: *Der Barockkontrabaß Violone*)

1419

„DAS ORCHESTER": Neue Dittersdorf-Ausgabe in dt. (1992)

muß diesen sich verändernden Forderungen der allgemeinen Musikästhetik folgen. Die Interpreten und Komponisten nutzen die instrumentalen neuen Gegebenheiten.
Alle Kompositionen für den kammermusikalischen und solistischen Kontrabaß dieser Epoche (zweite Hälfte 18. Jahrhundert) rechnen mit der Verwendung der „Wiener Kontrabaß-Stimmung"[2]. Die Meister der Wiener Klassik nutzten die Stimmung zum üppigen Gebrauch von Dreiklangsmotiven, für Arpeggio- und Doppelgriffspiel, Bariolagen und häufigem Flageolettspiel.
Um diese Literatur auch auf dem heute gebräuchlichen, Quart-gestimmten Kontrabaß ausführen zu können, sind einige Modifikationen am Solopart nötig. Wer heute nicht den F_1-A_1-D-Fis-A-gestimmten „Wiener Kontrabaß" (mit Darmsaiten und Bünden)[3] spielen will, muß einige Umlegungen in Kauf nehmen. Dazu ist es unter anderem nötig, den Musizierstil der Entstehungszeit dieser Musik mit Bedacht auf den mit Stahlsaiten bespannten und auf kräftige Tongebung getrimmten modernen Solo-Kontrabaß unserer Zeit zu übertragen.
Wer sich ernsthaft mit der Materie befaßt, wird Eingriffe akzeptieren, ohne die diese Literatur[4] in die heutige Praxis kaum zu integrieren wäre. Die Achtung vor dem Werk gebietet dem Herausgeber größte Zurückhaltung, Einfühlung und Transparenz, um allfällige Umlegungen als solche erkennen zu lassen.
Kriterium und Ausgangspunkt jeder Überlegung zur Neu-Bearbeitung für den quartgestimmten Solo-Kontrabaß Fis_1-H_1-E-A muß die Suche nach Gemeinsamkeiten beider Stimmungen sein. Es fällt nicht schwer, dabei die hohe A-Saite zu erkennen. Nur darf der wesentliche Fakt nicht außer acht gelassen werden: die „Wiener Stimmung" ist keine transponierende gewesen – im Gegensatz zur heutigen Solo-Stimmung[5]. Wenn der Kontrabassist des 18. Jahrhunderts dieses „A"

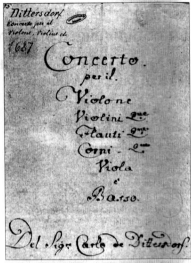

Titelblatt der zeitgenössischen Abschrift des 2. Kontrabaß-(Violone-)Konzertes von Dittersdorf

las, spielte er „A" (die oberste leere Saite) und es erklang „A"[6] – allerdings eine Oktave tiefer.
Wenn ein Kontrabassist heute (mit Solo-Stimmung) dieses „A" liest, greift er „A", aber es erklingt „H". Bei der Übertragung dieser Literatur muß das beachtet und alles einen Ton tiefer notiert werden: soll D-Dur erklingen – muß C-Dur geschrieben und gelesen werden.
Nun zurück zu den Gemeinsamkeiten beider Stimmungen: die gleichgestimmte hohe A-Saite. Das kommt natürlich insofern der Sache sehr entgegen, da ja der weitaus größte Teil der solistisch zu bewältigenden Aufgaben sich auf dieser Saite abspielt. Was sich an melodischen und technischen Abläufen auf dieser Saite bewegt, kann ohne Änderungen übernommen werden. Bearbeitungen und Umlegungen sind leider – und dies ist unumgänglich – erforderlich an Stellen, wo die ursprüngliche Dreiklangsstimmung die so günstigen Voraussetzungen für die damalige „Grifftechnik" geschaffen hatte: beim Doppelgriff-, Akkord- und Arpeggiospiel und bei einigen Flageolett-Passagen. Diese bevorzugte „Grifftechnik", bei der aus einem konstanten Griff der linken Hand heraus (akkordmäßiges Greifen über drei Saiten) vorrangig das technische Spiel abgeleitet wurde, verlangte eine virtuose Bogenbeherrschung. Lauftechnik und Lagenwechselspiel sind bei Dittersdorf noch nicht sehr ausgeprägt.
An Hand des zweiten Kontrabaß-Konzertes von Karl Ditters von Dittersdorf möchte ich einige Überlegungen und Begründungen zur Neuausgabe dieses Konzertes darlegen. Wie kein anderes, spielte dieses Konzert bereits im 18. Jahrhundert, aber erst recht seit Ende der 30er Jahre unseres Jahrhunderts, eine Vorreiterrolle, als es der Kontrabassist Franz Tischer-Zeitz erstmalig herausgab; in seiner Fassung E-Dur gehört es seit dieser Zeit zum Standardrepertoire jedes Kontrabassisten. Die Herausgabe dieses Konzertes war eine echte Pioniertat, denn es war die erste Veröffentlichung eines Kontrabaßkonzertes der Wiener Klassik. Damit war die Tür aufgestoßen, und der Prozeß der Rückbesinnung und der Wiederentdeckungen der für die Entwicklung des Kontrabaßspiels so wichtigen Epoche begann.[7] Diese Werke waren bis zu diesem Zeitpunkt, den 30er Jahren unseres Jahrhunderts, nie wieder aufgeführt worden. Die Gründe hierfür waren vielschichtig: einmal zeigte das vorige Jahrhundert bzw. die Epoche der Romantik kein Interesse an dieser Musik, zum anderen fehlten die Solisten, die sich mit dieser

1420

„DAS ORCHESTER": Neue Dittersdorf-Ausgabe in dt. (1992)

V Rezensionen/Artikel/Kontrabass-Nachwuchs

Aus dem 3. Satz des Dittersdorf-Kontrabaßkonzertes Nr. 2. Zeitgenössische Abschrift

entscheidendes Kriterium, welches berücksichtigt werden muß. Ein Blick auf den Beginn des Konzertes

NB 2

.....Oktav-Flageolett der leeren Saiten....

läßt bereits beim thematischen Aufbau eindeutig die Terz-Quart-Stimmung des Soloinstrumentes erkennen. Das sechstaktige Anfangsthema ist in einem „Griff" (in einer Lage) zu spielen. Im letzten Abgang sind zwei Töne niedergedrückt auszuführen. Alles andere sind leere Saiten oder Flageoletts. Beachte: „Grifftechnik", weniger Lauftechnik; die Schwierigkeit liegt mehr in der rechten Hand, der Bogentechnik.
An dieser Stelle sei auch erwähnt, daß mit dem Oktavton der hohen A-Saite

(klingendes „kleines a") bereits die griffmäßige Höhengrenze des gesamten Konzertes erreicht ist; zwei minimale Ausnahmen bilden einmal im 2. Satz die Wendung zur Kadenz hin, wo in einem Dreiklangaufgang das „d^{1}" der Zielton ist,

NB 3

und zum anderen im 3. Satz die folgende Stelle:

NB 4

Die Flageolett-Passagen klingen naturgemäß höher, werden aber in dem Normallagen-Bereich gegriffen, auf der Quarte, der Quinte oder der Oktave der leeren Saiten.
An zwei weiteren Stellen soll verdeutlicht werden, weshalb das Konzert in C-Dur (Fis-H-E-A-Stimmung!) gespielt werden muß:

NB 5: Original (I/T. 42)

NB 6: E-Dur-Ausgabe (I/T. 42)

viele Lagen- bzw. Saitenwechsel

NB 7: Neuausgabe (I/T. 42)

Das unter Notenbeispiel 7 angeführte Beispiel nutzt wie das Original die hohe A-Saite klingend und läßt sich dadurch genauso problemlos spielen. Ein weiteres Beispiel soll das demonstrieren (siehe folgende Seite).

1421

Literatur auseinandersetzten. Nicht zuletzt war dann wiederum dadurch im wahrsten Sinne des Wortes der „Schlüssel" zur entsprechenden Aufführungspraxis verloren gegangen.
Leider konnte der Erstherausgeber Tischer-Zeitz 1938 nicht auf das hier bereits erwähnte instrumental-historische Wissen zurückgreifen, und so basiert seine Ausgabe auf einer — im historischen Sinn — falschen Grundlage.
Die Komponisten der Wiener Klassik verstanden es, dem Solo-Kontrabaß in den grifftechnisch und klanglich günstigsten Tonarten zu hoher Wirkung zu verhelfen, wofür der D-Dur-Akkord der Wiener Stimmung die besten Voraussetzungen schuf. Die gelegentlich vorgegebene Scordatura[8] um einen Halbton höher, erweiterte den Tonartbereich ohne Verzicht auf die Vorteile der D-Dur-Applikatur. Das Konzert klang etwa in Es-Dur, der Solist spielte D-Dur.[9] Dadurch wurde verhindert, daß der Begleitpart transponiert werden mußte, wie das bei der im 19. Jahrhundert eingeführten sogenannten „Solostimmung" immer der Fall ist. Diese Stimmung wurde durch Höherstimmen der Orchesterbesaitung um einen Ganzton (!) erreicht: Fis$_1$-H$_1$-E-A.
Wie oben bereits erwähnt, ist die hohe A-Saite, wie sie bei beiden Stimmungen, der des 18. Jahrhunderts und der Solo-Stimmung des 20. Jahrhunderts, zum Klingen kommt, ein

---

„DAS ORCHESTER": Neue Dittersdorf-Ausgabe in dt. (1992)

NB 8: Original (I/T. 51—54)

NB 9: E-Dur-Ausgabe (I/T. 51—54)

...in einer Lage...

viele Lagen- bzw. Saitenwechsel

NB 10: Neuausgabe (I/T. 51—54)

An dieser, jedem Kontrabassisten als technisch so unangenehm bekannten Passage, die nur immer mit gewisser Einschränkung bewältigt werden konnte, kann nun auch die leere Saite genutzt und die Stelle befriedigend hervorgebracht werden.
Diese Beispiele ließen sich fortführen (siehe zum Beispiel Abbildung 3); allen ist gemeinsam, daß absolut keine Änderung des Notentextes gegenüber dem Original nötig wurde — im Gegenteil: durch die gewonnene Griffmöglichkeit ist es dem Original näher gekommen.
Die Ausführung der Arpeggiopassagen, die für den dreiklanggestimmten Violone maßkomponiert waren, wie oben beschrieben wurde, haben dem Bearbeiter die meisten Überlegungen gekostet. Für den quartgestimmten Kontrabaß sind also einige Umlegungen unabdingbar. Dittersdorf läßt mit seinen Arpeggien und Akkordzerlegungen immer den Baßton umspielen und nutzt dabei die leeren Saiten (A-D-Fis A). Dazu folgende Beispiele:

NB 11: I/T. 74—75

Solo-Kontrabaß

bis Takt 82

Orchester-Basso

NB 12: III/T. 59—68

Solo-Kontrabaß

Orchester-Basso

Diese Arpeggien sollen durch Bewegung die liegende Harmonie des Orchesters auflockern. Sie liegen klanglich sehr tief (in der „Großen Oktave") und sind leider dadurch in der Verständlichkeit immer etwas unbefriedigend.

Aus der Solostimme des 2. Kontrabaßkonzertes von Karl Ditters von Dittersdorf. Zeitgenössische Abschrift, 1. Satz

Da in der E-Dur-Ausgabe von Tischer-Zeitz z. B. diese im Notenbeispiel 11 abgebildete längere Passage (I/74—82) grifftechnisch nicht realisierbar gewesen wäre, hatte der Herausgeber diese Takte gestrichen, wie übrigens auch noch andere Stellen. Die für die musikalische Form unabdingbaren Orchester-Überleitungstakte vor der Reprise des 1. Satzes erscheinen in der Neuausgabe ebenfalls wieder. Was bot sich nun als sinnvollste Lösung für die Übernahme dieser Arpeggien?
Da Dittersdorf im letzten Satz zwei Beispiele transparenter Arpeggiopassagen (s. III/83—90; III/211—218) liefert, die in höheren (Flageolett-)Regionen hell und klar bis in die eingestrichene Oktave klingen, sah sich der Bearbeiter legitimiert, die tiefliegenden und klanglich unbefriedigenden Arpeggien in eine höhere Oktave zu verlegen. Angestrebt wird damit mehr Deutlichkeit, Durchsichtigkeit; die vom Komponisten bezweckte Virtuosität soll damit wirkungsvoller zum Tragen kommen.
Erwähnung finden müssen noch außer den Arpeggien zwei Stellen, die geringfügige Eingriffe erforderten: die Flageoletteinwürfe im ersten Satz und die Doppelgriffe am Beginn des Finalsatzes.

NB 13: 1. Satz
Original-Notation

Bearbeitung

„DAS ORCHESTER": Neue Dittersdorf-Ausgabe in dt. (1992)

NB 14: 3. Satz

Original-Stimmung

Bearbeitung

Da in dem im Nachlaß Spergers erhalten gebliebenen Manuskript (Solo-Stimme und Orchester-Stimmen) die dynamischen Eintragungen äußerst spärlich sind (nur in den Tuttiteilen erscheinen im Orchestermaterial wenige *forte*- und *piano*-Anweisungen, im Solo überhaupt keine), hat der Herausgeber diese ergänzt. Das wurde beim Druck im Schriftbild kenntlich gemacht und ist nur als Vorschlag zu verstehen. Ebenso verhält es sich mit Hinweisen zu Phrasierung und Artikulation; nur sporadische Eintragungen von Bindebögen geben Ausführungsmöglichkeiten an. Hier hat sich der Herausgeber zum Teil den bewährten und musikalisch absolut vertretbaren Vorschlägen der Erstausgabe von Tischer-Zeitz angeschlossen.
Die Kadenzen, die auch schon bei der E-Dur-Ausgabe beigefügt waren, stammen von Sperger; sie sind in seiner Handschrift erhalten geblieben. Neben diesen liegen zwei Kadenzen von Miloslav Gajdoš bei, die für diese Neuausgabe dankenswerterweise komponiert wurden.
Abschließend sei nun festgestellt: der spieltechnischen Struktur willen, die in der neuen Fassung dem Original näher kommt und der Notation Dittersdorfs Rechnung trägt, sollte der Kontrabassist mit der heutigen Solo-Stimmung das Konzert in C-Dur lesen und spielen (Klang: D-Dur).
Aus historisch zwingenden Gründen ergab sich schon seit langem die Überlegung einer Neubearbeitung und Herausgabe dieses Konzertes, wohlwissend, daß ein derartiges Standardwerk, wie es das 2. Kontrabaß-Konzert von Dittersdorf darstellt, in einer „neuen" Tonart zu Diskussionen Anlaß geben wird. Da zwar in den letzten Jahren im Zuge der authentischen Aufführungspraxis erfreulicherweise immer mehr Bestand den Originalinstrumentarium zuwenden, dieser Kreis aber überschaubar bleibt, weil der größere Teil der Interpreten sich weiterhin der Solo-Quartstimmung bedient, mußte der Versuch der Neuorientierung gemacht werden. Für den Spieler des Terz-Quart-Violone und dem besonders Interessierten liegt der Ausgabe das Faksimile des Originals bei.
Die Neu-Ausgabe des 2. Konzertes für Kontrabaß und Orchester von Karl Ditters von Dittersdorf, bearbeitet und herausgegeben von Klaus Trumpf, ist seit kurzem im Handel erhältlich (Best.-Nr. FH 2081, Hofmeister-Verlag Hofheim – Leipzig).

Anmerkungen

[1] Groß-Geigen-Bassus (Agricola 1528); Basso da Viola da gamba (Zacconi 1592); Violone da gamba, Violone in Contrabasso (Banchieri 1609); Klein Baß-Viol de gamba und Groß Baßviol de Gamba (Praetorius 1619); Basso di Viola (Prinner 1677); Violon (Falck 1688); 6saitige Baß-Geige (Merck 1695); Bass-Violon, Violone, Violon (Speer 1687); Violone, Violone grande Contrabasso (Bismantova 1695); Violone grosso, Violone (Janowka 1715); Bass Violon, „Frantzösisch Basse de Violon oder wie ihn die Teutschen nennen, die große Baß-Geige" (Eisel 1738); in seinem Aufsatz: „Der Violone in Wien im 17. Jh." schreibt H. Seifert 1986: „Es scheint also, daß ,Violone' mit Zusätzen wie ,grande', ,grosso', ,doppio', ,groß', oder ,Octav-' und in logischer Folge auch ,Basso di Viola grande' andere Bezeichnungen für ,Contrabasso' waren. Daß man diese Zusätze gelegentlich auch wegließ, liegt am noch nicht normierten Sprachgebrauch dieser Zeit."

[2] Der Kontrabaß gehört leider zu den Stiefkindern der Musikforschung. Seine Vergangenheit als Kammermusik- und Virtuoseninstrument wurde im vollen Umfang erst durch Alfred Planyavsky und Adolf Meier ins rechte Licht gerückt. Von ihnen wurde auch der Begriff „Wiener Kontrabaß-Stimmung" eingeführt, der die Stimmung F_1-A_1-D-Fis-A bezeichnet, für die alle Kontrabaß-Konzerte der Wiener Klassik geschrieben wurden.

[3] Der Ankauf von Saiten für den F_1-A_1-D-Fis-A gestimmten Kontrabaß ist aus Rechnungsbelegen der Haydnkapelle zu belegen. – 1790 ersucht den der Schweriner Kapellmeister Franz Anton Rösler (Rosetti) seinen herzoglichen Brotgeber um Saitengelder für zwei seiner Kapellmitglieder: „Sperger, der 2 Bässe, einen zum Concert, den zweyten zum Orchester bezogen halten muß; Sedlaczeck, eben dieser hält 2 Bässe, einen zum Orchestre, den zweyten zum Ball spielen; bedarf aber nicht so feine kostbare Saiten wie Sperger."

[4] Alle erhalten gebliebenen Kontrabaß-Konzerte der Wiener Klassik fanden sich im Nachlaß von Johann Matthias Sperger (1750 – 1812), dem wohl bedeutendsten Kontrabaß-Virtuosen des 18. Jh.; es handelt sich um die Konzerte von: Karl Ditters von Dittersdorf (2 Konzerte), Franz Anton Hoffmeister (3 Konzerte), Wenzel Pichl (2 Konzerte), Johann Baptist Vanhal, Anton Zimmermann,␣J.M. Sperger (18 Konzerte).

[5] Diese heute übliche „Solo-Stimmung" Fis_1-H_1-E-A wurde seit Giovanni Bottesini (1821 – 89), dem großen Kontrabaß-Virtuosen und Universalmusiker des vorigen Jahrhunderts eine feststehende Einrichtung. Dabei klingt der Kontrabaß um eine kleine Septime tiefer als notiert. „Der größte und folgenschwerste Nachteil der ,A-Stimmung' war wohl, daß sie das Solospiel aus dem Orchester erschwerte. Keines der etwa zwei Dutzend bis dahin entstandenen Konzerte konnte damit ohne Umlegungen aufgeführt werden" (Alfred Planyavsky: *Geschichte des Kontrabasses*, Tutzing 1970).

[6] Somit konnten die Kontrabassisten mit der Terzviolon-Stimmung F_1-A_1-D-Fis-A sowohl die solistischen Partien (etwa die Variationen in den frühen Haydn-Sinfonien) als auch die Orchesterstimmen ausführen.

[7] Adolf Meier in *Konzertante Musik für Kontrabaß in der Wiener Klassik*: „Überschaut man den Umfang der Kompositionen für Solo-Kontrabaß, so ist die Annahme der Existenz einer regulären Schule gerechtfertigt; hinzu kommt, daß in keinem späteren Zeitraum und in keinem geographisch so geschlossenen Raum eine derart intensive Pflege solistisch-konzertanten Kontrabaßspiels bemerkt werden kann. Die Einheit dieser Schule rechtfertigt sich auch durch die allen überlieferten Werken zugrundeliegende gleichartige spieltechnische Konzeption, welche die auf den Wiener Raum begrenzte Sonderform des fünfsaitigen Kontrabasses voraussetzt. Schließlich begründet die auffallende Konzentration von ausgezeichneten Kontrabassisten die Annahme dieser genannten Schule." (Anm. des Verf.: Die 5. Saite wurde aber nie zum Solospiel herangezogen.)

[8] Vergleiche: französische Lautenmusik des 17. Jd., englische und deutsche Gambenpraxis des 17. und 18. Jahrhunderts

[9] Vergleiche: Mozart, Sinfonia concertante Es-Dur KV 364 für Violine, Viola und Orchester, wo die Viola in D-Dur vom Mozart notiert ist und durch diese Transpositions-Scordatura Es-Dur erklingt.

„DAS ORCHESTER": Neue Dittersdorf-Ausgabe in dt. (1992)

Material noch nicht ganz sicher im Griff und zeigt gegen Ende der Oper leichte Ermüdungserscheinungen. Manfred Kusch gibt als relativ junger Vater Germont der Partie erfreuliches Profil. Seine Stimme klingt in allen Lagen ausgeglichen, zeigt Rundung und wird bestimmt im Laufe der Zeit noch an Volumen gewinnen. In kleineren Aufgaben bewährten sich Elke Schary (Flora), Anita Freitag (Annina), Heinz Leyer (Gaston) und Carlos Krause (Baron Douphol).

Unter der Leitung von Helmut Wessel-Therhorn entfaltete das Städtische Orchester viel Glanz, wußte sich aber auch Zurückhaltung aufzuerlegen, so daß die Stimmen frei ausschwingen konnten. In den aparten, farblich reizvollen Bühnenbildern (und Kostümen) von Roland Göllner erwies sich Friedrich Meyer-Oertel einmal mehr als fähiger Opernregisseur, dessen besondere Stärke in Gruppierung und Führung der Chorszenen liegt. Das zeigte sich sowohl in der Lebendigkeit des 1. Bildes, als auch in der zum Zerreißen gespannten Atmosphäre der Glücksspielszene. Hier hatte die bis in psychologische Verästelungen dringende Musik Verdis wirklich in der Darstellung ein Pendant gefunden. Großer Beifall dankte für eine in sich geschlossene, fesselnde Aufführung.

Ingrid Hermann

Erster Internationaler Kontrabaß-Wettbewerb

beim Concours International d'Exécution Musicale, Genf 1969

Beim vorjährigen internationalen Musikwettbewerb in Genf fand erstmalig auch ein Wettbewerb für Kontrabaß statt. Seit Jahren gefordert und nun endlich von einem renommierten Wettbewerbs-Veranstalter auf das Programm gesetzt, wurde er von der gesamten Fachwelt begrüßt. Dies kommt nicht allein in der hohen Zahl der Teilnehmer am Wettbewerb selbst zum Ausdruck, sondern auch in dem lebhaften Interesse, welches die Kontrabassisten aus aller Welt diesem Ereignis bekundeten. Eine Reihe namhafter Kontrabassisten, u. a. der bekannte Budapester Kontrabaßforscher und Pädagoge Professor Lajos Montag oder Professor Todor Toscheff aus Sofia nahmen als Beobachter am Geschehen in Genf teil.

In der Jury waren neben dem Schweizer Komponisten Julien François Zbinden die drei hervorragenden Kontrabassisten Hans Fryba aus Wien, Pierre Delescluse aus Frankreich und Franco Petracchi aus Italien vertreten. Sie hatten die Aufgabe, von 34 Bewerbern aus zehn Ländern die Preisträger in drei Runden zu ermitteln.

In der 1. Runde, bei der die Jury hinter einem Vorhang saß (die Kandidaten hatten vorher durch Nummern die Reihenfolge ihres Vortrags ausgelost), bestimmte die Jury die vorzutragenden Stücke aus dem vorbereiteten Programm. Auffallend häufig war in den Programmen der Kandidaten vertreten: Sonate g-Moll von H. Eccles; Sonate von P. Hindemith; es folgten „Andante und Rondo" von D. Dragonetti; die Sonaten von Sprongel und F. Hertzl; fast von allen Teilnehmern gespielt: „Suite im alten Stil" von H. Fryba. Von den 34 Bewerbern kamen nur fünf in die 2. Runde! Fragwürdig ist dabei: 1. das System, nach welchem die Jury verfuhr: Ja (der Kandidat kommt weiter) – Nein – – Eventuell – 2. die kurze Spieldauer (10 Min. Vortrag in einem akustisch unglücklichen Raum) und 3. die geringe Prozentzahl der zugelassenen Kandidaten für die 2. Runde. Um ein ganz objektives Resultat zu erzielen, sollten doch wenigstens 40–50 Prozent der Bewerber auch in der nächsten Runde die Möglichkeit zum Vorspielen bekommen! Lobenswert war die Einrichtung für die Kandidaten, sich nach Abschluß der ersten Prüfung beim Jury-Vorsitzenden eine Kritik holen zu können (die nur mündlich gegeben wurde).

Für die 3. Runde (Konzert mit Orchester, öffentlich) hatten sich der Pole A. Kalarus, der Bulgare E. Radoukanow und der Solobassist des Hessischen Rundfunk-Sinfonieorchesters G. Klaus qualifiziert. Man hörte drei Standard-Konzerte aus dem Kontrabassisten-Repertoire: Dragonetti, Koussewitzky und Dittersdorf E-Dur. Dragonetti leider mit einer schlechten Orchesterbearbeitung, wogegen das Koussewitzky-Konzert einen vertretbaren Orchesterpart enthielt.

Die Jury vergab drei zweite Preise. Ungerecht erschien uns die Aufschlüsselung der Preishöhe des gesamten Wettbewerbes (zur gleichen Zeit fanden Ausscheidungen für Gesang, Klavier, Cembalo und Flöte statt). Uns interessierte, nach welchen Gesichtspunkten solche Unterschiede zwischen den Gattungen gemacht wurden!? Wieso bekommt ein Sänger das Dreifache für den gleichen Preis (abgesehen von diversen Sonderpreisen), wenn der Arbeitsaufwand etwa im umgekehrten Verhältnis steht?

Zum Abschlußkonzert der Preisträger in der vollbesetzten Victoria-Hall von Genf spielte mit großem Erfolg Andrzej Kalarus den 2. und 3. Satz des Dragonetti-Konzertes mit Orchester. Darüber in „La Suisse" vom 5. 10. 1969: „Der Kontrabaß hat eine Aufwertung erfahren, und man hat ganz besonders bewiesen, daß er ein Instrument ist, das sehr ausdrucksvoll sein kann. Herr Kalarus hat ihn uns mit Geschmack und Genauigkeit, was viel besagt, vorgetragen."

Die anschließende traditionelle Konzerttournee bestritt neben den Preisträgern der anderen Instrumente Günter Klaus sehr erfolgreich mit seinem Kontrabaß. „Durch seine Leistung eroberte er sich im Sturm das Publikum" schreibt die „L'Alsace" am 12. 10. 1969 nach dem Konzert in Mühlhausen.

„Es ist erstaunlich", sagte Professor Montag, „was für ein hohes Niveau bei einigen Kandidaten festzustellen ist, so bei den Teilnehmern aus Deutschland, Polen, Bulgarien, der CSSR, aber leider fehlen bisher die internationalen Vergleichsmöglichkeiten, die zum Nutzen aller beitragen würden. Hoffen wir, daß dieser gelungene 1. Internationale Wettbewerb für Kontrabaß in Genf einen Anstoß gegeben hat und weitere folgen werden!"

Klaus Trumpf

Genf-Wettbewerbe 1969

Dresden

Ein Wettstreit ohne Jury und Preisträger

Konzert für 17 Kontrabässe

Was hier auf Initiative der jungen Kontrabassisten der DDR nun schon zum zweiten Male (das erste Konzert dieser Art unter Beteiligung zahlreicher Vertreter aus den Spitzenorchestern Berlin, Dresden, Leipzig fand am 7. März 1971 im Apollosaal der Deutschen Staatsoper in Berlin statt) durchgeführt wurde, verdient viel Anerkennung. So einmalig ein solches Unterfangen ist, so notwendig ist es auch. Notwendig deshalb, weil hier von den Jüngern dieses Instrumentes ein Anliegen demonstriert wird. Man will auf die Vielfältigkeit und Einsatzmöglichkeit des tiefsten Streichinstrumentes des Orchesters hinweisen. Der Kontrabaß erfährt im Moment eine Renaissance, die explosivartig genannt werden kann. In der modernen Orchestersprache nimmt der Kontrabaß einen immer breiter werdenden Raum ein, auch was die Beschäftigung mit dem Solospiel anlangt. Deutlich beweist die Geschichte des Kontrabasses: Für Evolution sorgen die Instrumentalisten, die Revolution aber vollziehen die Solisten — im günstigsten Falle im Verein mit den Komponisten. Unter diesem Gesichtspunkt stand auch das Motto der diesjährigen Matinee: „Konzertante Musik des 20. Jahrhunderts für Kontrabaß". Geboten wurden (bis auf eine Ausnahme) Stücke, die in den letzten Jahren entstanden sind.

Neben den abwechslungsreichen, sehr farbigen „12 Dialogen für Viola und Kontrabaß" des Wieners F. Leitermeyer, dem ausgefeilten „Trio für drei Kontrabässe" von B. Poradowsky und der äußerst reizvollen „Serenata rabbiosa" für Violine und vier Kontrabässe von Franticek Chaun erklang das 1969 in London aufgefundene und verlegte bezaubernde Duett für Violoncello und Kontrabaß von Rossini. „Thema mit Variationen und Fuge" von dem Bulgaren Karadimtschew wurde beifällig aufgenommen, genau wie W. Hübners „Januas", F. F. Finkes

„... ismen und ionen", M. Weiß' Solosonate für Kontrabaß und das bekannte „Divertissement" für Kontrabaß und Klavier von J. F. Zbinden sowie die Sonate von K. Reiner.

Für das Konzert 1973 haben sich erste Vertreter des Instrumentes aus Wien, den USA, Rumänien, der CSSR, Ungarn und Bulgarien angesagt. Der Wettstreit ist in vollem Gange.

Klaus Trumpf

Aus „Orchester" DresdenTreffen 1972

Kontrabassisten trafen sich Unter den Linden

Sie wollten auf ihr Instrument aufmerksam machen

Die Kontrabassisten sind hinsichtlich der Propagierung ihres Instrumentes ein aktives Völkchen. Nicht ohne Grund. Im 19. Jahrhundert gab es berühmte reisende Kontrabaß-Virtuosen wie Dragonetti oder Bottesini, die an verblüffender spieltechnischer Raffinesse und Brillanz auf ihrem Instrument den Kollegen von der Violine oder dem Cello nicht nachstanden. Im Zuge der Orchesterentwicklung und der zunehmenden Komplizierung der Literatur sind die technischen Ansprüche an die Kontrabassisten zwar enorm gestiegen und werden von diesen heute auch in bewundernswerter Weise gemeistert, konzertierende Kontrabassisten gibt es jedoch so gut wie kaum.

Dieses Vorrecht ist nur den Geigern und Cellisten, ja nicht einmal den Bratschern vorbehalten. Daß sich die Virtuosen auf der Baßgeige entschieden gegen diese Ungerechtigkeit zur Wehr setzen, Vorurteile zu durchbrechen versuchen und der Fachwelt zeigen wollen, welche vorzüglichen klanglichen Qualitäten und technischen Möglichkeiten das Kontrabaß-Spiel heute bietet, kann ihnen niemand verdenken. Vor allem käme es auch darauf an, die Komponisten zu animieren, durch interessante neue Werke dieses vernachlässigte Instrument mehr in den Vordergrund zu rücken.

Auf Initiative der Kontrabaß-Gruppe der Berliner Staatskapelle und des unermüdlichen Organisators Klaus Trumpf kam jetzt unter großer internationaler Beteiligung erstklassiger Vertreter des Instrumentes aus Budapest, Sofia, Prag, Wien, Tokio und der BRD in der Deutschen Staatsoper ein Treffen zustande, das die geschilderten Bestrebungen voll und ganz rechtfertigte. Im Apollosaal sah man im Publikum so gut wie alles, was in den Orchestern der DDR Rang und Namen unter den Kontrabassisten hat. Prof. Alfred Planyavski von den Wiener Philharmonikern, Verfasser eines bekannten Werkes zur „Geschichte des Kontrabasses" (1970), sprach über das Thema „Jeder kennt die ‚Baßgeige' — aber was kann der Kontrabaß wirklich?", das dann in einer Konzert-Matinee mit vielen, von Frank Schneider knapp und sachkundig eingeführten Literaturbeispielen anschaulich illustriert wurde.

Dabei fiel auf, daß sich die vorgestellten Stücke entweder im Bereich der Virtuosen-Literatur des 19. Jahrhunderts bewegten, wie beispielsweise die von Heiko Hermann (Dresden) brillant vorgetragene Tarantella von Giovanni Bottesini, die von Sheljasko Sheljasow ebenfalls glänzend dargebotene Bellini-Phantasie des gleichen Autors und das von Barbara Sanderling und Rolf Döhler souverän interpretierte entzückende Duo für Violincello und Kontrabaß von Rossini, oder aber — zumal mehrere Stücke aus der neueren Zeit — häufig leider wenig musikalische Substanz aufwiesen, stilistisch ziemlich unverbindlich blieben.

Erfreuliche Ausnahmen waren da eine Solosonate des Bulgaren Tabakow, von K. Kaltschowa sicher dargeboten, eine Solosuite des Franzosen Marcel Bitsch, dessen 1. Satz Dietmar Heinrich vom BSO exzellent spielte, und das Stück „Antaios" (1971) für Kontrabaß und Klavier des Dresdner Komponisten Wilhelm Hübner, das Gerhard Neumerkel, vom Komponisten begleitet, sehr überzeugend interpretierte. Das einzige Stück, das unter Einbeziehung des Tonbandes und zweier Gongs in anregender Weise auf die neuen Möglichkeiten des Kontrabasses inklusive Schlagzeugeffekte usw. aufmerksam machte, nannte sich „Triplicity", stammte von dem Japaner Joji Yuasa und wurde von dessen Landsmann Nasahiko Tanaka effektvoll vorgeführt. Bleibt also der Appell an die Komponisten, reizvolle neue Werke für den Kontrabaß zu schreiben.

Manfred S c h u b e r t

Erstes Internationales Treffen der Kontrabassisten in Berlin 1973

Internationaler Wettbewerb für Kontrabaß in Markneukirchen/DDR Mai 1975

Internationale Vergleichsmöglichkeiten für Kontrabassisten gab es bisher sehr selten (zu nennen wären nur die beiden Wettbewerbe in Genf 1969 and 1973); deshalb ist es umso erfreulicher, wenn ein Wettbewerbsveranstalter unser Instrument mit in sein Programm aufnimmt. Seit Jahren gibt es in dem kleinen, aber umso berühmteren Ort der Instrumenten herstellung Markneukirchen (wer kennt nicht die Pfretzschner-, Dolling-Bögen oder Pöllmann-,Meyer-,Rubner-Kontrabässe - alles Meister aus Markneukirchen) internationale Wettbewerbe für Violine und Violoncello. In diesem Jahr nun wurde der Wettbewerb erheblich erweitert, alle Hochschulen Europas eingeladen und das Fach Kontrabaß mit aufgenommen. Daß damit die Veranstalter eine glückliche Hand hatten, bewies schon allein die hohe Teilnehmerzahl bei den Kontrabässen im Verhältnis zu den anderen Instrumenten (es erschienen mehr Kontrabassisten als Geiger!); ein Zeichen, wie sehr die Kontrabassisten auf derartige Vergleiche warten, wie vernachlässigt auch auf diesem Gebiet unser Instrument wurde. Mögen andere renommierte Wettbewerbe doch auch endlich dieses Fach mit aufnehmen. Die Teilnehmer kamen aus Bulgarien, Tschechoslowakei, Ungarn, Sowjetunion, Polen, Rumänien, Bundesrepublik Deutschland, der DDR. Teilnahmeberechtigt waren junge Musiker bis 30 Jahre. Außer den Reisekosten, die jeder selbst tragen mußte, waren die Kosten für Quartier und Verpflegung frei. Das Pflichtprogramm war in 3 Runden aufgeteilt und beinhaltete:

1. a) Fryba-Suite
   b) Bottesini-Tarantella
   c) Hofmeister-Konzert oder Händel-Konzert oder Lischka-Konzertante oder Röttger-Concertino
2. a) Welß-Suite fur Kb.solo
   b) Dittersdorf-Konzert E
3. Dragonetti-Konzert oder Vanhal-Konzert

Die internationale Jury mit den Mitgliedern: H. Herrmann-Dresden, G. Astachow-Moskau, L. Montag-Budapest, T. Toschev-Sofia, K. Siebach-Leipzig and K. Trumpf-Berlin ermittelte nach einem Bewertungssystem der Punktierung die Preisträger.

Nachdem 8 Kandidaten die 2.Runde erreichten, traten nochmals 5 in der letzten Runde an. Mit deutlichem Abstand setzten sich die beiden Vertreter aus Moskau auf die 2 ersten Plätze. Alexander Michno (27), Mitglied der Moskauer Philh., zeigte methodische Sicherheit, technische Perfektion, musikalische Reife. Auch der 2.Preisträger, Nikolei Gorbunow (22) vom Tschaikowsky-Konservatorium, zeigte große Technik verbunden mit temperamentvollem Musizieren. Man hätte sich vielleicht bei beiden etwas mehr Tonsensibilität gewünscht. Mit ein wenig Glück belegte H. Herrmann jun. den 3.Platz. Die Leistungen der folgenden: J. Hudec (CSSR) und Boika Dimitrowa (Bulgarien) verdienen auch, gewürdigt zu werden. Allgemein war das Niveau sehr erfreulich und man kann nur wünschen, daß die besten Bewerber beim nächsten Kb.-Wettbewerb den Initiatoren rechtzeitig auch für reges Interesse sorgen. Der nächste intern. Wettbewerb für Kontrabaß in Markneukirchen wird 1979 stattfinden.

Klaus Trumpf - Berlin

Questions & Comments- Amateurs

I wish more amateur bassists would take the time, as you have

Markneukirchen Wettbewerb 1975

Internationaler Kontrabaß-Wettbewerb 1978 in Genf

Als im Jahre 1969 in Genf der erste internationale Wettbewerb für Kontrabaß (s. „Orchester" 6/1970) stattfand, wurde damit einer Entwicklung Rechnung getragen, die sich seit ca. 20 Jahren vollzieht, nämlich ein gewaltiger Anstieg des Leistungsniveaus des Kontrabassisten-Nachwuchses auf breitester Ebene (man vergleiche nur der Auswahl der Probespiel-Konzerte von 1960 und jetzt!).
Glücklicherweise folgten, wenn auch zaghaft, weitere internationale Wettbewerbe, so z. B. seit 1975 der immer attraktiver werdende, im Zwei-Jahres-Rhythmus stattfindende internationale Kontrabaß-Wettbewerb in Markneukirchen/DDR oder auf der Isle of Man/GB (s. „Orchester" 12/78).
Im Herbst 1978 fand nun bereits zum dritten Mal in Genf während des Concours International d'Exécution musicale eine Ausschreibung für Kontrabassisten von 18–35 Jahren statt. 25 Bewerber aus 16 Staaten stellten sich der Internationalen Jury, die sich aus den Instrumentalisten F. Petracchi (Italien), J. M. Rollez (Frankreich), Y. Goilav (Schweiz), A. Planyavsky (Österreich), K. Trumpf (DDR) und den Komponisten A. Zumbach (Schweiz) und J. F. Zbinden (Schweiz) zusammensetzte und ihre verantwortungsvolle Tätigkeit in bemerkenswert guter Zusammenarbeit und korrekter Form ausübt.

Die Teilnehmerzahl der Bewerber mag nicht so hoch erscheinen; bedenkt man jedoch, daß sich vier Wochen zuvor die „Kontrabassisten-Welt" beim großen „Workshop and cb.-competition" auf der Isle of Man dort eine enorme Teilnehmerzahl aufwies, so ist es doch eine stattliche Zahl von Kandidaten, die sich hier einfand. Ein Blick auf die Liste der Teilnehmer zeigt eine starke Beteiligung der Japaner (4) und der Franzosen (4); ansonsten fehlte außer Österreich kein mitteleuropäisches Land. Verwunderung löste nur das Fernbleiben der Bewerber aus der Sowjet-Union aus, denn 1973 hatte sie den 1. Preisträger gestellt.
Die Kandidaten hatten aus 24 Werken, die in verschiedene Kategorien unterteilt waren, vier Stücke auszuwählen und für die 1. Runde vorzubereiten. Dabei fiel die Wahl immer wieder auf die dankbaren Standard-Werke des Kontrabassisten-Repertoires: Bottesini, Koussewitzky, Dragonetti, Fryba, Dittersdorf, Hindemith, Eccles. Ein Punkt, den es vielleicht bei nächsten Programm-Forderungen neu zu überdenken gilt, damit das ohnehin nicht allzu umfangreiche Kb.-Solisten-Oeuvre bereichert wird. An neuen Kompositionen fehlt es ja nicht, nur am Mut der Spieler, diese zu präsentieren.

Das Ergebnis der ersten Runde, die nach Genfer Reglement hinter dem Vorhang ausgetragen wird, erbrachte diesmal eine hohe Prozentzahl für die öffentliche Prüfung (2. Runde). In dieser stellten sich 9 Kandidaten, die ein halbstündiges Programm, einschließlich des Pflichtstückes, der für diesen Wettbewerb komponierten „Fantasie für Kb. u. Kl." des Schweizer Komponisten Caspar Diethelm, zu absolvieren hatten.
Für die 3. Runde, die als öffentliches Konzert mit Orchester (Orchestre de la Suisse Romande) stattfand und von Rundfunk und Fernsehen mitgeschnitten wurde, hatten sich drei Bewerber qualifiziert. Bei Nichtvergabe des 1. Preises verlieh die Jury beiden männlichen Finalisten für ihr Bottesini h-Moll-Konzert je einen 2. Preis (J. Quarrington (23)-Kanada; Y. Kawahara (30)-Japan und Angelika Lindner (22)-DDR die Silbermedaille.
Für 1979 gibt es auf deutschem Boden zwei internationale Wettbewerbe für dieses Instrument: 12.–17. 5. 79 in Markneukirchen/DDR und 9.–21. 9. 1979 in München/Bundesrepublik Deutschland, Wettbewerb der Rundfunkanstalten.

KT

Genf-Wettbewerbe 1978

Double Bass Competition in Geneva, Sept. 16-30, 1978

In the month of September "bass excitement" generated its way across Europe from the rocky coast of the Irish Sea to the gentle shores of Lake Geneva and the Swiss Alps. The event was the annual "Concours International d'Execution Musicale"; every fourth year there is a competition held for double bass.

Unfortunately the close proximity in the dates of the Isle of Man and Geneva competitions kept many top players from entering here. North Americans would have had to remain in Europe a full 5 weeks in order to participate in both. The unnecessarily long, 2-week duration of the competition also made it impossible for many working orchestral bassists to participate. Although the general standard was high, the memories of the musical events at the Isle of Man a few weeks earlier had an effect; the jury found no one here outstanding enough, and chose not to award the First Prize. And what a prize it would have been — about $5,000 cash, 4 concerto performances, one of which is to be televised, and of course, a gold Swiss watch by Rolex.

The distinguished jury for the event consisted of: Yoan Goilav, Switzerland; Franco Petracchi, Italy; Alfred Planyavsky, Austria; Jean-Marc Rollez, France; Klaus Trumpf, East Germany; and Andre Zumbach and Julien-Francois Zbinden, both Swiss composers.

Bassists up to the age of 35 were allowed to participate. The competition was based on four categories of music, each consisting of 6 pieces to choose from, plus the mandatory Swiss contemporary piece — 1) Baroque-Classical; 2) Romantic; 3) Modern; and 4) Concerto. For the eliminatory round, which was behind a screen, each of the 27 candidates performed a piece of his or her choice, followed by various movements of other works selected by the jury.

One week later the nine semi-finalists did a public recital of about 30 minutes in length. Everyone played very well, each with some really special quality. As always, there was a drastic difference between the size and quality of the instruments the candidates had at their disposal — from a small, magnificent Testore to a large, high-shouldered Eastern European instrument. Although there was a wide selection of pieces to choose from, there was very little variety in the programs presented.

The third and final round was a performance of a concerto with the Orchestre de la Suisse Romande. The three chosen were: Yasunori Kawahara, 28 of Japan (playing Bottesini #2); Joel Quarrington, 23 of Canada (Bottesini #2); and Angelika Lindner, 22 of East Germany (Dittersdorf E Major). As mentioned earlier, no First Prize was awarded. Two Second Prizes of about $1600 each went to both Kawahara and Quarrington, and a silver medal to Lindner. The two versions of the Bottesini were totally different, one reflecting an orchestral approach to bass playing, the other being a lighter approach, inspired by chamber music.

Yasunori Kawahara is Principal Bass of the Frankfurt Opera Orchestra in West Germany. He is a very dynamic, driving player with fine rhythm and a powerful sound. Those qualities made his performance of the required contemporary piece outstanding as the most exciting of all. He was the only player to successfully fill the 1800-seat hall with sufficient sound to have a good balance between soloist and orchestra.

Joel Quarrington is a free-lance bassist, doing mainly chamber music in the Toronto area. His wonderful technique was best exhibited in the extremely difficult "Suite in Olden Style" by Hans Fryba. He stood out here in a flawless performance — always clean, in tune, and above all, musical. His Bottesini concerto was also very beautifully played.

Angelika Lindner

The most memorable performances of Angelika Lindner were her interpretations of the Eccles Sonata and the Dittersdorf Concerto. Both were played with great elegance and a real command of the style. Although she perhaps lacked the technical brilliance and flash of the other two finalists, the modesty and humbleness apparent in her refined music-making created performances that were very special, indeed.

The six other semi-finalists also received awards of recognition. Certificates with Honors went to Eustastio Cosmo of Italy (unanimous); Dorin Marc of Rumania (unanimously); John Feeney of U.S.A.; and Piotr Czerwinski of Poland. Certificates were given to Joel Jenny of Switzerland and Ichiro Noda of Japan.

The nature of any competition makes people into winners and losers. However, here in Geneva there was really no need for disappointment. There was a tremendous amount of accomplishment made on the part of all the individuals who participated.

Summer Bass Classes in Salzburg, Austria

Lucas Drew will give special daily bass classes on selected solo and orchestral repertoire as part of the International String Workshop in Salzburg August 4 - 17, 1979. He will emphasize the principles of left and right hand technique.

The **Contemporary Baroque Trio** (flute, keyboard and bass) will be in residence. Three college credits may be earned.

For further information write:
International String Workshop, Western Michigan University Kalamazoo, Michigan 49008.
-or-
International String Workshop, Institute for Study in Salzburg, Salzburg, Austria.

Yasunori Kawahara   *Joel Quarrington*

In Zeitschrift der ISB 1979: Bericht über den Kontrabass-Wettbewerb in Genf 1978

V Rezensionen/Artikel/Kontrabass-Nachwuchs

Das Wiener Blockflöten-Ensemble   Foto: Neumann

umwobene Namen wie Dolmetsch – wegen firmeninterner Schwierigkeiten in Herne mit zwei Ständen und verschiedenem Angebot vertreten – oder v. Huene (U.S.A.) stellten ebenso aus wie eine Reihe sowohl wissenschaftlich wie handwerklich begabter jüngerer Instrumentenbauer. Offenbar wird es immer lohnender, sich auf diesem Gebiet als Unternehmer zu engagieren. Die Nachfrage nach qualitativ hochwertigen Instrumenten, nach historisch getreuen Kopien, die sich immer mehr als die klangvollsten Instrumente herausstellen, war erstaunlich groß. In Einzelvorführungen der Instrumentenbauer, die gelegentlich den Charakter eines wissenschaftlichen Kollegs annahmen und zunehmend mehr zu Konzerten gerieten, konnte man Erstaunliches über Hölzer und ihre Behandlung, Bohrungsweise, Stimmung und Spieltechniken historischer Instrumente erfahren.

Das zweite Kammerkonzert wurde von dem Wiener Blockflötenensemble unter der „Regie" von Hans Maria Kneihs als „Offenes Konzert" mit dem Publikum gemeinsam aus einer Fülle vorgedruckter Vorschläge zusammengestellt. Diese Konzertform erwies sich als sehr lebendig, im besten Sinne demokratisch, zumal auch Fragen gestellt werden konnten und durch Kneihs auf die verbindlichste und humorvollste Art beantwortet wurden, bis hin zur Schlichtung von generationsspezifischen Meinungsverschiedenheiten über moderne Musik, in diesem Fall über Berios „Gesti". Meist in der selten zu hörenden 8-Fuß-Stimmung (die Tenorflöte übernimmt die oberste Stimme, Bässe und Großbaß die tieferen) musizierend, erreichte das Ensemble in den Renaissancewerken einen unübertrefflich homogenen Klang, sogar Soli wurden aus der Wunschliste ad hoc souverän realisiert. Die barocken Interpretationen jedoch ließen einige Wünsche, Artikulation und Agogik betreffend, offen. Die ausgewählte moderne Improvisation wirkte in Ansätzen durchaus interessant, allerdings wie auf halbem Wege abgebrochen.

Enttäuschend das ‚Linde-Consort'. Schon in der Programmzusammenstellung war die Sinfonia c-Moll von Scarlatti für Blockflöte, Streicher und B. c. ein eher matter Auftakt, das Sammartini-Konzert A-Dur für Cembalo ließ technische Grenzen erkennen und das Telemann-Konzert F-Dur wurde zwar von Hans-Martin Linde sauber, mit Verzierungen versehen stilgemäß ausgeführt, wirkte aber allzu akademisch. Merkwürdig abgerissen, unflexibel war die Bogenführung der Barockvioline in der Purcell-Chaconne, erst zusammen mit der Sängerin Eva Csapó gelang es dem Ensemble in der Bach-Kantate „Non sa che sia dolore" Musizierfreude zu vermitteln. Wirklich gelöst klang nur die Zugabe von Th. Arne „Under the greenwood Tree", ideal war hier die klangliche Balance von Singstimme und flauto traverso.

In einer Sonntagsmatinée führte das „Kölner Vocal Consort" zusammen mit dem „Ensemble für alte Musik – ODHECATON" Weihnachtliche Musik der Renaissance auf. Die unglaubliche Vielfalt der Consort-Praxis wurde hier auf anschauliche Weise zu Gehör gebracht. Jeder der Spieler wechselte mehrfach, bis zu 15mal die Instrumente während des Konzertes aus. Sonderapplaus bekamen die Dudelsäcke, die sogar in Tenor- und Baß-Version im Duett zu hören waren. Ein Satz, nur mit Gemshorn Quartett besetzt, war das Eigenartigste an Klang, das ich seit langem gehört habe.

Das letzte Orchesterkonzert dieser Herner Musiktage bestritten die „Deutschen Barocksolisten" aus Köln mit Guy Touvron, Trompete (Paris). Brillante Programmauswahl, gutes, inspiriertes Zusammenspiel und hohes künstlerisches Niveau – besonders beeindruckend Konrad Hünteler im Quantzschen G-Dur-Konzert auf der Traversflöte – machten den Abend zum idealen Abschluß-Konzert. Mit Bachs Brandenburgischem Konzert Nr. 2 konnte Herne ein hochgestimmtes, zufriedenes Publikum in alle Lande entlassen.

Klaus Trumpf

Internationaler Musikwettbewerb München 1979 – Fach Kontrabaß –

Der Internationale Musikwettbewerb der Rundfunkanstalten der Bundesrepublik Deutschland, der einer der renommiertesten Wettbewerbe überhaupt darstellt und bereits zum 28. Male stattfand, hat dankenswerterweise mit der Aufnahme des Faches Kontrabaß der

Entwicklung dieses Instrumentes in den letzten Jahren Rechnung getragen.
Was schon vor 10 Jahren mit der Ausschreibung für Kontrabaß in Genf begonnen und für die Entwicklung und Propagierung des Kontrabaß-Solospiels geleistet wurde, erfährt damit seine positive Fortsetzung. Man kann die Bedeutung dieser Wettbewerbe gerade für Kontrabaß nicht hoch genug einschätzen.
Das Programm für München umfaßte sieben Werke, die jeder Kandidat aus 17 angegebenen Stücken auswählen konnte. Vorstellen konnte sich der Bewerber mit seinem Lieblingsstück, welches nur nicht aus dem zeitgenössischen Schaffen stammen durfte. Es gab weiterhin zwei Pflichtstücke: die „Sonata per Contrabasso solo" des Münchner Komponisten Leistner-Mayer und eine der sieben Canzonen von Frescobaldi.
Insgesamt stand das verlangte und klug ausgewählte Programm vom Schwierigkeitsgrad her auf höchster Stufe, wodurch die Wettbewerbsleitung von vornherein eine gewisse Auslese betreffs der Teilnehmer, qualitatitiv sowie quantitativ, getroffen hatte. So blieb der Jury, die sich aus den Herren R. Tschupp-Schweiz, Y. Goilav-Schweiz, F. Grillo-Italien, F. Höger-BRD, G. Klaus-BRD, B. Mahne-BRD, A. Planyavsky-Österreich, R. Slatford-Großbrit., K. Trumpf-DDR, A. Woodrow-Großbrit., R. Zepperitz-BRD zusammensetzte, die Aufgabe, von den 23 Teilnehmern die Preisträger zu ermitteln.
Die Teilnehmer kamen aus 11 Staaten, wobei Japan und die Bundesrepublik Deutschland mit sechs bzw. fünf Kandidaten am stärksten vertreten waren. Verwunderlich wieder das Fernbleiben der SU.
Auch hier in München wurde nach dem üblichen Punktsystem verfahren und die Preisträger in vier Runden ermittelt; wobei die letzte Runde mit Orchester ausgetragen wurde. Eine gewisse Spitzengruppe, die sich nach der 1. Runde gebildet hatte, tauschte dann die jeweilige Führung in den einzelnen Runden unter sich aus, bis sich dann in der Orchesterrunde durch eine klare Steigerung der Japaner Michinori Bunya (z.Z.

Michinori Bunya. 2. Preisträger des Münchner ARD-Wettbewerbs Foto: Klaus

Student bei Günter Klaus) an die Spitze brachte.
Durch die Nichtvergabe des 1. Preises kommt zum Ausdruck, daß ein absoluter internationaler Spitzensolist, der von Anfang an überzeugte, diesmal noch nicht dabei war.
Die Preisverteilung sah dann folgendermaßen aus:

1. Preis nicht vergeben
2. Preis Michinori Bunya (28) Japan
3. Preis Jiri Hudeč (26) CSR
   Joseph Niederhammer (25) Österreich

Insgesamt war es ein Wettbewerb der ausgezeichneten Techniker; man hätte sich vielleicht etwas mehr Betonung der musikalisch-künstlerischen Seite gewünscht.
Die Bedingungen für die Teilnehmer waren bei diesem Wettbewerb denkbar günstig, aus der Sicht der Juroren sowie der Bewerber lief er perfekt organisiert ab. An dieser Stelle sei der umsichtigen und einfühlsamen Leitung durch Jürgen Meyer-Josten und Renate Ronnefeld besonders gedankt.
Eine einzige Hürde hatten die Kandidaten zu bewältigen, die das Français-

Konzert gewählt hatten, da sie entweder ihr Instrument umstimmen oder auf einem fremden Kontrabaß spielen mußten, da dieses Konzert in Orchester-Stimmung steht. Dies wäre bei der Aufstellung zukünftiger Wettbewerbs-Programme zu berücksichtigen.
Die Zeit, da es attraktive internationale Wettbewerbe nur für bevorzugte Instrumente gab, ist nun endgültig vorüber. In den letzten Jahren gelang Dank der unablässigen Initiative der Kontrabassisten und durch Unterstützung einflußreicher Institutionen dem Kontrabaß der Sprung auf das internationale Wettbewerbs-Podium. Allein in den letzten zwei Jahren fanden fünf internationale Wettbewerbe für dieses Instrument statt: im Jahre 1978 die beiden Wettbewerbe Isle of Man und Genf und 1979 die Wettbewerbe Marknoukirchen/DDR, München und Rom.

Volker Bungardt

Dem Nachwuchs eine Chance?
9. Gießener Musiktage für Junge Solisten

Die Universitätsstadt Gießen und der Hessische Rundfunk zeichnen gemeinsam verantwortlich für diese Veranstaltung, von der – so schien es am Ende wenigstens – alle Beteiligten profitiert hatten; Gießen war um eine kulturelle Attraktion reicher geworden, der Hessische Rundfunk putzte sein Renommée als mäzenatisch orientierter Sender wieder einmal glänzend auf, und, last not least, jungen Solisten wurde die so nötige Gelegenheit geboten, Podiumserfahrung zu sammeln. Programmgestaltung, Auswahl der Künstler und Organisation liegen in den Händen von Hans Koppenburg, Redakteur im Hessischen Rundfunk, der sich ganz der Sache der Nachwuchsförderung verschrieben hat. Aus einer regelmäßigen Sendereihe des Hörfunks erwuchs im Laufe der Jahre die Veranstaltung:

ARDWettbewerb 1979

SPIEGEL DES MUSIKLEBENS

Die Treppe war in einen Rundtempel, eine Art Tholos, eingefügt. Im Gegensatz dazu starrten auf beiden Seiten je zwei todesdrohende Drachen auf die Bühne; Tanz und Pantomime waren auf rituelle Tötung ausgerichtet, und das Messer des Scharfrichters wurde mit Hilfe eines großen Schleifsteins geschärft. Links und rechts von den in Gelb getauchten Akteuren saß das Volk, in dumpfes Grau gehüllt, und fieberte sensationsgierig dem tödlichen Spektakel entgegen. Montalto versuchte, durch starke Bewegung, vor allem bei dem Trio Ping, Pang, Pong, dem statuarischen Geschehen vor dem Drachenthron entgegenzuwirken.

Der Regisseur des *Rigoletto*, Lotfi Mansouri, hatte ebenfalls einige wirksame Einfälle. So plazierte er während der Einleitung den Rigoletto ganz vorne an der Bühne, während hinter ihm die Hofgesellschaft amüsiert lustwandelte. Der Narr schien in den intensiv musizierenden Streicherfiguren und drohenden Tremoli das schlimme Schicksal vorauszuahnen. Nello Santi am Pult gelang es, trotz dem aufgestockten Orchester und den großen Dimensionen, die Details hörbar zu machen, während Daniel Oren, der Dirigent der *Turandot*, einer al-fresco-Manier huldigte. Bei beiden aber war zu spüren, daß sie erfahrene Arena-Dirigenten sind.

Die Trias der Protagonisten war jeweils mit bewährten und renommierten Sängern besetzt (*Rigoletto*: Paolo Gavanelli in der Titelfigur, Mario Malagnini als Duca und Maureen O'Flynn als Gilda; *Turandot*: Eva Marton als Principessa, Nicola Martinucci als Kalaf und Katia Ricciarelli als Liù), wobei das *Rigoletto*-Team um einen Grad besser harmonierte, wie überhaupt die Aufführung des *Rigoletto* einen stärkeren Eindruck hinterließ.

Klaus Trumpf
PERFEKT ORGANISIERT
Internationaler Kontrabaß-Wettbewerb Moskau 1995 zum Gedenken an Sergej Koussewitzky

Fällig war er seit langem, und aus Anlaß des 120. Geburtstags 1994 wurde er nun endlich auch durchgeführt, der Internationale Kontrabaßwettbewerb zu Ehren Sergej Koussewitzkys in Moskau, der ersten Wirkungsstätte des bedeutenden Dirigenten und Kontrabassisten. Fast unglaublich und deshalb besonders anerkennenswert, daß in einer für Rußland schwierigen Zeit ein so perfekt und liebevoll organisierter Wettbewerb Teilnehmer, Juroren und auch das Publikum überraschte. Angefangen vom ausführlichen Informationsheft, exakten Zeitplan, den gegebenen Räumlichkeiten im Tschaikowsky-Konservatorium, der Betreuung der Teilnehmer und Juroren bis hin zur Publikationsarbeit durch Rundfunk, Fernsehen, Presse spürte man die Erfahrung der Organisatoren. Verantwortlich zeichneten das Direktorat internationaler Wettbewerbe im Kulturministerium der Russischen Föderation im Verbund mit dem Tschaikowsky-Konservatorium.

Sergej Koussewitzky (1874–1951) hatte sich schon als Kontrabaß-Solist international einen Namen gemacht, bevor er als Dirigent das Boston Symphony Orchestra zu Weltruhm führte und dabei eine Reihe großer Werke bedeutender Komponisten zur Uraufführung brachte. Zu seinen Schülern zählte auch Leonard Bernstein.

Knapp dreißig junge Kontrabassisten, die vorher von einer Jury durch Anhören ihrer eingesandten Audio-Cassetten ausgewählt worden waren, traten in der ersten öffentlichen Runde an. Pflichtstücke waren neben dem Koussewitzky-Konzert zwei Stücke von Reinhold Gliere und eine Solosonate aus dem 20. Jahrhundert. Bereits hier konnte man das hohe Niveau der Teilnehmer aus neun Nationen feststellen. Erwartungsgemäß waren Kontrabassisten aus dem Gastgeberland besonders stark vertreten, welche die traditionsreiche russische Kontrabaßschule bestens repräsentierten. Die Moskauer Schule mit der „französischen" Bogenhaltung bevorzugte die technische Seite der Interpretation und unterschied sich deutlich von der tonlich-singenden Spielweise und der „deutschen" Bogenhaltung der Petersburger.

Der Zeitrahmen war so abgesteckt, daß jeder Teilnehmer sein Programm ohne Abkürzungen vorstellen konnte und der Jury somit Gelegenheit gegeben wurde, sich ein umfassendes Bild zu machen. Gleiches in der zweiten Runde: Die Bewerber spielten eine vollständige Sonate nach Wahl (favorisiert: Adolf Miseks Sonate e-Moll und „Arpeggione"-Sonate von Franz Schubert) und ein Konzert (Nino Rota, Eduard Tubin, Jean Français oder Andrej Espaj).

von links: Vladimir Goryatchev (1. Preis), Georgy Lomdaridze (3. Preis), Gennady Krutikov (2. Preis), Lev Rakov (Moskau), Jorma Katrama (Helsinki), Klaus Trumpf (München), Thomas Martin (London), German Lukjanin (St. Petersburg), Ljubow Junkarowa (St. Petersburg), Evgeny Kolossov (Moskau)

Koussewitzky-Wettbewerb 1995

SPIEGEL DES MUSIKLEBENS

Die Interpretation des Koussewitzky-Konzerts mit Orchester in der dritten Runde entschied über die Vergabe der Preise. Hier bestätigte sich noch einmal der Eindruck, den man bereits seit der ersten Runde gewonnen hatte, nämlich die tonlich hervorragende musikalische Gestaltung von Vladimir Goryatchev aus St. Petersburg, der mit dem ersten Preis belohnt wurde. Den zweiten Preis erhielt Gennadi Krutikov (Moskau) und den dritten Preis Georgy Lomdaridze (Georgien/Moskau). Sonderpreise erhielten Ho-Gyo Lee (Korea/Saarbrücken) und Rustem Shagimardanov (Moskau). Dieses Bild unterstreicht die Bedeutung der russischen Kontrabaßschule, die in guter Tradition seit Koussewitzky immer wieder hervorragende Kontrabassisten hervorgebracht hat.

Die deutschen Hochschulen waren durch ausländische Studenten, die in München und Saarbrücken studieren, vertreten. Die Tendenz bei den internationalen Kontrabaß-Wettbewerben der letzten Jahre, daß unter den Bewerbern immer mehr Frauen zu finden waren, fand hier keine Fortsetzung. Es mag ein Zufall gewesen sein. Abschließend sei noch einmal festgestellt, daß durch geschickte Wettbewerbsprogramm-Vorgaben, die neben Bekanntem auch viel Neues und Interessantes forderten, sowie durch eine ausgezeichnete Organisation und nicht zuletzt durch die zum Teil hervorragenden Leistungen der Bewerber der gesamte Wettbewerb ein großer Erfolg war und für die aktiven Teilnehmer eine große Bereicherung.

MUSIKINSTRUMENTE

Neuentwickelte Trompeten von Karl Heck

Der Meisterwerkstätte für Musikinstrumentenbau von Karl Heck und Robert Hofmann – Solotrompeter im RSO Saarbrücken – in EBleben ist es nach längerer Entwicklungsarbeit laut Hersteller gelungen, ein Trompetenprogramm mit Perinet- und Drehventilsystem in Hightech-Qualität zu erstellen. Es ist für die Entwickler besonders erfreulich, daß der Qualitätsstand auch bei Tests in den Orchestern in Wiesbaden und Mainz, beim HR, MDR und Hochschule Leipzig, WDR und Hochschule Köln, in Karlsruhe sowie beim SWF Baden-Baden bestätigt wurde. Die Neuentwicklung umfaßt drei verschiedene Maschinenbohrungen. Zu jeder Maschine können wahlweise drei unterschiedliche Mundrohre eingesetzt werden. Fünf verschiedene Schallstückformen sowie verschiedene Materiallegierungen, Wandstärken und Oberflächenveredelungen ermöglichen laut Hersteller eine Vielfalt an Klangvarianten. Besonders beachtenswert ist die Möglichkeit, das Gewicht des Instruments stufenweise zu variieren, wodurch alle Spieler ihren individuellen Widerstand finden können.

Musikinstrumentenmuseum Markneukirchen

Auf einer Hand haben die zwei funktionstüchtigen Miniaturviolinen des Markneukirchener Instrumentenbauers Robert Penzel Platz. Sie gehören zu den Exponaten des Musikinstrumentenmuseums Markneukirchen, welches im 200 Jahre alten Paulus-Schlößchen untergebracht ist und zu den bedeutendsten musealen Einrichtungen Sachsens zählt. Es dokumentiert mit über 1000 ausgestellten Exponaten nicht nur den 300jährigen Musikinstrumentenbau des Vogtlands, sondern zeigt auch eine umfassende Sammlung von Musikinstrumenten aus 100 Ländern der Erde. *(Foto)*

Foto: Thieme/dpa

Koussewitzky-Wettbewerb 1995

SPIEGEL DES MUSIKLEBENS

Wolfgang Harrer
WERTVOLLE IMPULSE
Kontrabasswoche im Kloster Michaelstein

Vom 15. bis 21. März 1999 fand im Kloster Michaelstein bei Blankenburg im Harz die diesjährige internationale Woche für Kontrabassisten statt. Sie stand dieses Jahr im Zeichen des 250. Geburtstages von Johann Matthias Sperger und des 200. Todestages von Carl Ditters von Dittersdorf.

Von dieser Veranstaltung, die bereits zum 17. Mal stattfand und von Klaus Trumpf (München/Berlin) organisiert und geleitet wird, gehen viele wertvolle Impulse aus. Während des Tages wurde intensiv unterrichtet, jeden Abend gab es Konzerte, und zwar spielten sowohl alle Dozenten als auch alle aktiven Studierenden. Im Anschluss an die Konzerte gab es häufig noch Darbietungen meist heiterer Art (Kontrabass-Ensembles, „Was Sie schon immer über Dittersdorf wissen wollten" mit Christian Sutter, Schweiz, u. a.) und Geselligkeit im Café. Folgende Dozenten standen den ca. 70 Studierenden (die von Taiwan bis Lettland angereist kamen) zur Verfügung: Ovidio Badila (Schweiz, Deutschland), Petya Bagovska (Bulgarien), Chun-Shiang Chou (Taiwan), Miloslav Gajdos (Tschechien), Wolfgang Harrer (Österreich, Deutschland), Miloslav Jelinek (Tschechien), Daniel Marielle (Frankreich), Alexander Michno (Russland, Spanien), Hans Roelofsen (Niederlande), Radoslav Sasina (Slowakei), Rudolf Senn (Niederlande) und Klaus Trumpf (Deutschland) sowie die beiden ausgezeichneten Korrepetitorinnen Marianne Roterberg und Milana Tcherniavskaia.

Interessant ist, dass – obwohl das solistische Repertoire für den Kontrabass allgemein als sehr klein gilt – in diesen 17 Jahren von den konzertierenden Dozenten immer neue Stücke gefunden und vorgetragen wurden, so dass kaum jemals ein Werk zwei Mal erklang. Zum Teil kommt das auch daher, dass neue Ausgaben von alten Stücken, Wiederentdeckungen (in diesem Jahr besonders Kompositionen von Sperger) vorgestellt und erstaufgeführt oder neue Werke hier uraufgeführt wurden.

Am Ende der Woche gab es nun bereits zum vierten Mal die „Kontrabassbörse". Kontrabassbauer, Bogenmacher, Saitenhersteller, Musikverleger und viele andere aus dem In- und Ausland boten ihre Produkte rund um den Kontrabass an, so dass auch vieles direkt verglichen werden konnte, wie es sonst wohl kaum möglich ist.

Obwohl diese Woche zweifelsohne für alle Anwesenden viel bietet, profitieren sicherlich die Studierenden am meisten davon. Sie können nicht nur Kontakte jeder Art knüpfen, sie bekommen vielleicht erstmals in ihrem Leben einen Überblick über die aktuelle internationale Situation ihres Instruments.

Im März 2000 wird in Michaelstein ein internationaler „Johann Matthias Sperger Wettbewerb" stattfinden, bei dem Preise in einer Gesamthöhe von 15 000 Mark vergeben werden.

Teilnehmerinnen und Teilnehmer der internationalen Kontrabasswoche im Kloster Michaelstein bei Blankenburg

In „DAS ORCHESTER" 1999: Bericht über die Kontrabasswoche in Michaelstein 1999

V Rezensionen/Artikel/Kontrabass-Nachwuchs

SPIEGEL DES MUSIKLEBENS

orchesters des Bayerischen Rundfunks) bravouröser Prokofjew-Interpretation der Sonate op. 94, mit Wladyslaw Klosiewiczs überwältigendem Cembalo-Mirakel, mit Jan Staniendas (Konzertmeister und Leiter des Orchestre National de Toulouse sowie des Kammerorchesters Leopoldinum) und Stephan Rieckhoffs wunderbar übereinstimmender Sensibilität bei Borodins 2. Streichquartett, mit Wen-Sinn Yangs (Solo-Cellist beim Symphonieorchester des Bayerischen Rundfunks) und Gerard Wyss' (Klavier) tief verinnerlichter Arpeggione-Sonate oder mit Tomasz Tomaszewskis (Gründer der „Kammersolisten der Deutschen Oper") und Pi-Chin Chiens glutvollem Ravel – wenn sich also derart beglückende Momente einstellen, dann wird der Stoßseufzer: „Noch ein Festival mehr..." gänzlich entkräftet. Denn die Berechtigung eines jeden Festivals steht und fällt mit dem Niveau seiner Veranstaltungen. Und das war in Biel erfreulich hoch.

Letzte Probe vor dem Konzert:
Tomasz Tomaszewski (Violine) und Pi-Chin Chien (Cello) Foto: Rudolph

Klaus Trumpf
INTERNATIONALE KONTRABASS-WOCHE IN INTERLOCHEM/USA

Zu den bekanntesten Fine Arts Highschools der USA (künstlerische Gymnasien für Jugendliche im Alter von 14 bis 19 Jahren) gehört die „Interlochem Arts Academy" mit etwa 400 Schülerinnen und Schülern. Der kleine Ort Interlochem liegt im Nordosten des Staates Michigan am Green Lake in der Nähe des Michigan Sees, südlich der kanadischen Grenze. In jene ruhige, verträumte Seenlandschaft, weit ab von jeder Großstadt, bricht jedes Jahr im Juli/August quirliges Leben ein, denn dann findet hier das Interlochem Camp statt, an dem durchschnittlich 3000 Schülerinnen und Schüler und Studentinnen und Studenten teilnehmen.

Dieses nationale Musikcamp für junge Menschen, gegründet 1927 von J. E. Maddly, hat sich inzwischen zu einem der bedeutendsten Zentren dieser Art überhaupt entwickelt: in den Sektionen Musik, Theater, Tanz, Bildende Kunst werden hier von führenden Professorinnen und Professoren die annähernd 3000 Schülerinnen/Schüler und Studentinnen/Studenten aus allen 50 Bundesstaaten und über 30 Ländern acht Wochen lang betreut und in Meisterklassen unterrichtet.

Fünf Orchester, darunter das World Youth Symphonie Orchestra, Kammerensembles, Chöre, Blasorchester, Jazzbands, Theater- und Tanzgruppen geben nach intensiven täglichen Proben Konzerte/Aufführungen in den großzügig angelegten Räumlichkeiten: überdachte Freiluftbühne mit 5000 Plätzen, große Freilichtbühne mit 4000, Konzerthaus für 1000 Personen, Theater-, Ballett-, Kammermusiksäle usw.; Ausstellungen aus den Bereichen Bildhauerei, Malerei und Photographie finden in den.

Neben diesen eigenen Darbietungen der Studentinnen und Studenten findet in diesen Wochen das „Interlochen Arts Festival" statt, zu dem in der Vergangenheit Künstler wie Isaac Stern, Itzhak Perlman, Mstislaw Rostropowitsch, das Chicago Symphony Orchestra, Jean-Pierre Rampal, Tokyo String Quartet, Lorin Maazel, Jessye Norman, Krzysztof Penderecki, John Cage u. v. a. ein interessiertes Publikum anlocken.

Eingebettet in diese lebendige, kreative Atmosphäre fand 1993 im Juli auch die Tagung der „Internationalen Society of Bassists (ISB) Convention 1993" statt, verbunden mit einer internationalen Kontrabaßwoche, wie sie erstmals 1991 im europäischen Rahmen in Mittenwald veranstaltet worden war. Aus diesem Anlaß kamen zusätzlich zu den vielen Studentinnen/Studenten und Schülerinnen/Schülern über 200 bereits im Berufsleben stehende Bassistinnen/Bassisten nach Interlochem, die aus einem großen Angebot von Veranstaltungen auswählen konnten.

Eines der wichtigsten Ereignisse der Baß-Tagung war der internationale Wettbewerb, aufgeteilt in drei Kategorien: Klassik, Orchesterspiel, Jazz – eine konsequente Folge der amerikanischen Wertigkeit des Kontrabaßspiels. Drei spezielle Jurys ermittelten die Preisträger. Die ersten Plätze blieben in den USA, wobei der dritte im Bereich der Klassik von Tobias Glöckler (Dresden) mit nach Europa genommen werden konnte. Eine besondere Freude war es, den Jazz-Bassisten, jeweils nur von einem Schlagzeuger begleitet, in ihrem phantasievollen Spiel zuzuhören. In der Wettbewerbskategorie große Sinfonie bemühten sich die Teilnehmerinnen und Teilnehmer um letzte Feinheiten der vorgegebenen Orchesterstellen.

Aus „Orchester" Interlochen-Bericht 1993

V Rezensionen/Artikel/Kontrabass-Nachwuchs

SPIEGEL DES MUSIKLEBENS

In nicht weniger als 48 Vorträgen, die die unterschiedlichsten Themen der Kontrabaßmethodik und -Problematik behandelten, konnte sich jeder ausreichend informieren: über die Suzuki-Methode für Kontrabaß; musikalische und technische Analysen der Bach-Cello-Suiten für Kontrabaß; über psychologische Aspekte beim Üben, beim Spiel unter Belastung, beim Konzertieren; Orchester- und Probenspielvorbereitung; Entwicklung des französischen Bogens; Bogengewicht und Balance; Entwicklung der neueren Kontrabaß-Literatur; Neu-Ausgabe (nach historischen Gesichtspunkten) des Dittersdorf-Konzertes; Kontrabaß-Solo-Musik in Südamerika usw. Ferner fanden Demonstrationskonzerte sowie Diskussionsrunden statt, und es wurden auch neue Kompositionen vorgestellt. Instrumenten- und Bogenmacher präsentierten ihre Erzeugnisse. Daß die Entwicklung auch im Instrumentenbau immer neue Wege einschlägt, zeigte der Versuch eines Kontrabasses in modernistischer Form; ein neuer Knickstachel erregte Aufmerksamkeit. Er ist so konstruiert, daß stehend spielende Kontrabassisten/innen keinen Haltungsdruck mehr mit dem linken Daumen ausführen müssen. Interesse fanden auch E-Bässe, die sich an die alte Kontrabaßform anlehnen. Und natürlich waren auch Musikverlage mit ihren Angeboten vertreten.

Ein weiterer zentraler Punkt waren die angebotenen Meisterklassen: eine große Zahl von erfahrenen Solistinnen/Solisten und Professorinnen/Professoren, die während dieser Woche auch in den vielen Solo-Konzerten oder in Vorträgen präsent waren, gaben Einblicke in ihre Methodik und Auffassung. Von diesem Angebot wurde reger Gebrauch gemacht. An den Kursen der Dozentinnen/Dozenten nahmen jeweils 40 bis 50 Zuhörer teil bei drei nebeneinander laufenden Meisterklassen. Neben diesen „Masterclasses" für Fortgeschrittene gab es ein separates „Young Bassist's Program" für Schülerinnen/Schüler ab 8 Jahren, in welchem gezielt und methodisch der Spaß am Spiel, am Üben und am gemeinschaftlichen Musizieren geweckt wurde. Diese Projekte, die es auch in anderen Ländern gibt, wo mit besonders kleinen Instrumenten und Bögen sowie speziellem Lehrmaterial Kinder angesprochen werden, sollten möglichst bald auch in das deutsche Musikschul-Lehrkonzept Eingang finden. Andernfalls besteht nämlich die Gefahr,

daß wir eines Tages im internationalen Vergleich zurückfallen.

Die Höhepunkte der internationalen Kontrabaßwoche waren die jeden Abend stattfindenden Recitals, die ausschließlich von führenden Kontrabaß-Solisten/innen aus den USA bestritten wurden. Einige interessante Tendenzen lassen sich hier bei der Programm-Zusammenstellung erkennen: während bei den insgesamt 34 Kompositionen die „klassischen" Kontrabaß-Komponisten fast allesamt fehlten (weder Dittersdorf und Vanhal noch Hindemith und Koussewitzky!), und Bottesini sowie Gliere nur mit je zwei Werken vertreten waren, gab es viel Unbekanntes. Noch zu vermerken wäre eine Wiederentdeckung des selten gespielten Konzertes von Oscar Geier, das Jeff Bradetich neben anderen Werken überzeugend darbot. In Transkriptionen erklangen Kompositionen von den großen Meistern Bach bis Gershwin; die übrigen ca. 20 Werke waren neue Stücke, wovon vermutlich *Required 7/93* und die virtuose *Carmen-Suite* von Frank Proto am ehesten die Chance haben, in das Kontrabassisten-Repertoire einzugehen. Bei den begeisternden Jazz-Konzerten der berühmten Milt Hinton, Rufus Reid und John Clayton gab es, wie immer, viel Neues zu hören.

In den Programmen spiegelte sich also das wider, was man von den Kontrabassisten/innen Amerikas erwartet hatte: Aufgeschlossenheit dem Neuen gegenüber, Können und Verständnis auf dem Gebiet des Jazz. Daß diese Konzerte durchweg auf sehr hohem Niveau standen, muß nicht betont werden. An erster Stelle muß Edgar Meyer mit seiner stilsicheren, perfekten Interpretation im Klassik- sowie im Jazz-Bereich genannt werden, der im Abschlußkonzert, begleitet vom World Youth Orchestra, eine sehr eigene, aber überzeugende Auffassung des Bottesini-h-Moll-Konzertes darbot. Die unermüdlichen Inspiratoren im amerikanischen Kontrabaß-Geschehen Barry Green, Paul Ellison und Frank Proto stellten in ihren Konzerten, wie so oft, neue Werke bzw. Adaptionen der Klassik vor. Begeisternd das Recital von Milton Masciadri, ebenso überzeugend Patrick Neher und Mark Morton; interessant, sehr vom Jazz beeinflußt, der Beitrag von Nico Abondolo.

Alles in allem: eine unerhört interessante, anregende Woche – und hier muß der Betrachter aus Europa mit Bewunderung die offene, initiativ- und ideenreiche Art der Kommunikation amerikanischer Kontrabaß-Kollegen/innen beobachten und feststellen, daß diese jahrelangen Aktivitäten, basierend auf der erfolgreichen Arbeit der von Gary Karr begründeten International Society of Bassists samt ihrer Zeitschrift, absolut Früchte tragen. Seit 1969 mit dem ersten weltweit ausgeschriebenen Wettbewerb für Kontrabaß in Genf das internationale Tor aufgestoßen wurde und sich in derartigen Veranstaltungen, Symposien, Seminaren, wissenschaftlichen Konferenzen usw. die Kontrabassisten auf allen Ebenen austauschen, hat sich ein großer Wandel vollzogen.

Stephen Tramontozzi (Solo-Kontrabassist San Francisco Symphony Orchestra), Christopher Brown (Solo-Kontrabassist St. Paul Chamber Orchestra), Klaus Trumpf (Professor für Kontrabaß Hochschulen München und Saarbrücken), David Neubert (Direktor der International Society of Bassists) und David H. Young (Los Angeles)   Foto: Trumpf

Aus „Orchester" Interlochen-Bericht 1993

Kontrabassisten und der Nachwuchs in Deutschland

Heute ist der 24.September 2011 und gerade geht eine interessante Kontrabass-Woche hier in Brünn, wo ich das niederschreibe, zu Ende – die „11.Double Bass Convention 2011 Brno", in Tschechien. Initiator und Leiter ist der hiesige immer aktive Kontrabass-Professor *Miloslav Jelínek*. Anwesend waren 50 Studenten aus aller Herren Länder. Erwähnenswert, neben den vielen hervorragenden Leistungen, die in einem Wettbewerb das sehr hohe Niveau demonstrierten, war ein 19-jähriger Teilnehmer aus der Türkei, der mit atemberaubender, methodisch ausgefeilter Bravour den ersten Satz des *Sperger-Konzert* Nr.15 darbot.

Meine Gedanken gehen, wie so oft, an unseren Nachwuchs im eigenen Land. Mal wieder, wie hundertfach beobachtet, fehlten, bis auf einen einzigen Teilnehmer, unsere deutschen Studenten.

Es gibt in Deutschland im Jahre 2011 24 Musikhochschulen. Davon sind bis auf drei alle mit hauptamtlichen Kontrabass-Professoren besetzt. Übrigens alle in den letzten ca. 30 Jahren neu geschaffen. Damit wurde auf eine Entwicklung reagiert, die sich zunächst sehr positiv darstellt. In den 1960er und 70er Jahren konnte man einen unglaublichen Qualitätssprung in Hinsicht des Solospiels registrieren. Und zwar in der Breitenwirkung. Gute Solisten gab es vereinzelt zu jeder Zeit.

Einige dieser Namen sollen hier zusammengefasst sein. Zunächst die, die sich in die Kontrabass-Geschichte tief eingruben und jedem Kontrabassisten geläufig sind. *Joseph Kämpfer* (1735-1796), *Friedrich Pischelberger* (1741-1813), *Johann Matthias Sperger* (1750-1812), *Domenico Dragonetti* (1763-1846), *Wenzel Hause* (1764-1847), *August Müller* (1808-1867), *Josef Hrabé* (1816-1870), *Giovanni Bottesini* (1821-1889), *Franz Simandl* (1840-1912), *Emanuel Storch* (1840-1877), *Gustav Laska* (1847-1928), *Ludwig Hegner* (1851-?), *Friedrich Warnecke* (1856-1931), *František Černý* (1861-1939), *Eduard Nanny* (1872-1942), *Lebrecht Goedecke* (1872-1947), *Sergej Koussewitzky* (1874-1951), *Isai Billè* (1874-1961), *Adolf Mišek* (1875-1954), *Eduard Madenski* (1877-1923), *Albin Findeisen* (1881-1936), *Hans Fryba* (1899-1986), *Josef Prunner* (1886-1969), *František Hertl* (1906-1973), *Lajos Montag* (1906-1997). Zu diesen herausragenden Protagonisten unseres Instrumentes traten dann in der 2.Hälfte des vergangenen Jahrhunderts nicht nur einzelne Herausragende, sondern eine große Anzahl ernstzunehmender Solisten, die international von sich reden machten (alphabetisch): *Rodion Asarchin, Ovidiu Badila, Jeff Bradetich, Boguslaw Furtok, Miloslav Gajdoš, Barry Green, Miloslav Jelínek, Gary Karr, Jorma Katrama, Thomas Martin, Edgar Meyer, François Rabbath, Roman Patkoló, Božo Paradžik, Jean Marc Rollez, Catalin Rotaru, Radoslav Šašina, Ludwig Streicher* und sicher noch einige andere.

Nach meiner Beobachtung und Einschätzung verdanken wir das dem Beginn des Medien- und Wettbewerbszeitalter, den Veröffentlichungen und Verbreitungen durch Rundfunk-, Schallplatten- und CD-Aufnahmen. Außer der *Sergej-Koussewitzky*-Schallplatten-Aufnahme um das Jahr 1927 (!) gab es dann ab 1960 und zu Beginn der 1970er die ersten Schallplatten für Solokontrabass. Die ersten Aufnahmen von *Ludwig Streicher* und vom jungen *Gary Karr* zu dieser Zeit wurden als Sensationen gehandelt! 1961 gab es das legendäre Zusammentreffen mit Leonard Bernstein, den New Yorker Philharmonikern und *Gary Karr*.

Gemeinsam mit den zunehmenden internationalen Kontrabass-Wettbewerben (erste Wettbewerbe: 1969 und 1973 in Genf, ab 1975 alle 2 Jahre in Markneukirchen, 1978 und 1983 ARD-München) wurde eine Entwicklung losgetreten, die von Jahr zu Jahr Unfassbares zutage bringt. Übrigens mit einem zufriedenen Lächeln können wir als Kontrabassisten registrieren: so wie diese ernstzunehmenden Leistungen stiegen, versagten den Musikerkollegen die Anekdoten und Witze über unser Instrument. Das sei nur am Rande erwähnt.

Allein die Liste der Namen von Preisträgern der internationalen Wettbewerbe flößen einem Respekt ein und sie sind auf den internationalen Konzertpodien zu hören. Wenn Anne-Sophie Mutter verkündet, dass es Zeit wird, die Komponisten anzusprechen, endlich gültige Werke für Kontrabass zu schreiben, um die Renaissance des Instrumentes weiter voranzutreiben, so ist das ein markantes Signal. Mit gutem Beispiel geht sie voran und vergab gleich eine Reihe von Solokompositionen für Violine und Kontrabass an Komponisten wie Andre Previn, Krystoph Penderecki, Wolfgang Rihm, Stefan Currier usw. Wie dankbar müssen wir ihr sein! Anne-Sophie Mutter hat sofort die Schwachpunkte erkannt und setzt auf gute, interessante Kompositionen von gestandenen Komponisten – keine Eintagsfliegen, sondern Werke in die Zukunft gedacht.

An dieser Stelle möchte ich ausdrücklich betonen, dass das wirkliche Betätigungsfeld unseres Instrumentes in erster Linie natürlich die Aufgabe im Orchester, der Kammermusik usw., im Bereich der Bassfunktion liegt – aber es gibt keinen Fortschritt, keine Entwicklung, sondern nur Stillstand, wenn nicht Ziele des Solospieles angestrebt und sich den Vergleichen gestellt wird.

Allerdings stimmen mich meine Beobachtungen der letzten Jahrzehnte nicht nur traurig, sie machen mich fassungslos und wütend wenn ich die Teilnahmen, das Interesse – besser gesagt: das Desinteresse deutscher Kontrabassisten und Studenten bei den vielen größeren Ereignissen auf internationaler Ebene betrachte. Es waren kaum Vertreter aus Deutschland anwesend. Bei den großen Treffen 1978 und 1982 in Isle of Man - England konnte man nicht eine Handvoll deutscher Interessierter entdecken. Bei den alle zwei Jahre stattfindenden Conventions in den USA, bei denen sich jeweils über eintausend Kontrabassisten aus aller Welt auf allen Ebenen austauschen, finden sich immer nur die drei gleichen deutschen Namen: *Gottfried Engels, Tobias Glöckler* und der, der das hier beobachtet, neuerdings *Christine Hoock*. Selbst 1991, wo dieses Großereignis im hiesigen Mittenwald stattfand, war deutsche Teilnehmerschaft mehr als bescheiden. Wo sind die Interessenten der Lehrer- und Studentenschaft bei den ebenfalls alle zwei Jahre stattfindenden *Sperger-Wettbewerben*? Warum kommen aus den umliegenden Hochschulen Köln, Frankfurt, Mannheim usw. in der Nähe des Wettbewerbsortes Andernach keine Studenten/Lehrer zum Zuhören? Wo sind die deutschen Kontrabassisten bei den zahlreichen Events in Kroměříž - CR, in Brünn/Brno, in Breslau/Wrocław, in Ungarn/Debrecen? Beim VI. Sperger-Wettbewerb 2010 z.B. hatten 4 (vier!) deutsche Teilnehmer von den 24 deutschen Hochschulen den Mut aufgebracht, sich zu bewerben. Aus Südkorea waren 12 Teilnehmer angereist!

Feststellungen der letzten internationalen Ereignisse: im Mai 2013 Internationales Symposium in Breslau/Wrocław – beschämend musste ich wieder mal feststellen, dass ich der einzige Vertreter aus Deutschland unter rund insgesamt 90 Teilnehmern war. Dasselbe beim 5th World Bass Festival im August 2014 in Breslau, wieder von *Irena Olkiewicz* großartig organisiert – mit vielen Vertretern aus den USA, aus der Türkei und vielen Ländern Europas.

Nicht ein einziger deutscher Student oder Professor zeigte sich. November 2013 gab es bei dem ersten Kontrabass-Wettbewerb in der Ukraine (in Lviv-Lemberg) Bewerber aus ganz Europa. Ein einziger junger Student österreichisch-deutscher Herkunft hielt die Ehre durch seine Teilnahme hoch und belegte sogar gleich den ersten Platz: *Dominik Wagner*. Aber schon beim nächsten Wettbewerb „*Sergej Koussewitzky*" im Dezember 2013 in St. Petersburg suchten wir wieder vergeblich einen Bewerber aus Deutschland.

Woran liegt es? Bitte Kollegen Lehrer, bitte Studenten, gebt darauf eine Antwort. Wo habt Ihr bessere Gelegenheiten, Erfahrungen auf internationaler Ebene zu sammeln, Euch den Vergleichen zu stellen? Noch dazu bei günstigem finanziellen Aufwand!

Ich erhebe hier Vorwürfe an deutsche Professoren, Lehrer, Dozenten, Studenten für das momentane (Des-)Interesse! Oder wie soll man es nennen?

Nach dem ersten Sperger-Wettbewerb im Jahre 2000 erlaubte ich mir in der NEUEN MUSIKZEITUNG in dem Artikel „Betrachtung zur Wettbewerbs-Situation bei den Kontrabassisten" folgende Feststellung zu treffen und zu veröffentlichen: „Gemessen an 450 etablierten Klavier-Wettbewerben kann man eher von einer Peinlichkeit sprechen, die professionelle Wettbewerbsveranstalter und administrativ-verantwortliche Musikinstitutionen in Deutschland und weltweit einer Instrumentengruppe zubilligen, die zwar nicht unbedingt die erste Geige zu spielen gewillt ist, aber doch von der fundamentalen Gewichtung ein entsprechendes Wort im musikalischen Gesamtbereich mitspricht. An dieser Stelle muss die absolute Zurückhaltung kompetenter deutscher Musikinstitute und –institutionen wie des Deutschen Musikrates, der Deutschen Stiftung Musikleben, der DOV bis zur GVL und sogar der Musikschulen angeprangert werden, obwohl ihnen allen die prekäre Situation speziell des deutschen Kontrabassnachwuchses bekannt ist. Seit Jahren nehmen kaum deutsche Studenten an internationalen Wettbewerben teil; die Solostellen in den führenden Orchestern werden großenteils an ausländische Mitbewerber vergeben, ebenso die Kontrabass-Professuren an den deutschen Hochschulen. Der permanente Mangel an Kontrabassisten auch bei allen deutschen Jugendorchestern und Musiziergruppen ist seit Jahren bekannt und führt zu bezeichnenden Ergebnissen: nicht einmal das Bundesjugendorchester bekommt im Jahre 2000 eine spielfähige Kontrabassgruppe von 3 Spielern aus Deutschland zusammen!"

Hat sich das 2014 wesentlich geändert? Zu dieser Zeit – 2014 – genießen 3 deutsche Kontrabassisten in der 11-köpfigen Gruppe der Berliner Philharmoniker Minderheitenschutz.

Übrigens stellte Gregor Piatigorsky, der Ende der 1920er Jahre als Solocellist bei den Berliner Philharmonikern Furore machte, in seinem köstlichen Buch „Mein Cello und ich" fest, dass die vorderen Pulte bei den Streichern fast ausschließlich mit Nichtdeutschen besetzt waren. Nun – fast einhundert Jahre später das gleiche Bild?

An 24 deutschen Musikhochschulen lehren zwölf hochqualifizierte ausländische Professoren das Fach Kontrabass. Ein großes Dankeschön an sie!

Bei den *Sperger*-Wettbewerben ist nach wie vor deutsche Zurückhaltung zu beobachten gegenüber dem kleinen Land Südkorea, Osteuropa und nun auch China – 2012: zwölf chinesische Anmeldungen. Und jetzt, als ich das niederschreibe im April 2014, gibt es für den *Sperger*-Wettbewerb im September 2014 bereits viele Anmeldungen aus China!

Aus den hiesigen Orchestern oder von den Hochschulen kommen kaum Kollegen als Beobachter, um sich ein Bild vom Nachwuchs oder von ihren zukünftigen Kollegen zu machen. Das traditionsreiche Fundament, das uns die großen Namen der deutschen Kontrabass-Historie, auch speziell im pädagogischen Bereich bereitet hatten, erscheint völlig verspielt und verschenkt.

Von einer kleinen Sensation konnte man allerdings 2012 sprechen. Zwei deutsche Teilnehmer des *Sperger*-Wettbewerbes *Michael Karg* und *Thomas Hille* errangen die ersten beiden Plätze! Ausgebildet an der Musikhochschule in Nürnberg bei dem rumänischen Kontrabass-Professor *Dorin Marc*. Sollte das der Anfang zu einer positiven Wende hin sein? Vielleicht wirkt sich jetzt allmählich eine Initiative aus, die im Jahre 1997 ihren Anfang nahm:

V Rezensionen/Artikel/Kontrabass-Nachwuchs

Die Aktionstage Kontrabass

Als ich bei den Aufnahmeprüfungen an der Münchener Musikhochschule, an der ich seit 1991 unterrichtete, kaum deutsche Bewerber entdeckte, war meine Verwunderung groß. Und das im Bildungsland Bayern!? Gibt es hier keine Musikschulen?

Umfragen gemeinsam mit dem Kulturministerium an allen bayerischen Musikschulen ergaben verblüffende Ergebnisse: von 210 Musikschulen gab es das Unterrichtsfach Kontrabass nur an 70, wovon wiederum dort die Lehrer, dort die Instrumente und woanders die Schüler fehlten. Oft wurde der fehlende Kontrabasslehrer durch Cellisten oder Gitarristen ersetzt. Wir sind in den 90er Jahren des 20. Jahrhunderts!? Also blieben von den 70 Musikschulen wahrscheinlich nur zwei Dutzend, wo wirklich Kontrabass-Unterricht erteilt wurde.

Hier musste etwas geschehen! Wir riefen den AKTIONSTAG KONTRABASS ins Leben. 1.Februar 1997. Instrumentenbauer, Bogenmacher und Notengeschäfte bauten Ihre Ausstellungsstände auf.

Für den 5-jährigen Schüler bis zum Profi bietet Stefan Nestler in München Instrumente an.

Es kamen auch fünf Kontrabasslehrer. Bayern ist das größte Bundesland. Wie viele wären im Saarland gekommen? Schüler wurden erstmal nicht mitgebracht.

Es wurde aber dann doch allmählich eine ersprießliche Angelegenheit. Es sollte sich etwas tun! 1998 gab es schon den ersten internationalen Gast aus Tschechien: *Miloslav Gajdoš* demonstrierte in einer lockeren „masterclass" mit Münchener Hochschulstudenten, was man auf diesem Instrument bei entsprechender Musikschulvorbildung erreichen kann.

Ingo Burghausen aus Dessau und *Franz Pillinger* aus Salzburg, beides aktive Kontrabasslehrer stellten ihre Kinderklassen vor. Aus St. Petersburg zeigte ein 15-Jähriger, zum Staunen für die deutschen Zuhörer, Werke wie die *Bottesini*-Sonnambula!

In den Folgejahren weiteten sich die Kinder-Vorspiele schon manchmal zu Marathonkonzerten aus.

Der ehemalige Pädagogik-Absolvent der Münchener Musikhochschule und Solokontrabassist am Passauer Theater *Stefan Bauer* ergriff die Initiative und gründete mit ein paar Gleichgesinnten den Pädagogischen Arbeitskreis „Kontrabass" (PAK). Seiner Aktivität ist es zu verdanken, dass es bis heute auf vielen Ebenen weitergeführt wird und eine Erfolgsgeschichte daraus geworden ist, die Früchte trägt!

„Aktionstag Kontrabass" an der Münchener Musikhochschule 2003

Und mit einem Nebeneffekt: nach diesem Vorbild haben sich in mehreren Bundesländern derartige PAKs gegründet. Die Jugendorchester und Musiziergruppen dürften davon profitieren.

Instrumentenbauer nahmen sich der Entwicklung von „Minibässen" an, Saitenfirmen fertigten die entsprechenden Saiten, Bogenmacher kleine Bögen. Und ganz wichtig: Kontrabass-Schulwerke entstanden, zugeschnitten auf den Anfänger im Kindesalter. Dies war ein wichtiger Schritt, denn bisherige Schulwerke sprachen den Anfänger ab 14 Jahren oder älter an. Kindgerechte Schulwerke gab es nicht. Geradezu eine Schwemme von Anfänger-Kontrabassschulen ist in den letzten Jahren entstanden. Modern, etwas poppig – eben zeitgemäß.

Mit einem gewissen Stolz nach den mühseligen Anfängen der Aktionstage an der Münchener Musikhochschule blickte ich dann auf einen gewissen Meilenstein. Auch die Hochschul-Bewerberzahlen aus Deutschland dürften zugelegt haben. Vielleicht taucht dann diese Frage nicht mehr auf, wie sie 1995 ein Student aus Südkorea stellte: „Wo sind die deutschen Kontrabass-Studenten?" In diesen Jahren hatte es kein deutscher Kontrabass-Bewerber an die Münchener Musikhochschule geschafft – die Klasse war übervoll mit Studenten aus Osteuropa, Asien, Kanada, Taiwan usw. Es wird noch ein langer Weg sein, bis der Anschluss an die internationale Spitze wieder geschafft sein wird. Siehe oben.

VI Persönliche Schreiben

BAYREUTHER FESTSPIELE
- Wolfgang Wagner -

8580 BAYREUTH, 20.02.1989
TELEFON 0921-20221
POSTFACH 100262

Sehr geehrter Herr Trumpf,

zur Erleichterung Ihrer Dispositionen darf ich Ihnen zum jetzigen Zeitpunkt mitteilen, daß ich fest mit Ihrer Mitarbeit im Festspielorchester 1989 rechne. Soweit notwendig, werde ich das erforderliche Freistellungsgesuch bei Ihrem Stamminstitut wie immer rechtzeitig einreichen.

Probe- und Aufführungszeit werden sich über den Zeitraum vom 19. Juni (1. Probetag 20. Juni) bis 28. August 1989 einschließlich erstrecken. Probe- und Aufführungsplan liegen - nach dem heutigen Stand - bei.

Ich darf hier nicht unerwähnt lassen, daß von allen Dirigenten der verständliche Wunsch besteht, alle Werke in identischer Besetzung zu spielen. Die Diensteinteiler werden nach den detailliert aufgestellten Richtlinien Ihre durch Ihr Stamminstitut bestimmten dienstlichen Wünsche im Rahmen des Möglichen zu berücksichtigen suchen.

Erneut darf ich darauf aufmerksam machen, daß die zwischen Ihnen und den Diensteinteilern geklärte und abgesprochene Einteilung unumstößlich und verbindlich sein muß, was ja wiederum Inhalt des § 1 des Orchestervertrages sein wird.

Die Verträge werden Ihnen nach Erledigung aller eventuell erforderlichen Urlaubsformalitäten und nach Klärung der Diensteinteilung zugehen.

In der Hoffnung auf eine erfolgreiche und erfreuliche Zusammenarbeit verbleibe ich

mit freundlichen Grüßen

[Unterschrift: Wolfgang Wagner]

<u>Adresse Ihres Diensteinteilers:</u> Herr Otto Stiglmayr
Lindenstr. 15
8011 Aschheim

Einladungsbrief von Wolfgang Wagner zu den Bayreuther Festspielen 1989

VI Persönliche Schreiben

Klaus Trumpf
z.Z.Vaals/Niederlande   ,d.1.9.1989

An den Intendanten der
Deutschen Staatsoper Berlin
Herrn Prof.G.Rimkus
Unter den Linden 7
1080 Berlin

Sehr geehrter Herr Prof.Rimkus!

Es tut mir leid, Ihnen mitteilen zu müssen, daß ich nicht mehr
nach Berlin, in die DDR zurückkehren kann.
Ich möchte hiermit meinen Vertrag an der Deutschen Staatsoper
kündigen.

Die Gründe für diesen Schritt sind so vielschichtig, daß ich
sie nur auf diesen einen Nenner bringen möchte, daß ich weder
für das Leben noch für die Arbeit in meiner Heimat eine
Perspektive sehen kann.

Ich bin enttäuscht, verzweifelt und empfinde großen Schmerz
bei diesem Abschied, denn da sind Verwandte, Freunde, Kollegen,
Erinnerungen, Hoffnungen und ein gelebtes Leben - getane Arbeit,
mein Zuhause.

Ich danke allen, mit denen ich diesen langen Weg gehen durfte,
die mir Ehrlichkeit und Wohlwollen entgegengebracht haben.

Bitte bedenken Sie bei der Beurteilung dieses Schrittes die
Ursachen, nicht die Wirkung - und bei der Verurteilung die
Urheber und nicht die zur Ausführung Gezwungenen!

Klaus Trumpf

Abschiedsbrief an die Deutsche Staatsoper, September 1989

VI Persönliche Schreiben

Gary Karr – Begrüßungskarte

VI Persönliche Schreiben

Anne-Sophie Wunderlich

Herrn
Prof. Klaus Trumpf
Am Fohlengarten 5 A

85764 Oberschleißheim

Fax: 089/172 333

München, 19. März, 1999

Lieber Herr Professor Trumpf

Sehr herzlichen Dank für Ihre liebenswürdigen Zeilen von 4. März.

Besonders gefreut habe ich mich, daß unsere Begegnung mir eine neue Welt der Streicherkultur eröffnet hat. Ich bin sicher, daß wir in Roman einen wunderbar begabten jungen Musiker haben, der über die Jahre noch gewaltig an Potential zulegen wird.

Tausend Dank für Ihre umwerfende CD. Meine Kinder und ich haben täglich sehr viel Freude an Ihrem wunderbaren Spiel.

Anne-Sophie Mutter, Schreiben an KT, März 1999

VI Persönliche Schreiben

**FREUNDESKREIS
ANNE-SOPHIE MUTTER
STIFTUNG E.V.**

FREUNDESKREIS ANNE-SOPHIE MUTTER STIFTUNG E.V. · EBERSBERGER STRASSE 10 · 81679 MÜNCHEN

Herrn Professor Klaus Trumpf
Am Fohlengarten 5A

85764 Oberschleißheim

München, den 21.01.2003

Musik ist höhere Offenbarung als alle Weisheit und Philosophien. Ludwig van Beethoven, Tagebuch

Diesen Worten möchte ich mich anschließen, denn die Leidenschaft für Musik verbindet uns alle. Unser Einsatz gilt einem ganz besonderen Instrument, dem Kontrabass. Der Johann-Matthias-Sperger Wettbewerb leistet einen fundamentalen Beitrag dazu, dieses Instrument in der musikalischen Gegenwart noch fester zu verankern und den jungen Bassisten endlich auch gleichberechtigte und große Chancen zu eröffnen.

Ich freue mich sehr, nun schon zum dritten Mal den Johann-Matthias-Sperger Wettbewerb ideell unterstützen zu dürfen und wünsche allen Teilnehmern viel Erfolg.

Anne-Sophie Mutter, Grußwort zum Sperger-Wettbewerb 2004

VI Persönliche Schreiben

*Anneliese Rothenberger
im Gästebuch von
BASSIONA
AMOROSA,
2003*

Anneliese Rothenberger
-Kammersängerin-

Sie waren wirklich nicht nur lustig, sondern vor allem hervorragend!

Anneliese Rothenberger   *Ernst Hinkel*

24-7-03

*Anneliese Rothenberger,
Schreiben an
BASSIONA
AMOROSA,
2003*

An das
Internationale Kontrabassquartett
BASSIONA AMOROSA
Hochschule für Musik und Theater München
z.H. Prof. Klaus Trumpf
Arcisstr.12
D-80333 München

Liebe Mitglieder des Internationalen Kontrabassquartettes BASSIONA AMOROSA,

nachdem ich Sie bei Placido Domingo mit Ihrer musikalischen Darbietung bei der Europäischen Kulturpreisverleihung gehört habe, muß ich Ihnen ein paar Worte der großen Anerkennung und Bewunderung schreiben.
Sie haben mir mit Ihrer unglaublich virtuosen und für mich musikalisch sowie künstlerisch überzeugenden Spielweise, mit einer perfekt beherrschten Technik, eine neue Dimension eines bis dahin verkannten Instrumentes vorgestellt. Niemand weiß, was eine solche Meisterschaft, wie Sie sie auf Ihren Kontrabässen demonstrieren, an Klangraffinessen möglich macht.
Es war ein Vergnügen, Ihnen zuzuhören und zuzusehen.

Ich wünsche Ihnen von Herzen, dass Sie mutige Veranstalter, Manager sowie Redakteure bei Funk und Fernsehen finden, die einer so einmaligen Gruppe die Gelegenheit geben sich einem breiten Publikum vorzustellen!

Übrigens gratuliere ich Ihnen sehr herzlich zu dem **„Europäischen Quartettpreis 2003"**, den Sie, wie ich hörte, im September von der Europäischen Kulturstiftung PRO EUROPA verliehen bekamen.

Mit freundlichen Grüßen

Ihre   *Anneliese Rothenberger*

Anneliese Rothenberger

VI Persönliche Schreiben

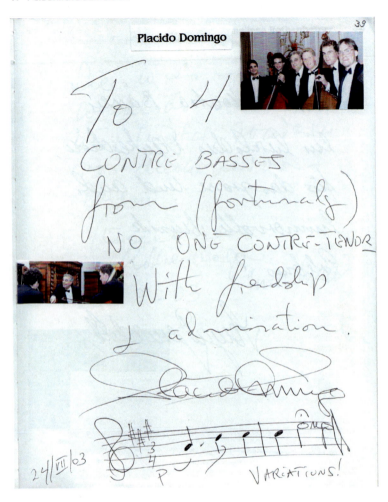

Placido Domingo im Gästebuch von BASSIONA AMOROSA

VI Persönliche Schreiben

Placido Domingo im Gästebuch von BASSIONA AMOROSA

VI Persönliche Schreiben

Bayerische Staatsoper

Max-Joseph-Platz 2
80539 München
Postfach 10 01 48
80075 München
Telefon 089/2185-01

Datum 01. März 2000
Tel. 2185 -1301
Fax 2185 -1003

Die Idee, einen Internationalen Musikwettbewerb für Kontrabaß ins Leben zu rufen, kann ich nur aus ganzem Herzen unterstützen, da dieses Instrument mit all seinen Möglichkeiten meiner Meinung nach viel mehr gefördert und beachtet werden sollte. Den Wettstreit der jungen Musiker unter dem Namen von Johann Matthias Sperger, einem der wichtigsten Komponisten für Kontrabaß, zu stellen, soll im Jahre seines 250. Geburtstages auch die wichtigen Werke dieses Meisters für Kontrabaß wieder in den Vordergrund rücken.

Ich wünsche allen Bewerbern toi, toi, toi und drücke die Daumen.

Zubin Mehta
Generalmusikdirektor

Zubin Mehta als Schirmherr des Sperger-Wettbewerbes ab 2000

VI Persönliche Schreiben

NIKOLAUS
~~ALICE~~ HARNONCOURT
A-4880 ST. GEORGEN I. A.
TEL. 07667 - 6440

Sehr geehrter Herr Prof. Trumpf, 3.Dezember 2009.

Besten Dank für Ihren Brief vom 23.11.2009 bezüglich der Schirmherrschaft für Ihren nächsten Wettbewerb. Ich mache das gerne, weil ich seit langem an der Funktion der Baß - und Kontrabaßinstrumente interessiert bin und die Tätigkeit und Forschungsarbeit der J.M.Sperger-Gesellschaft sehr wichtig finde.

Mit freundlichen Grüßen

Nikolaus Harnoncourt wird Schirmherr des Sperger-Wettbewerbes 2010

NIKOLAUS HARNONCOURT
PIARISTENGASSE 38/8
A-1080 WIEN

LOHEN 1
A-4880 ST. GEORGEN I.A.

Sehr geehrter Herr Prof.Trumpf, 20.Dezember 2010.

vielen Dank für Ihr freundliches Schreiben vom 25.11.2010.
Mein Mann freut sich mit Ihnen, daß der Johann-Matthias-Sprenger-Wettbewerb für Kontrabaß so ein Erfolg geworden ist.
Auch die Hausherrin Prinzessin Heide von Hohenzollern hat ihm einen sehr netten Brief geschrieben.
Mein Mann ist gerne bereit weiter als Schirmherr zur Verfügung zu stehen.

Mit den besten Wünschen für Frohe Weihnachten und ein Glückliches Neues Jahr,

Nikolaus Harnoncourt wird Schirmherr des Sperger-Wettbewerbes 2012

VI Persönliche Schreiben

VADUZ

Schloss Vaduz, 18. Februar 2000 / sh

Herrn
Prof.- Klaus Trumpf
Am Fohlengarten 5a
D-85764 Oberschleissheim

Sehr geehrter Herr Professor Trumpf

Danke sehr für Ihren Brief vom 6. Februar wegen des Wettbewerbs aus Anlass des 250. Geburtstages von Johann Matthias Sperger. Ich habe unsere Archivarin, Frau Dr. Oberhammer, gebeten, in unserem Archiv nachzuschauen, ob es irgendwelche Unterlagen dazu gibt. Grundsätzlich wäre ich gerne bereit, das Vorhaben mit einer Spende finanziell zu unterstützen. Könnten Sie mir das Konto mitteilen, auf welches ich solch eine Spende überweisen kann. Ich bitte jedoch um Verständnis, wenn ich weder der Jury beitrete noch die Schirmherrschaft übernehme. Es ist bei uns auch nicht üblich, dass der Fürst in so einem Fall ein anderes Familienmitglied delegiert. Ich wünsche Ihnen jedenfalls viel Erfolg als künstlerischer Leiter dieses internationalen Musikwettbewerbes.

Mit freundlichen Grüssen

Hans-Adam II.
Fürst von Liechtenstein

Fürst von und zu Liechtenstein unterstützt großzügig den Sperger-Wettbewerb ab 2000

VI Persönliche Schreiben

VADUZ

Schloss Vaduz, 8. März 2001

Herrn
Prof. Klaus Trumpf
Am Fohlengarten 5a
D-85764 Oberschleissheim

Sehr geehrter Herr Professor

Wegen eines längeren Auslandsaufenthaltes komme ich erst heute dazu, Ihnen für Ihren Brief vom 1. Februar zu danken. Ich habe Ihren Ausführungen mit Freude entnommen, dass der internationale Musikwettbewerb „Johann Matthias Sperger" ein grosser Erfolg war und daher in einem Abstand von 2 Jahren fortgesetzt wird. Ich betrachte es als Ehre, dass Sie mich einladen, der Internationalen J.M. Sperger-Gesellschaft als Mitglied beizutreten, aber ich bitte um Verständnis, wenn ich diese Einladung aus grundsätzlichen Überlegungen nicht annehmen kann. Ich verfolge aufgrund der zahlreichen Verpflichtungen, die ich als Staats- und Familienoberhaupt wahrnehmen muss, in diesem Zusammenhang eine sehr zurückhaltende Politik. Ich bin sicher, Sie werden dies verstehen.

Mit meinen besten Wünschen und Grüssen verbleibe ich

Hans-Adam II.
Fürst von Liechtenstein

Fürst von und zu Liechtenstein sagt weitere Unterstützung des Sperger-Wettbewerbes zu

Klaus Trumpf im Gespräch mit Hans Adam II. Fürst von und zu Liechtenstein - Unterstützer der Sperger-Wettbewerbe, Vaduz 2008

VI Persönliche Schreiben

Dem Kontrabassquartett
Bassiona Amorosa
zur Erinnerung an den 12.IX.2003 in Luzern
mit Dank und Anerkennung

Wolfgang Wagner

Wolfgang Wagner
-Enkel Richard Wagners-

Wolfgang Wagner im Gästebuch von BASSIONA AMOROSA

Nach der Verleihung der Europäischen Kulturpreise an Wolfgang Wagner und BASSIONA AMOROSA in Luzern 2003

VI Persönliche Schreiben

Scholarship-Award von der International Society of Bassists 1993

Europäische Kulturstiftung
European Foundation for Culture   Fondation Européenne de la Culture
President Committee of Patrons: H.R.H. Prince of Denmark

Verleihungsurkunde

EUROPÄISCHER QUARTETTPREIS

an das

INTERNATIONALE KONTRABASSQUARTETT

Bassiona Amorosa

LEITUNG: KLAUS TRUMPF

Wir würdigen damit großes künstlerisches Talent
und herausragende virtuose Ensembleleistung.

Luzern den 13. September 2003

Der Präsident

Urkunde Europäischer Quartettpreis 2003 in Luzern an BASSIONA AMOROSA

VI Persönliche Schreiben

Studenten von Klaus Trumpf

(Studienabschluss und Anstellung)

Berlin

Arlt (Tewes), Dagmar	1978 Magdeburg, Theaterorchester	Stllv.Solo
Lindner (Starke), Angelika	1979 Berliner Konzerthaus-Orchester	1.Solo
Lindner, Eberhard	1980 Berliner Rundf.-Sinf.-Orch.	
Winkler, Matthias	1980 Berlin, Deutsche Staatsoper	Stllv.Solo
Scholz, Jörg	1980 Chemnitz, R.Schum.-Philh.	1.Solo
Hinke, Claudia	1980 Rostock, Norddt.Philh.	Stllv.Solo
Eschenburg, Martin	1986 Leipzig, Rundfunk-Sinf.-Orch.	Stllv.Solo
Weiche, Fred	1987 Dresden, Staatskapelle	
Roterberg, Kai	1987 Berlin, Großer Rundfunkchor	
Winkler, Harald	1988 Berlin, Deutsche Staatsoper	
Potratz, Jörg	1988 Berlin, Rundfunkorchester	
Seltrecht, Robert	1989 Berlin, Deutsche Staatsoper	
Rex, Markus	1990 Berliner Konzerthaus-Orchester	Stllv.Solo
Tar, Sandor	1994 Berliner Konzerthaus-Orchester	Stllv.Solo

Saarbrücken

Knapp, Frank	1993 Leipzig-Borna, Kammerorchester	
Bjerknes, Markus	1993 Schweden, Kammerorchester	
Kümpel, Philipp	1994 Zeitz, Ka.-orch., Filmkomponist	Stllv.Solo
Schäfer, Thomas	1994 Leipzig-Borna, Kammerorchester	
Fasseva, Julita	1994	
Mempel, Ute	1994	
Pendzig, Katja	1995 Saarbrücken, Rundf.-Sinf.-Orch.	Stllv.Solo
Jensen, Björn	1995 Bergen/Norwegen, Sinf.-Orch.	Stllv.Solo
Fasseva, Julita	1995 Niederlande, Sinf.-Orch.?	
Kim, Moon-Jung	1995 Seoul/Südkorea, Philharmonie	
Paal, Andras	1995 Budapest/Ungarn, Sinf.-orch	
Stošić, Sdrjan	1995 Belgrad/Serbien, Professor	
Tippelskirch, Felix von	1996 Stuttgart, Rundf.-Sinf.Orch.	Stllv.Solo
Lee, Ho-Gyo	1996 Seoul/Südkorea, Nation.-Uni.,	Professor

München

Forster, Kilian	1993 Dresdner Philharmonie	1.Solo
Schmid, Reinhard	1993 München, Staatsoper	
Lajczik, Soma	1995 Budapest/Ungarn, Sinf.-Orch.	Solo
Schachnazarow-Krüger, Andrei	1995 Hofer Sinfoniker	1.Solo
Sandronov, Michael	1996 Basel/Schweiz, Sinf.-Orchester	1.Solo
Heinrich, Maren	1996 Bonn, Beethoven-Orchester	Stllv.Solo
Schramm (Brenner), Konstanze	1996 Stuttgart, Radio-Sinfonie-Orch.	1.Solo
Holzhausen, Günter	1997 München, Hochsch.f.Musik	Hon.-Prof.
Lee, Ho-Gyo	1997 Seoul/Südkorea National-Uni.	Professor
Juhasz (Kölbl), Zsuzsanna	1998 Mainz, Philharmonisches Orch.	
Tippelskirch von, Felix	1998 Stuttgart, Radio-Sinfonie-Orch.	Stllv.Solo
Mezej (Babic), Helena	1998 Zagreb, Philharmonie 1.Solo	
Park, Tae-Bun	1998 Nürnberger Philharmoniker	1.Solo

VI Persönliche Schreiben

Fortsetzung: Studenten von Klaus Trumpf (Studienabschluss und Anstellung)

Papai, Veronika	1998 Berlin, Komische Oper	Solo
Scholz, Rico	1999 Konstanz, Südwestdt.Philharmonie	
Bauer, Stefan	1999 Passau, Theaterorchester	Solo
Park, Dae-Kyu	1999 Chemnitz, Robert-Schum.-Philh.	
Balasz-Piri, Zsolt	1999 Ljubljana, Slowen.Radio-Sinf.-Orch.	
Moznaim, Oleg	2001 Herford, Nordwestdt. Philharmonie	Stllv.Solo
Goede, Albrecht	2002 Hofer Symphoniker/?	
Blondeau, Gisèle	2002 Bochumer Symph./WDR	1.Solo
Lutsyk, Ruslan	2002 Zürich/Schweiz Oper, Solo und in Bern	Professor
Chirkov, Artem	2004 St.Petersburger Philharmonie	1.Solo
Patkoló, Roman	2004 Zürich/Schweiz Oper, Solo und in Basel	Professor
Lazic, Ljubinko	2004 Belgrad Philharm.1.Solo und in Nis	Professor
Francett, Eric	2004 Sundsvall/Schweden, Kammerorchester	1.Solo
Kao, I-Shan	2005 Würzburg, Theaterorchester	Solo
Özkaya, Onur	2005 München, Kammerorchester	1.Solo
Makhoshvili, Giorgi	2006 Ingolstädter Kammerorchester	
Zatko, Vladimir	2006 Kopenhag./Oper; Düsseldorf. Symph.	1.Solo
Mumcuoglu, Orcun	2006 Bamberger Symphoniker	Stllv.Solo
Shynkevich, Andrei	2006 Moskau, Phil., Perm Sinfonieorchester	1.Solo
Jirmasek, Jan	2006 Karlovy Vary/Tschechien, Sinf.-Orch.	1.Solo
Miller, Philipp	2006 Augsburg, Theaterorchester	
Kostic, Goran	2006 Belgrad/Philharmonie	1.Solo+Prof.
Lee, Andrew	2006 Wuppertaler Symphoniker	Stllv.Solo
Naebert, Michael	2007 Dortmunder Symphoniker	Stllv.Solo
Billinger, Dominik	2007	
Tinschert, Lukasz	2007	
Shang, Xiao-Ging	2008 Schönebeck, Mitteldt. Kammerphilh.	Solo
Na, Jang Kyoon	2008 Mainz, Staatstheater; Seoul	
Konyakhin, Sergej	2008 Katar, Sinfonieorchester	
Schimmelpfennig, Paul	2008 Zagreb/Kroatien, Rundfunksinf.-orch./?	
Schönfelder, Michael	2008 Meisterklasse	
Petkovic, Nemanja	2008 Meisterklasse	

Klaus Trumpf
Vorträge über Leben und Werk „Johann Matthias Sperger"

(anlässlich von Seminaren, Kursen, Meisterklassen, Workshops)

1)	29.08.1978	England, Isle of Man
2)	Aug. 1980	Japan, Kusatsu
3)	26.11.1981	Deutschland, Trossingen
4)	30.01.1982	Deutschland, Michaelstein
5)	Mai 1983	Japan, Tokyo
6)	08.02.1984	Schweden, Malmö
7)	09.02.1984	Schweden, Helsingborg
8)	13.02.1984	Schweden, Arvika
9)	27.04 1984	Ungarn, Debrecen
10.)	Mai 1985	Dänemark, Kopenhagen
11.)	05.03.1986	Australien, Perth
12.)	März 1986	Neuseeland, Wellington
13.)	25.03.1987	England, London
14.)	März 1987	England, Manchester
15.)	April 1988	Deutschland, Berlin
16.)	28.04.1989	Deutschland, Aachen
17.)	27.02.1991	Deutschland, Saarbrücken
18.)	08.03.1991	Deutschland, München
19.)	Aug. 1993	USA, Interlochen
20.)	16.03.1996	Schweden, Malmö
21.)	Aug. 1997	Südkorea, Yong Pyong-Festival
22.)	24.05.1998	Portugal, Porto
23.)	Aug. 1998	Taiwan, Music Summer Music Festival
24.)	05.06.1999	USA, Iowa-City
25.)	21.01.2000	Deutschland, Trossingen/Intern.Symposium
26.)	17.07.2000	Polen, Wroclaw-Wojnowice
27.)	Sep. 2000	Deutschland, Berlin, Musikclub
28.)	07.06.2001	USA, Indianapolis
29.)	Juni 2001	Deutschland, Trossingen/HochschulVorlesung
30.)	Sep. 2002	Deutschland, Rostock
31.)	10.09.2002	Tschechien, Brünn
32.)	05.02.2009	Serbien, Belgrad
33.)	Nov. 2009	Südkorea, Daejon
34.)	08.10.2010	Deutschland, Berlin, Univ. d. Künste
35.)	20.10.2010	USA, New York, Juilliard School
36.)	15.07 2012	China, Peking, Konservatorium
37.)	06.05.2013	Polen, Wroclaw, Academie
38.)	09.12.2013	Russland, St.Petersburg, Konservatorium

VI *Persönliche Schreiben*

Bernhard Alt - Erstes Kontrabass-Quartett 1932

Hier ein Brief von Joachim Wilhelm (ehemaliger Berliner Staatsopernkontrabassist, ab 1961 im Staatsorchester Stuttgart) über das Kontrabassquartett von Bernhard Alt:

Bernhard Alt

Geboren am 7. 4. 1903 in Münsterberg / Schlesien,
gestorben am 7. 2. 1945 in Krummhübel / Schlesien..
Bernhard Alt starb durch Selbstmord mit seiner Familie.
Er war Mitglied des Berliner Philharmonischen Orchesters
von 1928 bis 1945 als 1. Geiger.
Sein Bassquartett schrieb er auf Anregung meines Vaters.
Das Stück wurde am 6. November 1932 in der Berliner
Philharmonie uraufgeführt. Die Interpreten waren
Linus Wilhelm, Hermann Menzel, Alfred Krüger und Arno
Burkhard.
B. Alt hat ausserdem eine Vielzahl von kleinen Stücken
für Kontrabass und Klavier geschrieben.

                                                     10. 3. 02.
Lieber Herr Trumpf,

Kontrabassist Joachim Wilhelm, Sohn des Solokontrabassisten der Berliner Philharmoniker Linus Wilhelm schreibt über das Kontrabassquartett von Bernhard Alt

Personenregister

Abendroth, Hermann 29
Akopova, Lilian 322, 325, 326, 349, 355
Alexandra 192, 201
Alt, Bernhard 89, 99, 280
Anders, Peter 29
Angelika 41, 49
Arlt, Dagmar 43, 83, 90
Assmann, Günter 17
Astachov, Andrej 249, 253, 255
audan-Kunststiftung 274
Bach, Carl Philipp Emanuel 36
Bach, Johann Sebastian 36, 140, 158, 292
Bach, Friedrich Wilhelm 36
Badila, Ovidiu 158, 160, 261, 265
Bagowska, Petya 72, 158, 160, 161, 257, 268, 313
Barbé, Theirry 275
Barchmann, Rainer 82, 91
Barenboim, Daniel 189, 192, 184, 198, 291
Barkowski, V. 78
Bartoli, Cecilia 362
Batthyani, Jos. Graf von 65
BASSIONA AMOROSA 279 ff
Bause, Peter 298
Beethoven, Ludwig van 30, 85
Beers, Adrian 136
Beltschewa, Christina 217, 218, 239, 240
Benda, Gebr. 35, 36
Berger, Erna 29
Berggold, Ulrich 190
Bernstein, Leonard 334
Bettina 192, 193, 199, 201
Beyer, Siegfried 104
Blech, Leo 29
Blondeau, Gisèle 286, 289, 305
Blumenau, Dr. 130
Bocini, Alberto 232
Bodenstein, Gero 95
Borodin-Quartett 325
Boreck, Bernd 44
Bottesini, Giovanni 26, 55, 56, 71, 82, 86, 128, 141, 145, 150, 152, 250, 261, 263, 281, 290
Bradetich, Jeff 93, 320
Braica, Christian 266
Brühl, Carl Graf von 37
Buccharella, Lucio 135, 136, 141
Bunya, Michinori 70, 207, 257
Burkmüller, Wolfgang 190
Busch, Fritz 29
Butter, Horst 23, 33, 39, 95, 116, 139, 140, 214, 236
Caruso, Enrico 334
Camerata musica 125
Cappello, Andreas 349
Capuzzi, G. 150
Carnot, Vaclav 240
Caruso, Enrico 29
Casper, Bernd 238
Cauzaran, Bernard 240, 241
Cebutari, Maria 29
Černý, František 145, 152

VII Personenregister

Chaun, František 89, 91
Cheng, Wei Bao 139, 143, 145, 146, 148
Chen, Xiao 347
Chen, Ziping 233
Cheptea, Ion 230, 261 ff.
Chernyavska, Milana 283, 295, 296, 303, 316, 319, 322
Cervenka, F. 65
Charton, Patrick 162
Chirkov, Artem 266, 269, 289, 291, 294 ff.
Chou, Chun-Shiang 159
Christ, Frau 200
Ciorata, Lucian 261
Clayton, John 313
Clement, Maria 271
Cobb, Tim 331
Colonna, Leonardo 240
Csicsko, Nikolas 329
Csontos, Ferenc 240
Curtis, Burris 240
Cvitkovac, Sandra 284
Darling, Wayne 145, 289
de Fesch, Willem 150
de Lara, Gonzales 95
Davis, Miles 334
Delescluse, Pierre 217, 219, 239, 241
Dempe 60
Dillmann, Klaus 145
Dimitrova, B. 255
Dittersdorf, Carl Ditters von 62, 86, 152, 158, 215, 241, 250, 262
Djuric, Milan 75, 270
Dölling, Bernd, Michael, Heinz 243, 244, 247, 254, 256, 274
Dölling, Kurt 184, 243, 254
Dolinski, Hans 33
Domingo, Placido 291, 292, 293
Dragonetti, Domenico 25, 71, 145, 220, 242
Drucker, Gerald 145, 146
Duport, Jean Pierre 36
Dvorak, Antonin 158
Dzwiza, Gerhard 190
Eccles, Henry 89, 139, 219
Egilsson, Arni 231, 275, 278, 307, 309, 310,
Egk, Werner 29
Eisler, Hanns 39, 41, 42, 98, 146, 303
Ellis, David 137
Ellison, Paul 135, 139, 143, 145, 230, 272
Engel, Wolfgang 190
Engels, Gottfried 275, 460
Erhard, Paul 72, 158, 160, 164, 265
Evelyn und Rudi 202, 203
Fejervari, Zsolt 264
Ferraris, Benito 240
Fichtner, Jürgen 90
Findeisen, Albin 18, 191
Fischer, Günter 110
Finke, F.F. 90
Firlus, Krzysztof 274
Flegel, Walter 18
Focht, Josef 66, 70, 155

VII Personenregister

Focke, Günter 245, 246
Forster, Kilian 208, 359
Fortuna, Jakub 274
Frederickson, Richard 218, 240
Fricke, Heinz 119
Friedrich II., der Große 29, 35, 36
Friedrich Franz v. Meckl. 37, 62, 63, 64, 67
Friedrich Wilhelm II. v. Preuß. 36, 66
Furtwängler, Willhelm 29
Fryba, Hans 54, 55, 88, 89, 95 ff., 216 ff., 238 ff.
Fuka, Václav 135, 140, 144
Furtok, Boguslaw 264
Füssel, Rolf 108, 257
Gage, David 329, 330
Gajdoš, Miloslav 72, 155 ff., 160 ff., 164, 221, 230, 257, 265, 268, 270, 272, 276, 278, 281, 313
Garcia-Fonds, Renaud 313
Garrett, David 296
Gawron, Sven 274
Gendron, Maurice 216
Gertler, André 84
Giemsa, Bernhard 33
Gigli, Benjamino 29
Gillet-Stiftung 275 ff., 278
Gliere, Reinhold 26, 39, 82, 91, 145, 152
Glöckler, Tobias 460
Gniot, Walerian 145
Goilav, Yoan 135, 136, 138 ff., 229
Golia. Luciano 266, 278
Goltz, Horst 95
Gorbatschov, Michael 201
Gorbunov, Niocolai 254, 255
Grabner, Frithjof-Martin 73, 261
Grancino 252
Graun, Gebr. 29, 35, 36
Green, Barry 135, 136, 138, 139, 143, 145, 147, 154, 229
Greger, Dominik 269
Gregora, František 281
Grillo, Fernando 144, 218, 229, 240, 260, 261
Grindler 65
Grodner, Murray 135
Grünert, Alexander 274
Grünert, Horst 274
Günter, Heinz 101
Güttler, Knut 135, 136, 139, 140, 143, 145
Güttler, Wolfgang 82, 83, 99
Gutman, Natalia 84
Guy, Barry 135, 139
Händel, Georg Friedrich 26
Hammer, Franz Xaver 65
Hansen, Karen 139
Hanskow, Mette 159, 220
Harnoncourt, Nikolaus 273, 274, 276, 278, 362
Harrer, Wolfgang 159, 161, 270
Haubold, Bernd 82
Hauta-aho, Teppo 275, 278, 286
Haydn, Joseph 66
Hein, Horst 120, 203
Heinrich, Dietmar 108

VII Personenregister

Heinrich, Maren 208
Heißner, Reinhard 72
Hentschel, Jochen 261
Herrmann, Heiko 99, 108, 254
Herrmann, Heinz 22, 95, 107, 110, 154, 214, 236, 248 ff., 253, 256 ff.,
Herrmann, Holger 90, 259
Hertl, František 89, 90, 91, 99, 140
Heumann, Simone 76
Herzog, Roman 282
Heyes, David 159
Hille, Thomas 275, 276, 461
Hindemith, Paul 89
Hinke, Claudia 44
Hipman, Silvester 98, 145
Hircsu, Angelika 280
Hirohito, Kaiser 114
Hlobil, Emil 140
Höhne, Gerhard 73
Hoffmeister, Franz Anton 26, 62, 89, 139, 140, 158
Hohenzollern, Heide Prinzessin von 273, 278
Holtmann, Klaus 190
Horst, I. 29
Hoock, Christine 232, 264, 272, 460
Hope, Daniel 318
Horn, Christian 109, 111, 152
Högner, Franz 229
Hörtnagel, Georg 262 ff., 285
Hou, Jun Xia 226, 227, 275, 341, 343, 346, 347
Hoyer, F.G. 243 ff, 254
Hoyer, Matthias 274
Hucke, Rainer 83, 108, 110, 257
Hudec, Jiri 137, 143, 144, 254, 257
Hübner, Benedikt 270
Hübner, Wilhelm 90
Hummel, Berthold 140
Humpert, Martin 181, 216, 238, 241, 246, 262 ff., 271
Isaka, Hiromi 214
Jablonski, Kevin 272
James, Dennis 218, 240
Janitsch, J.G. 35
Járdány, Gergely 159
Jelínek, Miloslav 72, 158, 161, 162, 164, 221, 232, 265, 276, 313
Jelinkova, Marcela 162, 164
Jensen, Björn 207
Jirmasek, Jan 289, 291, 294 ff.
Joseph II, Kaiser von Habsburg 65
Juhasz, Zsuzsanna 208, 280 ff., 305, 322
Jungke, Evelyn und Rudi 203
Kade, Otto 60
Kalarus, Andrzej 218, 219, 240, 241
Kaltscheva, Krassimira 98
Kao, I Shan 266, 285, 286, 289
Karadimtschev, 90
Karajan, Herbert von 29, 334
Karg, Michael 275, 276, 461
Karr, Gary 72, 135, 136, 138, 139, 141, 154, 205, 213, 219, 235, 283
Katrama, Jorma 159, 231, 270, 313
Kaufmann, Harvey 218, 240

VII *Personenregister*

Kaufmann, Jonas 362
Kehr, Hans-Joachim 79
Kehrer, Rudolf 84
Keilberth, Joseph 29
Kim, Moon Jung 207
Kirbach, Klaus 150, 151, 157, 167 ff
Klaus, Günter 95, 99, 140, 182, 190, 194, 229, 238, 241, 271, 275
Kleiber, Erich 29
Klemperer, Otto 29
Klier, Walter 26, 33, 54, 82, 91, 96, 99
Klose, Margarethe 29
Knific, Tom 313
Kölbl, Joachim 322
Kohl, Helmut 201
Koller, Dagmar 334
Kolosov, Jevgeny 135, 136, 232
Konwitschny, Franz 29
Kostic, Goran 321
Kostyak, Botond 257, 259
Koussewitzky, Sergej 25, 26, 145, 215, 242, 251, 460
Kovacz 251
Krattenmacher, Stefan 274
Krauß, Peter 81, 82, 90, 91 99
Kreß, Hans 33
Kristin 334, 336
Krüger, Ekkehard 190
Krysta, Edward 95, 145
Kuchynka, Vojtěch 145
Kümpel, Philipp 207
Künzel, Rudi 91
Kupke, Ulf 73, 150
Kurokawa, F. 270
Laine, Esko 146, 261
Lajczik, Soma 305
Lamotte, Gabriele 78
Lancen, Sergej 139, 140
Lara, de Gonzales 95, 99
Laska, Gustav 191
Lauke, Karsten 73
Lauridon, Gabin 240
Lazic, Ljubinko 75, 270, 289, 291, 294 ff.
Leandre, Joelle 143, 145, 146
Lee, Andrew 299 ff., 331
Lee, Ho Gyo 207, 272, 315, 330, 337, 338, 340
Leitermeyer, F. 91
Leszczynski, Werner 203
Levien James 189, 194, 198
Levinson, Eugene 232, 275, 331
Levis, Harmon 219
Liechtenstein, Hans Adam II. Fürst von 61, 323, 350, 351, 473 ff.
Liechtenstein, Marie, Fürstin von 351
Lindner, Angelika 111, 258
Lindner, Eberhard 44
Lipa, Ferdinand 219
Liszt, Franz 349
Lom, Thomas 240
Lorenz, Jörg 152
Luchanko, Oleg 233

VII Personenregister

Luise, Königin von Preußen 64
Lutsyk, Ruslan 233, 266, 286, 289, 291, 305
Machac, Frantisek 270
Mach, Vit 240
Mahne, Bernd 182, 183, 229, 280
Makhohsvili, Giorgi 277, 278, 289, 294 ff.
Mao Tsedong 344
Marciniak, Szymon 270
Marc, Dorin 258 ff., 275, 277, 461
Maria Theresia, Kaiserin von Habsburg 65
Marillier, Daniel 159, 162, 271
Markevitch, Igor 84, 213
Marpurg 67
Martensson, Kristina 218, 220
Martin, Stephen 139
Martin, Tom 72, 74, 75, 154, 218, 231, 246, 262 ff., 270, 272, 276, 277, 286
Masseneau 63
Masur, Kurt 84
Matthus, Siegfried 278
Mauser, Siegfried 304
McDonald, Gerald 136
McTier, Duncan 146
Mehta, Zubin 265, 267, 269, 274, 278
Meier, Adolf 70, 155
Meier, Achim 79
Meier, Bernd 152
Mendelssohn-Bartholdy, Felix 29
Menuhin, Yehudi 243, 334
Meyer, Alfred 243, 245, 246, 254
Meyer, Clemens 60
Meyerbeer, Giacomo 29
Mesdom, Christian 240
Mezej, Helena 208, 280 ff., 305
Michalski, Holger 73
Michno, Alexander 72, 158, 164, 254, 255, 270
Mišek, Adolf 26, 145
Mitrovic, Filip 329
Mitsuru, Onozaki 240
Moesus, Johannes 268, 270
Montag, Lajos 79 ff., 85, 90, 91, 95, 97, 98, 135, 138, 142, 155, 249, 250 ff., 256 ff.
Mortari, Virgilio 139, 140
Moser, Baldur 91, 99
Mozart, Wolfgang Amadeus 36, 65, 71, 83, 89, 323
Murray, David 313
Mutter, Anne-Sophie 265, 267, 270, 271, 274, 278, **287**, 288, 318, 320, 334, 362, 402
Nagashima, Yoshio 143, 145, 146, 148
Nasswetter, Michael 361
Natanson, I. 145
Neher, Patrick 261
Nellessen, Heinz 256
Nestler, Stefan 462
Netrebko, Anna 362
Netschajev, Alexander 299
Neubert, David 158, 257
Neumerkel, Gerhard 90, 99
Niederhammer, Josef 155, 257
Niemeier, Klaus 90, 91, 257
Niemeyer, Oscar 131

VII Personenregister

Niino, Masuo 98
Noda, Ichiro 258
Novak, Erwin 190
Novak, Pavel 256
Oistrach, David 56, 224, 243, 256
Olkiewicz, Irena 72, 159, 161, 162, 221, 233, 270, 360
Opernquintett comique 101 ff.
Özkaya, Onur 289, 294 ff., 321, 326
Paesold, Roderich 278
Paganini, Nicoló 82, 139, 295
Páleníček, Josef 145
Papavassiliou, Vassilis 159, 164
Paradžik, Božo 159, 162
Park, Tae Bun 280 ff., 305
Paryla, Nikolaus 297, 299
Paulus, Johannes O., Günter O., 244, 254
Palenicek, J. 145
Pasquier, Vincent 261
Patkoló, Roman 226, 227, 233, 266, 267, 275, 284 ff., 294 ff.
Pederzani, Ezio 240
Pelczar, Tadeus 256
Penderecki, Krzysztof 320, 460
Pendzig, Katja 207
Penzel, Roland 278
Pernutz, Manfred 33, 82, 90, 91, 99
Petersen, Alf 155
Petracchi, Franco 135, 241
Petzold, Stefan 73, 152, 155
Pfretzschner, H.R. 243, 244, 254, 271, 278
Piatigorsky 213, 461
Pichl, Wenzel 62, 150
Pikaisen, Victor 224
Pirastro 266, 271, 276 ff., 278
Pirazzi-Stiftung 272, 278
Pischelberger, Friedrich 62
Pischner, Hans 187
Planyavsky, Alfred 53, 56, 57, 59, 72, 74, 77, 86, 95, 96, 229, 265
Pöllmann, Max 26, 254
Pöllmann-Krahmer, Gebr. 26, 243 ff., 254, 274
Pöllmann-Krahmer, Günther 244
Popescu, Razvan 277
Popovic, Jasna 328, 335
Poradowski, Boleslaw 91, 145
Pošta, František 98, 135, 136, 139, 143, 145, 146, 154, 257 ff., 262, 263
Potratz, Jörg 274
Previn, Andre 320, 460
Proto, Frank 139, 145, 272, 278
Prunner, Josef 82
Quantz, Johann Friedrich 35, 36
Rabbath, François 154, 165, 166, 230, 272, 313
Rachmaninoff, Sergei 129
Radenz, Helmut 79, 82, 83, 91
Radoukanov, Entscho 137, 217 ff., 239 ff., 253
Raffo, Chantal 240
Rakov, Lev 158, 164, 230, 231, 246, 262 ff., 268
Ramsier, Paul 139
Raska, Martin 277
Reichardt, J.F. 36, 37

489

VII Personenregister

Reiner, Karel 144
Reinke, Gerd 158, 238
Repin, Vadim 355
Rex, Markus 73, 76, 160, 206
Rhodius, Manfred und Rosemarie 273, 278
Richter, Hans 26, 33
Ries, Petr 269
Rihm, Wolfgang 320, 460
Rimkus, Günter 204
Rimskij-Korsakov, Nikolai 290, 334
Robinson, Harold H. 146
Röder, Eugen 91, 99, 110
Roelofsen, Hans 159, 161, 164, 268, 270, 347, 348
Roggen, Thierry 272
Rolle, Christian 82, 91
Rollez, Jean-Marc 135, 139, 154, 182
Rossini, Giachomo 91
Rostal, Max 84
Rosvaenge, Helge 29
Rotaru, Catalin 226, 227, 232, 276, 347, 348
Rothenberger, Anneliese 293, 294
Roterberg, Marianne 151
Rubens, Peter Paul 61
Rubner, Johannes 243, 245, 246, 253, 254, 258
Rubner, Otto 18, 245
Ruhland, Walter 304
Ruiz, Edicson 296
Runswieck, Daryl 287
Ruszonyi, Bela 159
Rychlik, 89
Sagat, Milan 240
Saint-Saëns, Camille 150
Sanderling, Barbara 99, 110, 249, 261 ff.
Sandronow, Michael 208
Saru, Karoly 72, 157, 159, 161, 164, 221, 265
Šašina, Radoslav 72, 158, 161, 164, 165, 265, 270
Saumer, Josef 243, 246, 253, 254
Scelba, Anthony 135, 139
Schaal, Martin 160
Schachowskaja, Natalia 84
Schafberg, Helmut 190
Schäfer, Stefan 159, 162, 270, 275, 276, 278
Scharf, Otto 22
Schilly, Otto 282
Schlachter, Jürg 299
Schlik, Gräfin von 352
Schlusnus, Heinrich 29
Schmidt, Günter 190
Schmidt, Reinhard 208
Schmieder, Laura 307
Schmitz, Hartmut 33
Schneider, Frank 99
Scholz, Jörg 44
Schramm, Konstanze 208
Schüßler, Veit-Peter 261
Schulhoff, Erich 89
Schuller, Gunter 95
Schwarz, Gotthold 78

VII Personenregister

Schwarz, Werner 33
Schwärsky, Christian 192, 201
Schwärsky, Georg 422
Seifert, Lothar 272, 278, 299
Seltrecht, Robert 152
Senn, Rudolf 159
Sheljasov, Sheljasko 33, 82, 85, 90
Shilo, Alexander 159, 162, 232, 272, 276
Shynkevich, Andrei 289, 291, 294, 295
Siebach, Konrad 93, 95, 97, 107, 110, 138, 140, 182, 214, 230, 236, 246, 248 ff., 253, 255 ff., 260, 263
Siegmund-Schultze, Siegfried 155
Simandl, Franz 25, 26, 109, 191, 232
Simon-Heumann, Simone 76, 152
Sinclair, David 162
Sjeljasov, Sheljasko 33
Slatford, Rodney 51, 52, 91, 93, 135, 136, 138, 139, 142 ff., 182, 184, 229, 257 ff.
Söderström, Roland 184, 218, 220
Söderström, Goran 218
Solti, Georg 29
Soung, Mikyung 274, 315
Soung, Min Jae 271, 274, 315, 330, 331
Sperger, Anna 62, 63
Sperger, Johann Matthias 26, 37, 53, 56, 57, 59 ff., 68, 69 ff., 86, 89, 111, 141, 142, 145, 149,
          150, 155, 158, 216, 220, 265 ff., 278
Stamm, Heini 354
Starke, Angelika 73, 76, 110, 214, 236, 271
Stein, Eduard 25
Stein, Horst 30
Steinway 129
Stengel, Wolfram 33
Steuck, Frau 153
Stiglmayr, Otto 189, 190
Stöhr, Horst 257, 258
Stoiber, Edmund 282
Stoll, Björn 246, 247, 275, 278
Stoll, Klaus 135, 181, 214
Storch, Emanuel 109
Stošić, Srdjan 207
Strauß, Richard 29
Strawinsky, Igor 98
Streicher, Ludwig 53, 56, 83 ff., 91, 154, 181, 213, 220, 221, 235, 256, 302
Sturm, Hans 191
Süskind, Patrick 262, 297 ff., 356
Süßmuth, Rita 282
Süß, Rainer 102
Suitner, Otmar 29, 51, 113, 124
Sundin, Alf 81
Sutter, Christian 159
Suzuki, Yoshinori 218, 240
Sylvia 203
Szedlak, Belá 251
Szell, Georg 29
Szentirmai, Antal 157, 159
Tabakov, Emil 98, 99
Tanaka, Masahiko 56, 93, 95, 97 ff., 113 ff., 181, 216, 249, 253, 257 ff.,
Tauber, Richard 29
Tar, Sandor 207
Tischer-Zeitz 250

491

VII Personenregister

Thom, Eitelfriedrich 149, 153, 155
Thomae, Michael 244, 274
Thomas, Stefan 159
Thomastik-Infeld 266, 271, 272, 276 ff., 278
Tischer-Zeitz 25
Toschev, Todor 81, 82, 95, 97, 98, 137, 143, 230, 239, 249, 253, 255 ff.,
Tottzer, 193
Trappe, Timm 99, 140, 202
Trembley, Dennis 137
Trumpf, Klaus 73, 76, 82, 90, 91, 95, 96, 137 ff., 141, 143, 145, 146, 148, 155, 157, 162, 164,
        184 ff., 190, 217, 229 ff., 239, 249, 253, 258, 259, 262, 264, 265, 272, 291
Trumpf, Liane 5, 155, 157, 185, 190, 192, 193, 195, 198, 199, 201 ff, 207, 2010, 211, 293, 305,
        310, 311, 312, 350, 353
Trumpf, Rainer 203
Tschupp, Räto 229
Turetzki, Bert 135, 139
Ueltzen, Dieter 72
Uhlmann, Dieter 33, 81, 99
Upatnieks, Gunar 272
Vanhal, Jan Baptist 26, 62, 86, 89, 126, 150, 152, 158, 250
Vasiliev, Alexej 232
Velicek, Vojtech 271
Verdi, Giuseppe 263
Vivaldi, Antonio 126
Wagner, Dominik 277
Wagner, Marvin 277
Wagner, Wolfgang 111,291, 292, 294
Walter, David 135, 140, 142, 145, 259 ff., 265
Warren, Eleanor 146
Weber, Carl Maria von 29
Weiche, Fred 152
Weiß, M. 90
Welch, Jeanette 284
Weller, André 78
Wenkel, Horst-Dieter 110, 256, 261
Wieczorek, Grzegorz 158
Wiengartner, Felix 29
Wilfer, E., Roland 276,278
Windelband, Heiner 274
Winkler, Matthias 44, 109, 111
Wisłocki, Leszek 145
Witter, Carl 191
Wolf, Lawrence 145, 146, 148
Woodrow, Andrew 229
Woltersdorf, Heiko 207
Würzebesser, Horst 82, 91
Wylezol, Andreas 111, 264
Zar von Russland 66
Zatko, Vladimir 284, 305
Zbinden, Julien-Francois 89, 139, 140, 214, 219, 236, 241
Zeibig,, Werner 34, 73, 79, 83, 90, 91, 99, 110, 159, 164, 268, 275, 276
Zekenka, Jan Dismas 36
Zenke, Gabor 240
Zepperitz, Rainer 95, 96, 229, 261
Zimmer, Heinz 33, 116
Zimmermann, Friedrich Anton 62, 158
Zimmermann, Martina 284, 305
Zimnik, Piotr 275, 276